광마회귀
3

광마회귀

狂魔回歸

3

유진성

문학수첩

목
차

117 ♦ 도와줄 사람이 너밖에 없다 ··· 009

118 ♦ 시간이라는 값을 치른 다음에 ··· 020

119 ♦ 혼란하다 혼란해 ··· 031

120 ♦ 미워하려면 제대로 미워해야지 ··· 042

121 ♦ 운명을 바꾸는 게 이렇게 힘들다 ··· 054

122 ♦ 백발의 상남자 ··· 065

123 ♦ 우리는 상남자라서 ··· 077

124 ♦ 죽음이 누구와 더 가까이 있는지 ··· 088

125 ♦ 내 숙면을 방해한 죄 ··· 100

126 ♦ 옳소, 옳다, 맞다, 좋다 ··· 112

127 ♦ 내가 이런 만남을 주선하다니 ··· 124

128 ♦ 그것은 심마가 아닙니다 ··· 137

129 ♦ 무슨 병이 있으세요? ··· 149

130 ♦ 우리가 강호에서 살아남으면 그때 ··· 161

131 ♦ 교주 발등이나 핥아라 ··· 173

132 ♦ 오랜만에 흙을 먹었다 ··· 185

133 ♦ 그래서 정적에 휩싸였다 ··· 197

134 ♦ 통행세가 십 분의 일이에요? ··· 209

135 ◆ 무림공적 물 건너가는 소리 · · · 220

136 ◆ 백도에 잠입해 봤습니다 · · · 232

137 ◆ 닥쳐라! · · · 244

138 ◆ 열이 받아서 배고픈 상황 · · · 256

139 ◆ 내가 누구냐? · · · 268

140 ◆ 기억하기 위해 애를 썼다 · · · 279

141 ◆ 산적이 웬 말이냐 · · · 290

142 ◆ 뜻이 안 통해서 길게 말했다 · · · 301

143 ◆ 선공, 들어갑니다 · · · 313

144 ◆ 무림맹주 임소백은 · · · 325

145 ◆ 무림공적들의 인연은 · · · 336

146 ◆ 전생 귀마와 나 · · · 347

147 ◆ 나는 네가 못생긴 이유를 알고 있다 · · · 358

148 ◆ 선생, 선생, 자하선생! · · · 369

149 ◆ 솔직하게 말해서 · · · 381

150 ◆ 우리는 작별의 순간에 · · · 394

151 ◆ 이자하, 할 말 있느냐? · · · 405

152 ◆ 아, 이렇게 짜릿할 수가 · · · 417

153 ◆ 생각나지 않는 것을 생각해 봤다 · · · 428

154 ◆ 마음에는 금이 생깁니다 · · · 439

155 ◆ 우리가 절강의 바다로 갔었던 이유 · · · 452

156 ◆ 모용 모용 모용, 백 선생 · · · 464

157 ◆ 전생 독마는 강침을 뽑았다 · · · 476

158 ◆ 인생에는 함정이 있어 · · · 488

159♦ 피를 토할 때까지 갈군다는 마음가짐 ··· 500

160♦ 황야를 건너는 올바른 방법은 ··· 513

161♦ 욕 좀 해주세요 ··· 525

162♦ 어둠처럼 미치는 게 아니라 ··· 536

163♦ 꽃처럼 아름다운 불꽃 ··· 547

164♦ 두 사람이 내 신호탄이야 ··· 559

165♦ 新 춘몽객잔 ··· 570

166♦ 나는 공중으로 솟구쳤다 ··· 581

167♦ 일장춘몽이다 ··· 592

168♦ 내 말을 똑바로 이해하려면 ··· 603

169♦ 머리카락이 흩날렸다 ··· 615

170♦ 나도 자존심이 있어 ··· 628

◆ ······ 狂魔回歸

# 117.
## 도와줄 사람이
## 너밖에 없다

나는 살수들을 죽인 호수에서 하오문으로 돌아가지 않았다. 여기에서 죽은 놈들은 내가 흑묘방 근처에서 죽인 놈들보다 실력이 뛰어났다. 대충 예상해 보자면 조장급 살수들이 모여서 나를 친 느낌이랄까? 그렇기에 다음에 나를 방문할 살수는 일위도강일 가능성이 크다. 일위도강이 사류곡 출신의 살수라고 추측한 이상 섣불리 하오문에서 이들을 맞이할 이유가 없었다. 나는 괜찮으나 죄 없는 수하들이 죽을 위험이 있기 때문이다.

남명회로 가는 것도 민폐고, 내 성격상 숨어있는 것도 어려운 일. 그래서 나는 백응지로 다시 향했다. 백도의 위대함, 백도의 고결함, 길을 걷는 세 사람 중에서 한 명은 협객처럼 보이는 곳. 아름다운 백도의 고수들이 즐비한 곳. 어쩐지 백도와 살수들이 싸우면 나는 웃으면서 힘을 보태줄 수 있을 것 같다는 생각이 든다. 물론 나는 백도를 응원해야겠지.

나는 새벽녘에 백응지의 깨끗한 숙소에 도착해서 부족한 잠을 보충한 다음에 할 일 없는 청년처럼 대낮에 일어나 백응지의 거리를 우리 동네처럼 활보했다. 확실히 백도 지역은 흑도가 있는 곳보다 거리가 깨끗하다. 청소할 줄 아는 자들이 있는 도시다. 가로수도 구경하고, 다루도 기웃거리다가 일전에 좌사 놈을 마주쳤던 객잔에 자리를 잡아서 국수도 먹고 술도 마시면서 시간을 축냈다.

흑묘방 근처에 있을 때는 살수들을 경계하느라 신경이 다소 날카로웠는데 백도 지역의 객잔에 자리를 잡고 있으려니 마음이 평화로웠다. 혹시 본래 내 체질은 백도가 아닐까 싶은 상황. 나는 오후 느지막이 나타난 색마 놈이 어슬렁대면서 걸어가는 것을 발견하고 큰 소리로 말했다.

"이여, 거기 몽 공자가 아닌가. 풍운몽가의 차남, 백응지의 몽랑."

길에서 화들짝 놀란 좌사가 황당한 표정으로 나를 바라봤다.

"뭐야? 너 뭐야?"

나는 좌사가 이대로 도망갈 것 같아서 큰 목소리로 대꾸했다.

"야 이, 똥싸…"

엄청난 속도로 순식간에 내 앞에 도착한 좌사가 나를 노려봤다.

"뒤지고 싶냐? 이거 완전 정신 나간 놈이네. 주둥아리 안 닫아?"

좌사가 자연스럽게 맞은편에 앉더니 내 입을 틀어막으려는 것처럼 나를 갈구기 시작했다.

"너 왜 여기 있어."

"보다시피 밥을 먹었다."

"하오문으로 꺼지지 않고 왜 여기서 밥을 처먹냐고."

나는 술을 한잔 마시면서 좌사를 바라봤다.

"내 마음이다."

사실 내 수하 중에서 좌사보다 강한 놈이 없다. 그것이 내가 백응지에 있는 이유다. 살수를 맞이해도 좌사와 함께 맞이하는 것이 편하다는 말씀.

"원래는 복귀하려 했는데."

"했는데."

"살수들이 쫓아왔다."

"그래서."

"다 죽이고 나니까, 이 집 국수가 생각나더라고. 이 집이 국수를 잘해."

지나가던 점소이가 나를 바라보면서 씨익 웃었다.

"저희가 좀 잘하죠."

나는 점소이를 가리키면서 고개를 끄덕였다.

"내 말이."

좌사는 점소이도 갈궜다.

"너 저리 안 꺼져?"

점소이가 좌사를 향해 고개를 숙였다.

"꺼지겠습니다. 공자님."

좌사가 나를 바라봤다.

"그러니까 네가 굳이 여기서 쉴 이유는 없잖아. 하오문주 이자하, 왜 자꾸 귀찮게 구는 거냐. 아는 척 좀 하지 마라."

"몽랑아, 아직도 모르겠냐?"

"뭘?"

"네가 아는 척을 하지 말라고 하면 나는 아는 척을 하는 사람이야. 이 새끼가 정신을 못 차렸네. 한바탕하고 싶으냐? 백응지의 젊은이 중에서 누가 가장 강한지 한번 보여줘?"

나는 방금 하오문주에서 백응지의 젊은이로 전직했다.

"그리고, 백응지가 네 사유지냐? 앞마당이야? 뒷마당이야? 싸가지 없는 새끼."

좌사가 한숨을 내쉬었다.

"백응지는 내 사유지가 아니지. 알았다. 알았으니까 살수들하고 알콩달콩 잘 싸우고 뒤지든지 말든지 알아서 해라. 나는 갈 테니 아는 척…"

내가 물끄러미 바라보자, 좌사가 말을 정정했다.

"하여간 무운을 빈다."

나는 좌사가 일어나는 것을 물끄러미 바라보다가 진지한 어조로 말했다.

"똥싸개, 앉아라."

좌사가 분노한 표정으로 다시 앉았다.

"이 새끼가 진짜… 한판 떠?"

나는 씨익 웃으면서 좌사를 바라봤다.

"몽랑아."

"왜."

"깝죽대지 마라. 내가 성질이 뻗치면 어떻게 할 거 같아. 백응지에 하오문 지부를 설립할 거다. 지부가 안정화될 때까지 매일 여기서 술이나 마시면서 돌아다니다가, 네가 깝죽대고 있는 꼬락서니를 보거나 처자들 희롱하는 것을 목격하면 검마 선배에게 고하거나 아니면 임 맹주에게 고하거나 하여간 방법은 많아. 날 자극하지 마라. 널 괴롭히려고 지부도 설립할 수 있는 사내, 그것이 나다. 알았어?"

좌사가 잠시 입을 다물었다.

"…"

나는 아무렇지도 않은 어조로 말했다.

"내 수하 중에서 쓸만한 놈들만 모아도 오백 명이 넘어. 그 오백 명이 전부 너를 감시할 수도 있다. 그냥 지켜보기만 할 거야. 오늘은 몽랑이 술집에 들어가서 육포를 주문했습니다. 이런 것까지 내 귀에 들어오게 할 자신이 있다. 그것이 바로 하오문이기 때문이지."

"…"

"네가 사는 게 재미있을까, 없을까."

좌사가 떫은 표정으로 대꾸했다.

"원하는 게 뭐야."

나는 고개를 끄덕인 다음에 술을 내밀었다.

"이제야 좀 말이 통하는군. 한 잔 받아라."

좌사가 내민 빈 잔에 술을 채워주면서 말했다.

"나를 쫓는 놈들은 아마도 사류곡이라는 곳에서 나온 살수들 같다."

좌사가 대꾸했다.

"그래? 그럼 그 잘난 네 수하 오백 명을 모아서 쳐들어가는 건 어때? 오백 명이 사류곡에 똥만 싸질러도 식수가 끊겨서 살수들이 똥

독에 올라 전멸할 텐데. 이렇게 간단한 것을 왜 못하실까."

좌사가 낄낄대는 동안에 내가 대꾸했다.

"너는 머리에 똥밖에 없냐?"

"…"

"여자들도 똥 얘기로 꼬셨어? 지려서 꼬셨어?"

"닥쳐라."

"하여간 사류곡은 살수지왕을 종종 배출하는 곳이다. 실력이 제법 뛰어나지. 내가 하오문과 쳐들어가면 내 수하들이 꽤 많이 죽을거다."

"그렇군. 그게 나랑 무슨 상관이야."

나는 손가락으로 좌사를 가리켰다.

"내 수하 중에는 너보다 강한 사내가 없다."

좌사가 웃으면서 나를 바라봤다.

"하, 당연한 거 아니냐? 이 백응지에서도 없다. 물론 사부님 빼고."

나는 잠시 턱을 괸 채로 좌사의 표정 변화를 확인했다. 별것 아닌 칭찬에 갑자기 웃는 것을 보아하니… 속으로 한숨이 나왔다.

"너는 살수들에 대해서 어떻게 생각해."

"뭘 어떻게 생각해. 병신 같은 놈들이지. 걸리면 죽일 뿐이다."

"좋았어. 결정했다."

"뭘?"

"너 나랑 일 하나 하자. 둘이서 사류곡을 박살 내는 거다. 꽤 힘든 싸움이 되겠지."

"그걸 왜 네가 결정해."

이제 하도 어처구니가 없는지 좌사는 의자가 뒤로 넘어갈 것처럼 위태롭게 앉아서 흔들거렸다.

"내가 왜 너랑 사류곡에 가서 그 살수지왕까지 배출했다는 살수들을 죽여야 하냐 말이야. 내가 강한 것은 사실이지만 내가 왜? 알아듣게 설명을 해보아라. 하오문주."

나는 고개를 끄덕였다.

"이럴 때는 거부할 수 없는 제안을 해야 하는 법. 영약을 주마."

"영약 같은 소리 하고 있네. 이 영악한 새끼."

"…"

"빙공을 익히는 자들이 뭘 먹어야 하는지나 알아?"

나는 물을 한 모금 마시면서 말했다.

"월단화月丹花가 있는 곳을 알려주마."

순간 깜짝 놀란 좌사가 의자와 함께 뒤로 넘어갔다. 거의 넘어간 자세에서 갑자기 귀신처럼 빳빳하게 몸을 세운 좌사가 놀란 표정으로 나를 바라봤다.

"월단화? 네가 어찌 알아?"

"내가 하오문주니까 알지. 웬만한 놈들은 월단화가 뭔지도 몰라. 너는 빙공을 수련했으니 알 테지만."

월단화는 예전에 환도쌍귀가 얻으려 했었던 장보도에 표시된 희귀한 영약이다. 내가 이 월단화의 위치를 알면서도 당장 찾아가지 않았던 이유는 빙공을 얻지 않은 상태에서 복용하면 효과가 떨어지기 때문이다. 전생의 내가 그랬다. 영약의 기운이 매우 뛰어났음에도 불구하고 금구소요공과는 잘 맞지 않아서 고생했었다.

월단화를 간단하게 설명하자면 이렇다. 가장 높은 곳에 빙공 영약의 왕인 만년설삼萬年雪蔘이 있다면 월단화는 만인지상萬人之上이라 할 수 있는 자리를 차지하고 있다. 빙공을 익히는 자에겐 공청석유나 다름이 없다. 장보도가 가르치는 위치에 월단화가 몇 송이 피고 있는데 어차피 어떤 고수든 간에 한 송이밖에 취할 수 없다.

전생의 나도 한 송이를 먹고 무척 고통스러웠기 때문이고 꽃 한 송이가 떨어지면 주변의 월단화도 이내 시들어 버린다. 또한, 손을 대지 않은 상태에서 바로 섭취해야 하는 번거로움도 있는 영약이다. 어쨌든 나는 월영무정공을 익힌 상태이고, 좌사도 옥화빙공을 익혔기 때문에 월단화와 상성이 맞을 것이다. 좌사가 내게 물었다.

"월단화가 어디에 있는데?"

"서늘한 곳에 있겠지."

"거짓말은 아니겠지?"

나는 좌사의 표정을 구경하면서 말했다.

"허구한 날, 술이나 처마시러 다니고. 여인이나 기웃대고. 너는 어느 순간 무언가에 막혔을 거다. 빙공에 도움이 되는 영약은 구하기가 정말 힘들지. 막혔을 때는 영약으로 강제로 내공의 총량을 늘려서, 익히고 있는 절기를 조금 더 원활하게 구사할 수 있게 되면 자연스럽게 다음 과정으로 넘어갈 수 있다. 여기서 매번 검마 선배에게 혼나면서 지낼 것인지 월단화를 얻어서 검마 선배가 원하는 대로 다시 무공 수련에 집중할 것인지 네 선택에 달렸다."

좌사가 진중한 표정으로 대꾸했다.

"일단 월단화가 있다는 말을 믿을 수가 없다. 먼저 내가 월단화를 씹어 먹고 운기조식을 해서 기운을 모두 흡수한 다음에 사류곡으로 가겠다면 생각해 보마. 거꾸로는 안 돼. 내가 먼저 월단화를 취해야 한다."

나는 침착한 표정으로 좌사를 바라보다가 고개를 끄덕였다.

"그렇게 해도 된다. 대신에."

"대신에 뭐?"

"검마 선배에게 이번 일에 대한 것을 말하고, 행선지도 밝혀라. 월단화를 취한 다음에 나와 함께 사류곡으로 쳐들어가겠다고 말씀드려. 너는 아직 애송이라서 말에 무게가 없다."

좌사가 의아한 표정으로 대꾸했다.

"너는 장소를 안다면서 왜 월단화를 먹지 않았지?"

"말했잖아. 빙공을 구하고 있었다고. 무슨 뜻인지 모르겠어?"

"아… 맞군."

좌사는 빠르게 이해했다가 다시 표정이 돌변했다.

"뭐야? 빙공을 얻었어?"

나는 씨익 웃으면서 대꾸했다.

"네가 익힌 빙공이 유일한 것 같으냐?"

나는 쥐고 있는 술잔에 잔월빙공을 주입했다. 이내 술잔에 허연 김이 서렸다가 술의 표면까지 순식간에 얼어붙었다.

"…"

좌사가 침을 한 번 삼키더니 내게 손을 내밀었다.

"줘 봐."

내가 얼어붙은 술잔을 던지자, 좌사는 얼이 빠진 표정으로 구경하다가 욕지거리를 내뱉었다.

"이거 뭐야. 진짜 빙공이네."

나는 좌사를 바라봤다.

"몽랑아, 잘 생각해라. 인생이 변할 기회다. 어느 강호인이 영약의 위치를 알려주겠냐. 다행히 월단화는 한 송이를 취하는 것에 그쳐야 하고. 사람의 기운을 받으면 전부 꽃잎이 지기 마련이다. 검 한 자루 준비해서 나와 함께 월단화를 따러 가자. 동시에 취하고 빙공의 경지를 더욱 높이 끌어올릴 수 있을 거다. 그다음은 사류곡으로 가는 거다. 혹시 네가 그곳의 살수들이 두렵다면 검마 선배에게 청해서 함께 가도 좋아. 우리 셋이 힘을 합치면 웬만한 문파는 초토화할 수 있겠지. 안 그러냐?"

문득 나는 고개를 돌려서 길을 주시했다. 검마가 뒷짐을 진 채로 다가오다가 다짜고짜 내게 물었다.

"문주, 사실인가?"

"어디까지 들었는지 모르겠으나 사실이오."

검마가 덤덤한 표정으로 다가와서 좌사를 바라봤다.

"제자야."

"예, 사부님."

"가자."

"아, 어디로 모실까요."

검마가 대꾸했다.

"어디긴 어디야. 월단화 따러 가야지."

"지금요?"

검마가 이번에는 나를 바라봤다.

"문주, 가세나."

내가 점소이를 불러서 계산을 하고 있자, 좌사가 검마에게 물었다.

"왜 갑자기 사부님도 가십니까. 월단화가 필요하세요?"

"나는 필요 없다."

"그런데 가시겠다고요? 일단 제가 문주와 다녀오겠습니다."

검마가 침착한 표정으로 제자와 나를 번갈아 보다가 대꾸했다.

"안내해라. 내가 호법을 서마. 위험한 순간일 테니."

나는 검마를 노려보다가 고개를 끄덕였다.

"갑시다."

# 118.
# 시간이라는 값을
# 치른 다음에

검마가 맹주와 싸울 때도 꺼내지 않은 장검을 챙겨 나오는 것을 보고 내가 물었다.

"선배, 그건 무슨 검이오?"

검마가 대꾸했다.

"선대先代의 검이네. 잘 사용하진 않네만 이럴 때는 챙겨야지."

"이름이?"

"광명검光明劍이네."

검마라는 별호와는 어울리지 않는 검명劍名이다. 무슨 사연이라도 있는 것일까. 십중팔구 거절할 것이라 여기면서도 나는 문득 검마에게 무리한 요구를 했다.

"선배, 검 좀 구경해도 되겠소?"

다소 놀란 좌사가 사부를 바라봤다. 검마가 나를 바라보더니 씨익 웃으면서 대꾸했다.

"살펴보겠나?"

나는 검마가 내미는 광명검을 받았다. 특이한 외형은 아니었다. 평범하면서도 단정한 느낌이랄까. 수실도 없고 검집과 손잡이도 특이한 것은 없었다. 전반적으로 검은색과 쪽빛이 뒤섞여 있는 게 조금 이상하다는 느낌을 받았는데 가장 인상적인 부분은 무게였다.

"왜 이렇게 무겁소?"

"무거운 편이지."

나는 왼손으로 몸통을 붙잡은 다음에 광명검을 뽑았다. 겉은 칙칙했는데 검신劍身은 그야말로 휘황찬란할 정도로 매끄러웠다.

'명검이네.'

문득 이상한 기분이 들어서 최대한 천천히 뽑았다. 순간 나는 전신에 닭살이 돋았다.

"음…"

나는 검마를 바라봤다.

"…선배, 이거 환청이오?"

문득 나는 하늘과 주변을 둘러봤다. 귓가에서 여러 사람의 비명과 흐느낌이 들리고 있었다. 가까이서 들리는 느낌은 아니었고 마치 다른 공간에서 울리는 소리처럼 들렸다. 계속 듣고 있으면 아주 자연스럽게 심마心魔에 빠져들 것 같은 귀곡성이었다. 나는 도로 검을 집어넣어서 귀곡성을 잠재웠다. 검마가 덤덤하게 말했다.

"환청은 아니야. 제법 잘 견디는군. 보통은 뽑자마자 기절하는 사람도 많은데. 오래 만지고 있으면 꿈자리가 사나울 테니 이리 주게."

나는 광명검을 검마에게 돌려주면서 말했다.

"잘 봤소. 아니, 잘 들었다고 해야 하나? 어쨌든 훌륭한 검이오."

내 말에 저 침착한 검마가 당황한 표정으로 광명검을 받았다.

"훌륭하다고?"

나는 팔짱을 낀 채로 검마를 바라봤다.

"보기 드물게 훌륭하오."

"어떤 점이?"

"보기 드문 마검魔劍 같소. 마검이든 요검妖劍이든 간에 이것을 지니지 않은 채로 맹주와 목검을 겨뤘으니 선배는 강한 사내요. 인상적이로군."

내 생각이 그렇다. 검마가 이것을 쥐고 싸웠다면 맹주와 사흘 밤낮을 겨뤄도 이상하지 않을 일이었다. 검마가 고개를 끄덕이더니 잔잔한 미소와 함께 대답했다.

"알아주니 고맙군."

검마가 문득 제자를 바라보면서 중얼거렸다.

"하오문주가 내 마음을 이해하는구나."

좌사가 고개를 살짝 숙이면서 대답했다.

"저도 이해하고 있습니다. 사부님."

검마가 씨익 웃으면서 대꾸했다.

"출발하자."

광명검에는 사연이 있을 테지만, 나는 굳이 묻지 않았다. 사람들은 저마다 말하기 힘든 사연이 있다. 검마가 맹주와 겨룰 때도 자신의 병장기를 챙겨 가지 않았을 정도라면, 광명검에는 나름의 깊은 사연이 있다는 뜻일 터. 그 사연은 시간이라는 값을 치른 다음에 들는 것이 옳다. 좌사의 검까지 챙긴 다음에 우리 셋은 월단화를 취하기 위해 대적산大赤山으로 출발했다.

* * *

"월단화가 대적산에 있었나?"

"정확하게는 대적산 너머에 있소."

검마가 놀란 표정으로 나를 바라봤다.

"혹시 적야赤野의 솟은 봉우리에 있나?"

"적야를 아셨소?"

영문을 모르는 좌사가 물었다.

"사부님, 어떤 곳입니까?"

"종종 고수들이 찾아가서 싸움을 벌이던 장소였지. 특이한 결전 장소랄까. 이런 강호인들 때문에 험지가 평야로 바뀌었다는 이야기가 내려오는 곳이다. 사실 눈으로 봐도 이해할 수 없는 곳이다. 땅은 대체로 먼지가 된 것 같은 붉은 모래가 흩날리고 있고, 어떻게 솟은 것인지 알 수 없는 봉우리들이 곳곳에 남아있지."

좌사가 사부를 바라봤다.

"삼재가 거기서 맞붙기라도 했습니까?"

검마가 덤덤한 표정으로 대꾸했다.

"모를 일이다. 삼재에 대한 뜬소문은 하도 많아서 진위를 가리는 것이 어렵다. 그러나 경관이 이렇게 변했다면 어쨌든 천하제일에 근접한 고수들이 이곳에서 자주 겨뤘을 것이야."

좌사가 마른 웃음을 지으면서 말했다.

"혹시 그 월단화가 자연적으로 피어난 것이 아니고 삼재의 일원이 손수 가꾸는 것이라면 방문하는 것을 재고해야 하지 않을까요?"

검마가 고개를 저었다.

"그럴 수는 없다."

일단 나는 내 의견을 말하고 싶었으나 입을 다물 수밖에 없었다. 그곳이 만약 삼재의 일원이 관리하는 곳이라면 전생의 내가 그곳에서 죽었어야 옳다. 우리 셋은 경공을 펼쳐서 대적산을 넘은 다음에 언덕 아래로 드넓게 깔린 검붉은 색의 평야를 바라봤다. 곳곳에 벼락이 꽂혀있는 것 같은 다양한 모양의 봉우리들이 군데군데 솟아있었다. 새삼스럽게 기괴한 모양의 장소이긴 했다. 나는 잡다한 상념을 지운 채로 언덕 아래로 몸을 날렸다.

"갑시다."

잠시 후 세 줄기의 먼지바람이 적야에 피어올랐다. 나는 곧장 언덕 위에서 봐뒀던 가장 높은 봉우리로 향했다. 달려가는 와중에 목적지를 발견한 좌사가 외쳤다.

"아니, 저길 어떻게!"

언덕에서 봤을 때는 적당히 높아 보이던 봉우리다. 그러나 밑으로 꺼져있는 평야를 달리면서 올려다봤을 때는 엄청난 높이였다. 그렇다고 친절하게 사람의 발걸음을 허락하는 모양새도 아니다. 가장 높은 봉우리는 그야말로 수직으로 솟아있는 기둥이나 다름이 없었기 때문이다. 우측에서 달리던 검마가 물었다.

"가장 높은 봉우리였군. 이름이 있나?"

... 광마회귀 3

"적야고봉赤野孤峰이라고 알고 있소."

처음 장보도에 적힌 외로운 봉우리가 무엇을 말하는 건지 몰랐었다. 그러나 가장 높은 봉우리에 올라보니 그 심정을 알 것 같았다. 말 그대로 가장 높은 곳에서 맞이하는 알 수 없는 외로움이 절절하게 느껴지는 장소였기 때문이다. 검마가 탄식을 내뱉었다.

"아, 그런 이름이라면 확실히 옛사람의 발길이 닿은 곳이겠구나."

나는 속도를 높이면서 검마에게 말했다.

"선배, 이곳은 한 번에 올라야 편할 거요. 전속력으로. 똥싸개도 최선을 다해라. 네 실력으로 올라갈 수 있을지 모르겠다만."

좌사가 코웃음을 쳤다.

"닥쳐라."

나는 어떤 식으로 오르는 게 편한지 보여주기 위해서 선두로 치고 나갔다. 도약으로 최대한 높이 솟구쳐서 벽면을 발끝으로 찍은 다음에 솟구쳤다. 허벅지가 부풀어 오르는 느낌을 받았다. 균형을 잡고, 벽을 박차고 오르기를 십여 차례나 반복해서 정상에 도달했다. 아래를 내려다보니 검마가 가벼운 몸짓으로 솟구치다가 나와 별 시간 차이 없이 정상에 도착했다. 우리 둘은 아래에서 올라오는 똥싸개를 잠시 바라봤다.

"…"

중간에 발을 헛디뎠는지 두 손과 두 발을 벽에 붙인 채로 빙공까지 써가면서 요란하게 올라오고 있었다.

*파바바바바바바박!*

나는 혀를 찼다. 굳이 영약을 먹으러 오는데 저렇게 난리를 피워야 하나 싶었다. 잠시 후에 팔다리가 부들대는 좌사가 정상에 도착해서 호흡을 가다듬었다. 검마가 못마땅했는지 제자를 갈궜다.

"공력이 충분한데 그게 무슨 추태냐. 석룡자石龍子(도마뱀)를 보는 것 같았다. 술 마시느라 바쁘겠지만 앞으로 경공 수련도 따로 시간 내서 해라. 이 먼 곳까지 와서 나를 부끄럽게 만들다니."

좌사가 당황스러운 표정으로 대꾸했다.

"사부님, 이런 봉우리에 오른 것은 저도 처음입니다."

나는 좌사의 시답지 않은 변명에 코웃음을 쳤다.

"똥을 싸라."

나는 좌사가 입을 열기 전에 돌아서서 꽤 넓은 봉우리의 중앙을 바라봤다. 옆에 있는 검마가 탄식을 내뱉었다.

"아, 있구나."

자그마한 둔덕 위에 월단화가 군데군데 피어있었다. 우리 셋은 천천히 월단화를 향해 걸어갔다. 약속한 것처럼 조심스러운 발걸음이었다. 스스로 시드는 성향이 있는 꽃이라서 그렇다. 실제로 일부는 이미 꽃이 진 채로 널브러져 있었고, 사이사이에 멀쩡한 월단화가 바람이 불 때마다 고개를 이리저리 움직이고 있었다. 좌사가 목소리도 낮췄다.

"정말 있군요."

나는 좌사에게 주의사항을 다시 말해줬다.

"검으로 베고, 꽃을 날에 올려놓은 채로 떨어뜨려 복용하면 된다. 무슨 말인지 알겠지? 손을 대면 약효가 현저히 줄어든다."

좌사가 검마에게 물었다.

"사부님은 안 드십니까?"

"맞지 않는 영약에 욕심내는 것은 미련한 짓이다. 두 사람은 어서 월단화를 취하고 운기조식을 시작해라. 이제부터 말도 삼가라. 월단화는 이미 우리가 왔음을 알 것이다."

나는 좌사와 눈빛을 교환했다. 동시에 취해야 해서 호흡을 맞출 필요가 있었다.

'설마 이 똥싸개 놈이 실수하진 않겠지.'

하지만 실수도 운명이다. 나는 좌사와 동시에 고개를 끄덕여서 찰나의 순간을 맞춘 다음, 흑묘아를 뽑아서 월단화를 잘라내자마자 칼의 면을 타고 내려오는 월단화를 순식간에 삼켰다. 월단화를 씹어 먹으면서 좌사를 바라봤다. 좌사도 월단화를 씹으면서 시건방진 미소를 짓고 있었다. 검마가 침착한 어조로 말했다.

"시작해라."

우리 셋은 삼각 구도로 가부좌를 틀었다. 검마는 팔짱을 낀 자세로 우리 둘을 살폈다. 나는 뜬 눈으로 천옥이 월단화의 기운을 흡수하는 것을 느끼다가 한 차례 전신에 휘감기는 한기寒氣를 느꼈다. 사실 나는 천옥 때문에 이 자리에서 운기조식을 할 필요가 없다. 새삼스럽게 나는 가부좌를 틀고 있는 검마를 바라봤다. 광명검까지 챙겨서 온 검마다.

나는 광명검을 뽑았을 때 들었던 불길한 귀곡성 때문에 저 검이 천옥과 비슷한 마도기물魔道奇物이라는 것을 알았다. 마도기물을 몸에 지니지 않은 검마는 믿을만한 사내였으나. 마도기물 자체에 대한 위험성에 대해서는 방심할 수 없었기 때문에 나는 운기조식을 뒤로 미룬 채로 검마와 종종 눈을 마주쳤다. 내가 운기조식을 하지 않아도 검마는 놀라지 않았다.

검마는 때때로 나와 제자를 바라보다가 명상에 잠기는 것처럼 눈을 감았다. 결국 검마와 내가 좌사의 운기조식을 기다리면서 함께 호법을 섰다. 좌사의 운기조식이 언제 끝날지 예상할 수 없었기 때문에 나도 팔짱을 낀 채로 잠시 눈을 감았다. 좌사가 일주천을 하기에도 턱없이 부족한 시간이 흐른 상황. 문득 나는 검마와 동시에 눈을 떴다.

"…!"

검마가 내게 흥분하지 말라는 것처럼 손을 내밀었다. 운기조식을 하는 좌사도 변고를 알아차렸는지 미간을 좁히고 있었다. 검마가 좌사에게 말했다.

"몽랑아, 침착하게 네가 할 일을 해라."

검마가 조용히 일어나더니 뒷짐을 지고 돌아서서 전방을 주시했다. 봉우리 아래쪽에서 일정하게 울리는 둔탁한 소리가 들리더니 붉은 옷을 입은 여인이 가볍게 솟구쳤다. 나는 검마 옆에 서서 갑작스럽게 등장한 여인을 바라봤다. 서른 살은 넘어 보이는 여인이었는데 사실 저 정도면 쉽사리 나이를 가늠해서는 안 된다. 입이 약간 큰 편이었는데 뺨에 보조개가 작게 파여있었다. 삼재가 아니라는 것은 바로 알았지만, 여인의 정체는 나도 알 수가 없었다. 적의여인이 검마에게 말했다.

"월단화가 시들었네?"

검마가 대꾸했다.

"선배가 키우던 것이면 사과하리다. 푯말이라도 하나 박아 넣지 그러셨소."

나는 어리둥절한 표정으로 두 사람을 바라봤다.

"…"

솔직히 여인의 정체도 궁금하긴 했으나 왜 내가 전생에 월단화를 먹었을 때는 저 여인이 없었는지가 더 궁금했다. 여인이 말했다.

"황당해서 말이 안 나오네. 좌사, 도둑질을 이렇게 요란하게 해도 되는 것이냐? 이상한 소리가 들리기에 혹시나 해서 왔는데."

검마가 대꾸했다.

"제자의 경공 실력이 형편없어서 선배의 귀에 들렸던 모양이오. 그리고 나는 교에서 나왔으니 굳이 좌사라 부를 필요 없소."

"배교자가 되었어?"

"그냥 교주와 다투고 나온 것으로 이해해 주시오."

적의여인이 놀란 표정으로 대꾸했다.

"네가 교주와 다퉈? 놀랄 일이구나. 이유를 알려주겠느냐?"

검마가 건조한 어조로 대꾸했다.

"교주가 천옥을 만들겠다고 해서 반대하다가 겨루게 되었소."

나는 갑자기 천옥이라는 말이 나오자마자 소스라치게 놀랐다. 과장되게 말하자면 내 안의 천옥이 술렁거리는 느낌까지 받았다. 적의여인이 큼지막한 입으로 웃으면서 대꾸했다.

"천옥? 대사형이 드디어 미쳤구나. 하긴, 그것이 대사형다운 선택이지."

나는 적의여인을 물끄러미 바라봤다. 나는 오늘 몇 차례나 화들짝 놀라야 할까? 천옥에서 한 번 매우 놀라고, 교주를 대사형이라 부르는 여인 때문에 재차 놀랄 수밖에 없었다. 적의여인이 검마를 위아래로 살폈다.

"대사형과 싸워서 살아남다니 네 성취도 정말 보기 드물게 빠르구나. 아니면 대사형이 특히 너를 아껴 차마 죽이지 못했을 수도 있겠구나."

검마가 말했다.

"교주에게 무슨 그런 감정적인 면이 있겠소. 선배도 조심하시오. 사형제의 정도 천옥 앞에서는 부질없을 것이니."

적의여인이 고개를 끄덕였다.

"천옥이 그리 쉽게 만들어지겠느냐? 후임 좌사는 누구라더냐?"

"모르겠소. 관심이 없어서."

적의여인이 평온한 표정으로 검마에게 말했다.

"그나저나 월단화가 전부 시들었구나. 네가 어떻게 변상할 것인지 들어보자."

검마가 대꾸했다.

"선배가 직접 관리하던 게 맞소?"

적의여인이 미소를 한 번 짓더니 품에서 꺼낸 양피지를 검마에게 던졌다. 나는 공중을 날아가는 양피지를 보자마자 헛웃음이 나왔다. 내가 예전에 가지고 있었던 장보도가 바로 저것이었기 때문이다.

# 119.
## 혼란하다
## 혼란해

양피지를 확인한 검마가 점잖은 어조로 말했다.

"장보도?"

적의여인이 웃었다.

"월단화는 멋대로 피고 지는 꽃이다. 지켜보니 십 년 동안 피지 않을 때도 있더구나. 그 간격의 지루함을 달래줄 자들이 있어야 하지 않겠느냐? 본 궁의 하인도 충원할 겸 말이야. 그래도 여기까지 올라오는 자들이라면 못난 놈들은 아니겠지."

"이러면 교주와 다를 게 뭐요?"

"강호에 사는 자들을 어째서 사람 취급을 해준다는 말이냐. 이곳에 월단화가 피어있고 내가 약한 여인이었다면 오는 강호인들마다 나를 공격했을 것이다. 검마라 불리는 놈이 이런 시답지 않은 말을 할 줄이야. 주화입마에 시달리는 게야? 넋 나간 소리를 하고 있군."

적의여인이 운기조식을 하는 좌사를 바라봤다가, 이어서 나를 주시했다.

"자, 이제 이곳의 월단화는 내가 관리하던 것임을 알았을 터. 너희는 내게 어찌 변상할 것이냐. 들어보자꾸나."

검마도 나를 바라봤다. 적의여인이 막무가내라서 할 말을 잃은 모양이다. 나는 교주의 사매로 추정되는 적의여인에게 말했다.

"뭘 바라나? 월단화는 애초에 홀로 피는 꽃. 그대가 취할 작정이었다면 미리 처드셨어야지. 주장하는 논리가 괴상하군. 더군다나 장보도까지 쥐고 있는 것을 보아하니 강호인을 낚는 미끼 정도로 생각한 모양인데 지렁이 값이라도 챙겨달란 말이냐?"

내 말이 끝나자마자, 적의여인이 잔뜩 놀란 표정으로 눈을 껌벅였다.

"황당한 놈이로구나. 검마, 이자는 누구냐?"

검마가 떨떠름한 표정으로 대꾸했다.

"당사자에게 물어보시오. 눈앞에 있는데 굳이 내게 물어보는군. 나도 아직 이 녀석의 정체를 완벽하게 파악하진 않았소."

적의여인이 여전히 놀란 표정으로 나를 주시했다.

"넌 누구야?"

나는 본래 예의가 없는 놈이라서 잠시 고민에 빠졌다. 어쩐지 하오문주라고 밝히면 성질 있는 여인네가 나중에 수하들을 괴롭히거나 하오문을 공격할 것만 같았다.

"나는 얼마 전까지 객잔에서 국수를 말고 탁자를 닦던 사람…"

내 말을 가볍게 무시한 적의여인이 검마에게 말했다.

"저 운기조식을 하는 놈은 누구냐."

검마가 대꾸했다.

"제자요."

"광명검을 이어받을 놈이냐?"

"그렇진 않소."

"다행이군. 네 제자 놈과 이 황당한 놈. 두 사람 중 한 명은 내가 데려가는 것으로 이번 셈을 치르마. 하인 일이라도 시켜야 분이 풀리겠구나. 둘 다 나이에 비해 내공이 깊어서 일도 잘할 것 같고. 이 정도면 셈이 되겠지?"

검마가 대답했다.

"궁주宮主, 그것은 어렵겠소."

"이유는?"

"제자는 아직 가르칠 게 많아서 더 데리고 있어야겠소. 그리고 제자를 데려가면 귀하의 세력은 풍운몽가와 전면전을 벌이게 될 것이오."

"황당하구나. 풍운몽가 따위가 어찌 본 궁의 상대가 된다는 말이냐. 그럼 저놈도 백도의 공자냐?"

검마가 고개를 저었다.

"그렇진 않으나, 당신의 하인으로 갈 사내가 아니외다."

"이유는?"

"이미 홀로 일어난 사내라서 그렇소. 어쨌든 선배의 월단화를 취한 것은 사실이니 내가 강호를 돌아다녀서라도 월단화에 버금가는 귀한 것을 찾아내어 궁에 전달하리다. 나는 내뱉은 말은 지키고 사는 사내이니 선배가 양해해 주시오."

나는 팔짱을 낀 채로 두 사람을 바라봤다. 마도의 인물들임에도 대화는 꽤 점잖았다. 적의여인이 웃었다.

"오랜만에 이래라저래라 하는 말을 들으니 기분이 점점 나빠지는 구나. 그간 대사형과도 겨루고, 성취도 빨라서 내가 누군지 잊은 모양이야. 그 잘났다던 좌사의 실력이나 구경하면 기분이 좀 나아질 것 같은데."

검마도 미소를 지었다.

"말을 모호하게 하는군. 내가 누군지 잊었나?"

적의여인이 고개를 끄덕였다.

"알다마다. 그 잘난 검마가 어째서 교주를 상대하다가 도망을 쳤느냐? 실은 누구보다도 오만했던 너도 패배란 걸 경험한 모양이지?"

검마가 고개를 끄덕였다.

"교주는 그런 사내요. 궁주가 교에서 도망쳤던 것처럼 나도 어쩔수가 없었지. 모처럼 도망자들끼리 만났는데 그럼 옛 기억을 떠올릴 겸 시작해 봅시다."

적의여인이 바로 대꾸했다.

"가자."

봉우리의 끝으로 걸어가던 적의여인이 그대로 몸을 날렸다. 검마가 나를 바라보면서 일상적인 어조로 말했다.

"문주, 부탁하네."

나도 고개를 끄덕였다.

"다녀오시오."

나는 봉우리에서 몸을 날리는 검마를 바라보다가 팔짱을 꼈다. 어쨌든 성질이 나면 한판 붙는 것이 최고여서 놀랍지도 않았다. 싸움

34　　　　　……　　　　　광마회귀 3

이 궁금하긴 했으나 검마의 부탁을 받았기 때문에 나는 제자리에 주저앉아서 팔짱을 꼈다. 한숨이 살짝 나왔다. 내가 좌사의 운기조식을 지켜주고 있을 줄이야. 사람 일은 정말 알 수가 없다.

잠시 후 아래에서 굉음이 들렸는데, 사실 걱정이 되지 않았다. 교주가 확실히 죽이지 못했던 사내가 검마다. 그러니 교주의 사매라는 여인이 검마를 죽일 가능성은 애초에 없다는 것이 내 결론이다. 이쯤 해서, 전생에 내가 월단화를 취했을 때… 저 여인네가 등장하지 않았던 이유를 곰곰이 생각해 보자면. 뭐 대단한 이유가 있겠는가? 십중팔구 누군가에게 죽었을 것이다. 특히 교주에게 죽었을 가능성이 크다.

천옥은 그런 물건이다. 교에서도 꺼리던 물건인 모양이니, 그것에 손을 댄 이후부터는 교주가 마도 세력부터 합병했을 것이다. 죽이고 채워 넣고, 죽이고 채워 넣는 것을 반복했겠지. 저 궁주라 불리는 여인이 아무리 잘난 척을 하더라도 교주가 찾아내려 하면 숨을 수 없었을 것이고. 교주가 죽이고자 하면 목이 꺾여 죽든, 원기를 모조리 빨려서 쭈글탱이 할망구가 되어 죽든 간에 운명을 피할 수는 없었을 것이다.

아래쪽에서 다시 굉음이 터졌다. 문득 좌사를 바라보니 얼굴에 연신 땀을 흘리고 있었다. 이래서 강호인들이 종종 주화입마에 빠지는 것이다. 불안함이 스멀스멀 피어오르다가 운기조식 과정에서 삐끗하게 되면 곧장 지옥행이거나 아니면 심각한 타격을 받게 된다. 나는 마음이 내키는 대로 똥싸개에게 말했다.

"네 사부가 질 싸움이 아니다. 운기조식하다가 똥 지리기 싫으면 침착하게 마쳐라."

그제야 좌사가 침을 꿀꺽 삼키더니 표정에 감돌던 불안한 기운이 천천히 가라앉았다. 이때, 검마가 싸우는 요란한 소리와 무관한 마찰음이 봉우리 아래에서 들렸다. 나는 팔짱을 낀 채로 고개를 돌려서 봉우리 끝부분을 주시했다.

'또 누구냐.'

이번에는 내 상대가 도착한 것일까? 잠시 후에 적의여인과 비슷한 옷차림이지만, 군데군데 하얀색이 더 많이 섞여있는 의복을 갖춘 여인이 훌쩍 솟구쳤다가 바닥에 가볍게 내려섰다. 나는 젊은 처자를 위아래로 살피다가 이런 결론을 내렸다.

'정상적인 여인네는 아니군.'

잔뜩 인상을 찌푸린 여인이 뒷짐을 진 채로 월단화에 다가가더니 연신 한숨을 푹푹 내쉬었다. 고개를 내 쪽으로 돌린 처자가 이렇게 물었다.

"너희 둘이 처먹은 것이냐?"

내가 한숨을 쉬자, 여인이 나를 갈궜다.

"귓구멍이 막힌 것이냐?"

나는 귀를 후빈 다음에 살짝 묻어 나온 귓밥을 입으로 불었다.

"후."

귓밥이 매화처럼 흩날렸다. 나는 무공을 익히지 않은 여인에게 손을 대본 적이 없다. 이 말의 의미가 무엇이냐? 무공을 익힌 여인은 여러 차례 쥐패봤다는 뜻이다. 아무래도 강호에 속한 여인은 일반 여인과 다르다. 그래도 여인은 여인인지라 일단 좋은 말로 타일렀다.

"궁주 제자쯤 되는 모양인데 그 주둥아리로 새빨간 흙을 배불리 처먹기 싫으면 눈깔을 일단 얌전하게 뜨고 언행도 조심하도록. 세상 물정 모르고 깝죽대다간 딱밤을 맞게 될 것이야."

"…"

처자가 나를 노려보더니 개방의 거지새끼처럼 팔자걸음으로 다가왔다. 가까이 다가온 처자가 냉랭한 표정으로 나를 내려다보더니 이렇게 물었다.

"딱밤이 무엇이냐?"

"딱밤이 뭔지도 모른다니 황당하군. 그렇다면 알려줄 수 없다."

"어째서."

"가르침을 청하는 말투가 아니기 때문이지."

여인이 한쪽 입꼬리를 위로 올렸다. 나는 그 표정을 보고 대단히 가소롭다는 생각을 했다. 공격을 예고하는 표정이었기 때문. 아니나 다를까 여인이 손을 내밀어서 지법을 펼쳤다. 내가 손목을 붙잡으려고 하자, 손목을 돌려서 회피한 처자가 자연스럽게 장법으로 전환해서 내밀었다. 처자의 동작이 매끄러운 편이어서 나는 별생각 없이 염계대수인으로 받아쳤다.

*콰아아아아아앙!*

처자가 예닐곱 걸음을 빠르게 물러나고. 어처구니없게도 나 역시 엉덩이를 땅에 붙인 채로 뒤로 약간 밀려났다. 두 발이 땅을 지탱하지 않아서 밀린 모양인데, 어쨌든 기분은 살짝 불쾌했다. 나는 일어나서 엉덩이를 턴 다음에 처자를 바라봤다.

"딱밤 맞을 준비는 되었겠지?"

처자가 내게 물었다.

"너 몇 살이야?"

새삼스럽게 내가 좌사를 공격했던 말이다. 그때의 의미는 실제 나이를 묻는 말이었으나, 처자가 내뱉은 말의 의미는 너 몇 살인데 공력이 이렇게 깊으냐 정도로 들렸다. 나는 문득 색마의 얼굴을 바라봤다가 정신이 잠시 오염된 것처럼 대꾸했다.

"알 거 다 아는 나이다."

처자는 자신이 희롱당한다고 여겼는지 눈을 부릅떴다.

"뭘 알아?"

"딱밤을 안다는 뜻이다. 딱밤도 모르는 촌뜨기 년."

처자가 기수식 같은 자세를 취하더니 곧장 땅을 밀어내면서 낮게 날아왔다. 이어서 장법을 펼치면서 내게 공격을 퍼부었다. 나는 처자의 장법을 받아치면서 생각했다.

'이러다 똥싸개 놈이 주화입마로 뒈지겠군.'

옆에서 고수들이 싸우고 있으니 미치고 환장할 노릇일 터. 일단 내 알 바 아니라서 처자의 공격을 막는 것에 집중했다. 처자의 장법은 어느새 지법으로 전환되었다가, 금나수법과 각법脚法까지 요란하게 뒤섞었다. 장법은 주먹으로 쳐내고. 지법은 금나수법으로 대응하고. 금나수법은 그보다 빠른 반격으로 무마했다. 순간, 내 왼쪽 뺨으로 처자의 발차기가 기세 있게 날아오기에… 왼손으로 발차기를 막고, 동시에 처자의 가슴으로 손을 뻗었다. 화들짝 놀란 처자가 한 손을 회수해서 가슴을 방어했을 때, 나는 처자의 장심을 잔월지법으로 정확하게 찍었다.

툭!

장력 교환으로 어차피 내가 더 공력이 깊다는 것을 알았기 때문에 펼친 한 수였다. 그러나 처자의 공력도 깊은 편이어서 잔월지법이 완전하게 먹히진 않았다. 나는 처자의 면상에 허초를 펼쳤다가 왼발로 처자의 발목을 후려 차고, 휘청이는 처자의 멱살을 붙잡아서 잔월빙공을 주입했다. 화들짝 놀란 처자가 반격을 하려다가 몸에 스며드는 한기에 소스라치게 놀라는 표정을 지었다. 더군다나 이미 내게 멱살을 붙잡힌 상황. 나는 처자의 멱살을 쥔 채로 말했다.

"딱밤은 말이야."

나는 말이 끝나자마자 목계의 공력을 휘감은 딱밤으로 처자의 이마를 때렸다. 빡- 하는 소리와 함께 바닥으로 허물어진 처자가 기절했다. 나는 냉소를 머금은 다음에 운기조식을 하는 똥싸개에게 말했다.

"운기조식을 종일 하냐? 면벽수련 하냐? 득도할 생각이냐? 적당히 좀 해라. 똥싸개 새끼야."

내가 방심을 한 것일까. 찰나에 기절했던 처자가 갑자기 한 손으로 바닥을 밀어내더니 누운 자세로 예닐곱 장을 뻗어나가서 귀신처럼 벌떡 일어섰다. 손으로 이마를 더듬던 처자가 살벌한 눈빛으로 나를 노려봤다.

"…"

나는 처자의 이마에 솟은 붉은 봉우리를 보면서 말했다.

"노려보면 어쩔 것이냐? 주제 파악을 해."

순간, 내 말투가 오염된 것 같다는 느낌을 받았다. 내가 이상한 게 아니라 저 처자가 이상한 것이다. 처자가 대꾸했다.

"…이것이 딱밤이냐."

슬슬 말투에 적응하기 어렵다는 생각을 하고 있을 때… 옆에 있는 좌사가 손을 이리저리 위아래로 교차하는 병신 같은 동작을 펼치더니 오른손을 단전으로 내리면서 호흡을 길게 내뱉었다.

"후우우우…"

운기조식을 마친 똥싸개가 눈을 떴다. 미친 똥싸개 놈은 내게 고맙다는 말 한마디도 없이 처자를 위아래로 자세히 훑은 다음에 말했다.

"촌뜨기, 여인은 함부로 때리는 게 아니다."

나는 팔짱을 끼고 있다가 고개를 휙 돌려서 좌사를 바라봤다.

"…맞는 말이긴 하나."

"닥쳐라!"

좌사가 내게 호통을 내지르더니 처자에게 말했다.

"내가 대신 사과하겠소."

좌사가 일어나서 엉덩이를 털더니 처자에게 포권을 취했다.

"풍운몽가의 몽랑이라 하오. 소저는?"

나는 어리둥절한 표정으로 좌사와 처자를 번갈아 봤다. 처자가 싸늘한 어조로 좌사에게 대꾸했다.

"너는 빠져있어."

"뭐요?"

처자가 목을 이리저리 꺾더니 우드득 소리를 낸 다음에 한쪽 어깨를 돌렸다. 이 와중에 여자한테 잘 보이려고 하는 좌사 놈에게 놀라고, 딱밤을 처맞고도 다시 내게 덤빌 생각을 하는 처자에게 놀랐다.

흑도 쓰레기 놈들도 일관되게 개판이긴 하나, 마도의 인물들은 하나같이 혼돈 그 자체였다.

이럴 때마다 나는 본래 백도에 어울리는 사내가 아닐까 하는 생각을 종종 하게 된다. 마도에 몸을 담고 있는 자들에 비하면 확실히 내가 더 정상이라는 생각이 들기 때문이다. 이런 와중에 처자가 허리에 두른 요대腰帶를 끌러내어 손목을 튕기자 요대는 어느새 채찍으로 변했다. 정신을 못 차린 처자가 내게 물었다.

"처맞을 준비는 되었느냐?"

그 와중에 봉우리 밑에서는 광명검이 길쭉하게 뽑아내는 귀곡성이 흐르고. 적의여인의 처녀귀신 같은 웃음소리가 적야평야를 뒤덮고 있는 귀곡성을 지워내고 있었다. 나는 한숨이 절로 나왔다.

'혼란하다. 혼란해.'

# 120.
## 미워하려면
## 제대로 미워해야지

색마 놈이 좋은 말로 처자를 뜯어말렸다.

"소저, 보통 미친놈이 아니니 그만두시오."

처자는 나를 노려보는 와중에 색마에게 대꾸했다.

"너는 빠져있으라고 했다."

나는 잠시 좌사 놈의 표정을 구경했다. 그 와중에도 좌사의 눈은 처자의 몸매를 훑고 있었다. 나는 좌사의 정신세계에 살짝 감탄했다.

'이놈은 진짜다. 진짜 색마다.'

처자가 내게 말했다.

"너 아까 제대로 안 싸웠지. 그건 나도 마찬가지야. 제대로 실력 발휘를 해라."

나는 팔짱을 낀 채로 처자의 말에 대꾸했다.

"너는 신분이 제법 높아서 제대로 처맞아 본 적이 없는 모양이군. 오늘 내가 새로운 경험을 선사하마."

내가 딱밤을 때렸다는 것은 대가리를 박살 내지 않고 딱밤에 그쳤다는 뜻이다. 처자가 늘어뜨린 채찍에 기를 불어넣으면서 대꾸했다.

"내게 그딴 협박은 통하지 않아."

처자의 손이 움직이는가 싶더니 곡선을 그리면서 순식간에 도착한 채찍이 내 머리에 떨어졌다.

*부앙!*

나는 움직이는 것이 귀찮아서 왼손으로 붙잡았다.

*탁!*

처자가 인상을 찌푸리면서 반대 손으로 채찍을 걷어내자, 삽시간에 채찍이 팽팽해졌다. 나는 염계의 공력을 주입하면서 외공으로 채찍을 잡아당겼다. 처자의 몸이 앞으로 질질 끌려오다가, 갑자기 공중에 뜬 채로 맹렬하게 날아왔다.

"…!"

공중에서 성질 더러운 처자가 좌장을 내밀었다. 나는 투지가 넘치는 처자의 눈빛을 보자마자 염계의 장력으로 맞받아쳤다.

*퍼억!*

나는 채찍을 붙잡고 있는 왼손으로는 잔월빙공을 쏟아내고, 오른손으로는 염계의 장력을 쏟아내는 와중에 사태를 관망하고 있는 좌사를 힐끔 노려봤다. 좌사가 나를 기습하지 않을 것을 알면서도 오래된 습관이었다. 나는 그제야 눈앞에 있는 처자의 표정을 살폈다. 억울해 죽겠다는 표정으로 공력을 끌어올리는 모양인지 얼굴이 점점 붉어졌다. 좌사가 또 오지랖을 부렸다.

"촌뜨기, 죽이지 마라. 소저도 그만하시고. 마지막 경고가 되겠소.

월단화 문제에 대해서는 이미 내 사부와 그대 일행이 밑에서 겨루고 있지 않소."

나는 처자의 눈이 서서히 붉게 물드는 것을 지켜봤다.

'음?'

마공을 익힌 모양이다. 의외로 오래된 무공들은 색色이 발현되는 경우가 종종 있다. 불가를 대표하는 색은 황금黃金, 도가를 대표하는 색은 태극을 이루는 청靑과 적赤이나 주로 청이 대표적이다. 반면에 마도 세력은 색이 그야말로 잡다하다. 흑黑처럼 어둡거나, 혈血처럼 불길한 색이거나, 회灰처럼 혼탁하다.

처자의 눈에 깃든 붉은 기운은 그중 혈이었다. 눈빛만이 아니라 처자가 쥐고 있는 채찍도 서서히 붉게 물들고, 내밀고 있는 손도 붉은빛의 장력에 휘감기고 있었다. 나는 냉랭한 눈빛으로 처자를 바라보다가 코웃음을 쳤다.

'혈마血魔 쪽인가.'

그제야 좌사는 어느 세력의 무공인지 알게 되었다는 듯이 다소 놀란 어조로 말했다.

"문주, 적당히 해라. 혈야궁血夜宮의 핏줄 같다. 다치게만 해도 전쟁이 일어나. 이자하! 죽이면 안 돼!"

나는 곁눈질로 좌사를 바라봤다.

"닥쳐라. 내가 알아서 할 테니."

나는 천옥의 힘을 일월공으로 분리하여 균형을 맞춰봤다. 강맹한 염계의 힘에 비해서 잔월빙공의 수준이 다소 낮았지만 이 시건방진 처자를 괴롭히기엔 충분했다. 붉은빛을 내뿜는 처자의 괴상한 장력

......

은 염계로 불태우듯이 제압하고 채찍을 통해서는 잔월빙공을 끈질기게 주입했다. 순간, 애초에 나보다 공력이 깊지 않았던 처자의 코에서 피가 주루룩 흘러내렸다. 나는 그 모습을 보면서 씨익 웃었다. 그 와중에 한쪽에서 흐르던 코피는 이내 두 줄기가 되었다. 나는 낄낄대면서 말했다.

"코흘리개였군. 콧물 봐라. 끈적끈적, 더러워 죽겠네. 코 풀 시간을 주고 싸울 걸 그랬나. 아니면 봉우리 오르기 전에 코를 팠나?"

"닥쳐라."

성질머리가 대단한 처자라 그런지 분한 기색으로 나를 노려봤다. 처자가 마도 소속임을 생각하더라도 정신세계를 이해할 수 없었다. 내가 딱밤을 때렸다는 것은 죽일 수 있음에도 봐줬다는 뜻이기 때문이다.

"이봐, 나는 네게 굽신대던 하인 같은 사내가 아니야."

나는 내공과 외공, 염계와 빙공을 조합해서 처자를 바닥에 짓이기듯이 눌렀다. 처자의 무릎이 바닥을 부술 것처럼 세차게 떨어졌다. 나는 강제로 처자의 무릎을 꿇린 다음에 물었다.

"항복?"

처자가 대꾸했다.

"그럴 리가."

"좋았어."

나는 처자의 용맹함에 고개를 한 번 끄덕여 준 다음에 양팔을 강제로 교차해서 처자의 균형을 무너뜨린 후, 멱살을 붙잡자마자 공력을 주입해서 봉우리 바깥으로 집어 던졌다. 쐐애앵- 하는 소리와 함께 처자가 허공으로 날아갔다. 처자의 비명이 터지자마자 쾌속으로 추락하는 모양인지 비명도 쭉 늘어졌다. 좌사가 소리를 버럭 내질렀다.

"이 미친 새끼가!"

나는 내공을 담아서 검마와 싸우고 있을 적의여인에게 말했다.

"이봐, 궁주. 네 제자인지 뭔지 하는 처자가 떨어지고 있다."

이때, 좌사의 신형이 흔들거리더니 이내 절벽으로 몸을 날렸다.

"소저!"

나는 입을 벌린 채로 절벽으로 가서 아래를 내려다봤다.

"와… 저건 무슨 광기狂氣냐."

내게 덤비던 처자 정도의 실력이면 봉우리에서 떨어진다고 죽지는 않는다. 공중에서 장력을 쏟아내도 충격을 완화할 수 있고, 이를 경신법輕身法과 조합하면 별다른 타격 없이 착지할 수 있다. 더군다나 밑에서 싸우고 있는 적의여인은 내 목소리를 들었을 것이다.

아니나 다를까 붉은 신형이 엄청난 속도로 움직이면서 추락하는 처자의 밑으로 달려가고 있고, 공중에서 떨어지는 좌사도 처자를 향해 손을 뻗고 있었다. 저것은 순정일까, 아니면 추후 있을 공략의 전초전에 해당하는 심리전일까. 나는 한 손을 눈썹에 댄 채로 밑에서 벌어지는 상황을 구경했다.

"과연…?"

적의여인이 공중으로 솟구쳐서 처자를 낚아채고, 추락하던 좌사는 공중제비를 돌다가 바닥을 향해 쌍장을 분출하면서 요란하게 착지했다. 조금 떨어진 곳에서 검마가 느긋한 발걸음으로 다가오고 있었다. 갑자기 분위기가 싸해지더니 좌사, 적의여인, 처자가 동시에 나를 올려다봤다.

"…!"

나는 봉우리에 서서 세 사람에게 말했다.

"죽고 죽일 거 아니면 적당히 하자고."

"…"

좌사가 욕지거리를 내뱉었다.

"그게 네가 할 말이야! 이 촌뜨기 새끼가!"

적의여인이 처자에게 물었다.

"괜찮으냐?"

"예."

적의여인이 검마를 보면서 말했다.

"검마, 공격을 멈춰줘서 제자를 받아냈군. 빚을 졌다. 월단화는 잊을 테니 이걸로 셈을 하자고."

검마가 덤덤한 어조로 대꾸했다.

"그럽시다."

적의여인이 다시 나를 올려다봤다.

"그런데 저놈은 대체 누구냐?"

"하오문이라는 단체의 문주요."

"내가 죽여도 되겠느냐?"

검마가 코웃음을 치면서 대꾸했다.

"그럴 필요 없소."

"이유는?"

"교주의 적이외다. 적의 적은 아군인 셈이니 적당히 하시오. 그리고 문주의 성격상 소궁주에게 먼저 덤비지는 않았을 터."

적의여인이 처자에게 물었다.

"네가 먼저 덤볐느냐?"

처자가 대답했다.

"예."

"이마는 왜 그래?"

"딱밤에 맞았어요."

"혹시 그러고 나서 또 덤빈 게냐?"

"예."

적의여인은 그제야 사태를 이해했다는 것처럼 한숨을 내쉬었다.

"철이 없다. 철이 없어."

적의여인이 검마에게 양해를 구하듯이 말했다.

"강호에 내보낸 적이 없어서 세상 물정을 모르니 자네도 이해하게."

검마가 고개를 끄덕였다.

"별말씀을."

적의여인이 나를 올려다보면서 말했다.

"죽이진 않을 테니 내려오너라. 소궁주의 이마에 딱밤을 먹인 것은 셈을 하고 떠나야겠으니."

옆에 있는 검마가 웃으면서 말했다.

"선배."

"왜?"

"자세히 보시오. 적당히, 라는 것을 모르는 사내가 내려다보고 있

… 광마회귀 3

지 않소. 어쨌든 오늘은 이 정도에서 끝냅시다. 교주를 상대할 때 어떤 식으로든 도움을 줄 후배이니 그렇게 몰아붙일 필요 없소. 내 제자 놈은 저 녀석과 싸우다가 똥까지 지렸소."

좌사가 당황한 표정으로 말했다.

"사부님?"

검마가 덤덤한 표정으로 대꾸했다.

"아니야?"

"…아닙니다. 독약에 당해서 지리고 나서 싸운 겁니다."

무슨 말인지 이해하기 어려웠는지 적의여인과 처자가 동시에 크게 당황했다. 검마가 내게 말했다.

"문주, 내려와서 인사나 하게."

나는 한 발을 허공에 내밀었다가 그대로 수직으로 떨어졌다. 절벽을 스치듯이 내려가다가 땅이 가까워졌을 때, 뒷발로 벽을 때리고 공중에서 회전을 한 다음에 착지했다. 십 점 만점에 십 점! 나는 뒷짐을 진 채로 다가가서 적의여인에게 말했다.

"나는 하오문주 이자하가 되겠소."

적의여인이 대꾸했다.

"통성명은, 썩을 놈이."

적의여인은 문득 좌사를 바라보면서 말했다.

"너는?"

좌사가 포권을 취하면서 대꾸했다.

"궁주님, 풍운몽가의 몽연입니다."

적의여인이 고개를 살짝 끄덕였다.

"백도에 그래도 협의가 남아있구나. 언제 한 번 너를 도와서 오늘 일을 셈하마."

좌사가 빙긋 웃으면서 대답했다.

"신경 쓰지 마십시오. 해야 할 일을 했을 뿐입니다."

적의여인이 고개를 끄덕였다.

"그럼 없었던 일로 하자."

"…"

나는 팔짱을 끼다가 대화가 우스워서 낄낄댔다. 좌사가 내게 말했다.

"왜 처웃고 지랄이야?"

나는 정색하는 표정으로 대꾸했다.

"이 새끼가 그런데 똥을 한 번 더 지려야 말투가 얌전해지려나."

좌사가 대꾸했다.

"똥 얘기 좀 그만하자."

검마가 중재하듯이 슬쩍 끼어들었다.

"이쪽은 혈야궁주 어소령於小零 선배. 젊은 시절 부군夫君께서 교주에게 죽었다."

혈야궁주가 대답했다.

"쓸데없는 소리 하지 마라."

"부군과 나도 친했소."

검마가 코피를 닦고 있는 처자를 바라봤다.

"너는 처음 보는구나."

처자가 검마에게 고개를 숙이면서 말했다.

"아저씨, 저 교영巧瑛입니다."

검마가 놀란 눈빛으로 바라보다가 대꾸했다.

"아, 그래. 몰라볼 정도로 많이 컸구나."

잠시 정적이 감돌았다. 사람다운 말이 오고 가자 더 어색했다. 혈야궁주가 검마에게 물었다.

"앞으로 교주와 어찌할 생각인가?"

검마가 대답했다.

"임 맹주와 교주가 맞붙지 않을까 예상하고 있소. 개인끼리 붙으면 방관할 작정이나 세력끼리 붙으면 아무래도 불리해 보이는 맹에 힘을 실어줄 생각이오. 궁주께서는?"

혈야궁주가 대답했다.

"나야 뭐 같은 하늘 아래 살 수 없는 처지이지. 그러나 내가 맹을 도울 수는 없다."

"그것은 속 좁은 생각이오."

"어째서."

"어차피 맹이 먼저 쓰러지면 혈야궁이든 산속에 은거하는 도인들이든 간에 전부 교주에게 죽어나갈 것이니. 그때는 더 늦었지."

궁주가 입을 다물자, 검마가 물었다.

"궁이라도 구경하게 해주겠소? 아니면 이대로 헤어지겠소."

혈야궁주가 대답했다.

"교주 때문에 외부인이 드나드는 것은 금하고 있다. 근처에 가서 밥이나 먹고 헤어지자꾸나."

"그럽시다."

새삼스럽게 마도에 속한 자들도 밥은 먹고 산다. 한데 뭉쳐서 이동하다가 나는 생각이 나는 대로 궁주에게 말했다.

"궁주, 사류곡의 살수들을 죽이려고 하는데 힘 좀 보태시오."

혈야궁주가 내 말에는 대답하지 않고 검마에게 물었다.

"이거 미친놈이야?"

검마가 한숨을 내쉬었다.

"나도 잘 모르겠소."

옆에서 걷던 좌사가 궁주의 물음에 대답했다.

"맞습니다. 제자분을 봉우리에서 집어 던진 거 보십시오. 완전 미친놈입니다."

혈야궁주가 좌사에게 물었다.

"그런데 너는 왜 같이 다니느냐?"

"그러게 말입니다."

나는 솔직하게 내 심정을 이들에게 전달했다.

"내가 가장 정상인 것 같은데 뭔 개소리들을 하는지 모르겠군."

순식간에 남녀의 목소리가 뒤섞였다.

"닥쳐라."

"닥쳐."

"닥쳐라."

나는 눈을 껌벅이다가 검마를 바라봤다. 검마는 침착한 표정으로 내 시선을 피했다. 혈야궁주가 못마땅한 어조로 말했다.

"그따위 일을 도와서 내게 무슨 이득이 생기겠느냐?"

"이득?"

...

나는 잠시 걸음을 멈춘 다음에 혈야궁주를 노려보면서 말했다.

"이유는 다르지만 어쨌든 교주에게 원한이 있지 않소? 그런데 무슨 이득 타령을 하고 있어."

"뭔 개소리냐."

"나를 포함해서 다들 지금은 교주보다 약한 게 현실이오. 무공만 가지고서 복수하겠다는 건 시건방진 마음가짐이지. 가능성도 크지 않고. 그렇다면 무엇을 겨뤄야 하나? 지속해서 삶의 방식을 겨룰 수밖에. 교주가 약자를 벌레 보듯이 하고 있으니, 나는 약자의 편에 서는 문파를 만들었소. 살수도 죽이고, 흑도도 차근차근 정리하고. 교주가 하지 않은 행동을 내가 하면서 승부를 내는 것이지. 장보도 같은 것으로 강호인을 꾀어 농락하는 일을 하면서 잘도 교주를 상대하겠군. 복수를 하려면 제대로 해야지. 사람을 미워하려면 제대로 미워해야 하는 법. 혈야궁주, 내 말 알아듣겠소?"

나는 냉소를 머금은 채로 혈야궁주를 바라봤다.

"그따위 물렁물렁한 태도로 부군의 복수를 꿈꾸다니 아주 어처구니가 없군. 복수를 하겠다는 거야, 말겠다는 거야."

나는 개소리로 밀어붙였다. 말의 논리가 살짝 안 맞긴 했으나 내 알 바 아니다. 혈야궁이 날 도와주면… 어쨌든 내 이득이기 때문이다. 이득을 앞세우는 자를 통렬하게 꾸짖고, 내 이득을 챙기는 사내. 그것이 나다.

# 121.
## 운명을 바꾸는 게
## 이렇게 힘들다

혈야궁주가 안내한 곳은 수월옥水月屋이라는 고급 장원이었는데 나는 이곳이 밥집인지 객잔인지 주루인지 알 수가 없었다. 고급스러운 장소를 드나든 적이 별로 없기 때문이다. 들어가면서 둘러보니 그냥 전부 겸하는 장소였다. 음식도 팔고, 술도 팔고, 곳곳에 잘 꾸며놓은 별채까지 독립된 공간에 마련되어 있었다.

이른바 귀빈들이 사용하는 과한 객잔이었다. 안내하는 자들이 궁주를 극진하게 대하는 것을 구경하면서 별채의 독립된 공간에 자리를 잡은 상태. 주문한 것도 없는데 가벼운 요리부터 나오기 시작했다. 나는 다들 궁주를 너무 어려워하기에 생각이 나는 대로 물었다.

"혈야궁주, 여기서 전에 칼춤 한번 추셨나?"

혈야궁주가 어리둥절한 표정으로 대꾸했다.

"대체 뭔 소리냐?"

"다들 궁주를 극진히 대접하기에."

...

혈야궁주가 고개를 살짝 저으면서 대꾸했다.

"이곳은 궁의 자금으로 만들어진 곳이다. 무턱대고 상납을 받을 수는 없기에 장사를 잘하는 사람에게 운영을 맡기고 일부 수익은 본궁으로 들어오고 있다. 사실상 내가 주인인 셈이지."

"아하."

나는 깜짝 놀라서 혈야궁주를 다시 바라봤다.

'신기한 여인일세.'

검마, 좌사, 혈야궁주, 교영 그리고 내가 원형 탁자에 둘러앉아서 식사를 시작했다. 중간에 시비가 다가와서 물을 따라주곤 했는데 일행 전부가 살짝 당황할 정도로 몸매가 뛰어났다. 개 버릇 남 못 준다고. 좌사는 시비가 올 때마다 가슴께를 바라보면서 물을 마셨다. 이 짓을 반복하자, 검마가 깊은 한숨을 내쉬었다.

"제자야."

"예, 사부님."

"사랑에 너무 자주 빠지는구나. 처자의 몸을 그렇게 노골적으로 쳐다보다니. 이런 자리에서 너에게 이런 잔소리를 하는 내게 자괴감이 들고 있다."

좌사는 평소와 다르게 진지한 어조로 대꾸했다.

"사부님, 혹시 제가 병에 걸린 것은 아닐까요? 스스로 자제할 수 없는 그런 면이 있습니다."

검마가 혈야궁주를 바라보면서 말했다.

"선배, 내 제자가 이렇소. 선배는 젊었을 때부터 사람 평하기를 좋아하고 관상도 자주 살폈는데 보기에 어떻소? 오랜만에 혈선자血仙

子의 관상 이야기나 들어봅시다."

혈선자는 혈야궁주의 젊은 시절 별호인 모양이다. 선자仙子는 보통 용모가 아름다운 여인을 말하는데 내 눈에는 혈야궁주의 미모가 그리 뛰어난 편은 아니었다. 마음고생이 얼굴에까지 영향을 미쳐서 얼굴이 제법 상한 상태로 보였다. 혈야궁주의 무력도 검마와 어우러질 정도로 제법 강한 편인데 복수를 해야 할 대상이 하필이면 교주였으니 오랜 마음고생은 당연한 일이었을 터. 좌사의 관상을 지그시 바라보던 혈야궁주가 대답했다.

"확실히 색을 밝히는 관상이다. 이 지경에 이르도록 어째서 바로 잡지 못했느냐?"

검마가 착잡한 어조로 대꾸했다.

"알다시피 제자는 교의 인물이 아니외다. 이런 상태인지 모르고 제자로 받았소."

혈야궁주가 좌사의 관상을 살피면서 말했다.

"사내로 태어나 병적으로 여인에게 집착하는 경우가 종종 있다. 물론 여인도 그런 경우가 있어. 이것 자체는 문제가 아니나 태어난 시기는 중요하지. 네 제자가 전란에 태어나 장수가 되었다거나 일국을 이끄는 왕이었다면 문제가 없을 관상이야. 전란에는 군대를 통솔하고 무력이 뛰어나면 다른 단점은 눈감아 주기 때문이다. 그러나 이런 시대에… 네 이름이 뭐라고 했지?"

좌사가 대꾸했다.

"몽연입니다."

"너처럼 행동하다간 색마로 몰려서 지탄과 비난을 받고 쫓겨 다니게 될 것이다. 하지만 그렇게 쫓기면서도 깊은 병은 고칠 수 없을 것이다. 죽어서나 없어질 몸과 마음의 병이다."

혈야궁주가 설명을 마치더니 교영을 바라봤다.

"이런 놈은 절대 만나지 말아야 할 사내 일 순위다. 알아들었느냐?"

교영이 대답했다.

"명심하겠습니다."

"오늘은 너를 바라보면서 사랑에 빠지고, 내일 시비와 사랑을 나누고 그날 저녁에는 기루를 기웃댈 것이다. 아침에 일어나 집으로 돌아가는 길에서 만난 처자에게도 말을 걸겠지."

나는 밥을 먹으면서 씨익 웃었다.

"옳은 말씀이오."

좌사가 진지한 표정으로 혈야궁주에게 말했다.

"선배님, 고칠 방법은 없겠습니까?"

"없다."

"어째서요?"

"네게 고칠 마음이 없기 때문이지. 행동이 반복되면 운명으로 이어진다. 너는 차후에 네가 색마가 될 것을 인지한 상태로 살아가거라. 비참하게 죽을 수도 있으니, 무공을 꾸준히 수련하는 것도 방법이 되겠지."

교영이 궁금하다는 것처럼 물었다.

"그럼 어떤 사람을 만나야 합니까?"

이번에는 혈야궁주가 나를 바라봤다. 앙칼진 뱀 같은 눈빛이 나를 샅샅이 훑은 다음에 혈야궁주의 말이 이어졌다.

"이런 놈도 절대 만나지 말아야 할 부류다. 저 몽연 놈이 일 순위라면 여기 하오문주는 이 순위야. 여인의 처지에서는 오십 보, 백 보다."

나는 시큰둥한 표정으로 대꾸했다.

"어째서 그렇소."

혈야궁주가 교영에게 설명했다.

"하오문주의 눈빛과 표정을 잘 보아라. 이놈은 가족을 만들 생각이 없는 놈이다. 죽음을 각오하고 사는 사내들이 종종 그렇지. 교영아, 네 이마를 봐라."

교영이 아직도 부어오른 자신의 이마를 만졌다. 혈야궁주의 말이 이어졌다.

"네가 거슬릴 때마다 딱밤을 맞게 될 것이야. 자고로 아녀자에게 손을 대는 놈치고 똑바로 된 놈이 없다."

좌사가 나를 한심하다는 표정으로 바라봤다.

"옳은 말씀이오."

나는 좌중을 둘러보면서 밥을 먹었다.

"…어처구니가 없네."

교영이 혈야궁주에게 물었다.

"그런데 궁에서는 왜 아무도 딱밤이라는 말을 쓰지 않았죠?"

"그것은 친구들끼리 장난을 할 때나 쓰는 말이다. 궁에 있는 자들이 어찌 네게 딱밤이라는 말을 쓰겠느냐?"

교영이 물었다.

⋯                          광마회귀 3

"제가 쓰면요?"

"네가 하인들 딱밤을 때리겠다고?"

"예."

혈야궁주는 할 말이 없는지 검마를 바라봤다. 검마가 교영에게 말했다.

"교영아, 올해 몇 살이지?"

"열여덟입니다."

"하인들을 때리거나 딱밤을 먹일 나이는 지났으니 그리하면 안 된다."

교영이 대꾸했다.

"예, 아저씨."

"너 정도의 무공을 갖춘 사람이 하인을 딱밤으로 때리면 죽을 수도 있다."

대화의 흐름이 실로 난잡하기 이를 데 없었다. 나는 그저 밥을 먹다가 코웃음을 치고, 국물을 떠먹다가 콧방귀를 뀌었다. 어쨌든 밥은 맛있었다.

"요리 실력이 제법이군."

검마가 내 표정을 살피다가 물었다.

"문주도 할 말이 있는 모양이군."

나는 고개를 끄덕인 다음에 혈야궁주를 바라봤다.

"…관상을 보아하니, 살날이 얼마 남지 않았소."

물을 마시던 좌사가 입 안에 있던 물을 뿜었다.

"풉- 아, 죄송합니다."

"…!"

혈야궁주가 젓가락을 내려놓으면서 나를 바라봤다.

"이런 악담은 처음이라서 당황스럽구나."

혈야궁주가 노한 기색을 내보이자, 검마가 말했다.

"매번 헛소리하는 사내는 아니니까 일단 들어보시오."

"들어보자꾸나."

나는 큼지막한 탕초리척을 끝까지 씹은 다음에 말했다.

"검마 선배와 겨뤘으니 무공이 뛰어난 것은 인정하리다."

혈야궁주는 무슨 말을 하려다가 검마의 표정을 보고 나서는 입을 다물었다. 나는 물로 목을 적신 다음에 진중한 표정으로 주둥아리를 열었다.

"오늘 식사는 혈야궁에서 하는 것이 좋았소. 외부인도 받지 않고 폐쇄적으로 지내는가 본데, 이렇게 숨는다고 교주가 못 찾을 거 같소? 교주의 말 한마디면 수하들이 퍼져서 일 년이 걸리든 이삼 년이 걸리든 결국에는 찾아낼 거요. 죽여라, 한마디면 교주의 수하들과 혈야궁이 맞붙겠지. 그러다가 교주가 직접 등장하는 날에는 혈야궁은 사라지는 거요. 궁주도 죽고, 여기 나한테 딱밤 맞은 처자도 죽고, 하인도 죽고 윗놈들도 죽겠지. 돈은 교로 옮겨가고, 궁이 있던 자리에는 잿더미만 남겠지."

혈야궁주가 대답했다.

"우리가 그렇게 약하진 않아."

"그래서 교보다 강한가? 어림없지."

"하고 싶은 말이 무엇이냐."

…                    광마회귀 3

"이름도 혈야궁이 뭐요. 핏빛이 감도는 밤, 뭐 이런 건가? 이건 뭐 누가 들어도 마도 세력이네. 검마 선배, 안 그렇소?"

검마가 대꾸했다.

"혈야血夜는 궁주 조부의 별호였다."

"어쨌든 간에 조부의 별호를 단체의 이름으로 삼은 것도 우스운 일. 혈야궁이라는 이름부터 버리시오. 국가도 왕조가 바뀌면 나라 이름을 바꾸는데 그게 뭔 대수라고. 애초에 궁주가 홀로 고립적으로 복수를 꿈꾸는 것 자체가 허망한 일이오. 현실 감각이 부족하달까. 당연히 교가 더 강한데 어떻게 복수를 하겠다는 거야. 단체도 약하고, 개인의 무력은 더더욱 떨어질 텐데. 살아남으려면 변하는 수밖에 없소. 궁주가 똥싸개한테 했던 말은 궁주 본인에게 그대로 적용된다는 것을 알아야지. 행동이 반복되면 운명으로 이어진다고. 궁주도 폐쇄적인 성향을 고칠 마음이 없지 않소? 그렇다면 곧 죽을 날이 다가오겠지."

"…"

내 악담에 다들 숨을 죽인 채로 가만히 있었다. 나는 물을 마시면서 말을 이어나갔다.

"내가 보기에 검마 선배도 개인적인 성향을 가진 사내요. 그런 선배가 혈야궁에 방문하겠다고 했으면 응당 귀빈으로 초대했어야지. 밥 한 끼 대접하는 게 뭐 어려운 일이라고. 소식이 퍼져봤자, 이런 것이겠지. 검마가 혈야궁에 드나들더라… 교주에겐 꽤 불쾌한 소식이겠지. 거슬리는 인간들이 교류하고 있는 것이니. 그런데 알고 보니 일행 중에 백도 풍운몽가의 차남이 끼어있고, 하오문이라는 들어

보지도 못한 허접한 세력의 문주도 기웃거렸다더군. 이렇게 되면 교주가 상대해야 할 자들이 더 늘어나지 않겠소?"

나는 젓가락으로 탕초리척을 집으려다 분위기가 너무 무거워진 것 같아서 젓가락을 도로 내려놓았다.

"이보시오. 혈야궁주. 살아남는 게 쉬운 일이 아니오. 죽지 않으려면 무슨 일이든 해야 하는 법. 내가 궁주의 입장이라면 일단 검마 선배의 바짓가랑이부터 붙잡겠소."

나는 손으로 탁자를 두드리면서 말했다.

"어쨌거나 지금 월단화를 가지고 장난칠 때가 아니라는 말씀이오. 내 말 이해하셨나? 그러니까 내가 사류곡의 살수를 칠 때도 좀 적극적으로 도와주고 그러란 말이야."

검마가 당황한 표정으로 대꾸했다.

"이야기가 그렇게 갑자기 전개되나?"

혈야궁주가 나를 바라보면서 말했다.

"네 말은 얼추 이해했다만, 너처럼 건방진 놈은 처음이어서 당황스럽구나."

문득 나는 교영이라는 처자가 나를 바라보고 있어서 짤막하게 말했다.

"뭘 봐."

"…"

혈야궁주가 교영에게 물었다.

"너는 어떻게 생각하느냐?"

"이름 바꾸는 것은 찬성이에요."

"무엇으로?"

"장로들의 이야기를 들어보셔요. 아니면 아버님이 창안하셨던 멸천성화신공滅天聖火神功에 따라 성화궁聖火宮으로 바꾸어도 나쁘지 않을 것 같아요. 별호를 따르는 것보다는 무공의 이름을 따르는 게 더 자연스럽지 않을까요. 어차피 지금은 증조부님의 무공을 익힌 사람도 장로들을 제외하면 없으니까요."

혈야궁주가 고개를 끄덕였다.

"참고하마."

이때, 풍만한 몸매의 시비가 그릇을 치우러 들어오는 순간, 다들 좌사를 바라봤다. 좌사는 반사적으로 시비를 향해 고개를 돌렸다가 동시에 자신의 손으로 뺨을 후려쳐서 고개를 움직이더니 아무것도 없는 전방을 노려봤다. 찰싹- 소리에 시비가 화들짝 놀랐다.

"…"

나는 잔잔한 어조로 착석한 자들에게 말했다.

"운명을 바꾸는 것이 이렇게 힘든 일이외다."

좌사가 침통한 표정으로 대꾸했다.

"동의한다. 쉽지 않은 일이야."

이 말을 하자마자 좌사가 눈을 질끈 감았다. 나는 혀를 차면서 고개를 절레절레 저었다.

"지랄을 해라. 아이구."

억지로 감고 있는 좌사의 눈이 파르르 떨리고 있었다. 생각에 빠져있었던 혈야궁주가 좌중을 둘러보면서 말했다.

"…그럼 차는 궁에 들어가서 대접하겠네. 다들 일어나게."

좌사의 개짓거리를 내내 구경하던 교영이 좌사에게 한마디를 했다.

"정말 미친놈 같구나."

좌사가 눈을 뜨면서 대꾸했다.

"오라버니에게 그런 못된 말은 삼가도록."

좌사가 웃으면서 한쪽 눈을 찡긋하자, 교영이 소스라치게 놀랐다. 나는 검마와 눈을 마주쳤다가 동시에 한숨을 내쉬었다. 그 와중에 혈야궁주가 교영을 감싸더니 역병을 피하자는 것처럼 말했다.

"처다보지 말아라. 가자."

"예."

사실 운명을 바꾸는 것은 매우 어려운 일이다. 누구나 그럴 것이다. 색마도 그렇고, 나도 마찬가지다. 전생에 알던 정상적인 미인들은 나와 인연이 없었다. 혈야궁주를 꾸짖고, 좌사를 갈구고, 채찍이나 휘둘러 대는 처자를 갈구는 와중에도 곰곰이 생각을 해보면… 이번 생애에도 그럴 것 같은 느낌이다.

이쯤 해서 나는 회귀回歸에 대한 비밀을 하나 알아냈다. 남들의 미래는 얼추 알고 있으나. 정작 내 미래는 여전히 알 수가 없다는 것. 하지만 예나 지금이나 변하지 않는 사실도 있다. 나는 어떻게든 운명을 바꾸는 사내다. 그렇지 않았더라면 일양현의 점소이가 광마로 불리게 된 일은 벌어지지 않았었겠지. 점소이에서 광마로. 광마에서는 다시 무엇이 될 것이냐? 이것이 내 회귀의 숙제다.

# 122.
## 백발의 상남자

"어서 오십시오."

차를 마실 때 등장한 노인장을 향해 혈야궁주가 존댓말을 했다. 일행들이 고개를 돌려보니 대청 입구에서 웬 노인장이 청년의 부축을 받아서 힘겹게 걸어오고 있었다. 백발이 성성한 노인장이 걸음을 멈추더니 눈을 크게 뜬 채로 검마를 주시했다.

"오… 정말 좌사께서 방문하셨구려."

검마가 놀란 표정으로 자리에서 일어나더니 노인장에게 다가갔다.

"총사總使 어르신, 오랜만에 뵙습니다."

노인장이 부축하고 있는 청년의 손등을 가볍게 두드렸다.

"용명龍明아, 고맙구나. 잠시 대기하여라."

"예."

나도 눈을 크게 뜬 채로 노인장과 검마를 바라봤다. 검마가 노인장을 자연스럽게 부축하더니 차를 마시고 있는 탁자로 안내했다. 가까이서 보니 백 세는 훌쩍 넘은 것처럼 보이는 노인장이었다. 혈야 궁주가 직접 차를 따른 다음에 원형 탁자를 돌렸다.

"드시지요, 장로님."

노인장이 밝게 웃으면서 대답했다.

"감사합니다, 궁주님. 오랜만에 손님들이 오셨다는 소식을 듣고 나와봤습니다. 죽기 전에 좌사 얼굴을 오랜만에 보니 너무 반갑고 좋습니다."

노인장이 옆에 있는 검마의 등을 손주 대하듯이 쓰다듬었다. 검마가 미소를 지으면서 대꾸했다.

"어르신, 저는 교주와 다툰 후에 교에서 나왔습니다. 이제 좌사가 아닙니다."

"아, 그래요? 그것까진 몰랐습니다."

노인장이 탁자에 둘러앉은 자들을 바라보다가 말을 덧붙였다.

"교주 곁에 직언하는 사람이 줄고 있으니 정말 걱정입니다. 젊은 일행은 누구입니까?"

노인장의 말에 교영이 소개했다.

"이쪽은 풍운몽가의 몽연 공자, 여기는 하오문의 문주 이자하라는 분이고 검마 아저씨의 일행입니다."

노인장이 나와 색마 놈을 바라보다가 자신을 소개했다.

"몽 공자, 이 문주. 이 늙은이는 허겸許謙이라 합니다."

나이가 워낙 많은 상대여서 색마와 나도 정중하게 대꾸했다.

"어르신, 몽연이라 합니다. 말씀 편히 하십시오."

"장로님, 이자하라 합니다."

...

궁주에게도 존댓말을 듣고 검마 선배까지 벌떡 일어날 정도면 대장로 대접을 받는 인물인 모양이었다. 허겸 장로가 혈야궁주에게 물었다.

"궁주님, 무슨 얘기를 하고 계셨습니까. 이 늙은이가 방해한 것은 아니겠지요? 사실 좌사가 방문했다기에 대화에 끼고 싶어서 일부러 왔습니다."

혈야궁주가 나를 가리켰다.

"여기 하오문주가 사류곡이라는 살수 단체를 치려고 하는데, 본궁에 도움을 청하고 있습니다. 장로께서는 사류곡을 아십니까?"

허겸 장로가 넓은 소매에서 낡은 수첩을 불쑥 꺼냈다.

"사류곡이라, 잠시만요. 기억이 납니다. 하지만 기록보다 정확하진 않으니 보고 말씀을 드리겠습니다."

전부 허겸 장로의 손에 들린 낡은 수첩을 바라봤다. 낡아서 헤진 표지를 열자, 자그마한 글자들이 빼곡하게 적혀있었다. 몇 장을 휘적휘적 넘기던 허겸 장로가 한 부분을 읽었다.

"살수 부분에 간략하게 정리되어 있네요. 사류곡은 늘 안개가 자욱하다. 배교자 칠七 교관과 그의 제자들이 숨어들어서 살수 활동을 했으나 진법을 익힌 자도 섞여있어 잔당을 뿌리 뽑기 어려웠다. 교의 중진도 많이 죽었고, 진압하러 보낸 자들도 다수 당했다. 후에 교에서 파견한 일一 교관에게 진압되어 잔당의 목을 베고 거처를 불태워서 정리했다. 하지만 칠 교관의 시체는 발견하지 못했다. 이들이 다시 자리를 잡은 모양이지요?"

나는 허겸 장로를 물끄러미 바라보다가 대꾸했다.

"자세히는 모릅니다. 자꾸 제게 살수를 보내어서 추적 중에 알아낸 곳입니다."

허겸 장로가 나를 바라보면서 웃었다.

"젊으신데 벌써 살수들에게 시달리시다니. 문주의 활동이 아주 활발했던 모양입니다."

나는 허 장로에게 기이한 느낌을 받으면서 대꾸했다.

"이곳저곳과 싸우다가 그리되었습니다."

힘겹게 걷는 것을 보아하니, 분명 무공을 잃은 노인장이다. 그런데도 딱히 약해 보이는 느낌도 없고, 충분히 예의를 갖출만한 상대처럼 보이는 게 신기했다. 단순히 나이가 많아서 형성된 분위기는 아니었다. 한때, 천하를 오시할 정도로 강했기 때문에 배어있는 분위기라는 느낌이 들었다. 그런 자가 왜 이렇게 쇠약해졌는지는 당장 알 수 없는 일이었다. 어쨌든 혈야궁주도 충분히 예의를 갖추고 있었고, 검마도 벌떡 일어나서 부축했으니 눈앞에 있는 허 장로는 교에서도 중요한 인물이었던 모양이다. 교영이 물었다.

"어르신, 칠 교관이란 게 무엇입니까?"

허겸 장로가 대꾸했다.

"아, 그냥 제 표현입니다. 제가 정리한 것은 주로 교와 관련되어 있습니다. 칠 교관이라 하면 교에서 살수들을 키워내던 일곱 번째 교관이라는 단순한 뜻입니다. 살수 조직의 칠 조장 정도로 생각하시면 되겠습니다. 교의 세가 대단했던 시절에는 정말 인재들이 많았습니다. 후계 다툼 때문에 세가 약해지면서 교관들이 나가서 세운 살수 단체가 있었지요. 살수를 키워낸 교관들은 교에서 가장 안 좋은 부분을 익히고 배운 자들입니다. 궁주께서도 여기 하오문주와 함께 사류곡의 살수를 정리하시는 게 좋을 것 같습니다."

혈야궁주가 고개를 끄덕였다.

"예, 장로님."

이쯤 되면 누가 궁주인지 모를 지경의 문답이었다. 나는 허겸 장로를 물끄러미 바라봤다. 어쨌든 마교에서도 나름 전설적인 인물이라고 추측할 수밖에 없었다. 마교의 전대 인물에 대해서는 당연히 아는 게 없었으나 분위기나 정황상 그러했다. 마도에서 백 살이 넘도록 살아남은 사람이라면. 이 사내가 두 눈으로 봤던 싸움, 배신, 죽음, 탄생이 얼마나 많았겠는가. 나이만 따지고 보면 신선神仙 같은 사내라서 나도 신기한 마음을 지닌 채로 차를 홀짝였다. 허겸 장로는 남은 시간을 소중하게 여기는 것처럼 적극적으로 대화에 참여했다. 그러다가 문득 색마 놈에게 이렇게 말했다.

"몽 공자."

"예."

"손을 좀 줘볼 수 있을까요. 내공을 살피고 싶은데."

색마 놈은 살짝 당황한 표정을 지었다가 검마의 표정을 확인한 다음에 손을 내밀었다. 허겸 장로가 진맥하는 의원처럼 색마 놈의 손목을 붙잡더니 미소를 지었다.

"아, 혹시 옥화궁의 생존자…"

색마가 고개를 살짝 끄덕였다.

"아, 예. 그렇습니다. 어머니 쪽이."

허겸 장로가 색마의 손을 쓰다듬었다.

"정말 잘 장성하셨습니다. 옥화궁의 맥이 끊이지 않았다는 소식은 알고 있으나 직접 보는 것은 처음입니다. 훌륭한 무공의 맥도 끊기지 않았다는 게 기쁘군요. 몽 공자."

"예."

"수련하시느라 고생이 참 많았겠어요."

"아, 아닙니다. 스승님을 만나 지도를 잘 받고 있습니다."

검마가 고개를 끄덕였다.

"어르신, 제 제자입니다."

허겸 장로가 웃으면서 검마를 바라봤다.

"좌사께서 제자를 받다니 놀랍습니다. 옥화궁의 빙공도 끝을 보면 대단한 무학이니 광명검은 전수하지 마십시오."

검마가 고개를 끄덕였다.

"그럴 생각입니다."

문득 나는 자세를 바로 해서 앉았다. 이 노인장, 평범한 사내가 아니다. 백전노장이 은퇴해서 반백 년 정도 더 살아남으면 눈앞의 노인장이 될 것 같은 그런 분위기였다. 불길하게도 이번에는 허겸 장로가 나를 바라봤다. 나는 허겸 장로를 바라보면서 생각했다.

'아… 그러지 맙시다.'

허겸 장로가 정중한 어조로 말했다.

"문주께서 기분이 불쾌하실 수 있으나 이 늙은이가 궁금한 것은 참지 못하는 성격이라… 몽 공자에게 그랬던 것처럼 내공을 한번 살필 수 있을까요?"

나쁜 의도가 아니라는 것을 알면서도 나는 착잡한 어조로 대꾸했다.

…

"예, 그럼. 가르침을 주시지요."

허겸 장로가 내 팔목에 손가락을 가볍게 올려놓았다가 오래지 않아 손을 거뒀다. 문득 안색이 돌변한 허겸 장로가 나를 물끄러미 바라봤다.

"…"

* * *

교영이 일어나서 물을 가져왔다.

"어르신, 물 좀 드셔요."

분위기가 싸늘해진 상태에서 혈야궁주, 검마, 색마가 아무 말을 하지 않는 허겸 장로와 나를 번갈아서 바라봤다. 허겸 장로가 물을 마시더니 그제야 표정을 좀 풀었다.

"문주님, 젊은 나이에 성취가 대단하십니다. 혹시 문주님도 좌사의 제자입니까?"

검마가 대신 대답했다.

"아닙니다."

"죄송한 질문이나, 좌사께서 믿는 분입니까?"

검마가 덤덤하게 대꾸했다.

"평소 행동이 다소 과격하고, 언행에도 예의가 없으나 품은 뜻에 대해서는 나이와 무관하게 높이 사고 있습니다. 허 장로님, 하오문주는 나쁜 사내가 아닙니다. 경계하지 마시고. 하실 말씀이 있으면 기탄없이 하시지요. 제가 함께 듣겠습니다."

"그간의 행적을 간단히 알 수 있을까요?"

"주로 문주가 태어난 출신 지역의 흑도 세력을 많이 죽이고 흡수하여 정리한 것으로 압니다."

"맹이나 교와는 아직 분쟁이 없었습니까?"

"예."

허겸 장로가 그제야 나를 바라봤다.

"문주께서는 혹시 삼재의 제자십니까?"

나는 고개를 내저었다.

"아닙니다. 그럴 리가요."

허겸 장로가 말했다.

"때로는 저도 아는 것이 많아서 당혹스러울 때가 있습니다. 이해가 안 가는 일을 접했을 때 그렇지요. 올해 제 나이가 일백 년에 십일 년을 더해야 합니다. 문주님의 나이가 매우 젊은데 극양의 내공과 극음의 내공을 동시에 보유하고 있으니 제가 당황할 수밖에 없지요. 실은 교주가 익히는 무공이 그러합니다. 교주가 몰래 키워낸 제자를 이곳에 보낸 게 아닐까 해서 제가 잠시 당황했습니다. 문주께서 홀로 익히신 것이라면 이 늙은이가 경의를 표합니다."

나는 고개를 끄덕였다.

"그랬군요. 이해합니다."

당연히 교주는 천옥을 취하려고 했으니 음과 양의 무공을 조화롭게 익혔을 것이다. 교에 오래 있었던 장로가 나를 살피다가 놀란 것은 당연한 일이었다. 허겸 장로가 내게 물었다.

"제가 하오문이라는 단체는 들은 바가 없는데 문주께서 만드셨습니까?”

“예.”

“개파의 목적이 무엇입니까?”

“일하는 자들을 내버려 두라는 취지에서 만들었습니다.”

허겸 장로가 황당하다는 표정으로 웃었다.

“그것참 제가 들었던 개파의 목적 중에서 가장 화끈한 대답이로군
요.”

교영이 물었다.

“어르신, 어떤 점이 화끈한 것이죠?”

허겸 장로가 말했다.

“일하는 자들이 괴롭힘을 당하는 건 늘 있는 일입니다. 그렇다면
개파의 목적이 평생 싸우겠다는 말이나 다름이 없어요. 많은 문파의
흥망성쇠를 전해 들었으나 이런 경우는 처음이로군요.”

나는 고개를 끄덕였다.

“틀린 말은 아닙니다.”

허겸 장로가 내게 물었다.

“음과 양의 조합은 잘 이뤄지십니까?”

무공에 관한 이야기가 흘러나오자마자, 나는 신중하게 대답했다.

“홀로 익히느라 원활하진 않습니다. 그리고 아직은 입문 단계나
마찬가지입니다.”

“그렇군요.”

문득 허겸 장로가 혈야궁주를 지그시 바라봤다.

“궁주님.”

"예."

"사류곡을 치는 일. 궁주께서 하오문주를 좀 적극적으로 도와주셨으면 합니다. 제가 주제넘게 이런 말씀을 드려 죄송스럽군요."

혈야궁주가 대답했다.

"아닙니다. 그렇게 할게요."

"그래주시겠습니까?"

"예."

이번에는 허겸 장로가 부담스러운 눈빛으로 나를 바라봤다.

"문주님."

"예."

"이 늙은이의 나이가 무척 많습니다. 언제가 됐든, 제가 귀천하면 문주께서는 혈야궁을 좀 도와주십시오."

"예?"

나는 대답을 하자마자 주변 사람들의 표정을 구경했다. 미리 짜놓은 말이 아니라는 것처럼 검마, 교영, 혈야궁주까지 당황스러운 표정을 짓고 있었다. 혈야궁주가 말했다.

"어르신, 그게 무슨 말씀입니까. 저희가 동네 무관도 아닌데."

"예, 압니다."

허겸 장로가 주변을 둘러보다가 말했다.

"제가 죽으면 교주가 궁에 찾아올 겁니다. 그때 도와달라는 얘깁니다. 이상하게 들리시겠지만 그럴 겁니다. 교주가 저를 무서워할리 있겠습니까. 제가 옛 시절에 젊은 교주를 구해준 적이 있어서 못본 척 가만히 있는 것이겠지요. 그때는 교주도 아니었습니다. 교주는 남을 챙겨주거나 사정을 봐주는 사내가 아니지만, 목숨과 관련된 일에 대해서는 은원을 구분합니다. 그리고 그것을 알기에 제가 그간 궁에 머무르고 있었던 것이고요."

갑자기 허겸 장로가 또렷한 눈빛으로 나를 주시했다.

"본 궁은 교에서 나왔으나, 독립한 이후 무공을 익히지 않은 약자들은 죽이지 않았습니다. 문주는 약자를 돕는 사내이니 추후 본 궁을 너른 마음으로 도와주십시오. 마도 출신이라 하여 다 같은 마귀魔鬼들은 아닙니다."

나는 내공을 잃었다는 사내의 눈빛이 이렇게 무섭게 느껴진 적은 없었다. 너무 해괴한 요청이어서 대충 얼버무렸다.

"도와줄 일이 있으면…"

허겸이 내 말을 끊었다.

"문주님."

"예."

"누군가가 손을 뻗어주어야 가끔이라도 마도에서 벗어나는 자들이 생깁니다."

일백 하고 열한 살이나 더 처먹은 노인장이 떼를 쓰니까 나도 어리둥절했다.

"어르신, 궁금한 것이…"

"물어보십시오."

나는 허겸을 바라보면서 물었다.

"무공은 어쩌다 잃으셨습니까."

허겸이 대꾸했다.

"이 늙은이도 스스로 강하다고 생각하면서 오만했던 시절이 있었는데. 널리 알려진 사내의 행보를 방해했다가 이렇게 되었습니다."

"그게 누군데요."

"그자는 나중에 삼재의 일원이 되었습니다."

나는 화들짝 놀라서 검마와 혈야궁주의 표정을 확인했다. 두 사람은 이미 알고 있었던 모양인지 표정의 변화가 없었다. 그제야 궁주와 검마의 조심스러운 태도를 이해할 수 있었다. 어쨌든 이 노인장은 존경을 받을만한 사내다. 삼재와 겨뤄서 살아남은 자가 많지 않기 때문이다. 눈앞에 보기 드문 백발의 상남자上男子가 늙은 얼굴로 나를 바라보고 있었다. 나는 너무 감탄한 모양인지 평소의 내 말투대로 주둥아리를 열었다.

"와아… 노인장, 상남자셨소."

"..."

분위기가 싸해졌다. 인간은 같은 실수를 반복하기 마련인데, 그것은 나를 두고 하는 말이다.

# 123.
## 우리는
## 상남자라서

내 예의 부족한 말에 허겸 장로가 대꾸했다.

"…확실히 젊은 시절에는 이 늙은이가 상남자였습니다. 그것이 벌써 반백 년이 넘었군요."

나는 고개를 끄덕였다.

"노인장께서 내게 뭘 기대하는지는 모르겠으나 혈야궁이 마도 세력으로 남겠다면 도울 수가 없소."

허겸 장로가 고개를 끄덕였다.

"말씀드렸다시피 혈야궁은 약자를 괴롭히거나, 죽이거나, 고혈을 쥐어짜지 않는 세력으로 변하겠습니다. 그런 세력으로 변한다면 문주께서 도와주시지요. 제 남은 생은 이를 위한 잔소리를 하다가 끝마칠 생각입니다. 다행히 궁주께서도 이 늙은이의 말을 잘 들어주시는 편이니 헛된 일은 아닐 겁니다."

나는 본래 헛소리를 많이 하는 사내지만, 막상 약조 같은 것을 하려니까 마음이 무거워졌다. 하지만 이 노인장의 뜨거운 시선은 어찌 된 노릇인지 쉽게 피할 수가 없었다.

"노인장, 그렇게 합시다."

"문주께서 약조하시겠습니까?"

나는 노인장의 눈을 바라보면서 약조했다.

"훌륭하게 늙은 상남자와 젊은 상남자의 약조로 하겠소. 혈야궁은 마도를 벗어나고, 하오문은 그런 혈야궁을 돕는다."

말 몇 마디에 혈야궁을 돕게 생겼다. 이게 맞는 건가 싶다가도 서 서히 번지는 노인장의 웃음을 보고 있으려니 외통수에 걸린 기분이 들었다. 허겸 장로는 그저 나이만 많이 먹은 노인장이 아니다.

"혈야궁이 강호의 어떤 단체와 싸우든 간에 별 관심 없소. 다만 무 공을 익히지 않은 자들을 핍박하지 않겠다면 하오문이 도와주겠소."

허겸 장로가 대꾸했다.

"그 말씀, 기억하겠습니다."

어쨌든 이 자리의 주도권은 오롯하게 늙은 허 장로가 쥐고 있었 다. 갑자기 허겸 장로가 손가락을 튕기자, 근처에서 대기하고 있는 청년이 다가왔다.

"용명아."

"예."

다들 허 장로를 주시했다.

"내가 뭘 시킬 것인지 예상하느냐?"

용명이라는 청년이 대꾸했다.

"알 것 같습니다. 말씀하십시오."

"세 번째 책장, 여섯 번째 줄, 열세 번째 서책이다. 가져와라."

"예."

설명을 들은 용명이 빠른 걸음으로 대청을 나서자, 허겸 장로가 나를 바라봤다.

"문주님."

"예."

"극양의 무공과 극음의 무공을 조합하는 무학은 천하에 많지 않습니다. 이를 연구한 강호인도 적은 편이지요. 저는 비록 내공을 잃었으나 무학에 대한 공부와 조사는 게을리하지 않았습니다. 그중에서 양 극점의 기를 조합하는 것에 대해 나름 정리한 서책이 있습니다."

나는 팔짱을 낀 채로 노인장을 바라봤다.

"음."

"중요한 건 참고만 하시라는 점입니다. 무학은 이것은 이렇고, 저것은 저렇다 하면서 정의하는 단정적인 학문이 아닙니다. 각자의 신체 조건과 환경, 내공의 유형이 다르기 때문입니다. 이것은 이해하십니까?"

"예."

"조합에 대해서 간단히 설명하겠습니다. 오른손에 물, 왼손에 물을 쥐고 합치면 어떻게 될까요."

"그저 흘러내리겠지요."

"양손에 각기 눈덩이를 쥐고 합치면 어떻습니까?"

"눈덩이가 커지겠지요."

"한 손에는 돌, 반대 손에는 눈덩이가 되면 어떻겠습니다."

"위력이 커집니다."

"그러한 간단한 원리를 기氣의 발현과 조화의 측면에서 정리한 책입니다. 기를 어떤 질감으로 발현하여 다룰 것인지. 실제로 어떻게 조합해야 위력이라는 게 발생할 것인지. 체내에서 다룰 때와 체외에서 다룰 때를 구분했습니다. 제 경험, 싸움, 이 늙은 몸으로 직접 두들겨 맞아가면서 알아낸 것이 두서없이 정리되어 있습니다. 사실 이것을 누군가에게 직접 전달하게 될 줄은 몰라서 서책의 제목은 임시로 적어 넣었습니다. 그저 음과 양에 대한 고찰考察입니다."

순식간에 허겸이 무학의 이론을 소나기처럼 퍼부었으나 사실 나는 한마디도 빠트리지 않은 채로 다 이해했다. 실제 내 고민과 정확하게 부합되는 이론이었기 때문이다. 허 장로가 설명을 덧붙였다.

"도가에서 말하는 태극의 원리도 그렇습니다. 음과 양이 만났을 때 가장 효율적인 순간을 태극이라 본 것이지요. 어떤 식으로든 두 개의 힘이 맞물리는 순간, 폭발하는 찰나가 생기기 마련입니다. 이를 상대하기 위해 마도에서는 역태극을 오래 연구했는데 결국 최상지점에 닿으려 노력하다 보면 같은 것을 고민하고 있다는 점을 깨닫게 됩니다. 등봉조극登峰造極이든 탈마脫魔든, 완성으로 향하는 길목 근처에 붙은 푯말일 뿐입니다."

허 장로의 말은 나뿐만이 아니라 무공을 수련하는 검마, 색마, 궁주, 교영에게도 생각할 거리를 준 것처럼 보였다. 오래지 않아 용명이 돌아와서 허 장로에게 서책을 내밀자, 그것을 받아 든 허 장로가 아무런 조건이나 감정도 내비치지 않은 채로 내게 내밀었다.

"문주께서 살펴서 참고하십시오."

나는 혈야궁을 도와준다고 했기 때문에 서책을 덤덤하게 받아들였다.

"잘 보겠소."

"용명아, 우리는 이제 물러나자꾸나."

허 장로가 용명을 바라보자, 용명이 허 장로를 부축해서 일으켰다. 허 장로가 좌중을 둘러보면서 말했다.

"그럼 이야기 마저 나누십시오. 그리고 사류곡을 칠 때 여기에 있는 용명이도 데려가면 도움이 될 겁니다. 적어도 민폐 끼치는 일은 없도록 가르쳐 놓았습니다."

사람들이 용명이라는 청년을 바라봤다. 이야기의 흐름으로 보면 허 장로가 그간의 무학을 집대성해서 가르치고 있는 젊은 제자라는 소리였다. 혈야궁주가 자리에서 일어나더니 허 장로에게 말했다.

"장로님, 살펴 가십시오."

허 장로가 사람들과 편안하게 눈을 마주쳤다가 이렇게 말했다.

"오래 살려면 일찍 자야 합니다. 먼저 가겠습니다."

평범한 말이 이제는 평범하게 들리지 않아서 전원이 자리에서 일어났다.

"편히 쉬십시오, 장로님."

"총사 어르신, 또 뵙겠습니다."

"살펴 가십시오."

나는 노인장과 용명을 잠시 불러 세웠다.

"잠시만."

나는 노인장이 전달한 서책을 탁자에 올려둔 다음에 말했다.

"노인장, 머무시는 곳까지 내가 부축하리다."

노인장을 부축하고 있는 용명이 당황한 표정으로 나와 허 장로를 바라봤다. 허겸 장로가 고개를 끄덕이자, 용명이 옆으로 물러났다. 나는 허 장로에게 다가가면서 말했다.

"늙은 상남자와 젊은 상남자가 길을 갈 것이니 다들 방해하지 마시오."

나는 허겸의 옆에 달라붙어서 앙상한 그의 몸을 부축했다. 몸이 너무 가벼워서 손가락으로 들 수도 있을 것 같은 무게였다. 허겸이 부축하고 있는 내 손등을 가볍게 두드렸다.

"문주, 갑시다."

나는 늙은 상남자와 아주 천천히 발걸음을 옮겼다. 짧지만 긴 여정이 될 것 같았기에 슬금슬금 입술에 침을 발랐다.

"노인장."

"말씀하시지요."

"돌아가신 우리 조부님보다도 반백 년은 더 선배시오. 내 조부께서는 객잔에서 오래 고생하셨는데, 노인장은 마도에서 살아남았으니 정말 대단한 여정에서 살아남으셨겠소. 그간, 미친놈들도 많이 보셨을 테고."

허 장로가 너털웃음을 지었다.

"이를 말입니까. 교 내부에도 분쟁이 많아 온갖 마귀들을 참 많이 만났습니다."

우리는 그제야 대청에 도착해서 바깥을 바라봤다. 깨끗하게 펼쳐진 내원 길이 실로 까마득하게 느껴졌다. 노인장을 내 등에 업은 채로 이동하면 순식간에 지나치겠지만, 우리는 상남자들이라서 계속 걸었다.

"하늘에 계신 조부님이 근래 나를 보면 아주 놀랄 것이오."

"어째서요."

"국수도 제대로 못 만들고 걸레질이나 하던 녀석이 지금은 강호인들을 때려죽이면서 돌아다니고 있으니 얼마나 놀라시겠소. 아마, 그대로 객잔을 이어받아 하루하루 일을 해도 걱정하셨을 것이고. 이처럼 강호에 돌아다니는 것을 보아도 걱정이 많으실 게요."

"강호에 오신 것을 후회하십니까?"

나는 고개를 저었다.

"나는 지금이 좋소."

"이 늙은이도 그렇습니다. 내세來世라는 게 있어 그곳에도 강호가 있다면 저는 주저 없이 강호에서 살아갈 겁니다."

나도 고개를 끄덕였다.

"마찬가지요."

노인장과 길을 걷는 와중에 눈앞에 이름 모를 꽃잎이 흩날리고 있어서 우리는 잠시 걸음을 멈췄다. 흩날리는 꽃잎이 지나가고 나서야 다시 걸음을 옮겼다.

"세상을 이해하고 저를 포함한 사람들의 어리석음을 깨닫는 것만 반백 년이 넘게 걸렸습니다. 다그치고 비난하고 꾸짖을수록 삐뚤어지는 자들을 많이 봤습니다. 그래선 안 됐는데 말입니다. 어떤 시기에는 죽이고 죽여도 끝이 없다는 사실에 실의에 빠져 지내기도 했지요."

"나도 어리석은 상남자라서 노인장을 일찍 만났다면 많이 혼났겠소."

"문주께서는 언제부터 그렇게 삐뚤어지셨습니까."

나는 실실 웃으면서 기억을 더듬었다.

"글쎄요. 말귀를 알아들을 때부터 술에 취한 놈들의 헛소리를 너무 자주 들었던 모양인지 젊은 내게도 너무 오래된 일이오. 아주 어렸을 때부터 삐뚤어졌을 거요. 나중에 크면 저 병신 같은 취객 놈들부터 두들겨 패야겠다고 생각했으니… 노인장은 어땠습니까."

"저는 평생을 수련과 싸움으로 보냈습니다. 되돌아볼 여유가 없었지요. 어느 날 저를 지탱하던 무공을 모조리 잃고 나서야 세상이 달리 보였습니다. 무공이 전부라 생각하던 시절이 있었는데, 그 전부를 잃고 나서야 그것이 전부가 아니었음을 알았습니다. 본성이 아둔하여 너무 늦게 알아차린 셈입니다. 다행히 제 공로가 많다고 생각했는지 절 죽이려는 자들은 교에 없었습니다."

"그랬을 거요. 아무리 마귀들이라도 상남자는 존중해 줘야 하는 법."

"그런 제가 어느 날, 교주를 죽여야겠다는 마음을 단단히 먹었을 때는 이미 무공을 잃은 후였습니다. 제가 무공을 잃었다는 사실을 잠시 깜박했을 정도로 늙었던 것이지요."

나는 웃으면서 대꾸했다.

"노인장의 전성기 시절에 교주와 붙었더라면 얼마나 좋았겠소."

"자신이 몸을 담고 있는 곳을 부정하고, 달리 생각하는 것은 쉬운 일이 아니었습니다."

"옳은 말씀이오."

노인장의 시선을 따라 도착한 곳은 화려한 별채가 아니라 수련할 공간을 앞마당에 배치해 둔 단정한 목옥木屋이었다. 나는 은퇴한 옛 마도 고수의 검소한 거처를 천천히 둘러봤다. 노인장이 말했다.

"평상에 좀 앉겠습니다."

나는 노인장을 평상으로 안내해서 함께 걸터앉았다. 이렇게 앉아서 바라보니 궁주가 머무는 본청과 내원의 풍경도 눈에 잘 들어오는 거처였다.

"문주, 성취가 빠르나 방심하지 마십시오."

"그러겠소."

"제자인 용명에겐 이런 것을 가르쳤습니다. 참고하세요."

"경청하리다."

"너보다 그릇이 큰 사람을 만나면 주인으로 섬겨라. 너보다 그릇이 작은 사람을 만나면 미련 없이 떠나라. 단, 정말 네가 용납하지 못하는 뛰어난 인간을 발견하게 되면 충성을 다해 달라붙어서 먼저 친구가 되어라. 마음을 깊이 나눈 벗이 어느 날 갑자기 찌르는 칼은 그 어떤 고수도 막기 어렵다. 이것이 어떤 논리인지 아시겠습니까?"

나는 허겸 장로와 눈을 마주쳤다가 고개를 끄덕였다.

"그야말로 지독한 살수殺手의 논리가 되겠소."

허겸 장로가 말했다.

"맞습니다. 용명은 제가 마지막으로 가르친 살수입니다. 죽이고자 하는 대상에게 접근하여 온 생애를 바치다가, 가장 확실한 순간에만 임무를 떠올릴 사내입니다. 이는 절대로 죽이기 어려운 대상을 암살

해야 할 때 쓰는 방식입니다. 교주를 염두에 두고 가르친 제자인 셈이지요. 아직 교주와 저의 싸움은 끝나지 않았습니다."

나는 허겸 장로의 손을 만져봤다. 내공은 잃었으나 손가락 마디마다 두껍게 붙어있는 굳은살은 그대로였다.

"노인장이 사류곡을 쳤던 일 교관이셨소?"

"그때 칠 교관을 잡아내지 못한 게 종종 생각나긴 했는데 이런 식으로 다시 등장할 줄은 몰랐습니다. 문주도 조심하십시오. 제가 용명을 키워냈듯이 당시 칠 교관도 누군가를 가르쳤다는 뜻이니까요."

나는 고개를 끄덕이면서 먼 하늘을 바라봤다.

"사방에 적이 많소. 살수들 때문에 잠자리가 내내 불편했는데 이것은 어찌 극복해야겠소. 나는 근래 밥을 먹다가도 꾸벅꾸벅 조는 지경이라…"

노인장이 생각에 잠겼다가 대꾸했다.

"방법이 없습니다. 살수들도 졸음을 참는 게 가장 힘듭니다. 사나흘 참는 것은 버틸 만하나, 십여 일 이상 버티는 것은 일류 살수도 힘겨운 일이지요. 쪽잠이라도 주무시는 문주가 살수보다 더 편한 상태라는 것을 인지한 채로 인내를 겨룰 수밖에요. 수하들도 잘 활용하십시오. 가장 좋은 건 살수가 지켜드리는 것인데 그 또한 사람의 마음이 의심으로 뒤덮이면 편치 않으실 겁니다."

나는 노인장의 대답에 질려서 한숨을 내쉬었다.

"살아남는 게 쉽지 않소."

"그렇게 치열하게 살아가는 것 또한 삶의 기쁨입니다."

"맞소. 그것이 상남자의 삶이지."

내가 평상에서 일어나자, 허 장로가 나를 올려다봤다.

"문주님, 이 늙은이 죽기 전에 한 번 더 보러 오십시오."

나는 허 장로가 내미는 쭈글쭈글한 손을 붙잡았다.

"우리 늙은 상남자 선배, 오래 살아남아 계시오. 내가 또 보러 올 테니."

허 장로가 고개를 끄덕인 다음에 씨익 웃었다.

"기다리겠습니다."

우리는 상남자들이라서 고개만 몇 번 끄덕였다가 그대로 작별했다.

# 124.
## 죽음이 누구와 더
## 가까이 있는지

나는 혈야궁주가 제공한 마차에서 사류곡으로 향하는 동안 늙은 상남자가 전달한 시책을 반복해서 읽었다. 내 경험에 의하면. 책을 여러 번 읽으면 그것을 쓴 사람이 감정까지 엿볼 수 있다. 열 번쯤 반복해서 읽으니 허 장로가 말하고자 하는 바를 대충 이해하게 되었다.

스무 번쯤 읽었을 때. 초반 부분의 필체와 후반부의 필체가 다르다는 것을 알게 되었고 문장의 만듦새도 후반으로 갈수록 더욱 안정되었다는 점을 알아차렸다. 서른 번쯤 읽었을 때. 그날그날 적어 내려간 허 장로의 심리 상태가 엿보였다. 어떤 날은 마음이 차분했고, 어떤 날은 초조해 보였다. 몸과 마음이 힘든 날에 적은 부분은 유난히 문장에 틀린 곳이 많았다.

이것을 마흔 번쯤 독파했을 때. 허 장로의 생각과 내 생각이 분리되었다. 이 부분은 동의하고, 저 부분은 나랑 생각이 다르다는 식으로 말이다. 나는 마차에서도 읽고, 마차에서 내려 밥 먹을 때도 들여다봤으며, 이동하다가 잠시 나무 아래에서 쉴 때도 거듭 읽었다. 내가 서책만 반복해서 읽고 있는 터라, 일행들도 나를 방해하지 않았다.

사류곡을 치기로 한 인원은 내 의견에 따라 네 명으로 제한한 상태. 나는 혈야궁의 무인들을 사류곡에 갈아 넣기 위해서 도와달라고 한 게 아니다. 사류곡의 살수를 죽인 다음에도 무사히 살아남을 수 있는 고수를 원했다. 그래서 지금 일행은 나, 검마, 색마, 허 장로의 제자인 용명이 전부였다. 즉 우리는 마부 한 명과 네 명의 인원으로 사류곡을 치러 가는 중이다. 혈야궁주와 교영이 합류하겠다는 것은 내가 거절했다. 일단 궁주가 직접 나설 일이 아니었고. 교영은 살수를 상대하기엔 경험이 부족했기 때문.

반면에 검마와 색마의 실력은 검증이 필요 없는 수준이고. 용명은 허 장로의 제자이기 때문에 살수에 대해 누구보다 더 잘 알고 있었다. 혈야궁에서 겨우 한 명의 지원군을 얻어낸 것이지만, 나는 이 인원이 충분하다 생각했다. 단체를 하나 박살 내는 일에 고수 네 명은 적은 인원이 아니기 때문이다. 가끔 답답할 때마다 마차에서 내린 일행들이 경공으로 쫓아오기도 했으나 나는 서책을 읽어야 해서 사류곡으로 향하는 내내 마차를 감옥이라 생각하고 갇혀 지냈다.

덕분에 나는 잠도 다른 때보다 더 많이 잤다. 덜컹거리는 마차에서 쪽잠을 자는 것이 그렇게 편하다는 것을 예전에는 몰랐다. 나중에 정말 잠이 부족할 때는 수하들에게 마차를 몰게 하고, 그 안에서 쪽잠을 자야겠다는 생각까지 했다. 삼 일째부터는 밤낮을 신경 쓰지 않았다. 마차가 출발하면 책을 읽었고. 멈추면 밥을 먹고, 씻고, 잠을 잤다. 나는 칠십여 차례 반복해서 서책을 읽던 도중에 유난히 덜 컹거리는 마차의 바깥으로 나왔다. 그제야 검마가 내게 물었다.

"문주, 다 읽었나?"

"충분히 반복해서 읽었소."

"책을 참 지독하게 보는군."

"생각할 게 많아서 명상하다가 읽기를 반복하니 그렇게 되었소."

나는 서책을 용명에게 건넸다.

"잘 봤소. 나중에 장로님에게 전달해 주시오."

"예."

오는 내내 주둥아리를 다물고 지내던 용명은 이번에도 짤막한 말로 대꾸했다. 둘러보니 진흙탕이 있어서 마차가 쉽게 다닐 수 없는 길목이었다. 나는 기지개를 켠 다음에 마부에게 말했다.

"마부께서 고생하셨소. 여기선 먼저 돌아가는 게 낫겠소."

혈야궁주가 붙여줬던 중년의 마부가 대꾸했다.

"알겠습니다, 문주님."

나는 평소에 넉넉하게 가지고 다니는 통용 은자를 꺼내서 마부에게 건넸다. 마부가 당황하면서 말했다.

"문주님, 괜찮습니다."

"돌아가다가 술 한잔하시고. 복귀 길도 위험할 수 있으니 최대한 사람이 많이 다니는 곳으로. 아셨소?"

"예, 문주님."

마차의 앞머리를 일행들과 거꾸로 돌린 다음에 안개에 휩싸여 있는 산을 바라봤다. 사실 허 장로가 없었다면 사류곡을 찾는 것만 해도 오래 걸렸을 터였다. 그러나 허 장로의 지시를 받은 마부는 우리를 회명산灰冥山까지 데려다준 상태. 안개 때문인지 아래에서 바라만 봐도 음산한 기운이 느껴지는 산이었다. 우리는 자연스럽게 길 안내를 종종 도와줬던 용명을 바라봤다. 용명이 말했다.

"생문, 사문이랄 게 없이 그저 안개 때문에 사류곡으로 들어가는 게 쉽지 않다고 합니다."

나는 고개를 끄덕인 다음에 안개 산을 향해 호흡을 크게 들이마셨다가 내공을 섞어서 소리를 버럭 내질렀다.

"야이. 살수, 개새끼들아…!"

일행 전체가 화들짝 놀란 표정으로 나를 바라봤다.

"…"

내공이 제법 많이 섞인 외침이어서 끝말이 반복해서 울렸다. 색마가 내게 물었다.

"뭐 하는 짓이야?"

"사류곡이 어딘지 모르니까 인사부터 해야지. 어차피 나 죽이겠다는 놈들인데 나오지 않을까?"

"아니, 그래도…"

"어차피 이런 놈들에겐 기습은 안 통한다."

나는 일행에게 말했다.

"어차피 다 죽이러 왔잖소. 인원도 네 명이라 살수들이 얕잡아 보기에도 딱 좋아."

검마가 덤덤한 표정으로 고개를 끄덕였다.

"옳다. 가자."

색마가 걱정스러운 어조로 말했다.

"다 잡을 수 있을까요?"

검마가 가벼운 어조로 대꾸했다.

"못 찾으면 이 불길한 산부터 전부 불태우자꾸나. 산 전체가 불길하다."

이번에는 내가 검마의 말에 고개를 끄덕였다.

"옳소."

나는 안개 산으로 진격하면서 색마에게 말했다.

"똥싸개, 노래 한 곡조 뽑아봐라."

"미친 새끼."

"싫음 말고."

이때, 뜻밖에도 오는 내내 주둥아리를 다물고 지내던 용명이 말했다.

"노래는 부르지 못하나, 사류곡에 전할 말이 있습니다."

우리 셋은 걸음을 멈춘 다음에 용명을 바라봤다.

"뭔가?"

"와, 오는 내내 가장 말을 길게 했네. 들어보자."

용명이 목청을 가다듬은 다음에 입을 열었다.


나는 옛 암영대暗影隊의 일 교관 허겸의 제자, 용명이다.

전직 좌사, 전직 우사를 거느리던 총사 허겸의 제자다.

배교자를 찾아내어 죽이던 살수의 제자다.

살수들의 교관이었던 허겸의 제자, 용명이다.

물속에서 반 시진을 버텼다는 살수의 제자, 용명이다.

갈대밭에 십삼 일을 꼼짝도 안 했다던 사내의 제자, 용명이다.

묻노니, 살수들의 정점은 누구인가?

한때 내 사부가 그 자리에 있었다.

그 사부께서 말씀하시길…

살수와 쥐새끼는 하늘과 땅 차이.

오늘 허겸의 제자가 사류곡에 왔으니

누가 암영대의 적통인지 가려보자.

죽은 자는 살수를 흉내 내던 쥐새끼라는 오명을 뒤집어쓸 것이다.


"오… 좋았다."

나는 용명의 말이 끝나자마자 큰 박수를 보냈다.

짝, 짝, 짝.

"훌륭한 선전포고다. 훌륭한 자기소개였고, 훌륭한 즉흥시<sup>詩</sup>였다."

"감사합니다."

나는 용명을 바라보다가 의식의 흐름대로 물었다.

"너 몇 살이야?"

용명이 내게 대꾸했다.

"스무 살입니다."

"똥싸개랑 비슷하네."

색마가 선수를 치듯이 용명에게 말했다.

"용명아, 내가 나이 더 많으니까 앞으로 형이라 불러라."

용명이 대꾸했다.

"싫은데요."

"그래."

나는 색마를 친근한 어조로 불렀다.

"몽랑아."

"왜."

"못난 놈."

"…"

"너도 자기소개 해봐라. 용명처럼."

잠시 할까 말까 고민하던 색마가 목청을 가다듬더니 입을 열었다.

백응지의 몽랑이다.
풍운몽가의 몽랑이다.

"…"

색마 놈이 문득 침을 꿀꺽 삼켰다. 막상 해보려니 쉬운 일이 아니었기 때문이다.

빙공의 정점이 될 사내시다.
와하하하하하하!

"…"

우리는 걷다가 말문이 막힌 색마 놈을 주시했다. 자존심이 상한 모양인지 어금니를 몇 번 빠드득거리던 색마 놈이 자기소개를 이어 나갔다.

마음먹은 여인은 반드시 내 여자로 만들 수 있는 사내시다.
오늘은 이 여인을 사랑하고 내일은 저 여인을 사랑할 수 있는 사내시다!

나는 검마의 표정을 구경하자마자, 입 안에 혀를 굴리면서 웃음을 겨우 참았다.
'미친 새끼.'
검마가 한숨을 내쉬면서 화음을 넣었다.
"제자야, 끝났느냐?"
제자 놈이 기어가는 목소리로 대꾸했다.
"예. 생각이 잘 안 나서 그만⋯ 죄송합니다. 용명이 잘하는 거였네요."
어느새 우리는 자욱한 안개에 진입한 상태. 이제 옆에서 걷는 사람의 모습도 안개에 휩싸여 있었다. 하지만 다들 무공이 고강한 터라 손짓 한두 번에 주변에 있는 안개를 날리면서 계속 산을 올랐다. 조용히 걷는 도중에 검마가 내게 말했다.
"문주도 자기소개 해보게. 듣고 싶군."
나는 고개를 끄덕였다.
"그럽시다."
나는 잠시 걸음을 멈춘 다음, 허리에 손을 얹은 채로 전방을 주시했다. 문득 일행들에게 경고했다.

"귓구멍 조심하시오. 후… 읍!"

나는 숨을 크게 들이마신 후에 사자후를 터트리듯이 외쳤다.

하오문주!

그것이 나다!

"핫핫핫!"

호통을 내지른 다음에 웃음소리를 보냈다. 순간 우리 주변을 감싸고 있는 안개가 자잘하게 흩어지고, "나다"라는 일갈을 직격으로 맞이한 전방의 안개가 깡그리 흩어지면서 시야가 뻥 뚫렸다. 이 와중에 색마와 용명은 두 손으로 사신의 귀를 틀어막고 있었다. 안개 산에 내 목소리가 쩌렁쩌렁하게 울렸다.

나다… 나다… 나다… 나다.

우리는 내 호통에 시원하게 뚫린 길을 올라서 제법 공간이 너른 중턱에 도착했다. 어느새 다시 새하얀 안개들이 다가와서 사방을 채우고 있었다. 나는 일행들이 안개에 삼켜지기 전에 검마를 바라봤다.

"선배의 자기소개도 궁금하오."

"…"

내 말이 끝나자마자 안개에 휩싸인 검마는 자신의 광명검을 뽑았다. 스릉- 소리에 이어서 광명검이 전부 뽑히자, 서서히 안개 산에 귀곡성이 퍼지기 시작했다. 실로 끔찍한 검명劍鳴. 비명, 해골 달그락거리는 소리, 흐느낌, 절규, 또렷하게 들리지 않는 고함, 분노한 외침이 잡다하게 뒤섞인 귀곡성이었다. 새삼스럽게 이 사내는 마교에서 탈주한 검마였다. 안개 산에 휘몰아치는 귀곡성을 뒤이은 저음의 목소리가 찍어 눌렀다.

*내가 검마다.*

순식간에 요란했던 귀곡성이 서늘한 정적에 짓눌려서 흔적도 없이 사라졌다. 그러나 사라진 것은 귀곡성만이 아니었다. 내내 우리를 감싸고 있었던 안개도 귀곡성과 함께 말끔하게 사라진 상태. 그런데도 내 귀에서는 한참이나 웅웅- 대는 귀곡성의 환청이 이어졌다. 그제야 어디서 내뱉는 것인지 모를 잔잔한 목소리가 들렸다.

"좌사, 어째서 스스로 사지死地에 들어오셨소…"

검마가 공터의 중앙으로 걸어가면서 대꾸했다.

"이곳이 사지란 말이냐?"

웃음소리와 함께 대답이 들렸다.

"그렇소."

"살수들아, 죽음이 누구와 더 가까이 있는지 확인해 보자."

나는 북방을 주시하고 있는 검마가 그대로 가부좌를 튼 것을 보고, 동방에 자리를 잡아서 가부좌를 틀었다. 이어서 색마가 서방에, 용명이 남방에 자리를 잡았다. 동서남북을 네 사람이 각기 맡은 상태. 귀곡성에 말끔하게 흩어졌던 안개가 또다시 스멀스멀 흘러나오더니 어느새 눈앞을 가렸다. 일행의 연장자인 검마가 주의사항을 말했다.

"서로의 공격에 조심하게."

"예, 사부님."

"알겠습니다."

이어서 단조로운 종소리가 들렸다.

*댕… 댕… 댕…!*

몇 차례 반복되던 와중에 종소리에 몸을 숨긴 것 같은 암기들이 사방에서 튀어나왔다. 검마가 광명검으로 튕겨내고. 색마 놈은 전방에 장풍을 쏟아낸 것처럼 들렸다. 용명은 거의 소리를 내지 않았으나, 용명이 있는 곳으로 밀려오던 암기들은 대다수 힘을 잃은 채로 바닥에 떨어졌다. 나는 상공을 주시했다. 남들은 암기를 쳐내는데, 내 쪽에는 거대한 바위가 안개를 헤치면서 불쑥 모습을 드러냈다.

'이 새끼들이 나만.'

나는 흑묘아를 뽑아서 두 번 휘둘렀다. 날아오던 바위를 십十자 형태로 갈라서 좌장으로 밀어냈다. 종소리는 여전했다. 그 찰나, 종소리에 숨어서 도착한 강침이 보였다. 나는 그대로 잔월빙공을 주입한 손을 휘둘러서 근거리에 도착한 강침을 한꺼번에 날렸다. 나만 난이 도難易度의 수준이 높았다. 저절로 입꼬리가 위로 올라갔다.

"살수들은 내가 보이나?"

검마에게 말을 건넸던 목소리가 대꾸했다.

"하오문주, 어서 오게. 자네만 죽으면 되는 것을 일을 키우다니…"

"그래. 반갑다. 일을 계속 키우는 사내, 그것이 나다."

나는 순간 보이는 것도 없는 전방에 아무나 맞아 죽으라는 심정으로 흑묘아에 투계의 기를 주입해서 일도양단을 펼쳤다.

*쐐애애애애애애애앵!*

나무 쪼개지는 소리, 나뭇가지 연달아 베이는 소리… 각종 사물과 방패 같은 것이 박살이 나는 소리에 뒤이어서 희미하게 "푸악!" 하는 소리가 내 귀에 꽂혔다. 이것은 무조건 신체가 도기에 잘려나가는 소리였다. 나는 눈을 크게 뜬 채로 말했다.

"야, 누구 베였나 본데? 팔 하나 잘린 거 아니냐?"

"…"

사방이 고요했다. 사방이 고요하든 말든 간에 나는 진지한 어조로 다시 물었다.

"나 누구랑 얘기하냐?"

# 125.
## 내 숙면을
## 방해한 죄

"…"

대답 대신에 안개가 짙어졌다. 나는 입을 다문 채로 안개를 둘러 봤다. 아무리 생각해도 이 안개는 우리가 서로를 공격할 때 가장 위험할 것이다. 내가 색마나 용명을 베거나, 검마가 제자나 용명을 찌를 수도 있었다. 검마가 북방에서 가부좌를 튼 것도 나름의 이유가 있을 터.

"좋았어."

나도 성질을 누른 채로 그대로 주저앉아서 다음 공격을 나답지 않게 기다려 봤다.

"종소리가 참 맑고 청아해서 좋구나. 종을 잘 때리는 고수가 있었다니 놀라운 일이야. 저 아름다운 종소리를 내기 위해 들인 노력이 어땠을지 내 알 바 아니다."

"…"

…

검마, 색마, 용명은 공격에 대비하느라 입을 굳게 다물고 있으나 나는 다르다. 슬슬 심심해서 견딜 수가 없었다.

"이것들이 종소리에 최면을 섞었나. 졸음이 솔솔 오네."

"…"

"살수들아, 너희는 지금부터 바스락거리는 소리도 내지 말아라. 그쪽으로 달려갈 거다. 경고했다."

댕…댕…댕…댕…댕…

문득 주변을 둘러보니 검마, 색마, 용명의 말소리도 들리지 않고 이들의 위치도 파악되지 않았다. 그저 사방팔방이 새하얀 안개의 바다였다. 풍경 자체는 감탄이 절로 나올 정도로 멋졌다.

"똥싸개, 내 말 들리나? 안 들리는군."

이것은 대체 무슨 무공일까. 음공音功과 마공魔功을 조합한 것일까. 특정 음역音域을 장악해서 현재는 종소리만 들리게 한 모양이다. 어떻게 했는지는 나도 알 수 없다. 이때, 종소리에 숨은 바람 소리가 전방과 후방에서 동시에 들렸다. 고갯짓으로 하나, 몸을 비틀어서 나머지를 피했다가 나는 제자리에서 한 바퀴를 천천히 돌았다.

"…"

이제 완벽하게 방위에 대한 감각도 잊은 상태. 북쪽이 어디인지, 남쪽인지 어디인지 알 수 없었다. 사류곡의 살수들이 놀고먹으면서 지내지는 않은 모양이다. 나는 퇴로가 될만한 장소를 찾다가 상공을 주시했다. 불길한 기운을 느끼자마자 상공에 좌장을 내밀어서 잔월 빙공을 쏟아냈다. 치이익- 하는 소리와 함께 반쯤 얼어붙은 무언가 가 땅에 떨어지면서 형체가 부서졌다. 누군가가 화골산을 뿌렸는지,

얼었다가 부서지는 와중에도 땅에 스며들면서 흙을 녹이고 있었다.

"화골산, 좋지."

그사이에 내 주변에 다시 강침이 이리저리 날아다녔다. 최소한의 움직임으로 피하다가 어쩔 수 없을 때만 흑묘아의 칼날로 튕겼다. 나는 전방에 강맹한 도기를 쏟아내려다가 가까스로 멈췄다. 이번에는 내가 아군의 팔을 자를 가능성이 있었다.

"오… 이런 것인가."

나는 흑묘아를 도로 집어넣은 다음에 손을 비볐다. 혀가 뒤엉키듯이 비볐다.

슥슥슥슥…

이리 비비고, 저리 비비고, 손등을 비비고, 손바닥을 비볐다. 별의미는 없다. 왼손에는 빙공, 오른손에는 염계를 주입해서 질감을 느껴봤을 뿐이다. 종소리와 함께 꾸준히 날아오는 암기들을 장력으로 쳐내면서 계속 자리를 바꿨다. 그사이에 내 옆으로 누군가가 급하게 지나갔다. 색마가 지나가는 것인지, 용명인지, 사류곡의 살수였는지는 알 수가 없었다.

아마 아군들도 나처럼 넓은 범위에 공격을 퍼붓는 행동은 자제하고 있을 것이다. 이래서 수준이 좀 있는 살수들을 칠 때는 병력이 많은 것이 종종 걸림돌이 된다. 나는 여유가 있을 때마다 손바닥을 비벼서 극음과 극양의 기를 조합하면서 질감을 확인했다. 허겸 장로의 이론대로 두 개의 기운을 조합하는 연습을 해봤다. 빙공과 염계가 부딪쳤을 때 어떤 반응이 나오는지를 확인하다가 천천히 손바닥을 한 번 부딪쳐 봤다.

…

*짝!*

내가 원하는 느낌이 아니었기 때문에 양손에 균등한 목계의 기를 주입한 다음에 손바닥을 강하게 부딪쳤다.

*파악!*

'지금은 이게 낫군.'

맹렬하게 부딪친 손바닥 주변으로 안개가 흩어졌다. 박수도 물수제비처럼 나름의 경지가 있다. 어쨌든 간에 정확하게 잘 때려야 한다는 뜻이다. 손바닥을 오므려서 작은 공간을 만들어 낸 다음에 정확하게 주입한 목계장력으로 손바닥을 연속으로 부딪쳤다.

*퍽- 퍽- 퍽- 퍽- 퍽!*

나는 박수의 파동에 맞은 안개가 어느 정도 밀려나는지 세밀하게 확인했다. 이제 거리와 속도의 문제가 될 것이다. 나는 잠시 종소리를 들으면서 쪼그려 앉은 다음에 호흡을 멈췄다. 나도 새하얀 안개에 휩싸인 채로 살수들처럼 기척을 숨겼다.

"…"

귀를 기울여 보니 종소리와 종소리 사이에 잡소리가 미약하게 섞여있었다. 저것이 아마도 아군이 싸우고 있는 현실의 소리일 터였다. 다시 댕… 하는 종소리가 들리자마자… 나는 진각震脚으로 땅을 박살 냈다.

*콰아아아아아아아아아앙!*

나를 중심으로 원형의 기파가 퍼져 나가면서 시야가 일순간 훤해졌다. 전방에 온통 백의白衣를 갖춰 입은 살수 셋이 보였다. 눈깔에도 뭔 짓을 한 모양인지 백안白眼이었다. 안개 속에서 쉽게 알아보기 어려운 차림새라는 것을 알면서도 무언가 우스꽝스러웠다. 나는 그대로 튀어나가서 발검식을 펼쳤다. 일검에 팔 하나를 날리고.

푸욱!

회수하면서 옆에 있는 백의살수의 목을 날리고, 급하게 도망가는 살수의 등을 흡성대법으로 끌어당겨서 흑묘아의 손잡이로 머리통을 박살 냈다. 전부 비명도 없이 급하게 저세상으로 떠났다. 나는 시체의 어깨에 흑묘아를 끝까지 박아 넣었다. 다시 뽑았을 때 흑묘아는 새빨간 피를 머금은 상태. 몇 차례 날아온 암기는 시체를 이용해서 막았다. 아무런 타격음도 없이 암기가 시체에 박혔다. 곧장 시체의 팔을 하나 잘라낸 다음에 왼손에 쥐었다.

다시 사방이 고요한 와중에 잘린 팔에서 핏물이 뚝뚝 떨어졌다. 문득 바닥을 바라보니, 핏물이 떨어져서 닿는 소리가 들리지 않았다. 내 귀가 반쯤 미친 모양이다. 저절로 웃음이 흘러나와서 나는 낄낄대면서 주변을 둘러봤다. 잘린 팔에서 쏟아지는 피는 사방에 뿌려댈 생각이었다.

콰아아아아아아앙!

다시 진각을 밟자마자, 밀려나는 안개를 따라잡듯이 뻗어나가서 희멀건 눈깔을 보자마자 흑묘아로 살수의 몸을 찢으면서 돌격했다. 그 와중에 옆으로 날아오는 암기는 시체의 팔로 쳐내고, 눈앞에 나타난 백안의 복면에 흑묘아를 박아 넣었다.

푸악!

순간 오른쪽 목덜미로 다가온 검을 피하면서 살수의 팔 하나를 자르고. 흑묘아에 염화향을 휘감아서 매화향을 사방에 퍼뜨렸다.

*화르르륵!*

다시 하얗게 번지고 있는 백지 같은 세상에 붉은 꽃잎이 퍼져나갔다. 어디선가 치이익- 소리가 들리자마자 시체의 팔을 집어 던졌다. 이번에는 날아가던 팔이 공중에서 두 동강이 나더니, 검풍 때문에 흩어진 안개 속에서 검마와 잠시 눈을 마주쳤다.

"…"

나는 검마와 눈빛을 교환하자마자, 다시 안개에 휩싸였다. 찰나지만 검마와 내가 서로의 위치를 확인한 상태. 나는 진각을 밟은 다음에 이번에는 공중으로 높이 솟구쳤다. 새하얀 안개를 뚫고 올라가다가 정점에서 몸을 비튼 다음에 바닥을 향해 오로지 바람으로 이뤄진 도풍을 쏟아냈다.

*부아아아아아아아앙!*

내 도풍이 지상의 안개까지 일순간에 날려버리자… 검마의 낮게 깔린 웃음소리가 들렸다.

"흐흐흐…"

이어서 광명검에서 퍼져나가는 검기가 반원 형태로 연달아서 뻗어나가더니 길쭉한 핏물이 곳곳에서 솟구쳤다. 검마는 시야를 확보한 찰나에 십여 명의 살수를 도살했다. 그 와중에 똥싸개가 빠르게 이동하는 모습도 보였다. 그 경로에 있었던 백의살수들이 가지각색의 동작을 펼치다가 굳은 채로 멈췄다. 똥싸개는 공력을 아끼느라 점혈수법으로만 상대하는 모양이었다. 이런 와중에도 허겸 장로의 제자는 보이지 않았다. 어디선가 색마의 목소리가 들렸다.

"종소리가 끊어졌네? 사부님, 제 말 들리십니까?"

검마가 대답했다.

"들린다."

"종 치던 놈이 죽은 모양이에요."

"우리가 확인하지 않은 것이니 주의해라."

"예."

나는 그제야 지상에 내려섰다가 문득 왼손에 끼고 있는 철반지를 바라봤다. 도박왕의 거처에서 얻었던 그 반지다. 본래는 시커먼 색이었는데 지금은 야광주처럼 희미한 빛을 내뿜고 있었다. 나는 영문을 알 수 없는 현상을 확인하자마자 주둥아리를 열었다.

"독공, 조심, 안개에 섞였다."

나는 짧게 말한 다음에 호흡을 멈춘 채로 흑묘아를 집어넣었다. 다시 전방으로 이동하면서 손뼉을 부딪쳤다.

*파앙!*

어쩐지 안개는 이전보다 더욱 빠르게 흩어졌다. 그것을 보자마자 주변에 말했다.

"독 쓰고 퇴각 중."

주변에서 장풍 터지는 소리가 몇 차례 들리더니, 안개가 빠르게 흩어졌다. 안개에 독을 썼었기 때문에 나도 연신 손을 휘둘러서 안개를 날려 보냈다. 그제야 검마와 색마가 근처에서 모습을 드러냈다. 검마는 검에 묻은 피를 털어내고. 색마는 잔뜩 인상을 찌푸린 채로 주변을 둘러보다가 말했다.

"용명은?"

어디선가 용명의 목소리가 들렸다.

...

"여기요."

소리가 나는 곳으로 고개를 돌리자, 살수들의 백의를 뺏어 입은 용명이 바닥에서 귀신처럼 일어나고 있었다.

"…"

내가 물었다.

"언제 갈아입었나?"

"아까 갈아입었습니다. 본진에 접근하려고 했는데 실패했습니다."

그제야 우리는 바닥을 확인했다. 팔다리가 잘리거나 비틀린 시체들이 바닥 곳곳에 누워있었다. 그 수가 대략 오십여 구는 넘어 보였다. 어떻게 싸웠는지는 모르겠으나 검마가 나보다 더 많이 죽인 모양이다. 내가 검마를 바라보자, 검마가 검을 집어넣으면서 말했다.

"잠시 대기… 청각이 되돌아올 시간, 주변 지형 파악, 독도 조심해라. 시체는 건드리지 마라. 폭발할 때도 있으니."

그러고 보니 서로의 대화가 들리는 와중에도 귀가 약간 먹먹했다. 땅을 살피던 용명이 핏자국을 몇 개 확인한 다음에 한 방향을 가리켰다.

"이쪽으로 퇴각했습니다. 하지만 유인하고 있을 가능성이 큽니다. 부상자 빠지고 대기 중일 겁니다. 확실히 놈들의 본진이라서 환경은 계속 불리합니다."

나는 서서히 떨어지고 있는 해를 바라보면서 말했다.

"이놈들 흑의黑衣로 갈아입고 있겠군. 곧 밤이 온다."

검마가 내게 물었다.

"문주, 어찌하고 싶은가?"

나는 회명산을 둘러보면서 말했다.

"지형의 불리함을 안고 계속 싸우는 것은 미련한 짓. 일단은 전부 불태웁시다."

용명이 다소 놀란 어조로 대꾸했다.

"불을 지르자고요?"

나는 고개를 끄덕였다.

"이놈들은 아예 회명산을 통째로 장악했을 거야. 일반인들은 살수가 없는 곳이지. 전부 태워버리자. 깡그리 몽땅… 살수들의 장단에 맞춰줄 마음이 없다."

색마가 검마를 바라봤다.

"문주와 제가 빙공을 익혔기 때문에 전부 불 질러도 상관없습니다."

퇴로 정도는 우리 둘이 마련할 수 있다는 뜻. 검마가 고개를 끄덕였다.

"그렇다면, 싹 다 태워버리자."

이때, 최초에 검마와 내게 말을 걸었던 목소리가 다시 들렸다.

"…적당히들 하시오…"

나는 소리를 버럭 내질렀다.

"닥쳐라! 병신새끼야! 내가 너희들 때문에 밤에 잠을 편히 못 잤다. 너희는 오늘 하오문주의 숙면을 방해한 죄로 모조리 죽는다. 산신령에겐 내가 나중에 사과할 테니 쥐새끼 같은 놈들은 하던 대로 구석에 찌그러져서 찍찍대고 있어. 제대로 싸울 줄도 모르는 병신 같은 놈들. 어디서 독이나 처발라 대고 있겠지. 암영대 출신이라 그래서 뭐 좀 대단한 줄 알았더니 염병할…"

색마가 헛웃음을 지으면서 대꾸했다.

"거, 촌뜨기 새끼. 성질머리 대단하네."

용명은 별말 없이 화섭자를 꺼내서 나뭇가지에 불을 붙이기 시작했다. 나는 두 사람이 불을 지르는 와중에 소리를 버럭버럭 내지르는 것과는 다소 동떨어진 표정으로 실실 웃어대면서 사류곡에 말을 전했다.

"할 줄 아는 거라곤 똥간에 들어가서 숨 참는 거밖에 없을 거야. 살수들이 다 그렇지 뭐. 용명아, 안 그러냐?"

용명이 한숨을 내쉬었다.

"인내가 살수의 덕목이긴 하죠."

"그래? 사류곡도 그렇겠지?"

"예."

"와, 그럼 살수 서열을 정할 때 똥간에서 오래 참는 순서대로 서열 일 위, 서열 이 위… 뭐 이런 거냐. 똥 냄새가 짙을수록 살수의 왕에 근접한 건가. 그래도 똥 냄새로 따지면 백응지의 몽 공자에겐 못 당하는데. 이놈으로 말할 것 같으면 아예 몸에 똥을 처바른 전적이 있어서…"

말이 엇나갔다. 색마가 인상을 쓰면서 끼어들었다.

"아니, 그런데 이 새끼가 적을 자극하려면 적만 자극하지. 왜 나한테 지랄이야. 하나만 해라."

"살다 보면 말이 어긋날 때가 있다. 못난 놈."

"이 새끼는 말할 때마다 기승전똥이네."

"그것이 나다."

여기저기 불을 지르던 용명이 궁금하다는 것처럼 물었다.

"몽 공자가 몸에 똥을 처발랐어요?"

색마가 대꾸했다.

"닥쳐라."

"궁금해서."

검마도 심심했는지 이리저리 불이 붙은 나뭇가지를 던져대면서 회명산에 불을 질렀다. 나는 사방팔방에 번지기 시작한 불을 보면서 말했다.

"이야, 갑자기 쉬 마렵네."

살수들을 정리하는 일이 이렇게 힘들다. 하지만 괜찮다. 똥간에서 버티는 놈들을 이기려면 이 정도는 참아내야 하는 법. 나는 점점 거세게 타오르는 불길을 보다가 진중한 어조로 사류곡의 살수들에게 말을 걸었다.

"너희는 하오문주를 건드린 것을 후회하게 될 거다. 죽을 때가 가까이 오고 나서야, 아… 똥간에서 대기하던 때가 행복했구나, 할 거야."

살수들을 공격한 말인데, 검마마저 하도 어처구니가 없었는지 고개를 절레절레 저었다.

"문주."

"왜요."

"나 같으면 못 참았을 것이네. 잘하고 있네. 평생 강호에서 들었던 것보다 더 많은 똥 이야기를 오늘 듣게 되는군. 이런 싸움은 나도 처음이네."

나는 검마가 사람다운 말을 하는 것을 보고 환영한다는 것처럼 고개를 끄덕여 줬다.

　"고백 좋았소. 오늘은 똥오줌의 향연이 벌어질 것이오. 누가 이기는지 봅시다."

# 126.
## 옳소, 옳다, 맞다, 좋다

누가 내게 산이 중요하냐 사람이 중요하냐 묻는다면 일단 닥치라고 할 것이다. 둘 다 중요하기 때문이다. 산과 사람, 둘 다 중요하지 않을 때도 있다. 지금이 그렇다. 내가 강산을 푸르게 푸르게 가꾸는 일에 몰두하려고 회귀한 것은 아니다.

어쨌거나 지금은 산을 불태우고 있는 게 아니라, 돈 때문에 사람을 죽이는 자들의 은신처를 불태우고 있다. 나는 점점 거세게 타오르는 불길을 보면서 웃었다. 이제 거세게 타오르는 불길을 봐도 예전처럼 넋이 나가는 일은 없었다. 하루하루 조금씩 강해지다 보면 단점을 극복하기 마련이다. 시뻘겋게 변하기 시작한 풀숲을 둘러보면서 용명이 대꾸했다.

"저희 모두 산신령에게 사과해야겠습니다."

나는 고개를 끄덕였다.

"내가 대표로 나중에 사당을 하나 세우마."

용명이 놀란 표정으로 대꾸했다.

"문주님, 부자세요?"

"뺏으면 돼."

"예."

사당은 당연히 축문의 수장인 연자성에게 맡길 생각이다. 사당을 만들 때 특별히 당부해서 회명산에 혹시 말뚝 같은 것이 박혀있지 않은지도 살펴보라고 할 생각이다. 살수들이 기관장치나 함정 같은 것을 만들면서 곳곳에 말뚝을 박아 넣었을 가능성이 컸기 때문. 그런 산에서는 운기조식을 해도 몸이 무겁고 성과가 없을 정도로 효과가 좋지 않다.

그러고 보니 살수들이 내게 죽어야 할 이유가 하나 더 늘었다. 삼림 훼손죄, 삼림의 정기 훼손죄, 무고한 산에 말뚝을 박아 넣은 죄, 내게 산을 불태운다는 죄를 뒤집어쓰게 한 죄, 하여간 기분 나쁘게 한 죄 등등. 죽일 이유가 차고 넘치는 상황. 그 와중에 산이 활활 불타고 있는 것을 보고 있자니 속이 쓰리긴 했다. 하지만 내가 괜히 무림공적이 되었겠는가. 산을 홀라당 불태우는 것은 이번이 처음도 아니다. 주변을 둘러보던 검마가 말했다.

"눈으로 보던 것과 다르게 산세가 변하는군."

순간 커다란 나무가 우리 쪽으로 쓰러지고 있어서 동시에 경공을 펼쳤다.

쿵!

나무가 쓰러지는 모습이 다소 인위적이었다. 어디선가 불길에 휩싸인 기관장치 함정이 멋대로 작동한 모양이다. 나무가 끝이 아니었다. 우리가 다가가지도 않는데 전방에서 그물망이 바닥에서 하늘로 솟구칠 때도 있었고. 화살촉이나 강침 같은 것이 쌩- 소리를 내면서 지나치기도 했다. 나무 위에서 밧줄과 나무로 이뤄진 고슴도치 방패 같은 것이 살벌한 기세로 지나치기도 했다. 그제야 색마 놈이 감탄한 목소리로 말했다.

"사부님, 곳곳에 함정이 많았습니다."

"인상적이로구나. 용명아."

검마의 부름에 용명이 공손하게 대답했다.

"예, 어르신."

"딱 들어맞지 않아도 된다. 지형을 보면서 함정이 있는 곳을 예상할 수 있겠느냐?"

"어느 정도 예상할 수 있습니다."

"좋다. 그럼 용명이 선두에서 불을 계속 지르고, 몽랑과 문주가 좌우로 흩어져서 어느 정도 불길이 마구잡이로 번지는 것을 막아보자. 우리는 살수들이 준비한 길만 불태우면서 화염과 함께 진격하는 거다. 오히려 함정이 우리를 올바른 길로 인도할 것이다."

"알겠습니다."

검마가 제자에게 한마디를 보탰다.

"대신에 불길을 막는 것에 너무 많은 공력을 쏟을 필요는 없다. 싸울 힘은 남겨야지."

"알겠습니다."

검마의 경험이 많아서 위태로웠던 분위기가 묘하게 중심을 잡았다. 용명이 지형을 살펴보면서 불을 지르느라 진격은 빠르지 않았다. 하지만 세상일이라는 것은 대부분 귀찮음을 견뎌야 무언가를 얻기 마련이어서 우리는 서두르지 않았다. 놀랍게도 십 장(약 30m) 정도를 진격하면 반드시 함정이 나왔다.

가장 인상적인 장면은 사내 오륙십 명이 동시에 추락할 수 있는 넓은 구덩이었다. 옆으로 지나면서 구경해 보니 당연히 바닥에는 도산검림이 준비되어 있고, 잡다하게 꿈틀거리는 뱀들이 먹이를 찾아서 단체로 방황하고 있었다. 뱀들이 서로를 잡아먹지 않는 것을 보면 살수들이 사육한 뱀이었다.

"가지가지 하는구나."

나는 흑묘아를 휘둘러서 냉기의 선을 긋거나, 빙공이 섞인 도기를 쏟아내서 불길을 끊어내는 식으로 대응했다. 완벽하진 않았지만, 희한하게도 본래 길이 계속 드러났기 때문에 불길이 마구잡이로 퍼지진 않았다. 잠시 후에 용명이 말했다.

"전방에 막다른 넝쿨 벽입니다."

우리는 눈앞을 막아선 벽을 올려다봤다. 넝쿨이 지저분하게 뒤엉켜 있었는데 사방의 폭이 굉장히 넓었다. 특히 위쪽은 까마득한 절벽이나 다름이 없었다. 산세를 살피던 검마가 고개를 끄덕였다.

"잘 찾았다. 안쪽의 공간이 제법 넓을 것이다."

꽤 넓은 공터에 자리 잡은 넝쿨에서 위화감이 들었다. 용명이 비수로 넝쿨을 베면서 문을 찾고 있고, 검마가 팔짱을 낀 채로 생각에 잠겨있는 동안에 나는 내공을 섞어서 말했다.

"…살수들아, 도착했으니 손님 받아라. 이런 문은 우리에게 별 의미 없다."

색마가 나를 바라보면서 웃었다.

"너도 참 제정신은 아니야."

이때, 우리가 바라보고 있는 넝쿨 벽의 우측에서 석문 움직이는 소리가 들렸다.

*그그그긍…!*

일행이 전부 놀란 눈빛으로 저절로 열리고 있는 석문을 바라봤다.

"뭐야? 왜 열려?"

다들 날 바라보기에 한마디 해줬다.

"내 알 바 아니다."

"…"

"회명산이 거덜이 났으니 열었겠지. 아니면 이곳은 부수지 말라는 뜻이거나. 들어가자고."

이때, 새로운 목소리가 석문 안쪽에서 흘러나왔다.

"어서 와라."

문득 검마가 고개를 갸웃한 다음에 말했다.

"들어가자."

검마의 표정을 바라보던 색마가 물었다.

"왜요. 사부님?"

"목소리가 익숙하구나. 들어가면 알겠지."

* * *

나는 습한 통로를 지나면서 중얼거렸다.

"토끼 굴에 쳐들어가는 그런 느낌이야."

용명이 대꾸했다.

"그런 느낌이 있어요?"

"토끼 굴에 쳐들어가 봤어?"

"아니요."

"안 가봤으면 말을 말어. 지금이랑 흡사하다."

"예."

색마가 불길하다는 것처럼 중얼거렸다.

"뭐 안 날아오나?"

잠시 불길한 정적이 이어지다가 별일 없이 입구에 도착해서 커다란 동공에 들어섰다. 나는 일행들과 함께 고개를 들어서 드넓은 동공을 구경했다. 세상 밖의 세상에 온 것처럼 넓은 동공이었다. 살수들이 이곳에 전부 모여서 수련을 하는 것도 어렵지 않아 보일 정도. 하지만 눈길을 사로잡는 것은 황토색 벽의 곳곳에 뚫린 동굴이었다.

그곳에서 살수들이 다양한 모습으로 우리를 내려다보고 있었다. 이곳은 대체 무엇에 대피하기 위해서 만든 동공일까. 강호가 멸망되더라도 살아남겠다는 의지가 엿보이는 은신처였다. 가장 윗부분에는 단 하나의 동굴만 있었다. 그러니까 상층을 한 사람이 전부 사용하는 모양이었다. 산속에 이런 공간이 있는 것도 황당하고, 이런 곳에도 계급이 철저하게 나뉘어 있다는 게 어처구니없었다. 최상층의 동굴에서 등장한 외팔이 노인이 입을 열었다.

"좌사, 이런 누추한 곳까지 어찌 오셨소."

검마는 노인을 한참 바라보다가 대꾸했다.

"너는 누구냐?"

주변을 둘러보던 검마가 상층부에 있는 몇 명을 더 알아봤다.

"그러고 보니 배교자들이 섞여있구나."

여기저기서 중년인들의 대답이 흘러나왔다.

"너도 배교자가 되었다고 들었다."

"네놈의 오만한 표정은 여전하구나."

내가 검마에게 물었다.

"선배, 아는 자들이오?"

검마가 대꾸했다.

"일부는 교에서 후계자가 정해지던 다툼의 과정에서 이탈한 생존자들이다. 그리고 저 맨 위에 있는 노인장은 모르겠다."

나는 노인장을 바라보면서 말했다.

"늙은이, 네가 칠 교관이냐? 백 세가 넘은 것으로는 보이지는 않는데. 대가리에 피도 안 마른 놈 정체부터 밝혀라."

노인장이 한숨을 내쉬었다.

"검마, 그대도 배교자가 되었다면 우리의 적이 아닌데 굳이 이렇게 싸워야 하는가?"

검마가 대꾸했다.

"그런 것은 예의를 갖추고 물어봤어야지."

노인장이 말했다.

"이렇게 합시다. 여러분들께서 하오문주를 죽이면 우리는 나서지 않겠소. 좌사께서도 훌륭한 가문의 일원이시고. 또한, 충분히 독립할 수 있는 실력을 갖춘 사내이니 세력을 만들 수 있는 자금까지 지원하겠소. 어떠시오? 보고에 따르면 그대들은 서로 본래 접점이 없는 사이라고 하던데."

이놈들은 대체 얼마나 미친 것일까. 이 와중에도 검마에게 청부살인을 의뢰하고 있었다. 검마가 대꾸했다.

"거절할 테니 이제 문주와 이야기해 보시오."

노인장이 나를 바라봤다.

"…"

나는 노인장을 올려다보면서 목을 만졌다.

"내려와. 이 새끼야. 목 아프니까. 잡소리 집어치우고. 사람을 여러모로 불편하게 만드네. 내가 검마 선배와 왔다고 이딴 식으로 나오는 건가?"

생각해 보니 이놈들은 본진에 찾아온 나보다 검마를 더 두려워하고 있었다. 이는 전생 광마로서 아주 불쾌한 상황이다. 내가 혼자서 중앙으로 걸어가는 동안에 노인장이 이번에는 색마와 용명을 바라봤다.

"몽 공자, 허 장로의 제자. 그대들은 관심 없나?"

색마가 대꾸했다.

"돈 말고 혹시 미인은 없소? 없나? 있으면 얼굴부터 보여주고."

용명은 아예 입을 열지 않았다.

"…"

나는 주변을 둘러보면서 말했다.

"다들 가만히 있어라. 죽기 싫으면."

나는 내 말에서 모순을 느꼈다. 다 죽일 생각이기 때문이다. 이제 허 장로가 집필한 음과 양에 대한 고찰을 써먹어 볼 시간이다. 나는 잠시 일행에게도 경고했다.

"다들 조심."

색마가 당황스러운 표정으로 대꾸했다.

"너 무슨 짓을…"

나는 순식간에 양손을 좌우로 뻗은 다음에 잔월빙공을 좌수에 압축하고, 염화향을 우수에 압축해서 순식간에 양 극점의 기를 모았다.

"…!"

질감은 허 장로가 언급했었던 눈덩이의 느낌이었다. 삽시간에 내 손이 각기 새하얀 빛무리와 시뻘건 빛무리에 휘감겼다. 적들이 당황한 것일까. 아니면 내 행동에서 별다른 위험을 감지하지 못한 것일까. 나는 대충 생각나는 대로 살수들에게 말했다.

"자꾸 열 받게 하지 마라. 이거 합치는 순간 여기는 다 날아가니까."

색마가 한숨을 내쉬었다.

"뭐 하는 거야?"

검마가 고개를 갸웃했다가 일행에게 경고했다.

"다들 조심해라. 흔한 절기가 아니다."

나는 양손에 분심공으로 쏟아낸 극양과 극음의 기운을 압축시키고, 또 압축시켰다. 이 짓을 하는 나조차도 살짝 가슴이 두근두근하는 상태. 노인장이 내게 말했다.

"하오문주, 대체 뭐 하는 건가?"

나는 노인장에게 말했다.

"뭐, 하는 중이다. 하여간 전원이 내려와서 무릎을 꿇으면 목숨은 살려주마."

노인장이 매몰찬 어조로 대꾸했다.

"거절하겠네."

"좋았어."

문득 검마가 색마와 용명을 손짓으로 부르더니 자신의 뒤에 세웠다. 그 와중에 광명검을 급하게 뽑은 검마가 양손으로 손잡이를 붙잡았다.

"음…"

다들 어리둥절한 와중에 검마의 행동만이 이 사태가 곧 불길하게 전개된다는 것을 예고했다. 검마가 내게 말했다.

"문주, 하고 싶은 대로 하게나."

"좋소."

나는 이름이 없었던 행위에 이름을 붙여봤다.

"일월광천日月光天."

광光과 광狂을 고민했으나, 이제 좀 그만 미치자는 생각에서 광光을 넣었다. 누군가가 손을 뻗었다.

"어?"

나는 웃음을 흘리다가 그대로 일월쌍기日月雙氣의 불길한 눈덩이를 조합해서 공중으로 띄웠다.

'이게 맞냐?'

나도 모르겠다. 순간, 흰색과 적색이 맹렬하게 뒤섞이더니 파지지직– 하는 소리와 함께 불온하게 생성된 뇌기처럼 지랄 염병을 떨면서 회전하다가 동공의 상층에 닿았다.

"...!"

일순간, 나를 비롯한 지켜보는 자들의 귀가 단체로 먹먹해졌다. 그 먹먹함을 굉음이 찢어발기듯이 등장해서 사람들의 고막을 때렸다.

*콰아아아아아아아아아아아아앙!*

빛무리가 폭발하면서 황토색의 동공이 폭발에 쓸려나가듯이 무너지고. 나는 공중에서 원형으로 퍼져 나가는 기파에 튕겨 나가서 어디론가 날아갔다. 몸을 비트는 와중에도 황토색의 벽을 계속 뚫으면서 이동했다. 무슨 상황인지 모를 정도로 벽면이 마구잡이로 쪼개진 채로 둥둥 떠다니다가 이리저리 휩쓸려서 사방팔방으로 뻗어 나갔다. 후폭풍도 있는 모양이다. 나는 대략 십여 장을 튕겨 나갔다가 먼지를 잔뜩 뒤집어쓴 채로 일어섰다.

"휴, 일단 나는 살았고."

전방을 주시하니, 검마는 검기로 세운 시커먼 방벽防壁 뒤에 숨어 있었는데, 그 뒤에서 색마와 용명은 땅에 납작하게 달라붙어 있었다. 하지만 아군이 무사한 것보다 주변 풍광이 더 인상적이었다. 동공의 상층부가 완벽하게, 시원하게, 가차 없이 날아간 상황. 분명히 동굴 안으로 들어왔는데 지금 나는 밤하늘을 올려다보고 있었다. 검마가 당황스러운 표정으로 내게 말했다.

"절기를 좀 다듬어야겠군."

"옳소."

색마가 내게 말했다.

"이거 완전 미친놈이네?"

"옳다."

용명이 내게 말했다.

"저희도 위험했습니다."

"맞다."

나는 잠시 사류곡의 잔당들을 잊은 채로 밤하늘의 별무리를 감상했다.

"좋다."

절기도 연습하고, 밤하늘도 구경하고, 살수들도 죽이고. 좋았다.

# 127.
## 내가 이런 만남을
## 주선하다니

밤하늘도 너무 오래 바라보면 미친놈이다. 나는 흑묘아를 뽑아서 일월광천에 휩쓸려 나간 전장에 진입했다. 검마의 말대로 일월광천은 완벽하지 않았다. 준비하고 쏘아 올리는 시간이 고수들의 기준에서 너무 길었기 때문에 눈치 빠른 놈들은 어떻게든 대비했을 것이다. 호신공을 일으키고 장력을 내밀었거나, 황토색의 벽 뒤로 재빨리 숨어서 피해를 최소화했을 것이다.

살아남은 벌레들이 있을 것이다. 흑도를 때려죽이러 온 것이면 대충 끝냈을 것이나 살수들에게 자비는 없다. 내가 칼을 뽑은 채로 난장판이 된 곳을 진입하자, 일행들도 잔당을 죽이기 위해 퍼졌다. 그제야 하늘에서 무언가가 떨어졌다.

*투두둑…!*

폭발에 휩쓸려서 날아갔던 병장기, 신체의 일부분, 찢어진 옷자락, 손가락 마디 같은 잡다한 것들이 비처럼 쏟아졌다. 용명이 짤막하게 탄성을 내뱉었다.

"와… 이제 떨어집니다."

나는 숨이 붙어있는 살수들을 찾아서 이동했다.

"…살려줄 때 무릎 좀 꿇어라. 지금은 무릎도 안 움직일 거야. 후
회해도 늦었다."

이때, 우리는 밤하늘을 올려다봤다. 옷이 제멋대로 찢어진 외팔이
노인장이 하늘에서 떨어지고 있었다. 일월광천의 폭발과 그것을 받
아친 자신의 장력 때문에 엄청난 높이까지 솟구쳤다가 이제 내려오
는 모양이었다. 나도 감탄이 나왔다.

"와… 늙은이 좀 하네?"

안타까운 것은 치렁치렁했던 머리카락이 불길에 탄 것처럼 볼품
없이 뜯겨 나갔다는 점이었다. 외팔이 노인장이 바닥에 내려서자,
검마가 입을 열었다.

"둘째 공자를 지지하던 등 장로였나?"

노인장이 고개를 끄덕였다.

"이제 알아보는군."

"칠 교관과는 무슨 관계였나?"

"당연히 내 사부셨네."

"배교자를 긁어모아서 살수 단체를 이끌었구나."

내가 흑묘아를 쥔 채로 다가가자, 외팔이 노인장이 입을 열었다.

"문주."

"왜."

"자네들이 힘을 합치면 나를 죽이는 게 어렵지 않을 것이네. 그러

나 기왕 이렇게 된 거 나는 젊은 나이에 좌사의 자리에 올랐던 검마와 마지막 싸움을 해보고 싶군. 그는 우리 같은 늙은이들이 동경하던 젊은 고수였지. 신분이 점점 높아져서 겨룰 기회도 없었네. 함께 배교자가 된 처지이지만 옛 좌사와 이공자의 호위로 붙어보고 싶네. 좌사도 내 부탁을 들어주겠나?"

나는 검마를 바라봤다.

'굳이 그럴 필요는 없는데.'

하지만 검마가 무슨 대답을 할 것인지는 이미 예상했다. 이런 일 대일 대결은 추호도 피할 생각이 없을 것이다. 검마가 고개를 끄덕였다.

"등 호위, 그렇게 하세."

노인장이 히죽 웃자, 듬성듬성 빠져있는 볼품없는 이빨이 드러났다.

"고맙네. 혹시 이공자가 식솔들과 쫓기고 있을 때 자네도 추격조에 있었나?"

"있었지."

"그때 누굴 죽였나?"

"중간에서 막아서는 흑랑대."

"결과는?"

"물론 다 죽였던 것으로 기억하네만."

"자네는 흑랑대주와 친분이 있지 않았나?"

검마가 고개를 끄덕였다. 검마의 표정을 바라보던 외팔이 노인장이 웃음을 터트렸다.


...

"좋다. 천하의 검마도 후회라는 것을 하는 사내였구나."

"그렇진 않다."

"후회하지 않는다고?"

"자신이 약한 것을 후회해라. 죽을 때도 이런 생각을 하라고 교관들이 가르쳤을 텐데. 선공은 양보하마. 등 호위."

나는 팔짱을 꼈다. 불구경 다음에 싸움 구경을 하는 게 정석이다. 일월광천을 장력으로 튕겨내서 살아남았다면 제법 잘 싸우는 사내라는 뜻. 하지만 어쨌든 저 미완성의 절기를 막아내느라 공력을 제법 많이 소비했을 것이다. 이것은 결과가 중요한 싸움은 아니었다.

어쨌거나 지금은 검마가 광명검을 들고 있으니 맹주와 겨뤘을 때와는 조금 다른 양상의 싸움이 벌어질 것이라 기대했다. 이 와중에 색마 놈은 사부의 대결에 관심이 없는지 여기저기 돌아다니면서 살수들의 숨통을 끊어내고 있었다. 나는 외팔이 노인장과 검마를 살폈다.

\* \* \*

폐허의 끝부분에 있었던 외팔이 노인장이 바닥을 쓸어내는 것처럼 이상한 경공을 펼치면서 거리를 좁히다가 공중으로 떠올랐다. 거의 빛살처럼 보일 정도로 빠른 움직임.

"어?"

공중에서 뽑힌 노인장의 검이 먼저 검마의 가슴에 닿았다.

텅…!

불길하게 들리는 금속음이 터지고. 일부러 타격을 허용한 것처럼 보이는 검마는 광명검으로 노인장의 복부를 동시에 찔러서 검과 함께 들어 올렸다.

*푸악!*

이어서 광명검에서 시작된 흑색의 검기가 노인장에게 들러붙어서 신체 이곳저곳을 뜯어냈다. 아무리 마공이라지만 나는 이렇게 흉측하게 생긴 검기剣氣는 본 적이 없다. 보통 검기라는 것은 검의 형상을 본뜨기 마련인데 이 검기는 사람의 팔다리, 얼굴, 크게 벌린 입처럼 된 흑색의 망령처럼 보였다. 이 망령이 노인장을 순식간에 뒤덮자, 군데군데에서 핏물이 솟구쳤다. 그러나 그 핏물마저도 검에서 뻗어 나간 고사리 같은 손들이 내밀어서 집어삼켰다. 나는 입을 동그랗게 말았다.

"오우…"

이어서 광명검에 찔린 노인장의 신체가 공중에서 해체되더니 이를 흡수한 검은색의 망령들이 검에 들러붙었다가 순식간에 사라졌다. 이어서 검마가 깊은 한숨을 내쉬었다.

"하아…"

묘한 음색이었다. 후회스럽기도 하고 또 잘못을 저질러서 괴롭기도 하다는 한숨이랄까. 나는 팔짱을 낀 채로 검마의 착잡한 표정을 바라봤다.

'…이거 아주 심각한 마공이구나.'

저러니까 교주도 검마를 놓쳤을 터였다. 광명검을 제대로 사용한 검마는 매우 위태로운 사내였다. 저런 식으로 강해지다 보면 어느 순간 광명검에게 잡아먹히지 않을까 하는 근거 없는 생각이 들었던 것. 나는 내키는 대로 검마에게 물었다.

"선배, 그런 무공을 계속 써도 괜찮겠소? 위험해 보이는데."

검마가 나를 바라봤다. 시커멓게 변해있었던 눈동자가 서서히 본연의 색을 되찾고 있었다. 검마가 사람으로 되돌아오면서 말했다.

"되도록 쓰지 않으려 하지만 승부욕이 생길 때마다 이렇게 되는군. 목검을 어서 빨리 수련해야 할 텐데."

참으로 인상적인 말이다. 분명 강한 사내라는 것은 틀림이 없으나, 동시에 매우 약한 사내의 일면이 보였다. 사람이 어찌 강함과 약함을 동시에 지닐 수 있을까. 이 검마라는 사내가 그렇다. 내가 물었다.

"부작용이 크지 않소?"

"그런 편이네."

"구체적으로 어떤 부작용이 있소?"

검마가 색마를 바라보면서 대꾸했다.

"광명검의 욕심이 끝이 없다는 게 부작용이겠지. 제자에게도 가르치려다가 관뒀네."

나는 좌사의 몸에 새겨진 문신을 떠올렸다.

"똥싸개에게 문신이 있는 이유가 그거였소?"

검마가 고개를 저었다.

"비슷한 무공이네. 호신공이지."

문득 검마는 그저 휴식이 필요하다는 것처럼 가부좌를 틀었다. 운기조식을 하지도 않고 다친 곳도 없어 보였는데 내 눈에는 검마가 매우 지쳐있는 사람처럼 보였다. 부상당한 살수들을 정리하고 돌아온 색마가 검마에게 말했다.

"사부님, 괜찮으십니까?"

검마가 고개를 끄덕였다.

"괜찮다."

나도 검마의 근처에 앉아서 황량하게 변한 살수들의 은신처를 잠시 구경했다. 용명이 멈춰있는 우리 셋에게 말했다.

"더 쉬고 계십시오. 제가 넓게 움직여서 잔당을 정리하겠습니다."

나는 고개를 끄덕인 다음에 검마를 바라봤다. 검마가 나와 제자를 번갈아 보더니 문득 지난 인생을 회고하는 사내처럼 입을 열었다.

"내가 강한 게 아니라 병장기가 강한 것 같아서 그동안 종종 모멸감을 느낀 채로 살았네. 되도록 잘 사용하지 않으려 했는데, 이런 힘을 외면하는 것도 쉬운 일이 아니야."

새삼스럽게 광마, 색마, 검마가 살수들을 죽이고 나서 휴식을 취했다. 내가 겪은 주화입마와는 또 다른 유형의 심마心魔가 검마를 괴롭히는 것처럼 보였다. 승부욕과 공허함. 패배하기 싫어서 마검을 사용했을 것이고. 마검을 사용하고 나면 모멸감을 느끼는 상태. 죽는 것보다 패배하는 게 더 싫어서, 언제 닥칠지 모르는 죽음이 검마 곁에 머물러 있는 형국이다.

문득 나는 이런 생각이 들었다. 어쩌면 전생에는 검마가 어디선가 홀로 죽음을 맞이했을 수도 있겠다고. 다른 누군가에게 죽은 것이 아니라. 쓸쓸하고 황량한 곳에서 광명검과 함께 세상에서 사라졌던 게 아닐까 하는 망상이 나를 사로잡았다. 검마의 문제는 실로 복잡해 보여서 나도 명쾌한 답을 내릴 수가 없다. 평범한 장검을 지닌 채로 싸우다가 죽느냐, 아니면 마검을 지닌 채로 승승장구하면서 마귀처럼 살아갈 것이냐. 인생에 명확한 답이란 게 있을까 싶다.

"검마 선배."

검마가 그 어느 때보다 공허한 눈빛으로 나를 바라봤다. 저 정도 눈빛이라면 수백 명 아니 수천 명을 검으로 갈라도 양심의 가책을 느끼지 못할 터였다. 그나마 애초에 성정이 침착하고 냉정한 편이어서 폭주하지 않는 것처럼 보였다. 검마가 말했다.

"말하게."

"심마가 내 눈에 보일 정도요."

"그런 상태지."

"목검으로 싸우다가 죽느냐, 마검을 지닌 채로 계속 주화입마에 시달릴 것인가. 이 양자택일의 문제 같소."

"더 복잡하지만, 정리하면 그러하네."

"소개해 줄 사람이 한 명 있는데 만나보시겠소?"

"내 심마를 치료해 줄 수 있다는 말인가?"

"없을 거요."

"그런데도 만나보라는 말인가?"

"그렇소."

"어째서?"

나는 팔짱을 끼면서 대꾸했다.

"이것은 가만히 앉아서 마귀가 될 것이냐. 아니면 누군가를 찾아다니면서 사람이 되는 방안을 능동적으로 찾느냐의 문제요. 물론 누구도 쉽게 고칠 수는 없겠지. 하지만 심마에 휩싸인 자가 사람이 될 방법을 찾아다니려는 마음 자체가 상황을 바꿀 수 있는 실마리라 생각하는데… 어떻게 생각하시오. 강요하진 않겠소."

검마가 대꾸했다.

"세상사에 통달한 것 같은 늙은이들의 말에 귀 기울일 생각은 없네."

나는 고개를 끄덕였다.

"옳소. 그러나 소개할 사람은 젊은이요."

검마가 한 방 맞은 얼굴로 나를 바라봤다.

"젊은이라고?"

"늙은이의 고리타분한 말도 싫고. 젊은이의 어리석은 말도 싫다면 앞으로 선배는 황야에서 운기조식을 하다가 객사할 팔자요. 부담 갖지 말고 만나보시오. 결과는 나도 크게 기대하지 않으니…"

검마가 떨떠름한 얼굴로 나를 바라보는 와중에 색마가 옆에서 조언했다.

"사부님, 한번 만나보시지요. 시건방진 놈이면 제가 알아서 혼을 내겠습니다."

나는 색마를 바라봤다.

"지랄을 해라. 네가 누굴 혼내? 정신 나간 놈."

문득 기운을 좀 차린 검마가 일어나면서 말했다.

"그럼 일단 잔당들을 다시 확인한 다음에 전부 죽이고 떠나세. 일 처리는 확실해야 하는 법. 다친 놈들도 멀리 못 갔을 것이네."

나는 고개를 끄덕인 다음에 검마에게 말했다.

"나뭇가지라도 하나 꺾어서 사용하시오."

검마가 순순히 대답했다.

"그러겠네."

* * *

"선생, 선생, 모용 선생! 내가 왔소."

나는 모용의가로 쳐들어가서 당당하게 모용백을 불렀다. 용명까지 데리고 오는 것은 불필요한 일이어서 복귀 도중에 혈야궁으로 돌려보낸 상태. 사류곡의 전리품은 혈야궁이 수거한 다음에 나누기로 해서 용명도 할 일이 많았다. 어디선가 우당탕 소리가 들리더니 모용백이 놀란 표정으로 뛰어나왔다.

"문주님, 오셨습니까?"

"바쁘신가?"

"아닙니다."

모용백이 좌우에 있는 사람들을 쳐다보다가 긴장한 표정으로 물었다.

"옆에 계신 분들은?"

나는 검마를 슬쩍 바라봤다가 대꾸했다.

"…환자를 데리고 왔소."

검마가 한숨을 내쉬었다. 영문을 모르겠다는 표정으로 모용백이 내게 물었다.

"아, 환자를 데려오셨는데 왜 그렇게 즐거워하십니까?"

"그러게? 생각해 보니 그렇군."

모용백이 자신을 소개했다.

"여하튼 잘 오셨습니다. 저는 모용의가의 모용백입니다. 그런데…"

"…"

모용백이 색마와 검마를 살피다가 진중한 어조로 물었다.

"어느 분이 환자신지요?"

나는 순간 깜짝 놀라서 대꾸했다.

"오, 날카로운 질문이군. 일단 이쪽이오. 중증 환자요."

나는 검마를 가리켰다. 모용백이 자신의 집무실 방향을 가리키면서 말했다.

"들어가시지요."

나는 도산장에 끌려가는 것 같은 표정을 짓고 있는 검마와 눈을 마주쳤다가 엄지를 한 번 올려줬다.

"…선생님 말씀 잘 들으시오. 선배."

"…"

"내 의형제 같은 사내니까 화난다고 때리지 마시고."

"그럴 일 없네."

검마와 모용백이 집무실에 들어가고 나서, 낯선 여인 두 명이 내게 다가와서 인사를 올렸다.

"문주님, 오랜만에 뵙습니다."

"잘 지내셨습니까?"

나는 인사를 올린 의녀들을 바라보다가 물었다.

"너희는 누구냐?"

처자들이 당황한 표정으로 대꾸했다.

"흑백소소입니다."

"흑소령과 백소아입니다."

나는 그제야 처자들의 얼굴이 많이 변했다는 것을 알았다. 물론 예전보다 훨씬 보기 좋아진 상태였다.

"아, 너희였구나. 얼굴이 좋아져서 몰라봤다."

"좋아졌는데 왜 몰라보세요."

"닥쳐라."

"예."

"너희는 들어가서 다른 의녀에게도 오늘은 이쪽으로 코빼기도 내비치지 말라고 전해라. 다들 복면을 착용하고 일하도록."

"예?"

나는 인상을 썼다.

"어디서 말대꾸야. 빨리 들어가. 강호 최정상의 변태가 이곳에 있다."

나는 손을 내저어서 처자들을 쫓아냈다. 의자에 앉아있는 색마가 나를 싸늘한 눈빛으로 노려봤다.

"이봐, 문주."

"왜."

"내가 이런 데서도 처자들을 건드릴 것 같으냐? 적당히 해라."

"몽랑아, 너는 스스로 고칠 마음이 없어서 환자 축에도 못 낀다. 의녀들 불러서 네 일화부터 이야기해 주기 전에 얌전히 있어라."

색마가 어리둥절한 표정으로 대꾸했다.

"내 일화? 그게 무슨 소리냐."

"…"

내가 입을 다물자, 색마가 이내 눈치를 챈 모양인지 얼굴이 새빨개졌다. 나는 눈을 가늘게 뜬 채로 색마를 바라보다가 코웃음을 쳤다. 기승전똥을 이제야 알아차린 모양이다. 못난 놈.

## 128.
## 그것은 심마가
## 아닙니다

나는 문득 입을 다문 채로 모용백의 집무실을 바라봤다. 저 안에서 전생 독마와 검마가 대화를 나눈다고 생각하니 나조차도 기분이 이상했다. 솔직히 말해서 검마의 상태는 복잡하고 어렵다. 얼마나 어려운 것이냐면. 검마 정도 되는 사내가 풀지 못하는 난제인 것이다.

　모용백에게도 어려운 문제일 것이다. 하지만 나는 이 만남을 주선한 것 자체에 의미를 뒀다. 이유는 모르겠다. 나는 늘 모르는 게 많기 때문이다. 한 가지는 확실히 알고 있다. 이 문제는 모용백이 해결할 수 없고, 검마도 해결할 수 없으며, 나도 어찌할 수 없는 문제다. 그러나 셋이라면 혼자보다 나을 것이다.

* * *

모용백은 마주 앉은 검마를 보자마자 저도 모르게 침부터 삼켰다.

자꾸 하오문주가 어디서 이렇게 괴물 같은 사내를 데려오는지 모를 일이라는 생각이 들었다. 무공 실력은 말할 것도 없거니와 정신세계도 굳건해 보여서 말문이 막힌 상황. 검마는 젊은 의원이 긴장한 것을 보고 입을 열었다.

"긴장할 것 없네."

"예. 제가 무어라 불러야 할까요?"

"나를? 글쎄. 그것이 애매하군."

모용백이 웃으면서 물었다.

"연장자이시니 형님이라고 부를까요?"

검마가 고개를 저으면서 대꾸했다.

"그런 호칭으로 나를 부른 사람은 없네. 의원인 줄 알았는데 자네도 무공을 익혔으니 하오문주처럼 선배라 부르게."

모용백이 대꾸했다.

"선배가 편하시겠습니까?"

검마가 고개를 끄덕이자, 모용백이 무뚝뚝한 표정으로 말했다.

"그럼 형님이라고 부르겠습니다."

"..."

"환자라고 부를까요?"

검마가 눈을 껌벅이면서 바라보자, 모용백이 고개를 살짝 숙였다.

"농담입니다."

검마가 덤덤한 어조로 말했다.

"괜히 하오문주의 의형제가 아니었군. 끼리끼리 만난다더니."

"칭찬으로 듣겠습니다."

　　　…

"그것은 듣는 자의 자유지."

검마가 한숨을 내쉬었다가 서재를 둘러보면서 말했다.

"책을 많이 읽는군."

"예. 무공 서적도 있고. 의학 서적도 있고. 고서와 구하기 힘든 옛 소설도 있습니다. 선배님도 책을 좋아하십니까?"

"좋아하네."

"주로 무엇을 보셨습니까."

"무공 서적이지."

"다른 것은요?"

"노자서老子書를 가끔 보았는데 이것도 역시 무공을 대입해서 읽었네. 자네도 봤나?"

"봤습니다."

"어떠하던가?"

"대체로 못 알아들을 말이 많아서 금세 덮었습니다. 선배에겐 도움이 됐습니까?"

"없네. 불필요하다 여겨 모두 잊었지."

모용백이 마른 입술에 침을 발랐다.

"가차 없으시군요."

"그런 편이네."

"문주께서 선배님을 환자라 부른 이유가 무엇입니까? 제가 보기에는 아무런 문제도 없어 보입니다."

검마가 고개를 끄덕이더니 광명검을 끌러내어 탁자에 올려놓았다.

"뽑아보겠나?"

모용백이 긴장한 낯빛으로 대꾸했다.

"제가 죽는 건 아니겠지요?"

검마가 미소를 지었다.

"설마 문주의 지인을 내가 함부로 대하겠나."

"예, 그럼 제가 한 번."

모용백은 두 손을 뻗어서 광명검을 뽑은 다음에 귀청을 때리는 귀곡성을 듣자마자 급히 집어넣었다. 모용백이 말했다.

"검이 비명을 지르는군요. 어디가 아픈 모양이죠?"

검마가 보기 드물게 소리 내어 웃으면서 대꾸했다.

"자네는 웬만하면 전부 환자로 보는군."

"직업병입니다."

"아주 희귀하게 스스로 검명劍鳴을 토해내는 검들이 있네. 정상적인 검은 아니지."

"이것이 바로 마검魔劍이라는 것이군요. 선배가 만드셨습니까?"

"그럴 리가. 어렸을 때 내게 강제로 귀속되었던 검이네."

"가문에 의해서요?"

검마가 고개를 끄덕였다. 모용백은 헛기침을 한 다음에 서랍에서 하얀 손수건을 꺼내서 자신의 이마를 닦았다.

"혹시 그 귀속이라는 것은 해제하는 방법이 있습니까?"

"있을 것이나 나는 배우지 않았네."

"혹시 방법을 안다면 귀속을 해제하실 겁니까?"

"지금은 그럴 수 없네."

"어째서요?"

"나더러 죽으라는 뜻일 테니까."

모용백이 고개를 끄덕였다.

"그 죽음의 의미가 귀속을 해제하자마자 죽는다는 것인지요? 아니면 마검을 잃은 것이 전력 약화로 이어져서 적들에게 당할 수 있다는 뜻인가요."

"아마도 후자일 것이네."

모용백이 고개를 끄덕였다.

"그렇다면 함부로 귀속을 해제하면 안 되겠습니다."

"그렇지."

"그런데도 문주께서 선배님을 데려오신 것은 마검을 지닌 것만으로도 문제가 있기 때문입니다. 설명해 주시지요."

"그 점이 설명하기 어려운 부분이네."

검마가 광명검을 쓰다듬었다.

"어느 수준에 도달하자 내가 강해지는 속도는 점점 더뎌지고, 이놈은 살아있는 생물처럼 적들을 먹어치울 때마다 제한이 없는 것처럼 강해지고 있네. 나는 이 검 때문에 마귀들의 틈바구니에서 살아남았으나… 지금은 내가 이것에 의존하고 있다는 사실이 모멸감을 주고 있네. 환멸이랄까. 어떤 느낌인지 알겠나? 내가 이 마검보다 약한 게 아닐까 하는 생각이 드는 거지. 하지만 쉽게 버릴 수도 없네. 어쨌든 패배해서 죽는 것보다는…"

검마가 말을 멈추자 잠시 정적이 흘렀다. 모용백이 물었다.

"그런 사연이 있었군요. 검명劍名이 무엇입니까?"

"광명光明이라 부르네."

"어울리지 않는 이름이군요. 검을 다시 만져보겠습니다."

검마가 허락하자, 모용백은 다시 광명검을 뽑았다. 귀곡성이 이번에는 처음과 다르게 잔잔하게 이어졌다. 모용백이 침을 한 번 삼킨 다음에 말했다.

"아까 들었던 귀곡성과 다릅니다."

"광명검이 불안한 것은 제멋대로라는 점이네. 살아남기 위해서 사용하고 있는데 이 예측 불가한 면모 때문에 어느 순간 내가 잡아먹히지 않을까 하는 생각도 종종 하고 있네."

모용백은 광명검을 내려놓은 다음에 팔짱을 꼈다.

"평범한 사람이라고 해야 할까요. 아니면 흔히 만나는 강호인이라고 해야 할까요. 이런 사람들이 광명검을 얻으면 사람을 죽여대면서 계속 강해질 겁니다. 죽이고, 숙여서 점점 더 강해지겠죠. 크게 후회하지도 않을 겁니다. 일단 원수를 갚고, 원수 갚을 일이 없으면 천하제일이 될 때까지 싸우겠죠. 물론 그 전에 이 마검으로도 어쩔 수 없는 고수를 만나면 죽을 겁니다. 강호가 그렇습니다. 상식과 마땅한 도리가 천대받는 세상, 모든 것을 짓누르는 힘이야말로 진리라고 여겨지는 곳이 강호이기 때문입니다."

검마가 모용백을 바라봤다.

"그런데?"

"선배의 출신은 마도가문이 아닙니까?"

"맞네."

"가문에서 가르치던 것을 받아들이던 시기가 있었을 것이고. 스스로 생각하시다가 가문의 생각과 다른 지점에 닿으셨을 겁니다. 예를 들면 무차별적인 학살을 해서라도 강해질 필요는 없다든가… 약자까지 흡수할 마음은 없다든가. 이런 마음들 말입니다. 가문이 가르치진 않았을 겁니다. 그런 데다가 홀로 수련까지 열심히 하셨다면 충분히 모멸감을 느낄 수 있는 상태입니다. 이것을 저는 심마心魔에 빠진 것이라고 단정하지 않겠습니다."

"심마가 아니라고?"

"예."

"그럼 대체 무엇인가? 이 지독한 모멸감과 공허함, 이름을 붙이기도 어려운 복잡한 감정들은…"

"그것은 책임감일 겁니다."

"…"

모용백이 깍지를 낀 채로 검마를 바라봤다.

"인간으로 태어나 마도의 영향은 받았으나 인간의 마지막 도리는 지키고 살겠다는 책임감일 겁니다. 이것은 높은 수준의 책임감입니다. 왜냐하면, 선배가 처했던 환경이 무척 살벌했을 테니까요."

"그것을 자네가 어찌 알아."

"직접 말씀하셨습니다. 마귀들 틈바구니에서 살아남으셨다고. 마귀들의 수준이 높을수록 선배가 감당해야 하는 정신적인 압박감도 컸을 겁니다. 그저 살아남기만을 바랐을 뿐인데, 주변에 온통 어려운 일이 많았을 겁니다. 성정이 약했거나 다소 경망스러운 사람이었다면 이런 책임감을 느끼지 못합니다. 그저 마검이나 휘두르다가 그에 걸맞은 운명을 맞이했겠지요. 선배는 그 검을 누군가에게 선뜻 물려주실 수 있겠습니까?"

검마가 고개를 저었다.

"쉽지 않겠지."

"누가 이 검을 지닌 채로 그렇게 힘든 자제력을 발휘하면서 살겠습니까. 쉬운 일이 아닙니다. 대신에 사용하시다가 나중에 정 힘든 시기가 오면 하오문주에게 전달하십시오."

검마가 놀란 표정으로 대꾸했다.

"문주에게? 문주가 쓰게 하라는 말인가?"

모용백이 덤덤한 표정으로 고개를 저었다.

"아닙니다. 문주의 성격이면 이 불길한 검을 즉시 부러뜨리겠지요."

검마가 다소 충격을 받은 표정으로 대꾸했다.

"이것을 왜?"

모용백에겐 "이 귀한 것을 왜?"라는 말로 들렸다.

모용백이 덤덤한 어조로 대꾸했다.

"검보다 선배가 더 중요하니 검을 부러뜨리겠지요."

"음."

"아마 성질에 못 이겨서 부러뜨린 다음에 철방으로 달려가서 화로에 집어 던진 다음에 쇳물이 될 때까지 지켜볼 겁니다. 재수 없다고 욕도 하겠지요."

"그렇군. 그럴 것 같군."

모용백이 고개를 끄덕이다가 광명검을 쓰다듬었다.

"그렇습니다. 보기 드물게 희귀한 검이긴 하지만 돌아보면 그저 병장기일 뿐입니다. 저라고 이것이 언제 폭주하게 될 것인지 감히 알겠습니까? 이 검에 대해 가장 잘 아는 사람은 선배입니다. 그리고 가장 강력하게 검을 구속할 수 있는 사람도 선배일 겁니다. 이것은 심마에서 오는 고통이 아닌 책임감에서 오는 고통입니다."

"궁금한 것이 있네."

"예."

"왜 내가 이것을 들고 그런 책임감을 느꼈다고 보는 건가? 그러니까 내 말은 나도 이것을 마구잡이로 휘두르던 때가 있었는데 말이야. 말이 꼬이는군. 이해했나?"

"예. 만약 그렇게 폭주하시는 분이라면 문주가 저런 표정으로 선배를 이곳에 데려오지 않았겠지요. 자제력이 있으시고 대화를 나눌 수 있는 분이니까 저를 소개했을 겁니다. 저는 선배나 문주처럼 엄청난 고수가 아닙니다. 그리고 대화를 나눠보니 저도 알겠습니다. 그저 검이 흉측한 것이지, 선배는 마귀魔鬼가 아닙니다."

검마가 모용백을 노려봤다.

"내 별호가 검마劍魔라네."

"알고 있습니다."

"문주가 알려줬나?"

"아니요. 별호를 들어봤을 뿐입니다. 선배님, 이런 불길한 마검의 이름이 하필이면 광명光明이고, 검마라 불리는 사내가 마귀는 아닐 수도 있다는 것을 제가 알았습니다. 주제넘은 말씀을 드리게 되었습니다만, 이 검으로 사람이 마땅히 해야 할 일을 하는 것 이외에는 방법이 없습니다. 그렇게 한다면 검의 이름은 계속 광명으로 남고, 사람은 사람으로 남겠지요."

모용백이 두 손으로 광명검을 들더니 검마에게 내밀었다.

"마검이냐, 명검이냐. 이 문제는 검객에게 달렸습니다."

검마는 모용백과 눈을 마주치다가 광명검을 붙잡았다.

"검객에게 달린 일이었군."

"예."

"가슴에 새겨놓겠네."

"너무 깊이 새기진 마십시오."

"왜?"

"그것도 다 상처가 되지 않겠습니까. 바깥에 넋이 종종 빠지는 문주도 잘 부탁드립니다. 한가하실 때 종종 놀러 오십시오. 넋이 나간 인간의 헛소리에 가끔 말대꾸해 주시면 실소할 때가 있을 겁니다."

"가끔 그랬네."

"실소도 웃음이니 좋은 겁니다."

검마도 그제야 표정을 좀 풀었다.

"좋은 것이었군. 오늘 반가웠네. 모용 선생."

모용백이 무언가 농담하려다가 참은 다음에 손을 내밀었다.

"같이 나가시지요."

"무슨 말 하려던 거 아닌가?"

"농담은 다음 기회에 하겠습니다."

두 사람은 어색하고 어정쩡한 표정으로 집무실을 나섰다.

\* \* \*

···                                              광마회귀 3

나는 잠결에 모용백과 검마의 인기척을 알아차리자마자, 내가 코를 골고 있다는 사실도 알게 되었다.

　"…"

　색마가 벌떡 일어나면서 말했다.

　"사부님, 나오셨습니까."

　나는 쌍꺼풀이 겹친 눈으로 자연스럽게 일어나서 뒷짐을 지었다.

　"나오셨소? 좋았어. 밥이나 먹으러 갑시다."

　목이 말랐는지 목소리가 갈라졌다. 검마가 나를 보면서 대꾸했다.

　"문주, 잘 잤나?"

　나는 고개를 끄덕이면서 대꾸했다.

　"아무 데서나 잘 수 있는 것도 실력이오."

　"그렇군."

　나는 검마와 모용백의 표정을 구경했다. 둘 다 평상시와 같아서 뭐가 어떻게 된 것인지는 알 수가 없었다. 어쨌든 전낭으로 손을 넣었다.

　"모용 선생, 또 봅시다."

　모용백이 다가오더니 내 팔을 붙잡았다.

　"문주님, 오늘은 받지 않겠습니다."

　"왜?"

　"검마 선배님에게 약도 안 지어드렸습니다. 나중에 저희도 밥이나 사주시지요."

　"그럴까?"

　"예."

나는 고개를 끄덕인 다음에 손가락으로 색마 놈을 가리켰다.

"이놈은 각별하게 조심하도록. 혼자 오면 환자로 받지 말고. 내 말 알아들었나?"

모용백이 고개를 끄덕였다.

"명심하겠습니다."

나는 색마와 눈을 마주쳤다가 선수를 쳤다.

"닥쳐라."

"…"

분위기가 실로 오묘하게 어색해서 사람들을 둘러보다가 말했다.

"이상한데 분위기? 이 분위기 나만 어색해? 나만 이상해?"

대꾸해 주는 사람이 아무도 없어서 나도 포기했다.

"…갑시다."

# 129.
## 무슨 병이
## 있으세요?

나는 검마와 색마를 어디로 안내할 것인지 잠시 고민했다. 흑묘방 혹은 득수 형의 반점이 있다. 어디가 되었든 간에 나는 두 사람을 잘 대접할 생각이다. 두 사람 덕분에 사류곡을 처리하는 게 수월했기 때문이다. 물론 내가 불완전한 비기로 박살을 낸 것도 있으나, 어쨌든 사류곡의 수장은 검마가 죽였다. 사실 두 사람이 나를 도와줘야 할 마땅한 이유도 없었다. 그런데도 도움을 받았으니 마땅히 돼지통 뼈를… 나는 의식의 흐름대로 춘양반점으로 향했다.

"허름한 가게이나 자주 먹는 음식이 있는데 괜찮겠소?"

검마가 고개를 끄덕였다.

"괜찮네."

"갑시다."

반점으로 향하는 동안 검마에게 아무것도 묻지 않았다. 앞으로도 묻지 않을 생각이다. 모용백과 검마의 이야기는 두 사람만 알고 있으면 된다. 하지만 나는 옆에 똥싸개가 있다는 사실을 잠시 깜박했다.

"사부님, 어떠셨습니까. 젊은 의원이 매우 침착해 보이던데요."

검마가 대꾸했다.

"나이는 어렸으나."

"예."

"성정이 침착하고 본질에 깊이 파고드는 사고방식을 가지고 있어서 무공을 제대로 익혔다면 강자의 반열에 올랐을 사내다. 너도 다음에 연이 닿거든 함부로 대하지 말아라."

"알겠습니다."

잠시 길을 걷던 검마가 덤덤한 어조로 말했다.

"짧은 대화였으나 젊은 선생에게 나도 많이 배웠다."

검마는 굳이 내게 고맙다는 말은 하지 않았다. 아마 저 말 자체가 고맙다는 표현일 것이다. 나는 그저 길을 걷다가 고개만 몇 번 끄덕였다.

'나쁜 만남은 아니었군.'

내가 생각하는 신의神醫는 환자의 마음도 잘 헤아리는 사람이다. 환자의 마음도 헤아리지 못하면서 어찌 신체를 잘 고치겠는가. 어쨌든 모용백은 독마이기 전에 신의라 불렸던 사내. 검마와 모용백의 만남은 내 근거 없는 예상대로 나쁘지 않았던 모양이다. 물론 색마 놈을 제대로 소개하지 않은 것도 적절한 대처였다고 생각한다.

이 미친놈은 나도 방법이 없고, 사부도 어찌할 수 없으며, 모용백도 뾰족한 수가 없었을 것이다. 셋이 뭉쳐도 해결하기 어려운 일이 있는데. 현재 색마가 그렇다. 내 기준에서도 대단히 미친놈이다.

...

* * *

반점에 들어서자 혼자 국수를 먹고 있었던 장득수가 젓가락질을
멈췄다.

"어?"

나는 득수 형을 바라보다가 씨익 웃었다.

"나 왔다."

내 뒤에서 검마와 색마가 들어오는 동안에 장득수가 웃으면서 대
꾸했다.

"이야, 살아있었구나. 얼굴 보는 게 왜 이렇게 힘드냐."

검마와 눈을 마주치자마자 웃음기가 싹 사라진 장득수가 일행들
에게 말했다.

"어, 어서 오십시오."

나는 탁자에 앉은 다음에 말했다.

"득수 형, 오늘 돼지통뼈 되나?"

장득수가 문득 검마와 색마를 한번 훑더니 이렇게 대꾸했다.

"안 돼도, 되어야 하는 날 같으니 빨리 준비해 볼게. 기다려."

"좋았어."

장득수가 검마를 향해 웃으면서 말했다.

"잠시 기다리십시오."

검마가 고개만 끄덕이자, 눈을 크게 뜬 장득수가 일단 주방으로
피신했다. 사실 색마나 나 정도 되는 놈들도 검마의 분위기가 실로
무겁다는 생각을 종종 할 것이다. 무공을 익히지 않은 득수 형의 눈

에는 그야말로 살벌하기 짝이 없는 인간이 밥을 먹으러 들어온 것이라 긴장하는 것이 당연했다. 색마가 속삭였다.

"사부님."

"왜."

"이렇게 허름한 가게는 처음 옵니다."

검마가 제자를 바라보면서 대꾸했다.

"닥쳐라."

"예."

색마는 저도 모르게 무심코 나를 바라봤다가 급히 시선을 피했다. 시선을 피하든 말든 간에 나도 한마디를 보탰다.

"못난 놈."

나는 횅한 탁자를 바라봤다가 일어나서 직접 주전자와 물잔을 가져와서 탁자에 내려놓았다. 득수 형이 바쁠 테니 내가 할 수밖에 없었다. 검마와 색마는 잠자코 나를 구경했다. 정적이 어색했는지 색마가 내게 시비를 걸었다.

"제법 어울리는데?"

나는 고개를 끄덕였다.

"예전에 점소이 생활 좀 했었지."

"…"

나는 자리에 앉은 다음에 팔짱을 낀 채로 색마를 노려봤다.

"그것이 나다."

검마가 내게 물었다.

"정말인가?"

"그렇소. 바깥에 오다가 공사 현장 보셨소?"

"봤네."

"내 이름을 딴 객잔이오. 자하객잔. 하오문의 본진으로 생각하고 있소. 물론 본진에 머무르는 일이 많지 않겠지만."

검마가 놀란 표정으로 대꾸했다.

"이미 강호에 몸을 담았는데 객잔이 웬 말인가."

나는 별생각 없이 대꾸했다.

"내 집이 있던 자리라서 만들고 있소. 강호에 있긴 하지만 돌아갈 곳은 있어야지. 도중에 객사하면 어쩔 수 없고."

나는 손으로 주방을 가리켰다.

"저 사람이 자하객잔의 숙수가 될 사람이오. 하오문 소속이기도 하고."

검마가 대꾸했다.

"하오문은 총 몇 명인가?"

"모르겠소. 아무도 모를 거요. 지금도 모르고 앞으로도 모르고. 계속 모를 생각이오."

색마가 대꾸했다.

"개판이네."

"그런 셈이지. 하지만 중요한 것은 모르는 것이 아니라 계속 많다는 점이다."

"뭔 소리야?"

"하오문도들은 대부분 주방의 득수 형처럼 일하는 사람들이라서 많다는 뜻이다."

"그럼 문파가 아니네?"

나는 색마를 노려보면서 말했다.

"네가 뭔데 문파를 정의해? 이 똥싸개 새끼야. 네가 뭘 알겠느냐?"

색마가 사부를 바라봤다.

"사부님, 이런 문파도 있습니까?"

이놈은 요새 말이 막힐 때마다 사부를 찾는 것 같다. 검마가 고개를 끄덕였다.

"거지들이 모인 개방도 강력한 세력인데 하오문이 문파가 아닌 이유가 있겠느냐? 문주가 문파라 하면 문파인 것이다."

"그렇군요."

잠시 후에 색마가 궁금하다는 것처럼 물었다.

"그런데 개방은 사부님에 강력하다는 얘기를 들을 정도로 세력이 큰데 왜 계속 거지로 지내는 것일까요. 저는 종종 그게 궁금했습니다."

검마가 간단하게 대꾸했다.

"그것은 거지가 계속 생기기 때문이다."

"음."

"전 재산을 탕진한 자들, 고아들, 다양한 이유로 일을 할 수 없는 자들이 있기 마련이고. 역적으로 몰린 집안도 그렇다. 거지가 생기기 때문에 개방이 있는 것이지. 우열을 가리자거나 계층을 언급하려는 것은 아니지만 어쨌든 그 위에 하오문이라는 비슷한 문파가 있는 것으로 이해하면 되겠군. 문주가 일하는 자들을 보호할 생각인 듯하니…"

나는 고개를 끄덕였다.

"맞소."

검마가 내게 말했다.

"하지만 자네는 개방보다도 적이 더 많이 생길 것이네. 흑도와 더 자주 엮일 테니."

"바라던 바요."

내 대답을 들은 검마가 씨익 웃었다. 잠시 후 우리 셋은 주방을 바라봤다. 장득수가 큼지막한 솥을 들고 나와서 그릇에 돼지통뼈를 퍼서 담았다. 먹기도 전에 독특한 향이 코를 찔렀다. 돼지통뼈를 그릇에 나눠 담던 장득수가 내게 물었다.

"두강주?"

나는 고개를 끄덕이면서 대꾸했다.

"좋지. 그나저나 향이 조금 바뀌있는데?"

"이거 우리끼리 먹는 거라서 재료가 단출했다. 자하객잔에서 선보일 때는 음식의 외관도 중요해서 양념을 추가해 봤다. 음식은 먹기 전에 눈으로 보는 것과 향도 중요하거든. 맛은 비슷할 거야."

내 앞에도 돼지통뼈가 놓였다. 나는 색마와 검마가 젓가락을 집는 것을 보고 그냥 내버려 뒀다.

"해치웁시다."

나는 손으로 돼지통뼈의 뼈 부분을 붙잡고 고기를 뜯었다. 득수 형도 조금 떨어진 탁자에 앉아서 돼지통뼈를 손으로 먹었다. 나는 순식간에 살점을 발라먹은 다음에 뼈다귀를 내려놓았다. 그 와중에 색마 놈은 젓가락으로 지랄 염병을 하고 있었다. 손을 깨끗하게 남겨놓아야 여인을 만질 수 있기 때문일까. 항상 여인을 유혹하기 위해 만반의 준비를 하는 미친놈처럼 보였다. 검마는 젓가락을 내려놓은 다음에 손으로 돼지통뼈를 뜯다가 나와 눈을 마주쳤다.

"…"

"어떻소?"

검마가 입에서 뼈다귀를 뽑아내면서 딱딱한 어조로 대꾸했다.

"…제법 훌륭하군."

훌륭하다면서 표정은 전혀 그렇지 않았다. 마치 먹는 것에는 아무런 관심이 없는 사내가 억지로 말하는 것처럼 보여서 우스웠다. 확실히 무공 이외의 요소에는 감정이 크게 결여된 인간이었다. 나는 홀로 두강주를 따라 마시면서 입 안에 있는 살점을 술로 씻어냈다. 순간, 졸음이 성난 파도처럼 밀려들었다.

"아…"

검마가 내 표정을 구경하면서 말했다.

"문주, 괜찮나?"

"괜찮소."

그제야 나는 내 상태에 대해 확신했다. 천옥에 무언가가 더해질 때마다 졸음이 급격하게 쏟아지는 모양이다. 영약을 먹을 때도 그렇고 천옥과 조합한 흡성대법으로 상대의 기를 받아들일 때도 어김없이 졸음이 쏟아졌었다. 살수들에게 시달렸기 때문에 상태가 더 심해졌을 것이다. 검마가 내 상태를 알아차렸다.

"수면 장애가 있나?"

"그런 것 같소."

"무공 때문에?"

나는 고개를 끄덕였다.

"아마 그럴 거요."

"편히 자본 적이 언제인가?"

"까먹었소."

나는 눈이 뻑뻑하다는 것을 느끼면서 돼지통뼈를 마저 먹었다. 그러고 보면 월단화를 취했기 때문에 월영무정공의 운기조식을 시작하면 어렵지 않게 잔월빙공의 경지를 돌파할 것 같다는 생각이 들었다. 솔직히 내가 강해지는 속도는 비현실적으로 빠르다. 신체가 잠을 필요로 하는 것은 어찌 보면 당연한 일이라고 생각했다. 검마가 돼지통뼈를 먹으면서 내게 물었다.

"앞으로 계획이 있나."

나는 두강주를 검마에게 따라주면서 말했다.

"그런 것은 없소. 강해진다는 목표 이외의 삶은 늘 다채롭게 변하는 것이오. 술을 마시고 밥을 먹고, 어느 날 졸음이 좀 물러가면 다시 흑도를 들쑤실 생각이오. 그곳에 강자들이 많고 기분 나쁘게 하는 놈들도 많을 테니…"

색마가 술잔을 내밀길래 나는 두강주를 건넸다.

"네가 따라 마셔."

검마가 두강주를 마시면서 말했다.

"모용 선생의 말 중에 이런 게 있었네."

"들어봅시다."

"어느 날 너무 힘들어지면 광명검을 자네에게 넘기라고 하더군."

"나는 광명검이 필요 없소."

"알고 있네."

그제야 나는 무슨 말인지 이해했다. 검마를 바라보다가 고개를 끄덕였다.

"힘들면 언제든 넘겨주시오."

"넘기면 어찌할 텐가?"

"선배가 싸울 때 보아하니 보통 마검이 아니었소. 부러뜨리려다가 귀신에게 당할 수도 있겠더군. 사람들이 오지 않는 아주 황량한 곳을 찾아가서 깊숙한 곳에 잘 묻어주겠소."

문득 나는 내가 알지도 못하는 전생의 장면이 머리에 떠올랐다. 검마가 황야를 배회하다가 스스로 광명검을 땅에 묻고 있는 장면이었다. 상상력이란 이다지도 엉뚱하고 자유롭기 마련이다. 검마가 대꾸했다.

"그렇게 해주게."

나는 사람을 쉽게 위로하는 사내가 아니라서 검마를 갈궜다.

"선배, 그렇게 풀죽은 표정을 짓지 마시오. 선배답지 않소. 검이 있고 없고에 따라서 선배의 무력이 그렇게 차이가 난다면 애초에 선배는 그리 강한 사내가 아니었던 거요."

색마가 미간을 좁히면서 끼어들었다.

"어디서 막말이냐?"

나는 색마의 말을 무시한 채로 말을 이어나갔다.

"고작 맹주와 겨룰 정도의 사내인 것이오."

색마의 표정이 변했다.

⋯ 광마회귀 3

"그럼 강한 거 아니냐?"

"닥쳐라."

"..."

나는 검마와 색마를 노려보면서 말했다.

"사내가 강호에 들어왔으면 응당 천하제일을 노리는 것이 숨 쉬듯이 당연한 일. 나는 선배가 광명검으로 천하제일이 된다면 그리 대단하게 느껴지지 않을 것 같소. 어쩐지 검마라는 별호도 부끄러울 것 같군."

검마가 대꾸했다.

"진심인가?"

"진심이오."

검마가 고개를 끄덕였다.

"나도 그렇게 생각하네. 그것을 알고 있었기에 내가 그동안 괴로웠던 것이겠지."

색마 놈은 그제야 입을 다물었다. 나는 내 생각을 오랜만에 입에 담았다.

"어차피 천하제일이 된다는 것은 지극히 어려운 일이오. 광명검이 있어도 어렵고 없어도 어렵다면 조금 더 가치 있는 길을 선택하길 바라겠소. 어차피 우리는 어려움을 안고 사는 사내들이니…"

검마가 궁금하다는 것처럼 내게 물었다.

"참고하겠네. 그런데 모용 선생에게 왜 제자 놈은 소개하지 않았나? 이야기를 나눠보니 나이가 무색할 정도로 현명한 사내던데."

나는 술을 따라 마시면서 색마를 노려봤다.

"이놈은…"

색마가 인상을 쓰면서 대꾸했다.

"뭐?"

"포기합시다. 세상일은 원래 뜻대로 되지 않는 법. 선배가 고치지 못했으면 다른 자도 어쩔 수 없다는 뜻이오."

옆에서 돼지통뼈를 먹고 있었던 장득수가 궁금하다는 것처럼 우리에게 물었다.

"무슨 병이 있으신 모양이에요?"

똥싸개가 화들짝 놀라더니 장득수를 노려봤다.

"…!"

장득수는 자신이 무슨 말실수를 했나 싶어서 눈을 크게 뜬 채로 나를 바라봤다.

"…!"

나는 장득수의 궁금증을 해결하기 위해 손가락으로 똥싸개를 가리켰다.

"색마色魔다."

장득수가 바로 이해했다는 표정을 지었다.

"아…"

나는 깊은 한숨과 함께 내 손가락을 거뒀다. 과거로 돌아와서 광명좌사의 별호를 내가 직접 지어주게 되었다니… 사람 일은 한 치 앞도 예상할 수가 없다.

# 130.
## 우리가 강호에서
## 살아남으면 그때

전생 색마는 나로 인해서 현생 색마가 되었다. 산은 산이고, 물은 물이고, 색마는 색마지만. 전생과 현생은 다를 것이다. 전생에는 똥싸개 놈이 천하에서 악명을 떨쳤던 색마였다면 현생에서는 동네 색마정도로 억누를 생각이다. 억누르고, 억제하고, 갈구고, 괴롭히고. 그냥 이 동네, 저 동네에서 여자 좀 밝히는 문제 있는 놈 정도로 격을 떨어뜨리는 것이다. 좋은 일을 하면 복이 찾아와야 하는 법인데…내가 하는 일은 주로 아무도 몰라주는 일들이라서 살짝 아쉽긴 하다. 나는 돼지통뼈에 젓가락을 찔러 넣고 있는 색마를 바라봤다.

'하여간 못난 놈…'

전생에서 이놈이 색마라는 악명을 얻는 시기는 분명 검마가 사라진 다음부터라고 나는 확신한다. 이번에는 내가 그렇게 두지 않는다. 검마가 황야에서 죽게 되거나, 고수들에게 포위당한 채로 죽게되거나, 주화입마에 빠져서 홀로 승천하게 되는 상황을 원천 봉쇄할 것이다. 하여간 쓸쓸하고 외로운 상태에서 죽게 내버려 두지 않을 생각이다.

이 묵직하고, 진중한 사내가 바로 색마의 사부이기 때문이다. 요약하면 우리는 살아남아서… 색마를 감시할 것이다. 색마는 또다시 색마가 되었으나 색마 짓은 쉽지 않을 것이다. 이런 생각을 하면서 돼지통뼈를 마저 먹으니 가슴에 품은 뜻은 물론이고 아랫배도 웅장해졌다. 검마가 내게 물었다.

"문주, 무슨 생각을 그리 깊이 하나?"

나는 두강주를 마시면서 대꾸했다.

"내가 사적인 감정으로 어떤 일을 하는 사람인지 대의를 중시하는 사람인지 잠시 심각하게 고민해 봤소."

"결론은?"

"나는 그냥 내 마음대로 사는 사람이오."

검마가 고개를 끄덕이면서 말했다.

"명쾌하군. 다 먹었으면 자하객잔이나 잠시 구경시켜 주게."

"그럽시다."

젓가락질하느라 제대로 먹지 못한 색마가 입맛을 다시면서 돼지통뼈를 바라봤다. 검마가 가벼운 어조로 말했다.

"손으로 좀 먹어라."

"예."

순간, 나는 검마와 색마를 동시에 살폈다. 이상하게도 두 사람은 스승과 제자이면서 동시에 의부義父와 의붓아들처럼 보이기도 했다. 사부란 말의 본래 의미를 생각해 보면 그리 이상한 일은 아니다. 두 사람이 이런 관계의 이면을 알고 있는지는 나도 잘 모르겠다.

검마는 딱 봐도 가족을 만들 생각이 없는 사내처럼 보이고. 색마는 가문에서 제대로 된 대우를 받지 못하던 서출이다. 쓰레기 같은 색마 놈이 내내 사부에게 공손한 것은 무공 때문만이 아닐 것이라는 게 내 결론이었다. 잠시 후에 나는 득수 형에게 은전을 두둑하게 안겨준 다음에 반점을 나섰다.

* * *

"터가 좋군."

"그렇소?"

해 질 무렵이라 공사 일을 하던 자들은 전부 돌아간 상태였고 연자성도 보이지 않았다. 가끔 올 때마다 자하객잔의 모습이 점점 변하고 있었다. 마치 내 무공처럼 천천히 그리고 꾸준하게 완성을 향해 나아가고 있어서 기분이 나쁘지 않았다. 색마가 내게 물었다.

"부자였나? 공사 진행되는 수준이 제법 높아 보이는데. 촌구석에서 볼 수 있는 공사 현장이 아니다."

"뺏었다."

"뭘?"

"돈을."

"누구에게?"

"흑도에게."

"그렇군."

제자의 표정을 구경하던 검마가 말했다.

"할 말 있으면 해보아라."

색마가 대꾸했다.

"흑도에게 돈을 강탈해서 이런 객잔을 지으면 어쨌든 일하는 자들을 많이 고용하겠군요."

"그것이 어쨌다는 말이냐."

"나름의 의미가 있는 일 같습니다."

검마가 객잔을 바라보면서 대꾸했다.

"의미라… 네가 그런 말을 할 때도 있구나."

"저라고 어찌 종일 여인만 생각하겠습니까, 사부님."

검마가 고개를 끄덕이면서 대꾸했다.

"그것이 너다."

"…"

나는 두 사람을 번갈아 보다가 고개를 갸웃했다. 검마 정도 되는 사내도 내 말투에 오염된 것을 보아하니 기분이 묘했다. 하여간 나도 검마의 말에 동의했기 때문에 색마를 바라봤다.

"그것이 너다. 똥싸개다."

"닥쳐라 좀."

검마가 말했다.

"객잔이 완성되면 나중에 내게도 방 하나 내주게."

"어렵지 않소. 한데, 나중이라면?"

검마가 어두워지는 하늘을 바라보면서 대꾸했다.

"우리가 강호에서 살아남으면 그때."

"그럽시다."

색마가 끼어들었다.

"사부님, 당연히 살아남으셔야죠. 아무리 교가 강대하다곤 하나, 맹이 있지 않습니까. 그리고 흑도도 교를 싫어하는 것은 백도에 못지않습니다."

검마가 대꾸했다.

"그런 흑도도 있을 것이다. 하지만 교에 달라붙는 흑도도 많을 것이다. 흑도는 늘 그랬다. 비겁한 자와 비겁하지 않은 자들이 어지럽게 뒤섞여 있지."

검마의 말에 내가 대꾸했다.

"비겁한 자는 미리미리 죽여야겠소."

"죽일 놈들을 매일매일 쫓다가 수련을 게을리하지 말게. 나나 제자에게도 해당하는 말이네. 어쨌든 내공을 쌓는 일은 정적인 수련이라서 주변 환경도 중요하네. 당분간 새로운 적을 찾아내는 것보다는 그 엉망진창의 수면 문제부터 해결하는 게 좋을 것 같군."

"그러겠소."

본의 아니게 일양현을 구경시켜 주는 상황이라서 한바탕 유람하자는 심정으로 말했다.

"또 구경할 곳이 있는데 가보겠소?"

"어디인가?"

"철방이오. 내 병장기를 만들어 달라고 부탁했는데 이자들이 죽었는지 살아있는지 무소식이오. 여기까지 온 김에 들러봅시다."

나는 두 사람을 이번에는 용두철방으로 안내했다. 금철용이 대체 뭘 하고 있는지, 나도 예상할 수가 없었다.

* * *

나는 늘 그랬듯이 용두철방으로 쳐들어갔다. 문을 벌컥 열어젖히면서 등장하자, 누군가가 안으로 도망치면서 외쳤다.

"문주님 오셨습니다!"

"…왜 도망을."

색마가 철방을 둘러보면서 말했다.

"제법 큰데요?"

안에서 상의를 입지 않은 금철용과 곽용개가 달려 나왔다.

"문주 오셨는가?"

나는 금철용의 상태에 제법 놀랐다. 일전에는 얼굴에 나잇살이 제법 많은 편이었는데 지금은 얼굴과 전신에 기름기가 쫙 빠졌다. 더군다나 불길에 그을린 것인지 전체적으로 붉은빛마저 감돌았다. 반면에 다소 마른 편이었던 곽용개는 상체에 근육이 제법 달라붙은 상태. 다소 덩치가 있었던 사람은 살이 빠졌고, 깡말랐던 사내는 근육이 달라붙어 있는 상황.

"금 아저씨, 잘 지냈습니까."

금철용이 고개를 끄덕였다.

"나야 뭐 똑같지."

금철용이 검마와 색마에게 먼저 고개를 살짝 숙이면서 인사했다.

"용두철방의 금철용입니다. 어서 오십시오."

곽용개도 말했다.

"부방주 곽용개라 합니다."

검마가 고개를 끄덕이면서 짤막하게 대꾸했다.

"반갑소."

검마가 자신을 소개하지 않자, 금철용이 멋쩍은 웃음을 지으면서 나를 바라봤다.

"광인을 보러 왔나?"

"겸사겸사 왔습니다."

"들어가세."

함께 안으로 들어가는 도중에 탁자에 몇 개의 검이 놓여있는 것을 보고 검마가 멈춰 섰다. 손잡이가 달려있지 않은 제작 과정의 검이었다. 금철용이 당황한 표정으로 말했다.

"아, 시험 삼아서 제작한 것이니 볼 필요 없습니다."

검마는 금철용의 말을 무시하더니, 손잡이가 없는 장검을 붙잡고 날을 살폈다.

"…"

검마가 금철용에게 물었다.

"방주, 근래 만들었소?"

"예."

"나쁘지 않소."

금철용이 대꾸했다.

"감사합니다."

나는 일부러 검마를 거창하게 소개하지 않았다. 분명한 것은 금철용이 살아가다가 쉽게 만날 수 있는 수준의 검객이 아니라는 점이다. 검을 만드는 것은 장인들이지만 사용하는 것은 검객들이다. 누구보다 장단점이 명확하게 보일 터였다. 곽용개가 안내했다.

"이쪽으로 오시지요."

이동하면서 내가 금철용에게 물었다.

"완성한 겁니까?"

"아닐세. 완성했다면 내가 먼저 자네를 찾아갔겠지."

문득 나는 금철용의 몸에서 번들거리는 땀을 바라봤다. 병장기를 만드는 와중에 금철용의 신체도 외공을 익히는 것처럼 변하고 있었다. 이전에는 볼품없는 아저씨의 몸이었으나, 지금은 누가 봐도 철방의 주인처럼 보이는 등의 근육이 걸을 때마다 꿈틀거리고 있었다.

그렇다면 나는 내 병장기를 보러 온 것일까. 변해가고 있는 금철용을 보러 온 것일까. 기분이 나쁘지 않았다. 곽용개가 안내한 곳의 책상에 칼 한 자루가 놓여있었다. 역시 손잡이는 없는 상태였고, 줄자와 검을 손질하는 도구들이 옆에 놓여있었다. 현철이 섞인 모양인지 전체적으로 색이 어두웠다. 검마가 내게 물었다.

"먼저 봐도 되겠나?"

내가 고개를 끄덕이자, 이번에도 검마가 광인을 왼손으로 붙잡은 다음에 칼날을 살폈다. 검마가 금철용에게 물었다.

"현철을 섞었소?"

"예. 문주가 전달해 줘서 섞었습니다."

검마가 손가락에 공력을 주입하더니 칼날을 튕겼다. 귀청을 때리는 소리와 함께 칼날이 부르르 떨었다. 금철용과 곽용개가 눈을 크게 떴다.

"...!"

그 와중에 검마가 왼손으로 진동을 억제하자, 칼날에 정적이 감돌았다. 검마가 말했다.

"방주, 날이 너무 무딘 것 같은데 문주의 요구였소?"

금철용이 대답했다.

"예. 날카로움은 버리고 오로지 단단하게. 이것이 문주의 요구였습니다."

검마가 고개를 끄덕였다.

"오로지 단단하게…"

검마가 이번에는 내게 확인했다.

"맞나?"

"맞소."

"그렇다면 도검이 아닌데."

"도검이 아니어도 상관없소. 부러지지 않는 신념이 담긴 병장기."

검마가 미소를 지었다.

"부러지지 않는 신념. 이보시오, 방주."

"예."

"검의 형태를 하고 있으나, 중봉重棒을 만든다는 느낌으로. 현철은 남았소?"

"아직 남았습니다."

"이것도 잘 만드셨소. 그러나 문주가 절대 부러지지 않는 것을 원했다면 특성상 날을 갈아야 하는 도검은 매우 어려운 작업이오. 이렇게 만들고 부수기를 여러 차례 반복하면 어느 순간 체력이 먼저 바닥나고 그다음에는 정신력도 버티기 힘들 때가 올 것이오. 주화입마는 강호인들에게만 찾아오는 것이 아니라서 장인匠人들도 종종 강호인들과 마찬가지로 주화입마를 겪소."

"음, 장인이라 하셨습니까?"

질문의 의미를 파악하지 못한 검마가 고개를 갸웃하면서 대꾸했다.

"방주가 병장기를 만드는 장인이니 문주가 이것을 맡겼겠지. 그렇지 않나?"

"그렇습니다."

검마가 고개를 끄덕이면서 말을 이어나갔다.

"…이번에는 남은 현철과 이것까지 모두 녹여서 한 자루의 중봉重棒을 만들어 보시오. 대신에 공정 과정에서 현철에 섞인 불순물을 일일이 제거하는 느낌으로. 애초에 부러지지 않는다는 것에만 초점을 맞추고, 방주의 실력이 더해지면 확실히 지금 만든 것보다는 단단한 병장기가 나올 것이니."

검마가 나를 바라봤다.

"이렇게 주문해도 되겠는가?"

"딱 좋소."

금철용이 고개를 끄덕이면서 대꾸했다.

"그렇게 시도하겠습니다."

금철용에게도 인상적인 말이었는지, 굳이 자신을 소개하지 않은 검마에게 정체를 물었다.

"성함을 여쭤도 될까요."

검마가 잠시 고민하다가 대꾸했다.

"금 방주, 나는 사람다운 이름을 쓰지 않은 지가 오래되었소. 검마라 불리고 있소만."

나는 검마의 표정을 한참이나 구경했다. 기분이 묘했다. 금철용은 손잡이만 과한 병장기를 사기꾼처럼 팔다가 장인이 되어가는 중이고. 검마는 내 기준에서 점점 사람다운 말을 종종 내뱉었다. 검객의 정체를 알게 된 금철용과 곽용개는 입을 꾹 다물고 있었다. 검마가 물었다.

"들어보셨소?"

"예."

철방은 어쨌거나 강호에 발을 걸친 자들이다. 당연히 들어봤을 것이다. 검마가 물었다.

"부러지지 않는 신념이라 하던데 그것은 누가 처음 내뱉은 말이오?"

금철용이 나를 바라봤다.

"문주가 먼저 한 말입니다."

검마가 금철용을 바라보다가 철방의 내부를 살피면서 말했다.

"마음에 드는 말이군. 나도 이곳에 와서 검 한 자루를 만들고 싶은데. 당장은 아니니까 나중에 또 봅시다."

"예, 찾아주십시오."

검마가 내게 말했다.

"얘기 잠시 나누고 나오게. 가자."

검마는 색마를 데리고 먼저 철방을 나갔다. 나는 금철용과 눈을 마주치자마자 씨익 웃었다. 금철용은 물론이고 곽용개도 얼굴에 땀을 가득히 흘리고 있었다. 금철용이 내게 속삭였다.

"검마는 마교 사람인데?"

나는 고개를 끄덕이면서 속삭였다.

"그 정도 속삭임은 바깥에서도 들을 만한 고수요."

"아이고…"

금철용이 더 낮은 목소리로 속삭였다.

"그렇다고 마교 사람과 친하게 지내면 어쩌려고 그래?"

"교를 나왔소."

"아이고…"

"금 아저씨, 밥은 먹고 지냅니까?"

"입에 풀칠은 하고 있지."

나는 전낭을 꺼내서 금철용에게 통째로 던졌다. 금철용이 대꾸했다.

"이걸 다 주면 어떡해?"

나는 금철용과 곽용개에게 손을 흔들면서 말했다.

"나 돈 많소이다. 얼마 있는지도 모를 만큼."

내게 돈이 얼마나 있는지도 모르겠다. 중요한 것은 그 돈으로 내가 바뀌고, 내 주변이 바뀌는 것이다. 그렇지 않은 곳에 쓰는 돈은 아무 짝에도 쓸모가 없다는 게 내 생각이다. 앞으로도 돈은 세지 않을 것이다. 오늘처럼 주변에 뿌리고, 내 성질대로 집어던질 생각이다.

# 131.
## 교주 발등이나
## 핥아라

날이 어두워졌을 때. 나는 이 손님들을 재울 곳이 기루밖에 없다는 것을 깨달았다. 새삼스럽게 나는 아직 손님들을 접대할 집이 없는 상황. 뜻하지 않게 검마와 색마를 매화루로 안내했다. 색마와 기루에 들어가게 될 줄이야. 하지만 사부도 있고, 내가 있어서 별일은 없을 것이다.

그런데 오랜만에 보는 매화루의 전경은 나도 낯설었다. 내가 먼저 사라지고, 차성태도 없는 매화루는 대체 어떤 상태일까. 일단 문지기가 나를 못 알아봤고. 매화루에 들어가서도 딱히 알아보는 사람이 없었다. 나는 지나가는 여인에게 일부러 차성태를 언급했다.

"차성태 어디 있나?"

여인이 대꾸했다.

"총관님은 흑묘방에 가셨어요."

"그럼 여기는 누가 관리해?"

"사마비 감찰이 관리합니다."

"아, 사마비가 있었구나."

"그런데 누구세요?"

나는 어린 처자를 바라보면서 대꾸했다.

"사마비랑 차성태 위에 있는 사람."

얼굴에 주근깨가 잔뜩 있는 처자가 갑자기 매화루 전체에 알리듯이 외쳤다.

"문주님 오셨습니다!"

갑자기 매화루 전체의 문이 요란한 소리를 내면서 열리더니 여기저기서 사람들이 모습을 드러내면서 일 층에 서있는 나를 바라봤다. 그제야 아는 얼굴이 군데군데 섞여있었다.

"문주님 오셨습니까!"

"어, 그래. 채향아, 안내해라."

오랜만에 보는 채향이가 대꾸했다.

"매화방으로 모시겠습니다."

나는 두 사람과 계단을 올라서 매화방으로 들어갔다. 도중에 검마가 말했다.

"나는 운기조식할 테니 방 하나 내주게."

"사부님, 저는 문주와 술 한잔하겠습니다."

"그래라."

기루에 들어왔는데도 검마는 제자에게 일절 잔소리를 하지 않았다.

나는 검마에게 내가 사용하던 최상층의 방을 내주고, 매화방에서 색마와 마주 보고 앉았다. 생각해 보니… 색마가 건드리던 처자들은 백도의 유명한 후기지수들이다. 그것도 복성을 쓰는 세가의 처자들만 건드려서 일을 키웠었다. 기루에 들어와서 발정 난 개처럼 놀 줄 알았는데… 색마는 자신이 언제 색마였냐는 것처럼 얌전하게 술만 마셨다. 가끔 얼굴을 내미는 채향이도 쳐다보지 않았다. 애써 기루의 여인들에게 무관심한 태도를 보이는 것 같아서 나도 어리둥절한 상태. 색마가 내게 물었다.

"잠은 어디서 자야 하나?"

"방 하나 내주마."

색마가 고개를 끄덕이더니 술을 계속 마셨다. 잠시 후에 누군가가 매화방을 두드리면서 말했다.

"문주님, 사마비입니다."

"들어와."

이룡노군을 칠 때쯤에 보고, 오랜만에 등장한 말총머리 사마비가 나를 보자마자 고개를 숙였다.

"오랜만에 뵙습니다."

"사마 군사, 그간 별문제 없었고?"

"예."

"기루 재산은 누가 관리하지?"

"총관이 제게 열쇠를 넘기고 갔습니다. 세 곳에 나누어서 보관하고 있습니다. 열쇠 드릴까요?"

"열쇠는 됐고. 들어와 봐라."

"예."

나는 사마비를 앉힌 다음에 술을 한잔 따라줬다.

"루주 일은 많이 배워됐나?"

"예. 기루라기보다는 주루로 전환해서 영업하고 있었습니다. 종종 차 총관과 상의해서 일을 처리하고 있었습니다."

나는 입을 다문 채로 술만 마시고 있는 색마를 소개했다.

"이쪽은 백응지에 있는 풍운몽가의 차남, 몽랑이다. 이쪽은 하오 문의 사마비다."

색마가 사마비에게 건조하게 말했다.

"반갑소."

사마비는 존댓말로 대꾸했다.

"하오문의 사마비입니다."

나는 사마비에게 임무를 하나 내줬다.

"사마 군사."

"예."

"백응지의 몽 공자 복귀할 때 동행해라. 시킬 일이 있다."

"말씀하십시오."

"그간 세 기루에서 벌어들인 수익을 재투자할 것인데 백응지에 따라가서 객잔, 반점, 기루 등 하오문의 투자금으로 만들 수 있는 업장을 알아봐라. 네가 백응지의 상권을 살펴보고 구매할 수 있는 건물이나 인수할 수 있는 가게가 있는지 전반적으로 살펴보도록."

...

"예."

"혹시 돈이 부족하면 흑묘방의 벽 총관이 지원할 거다. 내가 백응지에 하오문 소속의 업장을 내려는 이유는 알겠나?"

"혹시 정보 수집이나 그런 목적도 포함된 지부 같은 것인가요?"

"맞다. 사마비, 그런데 백응지만은 아니다."

"말씀하십시오."

"흑묘방에 잉여 자금이 많이 쌓였다. 이번 일을 네가 맡아서 지부를 백응지에 하나 설립하고 그것을 경험 삼아서 추후 혈야궁 근처에 하나, 패검회 근처에 하나, 정평호수, 남명회, 남천련 근처에도 지부를 만들어라. 아, 흑선보도 있었군. 여기는 됐다. 지부라고는 하나 당연히 스스로 일해서 수입을 얻을 수 있는 업장이 되어야 하고. 그곳에 투입될 인원은 일양현이나 흑묘방 쪽에서 할 일 없이 지내던 놈들을 선별해서 파견할 거야."

"다른 지역은 알겠습니다만 혈야궁은 모르겠습니다."

"그것은 나중에 알려주마. 천천히 해."

"예."

나는 사마비의 얼굴을 찬찬히 살피면서 말했다.

"부르지도 않고, 구체적으로 일을 시키지도 않았는데 혼자 알아서 잘해내고 있었군."

사마비가 엷게 웃었다.

"여기서도 나름 할 일이 많았습니다."

사마비는 일을 스스로 찾아내서 하는 사내였다. 그렇다면 더 많은 일을 주고 하오문에서의 위치도 올려줄 수밖에. 생각해 보면, 이랬기 때문에 사마비는 새삼스럽게 군사軍師였다.

"사마 군사, 오랜만에 만났는데 일만 잔뜩 시켜서 미안하군."

나는 사마비에게 술을 한잔 따라줬다. 사마비가 술을 받으면서 대꾸했다.

"일양현에서 문주님 소식이 어떻게 들리는지 아십니까."

"나야 모르지."

"남명회에 혼자 쳐들어가셨다. 그 전에 수선생을 기습해서 죽인 소식도 들렸고요. 패검회를 박살 냈다는 소문도 들어왔습니다. 소식을 들을 때마다, 어디선가 목숨을 걸고 싸우신다는 생각을 할 수밖에 없었습니다."

"음."

사마비가 술을 마신 다음에 나와 눈을 마주쳤다.

"시키실 일 있으시면 전부 다 시키십시오."

내가 한 일을 남의 입에서 듣자, 기분이 묘했다.

"그래."

"…"

"지금은 앞으로 벽 총관, 차 총관과 계속 논의하고. 새로 건물을 세워야 하는 경우에만 축문의 연자성과 논의하도록."

"예."

"손님이 있으니 오늘은 여기까지만 얘기하자. 수고해라."

"예, 그럼 말씀 나누십시오."

사마비가 물러가자, 색마가 고개를 삐딱하게 기울인 채로 내게 말했다.

"촌뜨기, 바쁜 사내였군. 동네 무관을 운영하는 줄 알았더니. 그런데."

"그런데 뭐."

"내가 하오문도 아닌데 너희 사업 이야기를 이렇게 자유롭게 해도 되는 것이냐?"

"뭐 대단한 이야기라고. 하오문은 대단한 조직이 아니다. 사람들 일할 곳 만들어 주고 보호비로 안 뺏기고 함부로 강호인들에게 맞아 죽는 일 없게 할 뿐이야."

"지부는 혈야궁주의 수월옥에서 들은 이야기를 적용한 것인가?"

"참고했지."

색마가 코웃음을 치더니 잠시 입을 다물었다. 나는 색마의 표정을 바라보다가 술을 마셨다. 색마가 말했다.

"허 장로께서 혈야궁을 도와달라고 했기 때문에 근처에 지부를 만들어 놓는 것이고?"

"나로서는 그 방법밖에 없다. 소식을 알아야 도와주지."

"혈야궁은 알겠다만 백응지에는 왜 만드는 거냐?"

"네 사부님이 있으니까. 백도 세력도 있고."

"그러니까 네가 내 사부님을 왜 지켜보느냐고."

"네 사부든, 혈야궁이든 언젠가는 마교에게 공격당하게 되어있다."

"쉽게 당할 분이 아니시다."

"하오문은 백도에도 있고, 흑도에도 있고, 강호인이 없는 곳에도 만들 생각이니 내게 일일이 따지지 마라. 내 마음이야."

"대단한 일 하시는구만."

색마에게 빈정거리는 말을 듣자마자 대꾸했다.

"색마야, 처맞고 싶으냐? 술 들어가니까 몸이 근질근질하지?"

"그런 되지도 않는 협박은 네 수하에게 하도록 해. 그나저나 참 신기하군. 너는 왜 네가 할 일을 그렇게 명확하게 알고 있지?"

"뭔 소리냐."

"말 그대로다. 문파를 만들고 일하는 자들을 보호하겠다거나 여기저기 흑도와 싸우거나… 이런 짓을 하게 되는 동기랄까. 계기가 뭐냔 말이다. 난 관심도 없는 일인데 황당해서 물어본다."

당연한 것을 물어볼 때는 대체 어떻게 대답해야 할까. 어쩌면 그 대답은 내게 있는 게 아니라 색마 놈에게 있지 않을까 하는 생각이 들었다.

"나는 니고. 니는 닌네… 넌 왜 그러고 사는데?"

"나?"

"네 말대로 할 짓이 없어서 그러고 사는 거냐?"

"여자 말하는 거냐."

"뭐가 됐든."

색마가 술을 한잔 따르면서 말했다.

"세상에 여인만큼 아름다운 게 또 없지."

나는 색마의 주둥아리가 열린 것 같아서 입을 다문 채로 술을 마셨다.

"그리고 여인만큼 추한 게 또 없다. 백리세가의 처자와 이 년 전에 이른 혼담이 오고 갔었는데 내가 서출이라서 그런지 이야기 도중에 없던 일이 되었다. 아니, 그런데…"

색마가 엄지와 검지를 모으면서 말했다.

"나도 요만큼도 관심이 없었던 혼사였는데 말이야. 가만히 있는데 차였다는 말씀이야."

"그래서."

"그래서? 신분을 숨기고 대체 어떤 년이었는지 얼굴이라도 보기 위해서 찾아갔었다. 아주 문란한 년이었어. 이런 처자에게 내가 서출이라서 차였다고? 백리세가 앞에 침을 한 번 뱉었다. 퉤, 씨발, 퉤 퉤퉤!"

"안주에 침 튄다. 이 새끼야."

"먹지 마. 썩을 놈아."

침이 튄 안주를 집어 먹으면서 색마가 말했다.

"집에 돌아와서 꼬락서니를 보니까 내가 갑자기 못난 놈이 되어있 더만. 우리 가주께서는 나를 그냥 가문의 세력을 넓힐 장기 말 정도 로 생각하고 있어. 이 허접한 새끼들… 그날 가주와 말싸움을 하고 후계자 놈과도 말싸움을 하고. 하여간 둘 다 팼지."

나는 술을 마시다가 앞에 있는 안주에 뿜었다.

"푸웁…"

안주에 내가 뿜은 술이 쏟아지자, 색마가 인상을 찌푸렸다.

"에이…"

"먹지 마. 쓰레기 새끼야. 아니, 그런데 가주라면 네 아비 아니 냐?"

"그렇지."

"소가주는 형이고?"

"맞다."

"그런데 둘 다 팼다고?"

색마가 눈을 껌벅이면서 나를 바라봤다.

"그게 왜 이상해?"

"그걸 말이라고 하나 지금? 정신 나간 놈아?"

색마가 돌연 씨익 웃으면서 대꾸했다.

"그건 이상한 일이 아니다."

"어째서."

"그게 이상한 일이면 두 사람이 어렸을 때부터 나를 때리지 말았어야지. 그때는 내가 약해서 맞았고. 지금은 내가 더 강하니까 처지가 바뀌었을 뿐이다. 물론 두 사람은 처맞기 전까지는 내가 더 강해진 줄 몰랐겠지만. 강호인들끼리 언성이 높아져서 비무하는 것은 흔한 일이야. 하여간 뭐 가문에서는 이제 나를 함부로 대하지 못하더군. 날 가문에서 쫓아낼 생각도 한 모양인데, 아 어림없다. 제 놈들이 필요해서 날 키울 때는 언제고, 인제 와서 쫓아낸다는 말이냐. 이런 염병할 가문…"

탕- 소리와 함께 색마가 술잔을 내려놓았다.

"그것이 우리 가문이다. 풍운몽가, 훌륭한 집안이야."

아비와 형을 패는 놈은 또 처음이라서 나는 잠시 뒷머리를 긁는 척하다가 빠른 기습으로 색마의 머리통을 후려쳤다. 퍽- 소리와 함께 색마가 머리통을 붙잡았다.

"이 새끼가 미쳤나? 왜 때려?"

"그냥 한 대 맞아, 이 새끼야. 이유는 없어. 꼬우면 덤비든가. 어차피 네 논리대로라면 강한 놈이 계속 약한 놈을 패도 되는 거 아니냐? 그런 논리로 살 거면 마교에나 들어가. 가서, 너보다 약한 놈들 신나게 쥐패고 승승장구한 다음에 교주 발등이나 핥아라. 아무리 봐도 네가 교주보단 약할 테니까. 네 생각이 그런 거 아니냐?"

"뭔 개소리야. 내가 마교에 왜 들어가."

"아비와 이복형님을 손수 패는 정도면 마교에서 두 팔 벌려서 환영할 인재인데 왜 안 들어가?"

"어렸을 때 나도 많이 맞았다고 했잖아."

나는 문득 코를 만졌다가 방심하고 있는 색마 놈의 머리통을 다시 한번 빠르게 후려쳤다.

"그때랑 지금이랑 같냐."

"다를 게 뭐야?"

나는 술을 한잔 따라 마시면서 색마를 노려봤다.

"신체 멀쩡하게 장성했으면 독립해. 말도 안 되는 개소리 늘어놓지 말고. 내가 전에 얘기했지? 넌 네 아비와 다를 바 없는 놈이라고. 나이를 스물 넘게 처먹었으면 네가 독립해서 똑바로 된 집안을 만들어. 병신 같은 옛날이야기 술 처먹으면서 주절대지 말고. 술이 아깝다. 이 새끼야."

"…"

색마 놈이 살기 어린 눈빛으로 노려보기에 나는 술잔을 내려놓았다.

"한판 붙어?"

"붙자. 이 새끼야."

"좋다."

나는 색마와 술자리에서 벌떡 일어섰다. 색마가 쥐어짜는 목소리로 주둥아리를 열었다.

"넓은 곳으로 안내해라."

색마와 어깨를 붙인 채로 좁은 계단을 내려가는 와중에 매화루에 검마의 목소리가 잔잔하게 울려 퍼졌다.

"우리 하오문주… 그리고 제자야."

"…"

우리 둘은 걸음을 멈췄다가 차례대로 대꾸했다.

"예, 사부님."

"말씀하시오."

위층에서 검마의 잔잔한 목소리가 이어졌다.

"…말리지 않겠네. 그러나 외공으로만. 내공은 사용하지 말도록."

싸움을 말릴 줄 알았는데, 예상 밖의 요구였다. 나는 색마와 눈을 마주쳤다가 검마의 말에 차례대로 대꾸했다.

"알겠소."

"알겠습니다."

계단을 내려가는데 검마의 한숨이 길게 이어졌다.

# 132.
## 오랜만에
## 흙을 먹었다

검마는 결국 가부좌를 풀고 일어나서 창가에 서서 바깥을 주시했다. 기루의 불빛이 아슬아슬하게 닿는 곳에서 대치하고 있는 제자와 하오문주가 보였다.

'젊구나. 젊어.'

불빛과 달빛 때문에 두 개의 그림자가 길쭉하게 늘어진 상태였다. 제자 놈이 아비와 형과 싸웠다는 사실은 이미 알고 있었으나 집안일이어서 간섭하지 않았었다. 하지만 하오문주는 이야기를 하던 도중에 제자와 시비가 붙은 상태. 제자 놈도 워낙 무재武才가 뛰어나고. 하오문주도 뛰어난 고수였기 때문에 둘의 싸움이 궁금해서 쳐다보는 중이었다.

그리고 자신이 이곳에서 지켜보지 않으면 두 사람이 내공까지 일으켜서 싸울 것 같았다. 사류곡의 본진을 미완성의 절기로 날려버렸던 사내가 하오문주다. 더군다나 제자의 빙공도 본래는 아군과 적을 가리지 않는 면이 있어서 이 일양현이라는 조용한 동네가 난장판으로 변할 가능성이 있었다. 이내 두 사람이 맞붙자… 달빛 아래에서 둔탁한 타격음이 터지기 시작했다.

삽시간에 여기저기서 창문이 열리더니 사람들이 고개를 내밀고, 지나가던 행인들도 구경꾼으로 합류해서 주변에 그림자가 더 늘었다. 두 사람은 내공이 없어도 살벌하게 제법 잘 싸웠다. 가끔 제자 놈은 발차기에 맞아서 멀리 날아갔다가, 땅을 박차고 달려들었고. 어떤 때는 두 사람이 동시에 내지른 주먹에 맞아서 동시에 밀려났다. 멀리서 바라보니, 신체와 신체가 부딪칠 때마다 소리가 참 다양하다는 생각이 들었다.

*퍽! 빡! 우득! 파악!*

두 사람은 연신 발로 땅을 구르고, 호흡도 점점 커졌으며, 알아듣기 힘든 욕지거리도 점점 뒤섞인 채로 싸움을 이어나갔다.

"야잇!"

"개샛!"

"이런 씹!"

긴박한 상황이라 그런지 욕지거리는 대부분 반쯤 잘린 채로 마무리되었다.

순간, 검마는 황당해서 "허…" 소리를 냈다. 하오문주가 제자 놈과 맞붙는 와중에 머리카락까지 잡아당겨서 쥐어뜯고 있었다.

"아아… 안 놔?"

그 와중에도 금나수법이 서로의 손목을 비틀고, 다리에 걸려서 넘어졌다가 일어나기를 반복하고 있었다. 수준이 높으면서도 삽시간에 저잣거리 싸움처럼 전개되는 괴상한 싸움이었다.

'이건 대체…'

경험이 많은 검마도 강호 고수들이 머리카락을 쥐어뜯는 것은 처음 보는 상황. 제자 놈이 욕을 하면서 하오문주의 다리를 붙잡자. 하오문주는 양손으로 제자 놈의 허리를 붙잡아서 들어 올렸다가 땅바닥에 패대기쳤다.

쾅!

이어서 하오문주가 발로 면상을 찍자, 제자 놈이 땅바닥을 연신 구르면서 급히 피했다. 검마가 입을 벌린 채로 바라봤다.

'아, 나려타곤懶驢打滾을…'

나려타곤은 게으른 당나귀가 바닥을 구른다는 뜻이다. 실제로 제자는 온몸에 먼지를 발라가면서 겨우 피했다. 점잖은 강호인들이 가장 부끄러워하는 동작이 나려타곤이다. 땅바닥을 구른 것은 제자인데 검마는 본인의 얼굴이 빨개지고 있었다. 물론 목숨이 위험할 때는 언제든 써도 되는 것이 나려타곤이긴 하다. 그렇다고, 이렇게 노골적으로 추잡하게 싸울 줄이야.

일전에 하오문주가 말했던 대로… 똥과 오줌의 향연이라고 해도 어울릴 만한 개싸움이었다. 순간, 그림자들이 더 빨라졌다. 제자 놈은 공중에서 발차기를 펼친 다음에 땅에 내려서자마자, 손에 쥐고 있는 흙을 하오문주의 눈에 뿌렸다.

"아니…!"

나려타곤을 펼칠 때 흙을 쓸어 담았던 모양이다. 제자의 흉측한 심보를 확인하자마자, 검마는 너무 어처구니가 없어서 탄성이 절로 나왔다. 하오문주는 장풍도 나오지 않는 양손을 허공에서 맹렬하게 휘젓더니, 양팔을 교차하자마자 제자 놈의 발차기를 맞고 뒤로 날아갔다.

'그걸 또 당하다니.'

여기서 웃으면 안 된다고 생각한 검마는 조용히 손을 들어서 입을 막았다.

"…"

분노한 하오문주의 외침이 터졌다.

"이 개새끼가 흙을 뿌려?"

제자가 하오문주를 약 올렸다.

"흙 맛이 어때? 어렸을 때부터 많이 먹던 거지? 오랜만이지? 고향의 맛이 어때?"

그 와중에 제자 놈은 심리적인 공격까지 병행했다. 자신은 제법 부자 집안에서 태어났고, 하오문주는 점소이를 했었다는 과거를 알고 내뱉은 말이 분명해 보였다. 추하기 이를 데 없는 유치함이었다. 다시 두 사람이 맞붙자… 신기하게도 구경꾼들 틈에서 이런 말이 나왔다.

"자하야, 봐주지 말고 박살을 내. 왜 그렇게 싸우는 거야?"

하오문주가 제자 놈을 몰아치면서 대꾸했다.

"좀 닥쳐!"

구경꾼들이 거들었다.

"평 아저씨, 좀 닥치세요. 술 드셨으면 집에 들어가시고."

"싸우는 거 보고 갈 거야. 너나 좀 닥쳐."

검마는 팔짱을 낀 채로 싸움을 주시했다. 새삼스럽게 이곳은 하오문주의 고향이었다. 순간, 하오문주가 제자리에서 몇 차례 뛰더니, 양손을 노골적으로 내미는 자세를 취했다. 금나수법도 아니고, 장법이나 권법도 아닌 괴상한 자세였다.

"음…"

제자 놈이 욕지거리를 내뱉으면서 달려들었다.

"그건 뭔 엿 같은 자세야!"

"들어와."

주먹과 발이 오가는 사이에 찰싹- 하는 소리와 함께 제자가 뺨을 맞았다. 하오문주는 제자의 주먹을 몸으로 받아내는 와중에도 다시 뺨따귀를 후려쳤다.

*찰싹!*

소리가 아주 찰졌다. 제자 놈은 이제 그림자만 봐도 흥분한 게 느껴졌다.

'따귀 때문에 심리전에서 말렸구나…'

검마는 그 와중에도 냉철하게 싸움을 분석하는 자신이 이상했다. 지금까지 전개로 봤을 때, 흙에 당한 것까지도 하오문주의 심리전이 아니었을까 하는 생각이 들 정도. 수준이 아주 높은 병신들의 싸움이라는 생각이 들었다. 흥분한 제자가 달려들어서 두 사람이 금나수법과 권, 각을 치열하게 겨루더니, 어느 순간 제자의 멱살을 붙잡은 하오문주가 빠르게 몸을 숙여서 무릎을 꿇더니 그대로 제자를 땅바닥에 오묘하게 패대기쳤다.

*쾅!*

이번에는 타격이 제법 강했다. 제자의 입에서 "끅" 하는 소리가 흘러나왔다. 검마는 미간을 좁혔다.

'허접한 기술이 아니구나.'

신체의 균형을 적은 힘으로 무너뜨려서 바닥에 패대기치는 효과적인 기술이었다. 누운 자세에서 내지른 제자의 발차기를 손으로 붙잡은 하오문주가 다시 제자 놈의 발을 붙잡고 들어서 이쪽으로 패대기치고 저쪽으로 패대기쳤다.

*퍽! 퍽!*

그림자만 봐도, 하오문주는 인정사정이 없는 사내였다. 그 인정사정없는 사내가 다시 제자를 한 손으로 들더니 이번에는 제자의 허리 부근에 자신의 무릎을 댄 채로 내려쳤다.

*퍽!*

구경꾼들이 화들짝 놀라서 단체로 탄성을 내뱉었다.

"어우…"

"어디 부러진 거 아니냐."

그사이에 또 뺨따귀 후려치는 소리가 연이어서 터졌다.

*찰싹! 찰싹! 찰싹! 찰싹!*

순식간에 싸움이 급격하게 하오문주에게 유리해진 상황. 제자 놈이 움직일 때마다 팔소매나 다리는 반드시 하오문주에게 붙잡혀 있었다. 어느 순간, 왼손으로 제자의 멱살을 잡아서 당긴 하오문주가 제자에게 물었다.

"항복?"

"아니?"

순간, 하오문주가 양손으로 제자를 번쩍 들어 올리더니 있는 힘껏 땅바닥에 패대기쳤다.

*퍼억!*

"…"

타격이 제법 컸는지, 제자 놈이 바닥에서 지렁이처럼 꿈틀거렸다. 검마도 탄성이 절로 나왔다. 희한하게도 두 사람은 정말 내공을 한 줌도 사용하지 않고 겨뤘기 때문이다. 처음부터 지켜봤기 때문에 두 사람의 외공은 비슷한 수준이라는 것을 알았으나, 중간부터 자세를 바꾼 하오문주의 수법을 제자가 전혀 대응하지 못했다. 금나수법을 확장해서 발전시킨 체술體術처럼 보였다.

'권법도 금나수법도 아닌 뭔가 괴상한 무공을 배웠구나.'

하오문주가 구경꾼들에게 잔잔한 어조로 말했다.

"끝났으니 다들 썩 꺼지도록. 빨리 안 꺼져?"

구경꾼들이 구시렁대다가 흩어졌다. 검마는 누워있는 제자와 구경꾼을 쫓아낸 하오문주를 물끄러미 바라봤다. 싸움이 끝난 다음에 대체 두 사람이 무슨 대화를 나눌 것인지 궁금해서 계속 쳐다볼 수밖에 없었다. 구경꾼들이 흩어지는 와중에 하오문주는 땅바닥에 연신 침을 뱉었다. 진짜 흙을 먹었던 모양인지 퉤, 퉤 거리면서 입 주변도 닦았다. 누워있는 제자 놈은 아직 주둥아리가 살아있는 모양이었다.

"그게 독이었으면 넌 뒈졌어."

하오문주가 대꾸했다.

"독 쓰는 놈이었으면 그 전에 죽였어."

"…까는 소리 하고 있네. 내공 안 쓴 것을 다행으로 여겨라."

"지랄을 해라."

제자 놈이 상체를 일으키더니 팔에 묻은 먼지를 털어냈다. 하오문주도 몸에 묻은 먼지를 털더니 아무 말 없이 매화루 쪽으로 걸어왔다.

"…"

무언가 대화가 오가지 않을까 기대했던 검마는 팔짱을 낀 채로 하오문주를 바라봤다.

'음…'

무뚝뚝한 표정의 하오문주가 그대로 시야에서 사라지더니 매화루에 들어왔다. 싸울 때는 그렇게 난잡하고, 유치하고, 욕까지 섞어가면서 야단법석을 떨더니 싸움이 끝나사 별다른 말도 없었다. 텅 빈 공터에서 제자 놈이 한쪽 무릎을 세운 채로 앉아서 한숨을 내뱉었다.

"…"

잠시 후에 제자 놈도 일어나더니 엉덩이를 털면서 매화루로 들어왔다. 검마는 팔짱을 낀 채로 공터를 하염없이 바라봤다. 병신 같은 싸움 한판이 이상하게도 뇌리에 계속 남았다. 분명한 것은 공터에서 벌어진 것이 마도魔道의 싸움이 아니라는 점이었다. 그냥 사내들의 싸움이었다.

"그것참… 이상한 싸움이군."

* * *

나는 다시 매화방으로 돌아오자마자 술로 입을 헹군 다음에 빈 그 릇에 뱉었다.

"개새끼가, 오랜만에 흙 먹게 하네."

텁텁한 입 안을 술로 씻었다. 한바탕 몸을 풀어서 그런지 술이 몸 에 스며드는 느낌이었다.

"꺼억."

색마 놈이 의외로 제법 잘 싸웠기 때문에 어쩔 수 없이 권왕拳王과 맞붙었을 때 눈대중으로 대충 익혔던 절기들을 요령껏 써먹었다. 확 실히 잘 통했다. 권왕이 괜히 권왕이라 불리겠는가. 내공까지 썼으 면 오늘 색마 놈의 허리가 부러졌을 터였다. 이때, 문이 벌컥 열리더 니 색마가 들어와서 맞은편에 앉았다. 문 앞에서 채향이가 고개를 내밀더니 물었다.

"문주님, 술 더 가져다드릴까요?"

나는 고개를 끄덕였다.

"어, 그래. 안주는 됐다."

"예."

잠시 후에 나는 채향이가 가져온 두강주를 색마의 잔에 따라줬다. 이어서 색마가 두강주를 붙잡더니 내 잔에 술을 따랐다. 우리는 술 을 한 잔 마시자마자, 다시 문을 바라봤다. 문을 열고 등장한 검마가 걸어오면서 말했다.

"…제자야, 나려타곤 잘 봤다."

색마가 자세를 바로잡으면서 대꾸했다.

"예, 사부님."

"당나귀처럼 잘 구르더구나."

"예."

검마가 상석에 앉으면서 내게 말했다.

"문주, 제자 놈의 머리 쥐어뜯는 것도 잘 봤네. 인상적이더군."

나는 고개를 끄덕이면서 대꾸했다.

"선배의 견문을 넓혀줬으니 다행이오."

"…"

검마가 착석하자, 색마가 두강주를 내밀었다.

"사부님, 한 잔 받으십시오."

"그래. 오늘은 좀 마시자꾸나."

색마가 검마의 잔에 술을 따르면서 말했다.

"내공을 사용하지 않아서 진 것이니 너무 마음에 담아두지 마십시오."

"알고 있다."

술잔을 든 검마가 나를 바라봤다.

"그런데 머리를 쥐어뜯는 것과 견문은 무슨 상관인가?"

나는 술을 따르면서 진지한 어조로 대꾸했다.

"불문佛門의 고수들이 왜 머리를 밀고 다니겠소. 다 이런 봉변을 당하지 않기 위해서요. 이 똥싸개 놈은 늘 외모를 신경 쓰는 편인데, 오늘 내게 혼이 났으니 나중에 도움이 될 날이 올 거요. 이것도 다 경험이지."

검마가 고개를 끄덕였다.

"문주는 항상 깊은 뜻이 있었군그래."

검마가 이번에는 제자를 바라봤다.

"흙을 암기처럼 제법 잘 던지더구나. 삼류 흑도를 보는 것 같았다. 마교에서도 볼 수 없었던 추잡한 공격이었다."

색마가 대꾸했다.

"정확하게 보셨습니다. 그것이 대량의 독침이었으면 이놈이 지금 처럼 제 앞에서 술을 마시고 있겠습니까? 승부는 사실 그때 끝난 것 입니다. 한판의 승부가 아닌 일승일패의 팽팽한 싸움이었다고 보시 면 됩니다."

검마가 고개를 끄덕이더니 술잔을 내밀었다.

"주둥아리만 살았다는 말은 이런 때 쓰는 것이로군. 마시자."

우리 셋은 두강주를 들이켠 다음에 술잔을 내려놓았다.

"…"

나는 문득 검마의 표정을 바라봤다. 표정이 괴상했다. 웃을락 말 락 할 때의 표정이 바로 저것이다.

"선배, 표정이 왜 그렇소? 웃으려면 웃으시오. 얼굴 근육에 주화 입마 오겠소."

검마가 대꾸했다.

"어디서 이렇게 못난 놈들이 만났을까… 신기하군."

"어…?"

문득 무슨 말을 하려던 색마 놈이 고개를 젖히더니 코를 만졌다. 코피가 살짝 흘러나온 상태였다. 아마 내게 따귀를 맞았기 때문일 터. 문득 색마가 소매 부분을 급하게 뜯더니, 그것을 코에 집어넣은 다음에 고개를 내렸다. 한쪽 코를 틀어막은 색마가 문득 사부를 바라봤다.

"…"

나도 그 시선을 따라서 검마를 바라봤다. 이 무뚝뚝한 마귀 같던 사내의 콧구멍이 연신 벌렁대고 있었다. 색마가 착잡한 표정으로 사부에게 말했다.

"사부님, 그냥 웃으십시오."

이어서 검마가 제법 큰 소리로 웃었다. 나는 검마의 웃음소리를 듣자마자 무뚝뚝한 표정으로 박수를 보냈다.

"선배, 축하드리오."

검마가 어리둥절한 표정으로 날 바라봤다.

"무엇을?"

"태어나서 처음 웃으신 거 아니오? 처음이 어렵지 두 번째는 더 수월할 거요. 사내가 웃을 줄도 몰라서야. 쯧…"

검마가 당황하자, 이번에는 색마가 웃음을 참았다. 나는 일부러 근엄한 표정으로 두 사람을 바라봤다. 검마가 마검을 뽑을 수도 있었기 때문에 최대한 진중한 어조로 두 사람에게 말했다.

"…한잔합시다."

이런 때는 절대로 웃지 않는 게 핵심이다.

# 133.
## 그래서
## 정적에 휩싸였다

술을 퍼마신 다음 날. 나는 백웅지로 떠나고 있는 검마와 색마 그리고 행장을 챙긴 사마비의 뒷모습을 물끄러미 바라봤다. 길지 않았던 동행이 검마와 색마에게 어떤 영향을 끼쳤는지는 모를 일이다. 검마와 색마가 알고 있는지 모르겠으나… 나는 두 사람에게 최선을 다했다.

돼지통뼈를 먹였고, 매화루의 방을 내줬으며, 두강주를 나눠 마셨다. 고향으로 초대했고, 내 병장기를 만들고 있는 철방을 보여줬으며, 공사 중인 자하객잔까지 보여줬다. 내가 두 사람을 적으로 대했다면 이 중의 한 가지도 허락하지 않았을 것이다. 나는 두 사람의 인생이 변했으면 하는 마음으로 대했다. 검마가 어느 날 황량한 곳을 배회하다가 쓸쓸한 죽음을 맞이하지 않길 바라고 있고. 색마가 공적으로 몰려서 마교로 도주하는 일이 없기를 바라고 있다.

이것은 내 바람이다. 하지만 각자의 삶이 있다. 이제 다시 흩어져서 무공을 수련하고 각자에게 닥치는 삶의 문제를 해결해야 한다. 그사이에 갑자기 검마가 마교에게 당하고, 색마가 사고를 쳐서 전생과 비슷하게 흘러간다면 그것 또한 피할 수 없는 운명인 것이다. 문득 언덕길에서 곧 사라질 것 같았던 검마, 색마, 사마비가 걸음을 멈추더니 매화루의 창가에서 쳐다보고 있는 나를 돌아봤다. 나는 팔짱을 낀 채로 검마와 눈빛을 교환했다.

"…"

그 와중에 색마는 코에 끼워뒀던 천 쪼가리를 어디론가 집어던졌다. 사마비가 나를 향해 고개를 숙였다. 나는 어색하게 손을 한 번 들었다.

"…또 봅시다."

검마가 고개를 끄덕이더니 돌아서서 이내 제자와 사마비를 데리고 언덕에서 사라졌다. 이제 색마 놈은 다시 빙공을 수련하고. 검마는 목검을 수련할 것이다. 나도 마찬가지다. 그러고 보면 저 개인적인 성향을 지닌 검마도 내게 조언을 남겼다. 적을 쫓다가 수련을 게을리하지 말라는 지적. 그것은 옳은 말이다.

색마 놈도 나름 인내력을 발휘했다. 비록 우리가 서로에게 흙을 먹이고, 머리끄덩이를 잡고, 주먹과 뺨따귀를 사이좋게 교환하긴 했으나 중요한 것은 추잡하게 싸우는 와중에도 끝내 내공을 사용하지 않았다는 점이다. 여자에 미치고, 광증에 시달리고, 심마를 극복하는 와중에도… 약속은 약속이다.

나는 사마비에게 일양현 업무에 대한 인수인계를 받은 혁련홍을 재차 다양한 말로 갈구고 협박한 다음에 오랜만에 일양현을 한 바퀴

순찰했다. 사람들이 별문제 없이 평상시와 다름이 없는 일상을 시작하는 것을 두 눈으로 확인한 다음에 조용히 일양현을 떠났다. 하오문주가 어디에 머물고 있고, 무엇을 하고 있는지… 하오문도들이 자세히 알 필요는 없기 때문이다.

\* \* \*

나는 흑묘방의 정문을 발로 차서 활짝 연 다음에 기습을 펼치듯이 들어섰다. 흑묘방의 수하들이 전부 대가리를 땅에 박은 채로 뒷짐을 지고 있었다.

"…"

소군평이 화들짝 놀라면서 내게 다가왔다.

"오셨습니까?"

나는 고개를 끄덕인 다음에 수하들을 바라봤다. 한 놈이 갑자기 벌떡 일어나더니 내게 포권을 취했다.

"방주님, 오셨습니까!"

그러자 주춤거리던 놈들이 전부 벌떡 일어나더니 일제히 내게 포권을 취했다.

"방주님, 오셨습니까!"

"어, 그래."

나는 소군평에게 물었다.

"무슨 일 있었어? 왜 다들 대가리를 박고 있나."

소군평이 대답했다.

"예, 방주님. 요새 요령 피우는 놈들이 늘어나서 특별히 이마를 단련하고 있었습니다."

나는 진중한 어조로 대꾸했다.

"좋았어. 이마 단련은 강호인들에게 필수다."

"그렇습니다."

"딱밤을 방어할 때도 효과적이지."

"맞습니다."

나는 수하들에게 말했다.

"강철의 이마가 될 수 있도록 대가리 박아라."

"예!"

수하들이 다시 대가리를 박는 동안에 소군평을 지나치면서 말했다.

"수고가 많다."

소군평이 씨익 웃으면서 대꾸했다.

"예."

외원을 통과해서 내원에 들어서자, 한창 비무가 진행 중이었다. 십이신장 사제들과 호연청이 둘러앉아서 비무를 구경하고. 그 중앙에서는 차성태가 누군가에게 신나게 처맞고 있었다. 차성태는 머리에 뜬금없이 흰 띠를 두르고 있었는데, 검을 휘두르다가 어김없이 부채에 맞아서 인상을 잔뜩 찌푸리고 있었다. 보아하니 백유 사제가 차성태를 신나게 두들겨 패는 상황. 잠시 후에 차성태가 부채에 이마를 정통으로 가격당하더니 엉덩방아를 찧었다. 백유가 가장 먼저 나를 발견하고 입을 열었다.

"대사형, 오셨습니까."

나는 사제들과 호연청의 인사를 받은 다음에 주저앉아 있는 차성태를 노려봤다.

"성태야, 살아있는 게 참 기특하구나."

차성태가 자신의 이마를 만지면서 내게 말했다.

"오셨습니까. 문주님."

차성태의 이마에서 피가 번지더니 흰 띠가 점점 붉게 물들고 있었다. 나는 저절로 백유의 상태를 확인했다. 백유는 놀랍게도 이마에서 땀을 흘리고 있었다. 나는 백유에게 말했다.

"닭 사제, 그래도 차성태를 패려면 땀이 좀 나는 모양이지?"

백유가 멋쩍게 웃으면서 이마의 땀을 닦았다.

"아니요? 더워서 흘렸는데요."

"덥긴 하네."

"예."

나는 지쳐서 일어나지도 못하는 차성태에게 손을 내밀었다. 차성태가 내 손을 붙잡고서 일어났다. 나는 내원에 있는 자들을 둘러보면서 말했다.

"다들 잘 있었나?"

"예."

"왜 이렇게 오랜만에 보는 거 같지?"

차성태가 대꾸했다.

"실제로 오랜만에 봐서 그렇습니다."

나는 차성태의 이마에서 흐르는 피를 바라보면서 대꾸했다.

"못 본 사이에 현명해졌구나."

"감사합니다."

"피 좀 닦아라."

"예."

"대가리 깨진 거 아니냐?"

"깨지진 않았습니다."

"좋았어. 계속하도록."

나는 그제야 대청에 들어섰다가 문득 걸음을 멈췄다. 대청에 배치된 기다란 탁자 위가 매우 어지러웠다. 서류로 진법을 배치한 것 같은 엉망진창의 광경. 벽 총관은 자리에서 벌떡 일어나다가 인상을 찌푸리면서 허리를 붙잡았다.

"아이고, 허리가…"

"…"

"오, 오셨습니까."

"벽 총관, 숨넘어가겠네. 천천히 좀 일어나지."

"예."

나는 탁자에 어지럽게 널브러진 서류를 보면서 상석으로 이동했다.

"이야, 이건 뭐 서류로 된 진법인가? 제갈량이 와도 갇히겠는데?"

"하하… 과찬이십니다."

"칭찬은 아닌데."

"예."

사실 이것이 전부 벽 총관의 그림이었다면 내게 주화입마가 찾아왔을 것이나 다행히 전부 서류였다. 내가 서류를 잠시 살펴보니 대부분 금전 출납이었다.

"금전 출납을 왜 이렇게 어지럽게 해놨어?"

벽 총관이 대꾸했다.

"아, 이것은 금전 출납 양식을 연습하는 중입니다. 그러니까 문주님의 세력이 많지 않습니까? 한꺼번에 정리하는 게 어려워서…"

"요약하면?"

"그러니까 윗줄에 흑묘방, 매화루, 시화루, 흑선보, 패검회 이런 항목을 적고, 좌측 선에는 먼저 순서를 적고 중앙에는 금액을 적어 넣는 것이지요. 설명을 제대로 했는지 모르겠습니다."

"오, 그러니까 효율적으로 한눈에 알아볼 수 있는 금전 출납 양식을 연구해서 작성해 봤다 이 말이군."

벽 총관이 기쁜 표정으로 대꾸했다.

"맞습니다. 다들 제가 무엇을 하는지 이해를 못 했는데 한 번에 알아봐 주시는군요."

나는 고개를 끄덕였다.

'대충 때려 맞혔네.'

벽 총관이 설명했다.

"이 양식을 세 개 정도 완성해서 각 지부의 부총관들에게 전달할 생각입니다."

"부총관이 누구인가?"

"그것은 문주님이 차차 정해주셔야지요."

"그렇군. 이번에 혈야궁이라는 세력에 다녀왔는데 말이야."

"예."

"거기 장로의 나이가 백십일 세더라고."

"엄청난 노인이로군요."

나는 탁자를 두드렸다.

"벽 총관도 혼자 일하지 말고. 제자를 가르치도록. 쉬운 업무들은 나눠줘야 오래 일하지. 이게 다 뭐 하는 짓이야? 탁자를 보기만 해도 진법에 빠지는 기분인데. 싹 다 치우도록."

"알겠습니다."

나는 안쪽을 향해 외쳤다.

"손 부인!"

잠시 후에 우당탕 소리가 들리면서 손 부인이 달려 나왔다.

"문주님, 오셨어요?"

"우리 손소소, 손 부인."

"예."

"오늘부로 벽 총관의 제자로 임명한다."

"예?"

"닥쳐라. 금전 출납에 관한 일체의 업무를 배워놓도록. 백 일 후에 수석 부총관에 임명할 테니까 똑바로 배워놔."

"알겠습니다."

"이것 좀 같이 정리해라."

나는 탁자를 치우는 두 사람에게 말했다.

"두 사람이 나중에 각 지부의 총관들을 교육할 수 있도록 해."

"예."

문득 활짝 열어놓은 대청 바깥을 바라보니 차성태가 날아다니고 있었다. 경공을 펼쳐서 날아가는 게 아니라, 처맞아서 날아가는 모양새였다.

"아이고, 열심히 산다. 열심히 살아."

벽 총관이 서류를 정리하면서 내게 핵심만 보고했다.

"패검회가 쌓아둔 재산이 어마어마했습니다. 홍신과 금해 신장이 고생해서 운반하다가 금해 신장 의견에 따라서 만금전장萬金錢莊에 무사히 보관했습니다."

"만금전장?"

"예."

"왜 하필이면 만금전장이냐…"

"아십니까?"

"무림맹에게 보호받고 있는 전장 아니야? 자금 출처도 캐묻고 절차가 복잡했을 텐데?"

"맞습니다. 그러니까 가장 안전한 전장이라고 할 수 있습니다. 그리고 금해 신장이 자금을 맡길 때 하오문임을 밝히고 문주님의 성함을 썼는데. 놀랍게도 만금전장이 무림맹에 정보 요청을 했다가 사흘만에 바로 승낙이 떨어져서 맡기게 되었습니다. 거절당했으면 또 옮기느라 고생했을 겁니다."

"무림맹이 바로 승낙했다고?"

"예."

"임 맹주의 일 처리가 그렇게 꼼꼼한가?"

벽 총관이 놀란 표정으로 나를 바라봤다.

"맹주님을 아세요?"

"이번에 잠깐 만났어."

"무림맹에 가셨었어요?"

"이야기하면 길어지니까 넘어가자고."

"예."

"어쨌든 하오문이라는 이름이 무림맹에 보고가 되었다 이 말이로군."

새삼스럽게 무림공적에서 한 발자국 멀어진 느낌이다. 다행이라는 생각이 들면서도 한편으로는 살짝 아쉬운 마음이 드는 것은 어째서일까. 사고를 치는 것은 언제든지 할 수 있는 일이니 아쉬워도 어쩔 수 없었다. 서류를 얼추 다 정리한 벽 총관이 자리에 앉으면서 말했다.

"이번에 들어보니 무림맹이 대대적으로 맹원을 모으는 모양입니다. 비무 대회도 열고, 특채도 있고, 공적들에 대한 자수 권고를 하는 방문도 이곳저곳에 붙였습니다. 특히 비무 대회의 성적에 따라서 무림맹이 차출하는 형식으로 맹원과 외부맹원外部盟員을 구한다고 하는데 문주님은 생각이 없으십니까?"

나는 고개를 끄덕였다.

"없어."

"예."

벽 총관이 씨익 웃으면서 나를 바라봤다.

"왜 웃어?"

"문주님, 그렇다면 문도들을 보내는 건 어떻겠습니까?"

"음?"

"십이신장 실력이면 한두 명 정도 비무를 통해 무림맹에 들어갈 수 있습니다."

"무림맹에 간자間者를 집어넣자는 말처럼 들리는데? 우리가 그럴 필요가 있나?"

벽 총관이 다시 한번 음흉하게 웃었다.

"세상일은 알 수가 없지요. 간자라는 나쁜 표현보다는 그냥 유학을 보내신다… 이렇게 생각하시면 되겠습니다. 저희가 뭐 나쁜 일을 하는 흑도 세력도 아니고 말이지요."

"흑묘방은 흑도 아니었나?"

벽 총관이 단호한 어조로 대꾸했다.

"저희는 하오문입니다."

하오문을 직접 만든 사람으로서 뜬금없이 신선하게 들리는 말이었다.

"깜박했군. 생각해 볼 테니 일들 보라고."

나는 벽 총관과 손 부인을 물러가게 한 다음에 고개를 젖혔다가 탁자에 두 발을 올렸다.

"하아…"

잠이 정말 폭포처럼 쏟아지는 중이었다. 이대로 눈을 감으면 잠을 자는 것인지, 주화입마에 빠지는 것인지 모를 정도의 피곤함과 졸음이 밀려들었다. 하품을 늘어지게 하자, 두 눈에서 눈물이 살짝 흘러나왔다. 이것이 어느 정도의 피곤함이냐면… 지금 일어나서 침상까지 걸어가지 못할 정도의 피곤함이었다. 나는 잠시 눈을 감은 채로 흑묘방에서 들리는 소리에 집중했다.

"…"

외원에서는 여전히 소군평이 수하들에게 호통을 내지르고 있었고. 내원에서는 돌아가면서 겨루는 듯한 소리와 차성태를 놀리는 사제들의 웃음소리가 겹쳐서 들렸다. 안쪽에서는 시비들의 속삭임과 벽 총관, 손 부인의 대화가 들렸다. 이 모든 잡소리가… 불쑥 찾아올 뻔한 주화입마의 전조 증상을 가까스로 잠재웠다. 얕은 잠과 상상이 뒤섞이면서 행장을 꾸린 채로 길을 걷고 있는 사마비의 모습이 문득 떠올랐다.

다시 입을 굳게 다문 검마의 표정… 길을 걸으면서도 머리를 이리저리 매만지는 색마. 혈야궁에서 용명의 부축을 받은 채로 산책을 하는 허 장로의 얼굴도 떠올랐다. 문득 나는 이런 생각이 들었다. 이들처럼 나도 최선을 다해 살아가고 있다고… 내 전신을 뒤덮고 있는 수면의 무게가 그 증거다. 그래도 방심할 수는 없는 노릇이라서 품에서 꺼낸 섬광비수를 탁자에 꽂은 다음에 잠을 청했다. 누구에게 하는 말인지 모를 중얼거림이 저절로 흘러나왔다.

"나 이제 좀 잔다."

잠시 후. 흑묘방은 고요한 정적에 휩싸였다. 복귀한 하오문주가 잠을 자고 있기 때문이었다.

## 134.
## 통행세가
## 십 분의 일이에요?

흑묘방에서는 절기를 수련할 수가 없어서 운기조식에 집중했다. 인근 흑도를 싸잡아서 정리했기 때문에 당분간 별일이 없을 것이라 예상했다. 사람 일은 모르는 것이라서 그냥 예상만 했다. 어쨌든 검마가 말한 대로… 나는 잠시 자중, 은거, 폐관수련에 돌입했다.

내 예상대로 월영무정공은 잔월의 경지에서 현월弦月의 경지로 올랐다. 온전한 천옥의 효과가 아니라 월단화 때문일 것이다. 하지만 나는 현월의 경지에서부터는 온전하게 빙공에만 매달릴 수가 없었다. 신체의 균형이 흐트러지는 느낌을 받았기 때문이다. 무언가 속이 서늘했다. 왜냐하면, 내가 만장애에서 예상했던 교주의 상태가 그랬기 때문이다. 음양의 균형을 맞춘 다음에 천옥을 먹으려는 게 아니냐는 말… 그 말과 흡사한 상태. 그래서 하루는 금구소요공, 다음 날은 월영무정공을 수련했다.

하지만 이 짓거리도 한계가 있었다. 그저 운기조식만 하는데도 팔다리가 자꾸만 얇아지는 느낌이랄까. 허리, 무릎 등의 관절이 뻣뻣하게 굳어가고, 정신력과 체력도 급격하게 소모됐다. 그러니까 하나의 운기조식 방법에만 매달리면 이렇게 지치진 않았을 것이다. 하지만 음양을 동시에 수련하는 것은 신체에 두 배의 압박, 긴장을 가하는 것처럼 느껴졌다.

요약하면, 혹사 상태. 결국, 나는 월영무정공, 금구소요공, 외공을 하루씩 수련했다. 이를 작심삼일作心三日 수련법이라 하여 스스로 작심삼일공作心三日功이라는 이름을 붙였다. 그제야 수련에 탄력이 붙었다. 금구소요공을 수련할 때는 내 몸이 종일 뜨거운 열기에 휩싸여 있고. 월영무정공을 수련할 때는 만년설에 갇혀있는 것처럼 서늘하다.

이틀에 걸쳐서 소모된 심력과 체력 저하는 외공을 수련해야 회복할 수 있다는 게 내 결론이었다. 사실 강해지려고 하는 것이 수련인데. 나는 이러다가 주화입마에 빠져서 죽을 것 같았기 때문에 신체를 지독하게 단련했다. 그래서 의도적으로 수하들과 뒤섞여서 외공을 수련하고, 도중에 헛소리와 잡담을 끊임없이 나눴다. 이런 와중에도 외공을 수련할 때는 어김없이 색마, 검마, 교주, 맹주, 광승, 권왕, 무림공적에 올랐던 악인들, 쾌당의 고수들이 두서없이 떠올랐다.

전생에 제대로 압도하지 못했던 고수들은 이들 외에도 많다. 외공은 신체의 고통을 견디면서 이어나가야 했기에 나는 끊임없이 전생의 강자들을 떠올리면서 고통의 시간을 흘려보내고 견뎌냈다. 특히 나중에 다시 내공을 사용하지 않은 상태에서 색마와 맞붙을 수 있었기 때문에 외공 수련을 더욱 지독한 마음으로 임했다.

결국, 수련이란… 누군가를 팰 생각을 하면서 반복하는 것이 효율적이다. 나는 수하들과 뒤섞여서 날마다 외공 수련을 하다가 몸에 근육이 점점 달라붙은 시점부터는 매화나무에 매달려서 팔 하나로 원숭이 턱걸이를 시작했다. 원숭이 턱걸이라는 것은 그냥 팔 하나로 몸을 올렸다가 내리는 것을 말하는데…

이 짓을 근육이 마비되는 느낌이 들 때까지 반복하다가 팔을 바꿨다. 내가 수하들이 보는 앞에서 이 지랄을 반복하자, 어느 날부터는 슬금슬금 다가온 수하들도 나무에 매달려서 두 팔로 턱걸이를 시작했다. 어느 날, 문득 주변을 둘러보니 사내놈들이 전부 나무나 담벼락에 매달려 있었다.

"지랄들을 해라… 아이고, 원숭이 새끼들."

수하 한 명이 웃음을 터트렸다가 나무에서 떨어졌다. 원숭이도 나무에서 떨어진다는 말은 이런 때 쓰는 것. 나도 함께 웃었더니 팔에 힘이 빠져서 바닥에 내려섰다. 누군가가 무엇을 하면 주변에 있는 자들이 따라 하기 마련이다. 이것이 인간의 본능인 것 같다. 나는 웃음을 터트린 놈을 노려보면서 말했다.

"앞으로 수련할 때 웃는 놈은 저녁 거를 줄 알아라."

"예."

나는 웃음기를 지운 다음에 원숭이 턱걸이를 지독하게 반복했다. 내가 지독하게 수련하자, 이번에는 수하들이 그 지독함을 어느 정도 따라잡았다. 나만 강해지는 것이 아니라 우리는 단체로 강해졌다. 작심삼일을 약 삼십여 차례 반복했더니… 날이 제법 쌀쌀해진 상황.

내공의 경지는 금구소요공 투계, 월영무정공 현월로 그대로였으

나. 몸 상태는 전생의 광마 시절을 빠르게 따라잡고 있었다. 근육이 달라붙고, 군살이 빠졌으며, 외공만으로 의미 있는 타격을 할 수 있을 정도로 변했다. 수하들도 열심히 수련하긴 했으나 어쨌든 내가 제일 독했다. 내가 가장 많은 횟수의 원숭이 턱걸이, 손가락 턱걸이, 손가락으로 하는 팔굽혀 펴기를 해냈기 때문이다.

* * *

무소식이 희소식이라고… 혈야궁, 백응지, 남천련, 남명회에서는 아무 소식도 없어서 다행이라는 생각을 하고 있을 때. 정문이 박살 나는 소리가 들리더니… 수하들이 바깥으로 뛰쳐나갔다. 나도 매화 나무에서 손을 뗀 다음에 외원으로 나가봤다. 누군가가 포박당한 채로 쩔뚝거리면서 걸어오고 있고, 그 뒤에서 처음 보는 낯선 자들이 웃으면서 흑묘방으로 들어오고 있었다. 포박당한 사내가 나를 보자마자, 밝게 웃으면서 말했다.

"대사형…"

"누구냐?"

얼굴 이곳저곳이 심하게 터져있어서 알아볼 수가 없었다.

"저 금 사제입니다. 대사형."

"돼지야, 왜 이렇게 됐어?"

뒤에서 다가온 놈이 금해의 어깨를 툭 치자, 금해가 바닥에 무릎을 꿇었다. 허리에 박도를 찬 비쩍 마른 놈이 금해의 머리를 쓰다듬으면서 말했다.

"누가 하오문주인가?"

쳐들어온 놈들의 기세가 너무 당당했기 때문에 나는 겁을 집어먹은 병신처럼 대꾸했다.

"…접니다."

나는 황당한 표정으로 네 사람을 둘러봤다.

'겨우 네 명이?'

무리의 우두머리로 보이는 사내가 부채를 펄럭이면서 말했다.

"젊구나."

사내가 흑묘방을 둘러보면서 말했다.

"우리는 남악녹림맹南岳綠林盟의 사자使者들이다."

마교의 사자들이라면 최고수들을 뜻하지만 보통 단체에서 사자들은 그냥 말 전하는 놈들이다.

"아니…"

나는 말문이 막혔다.

'임 맹주 개새끼가…'

어리둥절한 마음에 곰곰이 생각해 보니 아직 임 맹주가 남악녹림맹을 토벌하기 전인 것 같았다. 회귀했더니 세월이 이상하게 흘러가는 느낌이다. 무림맹이 토벌하게 되는 녹림 세력이 갑자기 찾아온 상태. 가만히 놔두면 망하는 놈들이 쳐들어온 것이라서 당황스러움 반, 반가운 마음 반 정도가 뒤섞였다. 감정도 음양이나 태극처럼 반반이 섞일 때가 있는데 지금이 그렇다.

하여간 남악녹림맹이라 하면 호남 지역의 삼분의 일에 해당하는 녹림 세력을 전부 아우르고 있는 산적 새끼들이라서 실제로 세력이 크다. 가끔 고수들이 많아서 무서운 게 아니라, 그 구성원이 너무 많아서 백도 세력이 알아서 피하는 경우가 있는데 녹림과 수로채 세력이 주로 그렇다. 속된 말로 쪽수가 많아서 문파들이 피하는 놈들이었다.

"아이, 황당하네."

나는 일단 금해에게 다가가서 섬광비수를 꺼낸 다음에 포박을 풀어줬다. 굵은 밧줄이 만두 잘리듯이 갈라졌다. 왼손으로 금해의 얼굴을 붙잡은 다음에 물었다.

"사제야."

"예."

나는 섬광비수를 집어넣으면서 말했다.

"살이 좀 빠졌구나? 밥도 안 주더냐?"

금해가 웃으면서 대꾸했다.

"예, 잘 안 주던데요."

"왜 잡혔어? 뚱뚱해서 잡혔나?"

"그 패검회 자금 운반할 때 있지 않습니까."

"응."

"몰랐는데 제가 남악녹림맹이 닦아놓고 관리한 산길과 통행세를 내야 하는 특정 지역을 아무렇지도 않게 그냥 지나쳤던 모양이에요. 지나갈 때는 아무런 제지가 없었는데 나중에 찾아와서…"

"아…"

그러니까 자금을 옮길 때 남악녹림맹의 지역을 무단 횡단했다는 뜻이다. 그렇다면 이것은 일부러 횡단하게 한 다음에 돈을 뜯어내는 수법이라는 뜻. 남악녹림맹은 이 짓을 반복하다가 임 맹주를 발끈하게 만들어서 똥개 한 마리도 안 남은 채로 몰락하게 된다. 그 수법이 너무 잔인해서 백도에서도 말이 많았을 정도. 나도 전해 들은 것이라서 자세한 사정은 모르겠다. 일단 사자들을 바라봤다.

"그래서 얼마를?"

사내가 대꾸했다.

"문주, 우리가 십 분의 일만 받겠다는데 상단의 공자가 협조하지 않는군. 물어보니 상단의 돈이 아니라 하오문의 돈이라고 해서 찾아올 수밖에 없었지. 진작 하오문의 돈이라는 걸 말해줬으면 우리도 일 처리가 이렇게 늦진 않았을 텐데 말이야. 왜 이렇게 고집이 강한지… 매를 버는 친구였네."

돈이 이렇게 문제가 많다. 패검회의 자산이 너무 많아서 문제도 커졌을 터였다. 강호인들의 생각이란 상식적이지 않을 때가 너무 많기 때문이다. 즉 배알이 뒤틀려서 시비를 걸고 있다는 생각밖에 안 들었다. 금해가 웃으면서 말했다.

"대사형, 통행세가 십 분의 일이랍니다. 그러니까 제가 패검회로 옮긴 돈의 십 분의 일을 내라는 얘깁니다. 하하하…"

금해는 산적들에게 너무 두들겨 맞은 모양인지 반쯤 정신이 나가 있었다. 나는 고개를 끄덕였다.

"많긴 하다. 십 분의 일이라니…"

"많다고?"

사내가 나를 바라보면서 말했다.

"어차피 패검회를 쳐서 뺏은 돈이 아닌가. 그런데 많다고? 문주,

욕심이 너무 많으면 일을 그르치게 되어있네. 이번 일은 어차피 맹주님에게도 보고된 사안이네. 이번에 십 분의 일을 내면 앞으로 하오문은 우리 남악맹이 닦아놓은 통로를 마음껏 이용해도 된다고 허락하셨지. 그런데도 비싸다고 생각하나?"

나는 일단 사내의 말을 무시한 다음에 금해를 일으켰다.

"일어나자."

"예."

금해의 어깨를 두드린 다음에 백인 사제에게 보냈다. 금해가 한쪽 발을 쩔뚝거리면서 움직였다. 백인, 청진, 백유가 다가가서 금해를 보살폈다. 이제 남악녹림맹에서 나온 네 사람이 나를 바라보고 있는 상황. 흑묘방의 수하들도 입을 다문 채로 전부 나를 주시했다. 나는 녹림도 네 명을 바라보다가 한숨을 내쉬었다.

"그것참 좋게, 좋게 말로 하지. 왜 사제를 때려가지고."

소군평이 긴장한 표정으로 다가와서 내 팔을 붙잡았다.

"방주님, 한 번만 참으세요. 일단 대화를 해보시고…"

"왜 그래? 나 아직 화 안 냈다."

"예."

내가 가만히 있자, 이번에는 백인 사제가 다가왔다.

"대사형, 일단 대화로 한번 풀어보시는 것이 어쨌든 금해 사제의 목숨도 붙어있으니 당장 네 사람을 죽이시는 것보다는…"

"일단 닥쳐봐."

"예."

내가 남악녹림맹 네 사람을 노려보자… 차성태가 조심스럽게 다가왔다.

"문주님, 협상부터 하시는 것이 옳지 않겠습니까?"

"협상?"

"예."

"안 해봤는데 어떻게 하는 거야."

"아, 저도 안 해봤습니다."

소군평, 백인, 차성태가 긴장한 낯빛으로 나를 뜯어말리는 도중에 남악맹에서 나온 네 사람의 표정이 점점 변했다. 저희끼리 고개를 갸웃하다가 서로의 얼굴을 바라봤다. 무언가 자신들이 기대했던 분위기가 아니라는 것을 깨달은 상태.

"…"

나는 가까스로 화를 억누른 다음에 남악맹의 사내들에게 물었다.

"너희 전부 몇 명이야?"

한 놈이 대꾸했다.

"일천一千은 넘소."

"하오문보다 많네?"

"당연한 얘기를…"

나는 갑자기 말문이 막혀서 몸을 움직였다가 네 사람을 현월지법으로 찍었다.

*탁!*

한 놈이 부채를 휘두르다가 굳고.

*탁!*

칼을 반쯤 뽑았다가 얼어붙고.

탁!

내게 주먹을 내지르다가 멈추고.

탁!

한 놈은 도망치려는 자세 그대로 굳었다. 점혈과 현월지법을 섞어서 때렸기 때문에 동작들이 희한하게 멈춘 상태. 내가 품에서 섬광비수를 뽑자, 갑자기 소군평과 백인, 차성태가 내게 달려들었다.

"와하하, 방주님. 잠시만요."

"아, 이야기 좀 하고 죽이세요."

"대사형, 다들 굳었는데 뭐 하러 지금 죽이십니까. 하하하."

백인이 내 손에 들린 섬광비수를 갑자기 낚아채고, 소군평이 껴안듯이 달라붙었다. 차성태가 내 손을 붙잡고 흔들면서 웃었다.

"하하하…"

나는 세 사람을 밀어내면서 말했다.

"아, 좀 놔라. 이거…"

소군평이 수하들에게 호통을 내질렀다.

"일단 저 새끼들부터 밟아!"

"예!"

삽시간에 흑묘방의 수하들이 몰려와서 굳어있는 놈들의 **뺨따귀**를 때리고, 쓰러뜨리고, 발로 밟기 시작했다. 나는 그 모습을 보다가 나를 막아서는 세 사람에게 말했다.

"아, 알았으니까 놔라. 알았다. 일단 구경하자."

"예."

나는 백인에게 손을 내밀었다.

"내 비수 내놔."

"여기 있습니다."

나는 섬광비수를 챙긴 다음에 팔짱을 낀 채로 수하들과 남악녹림
맹의 사자들을 구경하다가 말했다.

"일단 그놈들 얼굴도 금해 사제처럼 엉망진창으로 만들어 놔라."

흑묘방의 수하들이 이구동성으로 답했다.

"알겠습니다."

소군평, 백인, 차성태가 내 옆에 나란히 서서 팔짱을 낀 채로 녹림
도를 두들겨 패는 수하들을 구경했다. 수하들이 신나게 밟고 있었
다. 이놈들이 그동안에 너무 혹독하게 수련해서 쌓였던 게 많았던
모양이다. 아주 야무지게 짓밟고 있었다. 나는 그제야 내 가슴을 손
으로 쓸어내렸다.

"휴… 이제 좀 마음이 진정이 되네."

# 135.
## 무림공적
## 물 건너가는 소리

무릎을 꿇은 네 사람의 얼굴을 바라봤다. 얼굴이 금해 사제처럼 엉망진창이 된 상태라서 보기 좋았다. 나는 쪼그려 앉아서 일부러 잠시 침묵을 유지해 봤다. 아니나 다를까, 한 놈이 내게 조심스러운 어조로 말했다.

"남악맹주님을 감당할 수 있겠소?"

"협박이야? 너희가 내게 협박할 처지는 아니잖아."

나는 손가락에 입김을 분 다음에 협박한 놈의 이마에 대고 딱밤을 먹였다. 빡- 소리와 함께 쓰러진 놈이 그대로 기절했다. 세 놈은 입을 열지 않을 눈치는 있는 모양인지 잠잠했다.

"고생스럽게 길을 닦은 것은 수고했다. 그렇다고 통행세를 십 분의 일이나 받아먹는 것은 옳지 않아. 내 사제를 납치하고 때리고 굶긴 것은 차근차근 그대로 갚아주마. 산적들이 쪽수가 많아서 착각하는 모양인데 내가 혼자 쳐들어가서 남악녹림맹 전체와 싸울 수도 있다. 우리가 하오문이라서 무시하나? 문파 이름을 잘못 지었나? '하' 자를 빼고 '상' 자를 넣을 걸 그랬나. 패검회를 몰락시켰으면 실력 있는 문파라는 생각이 안 들었나? 패검회 돈이 그렇게 탐이 났으면 너희가 쳐서 빼앗든가. 왜 이런 병신 같은 놈들이 찾아와서 나한테 돈을 내라, 마라 지랄이지? 어떻게 생각해. 녹림맹 사자 여러분."

"…"

나는 다시 손가락에 입김을 불어 넣었다.

"하…"

한 놈이 내게 말했다.

"죄송합니다."

"죄송해?"

"예."

"알았어."

나는 죄송하다고 한 놈의 이마에 딱밤을 먹였다. 짤막한 비명을 내지르면서 뒤로 쓰러진 놈이 바로 기절했다. 나는 다음 놈을 바라봤다.

"너 아까 내 사제 머리 쓰다듬은 놈이지? 여유로운 태도, 보기 좋았다. 은둔 고수 등장한 줄 알았잖아. 개새끼야. 하지만 강호에서 말하는 은둔 고수는 바로 나였어. 내가 아직 명성이 없어서 하오문이 병신처럼 보였지?"

"예."

"솔직하네."

나는 손가락에 입김을 세게 불어넣은 다음에 딱밤을 먹였다. 이번에는 퍽- 소리와 함께 무릎을 꿇고 있었던 놈이 뒤로 넘어지면서 기절했다.

"기절한 거냐. 죽은 거냐?"

소군평이 재빨리 쓰러진 놈의 목에 손을 댄 다음에 대꾸했다.

"아직 숨은 붙어있습니다."

"운이 좋군. 이마를 단련한 모양이야."

"이마는 터졌습니다."

"넘어가."

나는 마지막 놈을 바라봤다.

"..."

"너 남악에서 여기 올 때 며칠 걸렸어?"

"나흘 걸렸습니다."

"그래? 그럼 너희가 돌아갈 시간 나흘, 남악맹에서 이놈들이 왜 안 돌아오나 고민할 시간 사나흘, 다시 사자를 보내서 여기 도착할 시간이 나흘, 최소한 십이 일 이상의 시간은 내가 벌었네?"

"..."

"그 십이 일 동안에 우리가 어떻게 수련을 하는지 너희에게 보여주마. 우리는 감히 통행세나 뜯어먹는 산적 따위가 쪽수를 믿고 덤빌 수 있는 분들이 아니시다. 알겠어?"

"예."

"모르는 거 같은데?"

"이제 알겠습니다."

"산적들이 평소에 너희 맹주에게 아부를 많이 하고 지냈나. 진심이 안 느껴지네. 약자들한테는 통행세 받고, 유명한 고수들이 지나다닐 때는 숨어서 지켜보기만 했지? 하오문을 건드린다는 것은 행상인, 봇짐 상인, 일꾼들을 건드린다는 뜻이다. 하여간 남악녹림맹이 다시는 약자들에게 통행세를 뜯지 못하도록 제대로 상대해 주마. 덤벼라."

"…"

나는 손가락에 입김을 길게 불어 넣었다.

"하아…"

입김을 부는 동안에 녹림맹의 사자가 갑자기 입에 거품을 물더니 무릎을 꿇은 자세 그대로 기절했다. 나는 그 모습을 보다가 말했다.

"…안 통한다. 이 새끼야. 혼자 기절하고 자빠졌네. 좋았어. 대가리 깨질 때까지 딱밤을 먹여주마."

기절했던 놈이 눈을 번쩍 뜨면서 대꾸했다.

"…죄송합니다."

"이 새끼들은 먼저 죄송할 짓을 한 다음에 뒤늦게 사과를 하는 습성이 있네. 그냥 죄송할 짓을 안 하면 되는 거 아니냐? 그런 못된 습성은 누가 가르쳤을까. 산신령이 가르쳤나 아니면 너희 맹주가 가르쳤나?"

나는 놈에게 가장 강력한 딱밤을 먹었다.

빡-!

일어나서 수하들에게 말했다.

"매화나무에 묶어놔라. 다음 녹림맹의 사자들이 찾아올 시간 동안 우리는 수련을 이어나간다. 이놈들은 금해 사제가 특별히 지켜보고."

금해가 대답했다.

"예."

"밥도 주지 말고 물도 주지 마. 숨넘어갈 것 같은 놈에게만 목을 적실 수 있게 해주고. 사흘 후에 한 끼만 줘라. 다시 굶기고. 매번 식사 시간에는 이놈들 앞에서 식사해라. 외공 수련할 때도 이놈들 얼굴 보면서 해라. 하오문의 적이다. 내 적이다. 금해 사제 때린 놈들이다. 너희들의 적이다. 주인 없는 푸른 강산을 지날 때 어처구니없는 통행세를 받아먹는 병신 같은 산적 새끼들이니 앞으로 상대할 때도 인정사정 볼 것 없다."

"예."

"끌고 가서 위아래 옷부터 벗긴 다음에 묶어놔."

수하들이 기절한 놈들을 질질 끌고 가고, 간부들이 나를 바라봤다. 나는 간부들을 둘러보다가 말했다.

"작전 없다. 수련이 곧 작전이다. 평소와 다름없이 맹훈련. 어차피 강호는 실력이 전부야. 수련하자."

"알겠습니다. 다른 지부의 고수들만 호출할까요?"

"필요 없다. 쪽수가 많으면 마음이 산적처럼 안일해진다. 이대로 상대할 테니까 부르지 마."

"예."

나는 백인, 소군평, 차성태에게 특별히 말했다.

"나 수련하다가 갑자기 뛰쳐나가면 붙잡아라. 혼자 남악산으로 뛰어갈 수도 있으니까."

"알겠습니다."

* * *

하루는 금구소요공을 수련하고, 다음 날은 월영무정공을 수련하고, 사흘째가 되는 날 다시 내원으로 나와서 매화나무 아래에 묶여 있는 산적들을 바라봤다.

"이야, 우리 산적 친구들 오랜만이네. 잘 지냈나?"

"..."

"나 누구랑 얘기하냐."

"잘 못 지냈습니다."

사흘 동안 먹지 못한 산적들이 피골이 맞닿은 모습으로 나를 바라봤다. 나는 그대로 매화나무를 붙잡은 채로 원숭이 턱걸이를 하면서 산적들을 바라봤다. 갑자기 수하들이 웃으면서 다가오더니 여기저기 매화나무에 매달려서 턱걸이를 시작했다. 나는 수하들에게 경고했다.

"웃지 마라. 웃으면 힘 빠진다."

"예."

뒤쪽에서 금해가 탁자를 들고 오면서 내게 물었다.

"대사형, 죄송한 말씀이지만 여기서 밥 좀 먹어도 되겠습니까?"

"어, 그래. 편히 먹어라."

"감사합니다."

금해가 포로들 앞에 탁자를 내려놓고, 시비들이 가져온 음식들을 탁자 위에 가지런히 정렬한 다음에 의자에 앉았다. 금해가 미안하다는 것처럼 내게 말했다.

"대사형, 저도 몸을 좀 회복한 다음에 수련에 합류하겠습니다. 그 전에 좀 많이 먹어둘게요."

"알았다. 먹고 싶은 거 있으면 시비들에게 해달라고 하고. 시비들이 못 하는 게 있으면 바깥에서 사와도 좋다. 많이 먹어라. 먹는 게 남는 거지."

"감사합니다."

갑자기 탁자에 있는 음식의 냄새가 코를 찔러서 나는 원숭이 턱걸이를 하는 도중에 말했다.

"이야, 냄새 끝장나는구나."

"대사형, 함께 드시죠?"

"아니야. 이따 먹으련다."

"예."

계속 수하들과 팔을 바꿔가면서 원숭이 턱걸이를 하다가 둘러보니, 수하 중에서 몇 명은 나처럼 이제 팔 하나로 턱걸이를 하기 시작했다. 옆에서 금해가 쩝쩝 소리를 내면서 밥을 먹기 시작했다.

*쩝쩝, 후루룩, 후릅, 쓰읍, 꺼억…*

금해는 원래도 많이 먹고, 맛있게 먹는 사내였다. 아마 맛있게 먹는 법을 알기에 살이 쪘을 터였다. 시비들이 차려준 음식을 아주 야무지게 잘 먹었다. 금해가 젓가락으로 기름이 잘잘 흐르는 닭고기를 붙잡더니 산적들에게 내밀었다.

"먹고 싶은 사람? 선착순 한 명."

"저요."

"저요."

"…"

"저도…"

금해가 내게 물었다.

"대사형, 줘도 될까요?"

나는 턱걸이를 하는 와중에 대꾸했다.

"안 돼."

"명을 따릅니다."

"그래. 산적들 표정 보니까 배고픔이라는 게 이렇게 무섭구나. 저희 놈들 배부르게 살겠다고 남의 돈이나 빼앗아서 사는 놈들이 염치도 모르고 먹겠다고 하다니. 기가 찬다. 이놈들이 오늘 밥 먹는 날인가?"

수하들이 대답했다.

"예."

"취소하고 물만 줘라. 밥이 아깝다."

"알겠습니다."

금해가 닭고기를 씹으면서 말했다.

"대사형, 이번에 녹림맹을 칠 때 상단의 병력 좀 동원하겠습니다. 허락해 주시지요."

"많이 다칠 것이니 그럴 필요 없다."

"예."

"싸움은 우리끼리 하자. 화가 많이 난 모양이군."

금해가 산적들을 바라보면서 대꾸했다.

"예. 대사형이 허락만 해주시면 이놈들 이 자리에서 제가 도륙한 다음에 그 살점을 불판에 굽겠습니다."

"사제, 그것은 안 된다. 인육을 먹으면 하오문이 앞으로 어떤 말을 듣겠어?"

"실언했습니다."

"정 화가 나면 네가 아무 때나 때려죽여라. 그것까진 허락하마."

"알겠습니다."

"어차피 필요 없는 놈들이다. 쓰레기, 밑바닥에도 선이 있어. 거둬서 쓰지 못할 놈들은 죽일 수밖에."

나는 매화나무에서 내려와서 포로들을 노려보면서 몸을 풀었다. 정문에서 누군가의 말소리가 들렸다. 몸을 풀면서 기다리자 수하가 내원으로 들어오면서 내게 보고했다.

"방주님, 무림맹에서 전령이 왔습니다. 방주님을 뵙고 싶답니다."

"들어오라고 해."

"예."

내원에 있는 수하들이 전부 동작을 멈추거나 매화나무와 담벼락에서 떨어졌다.

"..."

금해도 손수건으로 입을 닦은 다음에 일어났다.

\* \* \*

포로들마저 고개가 내원의 문으로 일제히 돌아갔다. 무림맹에서 왔다는 젊은 무인이 내원에서 가볍게 포권을 취하더니 주변을 둘러보면서 말했다.

"하오문주님을 뵈러 왔습니다."

수하들이 나를 가리켰다.

"저기 계십니다."

무림맹원이 내 앞에서 다시 예를 갖췄다.

"문주님, 무림맹 비연각 소속 심세건 전령입니다. 맹주님이 서찰을 전달하라 하셔서 찾아뵈었습니다."

"잘 오셨소."

심세건이 품에서 서찰 하나를 꺼내서 내게 내밀었다. 나는 서찰의 상태를 눈으로 확인한 다음에 붙잡았다. 심세건이 말했다.

"이 자리에서 설명해도 되겠습니까?"

"상관없소."

"장사, 류양, 상담의 수로채를 규합한 귀도鬼刀의 목령채木靈寨와, 장가상단을 습격해서 물의를 일으킨 남악녹림맹이 손을 잡고 임 맹주님의 경고와 호출을 무시한 채로 활동하고 있습니다. 맹주님이 우호 세력에 서찰을 보내 이 두 세력의 횡포를 알리고 토벌에 동참해 달라는 부탁을 전하고 있습니다. 서찰을 보시면 두 세력의 횡포가 간략히 적혀있고. 맹주님의 친히 적으신 부탁의 말이 있습니다. 절대로 우호 세력들에게 강압적인 요청이 아님을 강조하셨습니다."

나는 간단하게 대꾸했다.

"집결지는?"

"무림맹 형산衡山 지부입니다. 북에서는 목령채, 남쪽에서는 남악녹림맹의 위협을 받고 있어서 임 맹주님도 형산으로 출발했습니다.

일단 지부를 살펴본 다음에 진격을 결정하실 계획입니다."

"심 전령, 형산에서 다시 만납시다. 살펴 가시오."

심세건이 내게 포권을 취했다.

"문주님, 감사합니다. 형산에서 뵙겠습니다."

나는 고개를 끄덕였다가 금해를 바라봤다.

"금 사제."

"예."

금해는 자신이 마시려던 주전자의 물을 따라서 직접 심세건에게 내밀었다.

"심 전령, 고생이 많으시오."

심세건이 대꾸했다.

"아, 감사합니다."

심세건이 시원하게 물을 마신 다음에 나를 비롯한 수하들에게 맞잡은 손을 이리저리 움직이다가 말했다.

"또 뵙겠습니다."

"살펴 가시오."

심세건은 돌아서서 걷다가 그제야 매화나무 아래에 처참한 꼴로 묶여있는 포로들을 발견하고 흠칫 놀라더니 내게 물었다.

"아, 문주님. 이들은…"

"신경 쓸 것 없소. 녹림맹의 전령들이니…"

"아, 그렇습니까? 이들이 왜 여기에."

"나한테 돈 뜯으러 왔다가 저렇게 되었소."

잠시 심세건이 멈춰 서서 포로들을 유심히 살펴봤다.

…

"딱 봐도 산적들이로군요. 또 뵙겠습니다."

산적들이 지나가는 무림맹원에게 말했다.

"…살려주십시오."

"무림맹으로 데려가 주시오!"

심세건이 성큼성큼 대문을 향해 걸어가면서 대꾸했다.

"닥쳐라. 너희 때문에 우리가 이 고생이다."

나는 심세건이 사라진 다음에 임 맹주의 서찰을 읽었다. 심세건의 말과 크게 다른 내용은 없었다. 나는 잠시 서찰을 접은 다음에 생각했다.

'이러면 무림공적은 물 건너가는데…'

나는 팔짱을 낀 채로 포로들을 바라보다가 고개를 갸웃했다.

"…이러다가 협객 되겠네. 아, 이건 좀."

# 136.
## 백도에
## 잠입해 봤습니다

간부들만 모인 다음에 대청 문을 닫았다.

"벽 총관도 불러와라."

"예."

잠시 후, 벽 총관을 기다리는 중에 차성태가 궁금하다는 것처럼 물었다.

"갑자기 무림맹이 저희에게 지원을 요청하다니 정말 이상합니다."

사실 이상한 일이긴 하다. 그러나 내가 생각하는 것과 차성태가 생각하는 것은 차이가 있을 터.

"뭐가 이상해?"

차성태가 간부들을 둘러보면서 말했다.

"굳이 저희에게 도움을 요청하지 않아도 무림맹 실력이면 목령채와 남악녹림맹은 처리하지 않겠습니까? 피해를 덜 입으려고 병력을 싹 끌어모아서 치려는 것일까요? 그러면 너무 얌체 같은 일인데 말

···

입니다."

"그렇진 않다."

차성태가 질문을 하는 동안에 벽 총관이 자리에 앉았다.

"우리 벽 총관."

"예, 방주님."

"차성태에게 설명해 줘. 무림맹이 우리 같은 촌구석 문파에게 왜 지원 요청을 하는 것인지."

"알겠습니다."

벽 총관이 간부들을 바라보면서 말했다.

"지원 요청은 당연한 것이네."

"어떤 점이 당연합니까?"

"동맹이라고 생각하면 무슨 일이 생기든 연락을 취하고 도움을 바라는 것이 도리. 이번에 도와주면, 반대로 우리가 이제 무림맹에게 당당하게 도움을 요청할 수 있네. 무림맹이 바라는 것은 문파들의 결속이겠지. 결속은 이런 게 쌓여서 생기는 것이네. 오히려 이런 지원 요청을 받지 못한 문파의 수장들은 불쾌할 것이네. 무림맹은 최대한 많은 세력에게 지원 요청을 했을 것이네. 아직 많은 문파들이 무림맹에 참여하고 있지 않기 때문이지. 이런 일이 생겨야만 한데 뭉쳐서 교류도 나누고. 하여간 이유는 차고 넘칠 정도로 많네."

"이유가 많았군요."

벽 총관이 내게 물었다.

"그런데 목령채와 남악녹림맹이 손을 잡았답니까?"

내가 고개를 끄덕이자, 벽 총관이 말을 이어나갔다.

"녹림과 수로채가 강성해지면 관군도 막아낼 지경인데 맹주의 입장에서는 당연히 끌어모을 수 있는 세력에게 도움을 요청하는 것이 물 흐르듯 당연한 일입니다. 문제는 방주님이 무림맹을 어느 정도 도와줄 것이냐 하는 점입니다."

나는 잠시 팔짱을 낀 채로 벽 총관을 바라봤다.

'이 늙은이는 대체 나 없었으면 어떤 인생을 살았을까.'

"벽 총관."

"예, 방주님."

"벽 총관의 지략, 지혜, 혜안, 분석력은 마치 강태공을 보는 것 같군."

벽 총관이 의심 섞인 눈초리로 나를 바라봤다.

"과찬이시죠?"

"안 통했나?"

"예."

"벽 총관, 그사이에 한 단계 성장했군."

그제야 벽 총관이 웃으면서 대꾸했다.

"감사합니다."

"…"

벽 총관에겐 칭찬이 너무 잘 통한다는 생각을 하면서 간부들에게 말했다.

"어차피 남악녹림맹을 가만두지 않을 생각이었는데 운이 좋군."

"운이 좋습니다."

"이것은 우리 하오문이 무림맹을 돕는 게 아니다. 하오문은 돕지 않을 생각이다.”

“예?”

“닥쳐라.”

“예.”

“잘 들어라. 이번 일을 간단하게 정리해 주마. 우리 하오문이 무림맹을 돕는 게 아니라, 무림맹이 나 이자하의 개인적인 복수를 도와주게 되었다.”

차성태가 눈을 껌벅였다.

“그게 그거 아니에요?”

“아니다. 하오문은 이곳에 남아서 맹훈련을 이어나가도록. 나는 무림맹을 이용해서 금해 사제를 굶기고, 때리고, 발목을 삐끗하게 만드는 것도 부족해서 내게 통행세를 요구했던 녹림맹에게 개인적인 복수를 하겠다. 다들 이해했나?”

차성태가 고개를 끄덕였다.

“이해했습니다. 정리하면 혼자 쳐들어가신다는 말씀이잖아요.”

나는 근엄한 표정으로 고개를 끄덕였다.

“아니지. 나는 무림맹과 함께한다. 혼자가 아니야. 내 곁에는 무림맹이 있다. 든든하기 짝이 없는 세력이로군.”

“와… 그렇게 말하니까 뭔가 웅장해지고 멋있습니다.”

“소군평, 성태, 백인 사제.”

“예.”

“매일매일 맹훈련해라… 내가 있을 때나 없을 때나 차이 없게 수련해. 다음에 이런 일이 있을 때 적어도 너희 셋 중 하나가 하오문의 대표로 지원 갈 수 있도록. 실력이 곧 무게감이다. 너희 셋도 노력은 하고 있지만 아직 부족한 점이 많다."

"알겠습니다."

"그리고 벽 총관."

"예."

나는 뺨을 긁으면서 말했다.

"여비 충분히 챙기고, 내 복장도 완벽하게⋯ 촌뜨기처럼 안 보이게. 백도의 고수들이 모이는 자리에서 하오문이 개방처럼 보이면 안되겠지."

"그렇습니다."

"나는 준비되는 대로 출발할 테니 다들 평소처럼⋯"

수하들이 자리에서 일어났다가 내게 포권을 취했다.

"방주님, 건강하게 다녀오십시오."

"그런 닭살 돋는⋯"

다른 간부들도 한마디씩 하면서 내 말을 끊었다.

"방주님, 무사히 다녀오십시오."

"하오문의 명성을 높이고⋯ 아, 이건 좀 아닌가요? 하여간 잘 다녀오십시오."

"가서 다른 문파 수장들하고 싸우지 마시고요. 방주님."

간부들의 잔소리가 점점 많아졌다.

"알았으니 시끄럽다."

차성태가 말을 보탰다.

"문주님, 아군은 죽이시면 안 돼요."

"적당히 해라."

"예."

둘러보니 수하 놈들이 전부 나를 물가에 나가는 애새끼를 쳐다보듯이 바라보고 있었다.

'음…'

나는 몇 차례 고개를 끄덕였다가 수하들을 안심시켰다.

"나다. 걱정 말아라. 녹림맹 때리고 수로채 패는 일에 별일이 있을까."

"예."

간부들이 대청 바깥으로 나가면서 저희끼리 중얼거렸다.

"아군을 때릴까 봐. 걱정하는 거잖아요."

"쉿, 들린다."

나는 수하들의 대화를 들으면서 고개를 끄덕였다.

"좋았어. 이 분위기… 자유롭게 의견을 말할 수 있는 훈훈한 분위기."

벽 총관이 옆에서 고개를 끄덕였다.

"맞습니다."

나는 한 시진 후에 수하들의 배웅을 받으면서 집결지인 무림맹 형산 지부로 출발했다.

* * *

경공을 수련하려면 어차피 맹렬하게 달려야 한다. 오랜만에 경공을 펼치면서 달리자, 기분이 살짝 들떴다. 음과 양의 무공을 수련하고 나서 경공을 제대로 펼친 것은 이번이 처음이기 때문이다. 두 시진을 쉬지도 않은 채로 달리던 나는 잠시 한적한 길에 멈췄다. 경공이 평소보다 더 빨라진 상태여서 의아했다.

'왜 이렇게 빨라졌지?'

단순히 천옥의 힘을 끌어다가 쌓은 내공이 깊어졌기 때문일까. 갑작스럽게 경공이 빨라진 이유를 명쾌하게 알아낼 수가 없었다. 다만 예전보다 달리고 있는 와중에도 신체의 상태가 '쾌적하다'라는 느낌이 들었다. 월영무정공을 익혀서 그런 것일까? 보통 두 시진 이상을 맹렬하게 달리면 전신이 불길에 휩싸인 것처럼 뜨거워지기 마련인데, 지금은 월영무정공을 사용하지도 않았는데 열기가 쉽게 가라앉았다.

"신체의 격이 올라갔나."

나는 짤막하게 쉬었다가 다시 형산으로 출발했다. 회귀했을 때만해도 내가 무림맹을 도우러 갈 것이라는 예상은 하지 못했다. 생각해 보면, 지금 무림맹원들이 나중에 고참이 되면… 이놈들이 천라지망을 펼쳐서 날 쫓던 놈들이 된다. 나는 달리는 와중에 팔뚝에 소름이 돋았다.

"…"

생각해 보니, 전생에 내가 때려죽였던 무림맹원들도 섞여있을 터였다. 나는 광마 시절에도 세가의 고수들이나 백도의 위선자들을 때려죽인 적은 있었으나 무림맹원을 직접 죽이진 않았었다. 하지만 지독했던 무림맹의 천라지망을 탈출하는 과정에서는 어쩔 수가 없었다. 잡히면 내가 죽거나, 아니면 뇌옥에 수십 년 정도 갇히기 때문이다.

내가 맹원들을 죽이고 도망갔다는 소문이 퍼지고 나서야… 마교가 내게 관심을 내보이게 된 것이다. 덕분에 마교에게도 쫓길 수가 있었다. 하여간… 나는 형산 지부로 달려가면서 기분이 매우 이상했다. 아직 이름표가 붙어있지 않은 가시 하나가 마음 어딘가에 박히는 느낌이 들었다.

살짝 불쾌한 마음도 들었다. 전생에 무림맹의 천라지망을 여유롭게 빠져나갈 수 있는 실력을 갖추고 있었다면 이런 감정은 느끼지 않았을 터였다. 새삼스럽게 세상일은 실력이 모든 것을 결정한다. 나는 알 수 없는 감정에 휩싸여서 경공의 속도를 더욱 끌어올렸다. 나는 지금 전생에 나를 포위했던 자들을 도와주기 위해서 맹렬하게 달려 나가고 있었다.

\* \* \*

나를 대청으로 안내한 무인이 안쪽에 고했다.

"하오문주께서 오셨습니다."

대청에 있는 문파의 수장들이 일제히 고개를 돌려서 나를 바라봤다. 나는 잠시 헛기침을 하느라 입을 막았다. 전생에 나한테 두들겨 맞은 백도의 고수들이 군데군데 섞여있었다.

'뜨끔하다. 뜨끔해…'

인생의 흐름은 왜 이렇게 급박스러운 것일까. 수장들만 모여있는데도 사람이 너무 많아서 정신이 없었다. 본래 나는 혼자 있어도 정신이 없는 편인데 전생의 인연, 전생의 악연이 뒤섞여 있는 인사들이 일제히 나를 바라보고 있어서 당황스러웠다. 상석에 앉아있는 임 맹주가 나를 바라봤다.

"문주, 왔나? 예상보다 엄청 빨리 왔군. 접대할 분위기가 아니라서 일단 앉게나."

나는 말석에 남아있는 유일한 빈자리에 앉아서 팔짱을 낀 채로 심호흡을 했다. 둘러보니… 형산파 장문인, 남궁세가 소가주, 서문세가의 소가주, 점창파 장문인이 눈에 먼저 들어왔다. 아는 놈도 있고 모르는 놈도 많았다. 대체 누가 임 맹주의 호출에 응했는지 둘러보던 나는 그제야 맞은편 말석에 있는 놈을 발견했다.

"…!"

색마 놈이 눈을 크게 뜬 채로 나를 바라보고 있었다. 나는 순간 움찔해서 색마를 바라봤다.

"똥싸개?"

말을 하고 있었던 임 맹주가 나를 바라봤다.

"문주, 뭐라고 했나?"

"아, 아니외다."

색마 놈은 똥싸개라는 말을 듣자마자 얼굴이 시뻘겋게 변하고 있었다. 이놈이 왜 여기에 있을까 생각해 보니, 풍운몽가의 대표로 찾아온 모양이었다. 당연히 풍운몽가도 무림맹의 동맹 세력이다. 나는 잠시 이마를 긁었다. 색마가 입 모양으로 내게 말했다.

'뒤질래?'

…

나는 고개를 저으면서 입 모양으로 인사를 대신했다.

'병신아.'

무림맹 지원 세력에 전생 무림공적이 두 명이나 끼어있었다. 하지만 아직 동맹 세력이 전부 도착하지 않았던 상태. 아까 나를 안내했던 무인이 다시 대청 문을 열면서 고했다.

"사마세가 가주께서 오셨습니다."

이때, 다들 임 맹주의 표정을 구경했다. 임 맹주의 표정에는 별다른 변화가 없었다. 대청에서 사마세가의 가주인 사마학<sup>司馬鶴</sup>이 등장하자 여기저기서 사람들이 일어났다.

"가주님, 어서 오십시오."

색마 놈도 일어나서 사마학에게 포권을 취했다. 임 맹주는 엉덩이를 붙인 채로 사마학에게 말했다.

"가주, 오셨소."

사마학이 임 맹주에게 말했다.

"맹주, 도우러 온 사람에게 왜 그리 못마땅한 표정을 짓고 있나?"

임 맹주가 짤막하게 대꾸했다.

"내 표정은 본래 이렇소. 앉으시오."

나는 사마학을 물끄러미 바라봤다. 나도 처음 보는 인물이다. 그러나 누구에게 어떻게 죽는지는 들어서 알고 있다. 야망이 대단한 놈이라서 백도에서 문제를 많이 일으켰던 놈이다. 한마디로 사마학은 맹주 자리를 호시탐탐 노렸던 인물이다. 불법적인 일도 서슴지 않다가… 임 맹주에게 걸려서 일대일 비무를 벌였다가 죽는 놈이다. 전생에는 임 맹주에게 도전했다가 맞아 죽은 놈이 지원군으로 온 상태. 둘러보니 이곳에 전생의 인연이 실로 복잡하게 뒤섞여 있었다.

'이야, 진짜 동맹이라는 이름의 난장판이로구나.'

이를 나만이 알고 있다고 생각하자, 다시 한번 소름이 돋았다. 문 득 앉을 자리를 찾던 사마학이 내 앞에 와서 말했다.

"후배, 자리 좀 내주게. 앉을 곳이 없군."

"…!"

나는 깜짝 놀란 표정으로 사마학을 올려다봤다. 갑자기 주마등이 스치듯이 수하들의 걱정스러운 표정과 말이 떠올랐다.

'문주님, 아군은 죽이시면 안 돼요.'

내가 바보는 아니다. 사마학이 고개를 갸웃하면서 내게 말했다.

"후배…?"

나는 상념을 멈춘 다음에 대꾸했다.

"자리가 없으면 서서 들으시오."

임 맹주가 한숨을 내쉬다가 맹원에게 말했다.

"안에 들어가서 의자 하나 가져와라."

"예, 맹주님."

사마학이 당황스러움 반, 웃음이 반 정도 섞인 표정으로 나를 바 라봤다.

"자네는 처음 보는데 누구인가?"

내가 대답을 하기도 전에 임 맹주가 호통을 내질렀다.

"사마학!"

사마학이 황당한 표정으로 임 맹주를 바라봤다. 임 맹주가 미간을 좁힌 채로 말했다.

"지원을 왔으면 동맹답게 행동해. 분위기 잡지 말고. 의자 오면 거기 앉아라. 회의 방해하지 말고. 분위기 잡으려고 왔나 아니면 도와주려고 온 건가."

사적으로는 사마학이 선배인 듯했으나, 임소백은 맹주의 입장에서 말을 하고 있었다. 사마학이 잠시 꿀 먹은 벙어리처럼 가만히 있자, 의자를 가져온 맹원이 조심스럽게 말했다.

"가주님, 여기 앉으시죠."

맹원이 하필이면 내 옆에 사마학의 의자를 놓았다. 순식간에 표정을 침착하게 가라앉힌 사마학이 피식 웃으면서 말했다.

"맹주 말이 맞네. 내 실수로군. 회의 계속하시게."

나는 팔짱을 낀 채로 대청을 둘러봤다. 새삼스럽게 나는 백도의 일원이 된 상태. 내가 알고 있는 그 염병할 분위기가 눈앞에서 그대로 펼쳐지고 있다는 게 재미있었다. 일단 맹주가 보통 어려운 자리가 아니라는 생각이 들었다. 강호에서 가장 유명한 자리라서 편할 것 같으면서도 사마학 같은 자가 제법 많아서 흰머리가 자꾸만 늘어가는 모양이라 생각했다. 문득 고개를 돌려보자, 사마학이 나를 노려보고 있었다.

'씨벌, 깜짝이야…'

고개를 정면으로 향해 보니 이번에는 색마 놈이 나를 바라보고 있었다.

"…"

아, 혼란하다. 혼란해…

# 137.
# 닥쳐라!

"공손 군사, 설명하게."

임 맹주의 말에 한 여인이 일어나자, 대청이 잠시 고요해졌다. 젊은 놈들은 애초에 이 여인을 보러 왔다는 것처럼 시선을 떼지 못했다. 이곳의 젊은 놈들이란 색마를 비롯한 세가의 소가주들이었다. 날 노려보던 색마 놈도 고개가 저절로 돌아가더니, 되돌아올 기미가 안 보였다.

무림맹에서 임 맹주만큼 유명한 사내를 꼽으라면 총군사 공손심公孫心이 있다. 이 자리에 안 보이는 이유는 공손심이 종종 맹주 대행 역할을 하기 때문이다. 그리고 지금 일어난 여군사女軍師가 공손심의 유일한 제자이자, 수양녀인 공손월公孫月로 나중에 철혈군사鐵血軍師라는 별호를 얻는 여인이다.

"…저희가 남악녹림맹을 치러 남악으로 내려가면 목령채가 이곳 형산 지부를 공격할 것입니다. 반대도 마찬가지. 먼저 목령채를 치

...

기 위해서 북상하면 남악녹림맹이 형산 지부를 공격하겠지요. 이들은 일관되게 전면에 나설 생각이 없습니다. 자신들이 유리한 남악에서 싸우고, 수로채가 있는 물 위에서 싸우고 저희가 없는 곳을 약탈한 다음에 무림맹 병력이 분산되거나 물러나길 바랄 겁니다. 이는 늘 장기전을 벌이려는 녹림이 취할 수 있는 당연한 대처 방법입니다."

눈이 달린 놈들은 전부 공손월을 빤히 바라봤다.

"…"

나도 마찬가지다. 지금이야 애송이 시절의 공손월이지만, 내가 몇 차례 봤을 때는 저 앳된 얼굴에 칼자국이 있었다. 마교에서 납치, 암살 시도를 여러 차례 했었기 때문에 직접 검을 뽑아서 겨뤘던 적이 많다는 얘기를 들었다. 새삼스럽게 철혈군사라 불리던 여인네가 한창 좋은 시절의 얼굴로 등장하자, 기분이 묘했다. 누구에게나 좋은 시절이 있었구나 하는 생각… 공손월의 말이 이어졌다.

"따라서 병력을 분산하는 것이 당연합니다. 문제는 이번에 수적과 산적을 말끔하게 소탕하려면 남악에서도 이기고, 물에서도 이기고, 이곳 형산 지부에서도 이겨야 합니다. 잔당을 놓치고, 이곳저곳에서 패배하는 소식을 듣고자 나선 게 아닙니다. 모든 전선에서 수적과 산적을 동시에 토벌하기 위해 제안드립니다. 각 조의 조장은 무림맹의 대주들입니다. 지원 병력은 대주들의 작전이나 권한은 넘지 마십시오. 이것 하나만 협조해 주시면 나머지 세부 작전은 대주들이 전부 이끌어 나갈 겁니다. 거기, 하오문주님 주무십니까?"

"…"

나는 저절로 감기고 있는 눈을 뜨자마자, 애송이 시절의 젊은 공손 군사를 노려봤다.

"그럴 리가 있겠소?"

공손월이 내게 물었다.

"제가 뭐라 그랬습니까?"

"세 군데서 이기자고 했소. 대주들 말에 거역하지 말고."

정리하면 간단한 말을 너무 길게 해서 졸음이 쏟아졌다. 공손월이 나를 노려봤다가 말을 이어나갔다.

"병력은 셋으로 나누겠습니다. 북상조와 남하조는 토벌, 형산조는 이곳에서 수비와 지원을 맡겠습니다."

제갈세가 소가주가 물었다.

"병력은 어떻게 나누겠소?"

이것에는 임 맹주가 대꾸했다.

"산에서 싸우는 게 편한 자들은 남하조, 물이 친숙한 자들은 북상조, 나머지는 형산조로 나누겠네. 나는 남하조에 속할 테니 따라갈 자는 지금 일어서게."

"…"

성질 더러운 임 맹주가 남하조에 속한다고 하자, 지원 온 병력의 수장들이 전부 입을 굳게 다물었다. 나는 사람들을 관찰하는 재미가 있어서 일부러 사마학의 표정을 확인했다. 사마학은 아무도 맹주를 따라나서려고 하지 않자, 눈에 보일 정도로 기분 좋다는 미소를 짓고 있었다. 표정이 굳은 임 맹주가 일어서더니 공손월에게 말했다.

"나는 먼저 출발하겠다. 지원 병력을 잘 분배해서 형산 지부를 지키고 목령채를 공격하도록."

공손월이 당황한 표정으로 예를 갖췄다.

"예, 맹주님."

임 맹주가 대청에 서서 백도의 고수들을 돌아봤다.

"이곳이 임시 본진이네. 세부적인 작전이나 지휘는 공손 군사가 맡을 것이니 나이가 어리다고 얕잡아 보지 말고 무림맹의 군사로 정중하게 대해주게."

"알겠습니다. 맹주님."

공손월이 말했다.

"남하조에 맹주님이 계시니 병력이 밀릴 일은 없습니다. 혹시 추가로 합류하실 분 계십니까? 없으면 제가…"

나는 손을 들었다.

"내가 남하조로 가겠소."

사람들의 시선이 화살처럼 내게 꽂혔다.

"…"

나는 색마의 거취도 내가 결정했다.

"여기 풍운몽가의 몽 공자도 남하조로 가고 싶다는군."

색마가 나를 바라보면서 입을 열었다.

"아니…"

나는 백도의 고수들이 즐비한 곳에서 색마에게 호통을 내질렀다.

"닥쳐라!"

좌중이 고요해졌다.

"…"

나는 색마의 말을 끊은 다음에 공손월을 바라봤다.

"공손 군사."

"예, 예?"

"못 들었소? 나랑 몽 공자는 남하조."

"알겠습니다."

공손월이 말했다.

"그럼 하오문주님과 몽 공자께서는 남하조에 속했으니 지금 출발하십시오. 남하조는 맹주님이 직접 진두지휘하실 겁니다."

나는 이 와중에도 공손월의 얼굴을 한 번이라도 더 쳐다보고 있는 색마에게 말했다.

"이 새끼가 똥을 끊…"

색마가 경공을 펼치듯이 다가와서 내 입을 급히 틀어막더니, 나를 바깥으로 데리고 나갔다. 색마가 중얼거렸다.

"개새끼야. 좀 조용히 해라. 내가 부탁할게."

"…"

색마가 속삭였다.

"똥 얘기 좀 하지 마. 제발."

나는 색마의 손을 밀어낸 다음에 대꾸했다.

"잘해라."

"알았어."

나는 색마의 어깨를 붙잡아서 먼저 대청 바깥으로 밀어낸 다음에 백도의 고수들을 둘러봤다.

"…다들 무운이 있길 바라겠소. 이 정도 병력이면 목령채는 아주 개박살이 나겠군."

　　　　　…

내 시건방진 말투가 마음에 안 들었던지, 사마학이 대꾸했다.

"자네는 말투를 좀…"

나는 사마학을 노려봤다.

"닥치시오."

"이놈이!"

사마학이 벌떡 일어나서 무어라 씨불여 대는 사이에 나는 대청 문을 일부러 세게 닫았다.

*콰아아앙!*

나는 돌아서서 뒷짐을 지었다.

"뭐라고 나불대는 거야… 병신 놈이."

안쪽에서 공손월이 소리를 버럭 내질렀다.

"사마 가주님!"

공손월은 얼굴만 곱상하지, 성질은 더럽다. 안쪽에서 공손월과 사마학이 말다툼하는 사이에 나는 형산 지부를 구경하면서 맹주가 있는 곳으로 천천히 걸어갔다. 나는 머리를 만지면서 중얼거렸다.

"이야, 오늘 내가 여러 번 참는다."

인내심도 내 무공처럼 천천히 발전하고 있는 모양이다.

'백도 세력도 참 웃긴 놈들이야.'

맹주가 떠난 대청 안이 여전히 소란스러웠다. 백도는 일단 말싸움을 한다. 그것이 장점이자 단점이다.

\* \* \*

어두워지는 하늘을 바라보고 있었던 임 맹주가 돌아서더니 나와 색마를 바라보면서 웃었다.

"아, 남하조는 자네 둘이 전부인가?"

색마가 공손하게 대꾸했다.

"예, 맹주님."

임 맹주가 잠시 황당한 표정으로 대청을 바라봤다.

"뭐 지원을 온 것만으로도 감사해야겠지. 병력은 남악맹이 가장 많을 것인데 두 사람은 괜찮겠나?"

나는 오늘따라 유난히 외로워 보이는 임 맹주에게 대꾸했다.

"내가 있으니 걱정하지 마시오. 갑시다."

임 맹주가 대꾸했다.

"아, 하오문을 많이 데리고 왔나?"

속이 약간 뜨끔했기 때문에 나는 일부러 떳떳한 어조로 대꾸했다.

"혼자 왔소."

나는 잠시 무림맹주와 불꽃이 튀기는 눈싸움을 벌였다.

"…"

눈싸움이 제법 길어졌으나, 나는 절대 먼저 눈을 껌벅이지 않았다. 결국, 먼저 고개를 돌린 임소백이 말했다.

"가세… 아, 몽 공자는 몇 명이나 데리고 왔나?"

색마 놈이 덤덤하게 대꾸했다.

"저도 혼자 왔습니다."

임소백이 헛기침을 한 다음에 대기하고 있는 병력을 향해 말했다.

"좋다. 일당백의 젊은 고수들과 함께하게 되었군. 가자."

둘러보니, 맹주를 호위하는 자들의 복장이 다양했다. 복장을 통일한 호위전의 병력도 있는 것처럼 보였고, 머리가 허연 노장도 보였다. 이것이 대체 어떤 구성인지 모르겠다. 한 사내는 굉장히 예스러운 무복을 입고 있었는데 등에 칠七이라는 글자가 적혀있었다. 무복 전체가 햇빛에 오랫동안 노출되어 색감이 빠진 상태. 하지만 그것 자체로 나름 멋있는 복장이었다. 복장은 물론이고, 전신의 기도와 표정까지 산전수전을 다 겪은 고수처럼 보였다. 마침, 임소백이 그 사내에게 말했다.

"칠 대주."

"예."

"우리 쪽 지원은 두 명이다."

"아, 그렇습니까?"

칠 대주라는 사내가 나와 색마를 보더니 씨익 웃었다.

"도와줘서 고맙소."

"별말씀을."

"반갑습니다. 칠 대주님."

색마가 임 맹주에게 말했다.

"그런데 맹주님 정말 이 인원으로 남악맹을 칩니까?"

색마의 말대로 둘러보니 백 명도 되지 않았다. 임소백이 병력 구성을 설명했다.

"일부러 많이 배치하지 않았네. 칠검대七劍隊, 호위전, 장로 몇 명과 자네들이 전부야. 많진 않으나 나와 오랫동안 함께 지낸 정예들이니 걱정하지 않아도 좋아. 내가 있어서 다른 곳에 병력을 더 보낸 것이니. 듣자 하니, 남악의 산적 무리가 그래도 일천은 넘는다고 하더군. 우리도 일당백이니 문제는 없겠지. 설마 백응지의 젊은 고수 중에서 가장 강하다는 자네가 겁을 먹은 것은 아니겠지?"

색마가 한쪽 입꼬리를 위로 올렸다.

"그럴 리가요. 맹주님과 제가 둘만 가도 남악맹 정도는 싹 다 죽일 수 있을 겁니다."

임소백이 웃음을 터트렸다.

"하하하."

나는 맹주도 말로 살살 구슬리는 언변의 소유자, 색마를 바라봤다.

'…이 새끼, 전생 무림공적인데.'

물론 나도 그렇다. 어쨌든 우리는 일천의 남악맹 병력을 치기 위해 형산에서 남악으로 남하했다. 맹주라는 놈은 그 와중에도 형산 지부가 걱정되는지 길을 걷다가 자꾸만 뒤를 돌아봤다. 우리도 잠시 멈춰서 돌아보자, 어두워진 밤하늘에 형산 지부에서 밝힌 불빛만이 주변을 밝히고 있었다. 그 모습이 어쩐지 임 맹주처럼 외롭게 보였다. 칠 대주가 말했다.

"별일 없을 겁니다, 맹주님. 형산파 장문인도 계시니…"

임소백이 대꾸했다.

"귀도鬼刀는 누가 상대할까? 백학문주를 꺾었다면 실력이 제법 좋을 것인데."

"잘난 척하는 사마 가주가 남아있지 않습니까."

"사마 가주가 형산 지부에 남으면."

"일 대주一隊主를 믿으십시오. 맹주님. 귀도 따위가 상대할 수 있는 일 대주가 아닙니다."

나는 색마와 함께 말미에서 맹주와 맹원들의 대화를 엿들었다. 작전도 나누고, 잡담도 나누고, 지원을 온 자들의 인물평도 오고 갔다. 맹주 놈이 걱정이 많은 유형이라는 것을 나는 지금 알았다. 이번에는 맹주가 나이 어린 공손 군사를 걱정했다.

"다들 공손월의 얼굴만 쳐다보고 있더군."

"그러게 말입니다. 어쩔 수 없지 않겠습니까? 맹원들도 그런 편이니까요."

"똑똑해서 군사 자리에 앉힌 것이지, 얼굴로 뽑은 것이 아니네."

"알고 있습니다. 맹주님. 사내놈들이라 어쩔 수 없다는 것을 이해해 주십시오. 다른 문파의 장문인들도 노골적으로 쳐다보는데 젊은 자들이 무슨 수가 있겠습니까."

나는 피식 웃었다가 색마를 바라봤다. 어쩐지 색마를 두고 하는 말 같았기 때문이다. 아무리 생각해도, 이 색마 놈은 풍운몽가에서 파견한 것이 아니라 스스로 지원해서 온 것 같다는 생각이 들었다. 산적을 치겠다고 온 게 아니라 강호에서 제법 소문이 퍼지고 있는 미인을 구경하러 온 느낌이 물씬 풍겼다. 맹원들과 한참 대화를 나누던 임소백이 나와 색마를 불렀다.

"하오문주, 몽 공자. 앞으로 오게."

우리는 맹원들을 지나쳐서 선두에 있는 임소백과 나란히 걸었다. 색마가 물었다.

"맹주님, 왜 이렇게 한가롭게 진격하십니까? 말을 타거나 경공을 펼쳐서 가는 게 낫지 않겠습니까?"

임소백이 대꾸했다.

"적들이 이미 대비를 하고 있기에 빨리 갈 필요는 없네."

"예."

"그나저나 두 사람은 저번에도 함께 있더니 이번에도 함께 움직이는군. 사이가 좋은 모양이야."

색마가 대꾸했다.

"안 좋습니다."

색마는 말을 해놓고 내 눈치를 살폈다. 똥이 이렇게 무섭다. 색마의 입에서 사이가 안 좋다는 말이 나오자, 임소백이 나를 바라봤다.

"사이가 안 좋은가?"

나는 고개를 끄덕인 다음에 진중한 어조로 대꾸했다.

"못난 놈이라 가르칠 게 많소."

"그렇군."

잠시 조용히 걷던 와중에 임소백이 색마에게 말했다.

"사부는 잘 계신가?"

"예."

"성심성의껏 보필하게."

"예."

"마검魔劍으로 강해진다는 미망을 끊어내는 것이 보통 어려운 일은 아닐 것이네. 우리 같은 사람들은 상상하지 못할 일이겠지."

색마는 잠시 숨을 죽인 채로 맹주를 바라봤다. 임소백의 말이 이어졌다.

"하루하루 지옥에 있는 기분이겠지. 주변에서 도와줘야 그 지옥에서 빠져나올 수 있을 것이네. 자네가 제자이지만 자네 역할도 매우 크다는 것을 알고 있게나."

색마가 전방을 주시한 채로 덤덤하게 대꾸했다.

"명심하겠습니다."

임소백이 맹원들과 나, 색마에게 말했다.

"당시의 비무 결과에 대해서는 여기 있는 사람들에게만 어느 정도 알려줬었네. 마검을 내려놓은 채로 목검을 들고 내게 맞서다니…"

임소백이 색마를 바라보면서 미소를 지었다.

"자네 사부는 강한 사내야."

색마가 고개를 끄덕였다.

"그렇습니다."

딱히 내가 끼어들 틈이 없는 대화가 이어졌기 때문에… 주둥아리가 열리려고 할 때마다 나는 속으로 내게 말했다. 지금은 좀 닥치고 있자고. 스스로 닥치는 사내, 그것이 나다.

# 138.
## 열이 받아서
## 배고픈 상황

어두운 길을 한참이나 걸었다. 밤새 걷고, 달리고, 걷고, 달리고. 아무도 불평하지 않아서 나도 입을 열 수가 없었다. 경공이 섞였기 때문에 제법 빠른 속도로 남하한 상태. 전방에서 지형을 확인한 임소백이 말했다.

"칠 대주, 이제부터 일검진一劍陣을 설명해 주게."

"예."

어떤 유형의 검진을 말하는 것일까. 별다른 설명도 없이 칠 대주의 말이 이어졌다.

"허산은 맹주님의 부관으로 맹주님의 모든 행동과 주변 상황을 지켜보고 보고하도록."

허산이라는 사내가 대답했다.

"확인했습니다."

"지금부터 관 장로님은 하오문주, 천 장로님은 몽 공자를 주시합

256 　　　… 　　　광마회귀 3

니다."

두 장로들이 대답했다.

"확인했네."

"알겠네."

칠 대주의 말이 이어졌다.

"목표점은 남악녹림맹의 본진. 본진에 도착할 때까지 검진을 지금 대형으로 유지합니다. 보폭과 걸음의 빠르기, 방향, 진격과 퇴각은 맹주님이 정합니다."

임소백이 짤막하게 대꾸했다.

"알겠네."

"나머지 인원은 지금처럼 진영을 유지하고 삼십 보步 이상 멀어지는 적은 쫓지 않습니다. 특수 상황에서는 먼저 행동한 다음에 보고합니다. 상황이 종료되면 다시 진영에 합류합니다."

이때, 전원이 대꾸했다.

"확인했습니다."

칠 대주가 헛기침을 한 다음에 재차 강조했다.

"정리합니다. 검봉劍鋒은 맹주님, 검신劍身에 해당하는 중군은 맹주님을 지원하고, 검병劍柄은 장로님들과 하오문주, 몽 공자가 전체 상황을 주시하다가 지원합니다. 다들 확인했습니까?"

"확인했습니다."

나는 색마와 잠깐 눈을 마주쳤다.

우리 둘 다 대답을 하지 않았기 때문에 칠 대주가 다시 물었다.

"문주님, 몽 공자. 확인하셨습니까?"

"확인했소."

"예."

칠 대주가 고개를 끄덕였다.

"좋습니다. 이제 전방에 열 명이 나타나든, 일천 명이 막아서든 간에 무림맹의 행보는 같습니다. 검으로 찌르고, 베고, 뚫어서 남악녹림맹의 본진까지 진격합니다."

독특한 검진이었다. 방위나 밟아대는 도가 문파의 검진과는 아예 목적과 운영 자체가 달랐다. 무림맹이 실전을 통해 다듬은 돌파형 검진이라고 보는 게 옳았다. 하늘을 바라보니 시커멓던 구름이 자잘하게 흩어지면서 이제야 달빛이 천하를 비추고 있는 상황. 그사이에 임 맹주는 검진의 호흡을 맞추려는 것처럼 걸음 속도를 높였다가 줄였고, 어느 순간부터는 경공을 펼쳐서 이동하다가 멈췄다.

검진에 참여한 것은 나한테도 신기한 경험이었다. 나는 그동안 어떠한 검진에도 속해본 적이 없었기 때문이다. 여하튼 나와 색마 놈을 제외하면 다들 익숙해 보였다. 새벽이 오기 전까지 다시 걷다가 임 맹주가 야영을 지시하자 공터에 자리 잡은 맹원들이 중앙에 모닥불을 피우고, 막내 맹원처럼 보이는 자들은 바닥을 쓸었다. 황당할 정도로 아무것도 없는 공터의 야영이었다. 잠시 후에 우리는 곳곳에 피워둔 모닥불을 원형으로 포위한 채로 드러누웠다. 임소백이 짤막하게 말했다.

"두 시진, 휴식하겠다. 잘 사람은 자라."

"예."

나는 머리를 한 번 긁었다가 편한 마음으로 눈을 감자마자 잠이 들었다.

* * *

"출발하겠습니다."

눈을 떠보니 어느새 새벽녘이었다. 여기저기서 모닥불을 끄는 맹원이 보이고, 기지개를 켜는 와중에 돌아다니고 있었던 임소백이 내게 말했다.

"문주, 잘 자는군. 그 정도로 잘 자는 것도 실력이네."

"옳은 말씀."

나는 게슴츠레한 눈으로 고개를 끄덕였다가 정신을 잃은 채로 자빠져 있는 색마를 발로 찼다.

"일어나라. 산적들 왔다."

"어잇!"

색마가 괴상한 외침을 내뱉으면서 벌떡 일어났다. 떠날 채비를 하던 맹원들이 깜짝 놀라서 일제히 색마를 바라봤다.

"...!"

색마의 고개가 이리저리 움직였다.

"어딨어? 어디야? 산적."

내가 대꾸했다.

"꿈꿨냐?"

"..."

임소백이 웃으면서 말했다.

"출발하자."

임소백이 선두에 서자, 한 자루의 검이 뻗어나가듯이 맹원들이 순식간에 따라붙어서 대형을 유지했다. 새벽녘에 이런 광경을 보고 있으려니 임소백과 무림맹이 새삼스럽게 대단해 보였다. 내가 하품을 늘어지게 하는 와중에 임소백이 맹원들에게 말했다.

"곧 남악 인근에 진입하게 되는데 녹림이 평범한 민가나 객잔, 우물 같은 곳에도 독을 뿌렸을 가능성이 있기에 아침은 거르겠다."

"예."

"산 밑에 도착하면 신호에 따라 강행 돌파, 아침은 남악맹의 본진에서 먹겠다."

칠 대주가 말했다.

"맹주님, 아침은 무립니다."

"아침 겸 점심으로 하자."

"예."

칠 대주가 말했다.

"종찬아, 육포 좀 나누어라."

"예, 대주님."

육포를 나누라는 말에 젊은 사내가 내게 다가오더니 종이에 싼 육포 조각을 나와 색마에게 건넸다.

"고맙소."

나는 육포를 씹으면서 걸었다. 둘러보니 전부 허리춤이나 품에서 꺼낸 육포를 씹고 있었다. 나는 육포를 씹으면서 의식의 흐름대로 내뱉었다.

···

"이거 달달하구만, 달착지근하구만, 달콤 쌉싸름하구만, 단맛도 나고, 짠맛도 나고. 단짠단짠하구만."

"…"

옆에서 자신의 육포를 바라보던 색마가 내게 물었다.

"바꿔 먹을까?"

"똑같은 거니까 그냥 처먹어라."

근처에 있는 천 장로가 색마에게 다가오더니 순박한 표정으로 육포를 내밀었다.

"몽 공자, 이거 먹어보겠나? 맛보게."

"아, 예. 선배님. 잘 먹겠습니다."

색마가 육포를 씹자, 천 장로가 옆에서 놀리듯이 말했다.

"똑같은 거야. 육포가 다 똑같지."

"핫!"

"하하하하."

갑자기 관 장로와 천 장로가 동시에 웃음을 터트렸다. 별일 아닌데 두 장로는 죽겠다는 것처럼 웃고 있었다. 색마가 축 늘어진 것처럼 보이는 착잡한 표정으로 길을 걸었다. 칠 대주가 말했다.

"장로님들, 근처에서 망보던 산적들 다 깨겠습니다."

"미안하네."

"깜박했군. 여기가 망보기엔 딱 좋은 위치로군."

아니나 다를까, 좌우에 절벽이 솟아있는 산길이어서 기습당하기 딱 좋은 지형이었다. 하지만 그 전에 이미 남악녹림맹은 무림맹이 접근하는 것을 보고 있었는지 조금 떨어진 곳에서 뿔피리 소리가 울렸다.

*부우우우우…*

임 맹주는 지형을 훤히 꿰고 있는지 이동하고 있는 장소를 설명했다.

"좌우에 매복이 가능한 장소다. 전후방도 틀어 막힐 수 있는 분지 형태이니 곧 공격에 대비하도록."

"예."

과연 이것이 남악녹림맹을 쳐들어가는 상황이 맞나 싶을 정도로 아침 해가 쨍하니 떠오르고 있었다. 고요한 산의 풍경이 더더욱 비현실적으로 보이는 상황. 잠시 후에 선두에 있는 임 맹주가 걸음을 멈추자… 너른 폭의 산길 전방에 녹림도가 모습을 드러내고 있었다. 삽시간에 입구처럼 보이는 장소를 남악맹이 틀어막고… 산길의 좌우에서도 창을 든 원시인들처럼 등장한 녹림도가 꾀죄죄한 면상을 내보이고 있었다. 남악맹 측에서 내공 섞인 목소리가 들렸다.

"임 맹주, 어인 일로 여기까지 내려오셨소? 그 초라한 병력을 데리고 우리 맹주님에게 항복이라도 하시려고?"

임소백이 대꾸했다.

"야율 맹주 있는가?"

"당연히 주무시는 중이외다. 볼일이 있으면 내게 말씀하시오."

"늦지 않았으니 지금이라도 항복하라고 전해주게."

산적들이 단체로 웃었다.

"고작 백 명을 데리고 와서 우리에게 항복을 권유하시오?"

이때, 임소백이 최전방에서 손가락 하나를 들었다.

"…돌파."

돌파라는 말이 끝나기도 전에 임소백의 신형이 갑자기 혼자서 뻗어 나갔다. 이어서 백 명의 무림맹원들이 전력질주로 임소백을 쫓아 갔다.

두드드드드드드드!

어처구니없게도 전방에서 우왕좌왕하는 분위기가 감지되자마자, 좌우의 절벽 위에서 돌멩이와 화살, 암기들이 다급한 기세로 쏟아졌 다. 하지만 임 맹주의 속도에는 턱없이 부족했고, 맹렬하게 쫓아가 는 맹원들에게도 닿지 않았다. 그야말로 전광석화 같은 진격… 어느 새 홀로 공중에 뜬 임소백이 검을 뽑더니, 백 명은 족히 넘어 보이는 산적 무리를 향해 도끼를 내려치는 것 같은 검기를 쏟아냈다.

쐐애애애애애애액!

육신에 이어서 땅에 검기가 부딪치자, 굉음과 함께 녹림도가 사방 팔방으로 날아갔다. 눈으로 보고 있으면서도 황당함이 느껴지는 광 경. 뒤이어서 임 맹주를 수호하는 호위전이 단체로 돌진하고, 칠 대 주가 이끄는 칠검대가 검을 뽑은 채로 돌격했다. 삽시간에 녹림을 베면서 전진하던 칠검대는 정확하게 상대의 목숨을 끊지 않은 채로 돌진해서 임 맹주를 쫓아갔다. 그야말로 돌격, 돌진, 전진, 맹공이 조합된 결사대처럼 길을 뚫었다.

사실 나는 말미에서 할 일이 없었다. 세상에 이렇게 편한 지원군 역할은 또 처음이었다. 좌우에서 대기하고 있는 천 장로와 관 장로 가 몇 차례 손을 휘두르자 날아오던 것들이 공중에서 튕겨 나갔다. 이때 우측 전방에서 보름달이 잠시 지상에 내려온 것처럼 보이는 거

대한 돌이 간당간당하게 흔들리고 있었는데 뒤에서 녹림도 십여 명이 안간힘을 써서 거대한 돌을 밀어내고 있었다.

이때, 색마의 신형이 잠시 흔들거리더니 절벽을 수직으로 올라가서 솟구쳤다가 새하얀 장력을 쏟아냈다. 별다른 소리도 없이 녹림도가 얼어붙자, 색마 놈은 돌덩이에 지법을 한 번 때려 박은 다음에 다시 절벽에서 내려왔다. 이어서 거대한 돌멩이에 달라붙어 있었던 녹림도들이 함께 얼어붙었다.

하지만 인상적인 것은 색마가 아니라 천 장로였다. 색마와 똑같은 속도로 절벽 위에 뛰어올랐다가, 색마의 후방을 막아주듯이 따라잡아서 함께 돌아왔다. 색마와 천 장로가 돌아와서 다시 검진에 합류하자, 다시 돌격 속도가 빨라졌다. 임 맹주의 말대로 이들은 무림맹의 정예였다. 순식간에 임 맹주를 앞세워서 산길을 주파하고, 적들이 군데군데 틀어막고 있는 오르막길을 달렸다.

이제 우리를 막아선 적보다, 우리가 지나쳐서 뒤를 따라오는 적들이 더 많아진 상태. 그제야 나도 할 일이 생겨서 종종 장력을 쏟아내거나 칼을 휘둘렀다. 하지만 이 짓도 무림맹의 장로들이 젊은이들처럼 날뛰고 있어서 기회가 별로 없었다. 전방을 뚫고 있는 임소백의 침착한 목소리가 들렸다.

"대기."

칠 대주가 말을 이어받았다.

"대기."

언덕길에 올라서자 마치 산 중턱에 평야가 있는 것처럼 너른 공간이 나오고, 그 너머에 산채가 보였다. 산의 지형을 따라서 만들어

···

놓은 목책이 길게 늘어서 있었다. 산적이 실로 많았다. 마치 별세계 別世界(다른 세상)에서 온 산적들처럼 보였다. 복장도 그렇고, 의복의 색도 유난스러웠다. 짐승의 가죽을 옷으로 만들어서 그런가. 무언가 문명이 약간 뒤처지는 느낌을 받았다.

그러니 말도 안 통하고… 벌어질 일이 학살밖에 없을 것 같다는 예감이 들었다. 나는 그제야 예전의 칠종칠금七縱七擒 고사가 다시 떠올랐다. 이들을 다 죽이지 않으려면 정말 일곱 번 정도는 사로잡았다가 풀어줘야 할 것 같았다. 지금까지 임소백 맹주의 성격으로 봤을 때… 전생에는 남악맹 공략 도중에 맹원 중 누군가가 다치든가 죽는 모양이다. 그래서 아마도 불필요하다 여길 만큼 잔인한 학살극을 벌였으리라 추측했다.

나는 별생각 없이 옆으로 빠져나가서 주변을 둘러봤다. 본진까지 너무 쉽게 뚫렸다. 임 맹주와 무림맹이 대단하긴 했으나 녹림맹이 이렇게 병신인가 하는 생각이 들었다. 새삼스럽게 주변을 포위하고 있는 병력이 점점 늘어나는 상황. 나는 녹림도들의 얼굴을 둘러보면서 혼자 뒷짐을 진 채로 움직이다가 멈춰 섰다. 백발이 성성한 산적 놈이 나를 노려보고 있었다.

"…"

나는 그놈을 보다가 한숨을 내쉬었다.

"임 맹주."

전방에서 대치 중인 임 소백이 대꾸했다.

"왜 그러나?"

"산적 무리에 군데군데 사파邪派가 끼어있소. 녹림맹만 있는 것이 아니외다."

"사파나 녹림이나 마찬가지이니 신경 쓸 것 없네."

나를 비롯한 무림맹원이 포위망을 넓게 둘러봤다. 그제야 목책의 정문이 좌우로 갈라지면서 장신의 사내와 비쩍 마른 사내가 걸어 나왔다. 남악맹주가 나왔는지 이내 임소백과 잠시 설전이 벌어졌다. 이들이 설전을 하든 말든 간에… 나는 무덤덤한 표정으로 오른손에 일단 염화향을 휘감았다. 화르륵- 소리가 들리자 색마 놈이 나를 바라봤다.

"뭐 하냐?"

나는 색마와 눈을 마주쳤다가 멍한 눈빛으로 왼손을 치켜들었다. 이번에는 월영무정공의 현월장력을 왼손에 휘감았다. 색마가 다급한 표정으로 다가왔다.

"아, 하지 마라…"

"이미 늦었다."

색마가 무림맹원들에게 외쳤다.

"피, 피해!"

삽시간에 내 주변에 있던 자들이 원형으로 퍼져나가는 물결의 파동처럼 멀어졌다. 나는 현월과 염계를 조합하면서 생각했다. 열이 받아서 배가 고픈 것일까, 배가 고파서 열이 받은 것일까. 하여간 열이 받았다.

'…일단 죽이고 본다.'

나는 이것에 맞서서 나도 죽을 수 있었기 때문에 이를 악문 채로 눈앞에서 붉은색의 염계와 하얀색의 현월을 태극의 모양으로 구겨

넣듯이 억지로 조합했다.

*파지지지지직…!*

# 139.
## 내가 누구냐?

어차피 이놈들, 임 맹주에게 전부 죽는다. 일월광천으로 초반부터
압도적으로 짓밟으면 이놈들이 전생보다 일찍 항복하지 않을까 싶
은 생각과 배고픔에서 오는 분노가 뒤섞였다.

"하…"

하오문을 위하여, 라는 말을 내뱉을 뻔했다. 상당히 눈치 없는 발
언이기 때문에 가까스로 자제했다.

"…무림맹을 위하여."

이것이 옳다. 무림맹은 색마의 외침을 듣고 내 뒤로 빠르게 물러
난 상태. 나는 현월과 염계로 만든 구체를 장력으로 조합하고, 흡성
대법으로 당기면서 모양을 주조한 다음에 완성한 일월광천을 병력
이 가장 많이 뭉쳐있는 곳으로 빠르게 집어 던졌다. 엄청나게 무거
운 구체가 날아가는 것처럼… 포물선을 그리면서 날아가는 일월광
천의 속도가 점점 줄어들면서 하강했다.

문제는 남아누룩맹과 그 속에 쉬여있는 사파의 고수들이 나를 모른다는 점이다. 내가 공들이를 하는 병신으로 보였나? 공중에서 날아가는 그리 크지 않은 일월광천을 향해 무식한 사파의 고수가 공중으로 뛰어오르더니 검을 뽑았다. 검에서 번갯불이 두 번 터졌다. 일월광천이 심자 형태로 베이는 순간… 임 맹주가 알아듣기 힘든 소리를 버럭 내질렀다. 임 맹주의 호통이 일월광천의 소리에 먹혔다.

"…!"

내 뒤에 있는 무림맹 진인이 검을 뽑더니 수직으로 세우면서 기를 주입했다. 공중에서 사파의 검객이 일월광천의 여파에 누우면서 흠칫도 없이 사라졌다. 이어서 일월광천의 녹림맹이 가득 매기하고 있었던 벼락 위에 떨어지자… 색마의 외침이 터졌다.

"아, 이 개새…!"

나는 일부러 무림맹을 보호하기 위해 쌍장을 교차해서 만든 염제 대수인으로 일월광천의 여파를 막아냈다.

콰아아아아아아아아아앙!

"우왓, 씨벌…"

내가 쏘고, 내가 막고, 지랄도 이런 지랄이 없다. 충격음을 튕겨내자마자, 나무가 연달아 부러지는 와지끈- 소리가 들렸다. 찰나에 정신을 잃었던 나는 잠시 후에 하늘을 바라보고 있었다.

"…"

느릿없이 구름이 평화롭게 지나가고 있다.

"오늘의 날씨, 맑음. 좋았어."

문득 주변이 조용한 것이 내심 불안해서 벌떡 일어나 보니 심?"

…

조용했다.

"...아, 아."

나는 손가락으로 코를 붙잡은 다음에 젓구멍으로 바람을 내보내
자 그제야 소리가 들렸다. 임 맹주의 흐응 소리가 들리고, 병장기 부
딪치는 소리가 평화롭게 들렸다. 욱신거리던 허리를 붙잡은 채로 임
아내서 흙을 손으로 빚어냈다. 아마도 내가 공중으로 날아가서 나를 붙잡
지 못했던 모양이다. 눈앞에 검은 산적이 뛰어오는 것이
보였다.

"오휘!"

나는 산적을 함께 손을 흔들었다.

"운이 없군. 나를 만나다니."

내를 보자마자 괴성을 내지른 산적이 반대 방향으로 돌았을 때,
흑묘아를 뽑아서 도기로 산적의 팔을 날렸다.

푸악!

비껴으로 내왔버니 임 맹주의 명령을 받자마자 돌격한 무림맹원
들이 들어나더니 허상수를 뽑아들고 있었다. 딱 봐도 도망가는 산
적들과 쫓아가면서 죽여대는 맹원들의 모습이 한눈에 보였다. 전정
터의 시기가 이렇게 중요하다. 공터에 도착해서 바라보니 남악녹림
맹의 맹주와 임소백이 맞붙고 있었는데 승부의 결과는 다소 뻔해
보였다.

사실 무력으로 따지면 임소백이 일친 만을 모두 합산해도 이상하
지 않은 싸움이었을 것이다. 일월광천이 뽑혀졌던 좌측의 무색 자
...조두화가 된 상태, 나는 허리에 손을 올린 채로 전황을 살폈다.

숨을 크게 들이마신 다음에 아랫배에 힘을 준 상태에서 내공을 조합한 고함을 내질렀다.

"꿇어. 이 개새끼들아! 다 때려죽이기 전에!"

삽시간에 곳곳에서 서너 명씩 무릎을 꿇었다. 그 모습을 보고 무림맹이 지나치다가 칼을 휘두르는 놈들을 더 때려죽였다. 이어서 무림맹원들이 몰이사냥을 하듯이 산적을 몰아치면서 내 말을 따라 했다.

"꿇어, 개새끼들아!"

흥분한 무림맹원들은 무릎을 꿇은 산적들의 머리통을 검의 손잡이로 마구 내려쳐서 죽이고 있었다. 경험이 많은 무림맹의 장로들은 사방으로 퍼져나가더니 산적들의 퇴로를 틀어막았다. 그사이에 냉정한 무림맹원들이 계속 산적들의 무릎을 꿇려서 투항하는 자들이 늘어났다. 그 순간, 산적들 무리에서 동시에 외침이 터졌다.

"맹주님!"

싸우던 자들의 고개가 일제히 임소백을 향했다. 임소백이 남악녹림맹 맹주의 목을 땅바닥에 내팽개쳤다. 이미 임소백 주변에 남악맹 간부들의 시체가 즐비한 상태. 임소백이 핏발이 선 눈으로 주변을 둘러보다가 말했다.

"남악맹은 병장기를 버리고 무릎을 꿇어라. 마지막 배려다."

"…"

나는 무릎을 꿇고 있는 산적의 머리통을 한 대 후려친 다음에 지나갔다. 이제 산적들이 내 얼굴을 기억하는 모양인지 무릎을 꿇은 채로 도망가다가 무림맹원들의 발에 짓밟혔다.

"가만히 있어라. 가만히 있어!"

나는 일월광천이 터진 장소로 가서 주변을 훑었다.

"개판이네."

일단 근방 목책이 전부 날아갔다. 이십 장 반경으로 원형의 구덩이가 파여있고, 주변에는 시체의 흔적이 아예 없었다. 대신에 구덩이에서 멀어질수록 사람의 팔다리와 신체 일부분이 널브러져 있었다. 아예 넋이 나간 채로 앉아있는 산적들도 많았다. 나는 팔짱을 낀 채로 학살의 현장을 둘러봤다. 이것은 의미 있는 희생일까, 아니면 무의미했던 개죽음일까.

전생으로 따지면… 무림맹의 피해가 얼마나 컸든 간에 어차피 산적들은 임 맹주를 못 죽인다. 임 맹주가 손수 쫓아다니면서 다 때려죽였던 놈들이다. 지금은 전투가 시작하기도 전에 백여 명이 넘게 일월광천에 즉살했고, 나머지는 무림맹원들에 의해 죽거나 무릎을 꿇고 있는 상황. 둘러보니 신기하게도 색마와 상대했던 놈들이 얼어붙어 있어서 이놈들도 숨은 붙어있었다. 어쨌든 이번에도 내가 산적들의 일부라도 살리기 위해 산적들을 가장 많이 죽이게 되었다. 저절로 웃음이 흘러나왔다.

"흐흐흐."

문득 옆으로 다가온 임소백이 내게 물었다.

"문주."

가까이 다가온 임소백이 낮은 목소리로 말했다.

"예상보다 많이 살아있어서 당황스럽군."

나는 임소백의 말을 듣고 돌아서서 상황을 살폈다. 전의를 상실한 산적들이 대부분 무릎을 꿇거나 도망을 친 모양이었는데, 그런데도 임 맹주의 말대로 여전히 병력은 무림맹이 더 적었다. 나는 임소백을 바라봤다.

"기왕 이렇게 된 거 계속 악귀처럼 나가봅시다."

"방법이 있나?"

"사지 멀쩡한 녹림맹 병력을 이대로 이끌고 북상해서 목령채를 칩시다. 산적으로 수적을 치고, 그래도 살아남은 놈들은 거둬들일 수밖에 없소."

임소백이 내 말뜻을 알아듣고 고개를 끄덕였다.

"그래도 전부 데려갈 수는 없네."

"맞소. 다친 놈들, 전력으로 활용할 수 없는 놈들은 이곳에 두시오. 내가 남아서 갈구고 때려서 장악하고 있겠소. 나머지 병력과 맹주께서는 녹림도를 이끌고 북상하시오. 고생스러울 거요. 맹의 병력을 이곳에 남기려면 최소한 이삼십 명은 남겨야 통제가 가능할 테니, 내가 혼자 있는 게 낫겠소."

임소백이 팔짱에 낀 채로 생각에 잠겼다가 대꾸했다.

"그래주겠나?"

"그립시다."

나는 임소백과 눈을 마주쳤다.

"그전에 산적들 밥이나 좀 뺏어 먹읍시다. 밤새 육포 먹었소."

그제야 딱딱했던 임소백의 표정에 웃음이 번졌다.

"그러세. 배가 고프군."

임소백이 맹원들에게 돌아가자, 그제야 색마 놈이 다가왔다. 색마가 말했다.

"야, 아까 너 하오문을 위하여…라고 하려다가 무림맹을 위하여로 바뀌었지."

"어쩌라고 이 새끼야."

쓸데없이 예리한 놈이다. 색마가 한숨을 내쉰 다음에 말했다.

"그거 폭발하는 절기 좀 말하고 사용하면 덧나냐? 왜 그렇게 매번 급박하게 사용하는데."

"준비하다가 칼 맞으면 어쩌라고 그걸 예고하고 쓰나?"

"그건 맞는데."

색마는 할 말이 없는지 입을 다물었다. 그사이에 무림맹이 녹림맹의 본채에 포로가 된 산적들을 집어넣고 있었다.

"너는 임 맹주 따라가서 도와라."

"너는?"

"나는 여기 좀 장악해야겠다. 병력이 너무 많아."

"그렇긴 하네."

"물에서 싸울 때는 빙공이 효율적일 거다. 임 맹주 좀 잘 도와라. 불쌍하지 않냐?"

"맹주님이 뭐가 불쌍해."

"너 같은 놈들 때문에 흰머리 늘어가는 거 봐라. 이 새끼야."

"지랄을 해라. 간다."

색마가 나를 힐끔 바라보더니 임소백을 향해 걸어갔다.

\* \* \*

다리를 다친 놈들과 무림맹원에게 맞거나 검에 베인 놈들이 녹림맹의 본채에 많이 남았다. 물론 대다수는 일월광천이 터질 때 다친 놈들이었다. 산적들의 음식을 잔뜩 먹은 임 맹주가 칼받이로 활용할 산적들을 이끌고 하산했을 때는 이미 늦은 오후였다. 나는 남악맹주의 신기한 태사의에 앉아서 산적들을 구경했다. 무림맹 인원들이 점점 빠지기 시작하더니… 나만 녹림맹에 남긴 채로 퇴각하자, 산적들이 당황하고 있었다. 나는 태사의를 감싸고 있는 호랑이 가죽을 만져봤다.

"하여간 산적들 취향은 한결같네. 호랑이 가죽을 왜 이렇게 좋아하는 거야?"

나는 태사의에 비스듬히 앉은 채로 산적들에게 말했다.

"얘들아, 이제 나 혼자 남았다. 이제 내가 녹림맹주다."

"…"

"할 일 없는 새끼들 이 앞으로 와서 전부 무릎 꿇어라. 할 일 있는 놈들은 각자 일 봐라. 때려죽일라니까."

잠시 후에 부상당한 남악녹림맹과 사파의 고수들이 전부 모여서 무릎을 꿇은 채로 나를 바라봤다. 나는 혼자서 씨익 웃다가 말했다.

"여기서 금산상단의 공자를 감금하고, 굶게 하고, 때린 놈들 있으면 나와라. 나는 그 돼지 놈의 사형인 하오문주다. 어떤 새끼가 나한테 통행세를 바치라고 했지?"

"…"

"나 누구랑 얘기하냐."

나는 일어나서 산적들을 바라봤다.

"무릎 꿇는 게 편한가 보군."

눈치 빠른 놈들, 부상을 가장한 놈들, 힘을 아끼고 있는 놈들이 섞여있을 것이라 예상했다.

"대가리 박아라. 누가 이기나 해보자."

나는 관상을 살피다가 한 놈의 머리채를 붙잡자마자 목책으로 집어 던졌다. 머리부터 날아간 놈이 퍽- 소리를 낸 다음에 그대로 축 늘어졌다. 돌아보자, 그제야 산적들이 대가리를 박았다.

"…"

"하오문에게 통행세 요구한 놈 누구야? 찢어 죽이겠다. 밀고해라."

"홍안귀 군사입니다. 아까 임 맹주에게 죽었습니다."

"죽으면 끝이냐? 다음 책임자 누구야."

"진량 채주입니다. 아까 임 맹주에게 죽었습니다."

"죽으면 끝이냐? 다음."

"누구의 특별한 명령이 아니옵고. 녹림맹을 운영하던 방식이 그런 것이니 아량을 베풀어 주십시오."

"남을 뜯어먹는 방식이 그러니 이해해 달라고?"

"…"

"말투가 불쾌하네. 다들 기상."

나는 머리 박았던 놈들이 일어나자, 오른손에 염계를 휘감았다.

화르르륵…

산적들의 눈이 일제히 커졌다. 나는 오른손에 염계를 유지한 상태에서 산적들을 노려봤다.

"…나를 물로 보는구나. 책임자를 찾아내려 했더니 다 죽었다 이 말이지. 좋았어. 무슨 일이 일어나는지 확인해 보자."

왼손에 일월광천을 던졌을 때와 똑같은 현월장력을 휘감았다. 두 개를 합치려는 순간… 산적 서너 명이 한 사내를 가리켰다.

"등양 채주입니다!"

"책임잡니다."

밀고가 이어졌다.

"부상도 안 입은 것으로 압니다."

산적들이 삽시간에 등양 채주의 주변에서 멀어졌다. 무릎을 꿇고 있는 등양 채주가 살벌한 눈빛으로 나를 노려보면서 말했다.

"이 미친 새끼들아. 무림맹이 물러가고 겨우 한 놈이 남았다. 이놈만 죽이고 돈 챙기고 떠나면 되는데 병신처럼 당하고만 있을 거냐?"

나는 양손에 휘감았던 염계와 현월을 회수한 다음에 뒷짐을 진 채로 등양 채주를 노려봤다.

"이 쥐새끼 같은 놈아, 그 한 명이 나다."

"…"

나는 등양 채주를 노려보면서 산적들에게 물었다.

"내가 누구냐?"

산적들이 대답했다.

"하오문주십니다."

"그것이 나다."

나는 등양 채주와 눈싸움을 하다가 권위를 놓고 다퉈봤다.

"등 채주 따라서 덤빌 놈들은 한꺼번에 덤벼도 좋다. 한꺼번에 죽기 싫은 놈들은 이 자리에서 등 채주를 죽여라. 선택은 너희 몫."

나는 팔짱을 낀 채로 등양 채주와 산적들을 노려봤다.

"누가 죽는지 보자고."

"…"

"셋을 세마. 하나, 둘, 셋."

셋이라는 말이 떨어지기가 무섭게 등양 채주의 뒤에 있는 산적들이 달려들어서 등양 채주를 붙잡고 주먹을 날리기 시작했다. 이어서 평소에도 인정머리 없었던 놈들이 사방팔방에서 모여서 등양 채주를 발로 차고, 밟고, 때리기 시작했다. 강호에서는 당연한 일이다. 나는 팔짱을 낀 채로 산적들에게 명령했다.

"죽여라."

# 140.
## 기억하기 위해
## 애를 썼다

나는 산적들이 등 채주를 때려죽이는 것을 처음부터 끝까지 지켜봤다. 등 채주는 본래 당연히 수하들보다 강할 것이다. 그러나 수십 명의 주먹질과 발길질은 막지 못했다. 특히 힘이 센 놈들이 먼저 등 채주를 붙잡았기 때문에 반격도 제대로 하지 못한 채로 몰매를 맞고 숨이 끊겨졌다. 나는 다시 태사의에 앉아서 산적들을 자세히 훑어봤다.

"…"

내가 주둥아리를 닫자, 새소리와 풀벌레 우는 소리만 들리는 상태. 새삼스럽게 경치 좋은 산이 우리를 둘러싸고 있었다. 나는 그제야 남악맹의 본채를 둘러보고, 주변 풍광도 훑어보다가 다시 산적들을 유심히 바라봤다. 얼굴을 기억하려면 오래 봐야 하고, 관상을 살피려면 유심히 봐야 한다. 나는 일각 정도를 아무 말도 하지 않은 채로 산적들을 훑다가 말했다.

"무림맹과 대치하고 있을 때, 무슨 자신감이 있어서 우리를 보고 웃었지? 일천 명 대 일백 명. 어떻게 되겠지. 싸우다 보면 이기겠지. 이런 생각이 들었나? 무서워할 것 없다. 말하고 싶은 놈들은 편하게 대답해라. 등 채주가 죽었으니 나도 너희와 이야기를 나눠볼 생각이 야."

한참 침묵이 이어지다가 한 놈이 대꾸했다.

"저희는 야율 맹주를 믿었습니다."

"야율 맹주를 어떻게 믿을 수 있지? 무림맹주가 직접 왔는데 말이 야. 너희는 맹주 임소백이 누군지 몰라?"

이번에는 다른 놈이 대꾸했다.

"아까 싸울 때 귀곡문주鬼谷門主도 함께 있었습니다."

"그런데?"

"임 맹주의 일검에 칼이 부러지면서 그대로 즉사했습니다. 예상하지 못했던 일입니다."

"그 귀곡문주가 야율 맹주에게 자신과 힘을 합치면 이길 수 있다고 호언장담을 했었나? 아까 혹시 비쩍 마른 놈이었나? 너희 맹주와 함께 등장했던."

"예."

산적들이 실로 무식했다. 어찌 귀곡문의 문주라는 사내가 무림맹주의 상대가 될 수 있을까. 산속에서 보고 들은 것이 제한적이었던 모양이다. 어쩌면 이들이 가장 두려워하던 사내는 임소백 맹주가 아니라 야율 맹주였을 것이다.

"그러면 아까 내가 절기로 만들어 낸 구체를 만들었을 때. 그 구체에 뛰어들던 놈도 녹림맹이 아니었나?"

"예, 귀곡문 소속입니다."

"좋아. 사정을 대충 이해했다. 어쨌든 귀곡문 놈들은 무림맹에 원한이 있었겠지?"

"그렇게 알고 있습니다."

무림맹에 원한을 가진 사파의 고수들은 많다. 그들의 사부나 사형제가 죽었기 때문일 터. 나는 고개를 끄덕이다가 산적들에게 말했다.

"너희는 그런데 왜 그렇게 전부 무식하냐. 산속에 틀어박혀서 그런가. 정말 무식하기 짝이 없군."

"…"

"무식 그 자체다. 이것은 글을 배웠거나 배우지 못했거나 하는 문제가 아니다. 너희들 인생 자체가 무식하다. 어째서 그럴까. 너희 야율 맹주가 그렇게 강했다면 녹림이 아니라 흑도나 무림맹에서 활동하지 않았을까."

한 놈이 감정을 섞어서 대꾸했다.

"무식하니 산적질을 하고 있죠."

"좋아. 상당히 무식한 발언이었는데 죽이진 않으마. 일어나 봐. 누구야?"

한 놈이 쭈뼛거리면서 일어났는데, 딱 봐도 무식해 보였다.

"앉아라. 무식하게 생겼으니 봐주마."

"예."

나는 한숨을 내뱉은 다음에 산적들을 노려보다가 말을 이어나갔다.

"사실 무식한 것과 산적질을 하는 것은 관련이 없다. 그것은 무식함에 대한 모욕이야. 너희는 무식하다는 것보다 수준이 낮다. 세상에 있는 무식한 자들이 전부 너희처럼 산적질을 하지는 않기 때문이다. 너희는 고개를 넘는 상인들을 칼로 겁박해서 돈을 뜯어내고, 아녀자를 납치하고, 많은 수로 적은 수를 핍박하는 일을 주로 하는데. 나름의 전략도 있고 머리도 굴리기 때문에 무식하다는 것과는 맞지 않아. 아주 전략적으로 병신 같은 일을 하는 머저리 새끼들이라는 게 오히려 맞는 말이지. 내 말을 이해했나 모르겠네. 야, 너. 내가 뭐라고 했어."

내가 지목한 놈이 대꾸했다.

"전략적으로 병신 같은 일을 하는 머저리라고 했습니다."

"그것이 너희다."

"…"

"그럼 무식한 건 뭡니까?"

"본래 무식하다는 것은 어떤 것을 보지 못했고, 들은 바가 없고, 어떤 분야에 대해 제대로 배우지 못했다는 것을 말한다. 이것은 죄도 아니고, 부끄러운 일도 아니야. 그냥 무식한 거지. 무림맹주가 얼마나 강한 사내인지 몰랐다는 것은 무식하다고 할 수 있지. 산적질과는 조금 다른 일이다."

"…"

"하지만 사람들이 아무리 무식해도 올바른 마음을 가지고 있다면 고갯길을 넘는 상인을 쥐패서 돈을 빼앗거나 때려죽여서 어딘가에 파묻진 않아. 이것은 무식과 엄연히 다르다. 요약하면, 염치가 없는 것이다."

"염치가 무엇인데요."

"부끄러움을 모르는 거라고."

상당히 보기 싫은 관상을 가진 놈이 이렇게 대꾸했다.

"부끄러움이 웬 말입니까? 어차피 저희가 약자를 패는 것이나. 무림맹이 저희를 죽이는 것이나 마찬가지 아닙니까?"

나는 대꾸한 놈을 바라봤다.

"내가 지금 너랑 논쟁을 하자는 거 같냐? 말장난을 걸어? 내가 논리로 반박하면 너는 비슷한 사례로 반박할 놈이야. 너는 부끄러움을 모르는 놈이라서 그렇다. 무식한데 염치까지 없으면 대체로 인정할 줄을 모른다. 내가 어디서 학관이나 다니면서 글이나 읽은 학사로 보이나 보네. 이 우스운 새끼. 사람 잘못 봤다."

나는 태사의에서 일어났다.

"뒤질려고 환장했구나."

말장난을 했던 놈이 갑자기 도망가려고 하자, 옆에 있는 덩치 큰 놈이 팔을 붙잡았다.

"놔라!"

산적 부두목같이 생긴 놈이 도망가려는 녀석의 뒷덜미를 붙잡더니 내가 있는 곳으로 가볍게 던졌다. 나는 공중에서 허우적대는 놈을 향해 흑묘아를 뽑았다가 터지는 핏물을 본 다음에 흑묘아를 도로 집어넣었다. 푸악- 소리와 함께 반으로 갈라진 시체가 바닥에 떨어졌다. 산적들의 얼굴이 다시 창백해졌다. 나는 혀를 차면서 다시 태사의에 앉았다.

"사람 잘못 봤다. 이 새끼들아. 그나저나 너희가 장가상단을 습격했다며? 무림맹주는 장가상단과 아무런 관계가 없었을 것이다. 임맹주는 화가 나서 형산 지부에 백도 세력을 소집한 다음에 직접 밤새 걷고, 딱딱한 육포를 씹어대고, 졸음도 참아가면서 이곳에 왔다. 맹주 자리는 그냥 무림맹에 가만히 있어도 명예와 부를 누릴 수 있는데 너희 같은 병신 같은 놈들을 죽이겠다고 이 먼 곳을 왜 왔을까? 그것은 너희를 죽이려고 온 게 아니라 상인을 보호하겠다고 행차한 거다. 산적 새끼들아, 나랑 논리로 붙으려고 하지 마. 칼싸움도 안 되고, 논리도 안 돼. 알았어?"

"예."

"너희가 약자를 괴롭히는 것은 돈을 뺏기 위해서고. 무공이 고강한 맹주가 너희를 죽이려는 것은 너희보다 약한 약자를 보호하기 위해서다. 착각하지 마라. 아주 모욕적인 발언이야. 그리고 나를 봐라."

"…"

"나는 임 맹주와 또 다르다. 너희랑도 다르고. 주둥아리 조심하는 게 살길이다. 그나저나 내가 왜 이렇게 나불대고 있는지 아는 사람?"

아까 도망가려던 놈을 붙잡았던 덩치 놈이 대꾸했다.

"살려줄 놈, 죽일 놈 구분하시려고 그러시는 거 아닙니까."

나는 눈을 크게 뜬 채로 산적 부두목처럼 생긴 놈을 바라봤다.

"이야, 너 똑똑하다. 이리 와봐라."

덩치가 산만 한 놈이 일어서더니 내 앞에 다가와서 다시 무릎을 꿇었다. 나는 덩치의 얼굴을 유심히 들여다봤다.

"너 대체 몇 살이야?"

… 광마회귀3

"열아홉입니다."

"깜짝이야. 너 왜 이렇게 삭았어?"

"태어났을 때부터 그랬습니다."

"태생이 장사壯士였나 보구나."

"예."

가끔 이런 놈이 있다. 부모에게 물려받은 신체가 유난히 강건했을 것이다. 딱 봐도 외관상 서른은 넘어 보였는데 열아홉이라고 하니 나도 황당했다.

"이름이 뭐냐."

"장산張山입니다."

"장산아, 너는 부끄러움에 대해서 어떻게 생각해."

무릎을 꿇고 있는 덩치가 공손하게 대꾸했다.

"여기서는 부끄러움에 관해 이야기하는 사람이 없었습니다. 저도 모릅니다."

"그럼 내가 알려줄게."

"예."

"너는 지금 열아홉에 힘이 뛰어난 장사다. 그런 네가 이곳에서 일 이 년 붙어있는 것은 큰 틀의 운명이라서 어쩔 수 없는 일이다. 그러나 네가 이곳에서 녹림맹이 하는 짓거리를 십 년 정도 지켜봤다고 해보자. 나이는 스물아홉 정도 처먹었다고 치고. 그때도 네가 생각 없이 약자를 괴롭히고 상인을 때리고 물건을 빼앗는 스물아홉 살의 산적으로 살고 있다면 그것은 운명이 아니고 네가 부끄러움을 모르는 병신이기 때문이야."

"예."

"혹은 네가 십 년간 무공을 치열하게 수련해서 녹림맹주 놈을 네 손으로 때려죽이고 이곳을 모두 장악한 다음에 산적질이 아닌 다른 살길을 모색했다면 그때의 너는 무엇이라고 불러야 할까."

"모르겠습니다."

"그 정도면 사내라 불릴 만하다. 스스로 인생의 방향을 정하고 살 길을 홀로 모색해서 독립한 사내, 그것이 상남자다."

나는 미간을 좁힌 채로 장산에게 말했다.

"너처럼 힘만 세다고 해서 사내가 아니다."

"그렇습니까?"

"왜? 십 년 후에도 산적질 하려고 여기에 붙어있었나?"

나는 손을 내저어서 장산을 제자리로 돌려보냈다. 일어나서 돌아가는 장산의 얼굴을 살펴보니, 어느새 새빨갛게 익어있었다. 어느 정도 부끄러움을 아는 놈이라는 뜻이었다.

'한 놈 건졌고…'

나는 태사의에 기대서 산적들을 바라보다가 솔직하게 말했다.

"너희는 나를 죽이고 싶겠지만, 나도 마찬가지다. 내 마음을 알아 다오. 나도 너희를 하나하나 다 때려죽이고 싶다. 그게 난 편해."

장산이 대답했다.

"아까 보니까 공자께서 저희 녹림맹을 가장 많이 죽이셨습니다. 방금 하신 말씀과 말이 맞지 않는 것 같습니다."

"좋아. 잘 지적했다. 내가 가장 많이 죽였지. 너희 형제들, 너희 상관, 부하, 착한 산적, 못된 산적… 내가 흔적도 안 남긴 채로 몰살했

　　　…

다. 그런데 내가 그렇게 일백 명을 압도적으로 때려죽이지 않고. 평범하게 무림맹 일백 명과 너희 일천이 맞붙었다고 가정해 보자. 어차피 너희는 못 이겨. 행여나 아까 싸움에서 무림맹원이 한두 명 죽었다고 가정해 볼까?"

"…"

나는 전생에 벌어졌던 진실을 그대로 입에 담았다.

"너희 일천 명의 병신 같은 놈들은 오늘 해가 지기도 전에 임 맹주에게 다 죽었어. 임소백은 그런 사내다. 맹원에 대한 책임감이 큰 사람이야. 내가 일백 명을 무자비하게 죽인 다음에 대체 몇 명이나 살아남았지?"

장산이 다소 놀란 표정으로 대꾸했다.

"대부분 항복했습니다."

나는 장산을 보면서 고개를 끄덕였다.

"내가 의도했던 바다. 믿든 안 믿든 간에…"

나는 산채의 풍광을 둘러보다가 씁쓸한 어조로 말했다.

"남악은 너희 것이 아니다. 너희 목숨도 내 것은 아니고. 임 맹주에게 말해서 내가 여기를 잠시 맡게 되었지만 사실 내게 너희를 전부 아우를 실력이나 인성은 없어. 무림맹이 떠났으니 나도 이제 그만 죽이마. 너희도 떠나고 싶은 놈들은 지금 일어나서 남악을 내려가도록. 살려줄 테니, 지금과 다른 인생을 살아보도록 해. 내 인내심은 여기까지야. 생각 바뀌기 전에 일어나라."

나는 태사의에서 무릎을 꿇고 있는 산적들을 바라봤다. 나에 대한 공포가 남아있어서 그런지 아무도 일어나지 않았다.

"내가 살려준다니까 못 믿겠어?"

여기저기서 내 말에 대답했다.

"예."

"이해한다. 하지만 나는 너희들 얼굴 보는 게 역겹다."

"…"

"용모의 아름다움과 추함을 말하는 게 아니다. 너희는 표정에서 생각이 너무 잘 드러나. 그 생각을 읽는 것이 매번 역겹다. 보기 싫을 뿐이니 떠나라. 나는 말이 오락가락하는 사내지만 약조한 것은 지키는 사내야. 지금 안 떠나면 기회가 없을 거다."

잠시 후에 한두 명이 일어나서 내 눈치를 보다가 고개를 숙였다. 나는 손을 내저으면서 말했다.

"산적질은 하지 마라. 임 맹주가 화가 나면 다른 녹림 세력도 곧 공격하게 될 거다."

이 말을 기점으로 여기저기서 산적들이 일어나더니 삼삼오오 모여서 눈치를 보다가 녹림맹의 본채에서 조용히 사라졌다. 어찌 된 노릇인지 남은 놈들이 더 많았다. 나는 남은 놈들에게 말했다.

"편히 앉아라."

그제야 무릎을 꿇었던 산적들이 엉덩이를 바닥에 대고 앉았다. 나는 산적들을 가까이 모이게 한 다음에 말했다.

"한 명씩 나를 바라보면서 이름을 말해."

어차피 나중에는 반드시 까먹게 되겠지만, 나는 산적들의 이름을 외우려고 애를 써봤다. 좌측에 있는 산적들부터 자신의 이름을 말하면서 나를 쳐다봤다. 나는 산적들을 바라보면서 무공을 익힐 때처럼 신경을 집중한 채로 이름을 외웠다. 한바탕 이름을 말하는 것이 끝이 났을 때. 나는 산적들을 바라보면서 말했다.

"전손, 우문수, 후웅, 등익, 염이락, 장산, 염원기, 도대삼, 구준, 구평. 너희 둘은 형제인가?"

구준과 구평이 동시에 대답했다.

"예."

"그래. 종사찬, 과우춘, 포충아, 양호, 장손락, 남주경, 이찬, 조가성, 위광…"

나는 외우고 있는 이름을 전부 읊었다. 도중에 몇 번 틀릴 때마다 산적들이 정정해 줬다. 기어코 산적들의 이름을 한 번씩 부른 다음에 숨을 크게 내쉬었다. 별것 아닌 일인데도 숨이 찼다. 조가성이라는 놈이 내게 물었다.

"어떻게 그걸 다 외우셨습니까?"

"놀라지 마라. 금방 다 까먹는다."

나는 이름을 부른 산적들을 둘러보다가 말했다.

"어쨌든… 너희는 내가 죽이지 않아서 다행이다."

이러고 나서, 산적들에게 나를 소개했다.

"나는 하오문주 이자하다."

# 141.
## 산적이
## 웬 말이냐

경험상 말을 많이 한 다음에는 말을 하지 않는 것이 좋다. 나는 산적들에게 하오문과 이자하라는 이름을 각인한 다음에 입을 다물었다. 문득 목령채를 향하고 있을 임소백과 무림맹이 떠올랐다. 참 고생스럽게 사는 사내였다. 자신을 위해서가 아니라 남을 위해서 고생스럽게 사는 사내. 이런 사내가 세상이 말하는 협객이 아닐까.

전생에 먼발치에서 보던 임 맹주는 고집스럽고, 무뚝뚝하고, 백도 세력의 수장들과 자주 다투고, 사마외도에게 자비심이 전혀 없는 사내였다. 하지만 가까이에서 지켜보게 된 임소백은… 맹주라는 자가 전투에서 선봉에 서질 않나, 매번 먼저 돌격하고, 수하들이 다치지는 않았는지 살펴보면서 신경이 날카로워지는 사내였다. 맹원들과 맛없는 육포를 씹고, 모닥불 옆에 눕고, 밤새 걷는 사내이기도 했다.

한마디로 웃을 일이 별로 없는 사내였다. 그래서인지 나는 목령채로 진격하고 있을 임소백의 표정이 너무 잘 보였다. 굳게 다문 입,

...

가끔 행렬을 돌아보는 무뚝뚝한 표정. 전생과 마찬가지로, 수적들과 싸우다가 맹원들이 많이 다치게 되면 목령채는 아마도 몰살당할 일만 남았을 것이다.

그래서, 똥싸개가 빙공으로 맹주를 크게 도와줬으면 하는 생각을 했다. 그렇게 되면 임 맹주가 고마워할 테고… 똥싸개는 색마가 되지 않고 똥싸개로 남을 터였다. 색마보다는 똥싸개의 삶이 낫다는 것이 내 결론이다. 산적들이 나를 너무 빤히 바라보고 있었기 때문에 어쩔 수 없이 입을 열었다.

"못난 놈들아, 궁금한 거 있으면 물어봐라."

"하오문은 어떤 단체입니까?"

나는 고개를 끄덕인 다음에 대꾸했다.

"너희 같은 놈들 줘패고 때려죽이는 단체다."

"저희를 왜요?"

"집에 노모가 기다리고 있는 상인들이 고갯길을 넘다가 너희에게 잡혀서 돈도 뺏기고 처맞고 가끔 죽기도 하니까. 개새끼들아. 질문도 병신 같네. 방금 누구야? 일어나라."

딱 봐도 무식하게 생긴 놈이 또 일어났다. 하필이면 이제 이름도 기억하고 있는 상황.

"앉아. 우춘아. 이 무식한 새끼야."

"예."

나는 장산에게 말했다.

"산아."

"예."

"술 좀 들고 와라. 너희가 먹던 술 말고 저세상으로 떠난 야율 맹주가 혼자 맛나게 먹던 술로 가져와."

"알겠습니다."

"구준, 구평."

"예."

"너희는 술안주하고 창고 열쇠 같은 것 좀 가져와."

"창고 열쇠요?"

"야율 놈이 애지중지하던 산도적 보물 모아놓은 곳이 있을 거 아니야. 거기 열쇠."

구준과 구평이 일어나면서 대답했다.

"알겠습니다."

세 사람이 움직이는 사이에 조가성이 내게 물었다.

"문주님의 무력이 야율 맹주보다 강합니까?"

나는 조가성을 바라봤다. 이 새끼들은 산적이라서 유치한 것일까. 아니면 유치해서 산적이 된 것일까. 어쨌든 본래 나도 산적들만큼이나 유치한 사내여서 별 어려움 없이 대답했다.

"임 맹주에게 덤볐다가 금방 죽지 않았던가? 더군다나 귀곡문주와 합공이었지?"

"예."

"나랑 겨뤄도 비슷했을 거다."

"임 맹주와 문주님이 붙으면요?"

"호랑이랑 곰이 싸우면 누가 이기냐는 수준의 질문인데? 좋았어. 밀릴 수 없지."

나는 한숨을 내쉬었다가 조가성을 비롯한 산적들을 바라봤다. 다들 진심으로 궁금해하는 표정이었다. 남의 것을 빼앗는 자들의 정신연령이 이다지도 어리다.

"너희는 임 맹주가 몇 살인 거 같아?"

"마흔은 넘어 보였습니다."

"나는?"

"이십 초반 같습니다."

"내공은 시간과 세월의 힘이 더해진다. 내가 임 맹주와 승부를 내려면 더 기다려야 해. 지금은 당연히 내가 더 불리하다. 임 맹주와 내가 싸움에 대한 재능이 엇비슷하다고 치더라도 임 맹주는 나보다 이십 년을 더 오래 내공을 쌓았다. 당연히 누가 유리하겠어?"

"임 맹주님이요."

"맞다."

"저희 야율 맹주님도 마흔이 넘었었는데요?"

"그놈은 병신이라 그래. 나이만 처먹은 똥개가 어떻게 곰을 이기나?"

"예."

"그리고 맹주라고 다 같은 맹주가 아니다."

나는 그제야 산적들이 장산처럼 애늙은이라는 것을 깨달았다. 이내 술이 먼저 도착해서 나는 산적들과 표주박으로 술을 나눠 마셨다. 술을 마신 다음에 장산이 내게 물었다.

"그러면 강호에서 무림맹주님이 가장 무서운 사내인가요?"

"음…"

나는 장산의 표정을 바라봤다. 정말 궁금해서 물어본 눈치였다. 나이가 열아홉 살이지만, 대부분의 삶을 남악에서 보냈다고 치면 정말 강호에 대해 아는 게 별로 없다는 뜻이다. 나는 산적들을 바라봤다.

"무서운 사내는 임 맹주 이외에도 많다."

귀찮은 일이었지만 나는 술로 목을 축인 다음에 이들에게 설명했다.

"땅덩어리가 넓어서 너희는 만날 일도 없겠지만 흑도 세력에도 맹주라 불리는 사내가 있다. 너희가 알 필요도 없지만, 삼재라는 별호로 묶여서 불리는 자들도 있고. 그 밖에도 한 성省에서 제일인이라 불리는 자들이 있고. 천하제일악天下第一惡을 다투는 정신 나간 놈들도 있고. 세력이 없는 강자들도 많아. 하지만 강호에서 가장 무서운 사내를 꼽으라면 천마교의 교주다."

"들어봤습니다."

"물론 들어봤겠지."

"야율 맹주님도 함부로 언급하지 않으시던데요."

나는 고개를 끄덕였다.

"실제로 보면 너희 같은 놈들은 눈도 마주치기 어려울 거다. 왜 그런 줄 알아?"

"왜요?"

"다 큰 사내놈들이 봐도 무섭게 생겨서."

"직접 보셨나요?"

"용모파기를 봤지. 신장은 장산보다 머리 두 개쯤 더 크고, 어깨도 장산보다 더 넓다. 신장이 너무 커서 그런 것일까. 등은 살짝 굽었

···

다. 머리카락은 새카맣고 윤기가 좔좔 흐른다. 변태라서 그럴 거야. 목소리는 칼날이 부딪칠 때 나는 소리처럼 불편하지. 돼지 멱 따는 소리로 사람의 말을 하는 분위기랄까. 아주 개새끼야. 사람 새끼가 아니지."

"용모파기를 보셨다면서 목소리는 어떻게 아세요."

"우춘아, 넌 좀 닥쳐라."

"예."

"얼굴은 말이야. 양 눈이 앞으로 툭 돌출되어 있고, 광대뼈도 두 개의 언덕처럼 높이 솟아있다. 턱은 사각이고, 입은 메기처럼 큼지막하지. 사람을 죽이는 데 일말의 감정도 느끼지 못하고. 대체로 웃으면서 말하고 웃으면서 사람을 죽인다. 얼굴의 생김새만 봐도 주눅이 드는 경우가 있는데 교주가 그렇다. 천년에 한 번 나올까 말까 할 정도로 못생긴 놈이야."

장산이 대꾸했다.

"못생긴 것과 무서운 게 상관있나요?"

"정정하마. 천년에 한 번 나올까 말까 할 정도로 기괴하게 생겼다."

문득 주변에서 한 차례 차가운 바람이 불자, 산적들이 공연히 침을 한 번 삼켰다. 나는 산적들의 표정을 천천히 살펴봤다. 만에 하나라도 이 중에 교도가 섞여있으면 발끈했을 터였다.

'없군.'

구준이 내게 와서 열쇠 더미를 내밀고, 구평은 커다란 바구니에 담아 온 과일과 씹을 거리를 나눴다. 나는 술기운이 오르자마자 진격하고 있을 무림맹원들이 눈에 밟혔다. 이놈들을 내버려 두고 가는 것도 불편했고, 무림맹이 싸우는 와중에 여기서 술을 마시는 것도 불편했다. 그래도 산적들이 유치하고 솔직한 편이었기 때문에 나도 솔직하게 내 마음을 말로 전달했다.

"술맛 더럽네."

"왜요?"

"모르겠다. 무식한 놈들하고 마셔서 그런가."

나는 이쯤 해서 산적들에게 유치함의 절정에 다다른 질문을 던졌다.

"근데 말이야."

"예."

"산적하고 수적이 붙으면 누가 이기냐."

"..."

나는 마른안주를 씹으면서 산적들을 바라봤다.

"남악맹하고 목령채가 붙으면 누가 이기냐. 목령채가 이기겠지? 거기 귀도가 제법 잘 싸운다던데. 너희는 이제 수장도 없고 병신 오합지졸이라서 상대가 안 되겠지? 하긴, 무공도 모르는 사람들이나 괴롭히던 놈들인데 뭐 거기서 거기겠지. 무슨 의미가 있겠냐."

"..."

"그래도 임 맹주 따라간 산적들은 운이 좋아."

"왜요?"

"생각을 해봐라. 내 덕에 운이 좋아서 무림맹원이 아무도 안 죽었다. 그런 상황에서 산적들이 무림맹에 합세해서 목령채를 쳤다가 공을 세웠다? 특별히 용맹함을 떨쳐서 수적들 서너 명을 베었다고 치자, 이게 무슨 상황일까. 자고로 옛날부터 전쟁터에는 항장降將이라는 개념이 있어."

"항장이 뭐예요?"

"항복한 장수라고 이 새끼야. 행복한 장수 말고. 하여간 항복한 장수가 공을 세우면 대접을 받기 마련이지. 산적이었다가 수적 몇 명을 죽였다? 물론 입맹 시험을 따로 치겠지만 무림맹원이 될 가능성이 요만큼은 있다는 거지. 운명이라는 게 이렇게 기가 막힌 면이 있다니까. 산적질 하다가 무림맹원이 되면 기분이 어떨까?"

나는 턱을 괸 채로 먼 곳을 바라봤다.

"잠깐 상상해 보자. 산적질하다가 무림맹원이라… 아, 내가 너무 나갔나? 그럴 수는 없지."

다들 가만히 숨을 죽인 가운데 장산이 내게 물었다.

"입맹 시험이라는 것이 뭡니까?"

"무림맹에 들어가려면 시험을 쳐야 해. 체력과 인성을 동시에 본다. 일반 맹원의 경우에는 무공 실력을 보지 않는다. 어차피 훈련을 통해 가르치기 때문이야. 내가 알기로 십여 일 동안 지원자들을 끌고 다니면서 온갖 훈련, 갈구기 등을 통해서 한계까지 몰아붙인 다음에 합격자를 고른다고 하더군. 나도 입맹 시험은 본 적이 없어서 들은 내용이다."

"무공 실력으로 들어가는 줄 알았습니다."

"그런 자도 있겠지. 특채로 들어가는 자들이 그렇다."

나는 장산을 지그시 바라보면서 말했다.

"이야, 산아."

"예."

"너 열아홉이니까 무림맹에 운이 좋아서 들어갈 수만 있다면 한 삼사십 년은 무림맹에서 활동할 수 있겠다. 무림맹은 월봉도 많아. 대우도 좋고. 어디 가서 맹원이라고 그러면 무시당하지도 않아. 백도 문파에 속한 자들하고는 대부분 사형, 사제하면서 서로 존중해 주는 편이야. 소속은 달라도 서로의 뜻이 맞기 때문이다."

물론 사마세가 가주인 사마학처럼 싸가지 없는 놈들도 있지만 이런 것은 산적들에게 알려줄 필요가 없었다. 나는 표주박으로 뜬 술을 마시면서 장산을 바라봤다.

"무림맹 장산. 어감 어때?"

장산이 웃으면서 대답했다.

"좋습니다."

"좋아?"

"예."

나는 정색한 표정으로 대꾸했다.

"뭐가 좋아. 산적 새끼야."

장산이 얼굴이 새빨개지자, 다른 산적들이 동시에 웃어댔다.

"하하하하하…"

나도 산적들과 같이 웃다가 말을 이어나갔다.

"장산이 무림맹에 들어갔다 치자…"

"예."

"지긋지긋할 정도로 고된 훈련을 몇 년 동안 버티고. 드디어 정예 조직에 들어가는 거지. 검대나 전대에 들어갔다고 치자. 여기저기

출동해서 흑도도 때려잡고. 무림공적도 추적해서 말살하고. 문파의 분쟁도 중재자로 나서서 해결하고. 승진도 하고, 운명에도 없던 혼인도 하고 아주 행복한 삶을 살다가."

나는 웃고 있는 산적들을 바라보다가 어조를 달리해서 말했다.

"어느 날 산적들의 습격을 받아서 목이 잘려서 죽는 거지."

"…"

"본래는 장산의 실력이면 충분히 이길 수 있는 싸움인데 화살 하나가 옆구리에 꽂힌 채로 싸우다가 칼에 맞아서 죽는 거야. 맹 근처의 신혼집에서는 이제 막 혼인한 신부가 밤새 기다리고."

이 무식한 산적 놈들은 표정이 전부 딱딱해진 채로 나를 바라봤다.

"…"

나는 덤덤한 표정으로 말을 이어나갔다.

"어느새 머리가 하얗게 된 임 맹주는 집무실에 있다가 보고를 받을 거다. 칠검대의 장산 무인이 임무 수행 도중에 죽었습니다. 그러면 임 맹주가 묻겠지. 장산이 누구였더라? 아마 알고 있으면서도 물어봤을 거야. 수하가 이렇게 답할 거다. 예전에 산적 출신이었는데 하오문주의 추천으로 입맹 시험을 보고 들어왔던…"

나는 임소백처럼 무뚝뚝한 표정으로 고개를 끄덕이면서 말했다.

"아, 그 친구. 기억나는군. 맹주가 무뚝뚝한 얼굴로 보고한 자에게 묻겠지. 누구에게 당했나? 산적에게 당했습니다. 임 맹주는 알겠다고 한 다음에 수하를 집무실 바깥으로 내보내고 잠시 홀로 앉아있을 것이다. 왜냐하면, 정신을 부여잡을 시간이 필요하기 때문이야. 맹주는 모든 맹원들의 죽음을 보고받는다. 미치지 않기 위해서 버틸 시간이 필요한 것이지. 너희가 봤는지 모르겠다만 임 맹주는 야율 맹주를 죽인 다음에 핏발이 선 눈으로 너희를 본 게 아니라 수하들을 쳐다봤다."

"…"

"산적들에게 당한 부하들은 없겠지? 이런 눈빛이었지."

나는 산적들을 노려보면서 말을 이어나갔다.

"임소백 맹주는 미치기 직전의 사내다. 너희가 내 손에 죽지 않고 또한 임 맹주에게 죽지 않은 것은 그야말로 천운이다. 하늘이 보살펴서 다시 살아갈 기회를 줬으니 병신 같은 산적질은 이제 때려치우도록 해. 알았어?"

"예."

나는 일부러 장산과 눈을 마주쳤다.

"장산아."

"예, 문주님."

"어제, 오늘은 산적으로 살았지만, 앞날까지 그럴 필요는 없다. 약자를 괴롭히기 전에 세상을 조금만 더 살펴봐라. 살아가는 방식은 다양하고, 무식한 것은 죄가 아니다. 배우면 돼."

나는 산적들을 둘러봤다.

"나는 대체로 말이 오락가락하는 사내이지만 약조한 것은 지키는 사람이야. 내 말을 믿고 어제와 다른 삶을 살아보도록."

나는 술을 한 모금 마신 후에 차분한 어조로 읊조렸다.

"대장부로 태어났는데 산적이 웬 말이냐."

## 142.
## 뜻이 안 통해서
## 길게 말했다

산적들과 술을 마신 다음 날. 나는 말에 타고, 산적들은 마차를 몰았다. 마차에는 남악맹이 모아뒀던 패물과 금은金銀이 담겨있는 상태. 이것을 내가 하오문으로 전부 가져가면 착복하는 게 된다. 돈은 나도 많기 때문에 그럴 마음은 없었다. 대신에 형산 지부에서 공손월 군사와 함께 이것을 정리하면 전리품을 나누는 것이 될 터였다. 남악 아래에 방치되어 있는 마차에 야율 맹주가 모아뒀던 패물과 재산을 깡그리 담아서 표물을 운반하는 것처럼 이동했다. 일종의 산적표국山賊鏢局이 된 상태. 나는 살아남은 산적들을 표사로 고용한 다음, 남악에서 형산 지부로 향했다.

지금쯤이면, 임 맹주는 맹원들과 함께 목령채에 도착했을까? 모를 일이다. 어쨌든 임 맹주는 맹원들을 꼬리처럼 달고 다닐 터였고. 나도 밑바닥 인생들을 줄줄이 끌고 다니는 중이다. 누가 더 힘겨운 삶을 살아가는 것일까? 중요한 것은 어떤 상황에서든 진지하게 임하는 것이라서 우열을 가릴 필요가 없는 문제였다. 다친 산적들이 제법 있었기에 나는 서두르지 않았다. 적당한 속도로 이동하다가 밥을 먹고, 산채에서 가져온 식량이 떨어지자마자 그나마 말끔하게 생긴 산적들을 마을이나 시장 거리로 보내서 음식을 사 오게 했다.

나는 이때 평생 보지 못했던 광경을 목격했다. 음식을 사러 가야 하는 산적 놈이 일생일대의 위기를 맞이한 것처럼 긴장한 표정을 짓고 있었다. 돈을 건네고 음식을 사 오는 것이 그렇게 무서운 일인 것일까? 마냥 웃긴 일도 아니고, 마냥 슬픈 일도 아니었으나 나는 어쨌든 벌벌 떠는 것이나 다름이 없어 보이는 놈을 평범한 사람들이 사는 곳으로 파견했다.

"왜 이렇게 떨어. 이 새끼야. 좀 맞으면 괜찮으려나?"

연신 이마의 땀을 닦고 있는 산적 놈들이 침을 삼키면서 대꾸했다.

"아닙니다. 다녀오겠습니다."

나는 밥을 사러 가는 놈들을 바라보다가 물었다.

"쟤네, 왜 저러냐?"

장산이 대꾸했다.

"모르겠습니다. 아마도 음식을 사본 적이 없어서 그런 게 아닐까요."

"별일 아니다. 설마 음식을 사는데 칼싸움이 벌어질까. 그냥 돈을 주면 되는데."

"예."

잠시 후에 어디 가서 대단한 일을 하고 온 것 같은 산적들이 음식과 함께 무사히 귀환했다. 나는 일부러 한적한 곳에 둘러앉아서 산적들과 밥을 먹었다. 산적들은 밥을 아주 열심히 먹었는데, 맛있게 먹으면서도 음식을 전혀 남기지 않았다. 뜬금이 없는 상황이지만 나는 이제 몇 놈을 제외하면 산적들의 이름을 대부분 까먹은 상태. 이름을 기억하는 놈과 이름을 까먹은 놈들이 뒤섞여 있었기에 나는 일부러 산적들의 이름을 부르지 않았다.

"너희는 도중에 옷을 한 번 갈아입어야겠다. 어차피 마차에 공용 은자도 가득하니까 옷을 파는 큰 시장이 보이면 그쪽에 가서 옷을 사 입자."

"예."

"어쩜 그렇게 하나같이 의복에 산적이라는 티를 내고 다니는지 모르겠군."

무식한 우춘이가 대꾸했다.

"저희 옷이 왜요? 나름 잘 입었는데요."

한숨이 절로 나온다.

"그래."

우춘이라는 놈의 복장만 해도 상의와 하의가 따로 논다. 각기 다른 사람의 의복을 뺏어 입었기 때문일 것이다. 이렇게 입고 돌아다니면 번화가에서는 사람들이 알아서 우춘이를 피할 것이다. 저녁에는 옷을 사 입으면서 즐거워하는 괴한들을 보면서 나도 자괴감이 들었다.

어쨌거나 남악에서 형산까지. 나는 산적들을 그나마 인간답게 탈바꿈시킨 다음에 사흘째 정오에 형산 근처에 도착했다. 나는 형산 지부에 들어가기 전에 이미 내가 데리고 온 산적들이 누군가에게 경멸의 눈초리를 받을 것을 예상했으나 어쩔 수 없었다. 나쁜 짓을 하고 살았으면 경멸의 눈초리도 어느 정도 감당할 줄 알아야 한다는 것이 내 생각이다.

* * *

나는 산적들을 데리고 형산 지부에 도착했다. 물론 이놈들을 무림 맹의 군사에게 소개하고자 데리고 온 것은 아니다. 내가 형산 지부에 들어가기도 전에 산적들이 습격하는 것으로 착각한 형산 지부의 무림맹원들과 동맹 세력이 어느 순간 일제히 바깥으로 튀어나와서 대치 상황이 벌어졌다. 나는 공손월 군사를 쳐다보면서 말했다.

"공손 군사, 나요. 하오문주. 다들 바쁘게 마중을 나오시는군."

공손월이 당황한 표정으로 대꾸했다.

"뒤에 산적들은 뭡니까?"

"티가 나나?"

"예."

나는 고개를 돌려서 산적에서 잠시 표사로 전직했던 놈들을 둘러봤다. 이를 대체 어떻게 설명해야 효율적일까. 일단 맹주의 이름을 한번 팔아봤다.

"임 맹주께서 아무런 언질이 없었소?"

"예."

"남악맹은 엊그제 완벽하게 정리했소. 포로가 많아서 일부 산적은 임 맹주와 함께 곧장 목령채를 치러 갔고. 그래도 병력이 많이 남아

...                    광마회귀 3

서 내가 이들을 지켜보고 있었소. 남악맹의 본채를 박살 낸 다음에 이들이 보관하고 있던 장물을 옮겨 온 상태요. 즉 남악맹을 쳐서 얻은 전리품을 내가 다 끌고 왔다는 말씀이지. 시간이 없어서 길게 말 못 했는데 똑똑한 공손 군사께서는 다 이해하셨겠지?"

공손월이 그제야 긴장한 낯빛을 조금 푼 다음에 고개를 끄덕였다.

"문주께서 수고가 많으셨습니다."

"별말씀을. 장물을 어디로 옮기면 좋겠소?"

이때, 안쪽에서 공손 군사보다 뒤늦게 걸어 나온 놈이 듣기 싫은 목소리로 끼어들었다.

"그곳에 일단 그냥 두게나. 그놈들부터 전부 포박한 다음에 알아서 옮기면 되지 않겠나?"

나는 미간을 좁힌 채로 대화에 끼어든 사마학을 바라봤다. 내가 노려보자, 사마학도 나를 노려봤다. 가는 시선이 곱지 않으면 오는 시선도 병신 같기 마련이다.

"이놈들은 내가 관리하고 있으니 포박할 것 없소. 사마 가주, 경고하는데 내게 이래라저래라 하지 마시오. 실력이 제법 뛰어나고 성질도 대단하신 것 같은데 어째서 목령채를 치러 가지 않으셨소? 여기남아 계시다니 놀랍기 짝이 없군."

사마학이 웃으면서 나를 바라봤다.

"논의되어 결정된 사항에 자네가 왈가왈부할 필요는 없네."

이미 사마학 주변에는 사마세가의 무인들이 곱지 않은 시선으로 나를 노려보고 있었다. 나는 잠시 입술에 침을 발랐다. 대체 내가 무슨 잘못을 저질렀나? 전리품을 하오문으로 가져가지 않고, 고생한 임 맹주와 맹원들에게 나눠주기 위해서 아직 살아있는 산적들에게 짐을 옮기라고 했을 뿐이다.

나는 잠시 산적들을 바라봤다. 다친 놈들도 제법 많은 데다가 눈앞에서 무림맹 병력과 세가의 고수들을 보자 겁을 집어먹고 있었다. 더군다나 나를 믿어서 따라오긴 했는데 상황이 이상하게 흘러가자 표정이 다들 좋지 않았다. 나는 장산에게 말했다.

"일단 너희가 짊어지고 있는 짐도 다 내려놓고. 마차에서도 물러나라."

장산이 대꾸했다.

"예, 문주님."

내 말이 끝나자마자, 사마학이 가솔들에게 명령했다.

"…너희는 가서 산적들부터 무릎 꿇리고. 전부 포박해 놓아라."

사마세가의 무인들이 동시에 대답했다.

"예."

나는 사마세가의 무인들이 두세 걸음을 걷기도 전에 성질이 폭발했다.

"멈춰라."

"…"

나는 사마세가의 무인들을 노려봤다.

"어제, 임 맹주와 함께 항복을 받아들인 자들이다. 내가 거뒀다고 말을 했을 텐데. 포박은 불필요한 일이다."

사마세가의 중년 무인이 대답했다.

"들어보지도 못한 하오문의 문주라는 자가 어찌 이렇게 무례한

...

가? 무림맹과 백도 세력이 힘을 합쳐서 산적과 수적을 소탕하고 있는데 당연히 먼저 포박을 한 다음에 이들을 어떻게 처리할 것인지는 무림맹에서 결정하는 게 맞다."

나는 고개를 끄덕였다.

"맞다."

"맞다고?"

"무림맹이 결정해야지. 그대는 사마세가 소속이야. 주둥아리 다물고 있도록. 공손 군사."

공손월이 대꾸했다.

"문주님, 말씀하시지요."

"내 뜻이 잘 전달되지 않는군. 내가 남악맹에 남아서 잔당을 정리하고 장악한 것은 전략상 필요했던 일이고. 보다시피 내가 혼자 남았소. 남악맹이 보유하고 있는 장물을 이곳으로 가져온 이유는 임맹주와 수고한 맹원들에게 전리품이 돌아가길 바라서요. 그렇지 않았다면 내가 이것을 전부 산적들에게 시켜서 하오문으로 가져갔겠지. 이 자리의 통제권은 공손 군사가 쥐고 있을 텐데 왜 자꾸 나와 사마세가의 싸움을 부추기는 거지? 정리 똑바로 못 하겠소?"

공손월의 하얀 얼굴이 순식간에 새빨갛게 익었다.

"아, 문주께서 태도를 조금 더 명확하게 해주시지요."

"어떻게."

"데리고 온 자들은 포로입니까? 아니면 말씀하셨던 대로 거두신 겁니까. 무엇이 되었든 간에 저는 뜻을 존중하겠습니다. 다만 포로라면 당연히 먼저 포박을 하는 게 맞습니다."

나는 내심 당황스러웠으나 고개를 끄덕였다.

"아, 그렇군. 그러면 일단 내가 하오문으로 거둬들이겠소."

내 말이 끝나자마자 사마학이 웃음을 터트리고 사마세가의 무인들도 함께 큰 목소리로 웃었다.

"하하하하하…"

나는 산적들과 함께 비웃음의 한가운데에 서 있었다. 사마학이 나를 보면서 말했다.

"이보게 하오문주, 세상천지에 어떤 문파가 산적들을 거둬서 쓴다는 말인가? 문도로 받아들일 인재가 그리 부족하단 말인가? 산적들을 하오문으로 받아들였다는 소문이 나면 백도의 여러 선후배가 자네를 어찌 생각하겠나. 나이가 어려도 일문의 문주로 대접해 주려고 했더니… 생각마저 쯧."

"산적을 문도로 받아들이면 안 되는 이유가 있나?"

사마학이 즐겁다는 표정으로 대꾸했다.

"하오문주, 자네는 정말 그게 말이 된다고 생각하나?"

나는 딱딱한 표정으로 대답했다.

"그것이 나다."

"…"

어차피 강호에 출도해서 내가 행했던 모든 일은 대체로 말이 안 된다. 하오문 대다수가 이미 흑도 출신이라서 내 입장에서는 흑도나 산적이나 오십보백보였다. 백도는 전부 좋은 놈들이고. 흑도는 전부 때려죽여야 할 놈들이라면. 세상의 뜻과 내 뜻이 맞지 않는 것이다. 나는 그렇게 생각하지 않는다. 새삼스럽게 임소백 맹주와는 간략한 말 몇 마디로 뜻이 통하지만, 사마학 같은 놈과는 길게 논쟁을 벌여도 뜻이 통하지 않는다.

다만, 나는 세상이 이렇다는 것을 이미 전생부터 알고 있었다. 전생의 광마 시절이었다면 지금 말에서 내려서 사마학을 공격했겠지만, 나도 인내심이라는 게 늘었고 생각의 폭이 조금은 넓어진 상태. 최대한 더 견뎌보고, 말싸움도 더 해보고, 뭐가 됐든 간에 더 부딪혀보겠다고 다짐했다. 나는 백도의 무인들을 둘러보면서 말했다.

"…포로들이 산적들이라 불편해하는 것은 내가 이해하겠소. 임 맹주께서 돌아오시면 알겠지만 남악맹에서는 내가 산적들을 가장 많이 죽였소. 일백 명은 넘게 때려죽인 것 같은데, 맞나?"

내가 장산을 돌아보자, 장산이 착잡한 표정으로 대꾸했다.

"예, 맞습니다."

"그 어떤 무림맹원들보다 내가 가장 많은 살생을 저질렀으니 책임도 내가 가장 크다는 뜻. 항복을 권유했던 것도 나고 항복한 자들에게 살 기회를 주겠다는 말도 내가 내뱉었소. 그러니 나는 내 말을 지키기 위해 하오문으로 거둬서 쓸 것이오. 쓰겠다는 것은 포로나 노예처럼 부린다는 것이 아니라 일을 배우려는 자들에겐 일을 배우게 하고, 산적이 아닌 길을 택하는 자들에게 기회를 주겠다는 거요. 그래도 인성이 부족한 놈이 있다고 판단하면 하오문에서 내 손으로 직접 때려죽이겠소. 이자들은 어제까지 산적이었고. 오늘부터 하오문에 속하니 포로니 포박이니 하는 말은 내 앞에서 할 필요 없소. 강호의 선배, 후배 여러분들. 내 말 이해하셨소?"

예상대로 사마학이 나섰다.

"내가 용납하지 못하겠다면 어쩔 텐가? 포로 대우도 고마운 줄 알아야지. 당장 이 자리에서 목을 베어도 시원찮은 놈들을 줄줄이 데리고 와서 하오문이 되었다고 소개해? 공손 군사는 이게 옳다고 생각하는가? 백도에 이런 문파가 동맹이라니… 어처구니가 없는 일이네."

순간, 나는 내 뺨을 후려쳤다.

*찰싹…!*

나는 욕을 반쯤 읊조렸다가 목구멍으로 다시 삼켰다.

"…"

그래도 열이 뻗쳤기 때문에 나는 잠시 눈을 감았다가 떴다. 찰나, 사마학을 붙잡고 찢어 죽이는 상상을 했으나 이 소식을 들은 임소백이 당황할 것을 상상해 보니 다시 참을 수밖에 없었다. 나는 성질을 가까스로 억누르느라 가슴께가 들썩였다. 나는 숨을 크게 내쉰 다음에 사마학을 노려봤다.

"이보시오. 사마 가주."

"말씀하시게."

"우리 잘난 백도에는 비무라는 좋은 전통이 있다던데, 가주와 내가 뜻이 맞지 않으니 비무로 결정하는 것은 어떻겠소? 공증인은 무림맹의 공손 군사가 해줄 거요. 어차피 포로로 거두든, 내가 하오문으로 거두든 간에 임 맹주와 내가 남악으로 진격해서 대승을 거둔 것은 변함없는 사실이니. 좋게, 좋게, 싸움이나 한판 해서 이 잡음을 깨끗하게 정리해 봅시다. 어쩌시겠소?"

나는 사마학의 노려보면서, 눈빛으로 욕을 해봤다.

…

'어쩔래. 이 개새끼야…'

잠시 황당한 표정을 짓고 있었던 사마학이 어깨를 들썩이면서 웃었다.

"자네는 강호초출인가? 나는 사마세가의 가주일세."

"그런데?"

"비무로 결정하자는 것은 내 뜻에 맡기겠다는 뜻이 아닌가?"

사마학이 껄껄대면서 웃자, 사마세가의 무인들도 함께 웃었다. 나는 잠시 입을 다물었다. 솔직히 나도 누가 이길지 모르겠다. 임소백 맹주에게 덤볐을 정도로 성질이 있는 사마학의 정확한 실력은 나도 모르기 때문이다. 하지만 내 일관된 생각은 늘 변함이 없다. 이기고 지는 것이 중요한 게 아니다.

그보다 중요한 것은, 마음에 안 드는 놈을 어떻게든 쥐패는 것이다. 내가 이기면 무조건 뺨따귀를 후려칠 것이고. 설령 내가 지더라도 어떻게든 쥐팰 것이다. 머리끄덩이를 붙잡든, 금나수법을 펼치다가 사마학의 손가락을 물어뜯든 간에 나는 내 식대로 싸울 생각이다.

나는 이기든 지든 간에 쥐패는 남자이기 때문이다. 사실, 사마학의 실력을 제대로 모르고 있긴 하나 진다는 생각은 눈곱만치도 안 들었다. 나는 말 위에서 사마학을 일부러 내려다보다가 거만한 표정으로 웃었다.

"붙어보자고. 사마 가주."

아까 내게 훈계질을 했던 중년의 무인이 끼어들었다.

"나이도 어린 후배의 언행이 왜 그렇게…"

나는 내공을 담아서 형산 전체에 내 목소리가 쩌렁쩌렁 울리도록
외쳤다.

"닥쳐라!"

"..."

나는 중년의 무인을 노려보면서 말했다.

"가주와 문주의 일이다. 밑에 놈은 빠져있어."

# 143.
## 선공,
## 들어갑니다

내가 사마세가 무인을 향해 소리를 버럭 내지르자… 공손월 군사가
재빨리 끼어들었다.

"가주님과 문주님은 저를 봐주십시오."

순간, 사내들의 시선이 전부 공손월에게 향했다. 공손월은 무림맹
의 군사이든 아니든 간에 쳐다볼 수밖에 없는 여인이어서 산적들까
지 일제히 공손월을 주시했다. 임소백 맹주가 이래서 군사로 선임했
나? 다들 집중력이 아주 높아진 상태에서 공손월이 말했다.

"비무는 생사결이 아닙니다. 또한, 비무가 끝이 났는데도 하오문
과 사마세가 사이에 앙금이 남는다면 이 자리에서 굳이 비무를 하실
필요가 없습니다. 분명히 말씀드립니다. 비무를 벌이신 다음에 결과
에 깨끗하게 승복할 것을 약조하겠습니까?"

사마학이 고개를 끄덕였다.

"당연한 말이네."

나도 고개를 끄덕였다.

"그래야겠지."

공손월이 나를 바라봤다.

"두 분은 특히 비무 이후에도 하오문과 사마세가가 백도의 동맹으로 잘 남을 수 있도록 배려해 주셔야 합니다."

나는 뒤끝 있는 말로 대꾸했다.

"하오문이 무슨 힘이 있겠소? 산적이나 받아들이는 문파인데. 감히 사마세가에 비할 바는 아니지."

나는 말에서 내린 다음에 기다리고 있는 장산에게 말고삐를 넘겼다.

"…"

공손월이 고개를 끄덕였다.

"제가 공증인이 되어 비무를 지켜보고 오늘 벌어진 승부와 대화는 빠짐없이 맹주님에게 보고하겠습니다. 지부장님?"

형산 지부의 무인들 틈에서 한 사내가 대꾸했다.

"공손 군사, 말씀하시오."

"비무 진형을 잡아주시지요."

"그럽시다."

사내가 별일 아니라는 것처럼 형산 지부의 무인들에게 말했다.

"다들 넓게 퍼져라."

"예."

형산 지부의 맹원들이 신속하게 퍼져나가더니 그야말로 넓은 원을 그리면서 곳곳에 배치되었다. 형산 지부장이 말했다.

···

"구경하는 분들은 전부 원형 방진을 짠 맹원들의 뒤로 가주시오. 참고로 말씀드리겠소. 비무에 개입하는 행위는 암살 실패와 같은 죄로 취급해서 맹으로 압송할 것이니 암기를 던진다거나 해서 망신당하는 일이 없길 바라겠소. 두 분의 실력을 예측할 수 없으니 맹원들은 더 넓게 자리 잡아라."

"예."

삽시간에 그야말로 널찍한 비무 공간이 마련되었다. 사마학이 중앙으로 걸어가면서 말했다.

"문주, 무엇으로 하겠나?"

나도 중앙으로 걸어가면서 대꾸했다.

"산적이나 거둬 쓰는 문파의 수장인데 무슨 선택권이 있겠소. 가주께서 편할 대로 하시오."

사마학이 웃으면서 대꾸했다.

"문주, 속이 너무 옹졸한 거 아닌가? 말투가 참 재미있군."

나도 웃으면서 말했다.

"옹졸해서 재미있다니? 하나만 합시다. 돌려 까는 게 사마세가의 전통인가?"

나는 사마학과 눈을 마주쳤다가 동시에 가식적으로 웃었다.

"하하하하."

사마학이 말했다.

"생사결이 아닌 비무라곤 하나, 다치는 경우도 많으니 문주도 조심하시게."

"살살 합시다. 산적이나 거둬 쓰는 강호의 후배를 상대로 이를 악물고 하면 무슨 망신이오? 특히 다른 세가의 가주들이 비웃을 거요."

내가 집요하게 산적을 거론하자 점점 사마학의 웃음기가 사라졌다.

"이렇게 하세. 먼저 권이나 장법을 겨루고. 승부가 안 나면 도중에 언제든지 병장기를 뽑는 것으로. 기왕 싸우는 거, 익힌 무공은 다 펼쳐봐야 하지 않겠나. 하오문이 대체 어떤 무공을 사용하는지 나도 궁금하군."

"그럽시다."

* * *

나는 사마학과 삼 장 거리에 서서 머리를 뒤로 묶었다.

'목이 마르네. 물이나 한잔 마시고 할 것을. 그러고 보니 여기 와서 물도 한잔 대접받지 못했구나. 염병할…'

내가 가만히 서 있자, 사마학이 뜻밖의 제안을 했다.

"선공을 양보하겠네."

"정말이오? 이런 비무를 해본 적이 없어서. 이게 맞소?"

"삼 초식을 양보하는 경우도 있으나 자네 실력을 나도 모르겠으니 그냥 선공만 양보하겠네."

"그럽시다. 배려해 줘서 고맙소."

"별말씀을."

나는 하품을 하다가 급히 왼손으로 틀어막은 후에 거리를 조금 더 벌렸다. 하품이 그야말로 늘어지게 나왔다.

'대체 언제쯤 편히 잘 수 있을까.'

…

나는 사마학에게 거듭해서 선공을 확인했다.

"그럼 사마 가주, 내가 선공을."

사마학이 고개를 끄덕이자마자… 나는 오른손에 슬쩍 염계를 휘감아서 사마학을 바라봤다.

"…"

공격적인 성향이 드러나지 않게, 염계에 주입한 내공을 적당히 줄인 상태. 당연히 남악맹의 목책을 흔적도 없이 날려 보냈을 때의 공력보다는 수준이 다소 낮았다. 사마학은 살짝 어리둥절한 표정으로 나를 바라봤다.

"음?"

극양의 성질을 가진 붉은 기운을 손에 휘감고 있긴 했으나, 아직 내가 공격을 펼치진 않았기 때문일 것이다. 말 그대로, 아직 나는 선공을 펼치지 않은 상태. 나는 왼손으로 뒷머리를 긁다가 산적들을 무심코 바라봤다. 마침, 내가 끌고 온 산적들의 눈은 전부 앞으로 튀어나갈 것처럼 커진 상태였다.

"…!"

장산은 무어라 말을 하려다가 멈춘 표정으로 나를 바라봤다. 입을 반쯤 벌린 것을 보아하니, 넋이 나간 모양이다. 사마학이 내게 물었다.

"문주, 뭐 하는 건가?"

"아, 미안하오. 오늘따라 몸에 기운이 없어서."

"손에 불꽃이…"

나는 마른 웃음을 짓다가 왼손에 현월빙공보다는 위력이 현저하게 약한 잔월빙공을 슬쩍 휘감았다. 나는 공연패가 공을 던졌다가 받는 것처럼 손을 이리저리 태극의 모양으로 움직이면서 공격을 예고했다.

"준비됐소? 자, 지금부터 선공 들어갑니다. 따라란, 따라란, 쿵짝짝…"

눈앞에서 붉은 기운과 서늘한 기운이 공중에서 빙글빙글 돌았다. 그제야 사마학은 표정이 딱딱하게 굳은 채로 입을 열었다.

"…아니!"

'아니는 개뿔이, 개새끼야.'

나는 그대로 극양과 극음의 기를 휘감은 일월광천을 사마학을 향해 띄워서 장풍으로 빠르게 밀어냈다. 공중에서 일월광천이 맹렬하게 회전하면서 끔찍한 소리를 만들어 냈다.

*파지지지지직!*

사마학의 표정은 '앗차!' 하는 감정으로 뒤덮인 상태. 급히 왼발로 땅을 구르더니 쌍장을 교차하자마자 기합을 내질렀다. 공중에서 일월광천과 사마학이 혼신의 힘을 다해 쏟아낸 장력이 맞붙었다. 일월광천을 펼칠 때마다 느끼는 것인데… 일월광천은 찰나의 순간에 주변의 소리를 모두 집어삼키는 성향이 있다. 왜 그런지는 물론 나도 모른다. 내가 만든 것이라서 물어볼 사람도 없다.

"…!"

*콰아아아아아아아아아아아아앙!*

염화향과 현월빙공의 조합으로 만든 일월광천이면 사마학이 당연히 버텨내지 못했을 것이다. 하지만 염계 초입의 단계와 잔월빙공의 조합으로 만들어 낸 일월광천과 사마학은 어느 정도 균형이 맞을 터였다.

아니었던 모양이다. 굉음과 함께 사마학이 튕겨 나갔다. 이미 장력과 일월광천이 부딪친 자리에는 반월 모양으로 땅이 파인 상태. 먼지가 거꾸로 올라가는 눈보라처럼 솟구쳐서 사방팔방을 자욱하게 뒤덮었다. 나는 사마학을 공중으로 띄우자마자, 전속력으로 움직였다.

포물선을 그리고 튕겨났던 사마학은 땅에 도착할 때쯤에서야 정신을 차린 모양인지 신형을 회전하면서 바닥에 겨우 내려섰다. 이미 사방에는 일월광천의 여파와 진각 때문에 온통 먼지가 가득한 상태. 나는 그 먼지를 휘감은 채로 사마학의 앞에 순식간에 등장해서 일부러 제자리에서 진각震脚을 찍었다.

*콰아아아앙!*

자잘하게 부서진 돌멩이들과 흩날리는 먼지가 다시 떠올랐다. 사마학은 머리카락이 산발이 되고, 의복이 너덜너덜하게 찢어진 상태에서 나를 맞이했다. 사마학은 힘이 남아있는 것일까? 반쯤 넋이 나간 표정으로 나를 향해 다시 쌍장을 내밀었다. 나는 일부러 양손의 주먹을 휘둘러서 예닐곱 번을 맹렬하게 부딪친 다음에 사마학의 복부에 주먹을 한 번 꽂았다.

*퍽!*

다시 사마학의 힘과 속도에 맞춰서 대여섯 번을 맹렬하게 장력과 주먹으로 비등비등한 싸움을 펼치다가 사마학의 가슴에 주먹을 꽂아 넣었다.

*픽!*

일부러 세게 치진 않았다. 사마학이 버텨야만 더 때릴 수 있기 때문에 내가 힘을 조절했다. 사마학은 피를 토해내면서도 나를 향해 허우적대듯이 손을 휘둘렀다. 나는 잔월빙공을 양손에 휘감아서 사마학의 장력을 받아쳤다가…

*픽!*

지법으로 전환해서 사마학의 단전에 빙공을 적중시킨 다음에… 멈춰 서서, 사마학을 노려봤다. 사마학은 연신 뒷걸음을 치다가, 뒷걸음을 치는 속도마저 느려지고 있었다. 사방팔방에 떠올랐던 먼지가 천천히 가라앉는 와중에 나는 사마학에게 따라붙으면서 속삭였다.

"사마 가주, 살려줘? 비무니까 살려줘야겠지?"

사마학은 경황이 없는 표정으로 나를 바라봤다. 나는 덤덤하게 말했다.

"뒤끝이 있을 거 같은데, 단전은 부술까?"

사마학이 겨우 입을 열었으나 잔월빙공 때문인지 턱이 계속 부딪치고 있었다.

"문주…"

"뭐?"

"승부는…"

나는 주변을 살펴봤다. 공력이 약한 놈들은 일월광천이 터지는 여파에 휩쓸려서 전부 나뒹굴었던 상태. 그사이에 나는 손가락에 입김을 불어 넣었다.

"승부가 아직 안 났다는 말이지? 알았어. 승리의 딱밤이다."

나는 손가락에 외공의 정수와 목계의 기를 충만하게 주입해서 오들오들 떨고 있는 사마학의 이마를 후려쳤다.

*뻐억!*

사마학의 신형이 공중에서 서너 차례 회전하다가 땅바닥을 굴러다녔다. 나는 양손을 허공으로 뻗어서 흡성대법을 펼쳤다가, 휘몰아치듯이 빨려오는 먼지가 내 몸 근처로 왔을 때 양손을 살짝 털었다. 사마학과 내 주변으로 먼지가 후드득- 소리를 내면서 쏟아졌다. 먼지가 사라질 때쯤에 나는 얼굴에서 웃음기를 지워나갔다. 시야가 밝아졌을 때⋯ 나는 무뚝뚝한 표정으로 돌아와서 백도의 무인들을 둘러봤다.

'이야, 백도의 비무가 이런 식이고, 매번 선공을 내게 양보하면 웬만한 선배들은 전부 줘팰 수 있겠네. 웃긴 놈들이야. 선공은 왜 양보하는 거야. 대체⋯'

나는 덤덤한 표정으로 팔짱을 낀 채로 사마학을 바라봤다. 사마세가의 무인들이 "가주님!"을 애타게 부르짖으면서 쓰러진 사마학에게 달려왔다. 내가 공력을 줄이긴 했으나, 사마학이 막아낸 것도 사실 대단한 일이다. 물론 나도 사마학을 소멸시키지 않으려고 일부러 거리를 벌렸던 상황. 한 무림세가의 가주라면 저 정도의 뻔한 공격은 막아주는 것이 옳다. 공손월을 비롯한 무림맹원들도 경공을 펼쳐서 내 주변으로 빠르게 다가왔다. 공손월이 당황한 표정으로 입을 열었다.

"문주님, 설마⋯"

나는 공손월을 노려봤다.

"사마 가주는 멀쩡하게 살아있소. 비무는 비무일 뿐."

사람들의 시선이 전부 사마학에게 향했다. 가솔들이 부축해서 일으키는데도 다시 주저앉은 사마학이 눈을 감은 채로 운기조식을 시작했다. 운기조식을 하는 와중에도 잔월빙공 때문에 전신을 오들오들 떨고 있었다. 공손월이 한숨을 내쉬었다가 내게 말했다.

"문주님, 이렇게까지 해야만…"

"군사, 닥치시오. 상대는 세가의 가주. 더군다나 우리 둘은 싸워본 적도 없소. 서로 최선을 다해서 싸우는 것이 당연하고 옳은 일. 승부가 이렇게 되긴 했으나 여기에 있는 어떤 선후배라도 사마 가주를 상대로 허술하게 싸울 수는 없는 노릇이오. 내 말이 틀렸나?"

공손월이 침을 한 번 삼킨 다음에 대답했다.

"맞습니다."

나는 사마세가를 바라보면서 말했다.

"…싸우다가 나도 흥분한 것은 인정하리다. 가까스로 정신을 부여잡고 싸워서 사마 가주를 살릴 수 있었소. 천운이었달까."

나는 천운이라는 말을 하면서 일부러 산적 새끼들을 바라봤다.

'천운이다. 이 새끼들아.'

산적 놈들은 다양한 표정으로 전부 나를 바라보고 있었다. 특히 무식한 우춘이 놈은 나와 눈을 마주치자마자 말없이 양손을 불끈 쥐고 있었다.

'이겼어요!'

이런 표정이었다. 산적들은 아무 말도 하지 않았지만 나는 산적들에게 한마디를 했다.

"그저, 천운이었다."

천운은 개뿔이… 내 실력이다. 나는 뒤끝이 끝장나는 사내라서 일부러 산적들을 손짓으로 불렀다.

"다들 이리로 와라."

산적들이 우르르 달려와서 멈춰 섰다. 나는 진중한 어조로 남악맹의 산적들에게 말했다.

"백도의 무인들에게 정중하게 예를 갖춰라. 너희가 하오문으로 들어오게 된 것은 내 뜻으로만 억지로 할 수 없는 일이었다. 백도의 여러 선후배들이 허락을 해줬기 때문에 너희가 새로운 삶을 살 수 있게 되었으니 진심으로 예를 갖추도록."

산적들이 여기저기서 감사하다는 말을 올렸다. 산적들의 잡다한 말이 운기조식을 하는 사마학의 신경을 계속 자극했다. 나는 산적들의 말을 끊었다.

"닥쳐라."

"예."

나는 한숨을 내쉬었다가 뒷짐을 진 채로 하늘을 올려다봤다.

"그것참, 개과천선해서 새 삶을 사는 게 쉽지 않은 일이로군."

산적들에게 하는 말이 아니고 나 자신에게 하는 말이었다. 하여간, 나는 내 뺨을 아주 약하게 한 대 때린 다음에 장산에게 명령했다.

"장산아."

"예, 문주님."

"전리품에서 통용 은자가 들어있는 작은 상자를 가져와서 사마세가에 전달해라. 치료비로 전달할 것이다."

"알겠습니다."

내가 이렇게 통이 큰 사내다. 생각해 보니 전부 산적들의 돈이긴 했다. 이때, 사마세가에서 몇 명이 동시에 외쳤다.

"가주님!"

문득 나도 깜짝 놀라서 바라보니, 성난 표정의 사마학이 눈을 뜬 채로 나를 노려보고 있었는데 주둥아리는 열리지 않고 있었다. 한마디로 부들부들대는 중이었다.

'와, 이러면 내상이 깊다는 뜻인데.'

나는 미간을 좁힌 채로 사마학에게 말했다.

"사마 가주. 마음을 평온하게 가라앉히시오. 주화입마가 찾아올 수도 있으니. 좋은 승부였소."

순간, 쿠엑… 하는 소리와 함께 사마학이 검붉은 피를 토해냈다. 내가 주화입마에 여러 차례 걸려봐서 아는데, 저 정도면 최소 십 년은 운기조식에 매달려야 예전 공력을 회복할 수 있을 터였다. 나는 옆에 있는 장산에게 속삭였다.

"이러면 내가 뭐가 되냐?"

"죄송합니다. 저희 때문에."

"이게 다 너희 산적들 때문이다. 앞으로 잘하자. 알았어?"

"예."

"팔자에도 없던 산적들이라니… 에잇."

나는 장삼에 묻은 먼지를 대장부답게 털어낸 다음에 돌아섰다. 휘날리던 먼지는 운기조식을 하는 사마학의 콧구멍으로 들어갔을 것이다. 내가 이렇게 나쁜 놈이다. 아… 나도 참, 절레절레.

# 144.
## 무림맹주
## 임소백은

목령채 소탕전에서 대승을 거두고 돌아온 임소백은 잠시 맹주 집무실에 앉아서 책상에 발을 올려놓은 다음에 지그시 눈을 감았다. 눈은 감았으나 쉽게 잠이 오질 않았다. 행군이 무척 길었고, 싸움도 잦았다. 제대로 먹지 못했고, 편히 잠을 이루지 못했으며, 산적과 수적을 소탕하는 내내 신경도 날카로웠다. 눈을 감아도 잠이 오지 않는 것이 당연한 상황.

　육체는 피곤했으나 정신이 안정을 취하지 못하고 있는 상태라고 스스로 진단했다. 가슴 윗부분을 손으로 누를 때마다 침을 맞는 것 같은 고통이 스리슬쩍 밀려들었다. 관자놀이를 꾹꾹 눌러봐도 마찬가지… 자신의 몸 상태가 이렇다면, 맹원들은 더 피곤하리라 생각했다.

　'당분간 쉬어야겠구나. 나도 맹원들도…'

　쉬려면 맹원들의 보고를 느슨하게 받는 수밖에 없었다. 하지만 임소백은 이런 다짐을 하자마자, 바깥에서 들리는 발소리를 듣고선 탁자에서 두 발을 내렸다. 잠시 후 호위전의 수하가 보고했다.

"맹주님, 공손월 군사가 복귀했습니다."

임소백이 눈을 뜨면서 대답했다.

"들여보내."

"예."

형산 지부에서 복귀한 공손월이 들어와서 포권을 취했다.

"맹주님, 대승을 축하드립니다."

"앉게나."

임소백은 뭉친 어깨를 한번 돌린 다음에 공손월을 바라봤다. 공손월이 말했다.

"보고드릴 게 있어서 찾아뵈었습니다. 피곤하실 텐데 죄송합니다."

"괜찮네."

임소백은 책상에 있는 찻물을 직접 따른 다음에 공손월에게 찻잔을 내밀었다. 공손월이 두 손으로 찻잔을 받으면서 말했다.

"감사합니다."

공손월은 맹주님이 피곤해 보였기 때문에 본론부터 바로 꺼냈다.

"형산 지부에서 이자하 하오문주와 사마학 가주가 공식적으로 비무를 벌였습니다."

임소백은 자신의 찻잔에 시커먼 찻물을 떨구면서 덤덤하게 대꾸했다.

"갑자기 왜 싸웠나? 설마 회의 때 언쟁을 한 것으로 다퉜나?"

공손월은 차를 한 모금 마셨다가 깜짝 놀랄 정도로 쓴맛이어서 찻잔을 조심스럽게 내려놓았다.

"하오문주가 남악맹이 보유하고 있는 장물을 전부 챙겨서 형산 지부에 도착했는데 그것을 옮긴 자들이 산적이었습니다."

"그런데."

"사마 가주가 산적들을 포박하겠다고 나섰다가 말다툼이 벌어졌는데. 하오문주가 갑자기 산적들을 하오문으로 거둘 테니 포박을 하지 말라고 했습니다."

임소백이 자신의 찻잔에 찻물을 다시 따르면서 대꾸했다.

"더 줄까?"

"괜찮습니다."

"그래서, 겨우 그거 가지고 싸웠다는 말인가?"

"예."

임소백이 찻물을 입 안에 버리듯이 쏟아 넣은 다음에 대꾸했다.

"문주가 문도를 받는 건 문제 될 일이 아니다. 사마학이 왜 하필이면 남악의 녹림도를 문도로 받느냐? 이런 논리로 시비를 걸었나 보군."

"예."

"하오문주가 뭐라고 하던가."

"자신이 산적들을 가장 많이 때려죽였으니 책임도 자신이 가장 크다고 했습니다. 항복을 권유한 것은 자신이고, 이들에게 살길을 열어주겠다고 약조했다더군요. 그래도 사마 가주가 계속 노골적으로 비웃자, 하오문주가 갑자기 비무를 신청했습니다."

"공손 군사, 하오문주는 왜 갑자기 비무를 신청했을까?"

공손월이 잠시 생각에 잠겼다가 대꾸했다.

"사마학 가주가 비무를 받아들일 것이라 확신하고 제안한 모양입니다. 회의 때부터 둘 사이의 감정이 나빴으니까요."

"그랬겠지. 비무 결과는?"

"그게 좀 문제가 있습니다. 비무가 끝나고 나서 사마세가 사람들이 저를 찾아와서 항의하고 이것저것 따져서 저도 좀 곤란했습니다."

"하오문주가 비열하게 싸웠나?"

"있는 그대로 말씀드릴까요?"

"없는 이야기는 지어내지 말도록."

공손월이 집중한 표정으로 말했다.

"예, 그러니까 일단 사마학 가주가 선공을 양보했습니다."

"선배니까 그럴 수 있지. 나이 차이도 많은 편이고."

"예, 그런데 하오문주가 고맙다고 하더니 이렇게…"

공손월이 오른손을 들어서 공을 움켜쥐는 손 모양을 취했다.

"손바닥 안에 새빨간 기를 휘감았습니다."

임소백은 깜짝 놀란 표정으로 공손월을 바라봤다.

"뭐?"

"왜 그렇게 놀라십니까?"

"아니다. 계속 이야기하도록."

공손월이 고개를 끄덕인 다음에 말했다.

"그러더니 왼손으로 또 새하얀 기를 휘감았습니다. 이 부분이 문제입니다. 양손에 기를 휘감긴 했는데 아직 공격은 하지 않은 것이죠. 선공을 양보하겠다고 했으니 사마학 가주는 기다릴 수밖에 없었습니다."

"그랬겠지."

"그런데 여기서 하오문주가 손을 이렇게 저렇게 막 움직이더니…
좀 일부러 놀리는 거 같았습니다."

"확실해?"

공손월이 허공에서 양손을 빙글빙글 돌렸다.

"예, 무슨 공놀이는 하는 것처럼 움직이면서 입으로는 따라란, 따
라란, 쿵짝짝…"

무림맹주 임소백이 눈을 껌벅였다.

"쿵짝짝?"

"예. 그러다가 갑자기 양손의 기를 태극으로 합치는 것처럼 휘감
아서 빠른 속도로 던졌습니다. 그러니까 결과적으로 따라란과 쿵짝
짝은 굉장히 수준이 높은 심리전이었던 셈입니다. 별게 아닌 공격인
데 어디 한번 막아보시든가? 이런 분위기였습니다."

임소백은 공손월의 분위기가 너무 진지해서 말을 끊을 수가 없었다.

"…"

"그런데 갑자기 공중에서 번개 찢어지는 소리가 들리더니 굉음과
함께 먼지가 사방팔방에서 피어오르고 사마학 가주가 공중에서 날
아가는 모습이 아주 잠깐 보였습니다. 이후에 먼지가 사라지니까 사
마학 가주는 혼절해 있는 상태였습니다. 정신을 차리긴 했으나 운기
조식을 하다가 피를 토하더군요. 제가 봤을 때는 하오문주가 시종일
관 약을 올려서 피를 토한 것 같았습니다."

임소백이 한숨을 내쉬었다.

"성격이 좀 그렇긴 하지. 집요한 면과 허술한 면을 동시에 갖추고 있었네. 하오문주가 그 절기로 남악맹의 산적 백여 명을 몰살했었지. 사마학이 죽지 않은 것도 신기하군."

"아…"

"위력을 줄여서 사용했나?"

"그것까지는 잘 모르겠습니다."

임소백이 고개를 끄덕였다.

"처음에는 산적들의 기세가 등등했었는데 일백 명이 몰살하자 사기가 완전히 꺾이더군. 이번 토벌전 대승의 출발점이기도 했다. 그런데 뭐가 문제라고 사마세가 무인들이 자네에게 항의했나?"

"선공을 양보했는데 그런 식으로 공격을 하는 것은 온당하지 않다는 겁니다."

"그래?"

임소백이 고개를 끄덕였다가 공손월에게 말했다.

"어처구니가 없군. 동맹 세력으로 사마세가가 참전해서 한 일이 뭐야? 고작 하오문주와 말싸움을 벌이고 비무 한 번 벌이고 퇴각했군. 형산 지부에서 밥이나 축내는 것밖에 더했나? 자네는 나한테 보고한 다음에 이런 말을 들었다고 사마세가로 전하게."

"말씀하십시오."

임소백이 말했다.

"후배를 상대로 비무를 벌여서 그렇게 참혹하게 패했으면 봉문을 해도 시원찮을 판국이다. 감히 무림맹 군사에게 뭘 따지는 것이냐고 확실히 전달해라."

공손월은 잠시 생각에 잠겼다가 솔직하게 대꾸했다.

"맹주님, 지금 사마세가는 초상집 분위기라서 그 말을 그대로 전달하면 서로 좋지 않을 것 같습니다. 한번 관대하게 넘어가 주시면 어떨까요. 물론 맹주님이 불쾌해하셨다는 반응 정도는 전달하겠습니다."

"사마학이 많이 다쳤나?"

"예. 검붉은 피도 토하고 끝내 가솔들에게 업혀서 돌아갔습니다. 형산 지부장의 말에 따르면 살아있는 게 용한 상태라고 했습니다. 아마 일이 년 정도를 버티다가 사마세가 가주를 다시 뽑을 것이라는 게 형산 지부장의 의견이었습니다."

임소백이 고개를 끄덕였다.

"안타까운 소식이군. 뭐 그러면 내 말은 자네가 적절하게 수위를 낮춰서 전달하게. 초상집 분위기라는데 나까지 꾸짖으면 안 되겠지."

"예, 맹주님."

"혹시 모르니 영민한 친구 한 명 사마세가 근처로 파견해서 약 이십여 일 지켜보고 있어라. 하오문과 분쟁이 생길 수도 있으니."

"알겠습니다."

"따로 보고할 것은?"

"짐마차 세 대. 이외에도 산적들이 봇짐을 하나씩 짊어진 채로 가져온 남악맹의 패물과 재물을 하오문주가 전달했습니다. 고생한 맹주님과 맹원들에게 전달해 줬으면 좋겠다고 하셨는데⋯ 너무 갑작스러운 일이어서 제가 절반만 받고, 절반은 하오문주에게 그대로 돌려드렸습니다. 맹주님에게 여쭙고 처리했어야 했는데 결정할 사람이 저밖에 없어서."

"절반이라… 적절하게 잘 대처했다. 우리가 남악맹의 재물을 얻고
자 수적과 산적을 친 것은 아니니까."

"예."

"대신에 하오문주가 전달한 것은 통용 은자로 환산한 다음에 이번
에 토벌에 참여한 맹원들과 특히 수고한 백도 세력에게도 돌아갈 수
있도록 잘 계산해서 분배하도록. 풍운몽가의 몽연 공자에게도 잘 전
달해라. 몽가에서는 혼자 참전했으나 목령채에서 활약이 매우 컸다.
실력을 제법 많이 감추고 있었더군. 몽 공자가 살려준 맹원들도 꽤
많아서 다들 고마워하고 있다."

"알겠습니다."

"맹에 불필요한 재산이 쌓이지 않도록 전부 나눠주는 방향으로 분
배해."

"명을 따르겠습니다."

"하오문도 먹여야 할 입이 늘었으니 그 절반은 하오문주가 전부
처리해도 문젯거리가 되지 않을 거다. 전공戰功으로 따져도 남악에
서는 그가 가장 공이 크다. 다른 세력이 괜히 문제 삼지 않도록, 추
가된 재물에 대해서는 굳이 발설하지 말도록."

"예."

쉬겠다고 마음을 먹은 지도 얼마 되지 않았는데, 임소백은 추가로
명령을 내렸다.

"군사회軍師會에서 당분간 수적과 산적을 부추긴 세력이 더 없는지
면밀하게 살펴라. 특히 귀곡문의 본거지를 추가로 조사하고 목령채

에 합류했었던 사파 세력도 조사해라. 이번에 잡것들이 꽤 많이 끼어들었다. 자세한 것은 토벌에 참여했던 대주들이 파악하고 있을 것이다."

"알겠습니다."

"문제는 말이야. 이 사파 세력을 부추긴 게 제천맹齊天盟이 아닐까 하는 의심이 든다. 당분간 전면전은 하지 않을 것이나 사태는 파악해 둬라. 목령채에 참여했던 사파 세력의 구성이 너무 뜬금없었단 말이지. 추가 사항 있나?"

"없습니다."

공손월이 잠시 입맛을 다셨다가 찻잔을 바라봤다.

"맹주님, 그런데 찻물이 왜 이렇게 쓴 겁니까?"

임소백이 깜박했다는 표정으로 대꾸했다.

"아, 그거 내가 먹는 약藥이다."

"예?"

"화병이 좀 있어서 처방받아서 마시고 있다. 자네도 자네 사부님 조만간 은퇴하시면 곧 화병이 생길 테니 미리 마셔두도록 해."

공손월이 엷은 미소를 지으면서 대꾸했다.

"저는 화병이 없는데요?"

임소백이 혀를 차면서 대꾸했다.

"공손 군사, 강호에서 벌어지는 일이 그렇게 만만해 보이나? 강호에 사마학 같은 놈들이 어디 한둘이어야지. 자네 사부께서 괜히 백발이 된 게 아닐세. 일 보게."

공손월이 일어나서 포권을 취했다.

"그럼 물러가겠습니다."

"앉아라."

"예."

임소백이 손가락으로 찻잔을 가리켰다.

"다 마시고 가라."

공손월은 콧구멍이 살짝 커졌다가 줄어든 다음에 찻잔을 붙잡아서 약을 입 안에 털어 넣었다. 헛기침을 내뱉은 공손월이 포권을 취했다.

"편히 쉬십시오."

임소백은 손을 한번 내저어서 다시 혼자가 된 다음에… 숨을 길게 들이마셨다가 다시 길게 내뱉었다. 임소백은 다시 두 발을 책상 위에 올려놓은 다음에 의자에 기대서 최대한 잡다한 생각을 하지 않으려고 애를 써봤다. 가끔 그런 날이 있다. 생각에 생각이 꼬리를 물고 이어져서 밤새 잠을 이루지 못하던 날이 있는데 오늘이 약간 그런 징조가 보이는 날이었다. 이럴 때는 마음을 면밀하게 잘 다스려야 한다. 머리를 비우고. 생각을 지웠다가. 임소백은 불쑥 단순해진 머리에서 떠오르는 대로 중얼거려 봤다.

"따라란, 따라란, 쿵짝짝, 쿵짝짝…"

임소백은 무뚝뚝한 표정으로 입을 다물었다. 괜히 바깥에 있는 호위전의 수하들이 방금 내뱉은 이상한 말을 엿들었나 싶어서 집무실의 문을 노려보다가 헛기침을 했다.

"으흠…"

바깥에 있는 호위전의 수하가 말했다.

"맹주님, 부르셨습니까?"

"아니다."

"예."

임소백은 잠시 생각하다가 바깥에 있는 수하들에게 물었다.

"…이번에 토벌에 참여하지 않고 맹에 머무르면서 편히 지낸 고위 간부는 누구인가?"

"행정과 집행 간부를 제외하면 군사회주軍師會主, 비각주秘閣主, 이검대주二劍隊主를 비롯한 대주들, 총교두總敎頭가 있습니다. 장로회주長老會主도 계십니다."

임소백이 생각에 잠겼다가 대꾸했다.

"오늘 저녁에 나랑 술 한잔하자고 전달해."

"알겠습니다. 전부 집합시키면 되겠습니까?"

임소백이 고개를 저었다.

"집합이라고 하니까 어감이 이상하구나. 모이라고 해라. 그리고 장로회 선배님에겐 전달하지 마라. 생각해 보니까 술꼬장을 부리면 내가 피곤하다."

"빼놓고 전달하겠습니다."

잠시 후, 무림맹주 임소백은 그제야 잠에 빠졌다. 반 각 정도, 깊은 잠에 빠졌었던 임소백이 조용히 눈을 떴다. 눈이 새빨갛게 충혈된 상태. 임소백의 눈이 붉어진 것은 그가 절대로 옛일을 잊지 않는 사내이기 때문이다. 꿈에서 자신이 대주로 있었던 육전대의 수하들을 만났던 임소백은 무표정한 얼굴로 시커먼 찻물을 다시 찻잔에 따랐다. 무림맹주 임소백은 시커먼 찻물을 한참이나 노려봤다.

# 145.
## 무림공적들의
## 인연은

산적들이 흑묘방에 들어온 이후에. 본래 있던 놈들은 일군一軍 원숭이, 산적들은 이군二軍 원숭이로 나뉘었다. 이군의 전력을 일군으로 끌어올리는 일은 당연하게도 소군평이 맡았다. 소군평은 어느덧 강호 원숭이 조련사가 되었다. 나는 매화나무 아래에 돗자리를 깔아놓고 낮잠을 자다가 끙끙대는 소리에 눈을 떴다. 나는 나른한 어조로 말했다.

"…방금 누가 신음을 내었는가? 누가 내 단잠을 방해했느냐 이 말이야."

"죄송합니다."

"팔굽혀 펴기 백 개도 못 하는 놈들이 무슨 무공을 배우겠다고."

나는 일어나기가 귀찮아서 옆으로 몸을 돌린 다음에 전방을 주시했다. 누운 자세로 쳐다보고 있으니 대가리를 땅에 처박고 있는 산적들과 눈이 마주쳤다. 대가리는 땅에, 양손은 허리에. 산적들은 이제 아주 훌륭한 머리 박기 자세를 하고 있었다. 근처에서 소군평의 목소리가 들렸다.

"기상."

산적들이 급하게 일어나자, 산적들의 얼굴이 내 시야에서 싹 사라졌다. 나는 다시 눈을 감은 채로 소군평의 목소리를 들었다.

"…객잔 일도 싫다. 철방 일도 싫다. 축문도 싫고. 하여간 일은 하기 싫다 이거지? 거기까진 좋아. 하지만 흑묘방을 우습게 보는 것은 내가 용납할 수가 없다. 문주님이 거둬줬다고 내가 우습게 보여? 산에 숨어서 도적질이나 하던 쓰레기 새끼들아?"

"아닙니다!"

"산도적 새끼들이라 그런가. 목소리가 이 정도밖에 안 돼? 대가리 박아."

나는 소군평의 말에 힘을 보태줬다.

"옳다. 잘하고 있다. 대가리들 박아라."

다시 쿵쿵쿵 소리가 들리면서 산적들이 대가리를 땅에 처박았다. 소군평이 말했다.

"옆에서 문주님 주무신다. 또 끙끙대면서 문주님 낮잠을 한번 깨워보도록 해. 오늘 너희는 밤새 대가리를 박게 될 것이야."

나는 잠결에 대꾸했다.

"맞아. 잠 좀 자자."

아무도 내게 왜 하필이면 여기서 주무시냐는 말은 하지 않았다. 사실 나는 수하들이 고통스럽게 수련하고 있는 것을 구경하다 보면 희한하게도 쉽게 잠이 왔다. 가끔 누군가가 비명을 내지르면 잠에서 깨긴 하지만, 그때는 또 보는 맛이 있어서 눈을 뜨고 수련하는 것을 구경하곤 했다.

이번에도 게슴츠레한 눈으로 바라보자, 바닥에 이마를 대고 있는 장산, 무식한 과우춘, 조가성, 구준과 구평 형제 등의 얼굴이 보였다. 이들이 대가리를 처박고 있는 이유는 강호에 남겠다는 말을 했기 때문이다. 나는 산적들에게 매번 물었던 것을 또 물어봤다.

"야, 머리 박기 싫은 놈들 저기 일양현으로 꺼져. 가서 흙이나 날라. 여기서 지랄하지 말고."

장산이 시무룩한 어조로 대꾸했다.

"아닙니다."

"소군평이 한가해서 너희를 맡은 줄 아냐. 이 새끼들이 남의 시간을 처 뺏으면서 고마운 줄을 모르네. 소군평."

"예, 문주님."

"더 혹독하게 굴려. 정신 못 차리는 새끼는 일양현으로 쫓아내고."

"알겠습니다."

"하오문도가 하오문의 성지인 일양현에서 사고를 치면 즉결 사형에 처하겠다. 참고하도록."

흑묘방에만 무려 서른 명이 넘게 남았다. 나머지 산적들은 흑묘방 복귀 첫날에 일단 용두철방과 축문으로 보냈다. 정말 죽는 한이 있더라도 강호에 남겠다고 하는 놈들이 지금 대가리를 처박고 있었다. 한마디로 소군평이 군기軍氣를 잡는 중. 첫날부터 흑묘방의 원숭이 수하들에게 단체로 밟혔더니 군기가 조금 들긴 한 모양이나 부족하다. 일단 소군평은 만만한 상대가 아니다.

···

"다리 하나 들어. 이제부터 다리 떨어지는 놈은 어제처럼 처맞게 될 거다. 다시 기회 준다. 일하고 싶은 사람은 일어나서 외원으로 나가라. 주제를 알고 평범하게 살아라. 썩어빠진 산적 놈들이 무슨 슬기로운 문파 생활이냐? 주제를 알아야지. 안 그래?"

나는 한 손으로 머리를 받치는 자세로 누워서 소군평에게 말했다.

"소 각주."

"예, 방주님."

"이번에 무림맹과 함께 싸웠는데 느낀 바가 많다. 우리가 처음에 일검진이라는 형태로 남악맹에 쳐들어갔었거든."

"예."

"무려 선두가 무림맹주였다."

소군평이 눈을 크게 떴다.

"와, 정말입니까?"

"나머지는 돌파 형태로 진형을 짜서 임 맹주를 쫓아갔지. 내가 말미에 있었고. 그런데 신기한 것은 구성이 호위전, 검대, 장로들이 뒤섞여 있었는데 별다른 설명도 없이 일검진으로 자신의 자리를 찾더니 그야말로 맹렬하게 진격하더라고. 아마 임 맹주는 어떤 상황이 벌어지든 간에 남악맹주의 목을 자를 때까지 진격했을 거야. 장로부터 검대의 막내까지 하나의 검진으로 돌격할 수 있다는 게 무척 인상적이었지. 대체 수련을 얼마나 했을까?"

소군평이 대꾸했다.

"대단한 검진이었겠습니다. 그리고 맹주님이 완전 맹장이셨군요."

"맹장도 그런 맹장이 없다. 남악에서 맹원들이 싸우는 모습을 보니까 하오문 산하의 남명회도 전혀 상대가 안 되겠다는 생각이 들더군. 나는 개인적으로 우리 산하 세력 중에서는 남명회가 가장 강하다고 생각하는데 말이지."

소군평이 대꾸했다.

"저희 흑묘방은 몇 번째입니까?"

나는 잠시 생각했다가 솔직하게 대꾸했다.

"남명회가 가장 강하고. 나머지는 의미 없다. 흑선보하고 비슷해."

문득 나는 흑묘방의 일군一軍 원숭이들을 보기 위해서 드러누웠다. 여전히 일군 원숭이들은 어딘가에 매달려서 원숭이 턱걸이를 하고 있었다. 잠이 이제 다 달아난 터라, 겨우 몸을 일으킨 나는 매화나무에 기대고 앉아서 대가리를 처박고 있는 산적들을 바라봤다.

"우리 산도적 친구들, 굳이 이렇게 수련을 하다가 강호에서 뒤져야 마음이 편하겠어? 하오문은 일하는 사람들이 더 편해. 강호에 엮이려면 적어도 흑묘방의 무인들처럼 수련해야 한다. 매일매일."

산적들이 동시에 대답했다.

"예, 문주님."

소군평이 산적들에게 말했다.

"도둑 새끼들, 기상."

후다닥─ 소리와 함께 산적들이 일어나서 소군평을 주시했다. 소군평이 말했다.

"총 서른두 명. 일단 너희를 흑묘방의 이군二軍 원숭이로 받아들이겠다. 일군 원숭이들은 전부 너희들 선배다. 장산."

장산이 대꾸했다.

···

"예, 각주님."

"또 자신 있으면 일군에서 아무나 골라잡아서 붙어보든가."

"아닙니다."

어제 장산은 만만해 보이는 흑묘방의 수하에게 도전했다가 반 각 정도를 무자비하게 두들겨 맞고 기절을 했었다. 타고난 힘은 장산이 더 강하겠지만 흑묘방에서 굴러먹은 원숭이들에겐 당장 이길 수가 없었다. 나는 산적들에게 말했다.

"죽음을 각오했다니 흑묘방으로 받아주긴 하겠으나 일군 원숭이들에게 대든다든가 앞으로 수련을 감독할 소 각주에게 항명을 한다든가 하는 이야기가 내 귀에 걸리면 하늘나라로 올라간 남악맹주 곁으로 내가 친절하게 보내주마. 알았어?"

"예, 문주님."

나는 대청에서 나오는 차성태를 불렀다.

"차 총관, 이 서른두 명은 흑묘방에 넣어서 관리하라고 벽 총관에게 전하고."

"예."

"추가로 외원으로 빠진 놈들은 다시 축문으로 보내. 연자성의 마음에 안 들 정도로 요령 피우는 놈들은 내게 보고하라 일러라. 내가 사마 가주와 싸워서 집어넣었던 인원들이다. 나에 대한 모욕이야. 일을 똑바로 못하면 맞아 죽은 산적으로 만들어 주겠다고 전달해."

"알겠습니다."

"잘 적응한 놈들과 열심히 하는 놈들을 차출해서 나중에 객잔 주인장을 맡기든 다루 주인장을 맡기든지 할 것이다. 그전에 어떤 놈

이 성실하고, 어떤 놈이 잔대가리만 굴리는 놈인지는 나도 파악해야
할 거 아니냐?"

"맞습니다."

"그래서 일단 일터로 보냈다. 연자성한테도 이 점을 잘 설명하도
록."

"예."

그나저나 복귀하고 나서 잠을 너무 많이 잤더니 이제 졸리지도 않
았다. 이러다가 또 밤을 지새우면서 운기조식을 하다 보면 밤낮이
자연스럽게 거꾸로 될 터였다. 오늘의 마지막 하품을 늘어지게 하는
와중에 소군평과 수하들의 시선이 일제히 내 맞은편 담벼락으로 향
했다. 머리카락이 기름 같은 것에 젖어있는 웬 젊은 놈이 담벼락 위
에 갑자기 나타나서 흑묘방을 둘러보고 있었다. 소군평이 호통을 내
질렀다.

"넌 뭐야?"

원숭이 턱걸이를 하던 수하들도 전부 떨어져서 담벼락을 주시했
다. 이때 괴상한 표정으로 실실대면서 웃는 불청객이 담벼락 위에
주저앉아서 나를 바라봤다.

"하오문주십니까?"

나는 놈의 표정과 복장, 분위기를 보자마자 인상을 찌푸리다가 수
하들에게 말했다.

"내 손님이니 너희는 신경 쓰지 마라."

소군평이 대꾸했다.

"예?"

"들어가서 먼저 저녁이나 먹어라. 이쪽은 신경 쓰지 말고."

내 명령이 떨어지자, 담벼락에 있는 놈이 낄낄대면서 웃었다. 나는 속으로 생각했다.

'미친 새끼들, 돈 냄새 맡고 왔나?'

너무 젊은 모습이라서 긴가민가했는데 담벼락에 있는 놈은 아마 금은칠충金銀七蟲의 막내일 것이다. 금은칠충이 대단한 별호는 아니다. 그냥 일곱 마리의 벌레라는 뜻이니까. 하지만 저놈이 칠충이라는 것은 근처에 일충一蟲까지 있다는 뜻. 단순히 말해서 돈 좋아하는 벌레들이다.

문제는 금은칠충을 하인으로 부리는 자가 흑도의 고수이면서 나중에는 나와 함께 무림공적 명단에 오르는 놈이라는 것이다. 무림공적 순위를 정하는 방법은 무림맹에서 내건 일종의 현상금에 따른다. 당연히 많은 현상금이 달려있을수록 공적 순위가 높아지는데 저 벌레들의 주인 놈은 심각한 관종이어서 내 공적 순위가 높아질수록 견제도 하고, 사고도 더 쳤던 놈이다. 하지만 그때나 지금이나 나도 관종이긴 하다.

어쨌든 흑도의 칠충이 등장한 것은 간단히 말해서 이렇다. 돈을 제법 벌었더니 벌레가 꼬인 현상. 아마 하오문주에게 돈이 많다는 소문은 흑도에 아주 많이 퍼졌을 터였다. 소군평이 산적과 수하들을 데리고 들어가는 동안에 나는 담벼락에 앉아있는 칠충에게 물었다.

"용건이 뭐냐?"

칠충이 히죽 웃자, 듬성듬성 이빨이 빠져있는 게 보였다.

"문주님이 요새 유명하다고 해서 찾아왔어요."

"정신 나간 새끼."

칠충을 죽이면 당연히 육충六虫이 나온다. 육충을 죽이면 그다음 벌레가 등장한다. 내가 이놈들의 얼굴을 모두 아는 것은 이 일곱 마리의 벌레가 전부 내 손에 죽었기 때문이다. 나는 칠충을 보면서 상념에 빠졌다. 피할 수 있는 운명과 그렇지 않은 운명이 나뉘어 있는 것일까?

내가 산적 백여 명을 몰살한 것은 전생에 없었던 운명이다. 나는 임소백이 짊어졌어야 할 업보를 내게 가져왔고, 그에 따른 여파나 사건이 새롭게 내게 닥칠 것이라는 점은 알고 있었으나 전생에 죽었던 놈들이 갑자기 등장할 줄은 예상하지 못했다. 칠충이 말했다.

"육합선생六合先生께서 문주님과 일 얘기를 하고 싶다고 전하셨습니다. 오늘이나 내일 저녁에 시간을 내주시면 육합선생께서 직접 방문하실 겁니다. 하오문주님."

"내일 저녁에 오시라고 해라."

"알겠습니다."

칠충이 담벼락 위에서 사라졌다. 흡사, 지붕에서 쥐새끼들 뛰어가는 것 같은 소리가 바깥에서 나더니 다른 벌레들과 함께 흑묘방에서 멀어지고 있었다. 소군평이 대청에서 고개를 내밀더니 내게 물었다.

"육합선생이 온다고요? 저놈들이 그 돈벌레들입니까?"

"그런 것 같다."

"내일 모여서 죽일까요?"

나는 소군평을 바라봤다.

"육합선생을 죽일 수 있겠어?"

"사실 소문만 들어서 실력은 잘 모르겠습니다."

"내일은 그냥 저녁만 접대할 테니 그냥 내버려 둬라."

"알겠습니다."

강호에 가끔 그런 놈이 있다. 천박함, 유치함, 불쾌함으로 소문이 나는 사내. 그중에서 육합선생은 천박함으로 꽤 소문이 퍼진 흑도의 고수다. 문제는 아무도 육합선생의 실력을 제대로 파악하지 못했다는 것. 그것은 전생의 나도 마찬가지였다. 육합선생은 나중에 별호가 육합귀자六合鬼子로 바뀐다. 육합귀자는 다시 강호의 여러 사건에 연루되었다가 별호가 육합귀마六合鬼魔로 바뀐다. 무림맹에서 무림공적을 발표하고 소탕하겠다고 선언했을 때. 육합이라는 말은 삭제하고 간단하게 귀마鬼魔로 표기했다.

따라서… 귀마, 광마, 독마, 색마는 나란히 공적 명단에 올랐던 문제의 인물들이다. 네 사람 모두 다소 개인적인 성향을 가진 무림공적인 사마四魔로 분류되었다. 여기에 오악五惡이라고 묶여서 불리는 무림공적을 합치면 오악사마五惡四魔가 된다. 이러면 다시 십十이라는 전통적인 완성형 글자에 한 명이 부족하게 되는데. 그 한 자리를 오랫동안 차지하고 있는 사내가 바로. 천하제일악天下第一惡이라는 별호로 불리는 사내다. 무림공적의 정점 자리는 물론이고 오악사마 전체가 윗자리를 모두 양보한 십대악인十大惡人의 상징적인 우두머리가 되겠다.

그자가 바로 무림맹과 마교도 안중에 없다는 것처럼 행동하던 일재一災. 즉, 삼재의 일원이다. 무림맹도 무림공적에만 명단에 올렸을 뿐이지, 적극적으로 나서서 어떻게 해보려고 하지 않았던 사내. 이 사람은 그저 아무런 소식이 없는 게 강호의 복이고 내 복이기도 하다. 나도 소문만 들었을 뿐이지 본 적은 없다. 봤으면 아마 나도 마교의 천라지망에 갇히기 전에 죽었을 것이다.

오랜만에 귀마가 나를 찾아온다고 하자… 전생의 악인들이 두서없이 떠올랐다. 나는 매화나무 아래에서 팔짱을 낀 채로 전생 광마시절에도 승부가 제대로 나지 않았던 귀마와의 싸움을 천천히 복기하기 시작했다. 벌레들을 내 손으로 전부 죽인 다음에 귀마와 붙었으나 우리는 서로를 죽이지 못했었다. 그러니 아무리 육합선생 시절일지라 하더라도… 일단 대비는 해둬야 한다. 겨우 대가리나 땅에 처박으면서 땀을 뻘뻘 흘리는 산적 새끼들이 뭘 알겠는가? 강호에서 살아남는 것은 전생이나 현생이나 쉬운 일이 아니다.

# 146.
## 전생 귀마와 나

귀마鬼魔와 내가 서로를 죽이려고 했던 것은 뜻이 맞지 않았기 때문이다. 나뿐만이 아니다. 전생의 독마도 귀마를 죽이려고 했으나 실패했었다. 그러니 굳이 오늘 저녁 자리에 독을 준비할 필요는 없는 상황. 나는 어쨌든 아직 귀마가 되기 전인 육합선생과 그의 하인들을 접대하기 위해서 흑묘방의 대청에 만찬을 준비했다.

음식은 흑묘방의 간부들이 직접 준비했다. 금은칠충에게 희롱당하는 처자들이 없도록 손 부인과 시비들을 미리 일양현으로 대피시켰기 때문이다. 나는 해가 떨어지자마자 대청에 홀로 앉아서 흑묘방의 문을 활짝 열어놓은 채로 전생 귀마, 육합선생을 기다렸다.

죽일 것인가, 말 것인가. 지금은 사실, 별생각이 없었다. 섬광비수를 탁자에 꽂은 다음에 졸고 있으려니… 잠시 후에 금은칠충의 웅성거리는 대화가 들렸다. 벌레 놈들은 흑묘방이 자신들의 별장인 것처럼 잡담을 나누면서 들어오더니 탁자에 앉았다.

"저자가 하오문주인가?"

"예."

"하오문주, 우리 왔소. 아직 선생님은 안 오셨고."

"졸고 있네."

일곱 마리의 벌레들이 떠들면서 자리에 앉았다. 나는 그제야 눈을 뜬 다음에 전생에 내가 손수 죽였던 자들의 젊은 얼굴을 바라봤다. 일충부터 칠충까지… 바라보는 와중에 기억이 하나씩 돌아왔다. 이놈들이 죽을 때의 표정과 말이 떠오르고 있었다. 예전에 내 손으로 하나하나 때려죽였던 놈들이 둘러앉은 것을 보고 있으려니. 귀신鬼神들을 만찬에 초대한 것 같은 기분이 들었다. 나는 통성명도 없이 벌레들에게 물었다.

"육합선생은?"

"곧 오실 거요. 그나저나 하오문주께서 나이가 젊군."

나는 벌레들의 말에 일일이 반응하지 않은 채로 고개를 끄덕이다가 아직 탁자에 꽂혀있는 섬광비수를 바라봤다.

"…"

잠시, 육합선생이 오기 전에 일곱 마리 벌레를 쳐죽일까 하는 생각이 스치고 지나갔다. 어차피 육합선생과 나는 뜻이 맞지 않는다. 대체로 육합선생은 타인을 벌레로 바라보기 때문이었다. 그것은 내가 광마였을 때도 마찬가지였고. 심지어 귀마는 독마도 벌레 취급을 했었다. 겉모습은 허술한 편이나 자존감이 대단한 놈이 바로 귀마였다. 내가 섬광비수를 바라보고 있자, 벌레 한 마리의 시선도 비수로 향했다.

…                    광마회귀 3

"그건 뭐요? 칼이 꽂혀있네. 싸움이라도 하자는 건가."

벌레들이 동시에 웃었다.

"그러게요. 아직 우리 선생님이 어떤 분인지 모르나 봐요."

나는 벌레들을 둘러보다가, 그냥 다시 눈을 감았다.

"벌레 놈들아, 육합선생 오면 깨워라."

"…"

눈을 감고 있는 동안에 벌레들이 시끄럽게 떠들었다.

"물이라도 줘야 하는 거 아니야? 손님 접대가 개판이네."

나는 눈을 감은 채로 대청 안쪽을 향해 말했다.

"물 줘라."

"예, 문주님."

눈을 감고 있자, 일충이 노려보는 게 느껴졌다. 벌레들 중에서는
가장 살기가 짙은 놈이었다. 하지만 이놈들은 육합선생의 명령이 없
으면 그 무엇도 할 수 없는 놈들이라서 굳이 신경 쓸 필요는 없었다.
오늘 만찬에서 시중을 들 사내들은 차성태, 호연청, 소군평 그리고
흑묘방 간부들이 전부다. 사내놈들이 물주전자를 들고 오자, 벌레들
이 또 시끄럽게 떠들었다.

"아니, 그런데 왜 시녀들은 단 한 명도 안 보이지?"

"냄새 나는 사내놈들만 득실득실하네. 재수 없게."

"문주, 여기엔 여인이 없소? 어디로 대피시켰나? 그러니까 내가
그냥 어제 오자고 했잖아."

나는 눈을 감은 채로 벌레들의 말을 무시하다가 소군평의 목소리
를 들었다.

"방주님, 물 드시겠습니까?"

나는 그제야 눈을 뜬 다음에 고개를 끄덕였다. 소군평이 물을 따라주는 동안에 대기하고 있는 벌레들을 바라봤다. 이제 다들 표정이 썩어있었다. 나는 벌레들을 바라보다가 말했다.

"육합선생 도착하면 너희는 좀 닥치고 있어라. 시끄럽다."

잠시 후 바깥에서 옷자락 펄럭이는 소리가 들리더니 담벼락을 넘어서 날아온 것처럼 보이는 육합선생이 대청에서 등장하자마자 웃음을 터트렸다.

"하오문주… 반갑네. 내가 육합일세."

나는 고개를 끄덕이면서 대꾸했다.

"육갑선생 반갑소. 어서 오시오."

"육갑이 아니라 육합이네."

육합선생이 길쭉한 탁자 너머에 자리를 잡고 앉았다. 나를 마주보는 자리였다. 나는 귀마 때보다 훨씬 젊은 육합선생을 물끄러미 바라봤다. 어쨌든 살짝 반갑긴 했다. 귀마도 젊어진 상태여서 서른 초반으로 보였다.

광마 시절에는 팽팽한 맞수였으나 지금 실력을 비교하면 어떨까 하는 생각이 들었다. 어쨌든 밥을 먹다가 나보다 실력이 뒤떨어진다는 게 확인되면, 이 자리에서 금은칠충과 함께 죽일 생각이었다. 하지만 예나 지금이나 육합선생의 실력은 가늠하는 게 무척 힘들었다. 기도를 철저하게 감출 수 있는 유형이었기 때문이다. 육합선생에게 물었다.

"식사하시겠소? 일단 여러 가지 준비는 해놨는데."

육합선생이 대꾸했다.

"식사를 준비했다고? 문주, 독 들어간 거 아니야?"

"독은 없소. 내 취향이 아니고. 모르는 사람을 다짜고짜 독으로 죽일 수는 없지."

육합선생이 웃으면서 대꾸했다.

"그럼 먹자고. 여기 내 하인들에게도 밥을 주도록."

"그럽시다."

잠시 후에 간부들이 요리를 가져와서 탁자에 올려놓았다. 간부들이 제멋대로 만든 것이라서 맛은 보장할 수가 없는 요리들이었다. 벌레들이 각자 품에서 은침을 꺼내 독을 확인하려고 하자, 육합선생이 말했다.

"그냥 처먹어라."

"예, 선생님."

벌레들이 얌전히 은침을 도로 넣더니, 요란하게 쩝쩝 소리를 내면서 밥을 먹기 시작했다. 예전에도 그랬지만 이 식충食蟲 새끼들의 역할은 항상 상대를 불편하게 만들고, 짜증 나게 만들고, 자극하는 용도다. 내가 어떻게든 벌레들의 행동에 반응하면 육합선생이 내 성격을 살펴보는 식이다. 육합선생이 물었다.

"자네는 왜 안 먹나?"

나는 식충들을 보면서 대답했다.

"맛없어 보여서 입맛이 떨어지는군. 많이 드시오."

육합선생은 밥상머리 앞에서 단죽短竹을 꺼내더니 망우초를 피워대기 시작했다. 벌레들은 망우초의 연기를 연신 손으로 치워가면서 밥을 먹었다. 정말 노예들이 따로 없을 정도로 불쌍해 보이는 광경.
나는 육합선생에게 본론을 물었다.

"그나저나 일 얘기를 하자고? 육갑선생."

"육합이라고 했네. 육갑이 아니라."

"하여간, 초면에 무슨 일 얘기를 하시려고 방문하셨소."

육합선생이 연기를 내뿜으면서 말했다.

"자네가 돈이 많다며?"

"적당히 있소. 먹고살 정도."

"먹고살 정도라니 겸손도 그 정도면 짜증 나게 들리는 법이야. 하
인들에게 들은 바로는 패검회의 재산도 홀라당 해먹고, 대나찰도 죽
였다지? 수선생도 죽이고 말이야. 인근 흑도의 자금이 전부 자네에
게 흘러갔다고 들었네. 맞나?"

"맞소."

"젊은 나이에 갑부가 되었군. 축하하네."

"별말씀을."

"남천련도 요새 활동이 뜸하던데 자네 입김이 닿은 것인가?"

"그건 모르겠군."

육합선생이 웃으면서 말했다.

"나한테 기가 막힌 사업 계획이 있는데 들어보게."

나는 손을 들어서 육합선생의 말을 끊었다.

"그 전에 잠시만. 선생…"

"말하게."

"돈에 관심이 많소?"

"많지."

"그러면 내가 죽인 자들을 그대가 죽여서 재산을 빼앗지 그랬소. 왜 탐을 내는 거요. 남의 재산에…"

육합선생이 씨익 웃으면서 대꾸했다.

"뭔 개소리인가? 자네가 나한테 그런 말을 할 입장은 아니지. 나는 수선생과도 친분이 있었고. 패검회를 무너뜨릴 만한 재주는 없었어."

나도 이놈이 무슨 개소리를 하는 것인지 모르겠다. 예전부터 그랬던 놈이라서 그냥 넘어갔다. 더군다나 이놈이 매번 말하던 기가 막힌 사업 계획은 항상 말이 안 되는 유치한 것이라서 기대할 수가 없었다. 육합선생이 말했다.

"자네 병력이 꽤 많겠군. 하오문의 병력과 나, 그리고 하인들을 동원해서 만금전장을 치는 것이지. 성공하면 강호에서 은퇴할 생각이네. 자네의 병력, 그리고 나의 지모가 합쳐지면 만금전장 따위는 하룻밤에 털 수 있다고 생각하는데. 어때?"

나는 고개를 끄덕였다.

"만금전장에는 내 자금도 많아서 불필요한 일이외다. 만금전장에 무슨 일이 생기면 내 자금을 보호하기 위해서 내가 도와줘야 할 판국이오. 다음 계획을 들어봅시다."

"아, 그래?"

이때까지 육합선생은 물 한 잔을 안 마시고, 열심히 밥을 먹고 있는 식충들을 바라보고 있었다. 음식에 독이 있으면 식충이 대신 죽어야 하는 시간이었다. 그래서일까? 육합선생과 내가 대화를 나누는 동안에 식충들은 연신 땀을 흘리면서 밥을 먹고 있었다. 아마도 육합선생이 그만 먹으라고 할 때까지는 이렇게 밥만 먹고 있을 터였다. 마침, 육합선생이 음식을 골고루 처먹은 식충들을 바라보면서 말했다.

"그만 좀 처먹어라."

"예."

일곱 명의 벌레들이 동시에 젓가락을 놓더니 입을 닫은 채로 대기했다. 육합선생이 일충━蟲에게 물었다.

"독 없어?"

"예."

"맛은?"

"맛도 없습니다."

그제야 육합선생이 나를 바라보면서 히죽 웃었다.

"음식 맛이 개판이라는군."

"그럴 거요."

"어째서?"

"맛있는 밥을 먹으려면 맛집에 가시오. 나한테 오지 말고. 우리는 배만 채우면 되는 사내들이라서 말이지."

육합선생이 웃으면서 내게 물었다.

"신기한 젊은이로군. 내 밑으로 들어올 생각 없나? 내 하인들을 전부 부릴 수 있도록 해주겠네. 나이는 젊은데 타고난 분위기가 있군. 그 기운이 용이나 호랑이라고 해도 과언이 아니야. 이렇게 밥만 축내는 하인 놈들과 자네는 태생이 달라."

"태생?"

⋯

"그렇네."

"나는 점소이 하던 놈인데 무슨 태생을 따져."

"점소이를 하다가 이런 세력의 대장이 되었다고? 대체 자네에게 무슨 일이 있었나? 사부는 없는 것으로 아네만."

나는 있었던 사실대로 대꾸했다.

"절벽에서 떨어졌었소. 절벽 기연을 얻은 셈이지."

"아…"

"강호인들이야 본래 절벽 기연을 만나면 다 끝장나는 것이지. 실제로 내가 그렇고."

나는 벌레들을 바라봤다.

"너희도 병신처럼 살기 싫으면 어디 경치 좋은 절벽에서 한번 뛰어내려 봐라. 운 좋으면 나처럼 될 수 있다."

벌레들이 콧방귀를 뀌면서 내게 빈정거렸다.

"아, 그래요?"

"우리, 하오문주님. 아주 대단하신 분이었네. 절벽에서도 살아남으시고."

"헤헤, 저희도 기회 되면 한번 뛰어내려 보겠습니다."

"그러지 마시고. 문주가 뛰어내렸던 절벽을 알려주시는 게 어때요? 그게 더 빠를 것 같은데."

나는 낄낄대면서 금은칠충들의 빈정거림을 들었다. 이놈들의 역할이 본래 이렇다. 물론 이러다가 전생에는 전부 나한테 맞아 죽었다. 나는 밥 먹은 놈들 앞에서 코를 파면서 말했다.

"육갑선생, 뭐 다른 사업 제안은 없소? 희한하게도 실력이 어느 정도인지 감이 안 오는군. 뭐 감이 안 온다는 것은 제법 잘 싸운다는 뜻이겠지? 만금전장 말고 패검회보다 더 큰 흑도 세력을 친다든가…"

육합선생이 흥미를 내보이면서 대꾸했다.

"예를 들면?"

"예를 들면 흑도맹黑道盟이라든지…"

나는 말을 내뱉자마자 말실수를 했다는 것을 깨달았다. 육합선생이 어리둥절한 표정으로 대꾸했다.

"강호에 흑도맹이라는 단체도 있나?"

벌레들이 대꾸했다.

"없습니다."

육합선생이 내게 물었다.

"혹시 제천맹을 말하는 건가?"

나는 대충 고개를 끄덕였다. 도중에 이름이 바뀌었는데 헷갈렸던 모양이다. 가끔 강호에 대한 정보를 광마 시절로 생각했다가 어긋날 때가 있다. 지금은 제천맹이고, 광마 시절에는 흑도맹으로 이름이 바뀔 터였다. 육합선생이 웃으면서 말했다.

"무림맹도 안 건드리는 단체를 자네와 내가 어떻게 건드리나? 미친 소리는 좀 자중하게."

비록 전생에는 사이가 안 좋았으나 오랜만에 만났기 때문에 솔직한 마음을 육합선생에게 전달했다.

"육갑선생… 지금 치자는 말이 아니야. 포부는 크게 가져야지. 세력도 키우고, 돈도 벌고, 제천맹도 상대하고, 마교도 견제하고. 사내가 강호에 나섰으면 일신의 무력도 중요하지만, 단체를 키우는 것도 중요하지 않겠어? 벌레 새끼들 데리고 돌아다니면서 약자 멸시나 하는 게 무슨 의미가 있나?"

육합선생이 되물었다.

"약자 멸시?"

"내가 알기로 그대는 강자들 근처에는 가지 않는다고 들었다. 무림맹 세력권도 항상 피해서 다니고. 소문난 강자들이 있는 지역은 접근도 안 하고. 마치 강호라는 세계에서 골목길만 기웃대다가 으슥한 밤길에 사람 뒤통수나 쳐대는 행동만 한다고 들었는데 내가 틀렸나?"

벌레들이 놀란 얼굴로 육합선생을 바라봤다. 내가 봐도 전생 귀마의 얼굴이 보기 드물 정도로 일그러진 상태였다.

# 147.
## 나는 네가
## 못생긴 이유를
## 알고 있다

육합선생이 내게 말했다.

"하오문주, 나를 너무 낮춰 보는 게 아닌가."

"그럴 리가."

"나는 너 같은 놈들을 강호에서 많이 봤다. 특히 흑도에서 자주 봤지."

육합선생이 화가 난 모양이다.

"그랬나?"

"세력 믿고 까불다가 죽고. 무공 실력 믿고 자만하다가 죽고. 내가 볼품없이 생겼다고 무시하다가 죽었지. 너도 마찬가지다. 내가 벌레들을 끌고 다닌다고 해서 얕잡아 보는 모양이군."

육합선생이 나를 보면서 웃었다. 이제 육합선생의 명령이 떨어지면 일곱 마리의 벌레들이 죽자 사자 내게 덤빌 터였다. 반면에 나는 대청에 홀로 앉아서 육합선생의 명령을 차분하게 기다렸다. 잠시 나를 지그시 노려보던 육합선생이 고개를 갸웃하면서 말했다.

"…이상하단 말이야. 젊은데, 너무 침착하단 말이지."

일충이 육합선생에게 말했다.

"선생님, 죽일까요?"

"기다려 봐라."

"예."

"하오문주의 표정을 봐라. 이상한 놈이다."

나는 별다른 반응 없이 기다리다가 차성태에게 말했다.

"성태야, 두강주 좀 가져와라."

"예."

안쪽에서 나온 차성태가 두강주를 탁자에 내려놓고 사라지자, 육합선생이 내게 물었다.

"이번엔 독이 있나?"

나는 대답하지 않은 채로 술을 한 잔 따라 마셨다. 내 손에 죽었던 벌레 놈들에게 술을 한 잔씩 따라주고 싶었으나, 의심이 많은 육합선생이 있어서 그럴 수가 없었다. 나는 혼자서 석 잔을 마신 다음에 육합선생의 못난 얼굴을 바라봤다. 나는 전생에도 그랬지만 지금도 육합선생의 표정에서 용모보다 더 추한 감정을 읽을 수 있었다. 얼굴이 못났다고, 마음마저 못날 필요는 없다.

하지만 이놈은 둘 다 못났다. 육합선생은 나중에 귀마鬼魔라는 별호가 어울릴 정도로 마음이 못난 놈이다. 그래서인지 나중에는 지금보다 용모가 더 추잡해진다. 나는 술기운이 올라오는 것을 느끼면서 육합선생에게 말했다.

"육갑선생."

"육합이다."

"이렇게 보니까 참 못생겼네."

"…"

"얼굴이 참 못생겼어. 얼굴로만 따지면 여기에 있는 벌레 새끼들보다도 못생겼네. 그래서 일부러 하인들도 못생긴 놈으로 뽑았나? 못난 놈들끼리 단체로 몰려다니려고 말이야. 아니야?"

육합선생은 정말 화가 많이 난 것처럼 보였다.

"…"

어찌나 화가 났는지 눈을 천천히 껌벅이는 와중에도 내게 한마디도 못 하고 있었다. 반면에 금은칠충은 고개를 푹 숙인 채로 대기했다. 아마 육합선생이 외모 지적을 가장 싫어한다는 것을 이미 알고 있는 모양이었다. 육합선생이 웃으면서 말했다.

"너는 죽은 목숨이야."

나도 웃으면서 대꾸했다.

"왜? 못생겼다고 놀려서?"

"…내가 그렇게 못생겼나?"

나는 턱을 붙잡은 채로 육합선생을 살폈다.

"어디 보자. 자세히 보자. 두 번 보고, 세 번 보자."

"…"

"정말 엿같이 생겼네. 봐도 봐도 못생긴 사람이 너다. 육갑선생."

내가 너무 대놓고 말해서 그런 것일까. 화를 내려던 육합선생이 느닷없이 콧바람 소리를 내면서 웃었다.

…

"황당하군."

나는 육합선생의 표정을 보면서 웃었다.

"황당하겠지. 나도 황당하다. 웃을 때도 못생긴 사람은 드문데. 못났다. 못났어."

"문주, 다 떠들었나?"

나는 육합선생이 바로 덤빌 것 같았기에 적절하게 대꾸했다.

"아니? 이건 좀 말해줘야겠다. 나는 네가 못생긴 이유를 알고 있다."

육합선생이 눈을 부릅떴다.

"뭔 개소리냐."

"잘 들어. 나는 싸움을 피하지 않는다. 우리 둘이 싸워서 내가 죽든, 네가 죽든 이 말은 꼭 해주고 싶다. 들어봐. 나는 네가 못생긴 이유를 아주 자세히 알고 있어. 심지어 해결 방법도 알고 있지. 이야기를 들어본 다음에 나와 싸워도 늦지 않아."

나는 정말 진지한 표정으로 말했다. 반면에 육합선생은 못생긴 표정으로 나를 미친놈 바라보듯이 주시하고 있었다. 나는 광견병에 걸린 개를 애써 진정시키듯이 손짓을 해가면서 말했다.

"들어보겠나? 안 들으면 후회할 거야. 아는 사람이 별로 없거든."

호흡이 거칠어진 육합선생은 일충을 비롯한 벌레들을 노려봤다. 벌레들은 곧 죽게 될 사람들처럼 고개만 푹 숙이고 있었다. 육합선생이 말했다.

"말해봐라."

"육갑… 흥분하지 말고 잘 들어라."

문득 육합선생이 손으로 탁자를 연신 내려치면서 외쳤다.

"육합이라고 하지 않았나! 육갑이 아니라 육합이라고! 육합! 육합!
육합! 이 새끼야! 그게 어려워? 이 찢어 죽일 새끼야!"

나는 두 손을 아래로 내리면서 전생 귀마를 진정시켰다.

"알았다. 알았다고. 육갑 떨지 말고 잘 들어봐. 육합선생, 설명해
줄 테니까. 일단 듣고 나서 화를 내라."

"말해봐라."

나는 두강주를 마신 다음에 벌레들에게 물었다.

"술 마실 사람? 없어? 좋았어. 혼자 마셔야겠군. 설명하마."

나는 진지한 마음으로 추남론醜男論을 설파했다.

"이것은 상당히 심오한 문제다. 남자는 말이야. 선천적 미남과 후
천적 미남이 있다. 마찬가지로 선천적 추남과 후천적 추남이 있지.
선천적 미남은 말 그대로 태어날 때부터 갖추고 있는 용모다. 여기
까지는 이해하지?"

육합선생이 나를 노려봤다.

"계속해라."

나는 손가락으로 육합선생을 가리켰다.

"너는 선천적 추남이야. 태어났을 때부터 못난 놈이라는 뜻이지."

육합선생은 입을 반쯤 벌린 채로 나를 바라봤다.

"…"

"그런데 문제는 네가 후천적 추남까지 되어버렸어. 이유가 대체
뭘까? 내 말은 선천적 추남도 후천적 미남이 될 수 있다는 뜻이다.
변함없는 내 생각이지. 특히 우리 같은 강호인은 가능하다. 너는 방

법을 모를 뿐이야."

"아직은 개소리군."

"그 말은 뭐겠어? 선천적 미남도 얼마든지 추남이 될 수 있다는 뜻이다. 핵심은 마음과 표정의 조화다."

"병신 같은 소리군."

나는 고개를 끄덕였다.

"이해를 못 하면 그렇게 들릴 수도 있겠지. 사내가 웃을 때는 말이야. 표정과 마음이 내공과 외공처럼 조화로워야 해. 실제 마음은 누군가를 해칠 생각을 하고 있는데, 얼굴은 웃고 있으면 점점 얼굴 근육이 못난 쪽으로 틀어지기 마련이야."

"…"

"물론 나도 웃으면서 살기를 품은 적은 있지. 하지만 나는 즐거워서 웃을 때가 더 많아. 반면에 그대는 본래 추한 얼굴인데 마음과 표정도 맞지 않아. 못난 얼굴을 계속 악화시키는 것이지. 사내의 얼굴은 대체로 십 년 주기로 변한다. 추남으로 태어났어도 이것을 알면 강호인의 기도가 변하듯이 얼굴도 변한다는 뜻이다. 어렵나? 사실 너무 어렵고 오묘한 문제라서 나도 무공을 설명하는 것처럼 난감하군."

나는 두강주를 한 잔 마시면서 육합선생을 바라봤다. 육합선생이 내게 말했다.

"더 설명해 봐라. 설마 그게 끝은 아니겠지? 날 이해시키지 못하면 넌 오늘 이 자리에서 죽는다."

"뭐 그런 병신 같은 협박은 네 수하들에게 하고. 좋았어. 예시가 잘못되었다. 설명해 주마. 내가 굉장히 멋지다고 생각했던 사내들의 미소가 있다. 누구일까?"

"누구냐."

"검마를 아나?"

"마교의 검마 말이냐?"

나는 고개를 끄덕였다.

"이 사내가 내 앞에서 딱 한 번 크게 웃었지. 그때의 미소가 참으로 볼만하더군. 왜 그랬을까? 전혀 웃지 않았던 사내가 보기 드물게 웃은 것이었거든. 이 사내는 절대로, 함부로 웃지 않는 사람이지만 웃을 때는 진심으로 웃었다. 그대도 검마가 어떤 사람인지는 대충 알고 있겠지?"

"알다마다."

"이것이 첫 번째 사례고. 두 번째는 무림맹주 임소백이 웃었을 때다. 아, 정말 검마만큼이나 잘 웃지 않는 사내였지. 두 사람을 붙여 놓으면 아마 백 일 동안은 무표정하게 대화만 할 거라고 장담하마. 임 맹주도 늘 강인하고 무뚝뚝한 표정을 짓고 있어서 웃음을 확인하는 게 정말 어려웠다. 하지만 확실히 웃을 줄 알더군. 수하들의 안전을 확인하고, 작전을 무사히 종료한 다음에 슬며시 짓는 그 웃음 말이야."

"그게 어쨌다는 거냐."

나는 육합선생을 노려봤다.

"일 년에 한 번을 웃어도 사내는 그렇게 웃는 게 좋다. 이렇게 되면 선천적으로 아무리 못생겼든 간에 후천적으로 미남이 된다. 강호인은 기도와 분위기가 있어서 더더욱 그렇지. 무림맹주의 웃음과 마교를 탈주한 검마의 웃음은 쉽게 볼 수 없는 미소였지. 두 사람은 진심으로 웃을 일이 별로 없었기 때문이겠지. 진심으로 웃는다는 것이 이렇게 어렵다. 반면에…"

나는 벌레들을 손가락으로 가리켰다.

"시종일관 여기 들어와서 낄낄대던 이 벌레 새끼들을 봐라. 이놈들은 한순간도 정말 웃겨서 웃었던 놈들이 없다. 본인 인생이 즐거워서 웃은 놈도 없어. 독이 있는지 없는지 노심초사하는 와중에 맛없는 밥을 목구멍으로 처넣으면서 지었던 웃음이 과연 제대로 된 웃음이냐? 전부 육갑선생, 그대가 무서워서 지었던 가식적인, 생존적인, 병신 같은 웃음인 셈이지. 얼굴이 틀어지는 이유다."

나는 다시 처음으로 돌아가서 설명했다.

"마음과 웃음이 맞지 않는 경우가 이렇다. 억지로 웃어대는 이 벌레 새끼들의 용모는 갈수록 추해지다가 십 년 후에는 괴물이 되어있을 거다. 내가 말했지? 사내의 용모는 십 년마다 변한다고. 내공의 경지와 같은 것이다. 타고난 용모는 강호인들에게 아무런 문제가 되지 않는다. 천천히 하루하루 강해져서 미남이 될 것이냐. 혹은 하루하루 추하게 살아서 추남이 될 것이냐. 그것이 외모의 비밀이다."

나는 너무 진지하게 설명한 터라 이마의 땀을 손으로 살짝 털어낸 다음에 두강주를 따라 마시면서 말했다.

"이제 자네가 못생긴 이유를 알았어? 육갑선생."

육합선생은 착 가라앉은 눈빛으로 나를 노려봤다.

"문주, 하나만 먼저 물어보겠네."

"물어보도록."

"육합선생이라고 소개를 했는데 왜 매번 나를 육갑선생이라고 부르는 것이냐."

나는 고개를 끄떡인 다음에 진중한 어조로 대꾸했다.

"그것이 나다."

"무슨 말이냐?"

나는 입꼬리를 위로 올리면서 씨익 웃었다. 전생 귀마를 놀리는 재미가 아주 쏠쏠했다.

"내 마음이라고. 육합이든, 육갑이든 간에 자네가 못생겼다는 사실은 변함이 없으니 세세하게 따지지 마라. 육합이면 어떻고, 육갑이면 어떠한가? 어차피 얼굴과 마음이 추하기 이를 데 없는데. 어떻게… 내 말을 좀 알아들었나? 미남이 될 기회와 정보를 제공했는데 다시 인생을 살아갈 마음이 드는지 궁금하군. 와, 내가 이런 정보를 돈도 안 받고 알려주다니 나 같은 협객이 또 있을까 싶다."

육합선생이 심호흡을 하는 동안에 나는 혼자서 말을 이어나갔다.

"아무리 못생겼어도 진심으로 웃는 사내의 표정은 아름답기 마련이야. 그런 미소는 고작 용모의 추함으로 가릴 수 있는 게 아니다. 너희가 오늘 죽거나, 죽지 않더라도 내 말을 명심해라. 우리는 모두 미남이 될 수 있다."

추남론으로 시작한 내 강의는 이렇게 미남론으로 마무리되었다. 못난 놈들에게 한바탕 사기를 친 것 같아서 속이 조금 뜨끔했다.

"…"

나는 떨떠름한 어조로 육합선생에게 물었다.

"싸울 거야? 덤빌 거야? 오늘 인생 하직하려고? 안타깝네."

육합선생이 무어라 대꾸하기 전에 나는 수하들을 불렀다.

"성태야, 소 각주, 호연 선생. 간부들."

대기하던 수하들이 대청으로 걸어 나오면서 말했다.

"예, 문주님."

"부르셨습니까."

나는 육합선생을 노려보면서 수하들에게 명령했다.

"내가 만에 하나라도 이놈들에게 당하면 말이다."

"예."

"강호에 있는 내 지인들에게 복수를 부탁해 다오."

차성태가 고개를 끄덕이면서 대꾸했다.

"말씀하십시오."

"일단 무림맹주 임소백, 마교를 용케 탈주한 검마 선배, 교주의 사매라던 혈야궁주, 풍운몽가에도 연락을 넣어서 똥싸개 차남에게 내 복수를 부탁한다고 전해라."

"예."

"남명회, 남천련, 흑선보에도 물론 연락을 해야겠지."

"그렇습니다."

"그러고 보니 내 지인들이 백도, 흑도, 마도에 골고루 있구나. 내가 헛살지는 않았어."

"그러게 말이에요."

"우리 일양현의 고향 친구들에게도 알려다오. 성태, 너는 한 십 년 후에 복수에 나서라. 실력이 아직 병신 같아서."

"알겠습니다."

나는 비장한 어조로 말했다.

"하오문주가 억울하게 당했다고 알려라. 육합선생을 육갑선생이라 하고, 못생긴 것을 못생겼다고 말했다가 당했다고 전해. 이렇게 억울한 사연이 있을까. 특히 함께 남악맹을 치면서 전우애가 깊어졌던 무림맹주께서 크게 안타까워할 테니 반드시 육합선생과 그의 하인들을 무림공적 명단에 올려라. 육갑이 아니라 육합이다. 잊지 마라."

차성태가 고개를 끄덕였다.

"반드시 그렇게 전달하겠습니다. 육갑이죠?"

"육합이다."

"예."

나는 여태껏 탁자 위에 꽂아두었던 섬광비수를 붙잡은 다음에 육합선생을 노려봤다.

"좋았어. 속이 후련하군. 이제 붙어보자고…"

"…"

"육 갑 선 생."

나는 전생 귀마를 부른 다음에 활짝 웃었다. 이런 경우는 놀려먹는 게 재미있어서 웃는 것이라서 매우 적절한 표정이라고 할 수 있었다. 아, 이러다가 내가 너무 미남이 되면 좀 곤란한데… 쓸데없는 걱정을 좀 해봤다.

# 148.
## 선생, 선생,
## 자하선생!

내가 너무 쟁쟁한 인물들을 거론하면서 협박했기 때문일까? 붙어보자고 하는데도 전생 귀마 놈은 가만히 있었다. 본인이 못생긴 이유를 이제야 깨달아서 주화입마가 온 것일까. 아니면 내 실력을 어느 정도 알아차린 것일까. 남의 마음인지라, 나도 알 수가 없다. 육합선생은 정말 아무 말도 하지 않은 채로 나를 노려보기도 하고, 하인들을 죽일 것처럼 바라보기도 하고, 대기하고 있는 내 수하들도 위아래로 살폈다. 그러다 불쑥 육합선생이 무뚝뚝한 어조로 내게 말했다.

"…오늘은 내가 졌네."

"…?"

"실력을 정말 철저하게 잘 감추는군. 하인들과 물러갈 테니 조용히 보내주겠나?"

'이 새끼 또 지랄이네' 하는 생각이 들자마자, 나는 고개를 저었다.

"애매하군."

"무엇이 애매한가?"

"다음에 또 귀찮게 한다는 뜻이잖아. 내가 한가해 보여?"

육합선생이 눈치를 살짝 보다가 덤덤한 어조로 말했다.

"보내주면 십 년 후에 다시 도전하겠네. 내가 약조를 어길 경우, 삼재를 만나서 맞아 죽게 되는 불운을 맞이할 것이네."

"아니지. 아까는 나를 언제든지 죽일 수 있다는 것처럼 여유를 부리더니 손해 보는 것 하나 없이 물러나겠다는 말이야? 십 년은 뉘 집 개 이름이야? 육갑선생의 강호가 이렇게 물렁물렁하진 않을 텐데."

육합선생이 씁쓸한 표정으로 웃었다.

"손가락이라도 하나 끊어야 하나?"

"그것은 필요 없고."

나는 금은칠충을 가리켰다.

"싸움이 벌어졌으면 일단 여기 있는 벌레 새끼들은 다 죽었다. 운이 좋아서 육갑선생 자네는 도망을 칠 수 있었더라도 말이지. 하인들은 남기고 가라. 그럼 보내주겠다."

육합선생이 나를 바라봤다.

"하인들을 다 죽이겠다는 뜻인가?"

"글쎄."

사실 나는 하인들이 중요한 게 아니다. 하인들을 대하는 육합선생의 마음이 궁금했을 뿐이다. 전생에는 내가 다 죽여버리고 나서 귀마와 붙었기에 이놈이 하인들을 어떻게 생각하는지를 알 수가 없었다. 나는 섬광비수를 손에서 빙글빙글 돌리면서 물었다.

"어찌할래?"

잠시 후에 육합선생이 이렇게 대꾸했다.

"내 하인들을 죽일 생각이라면 두고 갈 수 없다."

금은칠충이 일제히 놀란 눈빛으로 육합선생을 바라봤다.

"…!"

순간, 나는 씨익 웃었다.

'오, 이럴 수가. 뜻밖의 대답이네.'

나는 육합선생을 바라보면서 잠시 생각에 잠겼다.

'살려둬서 쓸 수 있나? 마교나 흑도와 싸울 때 도움이 되는 전력인가? 약자를 괴롭히던 놈이었나? 어쩌다 공적이 되었었지?'

이놈은 한마디로 촉의 위연魏延 장군 같은 놈이라서 나도 고민이 깊을 수밖에 없는 상황. 죽이자니 무력이 아깝고. 살려두자니 문제가 있는 놈이고. 서로 무림공적일 때 만났기 때문에 과거의 사연에 대해서는 아는 바가 별로 없다. 나는 문득 이따위를 고민하는 내 자신에게 문제가 있다는 것을 깨달았다. 육합선생을 압도적으로 짓누를 수 있는 무력이 내게 있다면 무엇이 문제겠는가? 고민 끝에 속으로 결론을 내렸다.

'좋았어. 일단 쥐패고 나서 생각하자.'

나는 고개를 끄덕이면서 말했다.

"육갑선생, 일단 내가 그대의 밑이 아니라는 것은 알아차린 모양이군."

육합선생이 대꾸했다.

"시종일관 자네 실력을 알아내려 했으나 그러지 못했네. 기도를 살피는 것도 불가능하고. 내공을 가늠하기도 어려웠네."

예나 지금이나, 귀마의 신중한 성격은 여전하다는 생각이 들었다.
육합선생이 덤덤하게 말했다.

"하지만 한 가지는 알아냈지."

"뭔가?"

"자네는 음과 양의 무공을 두루 익혔군."

"오, 신기하네. 그것은 어찌 알았을까."

나는 금은칠충을 바라봤다.

"벌레들도 눈치챘나?"

벌레들이 이번에는 한결같이 존댓말로 대꾸했다.

"저희는 몰랐습니다."

"몰랐습니다. 문주님."

나는 섬광비수를 품에 넣으면서 말했다.

"그렇군. 죽이자니 애매하고, 보내주자니 불편하고. 강호에서 살
아가는 게 쉽지가 않구나."

나는 손을 가슴에 얹은 채로 말했다.

"마음의 평화는 말이야…"

나는 숨을 크게 들이마셨다가 내쉬면서 왼손에 주입한 현월빙공
으로 탁자를 붙잡았다. 순간, 투두두둑- 소리와 함께 냉기가 퍼져나
가면서 탁자에 앉아있는 금은칠충에게 일제히 냉기가 밀려갔다. 동
시에 오른손에 휘감은 염계대수인을 육합선생에게 벼락 치듯이 쏟
아냈다. 육합선생이 즉시 내 장력을 받아치면서 굉음이 터졌다.

*콰아아아아아아앙!*

중간에서 맞붙은 장력의 여파는… 현월빙공에 당해서 한기가 몰

려들고 있었던 금은칠충을 탁자에서 튕겨냈다.

*퍼버버버버벅!*

벌레들은 좌우로 튕겨 나가서 벽과 충돌하자마자 일제히 기절한 상태. 나는 수하들에게 말하면서 바깥으로 나갔다.

"…이 벌레 새끼들 일어나면 또 짓밟아 놔라."

"알겠습니다."

소군평이 대청 바깥으로 향하는 내게 물었다.

"저희도 합류할까요?"

"아니, 나 혼자."

"예."

나는 내원으로 나가서 육합선생을 바라봤다.

"선생…"

"꼭 이래야겠어?"

나는 흑묘아를 뽑으면서 대꾸했다.

"살려는 드릴게. 일단 좀 맞자고. 도망가지 마라."

육합선생이 장검을 뽑으면서 대꾸했다.

"쉽지 않을 거다."

"아, 그래야 육갑이지."

육합선생에게 안타까운 일이지만 나는 전생 귀마와 겨뤄봐서 놈의 무공을 알고 있다. 반면에 이놈은 내 무공을 알 수가 없다. 뭐 크게 중요한 것은 아니다. 언제나 싸움은 그저 강한 놈이 이기는 것이라서 그렇다. 나는 싸움을 관전하러 나온 소군평을 향해 왼손을 내밀었다.

"야래도, 던져라."

나는 날아온 야래도를 왼손으로 붙잡고, 오른손에는 흑묘아를 쥔 채로 육합선생과 잠시 원을 그리면서 대치했다. 육합선생이 내게 물었다.

"쌍도雙刀를 쓰나?"

"닥쳐라."

"..."

어차피 내가 음과 양의 무공을 쓴다는 것을 이놈이 알았기 때문에 대놓고 현월빙공과 염계의 기를 칼에 주입해서 이리저리 휘둘렀다. 칼날이 하얗게 물들었다가, 붉게 물들었다가 이랬다가 저랬다가 왔다 갔다… 나는 쌍칼을 휘두르면서 육합선생과 맞붙었다. 붙어보니 알겠다.

나도 아직 광마 시절의 무위를 전부 회복하지 못했으나. 그것은 육합선생도 마찬가지라서 귀마 시절보다 약했다. 둘 중 누가 더 전성기 시절의 무위를 회복했을까. 물론 나다. 더군다나 나는 무공의 노선이 틀어진 상황. 주화입마를 경계하느라 차분하게 수련하고 있는 금구소요공은 광마 시절보다 아직 수준이 낮으나, 월영무정공이 더해져서 공격과 수비의 조합은 전생보다 수준이 높다.

나는 육합선생의 검을 튕겨내는 와중에 여유가 있을 때마다 쌍칼을 부딪쳤다. 쇳소리와 상극相剋의 기가 충돌하는 소리가 겹쳐서 요란했다. 어쨌든 상황은 이러하나… 전생 귀마는 잘 버텼다. 세월을 거쳐서 쌓은 내공의 깊이가 얕지 않은 데다가 놈이 사용하는 육합공六合功은 본래 철저하게 방어적인 무공이다.

…
광마회귀 3

자세한 무공의 이름은 나도 모른다. 다만 육합이라는 말은 동서남북과 하늘, 땅을 가리키는 말. 공격은 대체 언제 하나 싶을 정도로 굳건하게 수비를 펼치는 특이한 검법을 구사한다. 귀마라는 별호에 어울리지 않게 정종正宗 도가 계열의 내공을 사용하고. 굳건하게 수비를 펼치는 와중에 정종의 무공과 전혀 어울리지 않는 금은칠충들이 비열하게 기습을 가해서 이기는 방법을 주로 선호했다.

정종과 밑바닥의 조합이랄까. 그것이 내가 육합선생과 싸우기 전에 금은칠충을 무력화시킨 이유다. 그냥 뒀다면 암기, 독, 강침, 채찍, 비수, 독충 등이 싸우는 내내 나를 괴롭혔을 것이다. 나는 육합선생을 몰아치면서 입이 심심했기 때문에 시종일관 생각나는 대로 중얼거렸다.

"육합선생, 육갑선생, 육갑… 선생, 육갑, 지랄, 병신."

내가 머리로 날아오는 검을 피한 다음에 쌍칼을 부딪쳐서 굉음을 일으키자, 화들짝 놀란 육합선생이 뒤로 훌쩍 물러났다. 과도하게 물러난 육합선생을 보면서 웃었다.

"…웬 호들갑이냐. 육갑이냐, 호들갑이냐. 하나만 해라."

"제발 닥치면 안 되겠나?"

"지랄. 닥치면 내가 아니다."

이것은 나의 자아를 찾아가는 싸움. 나는 공격을 재개하면서 서장에서 건너온 고승처럼 염불을 외웠다.

"…닥치면 내가 아니다. 나는 나. 너는 너. 떠드는 자에게 복이 있다. 입을 다물고 있는 자에겐 화가 미칠 것이니 나무아미타불, 염병, 육갑…"

쌍칼을 휘두르면서 계속 떠들어 대자 정작 나도 손발이 어지러웠다.

'아, 나도 어지럽네.'

내 말을 듣고 정작 나도 정신이 어지러워지는 사내, 그것이 나다. 하지만 괜찮다. 내가 어지러울 정도라면 뭐겠는가? 이 새끼는 어지러워서 미칠 지경이라는 뜻이겠지. 광마병법狂魔兵法 삼장십육절三章十六節에 이르길. 먼저 나를 어지럽게 해야 적을 어지럽게 할 수 있는 법이다. 애초에 이 천하에서 나보다 더 광증狂症을 잘 견디는 사내는 없다. 나는 육합선생이 육갑선생으로 재탄생할 때까지 몰아붙이면서 떠들었다. 순간, 육합선생이 내공의 운용과는 무관하게 안색이 변한 것을 확인한 나는 침착한 어조로 말했다.

"어이, 육합선생…"

전생 귀마는 검을 휘두르는 와중에도 어리둥절한 표정으로 나를 바라봤다. 나는 전방에 야래도로 잔월냉기를 쏟아내고, 그것을 흑묘아의 직선형 염계로 뚫어서 공격했다. 몸을 회전하면서 쌍칼을 휘두르다가 다시 읊조렸다.

"육합선생… 안색이 창백하군. 기혈이 뒤집히고 있다. 주화입마의 전조 증상이야. 지금 검을 버리고 투항하지 않으면 영 좋지 않은 일이 벌어질 것이다. 지금은 심각한 상황이기 때문에 육합이라고 부르는 것이다. 육갑선생…"

순간, 전생 귀마 새끼가 입에서 검붉은 피를 토해내면서 뒤로 물러났다.

푸읍…!

···

"어?"

정말 기혈이 뒤집힌 모양이다. 나는 그대로 육합선생을 몰아붙였다. 매번 거세게 내 칼을 튕겨내던 육합선생의 검은 죽검竹劍처럼 가벼워진 상태. 실은 나조차도 내가 떠드는 말에 주화입마가 올 뻔한 상황이어서… 귀마 놈도 버티는 것이 힘들었을 터였다.

나는 비틀거리는 육합선생의 어깨를 찌르고, 팔뚝을 베고, 허벅지를 찌르고, 옆구리를 베었다가, 발로 찼다. 순식간에 핏물이 터져 나오는 상태에서 육합선생이 공중에서 빙글빙글 돌면서 날아갔다. 나는 쫓아가서 육합선생의 검을 발로 쳐낸 다음에 야래도를 내려놓고 손을 뻗어서 육합선생의 전신을 잔월지법으로 두드렸다.

탁, 탁, 탁, 탁, 탁, 탁!

온몸이 굳은 육합선생이 멍한 표정으로 나를 올려다봤다.

"…"

나는 육합선생을 내려다보면서 속삭였다.

"육갑선생, 의원 불러서 치료해 줄 테니 기다리고 계시오. 죽으면 안 돼."

나는 손을 뻗어서 딱밤으로 육합선생을 기절시켰다.

퍼억!

* * *

새카만 어둠. 전생 귀마, 육합선생은 온몸이 무언가에 묶여있다는 것을 느끼면서 눈을 떴다. 아찔하게 내리쬐는 햇살이 눈살을 찌푸리게 했다. 호흡이 거친 와중에도 기절하기 직전에 무슨 일이 있었는지 떠올려봤다.

'하오문주.'

육합선생은 눈알을 움직이면서 주변을 살폈다. 매화나무 곳곳에 하인들이 포박된 채로 거꾸로 매달려 있었다.

'전부 잡혔구나.'

이때, 누군가의 목소리가 들리면서 사람들이 다가왔다.

"육합선생이 눈을 떴습니다."

"상태는?"

"고비는 넘겼습니다."

"좋았어."

육합선생은 문득 몸을 움직이려고 했으나 침상에 완전 돌돌 말린 것처럼 온몸이 묶여있었다. 더군다나 움직일 때마다 칼에 베인 상처가 그야말로 고통스러웠다. 겨우 숨을 내뱉으면서 기다리고 있자⋯ 육합선생의 시선에 하얀 두건을 쓴 사내가 불쑥 등장했다. 그 옆에 하오문주가 "성태야"라고 부르던 놈도 등장한 상태. 두 사람의 대화가 이어졌다. 하얀 두건으로 얼굴을 대부분 가린 사내가 기록을 하라는 것처럼 말했다.

"열이 많이 내렸군."

옆에 있는 성태라는 놈이 손에 들고 있는 문진표 같은 종이에 얇은 붓으로 적어 넣었다.

"예, 열은 많이 내렸습니다."

"온몸에 검상, 네 군데, 여기, 저기, 요기, 여기."

"요기요, 칼에 베였고요."

"빙공에도 당했다. 내상도 깊고."

"부들부들대는 중이고, 내상도 깊다 이 말이로군요."

"상태가 위중함."

"저요?"

"너 말고."

"예."

"다 적었지? 우리 선생, 선생, 모용 선생한테 가서 약 지어와라."

"알겠습니다."

"바쁠 것이니 굳이 여기까지 오실 필요는 없다고 해라. 내 수하는 아니니까. 죽으면 어쩔 수 없지 뭐."

"알겠습니다. 다녀오겠습니다."

"지금 가지 말고. 밥 먹고 가라."

"아, 배고프네요."

육합선생은 숨을 거칠게 내쉬면서 하얀 두건의 사내를 노려봤다. 사내가 입을 가리고 있었던 하얀 두건을 밑으로 내리더니 육합선생에게 물었다.

"선생, 뭐라고? 미지근한 물 자주 마시고, 망우초도 끊어야 빨리 회복할 수 있으니까 명심하도록 해."

육합선생은 두건을 밑으로 내린 하오문주를 바라봤다. 하오문주의 얼굴을 보자마자 현기증이 밀려들었다.

"…"

하오문주가 갑자기 칼에 베인 어깨를 꽉 붙잡으면서 말했다.

"살려줄 테니까 버티고 있어. 육갑아…"

"…아아."

육합선생은 어깨 아프다는 말이 입 밖으로 나오지 않았다. 온몸에 기운이 없었다. 그 와중에 하오문주가 고개를 숙이더니 이렇게 속삭였다.

"너는 이제 내 허락 없이는 죽으면 안 돼. 알았어? 나름, 최선을 다해서 치료해 줄 거야. 하오문의 돌팔이 의원, 그것이 나다."

육합선생은 하오문주의 속삭임을 듣다가 다시 정신이 끊어졌다.

…

# 149.
## 솔직하게
## 말해서

모용백은 약을 지어달라는 요청을 받긴 했으나, 환자를 직접 보기 위해서 차성태와 함께 흑묘방에 도착했다. 모용백은 약만 지어주면 된다는 말은 의술을 몰라서 하는 얘기라고 생각했다. 모용백과 복귀한 차성태가 내원을 둘러보면서 물었다.

"문주님은 어디 가셨지?"

원숭이 턱걸이를 하던 사내가 대꾸했다.

"산적들 데리고 산에 잠시 산책 가셨습니다."

모용백이 고개를 갸웃했다.

"하오문에 산적도 잡혀 왔습니까?"

차성태가 대신 설명했다.

"예. 산적질하다가 잡혀 왔지요."

"아, 그렇군요."

바로 이해한 모용백은 매화나무 아래 목재 침구에 묶여있는 환자를 바라보면서 말했다.

"환자들이 야외에 있었군요. 일단 살펴보겠습니다."

"예."

모용백이 침구에 누워있는 육합선생에게 다가가면서 말했다.

"육합선생, 저는 동네 의원입니다. 말을 할 수 있습니까?"

이미 차성태로부터 대략적인 이야기는 들었던 상태. 모용백은 그 전부터 육합선생에 대한 소문을 들어서 알고 있었다. 강호인을 치료하다 보면 강호에서 벌어지는 일을 종종 듣기 때문이었다. 반면에 묶인 채로 땡볕에 누워있던 육합선생은 이것이 또 하오문주의 계략인 것 같아서 한숨만 흘러나왔다.

'이건 또 어디 돌팔이냐.'

모용백은 누워있는 육합선생의 손목을 붙잡은 다음에 진맥을 시작했다. 잠시 후 모용백은 육합선생의 눈빛을 살피면서 물었다.

"육합선생, 남송 흑도에서 나름 명성을 날리던 분이 어찌 이곳에 오셔서 봉변을 당하셨습니까?"

육합선생이 대꾸했다.

"나를 아시는가?"

"육합문六合門의 마지막 제자라고 들었습니다. 남송 흑도 대부분을 죽이고 복수를 마치셨다지요. 그러나 하오문은 흑도가 아닌데 어찌 쳐들어오셨습니까?"

육합선생은 입을 다물었다.

"…"

모용백이 슬머시 웃으면서 말했다.

…

"육합선생, 이 정도 부상은 제가 치료할 수 있습니다. 문주님이 급소는 전부 피해서 찔러놨군요. 회복하려는 의지만 있으면 곧 일어나게 해드릴 수 있습니다. 다만, 육합선생의 문제는 치료가 아닙니다."

"그럼 뭔가?"

모용백이 말했다.

"저는 하오문주님을 종종 도와드리고 있는 동네 의원입니다. 문주님도 저를 도와주고 계시고요. 기껏 낫게 해드렸다가 육합선생께서 하오문에 복수를 하시면 제 입장이 난처해집니다. 그게 더 큰 문제이지요."

육합선생이 코웃음을 쳤다.

"대체 나더러 어쩌라는 말인가?"

"어차피 하오문을 또 건드리시면 문주님에게 잡혀서 사지가 찢어지겠지요. 그러니 선생을 살리는 것은 약이나 치료가 아님을 알고 계셔야 합니다."

모용백은 육합선생의 눈빛에 깃든 살기를 읽자마자 이렇게 대꾸했다.

"오늘은 쉬고 계십시오. 제가 약 하나를 제조해서 먹인 다음에 치료를 시작하겠습니다."

문득 불길함을 느낀 육합선생이 대꾸했다.

"무슨 약?"

모용백은 덤덤한 어조로 무서운 말을 내뱉었다.

"정기적으로 해독약을 복용하지 않으면 육합선생의 내공이 점점 흩어지게 될 겁니다. 제때 복용하지 않으면 근육도 말랑말랑해질 겁니다. 이것의 해독약은 하오문주께 드리겠습니다. 앞으로 육합선생께서 하오문에 위해를 가하면 자연스럽게 강호를 떠나시게 될 겁니다. 남송 흑도의 생존자가 이 소식을 알면 육합선생을 찾아오게 되겠지요. 제 말을 이해하셨습니까?"

누워있는 육합선생은 진맥한 이유가 이것 때문이었다는 것을 알아차리자마자 갑자기 발작했다.

"그것이 어찌 약이냐! 독이지! 그냥 죽여라!"

"그럴 수는 없습니다. 문주께서 살려두신 이유가 있을 테니. 제가 책임을 지고 살려드리겠습니다."

"죽여!"

모용백이 육합선생의 상처 부위를 손으로 슬쩍 눌렀다.

"이보세요. 육합선생."

"끄윽!"

"아프십니까? 무언가를 먹어서 육합선생이 살 수 있다면 그것이 약이지, 어찌 독이겠습니까? 육합선생께서 하오문에 해가 되지 않는 사람이라고 제가 판단하고, 문주님도 허락하면 나중에 문제없이 말끔하게 해독해 드리겠습니다. 편히 쉬고 계십시오. 환자는 안정이 제일입니다."

그제야 손을 뗀 모용백이 주변을 둘러보자, 원숭이 턱걸이를 하고 있던 흑묘방의 무인들이 인사를 건넸다.

"모용 선생님, 묘안이십니다."

"그렇게 하면 되겠네요."

모용백이 무인들에게 고개를 살짝 숙였다.

"그럼, 또 뵙겠습니다."

모용백이 곧장 돌아간다고 하자, 차성태가 대꾸했다.

"아, 선생님. 벌써 가십니까?"

모용백이 대꾸했다.

"차 총관님, 환자의 내공은 양호한 편이라 제가 제조한 약을 먹여도 문제가 없을 것 같습니다. 그리고 참고하세요."

"예."

"이 육합선생은 혼자서 몇 년에 걸쳐 남송 일대의 모든 흑도를 죽인 사내입니다. 복수심과 끈기가 상당하다는 평을 듣고 있어요. 하지만 제가 추후 문제가 없도록 약을 준비해 보겠습니다. 이렇게 문주님에게 알려주시면 되겠습니다."

모용 선생의 말을 절반쯤 이해한 차성태는 고개부터 끄덕였다.

"아, 알겠습니다."

차성태는 묶여있는 육합선생을 바라보면서 말했다.

"이야, 육갑선생. 무서운 사람이었네. 남송 흑도를 다 때려잡았어? 문주님에게 탈탈 털려서 병신인 줄 알았더니 마냥 병신은 아니었네?"

차성태는 누워있는 육합선생이 노려보자, 손을 치켜들었다.

"뒤질라고… 눈 곱게 떠라. 확 그냥. 사고사로 처리하기 전에."

이때, 거꾸로 매달려 있는 금은칠충이 축 늘어진 목소리로 말했다.

"…물 좀 주시오."

차성태가 대꾸했다.

"물? 어제 줬잖아. 하오문이 물 달라면 물 주는 동네 무관인 줄

아나."

차성태는 금은칠충에게 다가가서 벌레들을 열심히 갈구다가 누워
있는 육합선생을 슬쩍 바라봤다. 어쩐지 누워있는 육합선생이 이놈
들보다 더 무섭게 느껴져서 밑에 놈들만 계속 갈구게 되었다. 괜히
매달려 있는 놈을 발로 때린 다음에 모용백에게 말했다.

"가시지요."

"예."

* * *

나는 산적들과 산에서 체력 단련을 한 다음에 복귀해서 내원에 들
어섰다. 턱걸이를 하고 있는 원숭이들의 우렁찬 환대를 받았다.

"오셨습니까!"

나는 누워있는 육합선생과 거꾸로 매달려 있는 벌레들을 바라봤다.

"죽은 놈 있나?"

"..."

"없구만."

나는 침구로 걸어가서 육합선생을 내려다봤다. 육합선생은 나를
노려보다가 눈을 감았다. 대청에서 나온 차성태가 보고했다.

"문주님, 모용 선생이 방금 다녀갔습니다."

"수고스럽게 왜?"

"육갑선생을 살펴보더니 내일 해독약을 먹지 않으면 내공이 흩어
지는 약을 제조해서 가져오겠다고 했습니다. 그다음에 치료해 줄 모

양입니다. 해독약은 문주님에게 전달하겠답니다."

"수고스럽게 그런 약은 왜?"

"치료해 주고 나서 육합선생이 하오문에 복수를 할까 싶어서 그런 것 같습니다. 의원님 말에 의하면 이자가 남송 흑도를 전멸시켰답니다."

"아, 그랬어?"

나는 뒷짐을 진 채로 눈을 감고 있는 육합선생을 노려봤다. 모용백이 다녀간 다음에 안색이 더 나빠진 상태였다.

"이봐, 육갑."

"왜 그러나?"

"떨고 있네. 성태야."

"예."

"산적들 잠시 쉬게 했다가 바로 훈련 또 시켜라. 굴려라. 죽기 전까지 굴려."

"알겠습니다. 어디 가십니까?"

"모용 선생이나 따라잡아야겠다. 여기까지 왔는데 얼굴은 보고 가야지."

나는 무심코 매달려 있는 금은칠충을 지나치면서 보다가 한 놈의 앞에서 멈췄다.

"이 새끼는… 아직도 처웃고 있네. 너 뭐야?"

매달려 있는 순서를 보아하니 삼충三蟲이었다.

"아닙니다."

"너 인성에 문제 있어? 아직도 웃음이 나와?"

삼충이 놀랍게도 이렇게 대꾸했다.

"…저 이빨이 돌출되어 있어서 입이 그냥 계속 벌어지는 겁니다. 웃는 게 아니라, 죄송합니다."

"아…"

나는 흠칫 놀랐다가 뒷머리를 긁었다. 알고 보니 그냥 입이 못생긴 놈이었다. 나는 헛기침을 하다가 차성태에게 말했다.

"이놈들은 이제 내려줘라."

차성태가 놀란 표정으로 대꾸했다.

"예?"

"내려줘. 저기, 물도 좀 주고."

"아, 알겠습니다."

나는 떨떠름한 표정으로 말했다.

"…씨벌, 그냥 못생긴 놈들이었네. 하여간 난 다녀온다."

"예, 다녀오십시오."

* * *

나는 경공을 펼쳐서 의가로 복귀하고 있는 모용백을 순식간에 따라잡았다.

"선생."

모용백이 깜짝 놀란 표정으로 돌아섰다.

"문주님? 오셨습니까."

나는 산책하는 걸음으로 속도를 줄인 다음에 전방에 손을 내밀

…

었다.

"갑시다."

"참, 바쁘시군요. 산적들과 산책을 가셨다고 들었는데요."

"그렇게 됐소. 환자는 보셨소? 딱히 애를 써서 치료할 필요는 없는데. 상태가 어떠했소?"

잠시 고민하던 모용백이 대꾸했다.

"고집이 세더군요. 살기도 짙고. 거둬 쓰려면 고생 좀 하실 겁니다."

"그렇군."

"굳이 살려서 쓰시려는 이유가 있습니까?"

"음."

나는 잠시 모용백과 길을 걸으면서 이유를 곰곰이 생각해 봤다.

'독마, 귀마, 광마, 색마.'

무림공적 시절에 못난 것으로 따지면 오십보백보다. 네 명 모두 미친놈들이었으니까 말이다. 하지만 굳이 그런 인연 때문에 살려둔 것은 아니다. 나는 솔직한 심정을 모용백에게 말했다.

"그냥 시도해 보는 중이오. 죽이는 것은 언제든지 할 수 있으니까. 못 살려서 죽이게 되면 내 그릇이 그 정도밖에 안 되는 것이고."

"음."

"이번에 남악에 가서 산적들을 내 손으로 많이 죽였소. 하오문과 엮이기도 했고 마침 무림맹도 토벌에 나선 터라 겹쳐서 합류하게 되었지."

"몇 명이나 죽이셨습니까."

"백 명은 넘을 거요."

"저런… 혼자서요?"

나는 전방을 주시하면서 모용백과 길을 걸었다. 어쨌든 옆에서 걷고 있는 사내는 독마가 아니라 신의이기 때문에 나는 최대한 속마음을 그대로 드러냈다.

"돌아와서 종종 생각이 나더군. 강자들과 싸워서 죽이는 것은 일말의 후회도 없으나 아무리 악한 놈들이라고 해도 약자를 일백 명이나 때려죽였으니 꿈에서 종종 산적들이 나타나고 있소."

"꿈에서 산적들이 나타나면 어떻게 반응하십니까?"

"계속 한 방에 다 죽이고 있소. 나타나지 말기를 기원하면서."

"그런데 꿈이라서 완벽하게 없앨 수는 없나 보군요."

"그런 것 같소."

모용백이 옆에서 고개를 끄덕였다.

"그래서 육합선생을 죽이지 않고 일단 살려두신 거로군요."

"육합선생도 그렇고 그가 데리고 있었던 하인들도 일단은 살려놨소."

사실 육합선생에 대한 생각은 적은 편이다. 전생에 죽였었던 금은칠충을 이번에도 내 손으로 다시 죽였다면 아마 산적들 일백 명을 때려죽였던 사건과 겹쳐서 내 마음에 무슨 일이 일어날 것만 같았다. 이것이 내 솔직한 심정이다. 모용백이 말했다.

"문주님, 잘 살려두셨습니다. 죽이기는 쉽고, 살리는 것은 어렵습니다. 의원인 저도 마찬가지입니다. 사람을 살리는 게 가장 어렵습니다."

나는 잠시 멈춰 서서, 모용백을 바라봤다.

"우리 둘 다 살리는 것을 두고 고민하고 있었군."

모용백이 고개를 끄덕였다.

"예. 일전에 이 손가락 기억나십니까?"

모용백이 손가락을 거꾸로 들더니 뚜벅뚜벅 걷는 모양을 흉내 냈다. 내가 고개를 끄덕이자, 모용백이 말했다.

"걸을 때마다 만난 사람들을 모조리 죽여대면 마도라고 하셨지요."

"기억나는군."

모용백이 고개를 끄덕이면서 내 눈을 바라봤다.

"광증과 화병도 있으신데, 마도까지 걷게 되면 광마狂魔라는 별호를 얻게 되실 겁니다."

"…뭐 그렇게 나쁜 별호는 아니군."

모용백이 웃으면서 말했다.

"문주님, 지금보다 훨씬 더 강해지면 선택의 폭이 넓어지지 않겠습니까? 남악에서 행했던 일도 문주님이 훨씬 강했더라면 그렇게 직접 학살을 벌이지 않아도 되었을 겁니다. 결과적인 이야기라서 죄송합니다만…"

"그랬을 거요. 어느 정도 무림맹의 병력을 보호하는 차원에서 나섰던 것이었으니."

모용백이 앞으로 손을 내밀었다.

"가시지요."

나는 다시 모용백과 길을 걸었다. 문득 모용백이 한숨을 내쉬면서 말했다.

"천하에 고수가 참 많은 것 같습니다. 강해진다는 것의 기준이 매우 높아졌어요. 사실 문주님의 실력 정도만 되어도 세상일이 편해질 것 같겠지만, 현실은 그렇지 않습니다."

딱히 대답을 바라고 한 말은 아닌 것 같아서 나는 고개만 끄덕였다. 모용백이 궁금하다는 것처럼 물었다.

"무림맹주 실력은 어떻게 보셨습니까?"

"강한 사내지."

"문주님보다 강합니까?"

"당연한 소리를… 지금은 그렇소."

물론 광마 시절에도 임소백이 나보다 더 강했을 것이다. 문득 나는 모용백의 표정을 구경하다가 말했다.

"선생, 요새 고민 있소?"

모용백이 별일 아니라는 것처럼 말했다.

"요새 의학 서적을 들여다보는 시간보다 무공 서적을 들여다보는 시간이 많아졌습니다. 약보다 독을 더 연구하는 편이고요."

별말 아니었지만 나는 갑자기 웃음이 터져서 콧소리를 냈다.

"왜 웃으십니까?"

"아니 뭐, 독이 더 좋으면 연구도 할 수 있지. 그게 무슨 문제겠소. 의원의 무공이 반드시 약하리라는 법이 있는 것도 아니고. 좀 강해진다고 한들 뭐가 문제겠소? 가끔 내게 큰 문제가 생기면 모용 선생에게 도움도 받고… 오늘 일만 해도 육합선생을 어찌 처리할까 고민했는데 산공독을 만들어 주겠다고 하니 내 속이 금세 편해졌소. 독도 약이니 잘 연구해 주시오."

···

"예."

새삼스럽게 서로를 바라보니 우리 둘 다 고민이 많았다. 나는 주제넘게 모용백을 위로했다.

"선생은 잘하고 있소."

전생 무림공적들이 서로를 위로했다.

"문주님도 잘하고 계십니다. 지금보다 더 강해지면 광증도 점차 나아지실 겁니다."

나는 고개를 끄덕이다가 모용의가 근처에서 손을 내밀었다.

"그럼 살펴 가시오."

모용백이 고개를 끄덕이면서 대꾸했다.

"빨리 산공독을 만들어서 다시 방문하겠습니다. 육합선생을 죽이는 것보다는 이렇게라도 살려서 쓰는 게 낫겠지요."

나는 고개를 끄덕였다.

"옳은 말씀. 또 봅시다."

모용백이 밝은 표정으로 돌아서서 모용의가로 향했다. 나는 잠시 모용백의 등을 주시했는데, 어쩐지 전생의 독마가 걸어가고 있는 것처럼 보였다. 뭐 신의나 독마나 본래 같은 사람이었으니 크게 이상한 일은 아니었다.

# 150.
## 우리는
## 작별의 순간에

전생에 나는 지금쯤 뭘 하고 있었을까? 정확하게는 모르겠다. 일기를 적었던 것도 아니었고 날짜를 기록하면서 무엇을 했는지 기록한 적도 없었기 때문이다. 흘러가는 대로 살았었기에 나는 그저 지난 세월을 굵직한 사건 몇 개로 기억하고 있었다. 기억을 더듬어 보면 이미 객잔은 불에 탄 상태였을 터였고. 일양현을 떠나 무덤지기로 일하면서 종일 낫질을 하던 시기였던 것 같다.

 겨우 낫질을 하고 있던 시기라니… 지금은 도대체 내게 무슨 일이 일어난 것일까. 시기는 같으나… 이제는 수하가 너무 많아서 일일이 챙기는 것도 어려워진 상태. 바로 밑에 있는 수하라고 생각하거나, 눈길이 가는 수하들 위주로 살피면서 내 수련을 병행할 수밖에 없었다.

 그중에서 근래 가장 중요한 계획은 육합선생이 다 나을 때까지 옆에서 갈구고, 협박하고, 인성을 개조시키는 작업을 진행하는 것이었다. 예정대로 모용백이 제조한 산공독도 처먹이고, 치료도 병행해서 전생 귀마와 정신적인 싸움으로 이차전과 삼차전을 벌이려는 시기에 내게 서찰 한 통이 도착했다.

나는 서찰을 뜯기도 전에 기분이 이상했다. 사실, 서찰을 보낼 사람이 많지 않기 때문이다. 무림맹주 혹은 검마가 아닐까 싶었다. 그러나 나는 서찰의 내용을 확인하자마자 당황할 수밖에 없었다. 실로 간단하게 이렇게 적혀있었다.

*백십일 년이 하루처럼 지나고 있소.*
*재회의 인연이 남아있길 바라면서.*
*강호에 있는 벗을 보고 떠나리다.*

서찰을 보낸 사람도 적혀있지 않고, 받는 사람의 이름도 적혀있지 않은 짤막한 문구라서 서찰을 거듭 읽었다. 읽어보니, 세 줄의 문장에 모든 것이 다 들어있었다. 백십일 년은 늙은 상남자 선배이기도 한 총사 허겸의 나이. '재회의 인연'은 벗으로 생각하는 나를 다시 봤으면 좋겠다는 바람. 세월이 하루처럼 지나고 있다는 말은 허겸의 건강이 그리 좋지 않다는 뜻으로 해석했다. 혹시 다른 뜻이 숨어있지 않을까 하여 거듭 읽었으나 다른 의미는 찾아낼 수가 없었다. 나는 서찰을 곱게 접은 다음에 품에 넣었다.

'음…'

팔짱을 낀 채로 한참을 고민하다가 안쪽을 향해 물었다.

"손 부인, 있나?"

"예, 문주님."

나는 손 부인이 안에서 나오자마자 말했다.

"전표로만 일만 냥을 준비하고. 봇짐에 흑의장삼도 함께 넣어서 가져와."

"알겠습니다."

"맛없어도 되니까 육포 좀 담고. 죽통도 하나 넣어두고."

"예."

마침 대청으로 들어오는 차성태에게 조용히 말했다.

"소군평, 벽 총관, 호연 선생까지만 조용히 불러와라."

"예."

나는 턱을 괸 채로 간부들을 기다렸다. 간부들이 들어와서 대청문을 닫자마자 입을 열었다.

"앉아."

"예."

"당분간 자리를 비우지 않으려 했는데 어쩔 수 없다. 육합선생에게 줘야 하는 해독제는 소 각주가 관리하고. 내가 없는 동안에 간부들이 전부 지켜보다가 통제를 벗어나는 행동을 하면 육합선생을 죽여라."

"알겠습니다. 금은칠충은 어찌할까요?"

"그놈들은 너희가 알아서 굴릴 수 있지 않아? 지랄하지 않는 이상은 살리는 쪽으로 대해라."

"예."

"그리고 가능성은 적으나 사마세가 가주가 내 손에 중상을 입은 터라, 외부 세력을 고용해서 내가 없는 사이에 이곳을 칠 위험이 있다. 내 행방을 묻는 자가 오면 남명회로 갔다고 하고, 병력을 모아서 남명회와 함께 치면 어느 정도 해결할 수 있을 거야. 변고가 발생하면 상황 봐서 유동적으로 대처해. 사신장은 당분간 흑묘방에서 수련하라 이르고."

"알겠습니다."

소군평이 물었다.

"어디로 가십니까?"

"혈야궁."

"언제 가십니까?"

나는 안쪽에서 급하게 나오는 손 부인에게 봇짐을 넘겨받으면서 대꾸했다.

"지금 가려고."

내 표정을 바라보던 차성태가 말했다.

"문주님, 싸우러 가시는 거면 병력을 모아서 가시죠."

"너무 멀다. 싸우러 가는 것도 아니고. 빨리 가야 하는 일이라서 도착하기도 전에 병력이 지쳐 쓰러질 거야."

나는 일어선 다음에 간부들을 한 차례 둘러봤다.

"다녀와서 보자고."

내가 성큼성큼 걸어 나가자 간부들이 우르르 소리를 내면서 정문까지 따라왔다. 문득 나는 잊어버린 말이 있는가 싶어서 간부들을 돌아봤다. 그러다가 생각이 나는 대로 말했다.

"나 없는 동안에."

"예."

"소 각주가 흑묘방 일을 맡고. 성태가 하오문. 호연 선생이 총교관, 이 밖에 결정해야 할 중요한 내부 일은 벽 총관과 상의하고. 외부의 강호 일에 대해서는 백인 사제와 상의해."

"알겠습니다."

나는 고개를 한 번 끄덕이는 것으로 작별을 한 다음에 경공을 펼쳤다.

* * *

허겸을 만날 수 있을까? 모를 일이다. 백십일 년이 하루처럼 지나고 있다면⋯ 아마 지금쯤은 허겸이라는 사내의 삶에서 어두컴컴한 밤이 지나고 있을 것이다. 백 년을 넘게 살아남은 늙은 살수에게 죽음은 어떤 의미일까. 어차피 혈야궁까지는 갈 길이 멀었기에 나는 오만가지 생각을 하면서 경공을 펼쳤다.

이 늙은 상남자 선배가 귀천하고 나서도 문제였다. 전생의 내가 강호에 나서서 활동하는 동안에 혈야궁이라는 단체에 대해 딱히 들은 바가 없고 기억이 나는 게 없다. 내가 급하게 혈야궁을 향해 달리는 이유는 이런 것들 때문이다. 무슨 일이 벌어지는지 알 수 없다는 것. 근거 없는 불안감도 있었고. 동시에 허겸과도 마지막 작별을 나누고 싶었다. 우리는 어떻게든 약속을 지키려는 상남자들이라서 그렇다.

나는 달리는 와중에 점점 상념을 줄여나가다가 오로지 경공에만 집중했다. 쉬지 않고 달릴 수 있는 내공은 충분한 편이었으나, 발바닥이 뜨거워지고 무릎의 감각이 이상해지고, 끝내 숨이 차오르는 것은 나도 어쩔 수가 없었다. 나는 하루를 꼬박 달린 다음에 한적한 곳에 주저앉아서 죽통에 든 물을 마시고 육포를 씹었다.

순간, 본능적으로 주변을 둘러보다가 월영무정공의 진기를 내부로 돌렸다. 머리부터 발끝까지 시원해진 상태. 그 상태 자체가 어리둥절할 정도로 신기했다. 새로운 체험을 하면서도. 갈 길도 멀고, 무공의 완성도 멀었다는 생각이 들었다. 다시 일어나서 숨을 크게 한번 내쉰 다음에 다시 달렸다. 이번에는 분심공으로 극양과 극음의 진기를 조합한다는 생각으로 내공을 운용했다. 쉽지 않은 일이었으나 언젠가는 도전해야 하는 영역.

음과 양을 체내에서 동시에 사용하는 것은 일 단계. 음과 양을 체외로 동시에 발산하는 것은 이 단계. 마음을 먹은 대로 음과 양을 언제든지 조합해서 체내와 체외로 자유롭게 사용하는 것을 스스로 삼 단계로 설정했다. 이것이 내가 생각하는 자하신공의 출발이 될 터였다.

나는 경공으로 새로운 무학의 기초를 쌓는다는 심정으로 달렸다. 똥도 참고, 밥도 거르고, 달리면서도 무공을 생각하는 원숭이. 나는 일월日月이 여러 차례 근무 교대하는 것을 지켜보면서 미친 원숭이처럼 달리고 또 달렸다. 약속은 약속이기 때문이다.

* * *

혈야궁에 도착했을 때. 늦지 않았다는 것을 알았다. 곡성 대신에 간간이 웃음소리가 들리고 있었기 때문이다.

'아, 약속은 지켰구나.'

별일 없이 혈야궁 무인의 안내를 받아서 넓은 대청에 도착해 보니 예닐곱 명이 둘러앉아 있고, 그 중앙에 총사 허겸도 색이 바랜 흑의를 갖춰 입은 채로 앉아있었다. 허겸이 나를 보자마자 그야말로 반갑다는 것처럼 웃었다.

"하오문주가 내 말대로 오셨소. 용명아, 내가 뭐라 했느냐? 반드시 올 것이라고 말이다."

용명이 엷은 미소를 지으면서 대꾸했다.

"예."

나는 좌우에 여러 사람이 있었지만, 일단 허겸과 인사를 나누기 위해 직진했다.

"선배, 나 왔소."

강호의 예법이고 나발이고. 나는 허겸에게 가서 그의 쭈글쭈글한 손을 가볍게 붙잡았다. 허겸이 웃으면서 말했다.

"문주, 오느라 고생하셨소."

일전과는 어조가 달라져 있었으나 개의치 않았다. 우리는 원래 이런 것에 마음 쓰는 사내들이 아니다. 나는 허겸의 안색과 눈빛을 살피고, 맞잡은 손의 악력도 느껴봤다. 정말 힘이 하나도 없는 상태였다. 나는 웃으면서 말했다.

"선배, 복장이 가히 나쁘지 않소. 전성기에 입으셨던 살수 복장 같소."

허겸이 고개를 끄덕였다.

"바로 알아보시는군. 그 복장이오. 일 교관으로 있을 때 자주 입었던 복장이라서…"

허겸의 뒤에 있는 용명이 내게 말했다.

"문주님, 제가 앉아있던 곳에 앉으시지요."

나는 그제야 다른 손님들을 둘러봤다. 혈야궁주도 있고, 내게 딱밤을 맞았던 교영 처자도 있었는데 모르는 강호인들도 몇 명 섞여있었다. 나는 용명이 있던 자리에 엉덩이를 붙인 다음에 검마 선배가오지 않았다는 것을 알았다. 이 자리는 시시콜콜 떠드는 분위기가아니라서 그냥 허겸을 바라봤다. 내가 자리에 앉고 나서야 혈야궁주가 말했다.

"문주, 오느라 고생했네."

"별말씀을. 옆 동네 친구 집에 오는 것처럼 편히 왔소."

"…"

혈야궁주는 눈을 껌벅이다가 슬쩍 웃었다. 분위기가 어색해진 터라, 나는 늘 그렇듯이 눈치 없이 물었다.

"무슨 얘기를 그렇게 즐겁게 하고 계셨소."

허겸이 웃으면서 말했다.

"이 늙은이가 오래 살아서 이렇게 색이 바랜 흑의도 남아있고. 몇가지 물품을 나눠주고 있었소. 용명아."

"예."

"내가 일전에 문주에게 어울릴 것 같다고 말하던 물건을 가져와라."

나는 허겸과 용명을 바라봤다.

'오자마자 선물을 준다고?'

실은 선물이 아니라 허겸의 유품이 될 것이다. 나는 용명을 기다리는 동안에 교영 처자와 눈을 마주쳤다가 씨익 웃으면서 손가락으로 딱밤 치는 시늉을 했다. 그러자 교영이 착 가라앉은 눈으로 나를 노려봤다. 교영이 입 모양으로 중얼대는 것을 보자마자, 내가 물었다.

"재수 없다고?"

교영이 화들짝 놀라면서 혈야궁주를 바라봤다.

"아닙니다. 아무 말 안 했는데요."

"알고 있다. 문주가 놀리는 것이니 휘말리지 말아라."

"예."

둘러보니 일전에 수월옥이라는 고급 장원에서 얼핏 봤었던 중년 사내도 앉아있었다.

"당신이 수월옥의 주인장이었군."

중년인이 웃으면서 고개를 살짝 숙였다.

"오랜만에 뵙습니다."

허겸과 인연이 있거나 혈야궁의 고위직만 이 자리에 있는 모양이었다. 곧장 안에서 나온 용명이 허름한 목검木劍 한 자루를 허겸에게 건넸다. 허겸이 목검을 쓰다듬더니 내게 말했다.

"이것은 문주에게 드릴 선물이오. 젊은 시절에 아끼던 목검인데, 문주가 사용해 주시면 좋겠소."

나는 일어나서 허겸이 내미는 목검을 받았다.

"이렇게 귀한 것을…"

…

허겸은 내게 목검을 건네면서 그야말로 기분이 좋은지 활짝 웃었다. 나는 목검을 붙잡은 채로 돌아와서 허겸에게 말했다.

"선배, 이것은 대대로 하오문주에게 전달하는 문주지보門主之寶로 삼겠소."

허겸이 가볍게 웃으면서 말했다.

"문주님, 그것은 살수의 병기라서 문주지보에는 어울리지 않습니다."

허겸이 손가락을 옆으로 그었다. 나는 무슨 말인지 즉각 깨닫고 밋밋한 목검을 당겨봤다. 겉은 평범한 목검木劍이었으나, 속은 진검眞劍이었다. 무게가 느껴지지 않을 정도로 가벼운데도 검신劍身이 무척 날카로워 보였다.

허겸에게 물었다.

"선배, 검명劍名이 있소?"

"옛 살수가 지었던 이름이 있으나 알려드리지 않을 테니 문주께서 새로운 이름을 붙여주세요. 그게 좋을 겁니다."

나는 고개를 끄덕인 다음에 목검을 쳐다봤다.

"그리하겠소."

허겸이 편한 얼굴로 주변 사람들을 둘러보면서 말했다.

"오래 살아서 좋은 점도 있군요. 나눠줄 것이 많아서 다행입니다."

나는 별말 없이 허겸의 잔잔한 목소리를 듣고 있다가 대청 문으로 고개를 돌렸다. 다소 다급하게 느껴지는 발걸음 소리가 들리더니 대청에서 혈야궁의 무인이 모습을 드러냈다. 젊은 무인이 백지장처럼 창백해진 얼굴로 보고했다.

"…교주님이 허 장로님의 병문안을 위해 오고 계신다는 소식을 전해드립니다."

나는 이게 웬 개소리인가 싶어서 혈야궁의 인원들을 바라봤다. 다들 안색이 창백해지는 것을 보아하니 초대하지 않았던 손님인 모양이다. 유일하게 침착한 허겸이 덤덤한 어조로 대꾸했다.

"어디까지 오셨다더냐."

"이미 근처에 도착하셨고. 병력을 대기시켜 놓고 홀로 오실 테니 혈야궁은 과하게 대응해서 허 장로님의 심기를 불편하게 하는 일이 없도록 하라는 말을 전달해 왔습니다."

허겸이 고개를 끄덕였다.

"병문안일 뿐이니 과하게 대응할 필요 없겠소."

이 와중에 나는 꿔다놓은 보릿자루가 된 상태에서 사태를 파악하기 위해 애를 써봤다. 뭐 딱히 내가 할 수 있는 일은 없었다. 혹시 내가 잘못 들었나 싶어서 이렇게 물어봤다.

"선배께서 말년에 종교를 바꾸셨소? 교주가 온다기에…"

"…"

아무도 대꾸해 주는 이가 없었기 때문에 나는 이 사태를 현실적으로 받아들였다. 마교 교주가 근처에 있는 모양이다. 기분이 아주 상쾌하면서도 짜릿했다.

…

# 151.
## 이자하,
## 할 말 있느냐?

훈훈했던 병문안 분위기가 교주 때문에 삽시간에 가라앉았다. 다들 말을 아끼는 동안에 허겸이 말했다.

"늙은이의 부탁이오."

혈야궁주가 대꾸했다.

"말씀하세요."

"다들 교주에 대한 생각이 저마다 복잡한 것을 압니다. 저도 마찬가집니다. 하지만 교주가 병문안이라고 했으면 다른 의도가 없는 병문안일 것이니, 이 자리에서 다른 일은 벌어지지 않았으면 합니다."

혈야궁주가 교영에게 말했다.

"그래야지요. 영아瑛兒, 너는 들어가 있어라."

평소와 다른 어조라고 생각했는지 교영은 입을 열지 않은 채로 일어나서 안으로 사라졌다. 이어서 혈야궁주가 나를 쳐다봤다.

"문주, 봐서 좋을 것 없는 사람이니 자네도 들어가서 쉬고 있게.

여기는 혈야궁 사람들과 허 장로님만 있어도 충분하네."

혈야궁주가 내게 어림없는 소리를 하고 있다. 교주를 가까이서 볼 기회는 많지 않기 때문이다.

"그럴 수는 없소."

그럴 수는 없다. 현재 시점에서, 어차피 이 자리에 있는 고수들이 전부 덤벼도 상대하지 못할 사람이라는 점은 누구보다 더 내가 잘 안다. 그러니 이런 상황에서 미리 봐둬야 할 필요가 있었다. 허겸의 말대로 병문안일 테니까 말이다. 혈야궁주가 가라앉은 어조로 말했다.

"그렇다면 얌전히 있게. 부탁이니…"

"나는 본래 얌전한 사람이오."

혈야궁주가 짤막한 한숨을 내쉬었다. 아마도 교주를 잘못 건드리면 혈야궁 전체가 몰살당하리라 생각하는 모양인데, 사실 교주는 그러고도 남을 놈이다. 이때, 대청 문이 열리는 평범한 소리가 마치 벼락 치는 소리처럼 들렸다. 사람들의 시선을 따라 나도 대청을 주시했다.

'…'

대청에서 모습을 드러낸 교주는 기이할 정도로 커다란 덩치로 바깥에서 들어오고 있는 빛을 온통 틀어막고 있었다. 그 덕분에 대청 안이 어두컴컴해진 상태. 교주가 걸어오기 시작하자, 대청 안에 드리웠던 어둠도 흩어졌다. 느린 걸음도 아니고, 빠른 걸음도 아닌데 희한하게도 주변의 시간을 멈춰놓고 걸어오는 사람처럼 보였다. 행동거지와 표정을 표현할 길이 없다. 평범하게 걷는데도 무언가를 짓밟으면서 다가오는 것처럼 보였다. 단순하게 오만함과 거만함이라

…

는 말로는 표현할 수가 없는 인간이었다.

'염병할 새끼, 분위기 독특하네.'

나도 교주를 처음 본다. 마교에 초대를 받아서 갔을 때는 교주가 폐관수련을 하고 있었기 때문에 당연히 볼 일이 없었다. 허겸이 먼저 말했다.

"교주, 오셨소. 건강이 좋지 않아 일어나지 못함을 양해하시오."

허겸이 일어나지 못한다고 말을 하자, 신기하게도 다른 자들은 전부 동시에 일어났다. 내가 끝내 일어나지 않자, 내 앞으로 다가온 용명이 옆에 있는 의자를 들고서는 교주에게 다가갔다. 용명이 일부러 몸으로 내 시야를 가리고 있었기 때문에 나는 고개를 옆으로 뺀 다음에 걸어오고 있는 교주를 바라봤다. 교주는 대청에서 등장할 때부터 무엇이 즐거운지 계속 웃고 있었다.

'저 새끼는 뭐가 저렇게 즐거울까.'

웃으면 복이 오는 놈인가. 알 수가 없었다. 허겸과 마주 볼 수 있는 자리에 의자를 놓은 용명이 물러나자… 교주가 의자에 앉아서 병문안 온 사람들에게 말했다.

"앉아라."

혈야궁주는 눈을 마주치자마자 말했다.

"사형, 오셨습니까."

교주가 고개를 끄덕이면서 대답했다.

"막내도 많이 늙었구나."

"예."

혈야궁주를 제외한 나머지 사람들은 동시에 예를 갖췄다.

"교주님을 뵙습니다."

고개를 끄덕이던 교주가 나를 물끄러미 바라봤다.

"…"

나도 고개를 이리저리 움직이면서 교주를 바라봤다. 그러다가 나는 새삼스럽게 내가 미친놈이라는 것을 깨달았다. 대체 왜 교주를 보자마자 웃음이 나오는 것일까. 왜 그런지는 나도 알 수 없다. 하지만 교주는 웃고 있는 내게서 시선을 떼더니 허겸을 바라봤다.

"허 장로, 백십일 년. 오래 살았다."

허겸이 고개를 끄덕였다.

"오래 살았소."

나는 손가락으로 귓구멍을 후볐다. 교주의 목소리는 평소에도 내공을 섞는 모양인지, 귓구멍에서 피가 나올 것처럼 들렸다. 아마, 저 목소리로 사자후를 내뱉으면 여기 있는 대다수는 내상을 입을 것이다. 등장한 것만으로도 피곤했기 때문에 나는 호흡을 차분하게 유지하면서 교주와 허 장로를 바라봤다. 교주가 허 장로에게 물었다.

"죽음을 앞둔 심정이 어떠한가."

이것이 과연 병문안을 와서 내뱉을 만한 질문일까. 하지만 나는 교주의 표정을 보고 나서 농담이 아님을 알았다. 허겸이 대답했다.

"더 살고 싶다는 생각이 들었소. 여전히 미련한 셈이지. 한편으로는 드디어 이 고통스러운 삶을 벗어난다고 생각하니 후련하기도 하고 그렇소. 하지만 후련함보다는 미련함이 더 많이 남소."

교주가 고개를 끄덕였다.

"무엇이 그렇게 미련하게 남아있나."

…

허겸이 교주를 주시하더니 반말로 말했다.

"너를 내 손으로 죽이지 못한 것이 끝내 안타깝구나."

교주가 고개를 이리저리 움직이더니 쇳소리와 같은 웃음소리를 내뱉었다.

"그대다운 생각이야. 하지만 살수에 관한 것은 나도 그대에게 배웠는데 쉽게 당할 리가 있겠나. 자네는 허술하게 가르치는 사내가 아니었네."

말을 하던 교주가 용명을 위아래로 살피면서 말을 이어나갔다.

"…네가 마지막 제자구나."

용명이 고개를 살짝 숙이면서 대답했다.

"예, 교주님."

"죽자 사자 노력해도 네 사부의 발끝에도 못 미칠 가능성이 크니 지금보다 더욱 정진해라."

용명이 덤덤하게 대꾸했다.

"명심하겠습니다."

교주가 혈야궁주를 바라보면서 말했다.

"어차피 허 장로가 나를 죽이겠다고 키웠을 테니, 적절한 시기가 되면 교로 보내라. 내가 데리고 있겠다."

혈야궁주가 공손하게 대꾸했다.

"알겠습니다."

문득 내가 용명을 바라보자, 이놈은 이미 안색이 창백해진 상태였다. 허겸이 궁금하다는 것처럼 물었다.

"교주께서 어찌 여기까지 오셨소."

교주는 당연하다는 것처럼 말했다.

"자네를 보려면 내가 와야지. 교에 돌아와서 죽지는 않을 테니까. 만약 내가 죽음을 앞두고 있었다면, 자네가 교에 들어와서 나를 보지 않았겠나?"

허겸이 고개를 끄덕였다.

"생각해 보니 그렇소."

교주는 정말 허 장로를 보러 온 모양이었다. 나는 늙은 상남자 선배의 표정도 구경하고, 교주의 표정도 종종 살폈다. 두 사람 사이에 몇 마디 말로 정리가 될 수 없는 많은 사연이 있었음을 알 수 있었다. 교주가 웃으면서 혈야궁주를 바라봤다.

"허 장로가 없었다면 나는 교주가 될 수 없었을 것이다."

혈야궁주가 고개를 끄덕였다.

"저도 그렇게 생각합니다. 그 사람도 사형을 많이 도왔었죠."

일전에 듣기로 혈야궁주의 부군은 교주에게 죽었다. 이에 대해 교주가 이렇게 대답했다.

"훌륭한 사내였어. 큰 욕심을 안 부렸다면 좌사나 우사 자리를 맡겼을 텐데 말이야. 그나저나 검마는 병문안을 오지 않았나? 설마 내가 온다는 소식을 듣고 영아처럼 서둘러 자리를 피한 것은 아니겠지."

혈야궁주가 대답했다.

"연락은 했는데 아직 도착하지 않았습니다."

교주가 웃으면서 물었다.

"요새도 목검이나 휘두르면서 아둔하게 지낸다더냐?"

"그것까지는 모르겠습니다."

교주가 사람들을 둘러보면서 말했다.

"…내가 종종 수련에 전념하는 사이에 많은 사람이 떠났다. 돌이켜 보면 후계자 다툼을 할 때가 가장 즐거웠구나. 그때는 아무도 떠나겠다는 생각을 하지 않았었지. 사흘에 한 번 잠이 드는 것은 부지기수였고, 닷새가 지나서 눈을 붙일 때도 있었다. 나도 허 장로가 있어서 눈을 붙일 수가 있었지. 살수들의 살수. 내가 눈을 감고 있을 때도 허 장로가 내 적들을 대신 맞이해서 죽이고 있었는데 어쩐지 그때가 더 그립군."

허 장로가 웃으면서 몇 번 끄덕였다. 옛 생각이 스치고 있는 모양이었다. 교주가 허 장로를 불렀다.

"허 장로."

"말씀하시오."

"많은 사람이 나를 배신했으나, 내가 먼저 배신을 한 적은 없다. 그대도 마찬가지야. 대부분 자신의 옛말을 배신해 놓고 나를 떠났으니 말이야."

허겸이 대꾸했다.

"나도 그랬소?"

교주가 고개를 끄덕였다.

"자네도 마찬가지야. 나를 가르친 여러 사부들의 공통된 가르침은 강해지는 것에 한계를 두지 말라는 것이었네. 하지만 어느 지점에 이르자 똑같은 말을 반복하더군. 그렇게까지 하셔야겠느냐고. 자네도 내게 자주 했던 말이지."

허겸이 순순히 인정했다.

"그랬습니다."

"자네는 대체 왜 그랬나? 왜 한 입으로 다른 말을 했던 게야."

허겸이 지친 표정으로 대꾸했다.

"내가 인간이라서 그랬을 거요."

"그러면 교에 있을 때도 살수들에게 예법부터 가르치지 그랬나. 자네가 그리했던가?"

"그러지 못했소."

"자네는 살아남으려는 자들에게 무어라 했었나."

"마귀가 되어야 살아남을 수 있다고 했소."

교주가 고개를 끄덕였다.

"내가 그 말을 믿고 자랐네. 걸음마를 뗄 때부터 그렇게 가르치던 자네가 어느 날, 그래선 안 된다고 하더군. 모욕적인 말이라고 생각하진 않았네. 하지만 당황스러웠지. 우리가 마귀처럼 살지 않았다면 자네와 나는 이미 후계자 다툼 때 죽었을 것이야. 안 그런가?"

나는 잠시 깜짝 놀라서 허겸을 바라봤다. 늙은 상남자 선배의 두 눈에서 투명한 눈물이 흘러내리고 있었다. 후회인지 반성인지 모를 눈물이었다. 그 눈물을 보면서 교주는 웃었다.

"늙어서 그런가. 눈물도 흘리는 사람이었군. 자네가…"

허겸이 손가락으로 눈물을 훔치면서 대꾸했다.

"그때로 돌아가면. 어쩔 수 없이 마귀처럼 살았을 거요. 살아남으려면 어쩔 수 없소. 하지만 다시 세월이 흘러 인간의 길을 점차 벗어나고 있는 교주를 보았다면 역시… 그러지 말라고 다시 조언했을 거요. 교주, 사람은 생각이 변하는 것이외다."

교주가 고개를 끄덕였다.

"맞는 말이네. 자네가 종종 막아섰기 때문에 내가 아직 천하제일이 되지 못했지. 한계를 생각하면 더 나아갈 수가 없네. 이 꼬락서니를 보게나."

허겸이 물었다.

"그렇게 강해졌는데 아직 적수가 남아있다는 사실이 교주를 그렇게 분노하게 만듭니까? 이미 죽일 자들은 충분히, 넘칠 정도로 과하게 다 죽였지 않소이까."

"우리가 살아남으려고 행했던 과정 덕분에 나를 죽이려는 자들이 늘어나고 있는데 내가 어찌 멈춘다는 말이냐. 자네 가르침은 앞뒤가 맞지 않아."

나는 저절로 탄식이 흘러나왔다. 교주가 이 자리에 찾아온 이유를 알 것 같았다. 누구에게 할 말은 아니지만, 내가 생각하는 교주의 상태는 이렇다. 인간성이 얼마 남지 않은 사내였다. 허 장로에게 작별을 고하러 온 것이 아니라, 인간들에게 마지막 작별을 고하러 온 것처럼 보였다. 교주가 허겸에게 물었다.

"허 장로, 소원이 있나?"

허겸은 교주를 바라보다가 콧소리를 내면서 웃었다.

"들어주지 않을 것을 알고 있소."

교주가 고개를 끄덕였다.

"뭔지 알겠군."

교주가 자리에서 일어나더니 허겸을 물끄러미 바라봤다. 허겸이 고개를 끄덕이면서 말했다.

"잘 가시오. 교주, 죽으면 내세에서 만납시다. 그때는 회포도 풀고, 내가 잘못 가르친 것도 사과하리다."

교주가 고개를 저었다.

"그대와 나는 이제 가는 길이 다르니, 죽어서도 만나지 못할 걸세."

교주는 그제야 혈야궁주와 주변 사람들을 한 차례 둘러보다가 말했다.

"…너희는 각자 발악들 하고 있어라. 또 보게 될 테니."

나는 잠시 교주와 눈을 마주쳤다. 그 순간, 교주가 웃으면서 내게 물었다.

"이자하, 할 말 있느냐?"

애초에 정보조직을 통해 천하를 주시하고 있었던 놈이라 그런지 다짜고짜 나를 알아봐도 놀랍지 않았다. 나는 덤덤한 어조로 대꾸했다.

"발악하고 있을 테니 적절한 시기에 또 봅시다."

"좋다. 기대하마. 허 장로도 네게 거는 기대가 클 것이다."

교주가 다시 사람들을 둘러봤을 때, 전부 입을 닥치고 있어야만 했다. 문득 교주가 대청을 이리저리 살피면서 비웃는 어조로 말했다.

"왜 이렇게 교를 나간 놈들은 하나같이 궁을 좋아하는지 모르겠구나. 무너뜨릴 때 보기 좋을 정도로 공들여서 만드는 것도 마찬가지고."

홀로 대청까지 걸어간 교주가 뒷짐을 지더니 바깥 하늘을 올려다

…

봤다. 대청 안쪽으로 들어오는 빛을 막아서고 있는 교주가 고개를 돌리더니 작별을 고했다.

"잘 가시게. 사부."

역광이어서 교주의 얼굴이 잘 보이지 않았는데, 말을 마치자마자 웃고 있는 것 같다는 느낌이 들었다. 허겸도 교주에게 작별을 고했다.

"살펴 가시오."

교주가 계단을 내려가면서 일상적인 어조로 대답했다.

"그래. 얼굴 보니 좋구나. 늙으면 죽어야지. 별수 없는 일이야."

나는 교주에 대한 감상을 일단 집어치운 다음에 허겸의 상태부터 살폈다. 허겸은 눈을 감은 채로 호흡을 가다듬고 있었다. 문득 주변에 있는 자들을 살펴보니 다들 반쯤 넋이 나간 상태였다. 혈야궁주는 물론이고, 다른 자들은 호흡마저 불편해 보였다. 실력이 가장 뒤떨어져 보였던 수월옥의 주인장은 고뿔에 걸린 사람처럼 손발을 떨고 있었다.

"…교주 놈 갔으니까 정신들 차리시오."

나는 옆에 있는 수월옥 주인장의 뺨을 후려쳤다.

"정신 차리라고."

"예."

찰싹- 소리에 다들 고개를 몇 번 흔들었다. 나는 늙은 상남자 선배가 걱정되어서 물었다.

"선배, 괜찮소?"

허겸이 조용히 눈을 뜨더니 씁쓸한 표정으로 대답했다.

"…수명이 며칠 줄어든 것 같네."

'아, 씨벌.'

이걸 웃어야 해, 말아야 해. 나는 허벅지를 꼬집은 채로 고개를 끄덕였다. 혼신의 힘을 다해서 대답할 말을 골랐으나 찾아낼 수가 없었다. 자신의 목숨을 가지고 농담을 하는 상남자는 나도 처음이어서 다른 자들과 함께 심호흡에 동참했다.

"후…"

## 152.
## 아, 이렇게
## 짜릿할 수가

나는 잠시 눈을 감은 채로 교주의 대화를 복기했다. 나중에 때려죽
이려면, 이곳에서 오고 갔던 말 한마디도 놓칠 수 없기 때문이다. 대
화에는 사람의 성격과 약점이 숨어있다. 복기를 해보니… 아마도 교
주가 천옥을 만들라고 지시한 것을 수하들이 종종 막았던 모양이다.
허 장로의 성격이라면 직언하고도 남았을 터였다.

또한, 교주가 폐관수련을 종종 했다는 것은 아직 무공을 완성하지
않았다는 뜻이거나 무언가를 더 배우는 시기라는 뜻이다. 하지만 대
화를 아무리 복기하고 더듬어 봐도 당장은 성격에서 드러나는 약점
이 보이지 않았다. 오히려 교영이 이 자리에 있었다가 서둘러서 피
한 것을 바로 눈치챘고. 용명이 허 장로의 마지막 제자라는 점과 나
에 대해서도 어느 정도 알고 있는 눈치였다.

내가 허 장로의 기대를 받고 있다는 것까지 알아차린 이유는 내
손에 있는 허 장로의 목검을 알아보고 유추했을 것이다. 통찰력이

좋으면서도 웬만한 것은 잊지 않는 꼼꼼한 사내라는 뜻이다. 혈야궁주 앞에서 그녀의 부군을 죽였던 것에 대해서는 아무런 감정이 없는 사람처럼 말했기 때문에 이미 인간성은 희박해진 상태.

종합하면 이 새끼는… 통찰력이 뛰어나고, 눈치가 빠르며, 개코에다가, 무공의 완성에 집착하는 사내였다. 그렇다면, 약점은 무공에 집중하고 있다는 사실밖에 없었다. 이놈이 종종 폐관수련에 돌입했기 때문에 검마나 허 장로처럼 고위직에 있었던 아군이 교를 벗어났을 것이다. 심지어 내가 천옥을 탈취해서 도망을 칠 수 있었던 이유도 교주가 폐관수련을 하고 있었기 때문이다. 이외에는 현재 약점이랄 게 없다. 나는 눈을 뜬 다음에 어쩔 수 없이 궁금한 것을 물어볼 수밖에 없었다.

"선배의 병문안을 와서 이런 것을 물어본다는 게 미안하지만 궁금한 게 있소."

혈야궁주가 대답했다.

"물어보게."

"교주가 종종 폐관수련을 하는 이유를 혹시 알고 있소?"

혈야궁주가 고개를 끄덕였다.

"…당연히 그럴 수밖에. 후계자 다툼이 벌어지던 시기에는 가문의 무공을 사용했고. 교주가 되고 나서야 역대 교주들이 익혔던 무공을 수련했네. 더군다나 교에서 가장 어려운 무공일 테지. 음과 양을 동시에 익혀야 대성할 수 있을 테니까. 몇 대에 걸쳐서 이 무공을 대성한 교주가 나오지 않았을 정도니 무척 어려울 것이네. 이것을 대성하지 못하면 천마天魔라는 호칭은 사용할 수 없는 상황이야. 그냥 교주일 뿐이지."

"음."

"사실 사형의 실력이면 지금 당장 천마라 칭해도 이상한 일은 아니야. 다만 만마萬魔가 진심으로 복종하지 않는다는 것은 사형도 알고 있겠지. 강호를 일통하거나, 천하제일이 되거나, 교주의 무공을 대성하거나. 셋 중의 하나라도 제대로 이뤄야만 사형의 여정이 끝날 것이네."

나는 고개를 끄덕였다.

"셋 중의 하나도 제대로 못 하다니. 못난 놈이로군."

내 농담에는 물론 아무도 웃지 않았다.

"…"

나는 다시 한번 허겸의 상태를 확인했다. 본래 평정심이 대단한 사내라서 오히려 다른 사람들보다 심적인 타격은 덜한 것처럼 보였다. 나는 이참에 궁금하게 여겼던 것을 또 물어봤다.

"삼재에 대한 정보도 알려주시오. 뜬소문과 잘못된 정보가 많으나 제대로 알고 있는 사람이 없소."

혈야궁주가 대꾸했다.

"확실히 자세히 아는 사람은 드물 것이네. 장로님, 제가 아는 대로 이야기해도 되겠습니까?"

허겸이 짤막하게 대꾸했다.

"말씀하세요."

혈야궁주가 말했다.

"교주는 후계자 다툼에 참여했었던 가문을 몰살했네. 가문만 몰살한 것은 아니야. 이들도 교 내부에 수하들이 있고, 협력자들이 있었기 때문이지. 찾아내고, 고문하고, 밝혀내는 족족 다 죽였네. 보통은 살려주는 것이 관례였지. 하지만 관례였을 뿐이지, 법은 아니었어. 다툼이 치열했기 때문에 어쩔 수 없이 죽였다 하더라도 허 장로나 좌사까지 나서서 종종 반대했을 정도로 정도가 지나쳤지. 사형은 물갈이를 해야겠다는 생각이어서 애초에 전부 죽일 생각이었네. 아주 작은 허물이라도 있는 가문은 인질부터 바치기 시작했지. 그때 나온 말이네."

나는 그제야 아는 내용을 입에 담았다.

"마도가 낳은 재해災害."

혈야궁주가 고개를 끄덕였다.

"마도를 추구하던 자들이 배출한 재해인 셈이지. 오늘 직접 봐서 알겠지만, 사형에겐 인간성이 희박하네. 좌사나 허 장로를 죽이기 싫어서 일부러 폐관수련에 들어갔던 것이라면 그게 마지막 양심이었다고 봐야겠지."

이렇게 나는 인간 시절의 교주에 대한 이야기를 들었다. 내가 전해 들었던 교주도 인간이 아니었다. 나는 허겸을 바라봤다.

"그렇다면 선배가 상대했던 삼재는 교주가 아니라…"

허겸이 고개를 끄덕였다.

"교주와 직접적으로 싸운 적은 없네. 내가 상대했던 사내는 천악天惡이지. 그리고 정확하게 말하면 상대한 게 아니네. 덤볐다가 목숨만 붙어있는 것이지."

나는 속이 너무 답답해서 바로 질문했다.

"대체 뭐 하는 놈이오?"

허겸이 웃었다.

"나도 궁금해서 당사자에게 물어보긴 했는데 결과는 보다시피 이렇게 되었네. 무공이 사라지게 되었지. 그다음에는 교주와 어디론가 이동해서 겨뤘을 것이네. 교주는 중상을 입고 돌아왔었지. 하지만 삼재가 만나서 진정한 천하제일은 가리지 못했다고 하더군."

마지막 부분이 되어서야 내가 알고 있는 사실이 나왔다.

"천하제일이 없는 시대."

허겸이 고개를 끄덕였다.

"교주가 인간의 길을 벗어나겠다고 마음을 먹었다면 아마 나머지 두 사람도 이미 인간의 길을 벗어난 상태겠지. 이미 반 정도는 신선神仙이거나 악신惡神이라 불러도 이상하지 않을 자들이겠지."

예전에 내 꿈이 천하제일이었다. 잠시 보류할 생각이다. 일단 인간 수준의 고수들부터 다 때려잡은 다음에 목표를 다시 잡아야 할 판국이다. 어쨌든 상황이 이러하다면… 전생에도 마도천하가 완벽하게 이뤄지지 않았던 이유는 어딘가에 다른 삼재들이 버티고 있었기 때문이라는 말이다. 그 시점에서 교주가 천옥을 취했다면? 나는 저절로 웃음이 나왔다.

'이야, 나는 이미 강호를 한 번 구했구나?'

만장애에서 색마 놈에게 이런 말을 했었다. 내 똥에 마신魔神이 될 답이 있을 것이라고. 그게 맞는 말이었다. 내가 천옥을 먹지 않았더라면 교주가 마신이 됐을 테니까 말이다. 그리고 보니 문득 색마와 똥의 인연이 참 깊다는 생각이 들었다. 의식의 흐름이 이상하게 이어지고 있었기 때문에 나는 잠시 허겸을 바라봤다.

"선배, 오늘은 교주 때문에 심력 소모를 너무 하셨소. 궁주와 자잘한 것을 논의할 생각이니 선배께서는 쉬는 것이 좋겠소. 결론이 없는 이야기들을 두서없이 나눌 것이니 이해해 주시오."

나는 용명을 바라봤다. 그러자 용명도 사부에게 다가가서 권했다.

"사부님, 좀 쉬었다가 나오시지요."

허겸이 고개를 끄덕였다.

"그러자."

나는 허겸이 대청을 떠나는 와중에 그가 건네준 목검을 물끄러미 바라봤다. 나는 허겸이 사라지고 나서야 혈야궁주에게 말했다.

"궁주, 둘만 이야기합시다."

혈야궁주가 의아하다는 것처럼 대꾸했다.

"굳이 그래야 하나?"

나는 이 자리에 있는 혈야궁의 간부들을 손가락으로 가리켰다.

"마음이 불편해서 그렇소. 어쨌든 혈야궁에 교주와 내통하는 놈이 있을 거요. 물론 이자들이라는 소리는 아니오. 어쨌든 궁주와 둘이 이야기할 테니 다들 양해해 주시오."

혈야궁주가 그제야 고개를 끄덕였다.

"문주와 이야기 좀 하겠네. 자네들도 쉬게나."

그제야 사람들이 일어나서 흩어졌다. 나는 턱을 만지다가 혈야궁주에게 말했다.

"이제 어쩌시겠소. 내통자를 찾아내는 것은 불가능할 거요. 한두 명도 아닐 테니까. 어디로 도망가든 간에 행적이 계속 교주에게 보고될 것 같은 상황이군."

혈야궁주가 한숨을 내쉬었다.

"방법이 없지. 때 되면 싸우다가 죽을 수밖에."

"그때가 언제라고 생각하시오? 나보다는 궁주가 교주를 더 잘 알고 있을 텐데."

혈야궁주가 고개를 끄덕였다.

"당장은 아니야. 차마 허 장로를 보지 않고 떠나보내는 게 마음에 걸려서 온 것이겠지. 도중에 임소백과 부딪치면 병력끼리 전면전이 벌어졌을 테니 일단은 교로 복귀하고 있을 것이네. 교주가 당장 우리를 칠 수 없는 이유는 몇 가지가 있네."

"들어봅시다."

"그간 너무 많이 죽였어. 개인의 무력은 교주가 강하지만 단체로 붙었다가 결판이 나지 않은 채로 소모전이 일어나면 교의 타격도 만만치 않아. 본인도 수련이 필요하겠지만 병력이 강해질 시기도 필요하다는 뜻이야. 적어도 삼 년은 더 필요하겠지."

나는 고개를 끄덕였다.

"그렇다면 최악의 상황을 가정합시다. 병력은 병력대로 훈련을 시키고. 삼 년 안에 교주가 홀로 이곳에 와서 혈야궁 전체를 몰살할 수도 있소."

혈야궁주가 엷은 미소를 지었다.

"아무리 담이 크더라도 교주가 혼자 올 수는 없네."

"어째서 그렇소."

"검마도 견제하고 있는 데다가 오늘은 자네를 만났기 때문이지.

임소백과 남악맹을 쳤다면서?"

"아셨소?"

"내가 알면 교주도 알 것이다. 원래라면 혼자서 혈야궁을 청소할 수 있다고 생각하겠지만 변수가 더 늘었다. 사형은 신중한 성격이라서 충분히 고려할 것이다. 혼자 왔다가 재수가 정말 없으면 나, 검마, 자네를 동시에 상대해야 할 거야. 이 말이 무슨 뜻이겠나?"

나는 혈야궁주의 말을 듣다가 씨익 웃었다.

"아, 나도 위험해졌다는 뜻이군."

"혈야궁을 치거나, 자네를 먼저 제거하거나. 우리 둘 다 버려둔 채로 수련에 집중하거나. 아니면 검마부터 제거하고 나서 움직이거나. 사형도 머리를 잘 굴려야 해."

나는 혈야궁주에게 물었다.

"…발악들 하고 있으라는 말은 어떻게 해석하셨소?"

무언가를 생각하던 혈야궁주가 미간을 좁혔다.

"허 장로가 대들다시피 해서 끝내 반대했던 일이 천옥이라는 성물을 만드는 것이었네. 교의 총사가 반대를 했으니 교주도 당시에는 어쩔 수 없었지. 아마 그것을 만들 때까지 발악하고 있으라는 말이 아니었을까?"

확실히, 혈야궁주는 교주의 사매여서 많은 것을 알고 있었다.

"천옥은 무엇에 쓰는 물건이오."

내 몸에 있는 것이지만 예의상 물어볼 수밖에 없었다. 혈야궁주가 말했다.

"강제로 만드는 영약이겠지. 어쩌면 교주의 무공을 대성하기 위한 방법론으로 적혀있었을 수도 있다. 교주는 수련에 전념하고, 수하들이 천옥을 준비하면 시간을 단축할 수도 있겠지. 추측이지만 천옥을 만들 때 어쨌든 사람이 많이 죽게 될 것이야."

나는 혈야궁주에게 말했다.

"궁주, 그것을 자세히 알아봐 주시오. 언제 완성되는 것인지. 혹은 이미 완성을 해놓고 다른 작업이 필요한 것인지. 이미 교주에게 달라붙은 자들이 혈야궁에 있으니, 궁주도 간자를 보내든 교 내부의 사람을 포섭하든 간에 움직여야 할 거요. 싸움을 어찌 무공만으로 하겠소."

혈야궁주가 한숨을 내쉬었다.

"마땅한 사람이…"

"한 명 있지 않소."

"누구?"

나는 덤덤한 어조로 말했다.

"용명."

"허 장로의 마지막 제자를 어찌 사지로 보낸단 말인가."

나는 혀를 차면서 대꾸했다.

"궁주, 사지가 어디인지 확신할 수 있겠소? 당장은 교 내부보다 이곳이 더 사지에 가깝소."

"그렇군. 생각해 보겠네. 그나저나 자네도 이제 조심하게. 교주가 알고 있을 줄은 나도 몰랐네."

나는 고개를 저었다.

"당분간 내 걱정은 하지 마시오."

"왜."

나는 일부러 궁주를 안심시키기 위해서 팔짱을 낀 채로 잘난 척을 시작했다.

"나는 본래 심리전의 달인, 심리학의 대가, 독심술의 일대종사가 되겠소."

혈야궁주가 떨떠름한 표정으로 대꾸했다.

"그게 무슨 소용인가?"

"다 꿰고 있다는 뜻이오. 교가 나에 대해 알아볼수록 교주에게 보고하기 힘들 거요."

"어째서."

"점소이 출신이라서 그렇소. 천박하고 격이 떨어지는 사내, 그것이 나요."

"음."

나는 손으로 하늘을 가리켰다.

"교주가 저만큼 존귀하다면."

나는 다시 손을 아래로 가리켰다.

"나는 저 밑바닥에서부터 기어서 올라오고 있는 사내. 직접 상대할 수가 없을 정도로 격이 떨어지는 사내가 나요. 격이 안 맞으니 당연히 수하들을 보내겠지. 더군다나 내가 만든 문파의 이름은 하오문. 감히 마신이 되려는 존귀한 놈이 넘볼 수 있는 밑바닥 수준이 아니외다."

"…다 계획이 있었구나. 내가 괜한 걱정을 했네."

"이유는 더 있소. 교주의 눈썰미라면 내가 음과 양의 무공을 동시에 익혔다는 것을 알아차렸을 터."

나는 무서운 말을 입에 담았다.

"나 같은 재료는 강호에 꽤 드물 거요. 하지만 아직 숙성이 덜 되었지."

혈야궁주는 곤란한 표정으로 웃음을 참고 있었다. 나는 혈야궁주에게 진지한 어조로 말했다.

"편히 웃으시오."

그제야 혈야궁주는 천장을 바라보면서 웃음을 크게 터트렸다. 하여간, 늙은 상남자 선배에게 자신의 목숨을 걸고 농담하는 법을 배운 사내, 그것이 나다. 사실, 내가 죽으면 강호도 끝장이 나는 상황이다. 강호의 운명이 내 손에 달려있소이다. 아, 이렇게 짜릿할 수가…

## 153.
## 생각나지 않는 것을
## 생각해 봤다

혈야궁주가 너무 크게 웃었기 때문에 나는 정색했다.

"궁주, 사람 목숨 가지고 그렇게 크게 웃는 거 아니오."

"미안하네."

하지만 혈야궁주도 반격을 하는 여인이었다.

"자네도 허벅지를 꼬집더군."

나는 고개를 끄덕였다.

"비긴 거로 칩시다. 그건 그렇고. 내가 서찰 한 통과 약도를 하나 그려줄 테니 모용의가의 의원 좀 급히 데려오시오."

"허 장로가 의원을 만나지 않은 것도 오래되었네."

"내 알 바 아니니까 데려오시오. 허 장로는 아직 기력이 남아있소. 우리 동네 신의와 만남을 주선해서 일 년을 더 살게 하든 아니면 십 년 이상을 더 살게 하든 간에 정확한 판단과 치료는 의원이 하는 거요. 우리는 해보는 데까지 다 해보는 것이고. 그리고 궁주, 아까부터 고민하던 것인데."

"말하게."

"만약, 최악의 상황이 닥치면 자존심을 내려놓고 일단 항복하시오."

"원수의 밑으로?"

나는 혈야궁주를 노려봤다.

"우두머리 자리가 쉬운 줄 알았소? 어떻게든 살아남으시오. 최후의, 최후의, 최후의 순간까지."

"항복할 때 치욕은 내가 감당하면 되지만 받아줄 사람이 아니네."

"항복을 잘하는 것도 우두머리의 역량이오. 고민해 보시오."

혈야궁주가 궁금하다는 것처럼 물었다.

"자네도 최후의 순간이 닥치면 교주에게 항복하려고?"

나는 손가락을 두 개 꼽았다. 하나씩 접으면서 말했다.

"수하들이 주변에 많다면 항복하겠소. 하지만 혼자 싸우고 있다면 죽을 때까지 싸우겠지."

혈야궁주가 고개를 끄덕였다.

"그렇게 생각하니까 마음이 좀 편해지는군."

우리는 단체를 이끄는 우두머리라서 생각할 게 많다.

"교주 이외의 전력은 어떻소?"

혈야궁주가 대꾸했다.

"첫째로 검마와 명성을 나란히 하던 우사가 있고. 각 조직의 우두머리는 나도 모르겠네. 죽이고 나서 새로 뽑았을 테니까. 그리고 부교주 후보들이 있지. 전부 영아 또래이거나 영아보다 나이가 많아. 자네와 나이가 비슷하다는 뜻이야. 예전에 인질을 바쳤던 가문을 외가로 두고 있는 후계자들이지. 인간성이 부족해지는 아비를 가진 자식 놈들… 역사는 반복되는 법이야."

"교주가 자식들은 어떻게 대하고 있소?"

"누가 더 강한지 궁금하게 여기겠지. 교주가 익히고 있었던 무공을 가르치고, 각자의 외가에서도 배우고, 교의 사부들에게도 배우고. 성격도 다르고, 무공의 조합도 다르니까. 예전부터 느끼는 것이지만 마도의 대종사들은 자식 싸움이 가장 재미있는 모양이야."

"보통 사람이라면 자식들이 다 예뻐 보일 것인데."

혈야궁주가 웃음을 터트렸다.

"그런 것은 기대하지 말게. 못난 자식보다 잘난 살수 한 명을 더 좋아하는 성격이니."

대충 두서없는 작전 회의를 마친 나는 집필 도구를 가져오라고 한 다음에 서찰과 약도를 그려서 혈야궁주에게 넘겼다.

"빨리 데려오시오. 허 선배에겐 말할 필요 없소. 일단 데려온 다음에 무조건 만나게 하는 것이외다."

혈야궁주가 덤덤한 어조로 내게 말했다.

"문주."

"말씀하시오."

"여러모로 신경을 써줘서 고맙네. 처음 봤을 때는 때려죽이고 싶었던 게 자네였는데 사람에 대한 생각이 이렇게 뒤바뀔 줄이야."

나는 자화자찬을 잘하는 사람이지만, 남의 칭찬에는 익숙하지 않은 사람이라서 그냥 넘어갔다. 대신에 목검을 내보이면서 궁주에게 물었다.

"이 검은 어떻게 사용하는 거요? 너무 가벼운데."

"잠시만."

혈야궁주가 손가락을 튕겼다. 그러자 안쪽에서 무인이 등장했다. 혈야궁주가 사내에게 서찰과 약도를 건네면서 말했다.

"의원을 이곳으로 모셔 와라. 궁에서 가장 빠른 말들이 이끄는 마차로, 전속력. 하오문주가 부르는 것임을 알려주고. 정중하게 대하도록. 문주의 지인이다."

"알겠습니다."

궁주가 수하를 바라보면서 한마디를 더 남겼다.

"할 수 있는 데까지 다 해보자."

"예, 궁주님."

그제야 혈야궁주가 내게 손을 내밀었다.

"검 줘보게."

혈야궁주가 목검을 붙잡더니 대청 중앙으로 걸어가면서 내게 말했다.

"이것은 살수의 검이야. 살수검殺手劍의 기본은 한 번 뽑는 것이네. 그래서 최대한 가볍게 만들지. 자네도 무공을 익히고 있어서 알겠지만 살수검도 무척 어려운 검법이야. 끝이 없는 무학이지. 보여주겠네."

혈야궁주는 목검을 왼손에 쥔 상태에서 대청의 반대편 벽, 한 지점을 바라봤다. 순간, 혈야궁주의 신형이 일직선으로 움직이더니 도중에 검을 뽑아서 노려보고 있었던 지점에 검의 끝을 정확하게 갖다 댔다.

"이것이 일 단계."

혈야궁주가 원래 있던 자리로 천천히 돌아오더니 다시 벽을 주시했다. 이번에는 벽까지 가는 동안에 무수히 많은 장애물이 있는 것처럼 움직였다. 몸놀림이 가벼우면서도 부드러웠다. 하지만 목검을 운반하는 사람처럼 발검하기 직전의 자세를 꾸준히 유지하면서 경공을 펼쳤다. 한참을 전장을 휘젓듯이 움직이던 혈야궁주가 벽에 도착할 때쯤에 검을 뽑아서 내밀었다. 내 눈에는 이번에도 하나의 동작처럼 보였다. 혈야궁주가 내게 물었다.

"방금이 이 단계인데, 일 단계와 비교하면 어떤가?"

"똑같소."

"맞아. 결국엔 똑같은 것이네. 그럼 더 설명할 필요가 없겠군. 나머지는 응용일 뿐이야. 이것이 살수의 검."

"꽤 어려운 무공이군."

혈야궁주가 고개를 끄덕였다.

"지극히 단순한 검을 지극히 빠른 속도로 펼치기 위해 온갖 종류의 수련을 병행하는 무공. 즉 단순하게 시작해서, 복잡하게 수련한 다음, 다시 단순해지는 것이 살수의 무학이네. 이것은 허 장로의 무학이기도 하지."

나는 저절로 박수가 나왔다.

"그야말로 멋진 무학이군."

과정은 고통 그 자체일 것이다. 웬만큼 수련해서는 아예 위력이 없는 무학이었기 때문이다. 말 그대로 일격필살이라는 의도만 담아내는 일검一劍의 무학이었다. 물론 그 일검을 내지르기 위해 수련을 하면 점점 강해지게 될 터였다. 나는 혈야궁주가 내미는 목검을 받으면서 대꾸했다.

"천하가 넓소."

혈야궁주가 고개를 끄덕였다.

"장애물이 많아. 음공의 고수에게 접근하다가 고막이 나갈 수도 있고. 모습을 감추는 자들도 있지. 환각을 일으키는 마공도 있고. 하지만 살수는 결국 고막이 나간 채로, 환각을 뚫고, 모습을 감추고 있는 자의 목에 검을 박아 넣어야 하네."

혈야궁주가 무서운 소리를 해댔다.

"내가 목격했던 가장 처절했던 살수의 공격은 몸이 소멸하는 와중에 내밀고 있었던 검으로 상대를 죽였던 살수였지."

나는 고개를 저었다.

"나는 그렇게까지는 못하겠소. 애초에 살수도 아니고. 그러나 참고하리다. 어쨌든 나도 교주의 관심을 끌었으니 교의 살수들이 올 수 있겠군."

문득 나는 의식의 흐름대로 생각하다가 열불이 뻗쳤다. 살수가 올 수도 있다는 것은 또 잠을 설친다는 말이 아닌가?

'이런 씨벌…'

혈야궁주가 내게 물었다.

"표정이 왜 그런가."

"화가 나서 그렇소."

"갑자기?"

"열 뻗치니까 밥 좀 주시오. 그러고 보니까 물도 한잔 못 마셨군."

"준비하라 이르겠네."

나는 안으로 들어가는 혈야궁주를 불러 세웠다.

"궁주, 잠시만. 혼자 먹기 싫으니 저녁으로 같이 먹읍시다."

"그러세."

나는 잠시 홀로 남은 대청에서 교주가 있었던 입구를 노려봤다. 어둠 속에서 웃고 있는 잔상이 보였다.

'너 때문에 내가 편히 잠을 못 자겠구나. 누가 이기나 해보자.'

교주를 당장 이기는 방법은 떠오르지 않는다. 하지만 이것은 무공으로만 해결할 수 없는 문제다. 모용백을 부르고, 혈야궁을 돕고, 허장로를 살리고, 똥싸개를 갈구고, 검마를 모용백에게 소개하고… 이 모든 행동은 교주를 죽이기 위해서였다. 교주는 무공을 수련하면서 강해지고 있으나, 나는 인생을 걸어서 겨루고 있다. 문득 기성자의 말이 불쑥 떠올랐다.

'그 어떤 고수보다 협객이 더 강하다.'

과연 그런 것일까? 과거에 읽었던 말이 오늘 다시 재해석되고 있다. 이래서 책을 여러 번 읽는 모양이다. 사실 교주는 당장 무공으로 꺾을 수 있는 상대가 아니다. 무공만 따지면 지금의 나는 물론이고 궁주와 검마, 심지어 임소백도 교주에 비해서는 약하기 때문이다. 그렇다면 무공 이외의 분야에서 교주를 이겨야만 한다. 교주는 올바르지 않은 인생을 살아가고 있으니, 그를 꺾으려면 협객의 인생으로 대응할 수밖에 없을 것이다.

'기가 막히는구나.'

한숨이 절로 나오는 상황. 애초에 내가 협객과는 거리가 멀어서 그렇다. 협객 이자하라니? 지나가던 개가 웃을 노릇인데… 나는 스스로를 비웃는 와중에도 어떻게 하면 혈야궁이 교주에게 박살 나지 않을 것인지를 계속 고민했다. 방법이 있을까? 나는 생각나지 않는 방법을 찾아내기 위해 생각했다.

* * *

나는 혈야궁 사람들과 둘러앉아서 밥을 먹는 동안에 열심히 고민하던 문제에 대한 답을 겨우 생각해 냈다. 밥을 먹으면서 대충 씨불여댔다.

"…내가 아둔해서 겨우 생각한 게 있는데 들어보시오."

나는 입 안에 잔뜩 무언가를 집어넣고 있어서 밥풀이 튀고, 반찬이 흘러나오고 있었다. 궁주가 한숨을 내쉬면서 말했다.

"문주, 입에 있는 것이라도 천천히 다 먹은 다음에 말하게."

"알겠소."

간단한 일이지만 궁주에겐 실로 어려운 일이 될 터였다. 그리고 내가 결정할 게 아니라, 궁주가 결단을 내려야 하는 일이다. 나는 혈야궁의 간부들과 교영 처자를 슬쩍 바라봤다가 궁주에게 말했다.

"이제 궁을 활짝 개방합시다. 강호에 뒤섞일 때가 임박했소."

"교에서 갈라진 세력인데 우리를 누가 좋아하겠는가?"

밥상머리에서 화를 낼 수는 없었기에 나는 궁주에게 차분히 대구했다.

"죽는 것보다는 낫소. 문이라는 문은 전부 활짝 열어두시오. 진법

같은 것도 전부 해제하고. 진법 공사도 중지하고. 이미 내부에 내통자도 많으니 사람들도 더 자유롭게 오갈 수 있도록 하고. 사람들도 초대하시오."

"예를 들면?"

"일단 우리 하오문도 초대하고. 풍운몽가도 초대하고, 검마 선배도 초대하고, 무림맹에도 통보하고."

궁주가 거의 비웃는 표정으로 내 의견을 아무런 무게감 없이 받아들였다.

"무슨 명분으로?"

나는 혈야궁이 존속할 수 있는 시간이 길어야 삼 년이라는 것을 가정한 다음에 대꾸했다.

"흑도에 대한 선전포고도 좋고. 교와는 다른 길을 걷겠다는 선언. 강호 선배들에게 도움을 바란다는 솔직한 요청. 혈야궁이라는 이름을 버리겠다는 통보. 결국에는 마교 교주에게 협박을 받고 있고, 일이 년 사이에 혈야궁 전체가 몰살될 수도 있다는 현실적인 상황을 공유하는 거지."

다들 밥이 목구멍에 막혔는지 젓가락을 내려놓은 채로 나를 바라봤다.

"..."

나는 술을 한 잔 따라 마시면서 궁주와 간부들을 주시했다.

"...살아남으려면 직접 손을 뻗으시오. 살려달라고 해야지. 말 잘하고, 똑똑한 사람을 무림맹으로 보내서 임소백 맹주 바짓가랑이라도 붙잡으시오. 쫓겨나면 또 보내서 바짓가랑이를 붙잡는 거요. 저

잘난 명문세가에도 영웅첩을 돌리든 읍소하는 서찰을 보내든 간에 무엇이라도 하시오. 거지 놈들 바글바글한 개방과 교류도 시도해 보고. 저번처럼 임 맹주가 산적과 수적 소탕에 대한 도움을 요청하면 그때는 발 벗고 나서는 거요."

나는 씨익 웃었다.

"나도 따라 가봤는데 생각 외로 재미있었소. 전리품도 많았고. 하여간 혈야궁은 마도 출신이지만 저 재수 없는 백도에게 살려달라고 손을 뻗는 거요. 해볼 수 있는 데까지 전부 하는 거지. 정말 다 해보는 거요."

혈야궁 전체가 고요해질 정도로 다들 말이 없었다. 하지만 나는 할 말이 많은 사내다.

"우물 안의 개구리처럼 있다가 교주가 돌 한번 던지면 맞아 죽는 삶이 무슨 의미가 있겠소. 교주가 발악하고 있으라던데, 옳은 말이오. 대신에 발악하려면 제대로 발악하는 것을 보여줘야지."

나는 사람들을 노려보면서 말했다.

"나는 허 장로와 약속했기 때문에 백도 전체가 외면해도 하오문은 혈야궁을 도와주겠소. 그러니 이 문제는 이제 내 목숨도 걸린 판국이오. 나는 허망하게 죽고 싶지 않아."

술을 마시면서 읊조렸다.

"아직 때려죽일 놈들이 많이 남았소."

나는 혈야궁주를 바라봤다.

"어소령 선배, 자존심을 내려놓아야 할 시간이오. 고집을 부리다가 죽는 것은 강호인 대다수가 할 수 있는 행동이지. 수하들과 함께 이곳에서 불에 타 죽고 싶은 건지, 아니면 정말 복수를 하고 싶은 것인지. 똑바로 생각해서 결정합시다."

나는 교영 처자를 바라봤다.

"소궁주."

"예."

"마교 교주가 궁을 왜 이렇게 훌륭하게 지었느냐고 하던데? 불태울 때 보기 좋을 거라면서. 궁이 남아있어야 소궁주지. 이곳이 불에 타고 수하들이 전부 죽으면 너도 아무것도 아니다. 그냥 스무 살 이전에 불에 타 죽는 처자일 뿐이다."

교영이 놀란 표정으로 나를 바라보고, 나는 교영을 노려봤다.

'실제로 네 전생이 그랬을 것이다.'

혈야궁주가 손으로 탁자를 두드리면서 말했다.

"겁주지 말게."

"그게 현실이오."

혈야궁주 어소령이 팔짱을 꼈다가 저녁 자리에 참석한 자들에게 말했다.

"…혈야궁 전체를 활짝 개방하겠다. 이름도 바꾸고. 임 맹주에게 전령도 보내겠다."

나는 한숨을 내쉬다가 술을 마셨다. 가슴에 꽉 막혀있었던 음식이 그제야 쑥 내려가고 있었다.

"꺼억…!"

나는 덤덤한 표정으로 손을 든 다음에 말했다.

"미안합니다."

···

# 154.
## 마음에는
## 금이 생깁니다

나는 혈야궁 사람들에게 속에 품고 있었던 말을 전했다.

"적어도 허 장로가. 이 보기 드물게 늙은 상남자 선배가."

"…"

"본인이 떠나도 이곳에 남은 사람들은 잘 지내겠구나 하는 생각이 들도록 변했으면 좋겠소."

나는 그제야 볼록 튀어나온 배를 바라봤다.

"너무 많이 먹었군. 이곳에 올 때 육포만 먹었더니. 아주 맛있게 잘 먹었소."

혈야궁주가 고개를 끄덕였다.

"잘 먹었다니 다행이네."

"나, 방 하나 내주시오. 의원 선생을 불러놓고 내가 먼저 떠나면 안 될 것 같아서. 선생 올 때까지 여기서 잠도 자고, 수련도 하고, 술도 마시고, 잡담도 하고."

똥도 싸고.

"돌아다니다가 수상한 놈이 보이면 교주에 달라붙은 놈으로 생각하고 처단하겠소."

그제야 함께 밥을 먹던 자들이 헛웃음을 지었다. 이제야 좀 내 말투에 적응이 된 모습이었다. 혈야궁주가 고개를 끄덕였다.

"귀빈이니 그래야지."

쳐다보고 있는 교영에겐 부처님 손가락을 만들어서 보여줬다.

"…딱밤도 수련하고."

나 혼자 웃어대다가, 아무도 웃지 않아서 웃음을 멈췄다.

"…일어납시다."

* * *

하오문주의 부름으로 달려온 모용백이 허겸의 거처 앞에서 조심스러운 어조로 고했다.

"…들어가도 되겠습니까?"

잠시 후에 용명이 나와서 어리둥절한 표정으로 대꾸했다.

"누구…십니까?"

모용백이 자신을 소개했다.

"하오문주님이 불러서 온 의원입니다."

"문주님이 부르셨다고요?"

"예."

"문주님은 어디 계십니까?"

...

"여기 앞까지 오셨다가 저만 들어가라고 해서… 가셨습니다."

용명은 황당한 표정으로 모용백을 바라봤다.

'사부님이 의원은 별로 안 좋아하시는데.'

안쪽에서 허겸의 목소리가 들렸다.

"모셔라."

"알겠습니다. 들어오시지요."

모용백은 용명의 안내를 받아서 거처를 둘러보다가 유난히 대나무 장식품이 많은 방에 들어섰다. 대나무 장식품 이외에는 그림도 없고, 집기 같은 것도 보이지 않는 심심한 방이었다. 모용백은 백의를 입고 있는 노인장에게 고개를 숙였다.

"모용의가의 모용백이라 합니다."

허겸이 창가에서 돌아서면서 대꾸했다.

"하오문주가 여기까지 부르셨다면 아주 용한 의원이신가 보오."

모용백은 잠시 고민했다가 엷은 미소를 지으면서 대꾸했다.

"맞습니다. 아주 용한 의원입니다."

허겸이 웃으면서 손을 내밀었다.

"오느라 고생하셨소."

모용백은 방을 둘러보다가 숨을 크게 들이마셨다.

"제가 잘 몰라서 여쭙는데 이것은 창문 바깥에서 들어오는 대나무 향입니까?"

"그렇소. 어찌 그렇게 놀란 표정이오?"

"대나무는 수십 년마다 한 번 꽃을 피운다고 합니다. 익숙하지 않은 향입니다."

허겸이 고개를 끄덕였다.

"그러고 보니 의원께서 무척 젊으셨군. 앉읍시다."

두 사람은 길쭉한 모양의 목재 다탁에 마주 앉아서 서로를 바라봤다. 모용백이 물었다.

"선배님, 연세를 좀 알 수 있을까요."

"백십일 세가 되겠소."

"칠십 세 정도로 보았는데 제 예상이 사십 년 정도 틀렸군요."

"웃기려고 한 말이오?"

"정확하게 말씀드린 것인데 더 낮출 걸 그랬나요?"

허겸이 소리 내어 웃다가 팔을 내밀었다.

"진맥하겠소?"

"예."

모용백은 진맥을 하기 위해 손을 뻗었다가, 허겸의 손바닥부터 만져보았다.

"검객이셨군요?"

"검객?"

"예."

"나에 대해 들은 바가 없이 오신 게요?"

모용백이 눈을 껌벅이면서 대꾸했다.

"하오문주가 서찰을 보냈는데…"

"보냈는데?"

"빨리 뛰어오라고 해서 급하게 왔습니다."

"부하셨소?"

　　　…

"부하는 아닙니다. 문주가 제 환자죠."

"하하하."

"검객이 아니라면 도객이십니까? 아니면 창을 쓰셨나요. 이거, 보통 손바닥이 아닙니다."

허겸이 대꾸했다.

"아니요. 나는…"

허겸은 어쩐지 살수였다는 말이 쉽게 나오질 않았다. 한때는 긍지가 있었는데, 죽음을 앞둔 채로 지난날을 돌아보니 긍지로 여기던 것이 온통 후회로 변하고 있었기 때문이다. 근래는 이런 후회 때문에 평정심을 유지하는 것이 점점 힘들어지고 있었다. 허겸은 마치 죄를 고하는 심정으로 젊은 의원에게 말했다.

"나는 오래전에 은퇴한 살수요."

모용백이 눈을 크게 떴다.

"아, 그렇군요."

모용백은 허겸의 돌덩이 같은 손바닥을 만지다가 그제야 손목을 붙잡고 노인장의 내부를 살폈다.

"…내공을 잃으셨습니까?"

허겸이 고개를 끄덕이자마자, 모용백은 급히 손을 거뒀다. 모용백은 잠시 어리둥절한 마음을 정리할 필요가 있었다.

'나이는 백십일 세. 내공은 잃었고. 살수 출신. 대체 지금까지 어떻게 살아남은 거지?'

무엇보다 이상한 점은 건강에는 특별한 문제가 없다는 것. 모용백이 허겸을 물끄러미 바라봤다.

'스스로 목숨을 끊으려고 했었나?'

허겸은 젊은 의원의 실력을 파악하겠다는 것처럼 물었다.

"상태가 어떻소?"

모용백이 대꾸했다.

"음, 경이로울 정도로 건강 관리를 잘하셨습니다. 이렇게 유지하시는 것 자체가 무척 어려운 일입니다. 외람된 말씀이나 정신적인 수양修養도 오래 하신 것 같습니다. 하오문주가 선배님이 가지신 평정심의 발끝에만 따라갈 수 있다면 금세 광증이 나을 겁니다."

허겸이 웃었다.

"아닐 게요. 살아가는 방식의 차이지. 혹은 마음가짐의 차이고. 나는 평정심을 유지해야만 살아남을 수 있었기 때문에 훈련이 되어있는 것뿐이오. 특별한 방법이 있었던 것은 아니외다."

"그렇습니까? 하긴, 하오문주가 선배님에게 살수에 대한 것을 배운다면 십여 일도 못 견디고 도망갔을 겁니다. 마음부터 수련해야 하는 무학인데, 하오문주의 성질머리와 맞지 않을 겁니다."

허겸이 웃었다.

"생각해 보면 그렇겠군."

모용백도 말없이 웃었다. 모용백의 표정을 살피던 허겸이 물었다.

"젊은 의원께서 군이 계속 하오문주를 언급하는 이유가 따로 있는 게요?"

"사실은 있습니다."

"들어봅시다."

모용백이 중앙에 놓인 목재 다탁을 살피다가, 살짝 금이 난 곳을 손으로 만졌다.

"다탁이 갈라졌군요."

"오래 쓴 것이라…"

"선배님, 하오문주도 이 다탁처럼 마음에 금이 나있습니다. 광증이 거기로 드나듭니다. 하오문주가 특이한 것은 그 금을 메꿀 마음이 별로 없다는 것에 있습니다. 애써 감추고, 덮어두고, 무언가를 채워 넣어서 틈을 막아야겠다는 생각을 하지 않습니다. 다만, 그 상처 부위가 어디쯤인지 인지하고 있고. 상처가 얼마나 큰 것인지도 알고 있으며. 그것이 어느 때 특히 아픈 것인지도 알아차린 상태입니다. 어느 정도 자신의 상처를 객관화해서 바라보고 있지요. 마음의 상처를 대하는 하오문주의 태도가 그렇습니다."

"음."

"문주는 마음에 생긴 금을 지닌 채로 살아가고 있습니다."

허겸이 물었다.

"그러면 나는 어떤 것이오?"

모용백이 대꾸했다.

"선배님은 평정심 덕분에 금이 없습니다. 생겼다 하더라도 이내 흔적도 없이 메꾸셨을 겁니다. 수준이 높은 살수였기 때문에 흔적을 완벽하게 없애셨을 겁니다."

허겸이 고개를 끄덕였다. 모용백이 엷은 미소를 지으면서 말했다.

"하지만 선배님, 본래 사람은 누구나 다 마음에 금이 있습니다. 역으로, 무슨 일이 벌어지든 간에 마음에 전혀 상처를 받지 않는 사람은 인간다움에서 멀어진 겁니다. 아마도 선배께서는…"

모용백이 목재 다탁 위의 금을 가리켰다.

"근래, 마음에 금이 생긴 모양입니다. 큰 걱정이 있으셨나 봅니다. 예전에는 평정심으로 잘 지워냈는데, 지금은 상처가 더욱 벌어졌을 수도 있습니다."

허겸이 목재 다탁의 금을 물끄러미 바라봤다.

"…그간 교주가 두려웠던 모양이군."

"교주라면 마교 교주를 말씀하시는 겁니까?"

"그렇소."

"무공이 강해서요?"

"아니외다. 의원의 말대로 표현하면 그자는 이제 마음에 금이 생기지 않을 거요."

"그렇군요. 제가 알기론, 본래 그랬던 사람 아니었습니까?"

"나름 한계라는 게 있었는데 그것마저 없앤 모양이외다."

모용백이 고개를 끄덕였다.

"그렇다면 살수셨던 선배께서 죽음을 두려워할 리는 없고. 남아있는 자들에 대한 걱정이 크시겠습니다."

"내가 너무 늙어서 그럴 거요."

"꼭 그렇지는 않습니다."

"어째서 그렇소."

모용백이 허겸을 바라봤다.

"…선배님, 병장기를 내려놓고 내공을 잃었다고 하여 살수에서 은퇴한 게 아닙니다. 살수의 마음가짐을 내려놓아야, 그때부터 은퇴인 겁니다. 수준 높은 살수는 마음에 금이 없고, 살수에서 은퇴한 자의

···

마음에는 금이 생깁니다. 비로소 살수에서 측은지심을 아는 사람으로 돌아왔기 때문입니다. 무척 오래 걸리셨습니다."

허겸이 탁자를 바라봤다. 모용백이 말했다.

"마음에 생긴 금은 저도 있고, 하오문주도 있습니다. 그리고 이제 선배님도 마음의 금을 인지하셨습니다. 예전에는 살수의 마음가짐으로 지우셨겠지만, 지금은 그저…"

"말씀하시오."

"화병이지요."

허겸이 당황한 표정으로 대꾸했다.

"화병?"

"예, 어느 정도 하오문주와 증상이 같습니다. 하오문주도 종종 오락가락합니다. 하지만 선배께서는 하오문주보다 마음의 수양이 깊으니 잘 대처하실 겁니다. 저는 일단 하오문주에게 선배의 병이 화병이라는 것을 알리고…"

허겸이 급히 손을 들었다.

"아, 알리지 마시오."

"예?"

허겸이 복잡한 표정으로 말했다.

"그 정도는 내가 감당할 수 있소. 하오문주도 견디고 있는데, 내가 그 정도도 못 견뎌서야…"

"선배님, 그놈은 못난 놈이라서 애초에 화병을 견딜 마음이 없습니다. 그때그때 버럭버럭해서 속을 풀고 있을 뿐입니다. 얼마나 못된 놈입니까?"

"아, 주변에 성질을 부려서?"

"예, 선배님. 성질머리가 대단히 고약한 놈이니까 잘 타일러서 교주와 싸움을 붙여놓으세요. 그래도 저를 급하게 부른 것을 보면 선배님을 크게 걱정하는 모양입니다. 저는 이곳에 도착할 때까지 환자를 살펴보러 가는 것인지, 납치를 당해서 끌려오는 것인지 파악할 수가 없었습니다. 어쩌다 그 성질머리와 친해지셨습니까?"

허겸이 웃었다.

"모르겠소. 상남자, 상남자 하면서 좋아하던데."

"얼마 전에는 산적을 약 백여 명 때려죽인 모양입니다. 누구 약 좀 지어달라고 해서 찾아갔더니 처맞아서 골골대는 환자가 땡볕에 누워있더군요. 치료를 하라는 건지 말라는 건지, 아주 흉악한 사람입니다."

"아, 의원과 문주가 친한 거 아니었소?"

모용백이 고개를 끄덕였다.

"친분 이전에 제 환자입니다. 친하지만, 성질머리가 있어서 앞에서는 저도 말을 가려서 해야 합니다. 저도 처맞을 수 있으니."

참으려던 허겸이 결국 점잖게 웃었다.

"그렇군."

모용백이 허겸의 손을 가볍게 붙잡은 다음에 말했다.

"어쨌든 선배님, 마음의 병도 고뿔처럼 갑자기 왔다가, 견뎌내면 또 언제 그랬냐는 듯 사라지는 병입니다. 잘하고 계시니 쾌차하십시오. 하오문주도 견디고 있는 일이니 이것에 쉽게 지면 안 되겠습니다."

허겸이 고개를 끄덕였다.

"이겨내리다."

"사실 선배님에게 약이나 침 같은 것은 전혀 필요 없습니다. 저는 이제 일어나겠습니다."

허겸이 일어나려고 하자, 모용백이 부축했다.

"배웅은 여기까지만 받겠습니다. 동네 의원 말 들어주시느라 고생하셨습니다."

허겸이 고개를 끄덕였다.

"고맙소."

"예, 그럼."

모용백은 허겸과 눈을 마주쳤다가 고개를 숙인 다음에 바깥으로 나왔다. 바깥에서 대기하고 있었던 용명이 일어나면서 말했다.

"가십니까?"

모용백이 덤덤한 어조로 말했다.

"특히 무더운 여름에는 조금 힘들어하실 수 있습니다. 여름에 힘겨우면 주하병注夏病이 가볍게 올 수도 있으니 제자께서는 매실 담그는 법을 배우셔서 종종 사부께 드리십시오. 인내심이 특히 요구되는 무공을 익히고 계시기 때문에 같이 드셔도 좋을 겁니다."

용명이 고개를 숙였다.

"감사합니다. 선생님."

"예, 그럼."

모용백은 처소에서 나와서 하오문주와 함께 왔던 길을 되돌아가다가, 도중에 덩그러니 놓여있는 큼지막한 나무 위를 살펴봤다.

"…문주님?"

잠시 후 바스락거리는 소리가 들리더니 나무 위에서 떨어진 하오문주가 지상에 가볍게 착지했다.

"끝났나?"

"예. 나무 위에는 왜 올라가셨습니까?"

하오문주가 주변을 둘러보면서 말했다.

"살수 흉내 좀 내봤네. 이거 생각 외로 재미있군."

"…항상 즐겁게 지내시는군요."

"그러려고 노력하는 편이지. 그나저나 마교가 이곳에 간자를 심어놓은 모양이야."

"그렇군요."

하오문주가 걷자는 것처럼 손을 내밀었다.

"산책이나 하자고. 선배님은 어떠하던가?"

모용백이 목소리를 낮춰서 말했다.

"화병입니다."

"오, 그래? 다행이군."

"기력도 많이 약해지셨고. 식사도 잘 안 하시는 모양입니다."

"음, 그럼 어찌하나?"

"매실이 식욕을 자극합니다. 큰 문제는 없을 겁니다."

하오문주가 고개를 끄덕였다.

"역시 우리 모용 선생이로군. 급히 오느라 고생 많았네. 종종 이럴 때가 있을 테니 모용 선생도 어서 제자를 구해서…"

모용백이 걸음을 멈췄다.

"예?"

"왜 그렇게 놀라나?"

"종종 부르신다고요?"

하오문주가 덤덤한 어조로 말했다.

"중요한 것은 사람을 살리는 거 아니겠나? 내가 의술을 익혔다면 선생을 왜 불렀겠나. 내가 치료를 했지. 선생은 마차라도 타고 왔지. 나는 육포를 씹으면서 흑묘방에서 이곳까지 두 다리로 달려왔네. 가세."

할 말을 잃은 모용백이 겨우 대답했다.

"예."

뒷짐을 지면서 걸어가던 하오문주가 중얼거렸다.

"나도 매실 좀 먹어볼까?"

모용백이 대꾸했다.

"술이나 드십시오."

"좋았어. 한잔하러 갑시다."

"…"

모용백은 환자 놈에게 아무 말도 못 한 채로 끌려갔다.

# 155.
## 우리가 절강의 바다로
## 갔었던 이유

나는 혈야궁을 떠나기 전에 혼자 허 장로의 처소에 들어가서 그를 조용히 만났다. 내가 등장하자, 다탁에 앉아있던 허겸이 말했다.

"가시는가? 며칠 더 있다 가지 않고."

나는 다탁에서 허겸과 마주 앉아서 대꾸했다.

"덕분에 잘 쉬었소. 내가 여기서 기웃대는 것도 혈야궁에 있는 사람들은 매우 피곤할 거요. 선배, 어제 만난 의원은 어땠소?"

사실 나는 천하 어디에서도 만날 수 없는 신의를 소개한 것인데, 허겸이 사람을 제대로 봤는지 모를 일이다. 허겸이 편한 어조로 대꾸했다.

"신기하게도 마음이 조금 편해졌네. 초조함이 사라지니 호흡도 편해졌고. 조만간 매실차나 마시면서 이곳에 얌전히 있어야겠네. 문주께선?"

"복귀하면서 생각을 정리해 보겠소. 적어도 삼 년 안에는 교주가

　　　…

이곳에 등장하지 않을 것이고. 그 전에 내가 임 맹주와 힘을 합치거나, 변수를 만들어 내서 교를 타격할 터이니 선배는 크게 신경 쓸 것 없소."

허겸이 고개를 끄덕였다.

"신경을 어찌 안 쓰겠는가. 하지만 잘 버티고 있겠네."

"선배 덕분에 나는 이번에 교주를 직접 두 눈으로 보고, 격차를 깨달을 수 있었소. 교주는 현재 나처럼 극양과 극음의 무공을 수련하는 단계. 하지만 교주도 극음의 기를 쌓는 것이 쉽지 않을 거요. 본래 교주는 수준이 높아서 요구되는 극음지기極陰之氣도 상상하기 어려울 정도로 많겠지. 선배, 이 말이 무슨 뜻인지 알겠소?"

허겸이 나를 물끄러미 바라보다가 대답했다.

"교주가 자네는 끝까지 기다려서 죽이려고 하겠군. 다 성장할 때까지."

"선배도 봐서 알겠지만, 교주는 날 벌레 취급하고 있소. 그것에 활로가 있는 셈이지."

지금은 벌레 이자하, 그것이 나다. 그 때문에 교주와의 짧은 만남은 온갖 심리전이 오고 갔던 만남이기도 했다. 나는 허겸을 보면서 씨익 웃었다.

"내가 어느 정도 강호에서 개판을 쳐도 교주는 내버려 둘 수밖에 없을 거요. 발악하는 것으로 보일 테니까. 오히려 내 걱정은 선배가 나중에 벌어질 재미있는 구경거리를 놓칠까⋯ 그게 걱정이로군."

허겸이 고개를 크게 끄덕거리면서 웃었다.

"나도 내 몸과 잘 싸우고 있겠네. 일으켜 주게."

나는 허겸을 부축해서 일으킨 다음에 할아비와 손자가 포옹하듯이 가볍게 안았다.

"선배, 건강하게 계시오."

허겸이 내 등을 쓰다듬었다.

"궁으로 종종 소식 좀 알려주게. 그래야 좀 웃을 일이 있지. 개판을 치는 소식이라도 좋으니까."

나는 허겸의 앙상한 두 팔을 붙잡은 다음에 내 속마음을 전했다.

"그렇게 하겠소. 선배, 우리는 강호에 살고 있어서 매 순간이 마지막일 수도 있소. 살아남아서 재회합시다. 나도 죽을 위기가 닥치면 자존심을 내려놓고 일단은 도망 다닐 생각이외다."

허겸이 고개를 끄덕였다.

"수단과 방법을 가리지 않고 살아남아서 만나세."

* * *

나는 허 장로를 비롯한 혈야궁 사람들과 작별을 나눈 다음에 잠시 길목에 멈춰 섰다. 내가 길 한복판에 멈춰 서자, 모용백이 물었다.

"문주님?"

이곳은 예전에 와봤던 길목이었다. 여기서 북쪽으로 향하면 무림맹이 나온다. 지금 당장 모용백을 데리고 무림맹에 가서 임소백에게 소개할 수도 있었다. 반면에 서쪽으로 이동하다가 남하하면 그대로 흑묘방으로 복귀할 수 있다. 나는 동쪽도 물끄러미 바라봤다.

"..."

왔던 길로 되돌아가면 혈야궁으로 갈 수도 있다. 내가 길목에 서서 멍하니 생각에 빠진 것은 이제 그 어떤 길로 가도 상관이 없었기 때문이다. 왜 이런 기분이 드는 것일까. 어쩌면 내가 뜻을 세웠기 때문일 것이다. 올바르지 않은 인생을 살고 있는 마교 교주를 죽이기 위해서 올바른 인생을 살겠다는 뜻을 마음 깊숙한 곳에 세웠다. 그러니 이제 나는 북으로 가든 남으로 가든 아무런 상관이 없었다.

무림맹으로 가든 흑묘방으로 복귀하든 간에 뜻을 잊지 않으면 결국에는 같은 길이다. 심지어 나는 이대로 동쪽의 끝까지 이동해서 절강의 앞바다를 구경해도 상관없다는 생각이 들었다. 중요한 것은 절강의 앞바다가 아니고, 그곳에 도착할 때까지 내가 가지고 있는 마음가짐이 중요할 터였다.

그곳에 가서 대붕만 한 물고기를 보면 어떻고, 보지 못하면 어떠한가. 절강의 앞바다로 향하던 광승이 나를 끌고 다니면서 걸리적거리는 미친놈들을 전부 때려죽였던 것처럼 말이다. 저절로 광승이 떠올랐다. 왜 그토록 나를 끌고 다녔던 것일까? 이에 대한 해답은 처음부터 내게 있었다. 아마, 내가 못난 놈이라서 그랬을 것이다. 나는 그제야 모용백을 바라봤다.

"가자고."

"예."

나는 모용백과 걸으면서 생각했다.

'나는 매번 왜 이렇게 늦게 깨닫는 것일까. 실로 아둔하다.'

돌이켜 보면 광승을 따라다니느라 지옥을 체험하는 것처럼 경공을 수련할 수밖에 없었다. 내가 지금도 경공에 가장 자신이 있는 이유는 죽을 것 같은 상황에서도 처맞지 않기 위해서 광승을 아득바득 쫓아갔기 때문일 것이다. 그렇다면 서책으로만 만났던 기성자도 그렇겠지만… 광승도 결국 내 사부가 되는 셈이다. 전생에는 내가 깨닫지 못했을 뿐이다. 그렇지 않고서야…

혼자 가서 구경해도 되는 절강의 앞바다를 굳이 왜 나까지 끌고 다녔겠는가. 도중에 쓰러지면 쥐패서 일으켜야 했고, 배가 고프다고 하면 밥을 먹어야 하고, 졸려서 걷지 못하면 잠을 재워야만 했다. 이를 뒤집어서 말하면 전부 귀찮은 일이었던 셈이다. 무공이 뛰어난 광승은 애초에 혼자 가서 구경하는 것이 훨씬 빠르기 때문이다. 문득 한숨을 내쉬자, 모용백이 물었다.

"뭘 그렇게 깊이 생각하십니까?"

전생의 일을 내가 어찌 말할 수 있을까. 결국에 나는 이렇게 대답했다.

"절강의 앞바다에…"

"예."

"대붕만 한 물고기가 있다는군."

모용백이 어리둥절한 표정으로 대꾸했다.

"그렇습니까?"

"그냥 그런 말이 생각이 났네."

"아까 갈림길에서 고민하시던데 저희는 어디로 갑니까?"

"어디로 가고 싶은데?"

"선택지가 있습니까?"

나는 웃으면서 말했다.

"없어. 아무렇게나 가면 돼. 사실은 임소백 맹주에게 데려가려고 했는데."

모용백이 황당한 표정으로 대꾸했다.

"정말입니까?"

나는 진지한 표정으로 고개를 끄덕였다.

"임소백, 그쪽은 허 선배보다 병이 더 깊어. 강호 정점의 화병을 지니고 있어. 선생이 대단하긴 하지만, 선생도 당장 어찌할 수 없을 정도로 화병이 깊고 복잡하지. 허 장로는 말이야."

"예."

"몸 관리를 너무 잘한 노인장이라서 이번에 당황했을 거야. 그간 너무 건강하게 잘 관리해서 잔병치레도 없었던 모양이야. 본인이 당황한 것에 비하면 실제 증세는 꽤 가벼운 셈이지. 자네의 처방이 정확하게 들어맞았을 거야."

"칭찬입니까?"

"칭찬이지. 하지만 임소백은 달라. 무려 무림맹주라고."

"그렇군요."

나는 내 어깨를 가리켰다.

"이 어깨에 짊어지고 있는 짐 덩어리의 무게가 강호에서 가장 무거울 테지. 거기서 오는 화병은 자네도 쉽게 풀지 못해. 그리고 자네 혼자 풀 수도 없는 문제야. 그러니 지금 만날 필요는 없다는 게 내 생각이야."

모용백이 고개를 끄덕였다.

"얼추 이해했습니다. 어떤 것이 맹주님의 어깨를 짓누르고 있을

지. 맹주 자리까지 오르셨으면 보통 성질머리가 아니실 것인데 그런 맹주님이 겪는 화병이면 확실히 단순한 문제가 아닐 겁니다."

"생각을 해봐. 교주에 대한 화병은 임소백도 허 장로에 못지않아. 하지만 임소백은 무림맹 내부와 무림맹과 은근히 신경전을 벌이는 무림세가와 문파 장문인들에 대한 화병이 겹친 사내야. 부하들도 신경 쓰일 테고."

"골치 아픈 자리군요."

"본래 임소백은 무림맹의 육전대주였다는데 당시에 육전대 전체가 임소백을 제외하고 전멸했다더군. 마교에게. 자네도 더 정진해야 무림맹주를 치료할 수 있을 거야."

"제가요?"

나는 모용백을 물끄러미 바라봤다.

"그 좋은 실력으로 동네에서 의원 일을 하는 것도 나름의 의미도 있고 보람도 있겠지만. 그렇게 동네에만 처박혀 있으면 무림맹주는 누가 치료하나?"

"제가요? 갑자기요? 무림맹주를? 이 모용백이 말입니까. 거기는 의원이 없습니까?"

나는 혀를 찼다.

"허허… 명의가 있었으면 맹주가 저렇게 화병이 깊어졌겠나? 말이 되는 말을 좀 하게."

"문주님."

"왜?"

"저도 화병이 생기려고 합니다."

나는 갑자기 웃음이 터져서 배를 잡은 채로 한참을 웃었다.

"미안하네."

"미안한데 왜 그렇게 좋아하십니까?"

"이봐, 모용 선생."

"예."

"복이 있으면 나누고, 화병이 있으면 같이 짊어지라는 말 못 들어봤어?"

"예."

"못 들어봤으면 말을 말아. 사실 나는 이번에 하오문의 자금을 일만 냥이나 챙겨서 왔어. 허 장로가 정말 쓰러졌다면 일만 냥을 혈야궁에 전달해서 빨리 궁을 박살 내고 옮기라고 권했을 거야. 허 장로가 다행히 버텨주고 있고, 내부에 간자들이 돌아다니고 있을 줄은 나도 몰랐지. 그래서 일만 냥이 굳었군. 공식적인 공금 횡령이랄까."

"…"

"이걸로 가장 맛난 음식을 사 먹고, 가장 좋은 술을 퍼마시면서 복귀하자고. 잘 먹고 잘 마셔야, 마교를 잘 상대할 수 있는 법. 복귀할 때까지 다 쓰지도 못할 돈이로군."

"역시 언변이 화려하고 혼란스럽네요."

"자네도 모용의가에 틀어박혀서 의녀들이 해주는 양념도 안 된 밋밋한 음식만 먹지 말고, 이번에 건강에 해로운 음식들도 경험이라 생각하고 많이 먹어둬. 맵고, 짜고, 단 거."

모용백이 한숨과 함께 내 말을 따라 했다.

"맵고, 짜고, 단 거. 가시죠."

나는 모용백과 맛집을 찾아서 한참을 걸어가다가 생각나는 대로 무심코 말했다.

"내가 자네 오기 며칠 전에 혈야궁에서 교주를 만났다고 얘기했었나?"

"예?"

모용백이 소리를 버럭 내지르자, 길을 오가던 사람들이 화들짝 놀라면서 피했다.

"교주가 허 장로의 병문안을 왔다가 금세 돌아갔네."

"아, 그래서 선배님의 평정심이 그렇게 무너졌던 것이로군요. 교주 이야기를 꺼내기에 저는 예전의 인연을 말하는 줄 알았습니다. 직접 보시니까 어떠했습니까?"

나는 저절로 웃음이 나왔다.

"그놈은 이미 인간이 아니다. 그리고 내가 상상하던 것보다 더 강해. 짧은 시간에 혈야궁 병력과 혈야궁주와 힘을 합쳐서 때려죽이는 상상을 이렇게도 해보고 저렇게도 해봤는데 다 막혔다."

나는 말을 하다가 구수한 냄새에 코를 킁킁대다가 객잔 거리를 바라봤다.

"이건 어디서 흘러나오는 냄새지? 먹으면서 이야기하자고."

"가시죠."

나는 객잔이 늘어선 길을 둘러보다가 냄새의 근원지에 쳐들어가서 국수는 물론이고 만두와 탕초리척, 술까지 주문했다. 내가 주문을 하자마자 모용백이 놀란 표정으로 바라봤다.

"집에는 언제 갑니까?"

"든든하게 먹고 가야지."

"어쩐지 빨리 갈 수 없을 것 같은 느낌이 드는 것은 기우일까요?"

나는 고개를 갸웃했다.

"뭐 그런 일이 있겠어? 요새 세상이 어떤 세상인데 객잔에서 밥 먹는 사람에게 시비를 걸고 그러겠나. 싸가지 없는 강호인들이나 정신 나간 흑도 새끼들이 종종 그러기는 하는데 아, 어림없지."

"..."

내 말을 들은 모용백이 입을 다물더니 객잔에 있는 사람들을 둘러봤다. 나도 모용백의 시선을 따라서 주변을 둘러봤다. 주변에 있는 손님들이 우리를 바라보다가 고개를 급히 돌리고 있었다.

"봤지? 평화로운 곳이야."

"문주님의 표정과 무장 상황은 평화롭지 않습니다."

"그런가?"

나는 지금 허리에 흑묘아를 차고, 탁자 위에는 목검을 올려놓은 채로 음식을 기다리고 있었다. 잠시 후 점소이가 국수부터 가져와서 내려놓았다. 나는 젓가락을 비비면서 모용백에게 물었다.

"독 없겠지?"

"없죠."

나는 젓가락 세 번에 면을 모두 흡수한 다음에 국물을 쭉 들이켰다. 그제야 만두와 탕초리척이 술과 함께 도착했다. 나는 문득 모용백을 바라보다가 허리춤에 있는 흑묘아를 끌러내어 모용백에게 건넸다.

"당분간 자네가 사용해."

모용백은 이제 웬만한 말로는 거절이 전혀 안 통한다는 것을 깨달았는지 국수를 먹다가 군소리 없이 일어나서 허리에 흑묘아를 찼다. 나는 칼을 차고 있는 모용백을 바라봤다.

'이제야 좀 독마답네.'

"호신용으로 가지고 있으라고. 좋은 칼이야. 전임 흑묘방주 담벼락에 집어 던지고 나서 뺏은 칼인데 이름은 흑묘아, 제법 단단하고 날카로워."

문득 객잔의 이곳저곳에서 헛기침 소리가 들리더니 겁을 먹은 손님들이 몇 명 빠져나갔다. 모용백이 내게 물었다.

"문주님은 목검으로 괜찮으시겠습니까?"

나는 탁자 위에 있는 목검을 바라보면서 대답했다.

"이것은 목검 아니야."

"그럼요?"

"마교 교주 새끼 목구멍에 박아 넣을 진검이지."

내 말이 끝나자마자 갑자기 우당탕 소리가 들리더니 손님들이 죄다 바깥으로 도망치듯이 빠져나갔다. 삽시간에 정적이 감돌았다. 문득 주변을 둘러보자, 콧구멍이 씰룩거리고 있는 점소이 놈이 울상이 된 채로 우리를 바라보고 있었다. 나는 점소이와 눈을 마주치자마자 점잖은 어조로 사과했다.

"미안하네."

점소이가 두 손을 공손하게 앞으로 모으더니 착잡한 어조로 대답했다.

"…아닙니다. 맛있게 드십시오."

나는 모용백을 바라봤다.

"먹자고."

"예."

탕초리척을 씹으면서 중얼댔다.

"객잔이 조용해서 좋네."

모용백도 무언가를 반쯤 포기했는지 주변을 대충 둘러보다가 대답했다.

"그러게요. 조용해서 좋네요."

# 156.
## 모용 모용 모용,
## 백 선생

나는 갑자기 한적해진 객잔에서 모용백과 함께 만두, 탕초리척, 술을 남김없이 해치웠다. 모용백은 술이 들어가자 평소의 차분한 분위기가 다소 풀어진 표정으로 내게 말했다.

"문주님, 잘 먹었습니다."

나는 고개를 끄덕이면서 물었다.

"선생, 오랜만에 이런 거 먹으니까 어떠신가?"

모용백이 실실 웃으면서 대꾸했다.

"뭐 나쁘지 않습니다."

객잔의 음식이 딱히 불량한 식품은 아니었으나 나는 괜히 모용백에게 불량 식품을 강제로 먹인 기분이 들었다. 사실 내가 생각하는 의원 모용백은 너무 순한 사람이다. 나는 대책 없이 순진한 사람을 그리 좋아하지 않는다. 전생의 모용백은 사실 평균 이상으로 순했기 때문에 누구보다 더 독한 사내가 됐을 것이다. 마음에 종이 한 장을 품고 있었는데 한쪽 면은 순백이었고, 반대는 온통 흑색이었다. 나처럼, 어렸을 때부터 못돼먹은 놈이 아니었던 셈이다.

대나찰은 모용백의 저 종잇장을 한 방에 뒤집어 놨었는데, 그런 이유로 여러 사람이 죽어나갔다. 그래서 나는 지금 저 얇은 종잇장의 순백 부분에 미리미리 더러운 것을 좀 묻혀줄 생각이었다. 물론 내 식대로. 술도 먹이고, 불량 식품도 먹이고, 사람 패는 것도 구경시키고. 결국에는 모용백이 직접 사람도 좀 두들겨 패봐야 정신을 차리지 않을까?

딱히 내가 굉장한 전략이나 뚜렷한 목표가 있어서 이러는 것은 아니다. 그저 신의神醫와 독마毒魔라는 각각의 인격이 중간쯤에서 만나면 어떨까 싶은 심정이다. 이렇게 되어야, 인생을 살아갈 때. 약을 써야 할 때는 약을 쓰고, 독을 써야 할 때는 가차 없이 독을 쓰지 않을까 하는 나 혼자만의 상념에 빠져봤다. 지금은 그저 부르면 달려오는 착해빠진 의원이어서 미리 짠물에 담가보려는 의도였다. 아니나 다를까… 술이 들어가자, 슬슬 말투도 화병에 걸린 사람처럼 변하고 있어서 나는 혼자 속으로 웃었다.

"선생, 술은 여기까지 하고 일어나자고."

"예, 지금이 적절하게 좋습니다."

나는 계산을 하러 가는 와중에도 모용백을 어떻게 해야 좀 굴릴 수 있을지를 고민했다.

"얼마인가?"

탁자를 닦고 있었던 점소이가 허리춤에 수건을 꽂으면서 다가왔다.

"스물세 냥입니다."

통용 은자 한 개 정도 건네주면 넉넉하게 값을 치르고, 점소이도 꿍칠 돈이 남는다. 나는 봇짐을 뒤적거리면서 통용 은자를 찾다가 안을 들여다봤다. 전표가 묶음으로 가득하고, 먹다 남은 육포, 죽통만이 들어있었다. 옆에서 같이 봇짐을 들여다보던 모용백이 감탄했다.

"와, 문주님. 돈이 정말 많으신데요?"

"말했잖아. 많다니까. 많긴 한데 자네가 내."

"예?"

"통용 은자가 없다. 잔돈이 없네. 이런 객잔에서는 전표로 주면 당황할 거야."

모용백이 전낭을 꺼내면서 말했다.

"아, 제가 내겠습니다."

나는 점소이의 사정을 대충 안다. 여기서 전표를 건네면 점소이가 곤란한 상황이다. 모용백이 전낭에서 꺼낸 통용 은자를 점소이에게 건넸다. 점소이가 은자를 받자마자 쪼그려 앉더니 잔돈을 담아두는 통을 뒤지면서 거스름돈을 계산했다. 이때, 입구에서 누군가가 들어오면서 내 쪽을 향해 말했다.

"비켜라."

나는 비키라는 말을 하는 놈을 말없이 바라봤다.

"…"

허리에 박도를 찬 스물 초반의 사내가 인상을 쓰면서 다가오더니 쪼그려 앉아서 잔돈을 세고 있는 점소이의 무릎을 발로 툭 쳤다.

"뭐 해? 나 왔다."

　　　　…

점소이가 사내를 확인하자마자 말했다.

"아, 잠시만요."

"빨리 좀 계산해라."

사내가 허리를 숙여서 잔돈이 들어있는 통을 홱 뺏더니 오른손을 넣어서 통용 은자를 한 움큼 집어내서 꺼냈다.

"답답해 죽겠네. 오십 냥 맞지?"

일어난 점소이가 입을 벌린 채로 바라보다가 말했다.

"그거 다 가져가시면 안 됩니다."

통용 은자를 손에 쥔 사내가 반대 손을 귀에 가져다 대면서 말했다.

"뭐라고? 안 들리는데."

당황하는 점소이 대신에 내가 대꾸해 줬다.

"귓구멍 막혔어? 왜 안 들려. 귀는 멀쩡해 보이는데. 개새끼야."

사내가 고개를 홱 돌리더니 나를 노려봤다.

"…너 뭐야?"

나는 왼손을 휘둘러서 손등으로 사내의 코를 가격했다. 퍽 소리와 함께 도객이 뒤로 밀려났다가 균형을 잡지 못하고 엉덩방아를 찧었다.

"뭐긴 뭐야, 이 새끼야. 너 때리는 놈이지."

나는 사내의 얼굴을 바라보면서 말했다.

"너 코피 난다."

"어?"

사내가 코를 만지고, 이어서 손에 묻은 피를 확인했다. 구경하던 점소이가 다급하게 손을 내밀었다.

"잠시만요!"

점소이가 마른 웃음을 짓더니 우리에게 말했다.

"하하… 나가셔서. 나가셔서, 예. 넓은 곳에서. 바깥이 좋습니다."

벌떡 일어난 사내가 박도를 쥐더니 내게 물었다.

"미친놈이야?"

나는 사내를 손으로 가리키면서 모용백을 바라봤다.

"이 친구 눈썰미가 있네."

모용백이 고개를 끄덕였다.

"그러게요."

"…"

나는 잠시 모용백과 눈싸움을 짤막하게 했다가 다시 박도를 쥔 사
내를 바라봤다.

"뒤질라고 칼을 겨눴어? 삼류 흑도 따까리 밑에서 일하는 수금원
같은데 너무 자신감 있게 칼을 내미는 거 아니냐?"

나는 메고 있는 봇짐 사이에 꽂아 넣은 목검을 가리켰다.

"목검 안 보여?"

사내가 박도를 흔들면서 대꾸했다.

"어쩌라고!"

나는 말이 안 통하는 놈을 내버려 두고 모용백에게 말했다.

"강호에서 목검을 들고 다니면 뭐겠어?"

모용백이 정답을 말해줬다.

"고수죠."

나는 사내를 바라보면서 고개를 끄덕였다.

"그것이 나다."

"지랄!"

놀랍게도 삼류 흑도 따까리 놈이 박도를 힘차게 휘둘렀다. 정확하게 내 목을 향해 날아오는 궤적이었다. 나는 오히려 앞으로 튕겨 나가서 놈의 어깨에 잔월지법을 주입한 손가락을 박아 넣듯이 찔렀다.

탁!

허공에서 반듯한 궤적으로 날아오던 박도가 힘을 잃고 늘어지더니, 이내 땅에 떨어졌다. 동시에 흑도 나부랭이가 자세를 급히 돌리더니 도망가던 자세에서 점점 속도가 느릿느릿해졌다. 마치 물속에서 허우적대는 동작이랄까. 한 걸음도 제대로 도망가지 못한 놈이 바닥에 축 늘어지더니 부들부들 떨기 시작했다. 꼴을 보아하니 빙공을 잠시도 견뎌낼 수 없는 허접한 놈이었다. 내가 바닥에 떨어진 통용 은자를 주우면서 통에 넣기 시작하자, 점소이와 모용백도 나를 거들어서 은자를 줍기 시작했다. 떨어진 은자를 통에 전부 담은 다음에 내가 말했다.

"…상납을 바치나?"

점소이가 오들오들 떨고 있는 놈을 바라보면서 대답했다.

"예."

"어디에?"

"대오방大烏幇에 바치고 있습니다. 원래 상납을 받지 않던 곳인데 요새 갑자기 그러는군요. 저희도 당황스럽습니다."

"본래 이 거리에 상납이 없었어?"

"예."

나는 내가 할 일을 모용백에게 미뤘다.

"모용 선생."

"예?"

나는 쓰러진 놈을 가리키면서 모용백에게 말했다.

"알아보게. 무슨 일인지."

전생 독마, 고문해 보게. 이런 심정이었다. 모용백이 대꾸했다.

"제가요?"

나는 모용백의 말을 가볍게 무시한 다음에 점소이에게 말했다.

"내가 앞으로 상납은 받지 않게 해줄게. 그 정도면 하루 장사 망친 것은 셈이 될까?"

"아, 예. 감사한 일입니다."

나는 가만히 서있는 모용백을 바라봤다.

"뭐 하고 있어?"

모용백은 잠시 술이 깨려는 사람처럼 고개를 젓다가 쓰러진 놈에게 다가갔다. 나는 팔짱을 낀 채로 모용백을 지켜봤다. 모용백이 바들바들 떨고 있는 사내에게 말했다.

"이봐…"

"살… 살려주십시오."

"누가 죽인다고 했나? 안 죽인다. 대오방은 왜 갑자기 상납을 받고 있나?"

"저희도 돈을 마련해야 해서."

"누구에게 줘야 하는데?"

"화아… 화양표국의 손주평 표두입니다."

···

모용백이 미간을 좁히면서 대꾸했다.

"흑도가 표국에 상납을 해?"

"상납이 아니라 방주님이…"

모용백은 내가 빙공으로 찍었던 부위를 지법으로 세 번 정도 가볍게 두드렸다. 그러자 사내의 말이 어느 정도 진정이 된 채로 흘러나왔다.

"…표물을 잘못 건드렸다가 배상하게 되었는데 금액이 커서 돈을 모으는 중입니다. 감사합니다."

나는 모용백의 지법이 궁금해서 물어봤다.

"어떻게 한 거야?"

"잠시 빙공이 퍼지는 것만 강제로 틀어막았습니다. 잠시 후에 다시 한기가 퍼질 겁니다."

나는 고개를 끄덕였다.

"훌륭하군. 역시 모용 선생이야."

모용백이 성실한 의원처럼 대꾸했다.

"감사합니다."

모용백이 사내에게 물었다.

"대오방이 무슨 표물을 건드렸기에?"

"백년하수오를 방주가 먹어버려서 돈으로 배상할 수밖에 없는 상황입니다."

모용백이 황당하다는 표정을 짓다가 나를 보면서 웃었다.

"…그렇다네요."

"백년하수오면 얼마야?"

모용백이 말했다.

"금자 서른 개는 하지 않을까요?"

"그렇게 비싸?"

"백년하수오도 매우 드뭅니다."

"부르는 게 값이야?"

"예."

나는 사내를 보면서 말했다.

"거지새끼들인가? 실수는 저희가 해놓고 돈은 이런 데서 털어서 메꾸려고 했네. 전형적인 개새끼들이다. 안내해. 대오방에 설마 금자 서른 개도 없을까."

나는 구경하고 있는 점소이를 바라봤다.

"이제 우리 갈게."

"아, 예. 누구세요. 그런데?"

"나, 하오문주."

점소이가 눈을 크게 뜨더니 그대로 반문했다.

"하오문주님이세요?"

"왜 그렇게 놀래?"

점소이가 갑자기 어버버 대다가 겨우 대꾸했다.

"저희, 저희… 저희 남양객잔입니다. 모르세요?"

"몰라."

"아, 하오문의 사마비라는 분이 인수할 수 있는 가게가 근처에 있는지 자세히 물어보셨었는데."

나는 사마비라는 말을 듣자마자 놀랐다.

"어? 사마비가 다녀갔어?"

"예."

"뭐라고 대답했나?"

"저희는 집이 뒤에 붙어있어서 당장 넘기는 것이 어렵고. 근처에 가게 몇 곳을 알려드렸습니다. 그리고 하오문이 어떤 곳인지는 설명을 들어서 알고 있었습니다. 문주님."

점소이가 반갑다는 것처럼 밝게 웃었다. 나는 고개를 끄덕이면서 중얼거렸다.

"사마비가 혼자 묵묵하게 일을 하고 있구나. 이런 데서 소식을 듣다니. 좋았어."

나는 모용백과 사내에게 말했다.

"일단 대오방으로 쳐들어가자. 여기는 하오문 지부가 설립될 지역이다. 집으로 가는 길에 걸리적거리는 흑도는 모조리 줘패놓고 이동하겠다. 갑자기 의욕이 두 배로 상승하는구나. 때리다 보면 세 배로 상승하겠지? 모용 선생, 어떻게 생각하나?"

귀가 본능이 누구보다 강해 보이는 모용백이 나를 물끄러미 바라보다가 겨우 대답했다.

"그러시죠."

"싫어?"

"아니요. 좋습니다."

"좋았어. 모용 선생과 함께라면 의욕이 네 배로 상승하겠지?"

모용백은 갑자기 성질이 나는지 고개를 이리저리 돌리다가 오들오들 떨고 있는 놈의 머리통을 한 대 후려쳤다.

퍽!

나는 진중한 표정으로 고개를 끄덕였다.

"방금 좋았다."

나는 점소이를 안심시켰다.

"걱정하지 마라. 때려서 안 되면 대오방을 다 죽여서라도 해결하마. 앞으로 별일 없을 거다."

점소이가 머리를 긁으면서 대답했다.

"예."

고개를 돌려보니 모용백이 사내를 붙잡은 채로 흔들고 있었다.

"이봐, 정신 차려라."

"왜 그래?"

"기절했습니다."

"침놔서 깨워."

모용백이 한숨을 내쉬더니 장삼의 안주머니서 꺼낸 길쭉한 상자에 놓인 침을 붙잡았다. 암기로 사용해도 좋아 보일 정도로 굵은 강침鋼針이었다. 모용백이 잠시 강침을 노려보더니 기절한 놈의 정수리와 뒤통수 근처를 사정없이 찔렀다. 사내놈이 숨넘어갈 것 같은 날숨을 내뱉으면서 정신을 바짝 차렸다.

"커헉!"

모용백이 빨리 집에 가고 싶다는 것처럼 정신 차린 놈의 멱살을 잡았다.

"이봐, 빨리 대오방으로 안내해."

모용백이 사내를 일으켜 세웠다.

"어디야?"

사내놈이 손으로 방향을 가리켰다. 딱 봐도 혼자 걸을 수 없는 상태였으나 나는 일부러 두 사람을 지나치면서 말했다.

"가자고. 이야, 그나저나 우리 모용 선생은 약도 잘 쓰고, 침도 잘 놓고, 다재다능, 만능, 신의, 우리 모용 모용 모용, 백 선생."

뒤쪽에서 목소리를 잔뜩 내리깐 모용백이 빙공에 당해서 느릿해진 놈을 다그쳤다.

"빨리 안 움직여?"

"몸이 말을…"

"강침 한 대 더 맞을래?"

"아, 아니요."

"일어나라. 할 수 있다. 일어나."

오늘따라 나는 기분이 좀 좋았다. 슬쩍 뒤를 확인해 보니 모용백이 엄살 부리는 놈의 귀를 붙잡은 채로 일으켜 세우고 있었다.

'역시…'

성장하는 모용백을 보고 있으려니 마음이 흐뭇해졌다.

# 157.
## 전생 독마는
## 강침을 뽑았다

"선생."

"예."

나는 모용백을 바라보면서 말했다.

"이제 대오방에 쳐들어가서 방주 놈을 혼낼 생각인데 어떻게 하는게 좋을까?"

"음."

모용백이 자신의 턱을 붙잡으면서 고민하다가 말했다.

"저랑 문주님이 들어가서 다 박살 내는 거 아니었습니까?"

"그건 방법이 없을 때."

나는 모용백을 지그시 노려봤다. 모용백이 급히 말을 이어나갔다.

"아니었군요."

나는 고개를 끄덕였다.

"다짜고짜 그러면 안 돼. 나는 가능하지만, 선생이 괜찮겠어?"

모용백이 빙공 때문에 덜덜 떨고 있는 대오방의 무인을 바라봤다.

"그렇다면 일단 인질을 앞세워서…"

나는 고개를 저었다.

"인질을 보면 대오방이 더 흥분하겠지. 똑같은 상황이야. 선생."

"예."

"환자를 치료하고 돌보면 그런 일에 익숙해져서 점점 훌륭한 의원이 되겠지만 세상일에 전부 익숙해지는 것은 아니야."

"그렇습니다."

"일단 그놈은 저 담벼락 밑에 세워둬. 거지로 보이거나 술에 잔뜩 취한 놈처럼 보이게. 대오방에서도 중요하게 여기는 놈이 아니라서 우리에게도 필요 없어."

모용백이 대오방의 무인을 담벼락 밑에 데려가서 말했다.

"앉아라."

나는 모용백에게 말했다.

"혈도 짚어놔. 아혈도."

"예."

모용백이 군소리 없이 혈도를 짚었다. 나는 그제야 대오방의 정문을 바라보면서 모용백에게 말했다.

"가자고."

나는 건너편에 있는 대오방의 정문에 가서 손으로 두드렸다.

탕탕탕!

모용백이 옆에서 속삭였다.

"…대놓고 이렇게 들어가신다고요?"

"조용히 해."

"…"

응답이 없어서 이번에는 더 세게 두드렸다. 정문이 벌컥 열리더니 사내놈이 나를 위아래로 바라봤다.

"누구…"

나는 모용백을 한번 바라봤다가 덤덤한 표정으로 말했다.

"화양표국의 이자하 표사다. 이쪽은 모용백 표사고. 방주님 계신가?"

사내가 입을 벌린 채로 우리를 바라봤다.

"아…"

나는 그대로 문을 밀어서 대오방에 진입하면서 따지듯이 물었다.

"방주님 계시냐고."

사내가 다급한 어조로 말했다.

"아니, 돈을 준비하고 있는데 어찌…"

"너랑 할 얘기가 아니다. 방주, 나오시라고 해."

나는 밑에 놈과 말을 섞지 않고 대청을 향해 성큼성큼 걸어갔다. 그러자 따라오던 놈이 큰 소리로 외쳤다.

"화양표국 표사분들이 오셨습니다!"

멍청한 수하 놈이 우리의 신분을 확실하게 만들어 줬다. 모용백은 급하게 고개를 이리저리 돌리면서 주변 상황을 확인했다. 여기저기서 무인들이 뛰쳐나오고 있었는데, 정작 우리를 보고도 별다른 말을 하지 못하고 있었다. 어쨌든 잘못을 저지른 것은 대오방이기 때문이다. 나는 순식간에 대청 앞에 도착해서 세금을 걷으러 온 관리처럼 당당하게 대청 문을 두 손으로 밀어젖혔다.

"대오방주, 계시는가?"

텅 빈 대청 안에는 아무도 없었다. 나는 그대로 돌진해서 묻지도 따지지도 않은 채로 상석에 먼저 앉았다.

"모용 표사, 앉게."

"예."

따까리 놈들이 몇 명 고개를 내밀고 기웃대다가 사라졌다. 이때, 중간 관리자쯤 돼 보이는 놈이 대청에 들어오면서 뭐라고 씨불여 대는 것을 내가 막았다.

"닥쳐라!"

일부러 내공을 섞었기 때문에 목소리가 대청 안에 쩌렁쩌렁하게 울렸다.

"…"

들어오던 놈이 멈칫한 채로 나를 바라봤다. 나는 미간을 좁힌 채로 말했다.

"방주 나오라고 해."

"아, 알겠습니다."

나는 다시 대청에 모용백과 남아서 상황을 설명했다.

"일차는 화양표국을 팔아서 진입하고, 중간 놈은 내공 섞은 목소리로 겁을 줘서… 일단 방주에게 직행. 이 정도면 아까 인질을 앞세워서 들어온 것보단 빠른 것이겠지?"

모용백이 고개를 끄덕였다.

"그렇습니다. 아까 화양표국에 대한 것을 잊지 않고 계셨군요."

나도 고개를 끄덕였다.

"이놈들이 화양표국의 표사들을 전부 알지는 못할 테니까. 일단 대충 뭉개는 거지. 표국의 복장이 아니라거나 뭐 그런 시비가 있을 수도 있지만 일단 잘못한 것은 우리가 아니다. 당당하게."

"당당하게."

"당당하게, 자신 있게."

이것까진 모용백이 따라 하지 않았다. 우리는 잠시 대청에서 대오방의 방주를 기다렸다.

\* \* \*

대오방주 황가오黃苛烏. 나이 삼십이 세. 태어나서 처음 먹은 영약의 힘을 온전하게 내공으로 전환하기 위해서 연일 운기조식에 전념하는 중이다. 특히 오늘은 중요한 고비를 넘기면 익히고 있는 무공의 경지를 한 단계 더 올릴 수 있을 것 같은 기분이 들었다. 물론 화양표국이 운반하던 백년하수오를 취하면 문제가 생긴다는 것쯤은 알고 있었다. 그러나 일단 영약을 먹고 나서 무공이 상승하면 화양표국을 상대할 수 있으리라 생각했다.

결국, 강호의 일이란 무공 실력에서 대부분 판가름 나기 때문이다. 물론 백년하수오의 효능이 예상에 미치지 못했을 때도 대비해서 돈도 모으고 있는 상태. 대오방주 황가오의 강호 일 처리는 항상 이렇게 꼼꼼한 편이었다. 문득 대오방의 깊숙한 곳에 있는 처소에서 운기조식을 하고 있었던 황 방주는 바깥이 소란스럽다는 것을 알아차렸다.

'누가 왔구나. 화양표국인가? 누가 됐든 간에 잠시만 버텨라. 곧
끝난다.'

운기조식만 마치면 실력으로 해결할 수 있다는 자신감이 있었다.
황 방주는 바깥의 소란스러움에 대해 잊은 채로 다시 운기조식에 집
중했다. 딱딱하고 신중한 얼굴에 땀 한 방울이 흘러내리고 있었다.
방주의 처소 바깥에서 가장 신임하는 수하의 목소리가 들렸다.

"방주님, 죄송합니다. 화양표국 사람들이 다짜고짜 쳐들어와서 나
와 보셔야 할 것 같습니다."

황 방주는 지금 입을 열 수가 없는 상황이었다.

"…"

"일단 쫓아낼까요?"

"…"

"제가 대신 말을 돌리면서 시간을 벌어보겠습니다. 방주님."

이때, 황 방주가 눈을 번쩍 뜨면서 웃음을 터트렸다.

"…하하하하하하!"

이렇게 통쾌할 수가! 황 방주는 운기조식을 마무리한 다음에 양손
을 단전 부위로 내리면서 숨을 크게 내쉬었다. 사흘이나 먹는 것과
자는 것을 포기한 채로 운기조식에 매달려서 익히고 있었던 적심공
赤心功의 경지가 상승한 상태. 황 방주가 말했다.

"문을 열어도 좋다."

수하가 문을 열자마자 황 방주의 표정을 확인하더니 급히 무릎을
꿇으면서 말했다.

"방주님, 감축드립니다!"

황 방주가 흐뭇한 표정으로 수염을 쓰다듬으면서 말했다.

"누가 왔다고?"

"화양표국의 젊은 표사 두 명이 찾아왔습니다. 기세가 아주 등등합니다."

황 방주가 너털웃음을 지으면서 말했다.

"준평아, 이제 화양표국 따위는 겁을 낼 필요가 없다. 시건방진 손표두와도 내가 직접 일을 마무리 지을 것이다."

준평이라는 사내가 밝은 표정으로 대꾸했다.

"충성을 다해 모시겠습니다. 방주님!"

황 방주가 고개를 끄덕였다.

"결국에는 내게 이런 기연이 찾아오는구나. 나가자."

자리에서 일어난 황 방주가 탁자 위에 있는 장검을 낚아챈 다음에 대청으로 향했다.

\* \* \*

나는 대청에서 모용백과 잡담을 나누고 있다가, 웃으면서 나오는 미친 새끼를 바라봤다.

"하하하하…"

나는 눈을 껌벅이면서 대오방주로 추정되는 놈을 바라봤다. 자신감이 실로 충만해 보이는 사내가 방주 자리에 앉더니 우리를 바라봤다.

　　　…

"내가 황가오라네. 화양표국에서 왔다고."

나는 고개를 끄덕였다.

"황 방주…"

대오방주 놈이 손을 들어서 내 말을 끊더니 이렇게 말했다.

"자네들이 누군지 알고 싶지도 않다. 돌아가서 손주평 표두를 불러오게. 표사를 보내서 내게 채근을 하다니 황당하고 불쾌하군."

"아니…"

"닥치게나."

나는 급히 모용백을 바라봤다. 모용백은 나를 바라봤다가, 황 방주를 노려보면서 말했다.

"이보시오. 황 방주, 일단 이야기를 들어보시오. 이게 무슨 무례요?"

다행히 황 방주가 모용백의 성질을 살살 긁고 있었다. 나는 황 방주가 모용백의 성질을 더 건드렸으면 하는 생각에서 점잖게 말했다.

"황 방주, 백년하수오 값을 치르려면 정당하게 대오방의 자금으로 지급을 해야지. 객잔 같은 곳을 털어서 자금을 만들고 있는 정황이 있던데. 이게 옳은 일이오? 화양표국의 명예까지 실추되는 일인데."

황 방주가 미소를 지었다.

"아, 그걸 따지러 온 것인가?"

"그렇소."

황 방주가 별일 아니라는 것처럼 옆에서 대기하고 있는 사내에게 말했다.

"준평아."

"예, 방주님."

"일 처리를 어떻게 하는 게야?"

"죄송합니다."

"그렇게 돈을 모을 필요 없다. 내가 알아서 할 터이니 상인들에게 돈을 뺏는 것은 중지하도록."

"알겠습니다."

황 방주가 나를 바라봤다.

"됐나?"

나는 웃으면서 고개를 끄덕였다. 황 방주가 모용백을 바라보면서 말했다.

"이제 내게 시답지 않은 말 늘어놓지 말고. 가서 자네들 표두나 불러오게."

황 방주가 볼일 끝났다는 것처럼 제 할 말만 한 다음에 자리에서 일어나자, 모용백의 미간이 중앙으로 모여들었다.

"황 방주, 앉으시오."

나는 모용백의 표정을 보면서 이런 생각이 들었다. 하여간 웬만한 놈들은 강호에 던져놓기만 하면 알아서 슬슬 미쳐간다고 말이다. 사람들의 심리를 읽어낼수록 이런 놈들의 생각이 역겨워서 견디는 것이 힘들기 때문이다. 모용백이 황 방주에게 말했다.

"황 방주, 표물을 강탈한 것을 그저 돈으로 갚으라고 한 것은 화양 표국이 크게 양보한 게 아니오? 이렇게 당당하게 나오시다니. 백년 하수오를 먹고 기연이라도 얻으셨다고 생각하신 건가."

황 방주가 웃으면서 말했다.

⋯

"젊은 표사들이야말로 내가 그렇게 우스워 보이나?"

나는 모용백의 눈빛이 슬슬 변하는 것을 확인한 다음에 품에 손을 넣었다.

"좋았어. 장난은 여기까지."

나는 품에서 꺼낸 섬광비수를 탁자에 꽂은 다음에 황 방주에게 말했다.

"…앉아라."

황 방주의 시선이 비수로 향했다가, 내게 꽂혔다.

"젊은…"

"앉아. 이 개새끼야. 뒈지기 싫으면."

"…"

그제야 무언가 이상하다고 느낀 황 방주가 우리를 둘러보다가 다시 자리에 앉았다.

"너희들 화양표국이 아니었구나."

황 방주가 준평이라는 놈에게 눈짓을 보내자, 이놈이 대청 바깥으로 성큼성큼 걸어 나갔다. 아마도 수하들을 불러 모으려는 모양이었다. 모용백이 품에 손을 넣으면서 준평에게 가라앉은 목소리로 말했다.

"멈춰라."

모용백이 길쭉한 상자에서 강침을 하나 꺼내더니 탁자 위에 가볍게 꽂았다. 모용백이 준평을 노려보면서 말했다.

"너도 거기 그냥 서있어라."

움직이면 강침을 던지겠다는 기세여서 준평이라는 놈이 가만히 서있었다. 황 방주가 어깨를 들썩이면서 웃었다.

"어처구니가 없군. 이보게…"

황 방주가 오른손을 들었다. 극양의 무공을 익혔는지 금세 손바닥이 불그스름하게 변하고 있었다. 황 방주가 우리에게 물었다.

"나랑 해보자는 게야? 그것도 대오방의 대청에서?"

나는 엄지를 중지에 대고 튕기면서 딱, 딱 소리를 내다가 세 번째에 염화향을 주입했다. 마치 화섭자에 불이 갑자기 붙은 것처럼 화르륵- 소리가 나면서 손가락 끝에서 붉게 빛나는 염계가 꽃 모양으로 휘감겼다가 사라지기를 반복했다. 나는 왼손으로 귀를 후비면서 대꾸했다.

"뭐라고? 잘 안 들리는데. 어디서 개가 짖었나? 모용 선생, 들었어?"

모용백이 대답했다.

"누런黃 개가 짖었습니다."

나는 황 방주를 노려보면서 말했다.

"네가 짖었어?"

"…"

나는 황 방주를 위아래로 바라보면서 염화향을 날릴지 말지 잠시 고민하는 표정을 지었다.

"묻잖아. 네가 짖었냐고?"

황 방주가 손을 급히 거두더니 내가 만들어 낸 염화향을 주시했다. 이놈은 겨우 장심掌心을 극양의 기로 붉게 만든 수준이고, 나는 검법으로 따지면 극양의 검기劍氣를 배출한 수준의 무공을 펼친 것이다. 바보가 아닌 이상, 수준의 차이를 깨달을 수밖에 없는 상황.

황 방주가 말했다.

"음, 어디서 오셨소."

황 방주의 태도가 너무 쉽게 돌변하자, 모용백의 표정도 살짝 일그러졌다. 나는 황 방주를 노려보면서 말했다.

"나는 하오문의 이자하다."

모용백이 미간을 좁히더니 황 방주를 노려보면서 말했다.

"하오문의 모용백이다."

나는 꿀 먹은 벙어리가 된 황 방주에게 말했다.

"화양표국에 치를 백년하수오 대금, 화양표국에 사죄의 마음을 전달할 수 있는 추가 금액, 근래 객잔이나 상가에서 뜯어냈던 상납금, 마음 졸이고 심신의 고통을 받았을 상인들의 마음을 위로할 수 있는 피해 보상액, 하오문에 속한 객잔을 건드린 것에 대한 피해 배상액. 지금 당장 내 앞에 다 가져와."

황 방주가 잠시 입을 다물었다.

"…성질 건드리지 말고. 좋게, 좋게 말로 할 때 가져와. 싫으면 덤벼라. 대오방의 방주를 때려죽여서 교체한 다음에 내가 직접 챙기겠다."

내 말이 끝나자, 모용백이 황 방주를 바라봤다.

"너, 어찌할래?"

나는 문득 모용백과 눈을 마주쳤다가… 우리 둘은 동시에 씨익 웃었다.

# 158.
## 인생에는
## 함정이 있어

나는 황 방주에게 돈을 가져오라고 한 다음에 '이놈이 무슨 말로 나를 열 받게 할까?'라는 심정으로 그의 반응을 기다려 봤다. 황 방주가 조심스럽게 입을 열었다.

"…갑자기 큰돈을 마련하는 게 쉽지 않소. 일단 시간을 주면 준비를."

나는 황 방주를 손가락으로 가리키면서 시선은 모용백에게 보냈다.

"모용 선생, 봤어?"

"예."

"저놈 표정을 보라고. 대부분 이딴 식으로 나온다니까. 내 예상에서 한 치도 벗어나지 않는군."

나는 황 방주에게 경고의 말을 남겼다.

"넌 일단 닥치고 있어."

"…"

나는 모용백을 바라봤다. 대오방에 와서 돈을 빼앗고, 황 방주를 갈구는 것도 중요한 일이지만 나는 지금 모용백에게 집중하고 있었다. 옆에 있는 황 방주는 이 자리에 없는 사람 취급을 한 다음에 모용백에게 말했다.

"선생에게 진지하게 전달할 게 있다."

모용백이 고개를 끄덕였다.

"말씀하십시오."

"이런 놈이 시간을 달라는 게 무슨 의미일까."

모용백이 어렵지 않다는 것처럼 대꾸했다.

"일단 저희를 돌려보낸 다음에 자신이 동원할 수 있는 고수들을 끌어모으거나, 하오문도 조사하고 어떻게든 돈을 주지 않으려는 방법을 이것저것 마련하겠지요."

"맞다."

황 방주가 입을 열려고 하기에 나는 손가락으로 가리켰다.

"닥치라고 했다. 입 열지 마. 너는 탁자에 꽂힌 비수나 쳐다보고 있어. 네 몸뚱어리와 가장 친해질 가능성이 큰 놈이다."

나는 머리카락을 쓸어 올리면서 모용백에게 말했다.

"인생에는 함정이 있어. 모용 선생."

"…"

"내 경우에는 그 함정이 너무 빨리 찾아왔지. 남아있는 것이라곤 객잔 하나였는데 그게 홀라당 불에 탔으니까 말이야. 누구에게?"

나는 손가락으로 황 방주를 가리켰다.

"이런 새끼들에게… 상납금을 제때 내지 못했다는 이유로 말이야.

마치 내 재산이 제 놈들의 재산인 것처럼 활활 불에 탔지."

모용백이 잘 듣고 있다는 것처럼 고개를 끄덕였다.

"모용 선생, 이런 일에 무슨 논리가 있나?"

"없습니다."

"없어. 그래서 나도 별다른 논리 없이 이런 새끼들을 때려죽이고 있었지. 자네가 나를 치료하려던 그 광증에 종종 휩싸인 채로 말이야."

"맞습니다."

나는 모용백에게 어떻게 내 진심을 전할까 생각하면서 말을 이어 나갔다.

"내가 생각하는 선생은… 사람을 치료하고 살리는 일에 보람도 느끼고 자부심도 느끼고 있더군. 의원이라는 직업에 순수한 마음을 유지하고 있지. 그러나 거듭 말하지만, 누구든지 한 번은 함정에 빠지기 마련이야. 의원인 자네가 겪을만한 가장 큰 함정은 무엇일까?"

모용백이 잠시 고민했다가 대꾸했다.

"글쎄요."

"나는 이렇게 생각해. 자네는 강호인도 종종 치료하기 때문에 어느 날, 자네가 살려준 강호인이 자네를 배신하는 거지."

모용백이 엷은 미소를 지으면서 대꾸했다.

"설마 그런 일이 있겠습니까? 목숨을 구해줬는데요."

나도 웃으면서 말했다.

"이 황 방주 같은 개새끼를 봐라. 언젠가 황 방주가 중상을 입어서 자네를 찾아가는 거지. 모르는 사람이었다고 치자고. 자네는 당연히 치료해 줄 거야. 그렇지 않나?"

"예."

"자네가 치료해서 겨우 살아남은 놈이 예를 들어 어떤 의녀에게 흑심을 품었다거나, 그 흑심으로 인해 사고를 쳤다거나. 아니면 자네의 서재에서 무공비급을 훔쳐 달아나거나. 아니면 다른 환자를 치료하기 위해서 어렵게 구한 영약을 처먹고 달아났다거나 하는 일이 벌어졌다고 치자…"

"…"

"모용 선생, 황 방주를 봐라."

내 말을 듣자마자, 모용백이 황 방주를 노려봤다.

"표국이 운송하던 백년하수오를 처먹고서 이렇게 당당하게 나오는 놈이다. 만약 이놈이 우리보다 무공이 강한 상태였다면 자네와 나는 어떻게 됐을까."

모용백이 황 방주를 노려보면서 대꾸했다.

"이 자리에서 죽었겠지요."

"자네가 의원 일을 하다가, 화양표국이 당한 일과 비슷한 사건을 당하지 않으리란 확신을 할 수 있나? 자네 마음을 잘 들여다보라고. 순수한 마음으로 환자를 치료해 줬는데, 그 환자 새끼가 배신으로 그 호의를 갚는다면 자네는 견딜 수 있겠어? 심지어 자네가 따지러 갔다가 무공 실력이 부족해서 처맞게 된다고 생각해 보게. 자네는 억울해서 이후의 삶을 똑바로 살아갈 수 있겠어?"

나는 문득 눈치를 보면서 서있는 준평에게 말했다.

"무릎 꿇고 있어라. 지금 굉장히 위험한 상황이다. 준평아."

"아, 예."

준평이 놀란 표정으로 무릎을 꿇었다. 모용백이 내게 말했다.

"정말 그런 일이 발생한다면 저는 똑바로 살 자신이 없습니다, 문주님."

실제로 이놈은 전생에 그랬다. 나는 고개를 끄덕였다.

"선생, 내 말을 믿어라. 날 도우라거나 하오문을 적극적으로 도우라는 말도 아니야. 선생 본인을 위해서 무공을 수련하도록 해."

"…"

"인생의 함정에 빠졌을 때 스스로 뛰쳐나올 수 있도록 말이야. 그함정에서 빠져나오지 못하면 살아도 살아있는 게 아니야. 삶이 이어져도 행복은 전혀 느끼지 못할 거야. 심지어 나중에 이런 새끼들을보는 족족 때려죽인다고 한들 가슴을 가득히 채우고 있는 것은 공허함이겠지. 순수했던 시절로 돌아갈 수 없기 때문이야."

모용백이 고개를 끄덕였다. 나는 차분한 어조로 말을 이어나갔다.

"자네가 허 장로를 치료하고 나서 빨리 모용의가로 돌아가고 싶어한다는 것을 알고 있었다. 하지만 굳이 내가 이런 곳에 끌고 왔지."

"그것은 괜찮습니다."

"언젠가 선생이 내 광증에 지쳐서 날 떠나거나 하오문과 멀어져도상관없다. 선생 자신을 위해서, 사람들을 치료하고 살리는 와중에도무공을 열심히 수련했으면 하는 게 내 바람이야. 하오문을 위해서이런 말을 하는 게 아니야. 모용의가와 자네를 위해서 수련이 필요해. 모용백, 내 작은 소망이다."

문득 내가 황 방주를 바라보자 황 방주가 조용히 태사의에서 내려오더니 말없이 무릎을 꿇었다.

"…"

나는 의식의 흐름대로 황 방주에게 말했다.

"너 좀 눈치가 있네. 방금 비수를 던질까 했는데. 적절했다."

황 방주가 대꾸했다.

"문주님, 살려주십시오."

이렇게 황 방주가 비굴한 모습을 보일 때마다 오히려 모용백의 안색이 점점 안 좋아졌다. 나는 섬광비수를 손가락으로 두드렸다가 모용백에게 말했다.

"이 추한 꼴을 봐라. 이런 새끼들의 공통점은 약자들에게 늘 강해."

"그렇습니다."

"약자들에게 늘 강한 놈들의 공통점은 강자들에게 늘 비굴하다. 모용백."

"예, 문주님."

"그간 내가 죽였던 놈들 대다수가 이런 놈들이었다는 말이야. 알겠어?"

모용백이 고개를 끄덕였다.

"이해했습니다."

"차라리 얼굴이 새빨개진 채로 내게 덤볐던 놈들은 운 좋게 종종 살아남았지."

내 말이 끝나자마자, 얼굴이 창백해진 황 방주가 말했다.

"문주님…"

"끼어들지 마라. 아직 얘기 중이잖아."

"예."

오늘은 내가 말이 정말 많은 날이지만, 그만큼 중요한 순간이어서 말을 아끼지 않았다.

"선생과 내가 더 강해져야 하는 이유가 바로 이런 놈들 때문이다. 왜냐하면, 우리보다 강한 놈들도 이런 쓰레기들이 섞여있기 때문이야. 물론 나보다 강한 고수들보다는 모용 선생, 자네보다 강한 고수들이 훨씬 많겠지. 그 말은 즉, 자네가 나보다 더 염병할 일을 당할 가능성이 크다는 뜻이겠지."

갑자기 무릎을 꿇고 있는 황 방주가 바닥에 대가리를 처박았다. 쿵- 하는 소리가 대청을 울렸다. 황 방주의 목소리가 쥐어짜듯이 흘러나왔다.

"문주님, 모용 선생님. 살려주십시오. 이 황 아무개가 무례를 범했습니다."

나는 모용백에게 황 방주의 생사를 물었다.

"선생, 이놈을 믿을 수 있겠어?"

모용백이 말했다.

"믿을 수가 없습니다."

나는 잠시 모용백의 표정을 구경했다. 침을 한 번 꿀꺽 삼킨 모용백이 내게 물었다.

"제가 죽일까요?"

나는 모용백의 결의에 찬 표정을 바라보다가 말했다.

"선생…"

"예."

"내가 말했잖아. 웬만하면, 죽이는 것은 내가 하겠다고. 하지만 이번 일은 이렇게 하자고. 방법이 있어."

"어떤…"

나는 모용백을 바라보면서 씨익 웃었다.

"이번에야말로 제대로 된 독을 만들어 보는 거지."

"…"

"오로지 모용 선생만 해독할 수 있는 독을 말이야. 원래는 죽었어야 하는 놈인데, 선생의 뛰어난 실력 덕분에 살려서 쓰는 것이지. 독으로 사람을 살리는 거야. 배신을 했을 때 해독약을 주지 않으면 알아서 뒈질 테지."

모용백의 표정이 밝아졌다.

"아."

"나는 자네의 장단점을 알아. 육합선생에게 줬던 독처럼 말이야. 자네는 독을 연구해서 살생을 저지르지 않고도 이런 놈들의 생사를 결정할 수 있어. 그렇게 되면 자네의 독毒은 종종 약藥이 되겠지. 사람만 살리는 것만으로 명성을 얻게 되는 신의도 아니고. 사람을 무조건 죽여대는 독마와 같은 별호도 어울리지 않아. 생과 사를 독과 약으로 결정할 수 있는 사내, 모용백의 별호는 생사명의生死名醫 같은 게 어떨까."

그제야 모용백의 얼굴에 미소가 번지더니 내게 이렇게 대꾸했다.

"하오문의 생사명의는 어떻습니까?"

나는 고개를 끄덕였다.

"그것은 내게 영광이지. 단, 독과 약으로는 부족해. 무공 수련도 잊지 말도록."

모용백이 고개를 끄덕였다.

"문주님, 제가 앞으로 무공을 가볍게 대하는 일은 없을 겁니다."

나는 황 방주를 알아서 처리하라는 것처럼 모용백에게 손을 내밀었다. 그러자 모용백이 황 방주에게 말했다.

"황 방주, 일어나시오."

"예."

"문주님이 말씀하신 자금. 한 냥의 누락 없이 완벽하게 준비하시오."

"예, 무조건 준비하겠습니다."

모용백이 황 방주를 지그시 바라보면서 말했다.

"그대가 자금을 준비하는 사이에 나는 근처에서 재료를 모아서 독과 해독제를 준비해 볼 생각이오. 물론, 독인지 약인지는 이제 큰 의미가 없어졌소. 어쨌든 이것 때문에 그대가 살아있는 게 될 테니까. 아시겠소?"

"예, 선생님."

이번에는 내가 황 방주를 갈궜다.

"이야, 황 방주. 명줄이 좀 길다? 아까는 저승 입구에서 왔다 갔다 하고 있었는데."

황 방주가 두 손을 앞으로 공손하게 모은 자세로 대꾸했다.

"살려주셔서 감사합니다. 문주님."

"이거 갑자기 저자세로 나오니까 무슨 경극 배우 보는 느낌도 들고. 모용 선생, 안 그래?"

"그러게 말입니다."

황 방주가 급히 대꾸했다.

"아, 아닙니다. 생각이 나서 그렇습니다."

내가 물었다.

"무슨 생각?"

"그… 무림맹이 남악맹을 쳤을 때 하오문주라는 분이 동행하셨다고 들었습니다. 저는 맹과 동행한 문주님의 나이가 당연히 많을 거라 예상해서 같은 분이신지 전혀 예상하지 못했습니다. 대화를 듣고 보니 그 하오문주가… 지금 문주님이신 거 같아서."

나는 고개를 끄덕였다.

"그것이 나다."

"예."

'그것이 나다'라는 말을 하자마자, 모용백이 콧소리를 내면서 웃었다. 내가 물었다.

"왜 웃어?"

"아닙니다. 종종 하시는 말씀 같아서 갑자기 웃음이."

갑자기 분위기가 훈훈하게 흘러가자, 황 방주도 슬며시 미소를 지었다. 나는 황 방주의 표정을 보자마자 정색하는 어조로 물었다.

"웃어?"

"아, 아닙니다."

"웃겨?"

"죄송합니다."

"죽다 살아난 놈이 금방 처웃질 않나. 웃긴 놈이네. 어처구니가 없어서."

나는 탁자에서 섬광비수를 뽑은 다음에 황 방주를 향해 칼끝을 흔들었다.

"너 아까 내 말 계속 끊었으면 뒤졌어."

"예."

"정신 나간 새끼. 그리고 내가 자금 준비할 시간을 넉넉하게 주리라 생각하는 모양인데, 아니다. 지금 당장 대오방이 가진 자금은 전부 가져와서 대청에 쌓아두도록. 실시."

황 방주가 복명복창했다.

"실시."

"네가 직접 명령하고 옮겨 와라. 그리고 준평아."

무릎을 꿇고 있는 준평이 바로 대꾸했다.

"예, 문주님."

"술과 안주 좀 탁자에 깔아봐라. 기다리면서 마셔야겠다."

"준비하겠습니다."

나는 두 발을 탁자에 올린 다음에 의자를 뒤로 젖혔다. 의자가 뒤로 넘어갈 듯 말 듯 간당간당하게 흔들리는 와중에 곁눈질로 황 방주를 노려봤다.

"근데 대오방은 그간 무슨 일로 먹고살았을까. 돈을 제법 벌었나 본데. 정상적인 방법은 아니었겠지? 모용 선생은 어떻게 생각해?"

모용백이 대청의 분위기를 살피면서 대꾸했다.

"나쁜 짓으로 돈 벌었겠죠? 이놈들이 농사를 지었겠습니까. 아니면 뭐 만두를 팔았겠습니까."

나는 끝까지 모용백을 자극했다. 반쯤 중얼거리는 어조로 강물에

작은 돌멩이 하나 던지듯이 말했다.

"강호에 이런 놈들이 많아. 전부 하오문의 적이야."

나는 흔들의자에 몸을 맡긴 채로 잠시 눈을 감았다.

# 159.
## 피를 토할 때까지
## 갈군다는 마음가짐

준평이 가져온 술을 마시는 와중에 모용백이 내게 말했다.

"문주님, 근처에 의원이 있는지 살펴보고 재료 좀 구하겠습니다."

"그럴 필요 없어. 술이나 마시자고."

나는 모용백에게 술을 따라주면서 말했다.

"황 방주는 흑묘방으로 데려갈 인질이다. 이런 놈에게 맡기고 훌쩍 떠날 수는 없지. 독은 거기서 먹여도 돼."

"알겠습니다."

나는 분주하게 자금을 운반하는 대오방의 무인들을 바라봤다. 처음에는 별생각이 없었는데, 대청 바깥에까지 크고 작은 상자들이 쌓이고 있었다. 모용백도 할 말을 잃었는지 종종 쌓여있는 상자들을 보면서 탄식했다.

"재산이… 많네요."

나도 한숨이 나왔다.

"주변 상인들에게 좀 나눠줘야겠다. 그래도 남으면 흑묘방으로 옮겨야지. 대오방이 아니라 대도방大盜幇이었네."

나는 지나가고 있는 황 방주에게 말했다.

"대도방주."

"예?"

"이리와 봐."

황 방주가 쭈뼛대면서 다가오더니 내 앞에서 두 손을 공손히 모았다. 황 방주에게 물었다.

"너 뭐 도적질하고 지냈어? 이거 다 뭐야? 표물을 뺏은 게 이번이 처음이 아니지?"

황 방주가 조심스러운 어조로 대답했다.

"아, 아닙니다. 대오방 산하에 주루와 기루, 양조장까지 있어서 사업 규모가 꽤 큽니다."

내가 손을 까딱거리자, 황 방주가 고개를 숙이더니 얼굴을 내밀었다. 나는 그대로 황 방주의 뺨따귀를 후려친 다음에 말했다.

"돈이 그렇게 많은데 상납을 또 거둬? 미친놈이야?"

쓰려졌던 황 방주가 벌떡 일어난 다음에 대꾸했다.

"죄송합니다."

나는 잠시 머리가 어지러울 정도로 생각이 정리되지 않아서 황 방주를 돌려보냈다.

"도저히 부자들의 욕심은 이해할 수가 없네. 모용 선생, 이걸 어떻게 받아들여야 해?"

모용백이 대답했다.

"문주님, 저도 부자였던 적이 없어서 모르겠습니다."

"가난한 자들이 감히 예상할 수 있는 세계가 아니구나."

"예."

"선생, 이런 일은 굳이 이해하지 말자고. 이해했다간 우리도 부자가 될 수 있다."

"그러게 말입니다. 그냥 모른 채로 살아가시지요."

나는 모용백과 고개를 끄덕인 다음에 술을 나눠 마셨다. 자칫하면 부자가 될 수도 있는 위험한 순간이었다. 하지만 나는 술을 한잔 마신 다음에 또 열이 뻗쳐서 황 방주에게 소리를 버럭 내질렀다.

"황 방주!"

"예!"

"상납받았던 가게에 전달할 돈부터 넉넉하게 빼놔. 나중에 시찰 나가서 물어본 다음에 상인들이 앓는 소리를 내게 하면 뺨따귀 한 대로 그치지 않을 거다."

"아, 알겠습니다."

나는 머리끝까지 화가 났다가 가라앉기를 반복했다. 그나마 모용백이 별말 없이 술을 따라주고 있었기에 어느 정도 화를 가라앉힐 수 있었다. 이 기분은 뭐랄까. 주치의 앞에서 분노 조절을 하는 상황이었다.

"선생, 돈 문제는 확실하게 해야지. 오늘 밤을 꼬박 지새우더라도 대오방의 돈이 확실하게 흩어지는 것을 확인한 다음에 떠나자고."

"알겠습니다."

모용백이 잔잔한 어조로 내게 말했다.

"문주님, 세상에 아직 남들 뜯어먹어서 부를 쌓은 놈들이 많을 겁니다. 화를 가라앉히시지요."

나는 고개를 끄덕였다.

"맞다. 저런 놈들은 거지가 되어봐야 내 마음을 알 거야. 거지로 만들자고."

"알겠습니다."

* * *

나는 대오방에서 벌어진 일을 대충 정리한 다음 날, 황 방주를 인질로 삼아서 마차에 태웠다. 황 방주만 납치한 것은 아니다. 전날 대오방이 쌓아두고 있는 자금을 동네 객잔, 상가, 의가, 주루, 민가에 넉넉하게 뿌리고. 화양표국으로 백년하수오에 대한 대금도 보냈다. 그래도 재산이 꽤 넉넉하게 남았기에 그것을 마차에 실었다.

내 복귀가 늦춰진 것과 하오문에 대한 피해 배상액을 내 마음대로 설정해서 넉넉하게 담은 셈이다. 그렇게 나는 대오방의 자금과 황 방주, 모용백과 함께 마차로 귀환하는 중이었다. 덜컹거리는 마차 안에서 나는 종종 맞은편에 앉아있는 황 방주를 노려봤다.

"황 방주."

황 방주가 그야말로 신속하게 대꾸했다.

"예, 문주님."

"우리 졸부께선 몇 살이신가?"

"아, 저는…"

"생각해 보니 네 나이 따위를 내가 알 게 뭐냐?"

"…"

"서른을 처먹었든 마흔을 처먹었든 간에 나이를 헛먹었다는 사실이 중요한 거지. 안 그래?"

모용백이 옆에서 고개를 끄덕였다.

"그렇습니다."

나는 황 방주에게 다시 물었다.

"졸부께선 혼인은 하셨고?"

"…"

황 방주가 잠시 고민하는 표정으로 나를 바라봤다. 나는 미간을 좁히면서 말했다.

"대답 안 해? 마차 바깥에 밧줄로 허리를 묶어서 뛰어오라고 해야 정신을 차리려나."

"아, 혼인은 하지 않았습니다."

"왜?"

황 방주가 쓸쓸한 미소를 지으면서 대꾸했다.

"…강호에서 살고 있는데 무슨 혼인입니까."

나는 눈을 크게 떴다.

"지랄 났네. 와…"

모용백이 내 반응을 보더니 궁금하다는 것처럼 물었다.

"왜 그렇게 놀라십니까."

나는 손가락으로 황 방주를 가리켰다.

"원래는 나름 멋있는 말인데 이놈이 하니까 아주 불쾌하네. 겉멋

이 아주 불쾌하게 들었어. 아주 완벽하게 썩어빠진 놈이야. 가지가지 한다."

모용백이 웃음을 참으면서 내게 물었다.

"아, 그러고 보니 문주님도 혼인 생각이 없으십니까?"

나는 잠시 생각을 정리했다.

'환장하겠네.'

사실은 내 생각도 황 방주와 비슷하기 때문이다. 내 적들이 강호에 득실득실한데 무슨 혼인이란 말인가? 재수 없게도 황 방주가 같은 말을 했기 때문에 말을 돌려서 할 필요가 있었다.

"내 실력이 아직 부족해서 언제 죽을지 모를 판국이니 지금 여자를 만나선 안 되겠지."

모용백이 나를 보면서 말했다.

"황 방주와 같은 이유였군요."

"음."

나는 이마를 붙잡았다. 오랜만에 자존심이 상해서 화제를 전환했다.

"배고프니까 내려서 밥 먹고 이동하자."

내공을 섞어서 말했기 때문에 마부가 마차의 속도를 줄이면서 대꾸했다.

"가까운 객잔이 보이면 멈추겠습니다!"

나는 황 방주와 눈을 마주쳤다가 놈의 정강이를 발로 찼다. 황 방주가 "억!" 소리를 내면서 정강이를 붙잡았다.

* * *

　진목현의 큰 사거리에 마차를 세워서, 야외에 탁자가 많이 배치된 반점에 자리를 잡았다. 마부도 동석한 다음에 우리 넷은 각자 먹고 싶은 음식을 주문했다. 둘러보니 대낮부터 술을 처마시는 사내들이 많았다. 이곳만의 유행이 있는 모양인지, 대부분 병장기를 탁자에 기댄 채로 세워놓았다. 음식 위로 온갖 병장기들이 솟아있었다. 이는 살아남기 위해서 휘둘러야 하는 병장기가 음식을 호위하는 광경처럼 보였다. 이상하게도, 이곳은 강호인들이 일반인보다 너무 많은 것 같아서 황 방주에게 물었다.

　"진목현이라고 했던가. 이 동네 왜 이래? 전쟁 중인가."

　황 방주가 설명했다.

　"여러 표국이 자주 머물다 가는 곳이라서 그런 것도 있고. 인근의 마적들이 대놓고 쳐들어오는 곳이기도 합니다. 갑자기 사방팔방에서 들이닥쳐서 난장판을 만든 다음에 표물을 훔쳐서 도망가는 마적들입니다. 그래서 진목현에서는 점소이들도 대부분 허리에 칼을 차고 있습니다."

　둘러보니 정말 그랬다.

　"사람을 모아서 마적 본거지를 치는 게 낫지 않나."

　"이 마적들이 황야 어딘가에 거점을 여러 곳 마련해서 병력을 유인해서 싸우는데 완벽하게 소탕하는 게 어려운 모양입니다. 마적을 이끄는 우두머리도 제법 고수여서 잡는 게 쉽지 않다고 들었습니다."

　"우두머리가 누군데."

이때, 우리 옆 탁자에서 털북숭이 강호인이 끼어들었다.

"자문홍귀刺文紅鬼라 불리고 있소."

"자문홍귀라…"

자문은 달리 말해 문신이다. 고로, 얼굴이나 몸에 문신이 많은 모양이었다. 무림맹이 사실 바쁘긴 하다. 여기까지 내려와서 대대적으로 병력을 투입하는 것은 어려울 터였다. 황 방주가 말을 이어받았다.

"자문홍귀가 이끄는 마적 패거리도 자문마적이라 부릅니다."

그래도 나는 점소이들까지 칼을 차고 있는 이곳의 분위기가 마음에 들었다.

'마냥 당해주는 자들은 아닌 모양이로군.'

나는 지나가는 점소이의 눈에도 독기가 서려있는 것을 보고 황 방주에게 물었다.

"혹시 마적들이 이곳에서 여인이나 어린아이도 납치했나?"

"예."

"그 정도면 무림맹에 보고해서 소탕을 해달라고 부탁해도 되는 일 같은데."

음식을 가져와서 탁자에 내려놓던 점소이가 대꾸했다.

"…저희가 원하지 않습니다. 진목현에서 벌어진 일은 진목현에 사는 사람들이 해결해야지요."

"그래야 하는 이유가 있나?"

점소이가 나를 바라보면서 말했다.

"그 마적 놈들 일부는 본래 이 진목현에 있던 놈들입니다. 홍귀에게 낚여서 태어난 고향을 배신한 쓰레기 놈들이죠."

나는 고개를 끄덕이다가 모용백에게 말했다.

"내가 태어난 일양현의 사내들과 분위기가 비슷하네. 결정했다."

"무엇을요?"

"여기서 하루 머물다 가자고."

"예."

"운이 나쁘면 그냥 떠나고. 운이 좋으면 자문홍귀를 잡아 죽이고.
황 방주."

무언가를 눈치챈 황 방주가 조심스럽게 대꾸했다.

"예?"

"백년하수오도 먹어서 실력이 제법 강해졌을 텐데 홍귀 정도는 우
습지? 보니까 손바닥에서 아주 불이 나오던데 말이야. 대오방의 방
주면 홍귀 정도는 십초지적도 안 되겠지. 붙잡으면 죽을 때까지 뺨
따귀를 칠 수 있도록 해라. 실력 좀 보자."

황 방주가 고개를 끄덕였다.

"알겠습니다."

그런데 내가 황 방주의 실력을 추켜세우자, 주변에 있는 자들이
전부 황 방주를 곁눈질로 살폈다. 나는 여전히 이곳에 있는 자들이
왜 무림맹이나 아니면 다른 단체에게 부탁해서 마적을 소탕하지 않
는지에 대한 의문이 해소되지 않았다. 이곳의 배신자들이 마적에 합
류했다면, 아직 간자 같은 놈들도 여기에 남아서 바깥에 있는 마적
과 정보를 교류하고 있는 게 아닐까 하는 의심이 들었다. 나는 밥을
먹으면서 계속 황 방주를 추켜세웠다.

"황 방주 실력이면 마적 백여 명은 혼자서도 때려죽일 수 있겠지?"

"그건 좀…"

"없어?"

"아무래도 백여 명은 무리가 아닐까요."

"그럼 홍귀인가 뭔가 하는 놈은? 일대일로."

황 방주가 씨익 웃었다.

"겨우 마적의 우두머리가 아닙니까. 자신 있습니다."

나는 진중한 표정으로 고개를 끄덕였다.

"아, 든든하군."

하지만 든든하다는 말에 황 방주는 웃지 않았다. 밥을 먹다가 체했는지 손으로 가슴을 두드리기도 하고 물을 몇 잔씩 연속으로 들이켰다. 누가 봐도 긴장한 모습이었다. 다 먹은 음식 그릇을 치우고 술을 나눠 마시는 도중에 내가 물었다.

"황 방주, 왜 그렇게 긴장했나?"

"아, 아닙니다. 긴장했다니요."

"병신 같은 새끼. 일하는 사람들 탈탈 털어먹을 때는 이런 긴장감도 없었겠지? 홍귀가 찾아와서 돈이나 달라고 하면 싸우지 않고 돈부터 줬을 놈이네. 내가 말했지. 너는 약자에게 강하고, 강자에게 비굴하다고."

황 방주가 나를 물끄러미 바라봤다.

"문주님 말씀을 듣고 보니 제가 그런 놈이었습니다."

나는 황 방주가 내 말을 듣다가 피를 토할 때까지 갈구겠다는 심정으로 말했다.

"삼류 흑도였네."

"예."

"음식 만드는 사람들의 돈 통이나 뺏어서 상납금이나 걷어가는 수하들의 대장이었고."

"예."

"표국 물건이나 훔쳐서 뻗대는 못난 새끼에다가."

"예."

"보지도 못한 마적 우두머리가 무서워서 밥을 먹다가 체하는 병신 같은 놈."

"예, 그것이 접니다."

나는 혼자서 어깨를 들썩이면서 웃었다.

"너 같은 병신은 나도 참 오랜만이다."

문득 황 방주가 빈 잔을 두 손으로 들더니 모용백에게 말했다.

"선생님, 한 잔 주십시오."

모용백이 고개를 끄덕이더니 엷은 미소를 지으면서 황 방주에게 술을 따라줬다.

"받으시오."

"감사합니다."

황 방주는 시선을 내리깐 채로 술을 마셨는데 술잔을 들고 있는 손이 부들부들 떨리고 있었다. 나는 황 방주를 노려보면서 말했다.

"황 방주."

"예."

"돈은 전부 나한테 뺏기고. 독을 처먹겠다고 흑묘방으로 가는 와중이니까 이쯤이면 자네가 너무 병신 같아서 대오방의 수하들은 전부 뿔뿔이 흩어지고 있겠지? 어떻게 생각해."

"그래도 좀 남아있을 겁니다. 수하들에겐 잘 대해줬습니다."

"아, 그래? 놀랍네. 대단한 방파의 수장이었네."

나는 황 방주를 가리키면서 모용백에게 말했다.

"이야, 우리 황가오 방주가 장악력이 있네. 수하들이 남아있을 거라는군. 이런 놈을 기다리는 수하들이라면 나도 인정한다. 흑도는 사실 의리 빼면 시체지."

모용백이 덤덤한 표정으로 고개를 끄덕였다.

"그렇습니다."

나는 잠시 황 방주를 내버려 둔 채로 모용백과 술을 주고받으면서 잡담을 나눴다. 무림맹 이야기도 하고, 목검도 보여주고, 모용의가에서 적응하고 있는 흑백소소에 대한 이야기도 들었다. 나는 완벽할 정도로 눈앞에 있는 황 방주를 아예 이 자리에 없는 사람 취급을 하고 있었다. 모용백에게 앞으로 어떤 무공을 중점적으로 익힐 것이냐고 물어보는 찰나에 혼자서 술을 처마시던 황 방주가 대화에 끼어들었다.

"문주님, 드릴 말씀이 있습니다."

"뭐? 뭐, 이 새끼야. 술 취했어? 술꼬장 부리려면 목숨 걸고 해라."

고개를 숙이고 있던 황 방주가 무언가를 결심한 표정으로 마부를 가리켰다.

"이 친구를 보내서 대오방 전체를 불러와도 되겠습니까? 허락해 주시면 전부 부르겠습니다."

"왜 불러?"

황 방주가 나를 똑바로 바라봤다.

"…제가 대오방을 이끌고 자문홍귀의 목을 베겠습니다."

나는 잠시 팔짱을 낀 채로 황 방주를 노려봤다. 문득 옆을 보니 모용백도 팔짱을 낀 채로 황 방주를 바라보고 있었다.

# 160.
## 황야를 건너는
## 올바른 방법은

"황 방주, 수하 중에 고수가 많아?"

"고수라면 어느 정도를 말씀하십니까."

나는 황 방주를 바라봤다.

"그대와 비슷한 수준의 고수 혹은 조금 못 미치더라도 어느 정도 수준이 비슷한 수하가 있느냐 말이야."

황 방주가 고민하다가 대답했다.

"…격차가 좀 있습니다."

"그래? 그럼 황 방주가 예상하기에 대오방을 데리고 오면 죽거나 다치는 피해 인원을 최소로 잡으면 몇 명일 것 같아. 단순하게 계산해서 마적은 백 명 정도라 치고. 마적 대 대오방이 황야에서 대판 붙었다고 쳐보자."

황 방주가 셈을 하다가 말했다.

"이삼십 명은 다치고."

"또."

"십여 명 이상은 죽지 않을까요."

"최소한으로 잡은 거야?"

황 방주가 고개를 끄덕였다.

"예."

나는 황 방주를 물끄러미 바라보다가 물었다.

"그럼 그 친구들은 무슨 죄가 있어? 황야에서 생을 마감해야 하는 놈들이야?"

"예?"

"황 방주, 잘 들어봐라. 대오방이 있는 너희 연고지에 마적이 습격하면 대오방이 전부 나서서 칼을 쥐고 싸우는 게 옳다. 그러다 죽거나 다치면 운이 없는 거지. 그래도 연고지를 지키기 위해서 용감하게 싸웠다는 의미는 남아. 거기에 있는 약자들을 대신해서 싸운 것일 테니까."

"예."

"네 수하들을 여기까지 불러서 개죽음을 당하게 만드는 것은 무슨 의미가 있어? 그대가 나한테 갈굼을 당하고 몇 대 맞아서? 네 자존심을 지키겠다고 수하들을 불러서 죽게 만들겠다고? 복수도 아니고, 무언가를 지키겠다는 대의도 없잖아. 그저 네가 남자답다는 것을 보여주기 위해서 수하들이 죽음을 감수해야 한다니 이런 개 같은 경우가 있나."

이놈은 원래 오랜 세월을 못난 놈으로 지낸 터라, 마음을 갑자기 고쳐보겠다고 해서 나랑 갑자기 말이 잘 통할 수는 없다. 황 방주가 대답했다.

"제가 잘못 생각했습니다."

나는 처음으로 황 방주의 빈 잔에 술을 따라줬다. 마부에게도 술을 따라주면서 말했다.

"대오방으로 갈 필요 없으니 편히 드시고."

마부가 술을 받았다.

"예, 문주님."

술을 한 잔씩 나눠 마신 다음에 내가 말했다.

"황 방주, 뭔가를 증명하고 싶다는 마음은 존중해 주마."

"예."

"하지만 수하들을 황야에서 허망한 시체로 만들지 말고. 당당하게 직접 나서는 게 어때."

황 방주가 어리둥절한 표정으로 대꾸했다.

"직접 나서는 것이라면…"

"왜 갑자기 또 모르는 척이야. 마적 말이야. 백 명인지 이백 명인지는 모르겠다만 쳐들어가서 자문홍귀의 목을 베면 수하들에게는 물론이고 강호에 있는 사람들에게도 과연 황가오다. 과연 대오방주다. 이런 말을 들을 수 있지 않을까. 그걸 보여주겠다는 거 아니야?"

황 방주가 대답했다.

"그냥 저 혼자 황야에 가서 죽으라는 말씀으로 들립니다."

"무리야?"

"예. 제가 절대고수도 아니고."

나는 고개를 끄덕였다.

"그럼 갑자기 사람이 바뀐 척 행동하지 마라. 기만이다."

황 방주가 웃으면서 대꾸했다.

"기만이요?"

"기망欺罔인가? 하여간."

황 방주가 웃는 듯 마는 듯한 묘한 표정으로 주변을 둘러보다가 내게 말했다.

"문주님, 내일 저랑 둘이 가시죠. 황야로."

말을 해놓고 황 방주가 입을 굳게 다물자, 어금니 부분이 툭 튀어나왔다. 흥분한 모양이었다. 나는 웃으면서 대꾸했다.

"나랑? 자신 있어?"

황 방주가 나를 보면서 말했다.

"자신 있는 정도는 아닙니다. 문주님 옆에서 싸우다가 도망가지 않고 죽는 모습까지는 보여드리지요."

황 방주가 주변을 둘러보면서 말했다.

"마침 이곳에 있는 강호의 형제들이 문주님과 제 대화를 다 들었습니다. 저는 내뱉은 말을 지키겠습니다. 어떠십니까?"

황 방주의 말대로 주변에 있는 자들이 전부 우리의 대화에 귀를 기울이고 있었다. 나는 손가락으로 뺨을 긁다가 황 방주의 요청에 응답했다.

"좋다. 가자. 둘이 가서, 마적들이 전부 뒈질 것인지 우리 둘이 죽을 것인지 확인해 보자고."

황 방주가 나를 노려보면서 물었다.

"제가 도망가지 않으면. 싸우다 죽든, 싸우다 살아남든 간에 인정

　　　…　　　광마회귀 3

해 주십니까?"

나는 술을 따르면서 대답했다.

"싸우는 거 봐야지."

"알겠습니다."

나는 일행에게 말했다.

"마시고 일어나자고. 내일 종일 싸울 수도 있으니. 쉬어야지."

모용백이 내게 무슨 말을 할 것처럼 보여서 나는 눈빛을 보냈다.

'이따 얘기하자.'

모용백이 입을 다문 채로 고개만 살짝 끄덕였다. 일행들과 함께 숙소를 알아보기 위해 일어나는데 손님들 틈바구니에서 누군가 물었다.

"젊은 문주께서는 어느 문파이십니까?"

모용백이 내 표정을 확인했다가 대신 대답했다.

"하오문주십니다."

걸어가는 와중에 뒤에서 여러 가지 말이 들렸다. 들어봤다는 말도 있었고, 그게 어떤 문파냐는 말도 있었다. 또한, 겨우 두 명이 마적을 치러 간다는 말을 믿지 못하겠다는 말도 귀에 박히는 것처럼 아주 잘 들렸다. 대꾸할 만한 가치가 없는 말들이어서 그대로 자리를 떴다.

\* \* \*

옆방에서 넘어온 모용백이 아까 하려던 말을 꺼냈다.

"문주님, 정말 둘이 가십니까? 저는요."

"셋이 가면 안 돼."

"둘보다는 셋이 낫지 않겠습니까."

나는 모용백을 바라보면서 덤덤한 어조로 말했다.

"그러면 내가 황 방주와 똑같은 놈이 되잖아. 문주와 방주, 둘이 가서 해결할 테니 이번에는 나서지 마."

모용백이 말했다.

"사실 문주님은 걱정이 되지 않는데 황 방주는 십중팔구 죽지 않겠습니까?"

"선생 말대로 황 방주가 죽을 수도 있고. 안 죽을 수도 있고. 나도 모를 일이다. 정말 실력이 허접하다면 내가 싸우는 도중에 몇 차례 살려줘도 어쩔 수 없이 죽게 되겠지. 마적이 적어도 백 명은 넘을 테니까."

"예."

"하지만 저딴 식으로 살아가는 것보다는 죽음을 각오한 채로 싸우는 게 낫지 않겠어? 자그마한 방파의 못난 수장이지만, 사내가 결정한 일이니 둘이 가서 해결하마."

"음, 그렇습니까?"

"내일 보자고."

"편히 쉬십시오."

모용백은 자신의 의견을 밀어붙이지 않은 채로 물러났다. 나는 침상에 가부좌를 튼 채로 눈을 감았다. 나는 운기조식에 돌입하기 전에 이런 생각을 잠시 했다. 마적이나 마교나 별반 다를 바 없다고.

세력이 크냐, 작으냐. 그 차이만 있을 뿐이라고 말이다. 운기조식에 돌입했다.

\* \* \*

나는 아침을 간단하게 먹은 후에 황 방주와 사거리를 벗어나서 황야로 이동했다. 황 방주는 아침을 먹을 때까지도 안색이 좋지 않았는데 막상 황야에 도착해서 말없이 걷기 시작하자 긴장이 조금 풀린 모양이었다. 나는 별다른 말을 하지 않은 채로 황야를 걸었다. 바람이 솔솔 부는 날씨인 데다가, 햇볕도 따갑지 않아서 싸우기엔 적당한 날이었다. 모용백이 내 손에 익은 흑묘아를 주겠다고 했으나 내가 거절했다. 문득 나는 황 방주의 허리에 있는 검을 확인한 다음에 물었다.

"황 방주, 무슨 검법을 익혔어?"

"무정검법無情劍法을 익혔습니다."

"뭐?"

"무정… 검법이요."

나는 멈춰 서서 황 방주를 바라봤다. 그대와 너무 어울리지 않는 검법 이름이 아니냐는 말이 목구멍까지 올라왔다가 내려갔다. 황가오는 오늘 황야에서 죽을 수도 있었기 때문에 여기까지 와서 갈구는 것은 적절하지 않았다.

"몇 수手야?"

"십칠수十七手입니다."

"누구한테 배웠나?"

"전대 대오방주님이 사부셨습니다."

"독문무공인가?"

"그렇습니다."

"독문무공이라서 남 앞에서 펼치는 게 꺼려지겠지만, 그대가 오늘 승천할 수도 있으니 지금 내 앞에서 내공 없이 펼쳐봐라. 구경해 봐야겠다."

"예."

황 방주가 거리를 조금 벌리더니 검을 뽑아서 수직으로 세웠다. 이어서 십칠수로 이뤄진 무정검법을 펼치기 시작했다. 나는 무정검법의 형形과 식式을 살펴보고, 황 방주의 자세와 수련의 깊이를 가늠해 봤다. 낯선 검법이어서 한눈에 들어오진 않았다. 황 방주가 십칠수를 전부 펼쳤을 때, 다시 요구했다.

"한 번만 더 보자."

"예."

황 방주가 이번에는 약간 천천히 무정검법을 처음부터 끝까지 펼쳤다. 시범이 끝나자마자, 나는 목검을 쥔 채로 무정검법의 여덟 번째 초식을 비슷하게 따라 하면서 물었다.

"이 동작은 왜 이렇게 구성이 된 거야? 뭔가를 쳐내는 식式인가?"

"전대 방주님이 유성낭인들과 자주 싸우다가 만드신 검법으로 알고 있습니다. 그래서 전반적으로 쇠사슬을 쳐내고 찌르는 동작들이 초식에 섞여있습니다."

그제야 조금 무정검법을 이해할 수 있었다.

"그렇군. 하지만 이런 검법을 다수와 싸울 때 펼치는 것은 말이 되지 않아. 일대일에서나 사용하고. 다수와 싸울 때는 회피, 보법 그리고 삼재검법三才劍法만 사용하도록 해. 군부의 장군들이 실력이 부족해서 병사들에게 삼재검법만 강조하는 것은 아니야. 어차피 전장에서 다수의 병력이 부딪칠 때는 그게 가장 효과적이기 때문이지. 실력이 뛰어난 적장은 어차피 장군들이 상대할 테니까."

"예."

"살아남으면 십칠수에서 특정 병장기를 상대하기 위해 만들어진 초식은 전부 날려버리도록 해. 십삼수十三手 정도로 줄여. 유성추와 같은 병장기는 오히려 기본적인 것을 더 극한으로 수련하고 상황에 알맞게 임기응변으로 대처해야지. 초식으로 대처하다가 수법이 빤히 읽히면 암기와 같은 변수에 당할 수 있다."

"참고하겠습니다."

"가자고."

나는 다시 황 방주와 황야를 거닐었다. 제법 걸었더니 이제 사거리도 보이지 않았고, 사람이 사는 흔적도 보이지 않았다. 그저 사방팔방이 온통 황야였다. 옆에서 걷고 있는 황 방주가 걱정스럽다는 어조로 내게 물었다.

"문주님, 죄송한 질문이나…"

"뭐."

"목검으로 괜찮으시겠습니까."

"빨리도 물어본다. 검 바꿀까?"

"아닙니다."

"안 바꿀 거면 왜 물어봤어."

황 방주가 난처한 표정으로 대답했다.

"제가 실력이 부족하니 진검을 쓰겠습니다. 그냥 왜 목검을 가져오셨나 해서 궁금해서 여쭤본 겁니다."

"내가 바보도 아니고 이런 곳에 목검을 가져왔겠어?"

문득 황 방주가 눈을 크게 뜬 채로 전방을 주시했다. 십여 명의 마적단이 꽤 떨어진 곳에서 이동하고 있었다.

"문주님."

"보고 있다."

나는 멀리 떨어진 마적 무리에서 누군가가 우리 쪽을 쳐다보자마자, 황 방주의 어깨를 잡아끌면서 반대 방향으로 돌아섰다.

"도망가자."

"예?"

"도망가자고. 이 새끼야."

나는 황 방주와 함께 방향을 바꾼 다음에 걷는 속도를 높였다. 황 방주가 다급한 어조로 말했다.

"아니, 왜 갑자기 도망을…"

나는 적당한 속도로 달리기 시작하면서 말했다.

"도망을 쳐야 적들이 쫓아오지. 너무 멀잖아. 말 타고 있는 놈들이 알아서 쫓아오겠지."

"…그렇겠네요."

황야를 건너는 올바른 방법은 약자 행세를 하는 것이다. 이렇게 하면 이곳이 비정한 곳인지 아닌지를 알 수 있다.

　　　　　…

"황 방주."

"예."

"저런 놈들은 약자를 발견하면 피가 솟구칠 거야. 죽이고, 뺏고, 배고프면 시체라도 구워 먹을 놈들이다."

"맞습니다."

"인원이 적은 것을 보면 수시로 황야를 오가면서 정찰하는 척후병이다."

도망가는 와중에 말발굽 소리가 점점 크게 들렸다. 나는 서서히 속도를 줄이다가 아예 멈춰 서서 다가오는 마적 무리를 바라봤다. 전방에서 양쪽으로 갈라진 마적들이 우리를 살피면서 지나가더니 금세 말머리를 돌려서 원형으로 포위하는 진형을 갖췄다. 나는 마적들의 차림새도 구경하고, 황 방주의 표정도 구경하다가 혼자 웃었다. 한 차례 마적들을 둘러본 다음에 말했다.

"형제들 안녕하신가? 황야를 건너는 중인데 통행세를 내야 하나?"

내가 친근한 어조로 묻자, 마적들이 저희끼리 바라보다가 웃음을 터트렸다. 여인의 장신구를 목에 잔뜩 두른 놈이 말했다.

"똑똑한 친구네. 돈이 되는 것은 전부 내려놓고 검도 이쪽으로 던져."

"통행세만 주고 넘어가면 안 되겠나? 그리고 검은 줄 수가 없네."

놈의 행색을 살펴보니, 여인들에게서 뺏은 분까지 얼굴에 바른 모양인지 드러나는 팔과 다리는 까무잡잡한데 얼굴만 유난히 하얀 상태였다. 이놈이 씨익 웃으면서 칼을 뽑았다.

"개소리 적당히 하고. 검부터 던져라. 쳐 죽이기 전에."

나는 화장을 한 마적 놈을 바라보면서 웃었다.

"굳이 이래야겠어?"

마적이 나를 향해 칼을 겨누면서 대답했다.

"웃지 마라. 입을 찢어…"

나는 허 장로가 선물한 목검을 뽑자마자 검기를 주입해서 얼굴에 분을 처바른 마적의 목을 쳐냈다. 푸악- 하는 소리와 함께 핏물과 머리통이 동시에 솟구쳤다. 마적들의 시선이 일제히 목 없는 시체로 향했다. 말 위에서 목 없는 시체 한 구가 바닥에 떨어지는 와중에 나는 어깨를 들썩이면서 웃었다.

"황 방주."

"예."

"죽이자."

나는 황 방주와 함께 마적들에게 달려들었다.

# 161.
## 욕 좀 해주세요

아직 이름을 정하지 않은 목검이 무척 가벼웠기 때문에 내 몸놀림도 덩달아서 가벼워졌다. 나도 가볍고, 목검도 가볍고. 덕분에 도약 한 번에 개구리처럼 뛰어다니면서 검을 휘둘렀다. 목검이 얇은 편이어서 병장기끼리 부딪치는 것은 의도적으로 피한 상태. 상대의 신체를 베면서 이동했다.

다리를 베고, 뛰어올라서 손을 베고. 이동하면서 칼을 피한 다음에 정확하게 마적의 발목만 잘랐다. 멈춰 세워놓았던 말 위에 있는 적들은 경쾌하게 움직일 수 없었기 때문에 검으로 베는 것이 더 수월했다. 그나마 경험이 많은 놈들이 급하게 말에서 뛰어내려서 칼을 휘둘렀으나, 나는 솟구쳤던 핏물이 땅을 적시기 전에 다른 핏물을 뽑아내면서 이동했다.

마적들을 일격에 죽이지 않고 가벼운 목검으로 난자하듯이 찌르고 베면서 이동한 상태. 그제야 마적 한 놈이 품에서 꺼낸 신호탄을 위로 치켜들었다. 나는 곧장 검기를 날려서 신호탄을 쥐고 있는 손 목을 반듯하게 잘라냈다.

*푸악!*

"*끄아아아악!*"

비명이 터지면서 잘린 팔을 붙잡은 마적이 지랄 염병을 하다가 황 방주가 휘두른 검에 목이 떨어졌다. 나는 황 방주의 싸움에 관심이 없어서 도망가는 놈들을 주시하다가 내공을 섞은 목소리로 말했다.

"그렇게 느릿느릿하게 도망을 갈 수 있겠어?"

대답 없는 질문을 던진 나는 눈앞에 있는 마적에게 달려들어서 좌장으로 머리를 박살 낸 다음에 땅에 착지하자마자 북쪽으로 달아 나는 마적을 향해 검을 집어던졌다. 공중에서 칼날에 불길이 휘감 겼다.

*쐐애애앵!*

짧은 시간 안에 도륙하려니, 나도 참 바빴다. 목검이 마적의 등을 관통하는 것을 확인하고, 돌아서서 반대편으로 도망가는 마적의 등 을 향해 이번에는 목검의 검집에 빙공을 주입해서 던졌다. 공중에서 하얗게 얼어붙은 검집이 날아가서 마적의 등을 관통했다.

*푸욱!*

고개를 돌려보니⋯ 황 방주가 마적 세 명과 동시에 겨루고 있었 다. 잠시 살펴보니, 황 방주는 가로 베기, 찌르기, 수직 베기로만 대 처하고 있었다. 가르쳐 준 대로 싸우고 있었으니 바보는 아니었던 모양이다. 나는 경공을 펼쳐서 돌진하다가 이리 새끼가 뛰어가는 것 처럼 자세를 낮춘 채로 날아가서 황 방주의 검을 쳐내고 있는 마적

⋯

의 발을 두 손으로 붙잡았다. 공포에 휩싸인 마적의 비명이 터졌다.

"으어, 으어어어!"

나는 빙공을 주입하면서 마적의 발을 붙잡고 들어 올려서 바닥에 패대기쳤다가 왼발로 면상을 박살 냈다.

퍽!

그대로 하반신이 얼어붙은 시체를 다른 마적에게 던지자, 화들짝 놀란 마적이 얼어붙은 시체에 칼을 박아 넣었다가 뽑아내질 못했다. 그사이에 달려든 황 방주가 마적의 목을 날리더니 도망치는 마적을 급히 쫓아갔다. 나는 주변을 둘러보다가 큼지막한 돌멩이를 주워서 마적의 뒤통수를 노리고 집어던졌다. 쇄도한 돌멩이가 황 방주의 옆을 스치고 지나가서 마적의 뒤통수에 적중했다.

퍽!

그대로 뒤쫓아 간 황 방주가 검을 휘둘러서 마적의 목을 쳐냈다. 난장판이었던 황야에 갑자기 찾아든 정적. 나는 그제야 제정신을 되찾은 다음에 말했다.

"다 죽었나?"

황 방주가 대답했다.

"예."

둘러보니 척후병에 속하는 마적들이 전부 죽은 상태. 검에 묻은 피를 털어내면서 황 방주가 나를 바라봤다. 그전에 놀란 말들은 한데 뭉쳐서 이미 멀리 달아나는 중이었다. 나는 손을 눈썹 위에 댄 채로 도망가는 말을 살폈다. 마적들의 본거지를 찾아가는 것인지 황야로 뿔뿔이 흩어지는 것인지, 당장 파악하는 것이 어려웠다.

"황 방주, 이리 와라."

황 방주가 급하게 달려와서 멈췄다. 나는 황 방주에게 할 일을 알려줬다.

"소지품 뒤져서 육포 같은 게 나오면."

"예."

"일단 검으로 조금 잘라내서 개미들이 많은 곳에 내려놓은 다음에 확인하고 먹어. 물도 마찬가지다."

"알겠습니다."

"그 밖에 챙길 거 있으면 챙기고 나서 시체에 흙을 살짝 덮어놔라. 어차피 황사 불면 시체는 곧 뒤덮인다."

"예."

나는 황야를 구경하면서 검과 검집을 회수했다. 그 사이에 황 방주는 시체에서 이것저것 챙긴 다음에 발길질로 시체를 덮고 있었다. 고작 척후조를 전멸시킨 것이기 때문에 기뻐할 이유도 없고 실망할 필요도 없었다. 문득 나는 검을 회수해서 돌아오다가 땅에 떨어진 신호탄을 주워서 살펴봤다. 줄을 잡아당겨서 쏘아 올릴 수 있는 원통이었는데 끝에는 붉은 깃털이 달려있었다. 마적들이 이런 것을 만들 수는 없을 테니, 습격을 당한 표국의 물품처럼 보였다. 나는 신호탄을 황 방주에게 건넸다.

"받아."

"예."

"본 주인이 마적들에게 죽은 모양이야."

황 방주가 신호탄을 물끄러미 바라봤다.

"…"

"아마, 표사가 이런 곳에서 터트려도 도와줄 사람이 없으리라 판단해서 그냥 품에 넣은 채로 싸우다가 뺏긴 모양이다."

황 방주가 신호탄을 품에 넣으면서 대답했다.

"제가 챙기고 있겠습니다."

우리 둘은 시체 근처에 앉아서 잠시 휴식을 취했다. 황 방주가 가죽 주머니를 내밀었다.

"물 좀 드세요."

나는 가죽 주머니를 받은 다음에 땅에 살짝 쏟아서 물을 확인한 다음에 목만 축였다. 황 방주가 말했다.

"육포 같은 것은 없었습니다."

나는 고개만 끄덕인 다음에 황야를 바라봤다.

"척후조가 또 있을 수도 있고. 이놈들이 돌아가지 않으면 살피러 나오는 놈들이 있을 거다. 상대해 보니 어때?"

"그렇게 어렵진 않습니다만 적의 수를 파악할 수 없어서 체력을 잘 안배해야 할 것 같습니다."

"이놈들이 전부 말을 타고 있어서 오히려 파고들면 공간이 남을 때가 많다. 반대로 전원이 말에 내려서 우리를 포위한 채로 싸우면 그때가 더 힘들 거야."

"예."

나는 황 방주의 표정을 살피다가 물었다.

"어떻게… 오늘 뒤질 거 같아?"

"제가 죽길 바라십니까?"

나는 웃으면서 대꾸했다.

"죽이고 싶었다면 내 손으로 죽였겠지. 하지만 살아남아서 이런 마적을 더 때려죽이는 게 나한테는 더 좋은 일이야."

황 방주가 고개를 끄덕이다가 내게 물었다.

"문주님, 젊으신데 왜 이렇게 경험이 많으십니까?"

"황 방주, 내가 그대보다 젊긴 하지만 살아남으려고 이런저런 짓거리 많이 해봤다. 너는 상납으로 편하게 돈을 버느라 몰랐을 테지만."

황 방주가 고개를 젖힌 채로 웃다가 가죽 주머니에 들어있는 물을 마셨다. 나는 황 방주의 몸 상태를 확인했다.

"공력은 어느 정도 남았나?"

"아직 멀었지요. 구 할 이상이 남았습니다."

나는 고개를 끄덕였다.

"칠 할 정도 남았나 보군."

허세가 있는 놈이라서 말을 곧이곧대로 믿을 수가 없었다. 황 방주가 내게 물었다.

"문주님은요?"

"나는 내공을 쓰지도 않았다."

역시 내 허세가 더 많은 편이어서 허풍이 더 섞였다. 황 방주가 고개를 끄덕이면서 말했다.

"검이 붉게 빛나고, 검집이 하얗게 물드는 것을 봤습니다."

"황야에서는 종종 헛것이 보이기 마련이야."

문득 황 방주가 고개를 숙이더니 땅에 귀를 댔다.

"…옵니다."

"와야지."

지평선이 맞물리는 곳에서 서너 명의 마적이 보였다. 놈들이 칼로 방향을 가리키고 있었는데, 그러는 사이에 마적이 십여 명으로 늘어난 상태. 문득 황 방주가 점점 늘어나는 마적을 보면서 한숨을 내쉬었다.

"문주님, 문득 자신감이 많이 떨어집니다. 욕 좀 해주실 수 있겠습니까?"

"어떻게 해줄까. 적당히? 아니면 쌍욕으로."

마적의 수가 점점 늘어나더니 금세 사오십 명으로 불어났다. 저희끼리 소리를 지르면서 퍼져있는 마적들을 불러 모으는 모양새였다. 속속 마적들이 합류할 때마다 칼끝이 가리키는 방향에는 황 방주와 내가 있었다. 황 방주가 점점 늘어나는 마적의 수를 헤아리다가 내게 말했다.

"쌍욕으로 부탁드립니다."

나는 목검을 쥔 채로 일어나서 지평선을 좌우로 채우고 있는 마적을 주시했다. 우두머리가 있는지 확인할 필요가 있었다.

"…자문홍귀는 없는 모양이군. 저런 놈들에게 죽으면 병신이다. 황 방주."

"예."

황 방주도 일어나서 검을 다시 뽑았다. 마적들이 아무런 규율도 규칙도 없이 칼을 높이 치켜들더니 고함을 내지르면서 말에 박차를 가했다. 순식간에 먼지가 피어오르더니 군대가 들이닥치는 것처럼 길쭉하게 늘어선 마적이 한꺼번에 몰려오기 시작했다.

"저 여기서 죽으면 병신입니까?"

"상병신이지."

"뭐… 작전 같은 거 없습니까?"

"없다. 제갈량이 와도 없을 거야."

문득 황 방주는 허탈한 감정이 섞인 탄식을 내뱉었다. 나는 목검을 붙잡은 채로 염불을 외우듯이 말했다.

"불쌍한 말馬들아. 내세에는 축생으로 태어나지 말아라."

나는 짐승들이 성불하기를 바라면서 황 방주를 지나쳐서 앞으로 걸어 나갔다. 마적들이 저렇게 소리를 고래고래 내지르는 것은 저놈들도 죽음을 각오했기 때문일까. 알 수가 없었다. 나는 일렬횡대로 파도처럼 밀려드는 전방의 마적을 향해 다가가면서 목검을 뽑았다. 이어서 발검식, 목계 공력, 외공을 섞어서 만든 검기를 지평선처럼 뽑아내서 휘둘렀다.

*쐐애애애애애앵!*

반듯하게 쏟아진 반달 모양의 검기가 낮게 깔린 채로 뻗어나가서 달려오는 말들의 다리를 적중시켰다. 삽시간에 말의 다리가 일제히 잘려나가면서 그 위에 있던 마적들이 앞으로 고꾸라졌다. 뒤이어서 밀려오던 동료 마적들이 바닥에 떨어진 자들을 마구잡이로 짓밟으면서 이동하다가 이열二列과 삼열三列까지 마구잡이로 뒤엉켜서 허물어졌다. 나는 그제야 경공을 펼치면서 달려 나갔다. 문득 전생의 마음가짐이 가슴 가득히 휘몰아쳐서 광마로 불리던 때처럼 주둥아리를 편하게 열었다.

"…항복은 받지 않는다. 무릎 꿇어도 소용없고. 도망치는 놈부터 쫓아가서 때려죽이고. 용감하게 덤비는 놈은 고통 없이 죽여주마."

아, 치솟는 광기狂氣. 내가 회귀를 했던 것인지, 아니면 만장애의 절벽에서 그대로 삶이 이어졌던 것인지 금세 혼란스러워졌다. 내뱉고 들이마시는 호흡마다 살기가 겹겹이 더해지는 상태. 왜 이런 개새끼들이 태어나서. 매번 때려죽이고, 잘라 죽여도 끝이 없는 것일까. 스스로 지옥문을 젖힌 채로 들어가는 심정을 오랜만에 느꼈다.

언젠가 내가 내지르는 사자후獅子吼 한 번에 일백一百, 일천一千 아니 일만一萬의 적들이 기절하는 광경을 보면 소원이 없겠다. 결국에 내가 더 미치지 않으려면 지금보다 까마득하게 경지가 더 높아지지 않으면 안 될 터였다. 오른손에 쥔 목검에 염화향을 휘감고. 어느덧 새카맣게 밀려드는 마적들을 바라보다가, 나는 황야에서 하늘로 뛰어올랐다.

하늘에 닿을 리 없겠으나, 힘이 닿는 데까지 솟구쳐 올랐다. 뛰어오른 궤적이 정점에 닿았다고 느꼈을 때, 나는 몸을 애써 웅크린 채로 검과 몸짓으로 만들어 낸 광풍狂風에 내 몸을 맡겼다. 이제 나는한 덩어리의 구체球體. 내 광기의 모양도 구체였다. 나는 그 구체에서 마음을 관통한 뼛조각처럼 튀어나온 검을 휘두르면서 공처럼 회전했다.

검에서 퍼져나간 염화향이 사방팔방으로 흩어지면서 죽은 자들이 내지르는 길쭉한 비명이 나를 위로해 줬다. 좋다. 죽을 놈들은 죽어야지. 잘 가라, 마적들아. 죽어라, 마적들아. 성불해라, 말들아. 나는 내가 할 수 있는 데까지 맹렬하게 회전하다가 바닥에 착지해서 웃음을 터트렸다.

"기왕 이렇게 된 거. 다 죽어라."

나는 내 신체 상태를 고려하지 않은 채로 검을 휘둘렀다. 검으로 직접 갈라서 죽이고 싶으면 그렇게 했고. 검기를 날리고 싶으면 검기를 날렸다. 도망가는 놈은 쫓아가서 죽이고. 맞서는 놈은 때때로 장력을 쏟아내서 상반신을 통째로 뜯어냈다. 공력을 너무 소비했다는 판단이 들어서 제정신이 들 때마다 정직하게 검을 휘둘러서 마적들의 신체를 베면서 이동했다.

베고, 찌르고, 가르고. 자르고, 뚫고, 해체했다. 문득 한바탕 지랄을 했더니 일그러진 표정으로 도망을 치는 마적들이 너무 많아진 상태. 나는 목검에 잔월빙공을 휘감은 채로 사방팔방에 냉기를 뿌렸다. 도망가는 놈들이 너무 많은 데다가 방향도 제각각이어서 이제는 나도 어지러웠다. 순간, 옆으로 지나가는 말에 올라타서 도망치는 마적들을 추격하기 시작했다.

"…도망치지 마라."

마적들에게 다급하게 경고했으나, 도망치는 놈들이 너무 많아서 내 말에는 무게감이 전혀 없었다. 나는 전생에 봤었던 마적단을 흉내 내듯이 말을 거세게 몰아서 달리다가 양발로 말의 몸통을 조여서 지탱한 다음에 우측으로 기울어져서 달려가고 있는 마적의 목을 쳐냈다. 순간, 열이 뻗쳐서 마적들을 향해 고함을 내질렀다.

"야, 이 개새끼들아! 도망가지 말라고!"

나는 그대로 말에 박차를 가한 다음에 도망가는 마적의 등을 말의 앞발로 쳐서 짓밟았다. 어디선가 익숙한 목소리가 들려서 바라보니 낯익은 얼굴이 내 쪽으로 달려오면서 고래고래 고함을 내지르고 있었다.

"문주님! 문주님!"

나는 미간을 좁힌 채로 대꾸했다.

"왜? 안 싸우고 뭐 하는 거야?"

수하 놈이 내 말을 가볍게 무시하더니 주변을 둘러봤다. 그제야 나는 수하의 시선을 따라서 주변을 확인했다. 당장 수를 헤아릴 수 없는 시체가 사방팔방에 널브러져 있고, 그 너머로 마적들이 뿔뿔이 흩어지고 있었다. 수하 놈이 내게 성질을 냈다.

"싸울 놈이 있어야 싸우지요!"

순간, 나는 심호흡을 한 다음에 고개를 끄덕이다가 수하 놈의 얼굴을 찬찬히 바라봤다. 가만히 생각해 보니, 전생 하오문 시절에 거뒀던 수하가 아니었다.

"너, 황 방주였구나."

황 방주가 내게 소리를 버럭 내질렀다.

"뭔 개소리예요? 황 방줍니다!"

"왜 지랄이냐. 흥분하지 마라."

"…하."

나는 올라타고 있는 유난히 침착한 말의 뒷머리를 쓰다듬으면서 말했다.

"와, 말 한 마리 살렸네. 착하고 튼튼한 놈이다."

황 방주가 기가 찬다는 표정으로 내게 말했다.

"지랄 났네. 진짜."

## 162.
## 어둠처럼
## 미치는 게 아니라

나는 말 위에서 황 방주를 걷어찼다.

"이 새끼는 욕을 해달라고 하더니 본인이 하고 있네."

얼굴을 붙잡고 일어난 황 방주가 말했다.

"아, 너무 흥분하신 것 같아서 일부러 그랬습니다."

내가 널브러진 마적의 시체를 둘러보는 사이에 황 방주가 한 방향을 가리켰다.

"저쪽으로 유난히 많이 도망을 쳤습니다. 거점이 있을 겁니다."

"전부 거점으로 도망치는 거 같진 않던데."

"그러게요. 이유를 모르겠습니다."

나는 황 방주의 상태를 확인한 다음에 말했다.

"당장 쫓을 필요 없으니 잠시 쉬어라."

"예."

나는 말에서 내린 다음에 말 엉덩이를 후려쳐서 황야로 보냈다.

황 방주가 어리둥절한 표정으로 말했다.

"문주님, 왜 보냅니까? 튼튼하다면서요."

"살려줄 자신이 없으면 보내줘야지."

나는 마적의 시체에 달린 가죽 주머니를 하나 끌어내어서 바닥에 뿌려본 다음에 마셨다. 이번에는 갈증이 느껴졌기 때문에 물이 달았다. 정신이 잠시 나가있었다면 광증이 재발했다는 뜻이어서 나는 잠시 가부좌를 틀고 마음을 가라앉혔다. 광증의 발동 조건은 대부분 기억일 것이다. 나는 전생에도 마적과 겨뤄봤었고. 당시의 기억이 회복되면서 잠시 광마의 마음가짐을 지녔던 것 같다.

전생에는 광마라는 별호를 얻었을 무렵에 의도적으로 안 좋은 기억들을 떠올리지 않았었다. 미치면 나도 곤란해지기 때문이다. 이런 광증은 금구소요공의 목계를 수련하면서 비교적 차분하게 가라앉힐 수 있었는데 뜻하지 않게 이런 순간에 광증에 휩싸일 줄이야. 아마도, 내가 전생에 마적을 상대했던 시기가 금구소요공을 익히기 이전이라서 그럴 것이다.

나는 다사다난했던 사내다. 애써 잊으려 했던 일들이 많고, 지금처럼 뜻하지 않게 떠오를 때도 있다. 문제는 전생의 광마가 너무 어두운 분위기로 종종 미쳤기 때문에 나는 지금 최대한 밝게 미쳐보려고 애를 썼다. 둘이 무슨 차이가 있을까? 모르겠다. 그냥 본능이 그렇게 말해주고 있었다. 밝게 미치라고…

어둠처럼 미치는 게 아니라 빛처럼 미쳐야 한다. 방금 싸움을 천천히 짚어보니 찰나의 순간에는 황 방주도 알아보지 못했던 것 같다. 예전에는 늘 있던 일이어서 놀랍지도 않다. 나는 문득 황야를 바라보면서 불쌍한 전생의 광마, 어둠처럼 미쳤었던 나를 위로했다.

'미친 새끼… 불쌍한 새끼.'

그때의 나와 지금의 나는 다르기에, 이상한 말이기는 하지만 나는 전생의 나를 위로했다. 자하야, 미치지 말자. 광증에 사로잡히지 말자. 지금의 나는 다르다. 나는 애써 전생의 광마와 지금의 이자하를 구분 지었다. 잠시 후에 심호흡을 하면서 황 방주도 바라보고, 내 손으로 때려죽인 마적들의 시체도 별 감정 없이 바라볼 수 있었다. 내게 강 같은 평화, 내게 설산雪山 같은 냉정함. 나는 만장애에서 나를 과거로 돌려보냈던 사내가 무신武神이라 생각하면서 그에게 기도를 올렸다.

'무신 형님, 저를 보살펴 주소서. 시험에 들게 하시되 광증에서 구하시옵고. 왼쪽 뺨을 맞으면 상대의 양쪽 뺨을 때릴 수 있게 하시고. 강해지기 전까지 삼재를 피하게 하시고. 회귀에 대한 보답으로 오악五惡을 때려죽여 바치겠나이다. 주화입마는 내 적들에게만 찾아오기를… 아수라발발타.'

기도를 드린 다음에 정신을 차리는 것도 실력이라 생각하자, 마음이 이내 차분해졌다. 잠시 후 눈을 뜬 다음에 황 방주를 바라보다가, 나도 모르게 깊은 한숨이 저절로 흘러나왔다.

"…주화입마가 지나갔다."

황 방주가 고개를 끄덕였다.

"축하드립니다."

"축하까진 아니고."

"문주님이 갑자기 무슨 원수들 만나서 싸우는 것처럼 보여서 저도 놀랐습니다."

나는 고개를 끄덕였다.

"마적이 그럼 원수지. 친구겠냐."

"그 말이 아니고요."

"닥쳐라."

"예."

"다수의 적과 싸울 때 종종 이럴 때가 있으나 나는 문제없다."

"알겠습니다."

잠시 후에 황 방주가 궁금하다는 것처럼 물었다.

"아, 그럼 무림맹과 함께 싸울 때도 이러셨습니까?"

"아니."

"그때는 침착하게 싸우셨나 봅니다."

"그것도 아니지."

"어떻게 싸우셨는데요."

"그냥 한 방에 다 죽였다."

문득 황 방주가 억울하다는 표정으로 나를 바라봤다.

"..."

"왜?"

"아닙니다."

"황 방주, 나는 이런 마적보다는 죄 없는 말을 죽이는 게 더 마음에 걸려. 내가 이상한가?"

"뭐 그럴 수도 있죠. 이상하긴 하네요."

"하나만 해라."

황 방주가 웃음을 터트렸다.

"핫핫핫…"

나는 일어나서 엉덩이를 털었다.

"가자. 이러다가 우리도 마적이 될 수도 있는 위험한 상황이다. 빨리 죽이고 황야를 떠나야지."

"알겠습니다."

나는 바닥을 살피면서 추적에 나섰다. 군데군데 핏물이 보일 때도 있고, 장신구가 떨어져 있을 때도 있고, 버리고 간 병장기도 있었다. 나는 먹이를 찾는 사람처럼 어슬렁거리고 있는 황 방주에게 말했다.

"창 같은 거 발견하면 주워서 줘라."

"안 보입니다. 창도 쓰십니까?"

"나는 못 다루는 병장기 빼고 다 다뤄."

황 방주가 진지한 표정으로 나를 바라봤다.

"문주님."

"왜."

"괜찮으시죠?"

나는 멋쩍게 웃었다가 고개를 끄덕였다. 이리저리 살피면서 걷던 황 방주가 말했다.

"저는 이제 좀 마음이 편해집니다."

"그러면 안 돼. 이대로 우두머리를 찾을 수 없으면 자문홍귀가 겁을 먹은 것이겠지만. 패주하는 수하들을 보고 열이 받아서 나타나면 어느 정도 실력이 있다는 뜻이다. 죽은 놈들보다는 실력이 있겠지."

* * *

　잠시 후에 나는 황 방주와 함께 황야를 물끄러미 바라볼 수밖에 없었다. 도망가는 마적들을 일부 발견했는데, 어처구니없게도 다른 마적에게 죽고 있었기 때문이다. 복장과 분위기는 비슷했다. 경쟁하는 마적끼리 싸우는 게 아니라, 지휘관들이 패잔병들을 명령 불복종으로 죽이는 것처럼 보였다. 심지어 패잔병들도 칼을 휘둘러서 대항했으나 대부분 칼을 몇 번 휘두르다가 목이 잘려서 죽거나 도망쳤다.

　희한하게도 이놈들은 단체로 노래를 부르면서 부하들을 잔인하게 죽였다. 그 노래 사이에 웃음도 섞여있었다. 암기를 던지면서 도주하는 마적의 말을 적중시켜서 쫓아가기도 하고. 상대방의 말 위로 달려들어서 상대방을 죽임과 동시에 말을 뺏는 모습도 보였다. 요약하면, 마적 무리에서는 제법 잘 싸우는 놈들이 등장한 상태. 황 방주가 말했다.

　"저기 웃으면서 구경하고 있는 놈이 자문홍귀 같습니다."

　황 방주의 말이 끝나자마자 자문홍귀로 추정되는 놈도 우리를 바라보더니 무어라 말을 했다. 그러자 패주하던 마적들을 죽이던 지휘관들이 자문홍귀 주변에 모여서 시끄럽게 떠들기도 하고 종종 웃음을 터트렸다. 나도 헛웃음이 나와서 웃는 얼굴로 마적들의 수뇌부를 바라봤다.

　"웃어?"

　이내 예닐곱 명의 마적들이 우리 쪽으로 달려오기 시작하자, 황 방주가 내게 물었다.

"문주님, 제가 몇 명을 맡을까요."

"뒤지지나 말아라."

"예."

마적들이 거리를 좌우로 벌리더니 진형을 넓게 갖추면서 달려왔다. 거리가 좁혀지자 마적들의 표정이 보였다. 여전히 다들 웃고 있었다. 이번에는 맹렬하게 속도를 높인 마적들이 우리를 둘러싼 채로 원을 그리면서 달렸다. 나는 한숨이 나왔다.

"어휴, 병신들."

나는 목검을 왼손에 쥐고 있다가 황 방주를 향해 암기를 던지려는 놈을 보자마자 검을 뽑아서 허공에 그었다. 팔 하나가 공중으로 날아가면서 비명이 터졌다. 내가 웃자, 자문홍귀가 말을 멈춰 세웠다. 이어서 원형으로 포위망을 구축한 마적들이 말을 멈추고. 팔 잘린 놈이 비명을 계속 내질렀다. 자문홍귀가 말했다.

"시끄러워."

이어서 암기가 서너 개 날아가더니 팔 잘린 놈을 적중시켜서 말에서 떨어뜨렸다. 자문홍귀가 내게 말했다.

"해결사야? 표국이 고용했나?"

나는 코를 후비면서 자문홍귀의 기도를 살폈다.

'황 방주보다는 강하네.'

둘러보니 중원인들과 약간 생김새가 다른 자들이 뒤섞여 있었다. 딱히 말을 섞을 필요가 없는 놈들이었다. 순간, 수뇌부들이 말을 박차고 솟구치더니 일제히 우리에게 덤볐다. 공중에서 쇠사슬이 날아

…

오고, 고리가 달린 환도가 뽑혔다. 나는 쇠사슬을 검집으로 쳐내고, 괴상한 궤적으로 날아온 환도는 검으로 쳐냈다. 병장기가 다양했다.

두 명의 수뇌부가 황 방주에게 달려들고, 자문홍귀를 포함한 네 명의 마적이 내게 달려든 상황. 이번에는 일검一劍에 한 명씩 죽일 수 없었다. 나는 눈을 크게 뜬 채로 마적들의 합공에 대처했다. 공중에서 침이 날아오고, 암기가 근거리에서 불쑥 튀어나왔다. 발로 땅을 차서 흙을 내 얼굴로 뿌리는 놈도 있었고, 집요하게 다리만 노리면서 쇠사슬을 휘두르는 놈도 있었다.

그사이에 쌍칼을 뽑은 홍귀가 적절하게 치고 빠지면서 나와 병장기를 부딪쳤다. 몸을 회전하는 사이에 황 방주를 확인해 보니 두 명을 상대로 맹렬하게 검을 휘두르고 있어서 미소가 절로 나왔다. 병신처럼 살다가 죽느니… 이런 싸움 한번 해보고 죽는 게 낫다. 나는 황 방주를 도와줄 생각이 없어서 나를 포위한 놈들에게 다시 집중했다.

근접거리에서 검기를 쏟아내고 장력을 분출하자… 거대한 대도로 검기를 막아내던 놈이 뒤편으로 날아가고, 장력을 막아낸 놈도 땅바닥을 굴러가면서 멀어졌다. 하지만 어쨌든 다들 내공을 익힌 상태. 강호에서 무공을 익혔다가 마적이 된 모양이었다. 그 틈에 홍귀가 맞상대를 하겠다는 것처럼 달려들자… 잠시 일대일의 상황이 벌어졌다.

가까이서 보니 홍귀는 이들과 달리 중원인처럼 보였다. 이마에 낙인이 찍혀있고, 그 주변에 문신이 더해진 상태. 이마의 낙인이 오래된 것을 보면 역적의 집안이거나 관의 감옥에서 탈옥한 놈처럼 보였다. 특히 쌍칼을 휘두르는 모양새가 경험에 의존하는 것이 아니고 정식으로 배운 도법刀法처럼 보였다. 어쨌든 혼자서 마적 오륙십 명은 어렵지 않게 도살할 수 있는 실력이었다.

나는 얇은 목검이 부러질 위험이 있어서 시종일관 목계의 기를 주입해서 싸웠다. 하지만 이 목검 때문에 놀란 것은 나 자신이었다. 홍귀가 휘두르던 쌍칼이 거의 동시에 목검과 정확하게 부딪치자마자 잘려나가고… 매우 놀란 홍귀가 나를 바라봤다. 물론 놀란 것은 나도 마찬가지.

'보검寶劍이네.'

홍귀가 부러진 쌍칼을 쥔 채로 뒤로 물러나자, 공수 교대를 한 다른 마적들이 동시에 달려들었다. 순간, 나는 진각震脚을 밟았다. 땅이 살짝 내려앉고, 먼지가 사방팔방에서 떠오를 때. 현월빙공을 휘감은 목검을 매화식으로 전방에 뿌렸다. 검풍에 뒤섞인 먼지가 사방팔방으로 뻗어나가고, 그 틈에 섞인 현월빙공의 기운이 먼지를 만천화우처럼 만들었다.

시야가 흐릿한 와중에… 퍼버버버버버버버벅… 하는 소리와 비명이 함께 터졌다. 나는 좌장을 휘둘러서 먼지를 날려버린 다음에 도망가는 홍귀를 바라봤다. 고개를 돌려보니 여전히 황 방주는 떨어진 곳에서 마적 두 명을 상대로 치열하게 겨루고 있었다. 쫓아가서 홍귀를 죽이는 게 맞을까. 아니면 황 방주부터 살려줘야 할까. 어느 쪽이 더 빛처럼 밝게 미치는 것일까?

'내가 조금 더 바쁘게, 더 열심히 살자.'

나는 낄낄대면서 황 방주에게 합류했다. 내가 목검을 치켜든 채로 등장하자마자 싸우던 놈들이 겁을 집어먹는 게 보였다.

⋯

"황 방주, 내가 왔다."

황 방주가 다급하게 대꾸했다.

"문주님, 제발 좀… 도와… 줘!"

나는 일직선의 검기를 날려서 마적의 손을 쳐내고, 좌장으로 흡성
대법을 펼쳐서 다른 마적의 다리를 끌어당겼다. 그사이에 황 방주의
검이 오×모양으로 번쩍이더니 마적의 목을 연달아 쳐서 날렸다. 황
방주가 가슴을 들썩였다.

"하아…"

나는 지쳐서 허리를 숙이고 있는 황 방주의 뒷덜미를 붙잡았다.

"가자."

"잠시만요."

"가자. 이 새끼야. 홍귀 한 놈 남았어."

나는 황 방주의 엉덩이를 발로 찬 다음에 말했다.

"가자. 뛰어."

"예."

                            * * *


나는 잠시 후에 황야를 달리고 있었다. 전방에는 홍귀가 도망가고
있는 상태. 내 뒤에서는 황 방주가 헉헉대면서 쫓아오고 있었다. 황
야의 지평선을 향해… 황 방주, 나, 그리고 홍귀가 두 시진째 달리고
있는 상태.

"황 방주, 빨리 와라."

이제 황 방주는 헉헉대는 숨소리밖에 내뱉질 못했다. 문득 하늘을 바라보니 서서히 해가 지고 있었다. 잠시 후 휘청거리던 홍귀가 도저히 못 달리겠다는 것처럼 허리를 굽힌 채로 헐떡였다. 하지만 나는 아직 멀쩡했다. 홍귀를 바로 죽이는 것보다는 황 방주를 수련시키느라 일부러 달렸던 상태. 나는 지쳐서 쓰러질 것처럼 보이는 홍귀에게 다가가서 황 방주를 불렀다.

"빨리 안 와?"

갑자기 홍귀가 무릎을 꿇더니 내게 양손을 올리면서 말했다.

"살려다오."

나는 홍귀를 내려다보면서 대꾸했다.

"…내가 왜?"

"수하가 되겠다."

나는 잔잔한 어조로 대답했다.

"자신의 수하를 죽이는 놈은 나도 수하로 받지 않아. 그냥 죽어."

"하아…"

나는 황 방주에게 소리를 버럭 내질렀다.

"빨리 안 와!"

순간 쌍욕을 입에 담은 황 방주가 온 힘을 다해서 검을 집어던졌다. 쐐앵 소리와 함께 날아온 검이 홍귀에 목에 꽂히자마자, 근처까지 달려왔던 황 방주가 앞으로 고꾸라졌다. 황 방주가 바닥에 고개를 처박은 채로 숨을 헐떡였다. 나는 홀로 황야에 서서 죽은 놈과 헐떡이는 놈을 바라보다가 박수를 보냈다. 웃음이 절로 나왔다.

"좋았다."

# 163.
## 꽃처럼
## 아름다운 불꽃

나는 쉽게 일어나지 못하는 황 방주를 바라봤다.

"황 방주, 체력이 약하네."

황 방주가 하늘을 바라보는 자세로 돌아누운 다음에 대답했다.

"…백년하수오를 안 먹었으면 달리다가 죽었을 겁니다."

나도 바닥에 앉았다.

"고생했다."

"예."

황 방주는 누워서 하늘을 바라보고, 나는 고요해진 황야를 바라봤다. 삭막한 황야를 바라보고 있으려니 문득 검마가 떠올랐다. 내가 아는 바로는 검마의 마음도 이런 황야나 다름이 없기 때문이다.

'지금쯤이면 허 장로의 병문안을 하러 갔을까.'

모를 일이다. 사실 검마의 상태도 정상은 아니기에 환자가 환자를 병문안 가는 것도 자연스러운 일은 아니었다. 검을 붙잡고 있다가 깨달음을 목전에 둔 상황이라면 아예 색마 놈이 소식을 알리지 않았을 가능성도 있었다. 검마는 사실 병명病名도 없다. 그는 검을 생각하는 심각한 태도 자체가 병病이라서 검마가 된 사내일 테니까 말이다. 누워있는 황 방주가 내게 물었다.

"하오문은 어떤 문파입니까?"

황야를 바라보다가 상념에 빠져있었던 나는 황 방주의 말에 간략하게 답했다.

"이런 일 하는 문파."

"…그렇군요. 황야에서 숨이 넘어갈 정도로 달리게 한 다음에 제가 죽이게 만드는 그런 일을 말씀하시는 것이죠?"

"네가 죽이는 것과 내가 죽이는 것은 결과가 달라. 나는 명성이 필요한 사내가 아니야. 마적의 대장을 때려잡은 것은 대오방을 이끄는 방주가 한 것으로 치자고."

"감사합니다. 두목은 실제로 제가 죽였으니까요. 세상 사람들은 알지 못하겠지만 말입니다."

나는 하늘을 물끄러미 올려보다가 황 방주에게 물었다.

"아직 신호탄 가지고 있나?"

"예."

"꺼내."

황 방주는 하늘을 바라보는 자세 그대로 품에 손을 넣어서 신호탄을 꺼냈다.

"드릴까요?"

"아니, 잠시 가지고 있어라."

나도 잠시 황야의 땅에 드러누워서 하늘을 올려다봤다. 해가 떨어지다가 어딘가에 잠시 들렀는지 하늘에 빛이 희미하게 남아있었다. 바라보는 것이 적당한 하늘빛이 물러나면 이내 빼곡하게 자리를 잡은 별이 등장할 터였다. 잠시 후 나는 쏟아질 것처럼 빛나는 별이 등장하기 직전에 황 방주에게 말했다.

"지금이다."

"뭐가요?"

"불꽃을 구경하기에 적당한 하늘이야."

"아, 터질까 모르겠습니다. 쏩니다."

황 방주가 누운 자세에서 신호탄을 하늘로 올리더니 밑에 달린 줄을 붙잡아서 당겼다. 순간, 화약이 터지면서 바람 가르는 소리와 함께 탄약 같은 것이 공중으로 솟구쳤다. 그리 높게 솟구치진 못했으나 펑- 하는 소리와 함께 탄약에서 재차 터진 불꽃이 하늘에 피는 꽃처럼 만개했다. 나는 꽃처럼 아름다운 불꽃을 바라보다가 말했다.

"표국의 신호탄이 맞는 것 같군."

"그렇습니다."

완성도가 다소 떨어지는 투박한 신호탄이라서 그렇다. 무림맹과 같은 단체의 신호탄은 저것보다 완성도가 더 높다. 어쨌든 신호탄을 가지고 있었던 표사의 복수는 나와 황 방주가 대신한 상태. 나는 신호탄의 잔해가 공중에서 흩어지는 것을 보면서 말했다.

"그래도 신호탄을 쏘는 게 나았을 텐데."

"어째서요?"

"혹시 모르지. 나 같은 놈이 이렇게 누워있다가 구해주러 갔을 수도."

"..."

"어쨌든 이름 모를 표사들, 우리가 복수했으니 편히 쉬라고."

황 방주도 본 적이 없는 표사들에게 작별을 건넸다.

"편히들 쉬시오."

나는 어두워지는 하늘을 바라보다가 황 방주의 상태를 확인했다. 사실 더 어두워지기 전에 일어나서 걸어야 하는 순간이었다. 그러나 황 방주가 말없이 하늘을 보고 있어서 그냥 잠시 내버려 뒀다. 순식간에 밤하늘에 별이 가득했다. 나는 별을 바라보다가 중얼거렸다.

"별이 왜 이리 많냐."

그제야 황 방주의 입이 열렸다.

"그러게 말입니다."

황 방주가 몸을 일으켜서 앉더니 나를 바라봤다. 무슨 말을 하려는가 싶어서 선수를 쳤다.

"닥쳐라."

"예."

"..."

"근데 제가 무슨 말을 할 줄 아시고 닥치라고…"

"내 알 바 아니니까 닥쳐."

"예."

"앞으로 이 마적들처럼 못나게, 못되게 살지 않으면 돼. 다짐은 소용이 없다."

황 방주가 손으로 마른세수를 하다가 말했다.

"문주님, 제가 나중에 화양표국을 찾아가서 사과하겠습니다."

"알아서 해."

문득 나는 적막한 황야에 들리기 시작하는 말발굽 소리에 몸을 일으켜서 고개를 돌렸다. 한두 필의 말이 아니었다. 황 방주가 황당한 표정으로 입을 열었다.

"아… 더 있나 봅니다."

황야에 당장 알아들을 수 없는 외침이 울려 퍼지고 있었다. 잠시 후 횃불이 일렁이면서 다수의 말발굽 소리가 들렸다. 황 방주가 몸을 일으키더니 검을 붙잡았다. 나는 그런 황 방주를 바라보면서 웃었다.

"기운이 남았나?"

"죽어줄 수는 없죠."

접근하는 자들이 마적일 확률은 극히 낮다. 내가 그렇게 때려죽이고, 수뇌부까지 몰살했는데 정신을 차려서 다시 덤빌만한 놈들이 아니기 때문이다.

"황 방주."

"예."

나는 황야에서 방황하고 있는 불빛을 바라보면서 말했다.

"신호탄을 쐈더니 우리를 구해주러 온 모양이다."

"예? 그럴 리가요."

잠시 후 횃불을 들고 있는 사내가 말을 타고 지나가다가 우리를 발견했다.

"…여기 계십니다! 하하하…"

당연히 나는 모르는 사람이었다. 하지만 나와 황 방주를 보면서 웃음을 터트리면서 반가워하더니 손을 번쩍 든 채로 횃불을 이리저리 움직였다.

"여깁니다!"

황 방주가 나를 바라봤다.

"문주님?"

나는 예상하는 대로 황 방주에게 말해줬다.

"객잔에 있었던 사람들이잖아. 내가 말했지. 도와주러 온 것이라고."

황 방주는 순간 긴장이 확 풀리면서 감정이 이상해졌는지 한 손으로 얼굴을 덮었다. 그사이에 가장 먼저 도착한 사내가 내게 물었다.

"문주님, 한참 찾았습니다. 마적의 시체가 군데군데 많아서 근처에 있다고 생각했는데 너무 오래 걸려서 찾았군요."

나는 고개를 끄덕이면서 웃었다.

"어떻게 찾으셨소?"

"하늘에서 신호탄이 터지기에 혹시나 해서 왔습니다."

사내의 말이 끝났을 때 횃불을 든 사람들이 시끌벅적하게 몰려들었다. 당연히 모용백도 끼어있었다. 내가 엉덩이를 털고 일어나자, 모용백이 슬며시 웃으면서 말했다.

"문주님, 고생 많으셨습니다. 저희가 지원이 늦었군요."

이미 내가 마적을 대부분 몰살한 것을 아는 모양이었다. 우리를 찾으러 온 사내들이 궁금하다는 것처럼 물었다.

"혹시 홍귀도 죽었습니까?"

···

나는 대답하기 싫어서 일부러 황 방주를 바라봤다. 황 방주가 어쩔 수 없이 입을 열었다.

"예, 가장 마지막에 이곳에서 죽었습니다. 사실은…"

황 방주가 무어라 하기도 전에 횃불을 들고 있는 사내들이 일제히 환호성을 내질렀다. 욕설과 기쁨이 뒤섞인 환호성이어서 황 방주의 말이 이내 묻혔다. 사람들의 감사 인사는 나와 황 방주에게 골고루 전해졌다. 황 방주님 고맙다거나, 하오문주님 감사하다거나… 뭐 어쨌든 그런 말들이었다. 무리에서 한 사내가 말을 끌고 오더니 내게 말했다.

"문주님, 타십시오. 제가 동료와 타고 가겠습니다."

나는 사양하지 않은 채로 말에 올라탔다. 다른 사내가 똑같이 황 방주에게 말을 양보하더니 동료의 말에 올라탔다. 한 사내가 선두로 나서더니 횃불을 치켜들면서 외쳤다.

"돌아갑시다! 따르시오!"

사람들이 호통을 내지르듯이 말하면서 기쁨을 나눴다.

"오늘 한잔하는 건가?"

"오늘 술이 좀 모자랄 것 같은데."

사내들의 농담이 떠들썩하게 뒤섞인 채로 우리는 말에 박차를 가했다. 횃불을 쥐고 있는 자들이 자연스럽게 외곽으로 빠져서 달리고. 횃불이 꺼진 사람들과 나, 황 방주, 모용백은 불꽃의 호위를 받으면서 중앙에서 달렸다. 나도 한밤중에 일렁이는 불꽃에 둘러싸인 채로 달리는 것은 처음이어서 가슴이 그야말로 시원했다. 내가 굳이 크게 웃지 않아도 사람들이 크게 웃으면서 말을 몰았다. 말을 몰면서 둘러보니 모용백도 웃고 있고, 황 방주도 웃음을 터트리고 있었다.

* * *

도저히 피할 수 없는 술자리가 있다. 지금이 그렇다. 모든 사람이 바깥에 나와서 소식을 공유하고 술을 마시기 시작했기 때문이다. 숙소로 돌아가도 어차피 숙소에 있는 자들도 삼삼오오 모여서 술을 마실 터여서 쉴 수 있는 곳이 없었다. 어쩔 수 없이 나도 탁자 하나를 차지해서 모용백, 황 방주와 술을 마셨다.

그러나 나는 떠드는 게 싫어서 사람들이 몰려와서 홍귀 죽인 이야기를 해달라고 할 때마다 황 방주를 가리켰다. 결국에 황 방주가 했던 이야기를 또 하고, 또 하고, 또 해야만 했다. 잠시 후에는 황 방주도 성질이 뻗쳤는지 아예 사람들을 모이게 해서 황야에서 벌어졌던 일을 설명했다. 황 방주가 나를 쳐다볼 때마다 나는 손가락을 입에 댔다.

'내 얘기, 하지 마라.'

어쩔 수 없이 이번 일의 전면에는 황 방주가 있을 수밖에 없었다. 무슨 공연을 하는 사람처럼 황 방주가 황야에서 있었던 일을 설명하고 큰 사거리의 번화가에 머물고 있는 사람들이 경청했다. 나는 모용백과 술을 홀짝거리면서 사람들을 구경했다. 이때, 사람들의 부축을 받은 노인장이 힘겨운 발걸음으로 황 방주에게 다가갔다. 황 방주가 당황한 표정으로 노인장을 바라봤다.

...

"…"

노인장은 황 방주에게 다가가기 전부터 울기 시작하더니, 황 방주를 붙잡은 채로 연신 고맙다는 말을 하고 있었다. 이곳에서 마적에게 가족을 잃은 사람이 저 노인장만은 아닐 것이다. 지켜보고 있으려니… 꽤 많은 사람이 황 방주를 붙잡고서 감사하다는 인사를 하거나, 절을 올리는 사람도 있었다. 처음에는 그저 당황한 표정으로 사람들의 인사를 받던 황 방주는 어느새 잔뜩 굳은 표정으로 사람들의 말을 경청하고, 고개를 숙이고, 노인장들을 안아주고 있었다. 지켜보던 모용백이 말했다.

"황 방주가 정신을 못 차리는군요."

"그러게."

"문주님."

모용백이 나를 바라보면서 말했다.

"…홍귀, 강했습니까?"

나는 고개를 끄덕였다.

"이곳에 있는 자들이 상대하기엔 벅찼을 거야. 홍귀는 이곳을 보급창고 정도로만 생각한 모양이다. 일부러 크게 괴롭히지 않고 필요한 게 있을 때마다 적당히 치고 빠져서 황야의 대장 노릇을 했겠지."

모용백이 어조를 낮춰서 물었다.

"정말 황 방주가 죽었어요?"

나도 낮은 어조로 대답했다.

"그래. 다 죽어가긴 했지만."

잠시 고민하던 모용백이 내게 농담조로 말했다.

"가서 설사약이나 한번 먹여야겠네요. 노인장들 상대로 저렇게 쩔쩔매는 것을 보면, 황 방주도 느끼는 바가 있을 겁니다."

물론 여기 있는 무인들의 일부는 황 방주가 혼자 죽이진 못했다는 것을 알고 있는 눈치였다. 하지만 사람들이 술잔을 들고 찾아올 때마다 모용백이 웃으면서 손을 내밀더니 황 방주를 가리켰다. 공을 저쪽으로 넘기고 싶다는 표정과 손짓이었는데 다행히 사람들의 눈치가 빨랐다. 모용백이 황 방주를 바라보다가 말했다.

"황 방주, 저러다가 사람들에게 떠밀려서 협객 되겠습니다."

나는 고개를 끄덕였다.

"마적이 되느니, 협객이 낫지. 모용 선생."

"예."

"앞으로 협객 좀 많이 만들어 보자고. 때려죽이는 것은 내가 하더라도 공은 수하들에게 넘겨서 저런 협객을 강호에 이리저리 많이 배치해야겠어."

모용백이 장난질을 모의하는 사람처럼 웃었다.

"알겠습니다."

우리 둘은 떠들썩한 사람들을 구경하면서 각자 쥐고 있었던 술잔을 위로 올렸다. 내가 말하고.

"협객을 위하여."

모용백이 받았다.

"하오문을 위하여."

우리 둘은 술을 비웠다. 한참을 사람들에게 시달리던 황 방주가 상기된 표정으로 겨우 빠져나왔다는 것처럼 다가왔다. 황 방주가 의자에 털썩 주저앉더니 나를 바라보면서 말했다.

"문주님."

"왜."

"사람 상대하는 게 너무 힘듭니다. 했던 얘기 또 하고. 했던 얘기 또 하고. 죽을 것 같습니다. 저더러 황 대협이라는데 이게 말이 되는 이야기입니까?"

나는 일부러 목청을 가다듬은 다음에 황 방주에게 또렷한 어조로 말했다.

"황 대협, 한잔 받으시게."

"…"

내가 진중한 어조로 입을 열자, 주변이 순식간에 고요해졌다. 황 방주가 이곳에 있어서 그런지 다들 쳐다보는 중이었다. 황 방주가 주변 분위기를 파악했다가 놀란 표정으로 술잔을 들었다.

"아, 예. 감사합니다."

나는 황 방주에게 술을 따라준 다음에 그 어느 때보다 진중한 표정으로 그의 노고를 위로했다.

"황 대협이 홍귀를 직접 때려죽여서 한시름을 놓게 되었으니 실로 다행이오. 이것은 내가 황야에서 두 눈으로 직접 확인했지."

나는 자리에서 벌떡 일어나서 술잔을 들었다.

"형제들, 함께 한잔합시다."

모용백이 입꼬리를 위로 올린 채로 일어나더니 술잔을 들고 주변을 둘러봤다. 사람들이 여기저기서 술을 채우더니 위로 치켜들었다. 내 눈빛을 받은 모용백이 일부러 큰소리로 외쳤다.

"황 대협을 위하여!"

모용백의 선창에 사람들이 우렁찬 목소리로 화답했다.

"황 대협을 위하여!"

황 방주의 표정이 볼만했다. 좋은 것 같으면서도 이제 큰일 났다
는 표정이 복잡하게 뒤섞여 있었다. 나는 전생 독마와 눈을 마주쳤
다가… 사람들과 뒤섞여서 크게 웃었다.

# 164.
## 두 사람이
## 내 신호탄이야

술자리가 정말 밤새도록 이어졌기 때문에 나는 해가 뜨자마자 진목현에서 탈출했다. 취한 사람들이 제법 많았으나 나와 모용백은 어느 순간부터 술을 입에 대지 않았기 때문에 멀쩡했다. 이렇게 기쁜 일이 생기면… 굳이 이렇게 술을 많이 처마셔야 하나? 이런 생각이 든다. 다행히 내가 몇 번 노려보자, 황 방주도 술을 자제하고 있었다. 여기서 더 머물러 봤자 좋은 일이 없을 것이라 판단해서 그대로 떠났다. 나는 진목현을 벗어나자마자 황 방주에게 소감을 물었다.

"황 방주, 밤새도록 대협이라고 불리니까 어때?"

황 방주가 대답했다.

"좋으면서도 내심 불편합니다."

"뭐가 좋고. 뭐가 불편해."

"팔자에도 없는 대협 소리도 듣고, 감사하다는 말도 평생 들었던 것보다 많이 들었습니다."

"불편한 것은?"

황 방주가 씁쓸한 표정으로 말했다.

"제가 협객이 아닌데 그런 말을 들으니 불편하더군요."

나는 모용백을 바라봤다가 웃으면서 황 방주에게 말했다.

"그렇게 생각하면 안 돼."

황 방주가 나를 바라봤다.

"어떻게 생각할까요."

"진목현에서는 앞으로 무조건 황 방주는 협객이다. 부정할 수 없는 일을 해냈으니까. 내가 인정하마."

"예."

"대오방을 이끄는 방주이기도 하지."

황 방주가 고개를 끄덕이는 것을 보고 나는 결론을 말했다.

"하지만 하오문의 포로다."

"음."

"진목현의 협객, 대오방의 방주, 하오문의 포로."

황 방주는 그제야 현실을 깨달았다.

"그것이 저군요."

"잊지 말도록."

"예."

나는 모용백에게 근처에서 아침이나 먹자는 말을 하려다가 멈춰서 돌아섰다. 황 방주와 모용백도 나를 따라서 뒤를 돌았다.

"…"

우리가 온 길에서 한 사람이 웃는 얼굴로 다가오고 있었다. 낯선 사내가 말했다.

"…겨우 따라잡았군요. 어디 가셨나 했습니다."

나는 다가오고 있는 검객을 위아래로 살폈다. 적인지 아군인지 당장은 분간을 할 수가 없었다. 당장 눈에 보이는 것은 잘 차려입은 복장이었다. 나는 본능적으로 이 사내를 경계했으나 내색하진 않았다. 보자마자 싫은 놈이 있는데, 그쪽에 가까웠다. 가까이서 보니 외모와 허우대까지 훤칠한 놈이 포권을 취하면서 말했다.

"대오방주님, 하오문주님. 여러 사람들과 뒤섞여 있어서 인사를 드리지 못했습니다. 엽야홍이라 합니다."

모용백과 황 방주가 나를 바라보기에 어쩔 수 없이 내가 물었다.

"무슨 일이신데."

엽야홍이 품에서 용모파기 한 장을 꺼내더니 우리에게 내보였다.

"누군지 아시겠습니까?"

나는 용모파기를 살피다가 대꾸했다.

"자문홍귀 같군."

엽야홍이 용모파기 밑에 적혀있는 금액을 읽었다.

"통용 금자 이십 개가 걸려있던 사내가 자문홍귀입니다. 목을 베어서 진목현에 가져가면 진목현 사람들이 통용 금자를 모아서 전달해 주기로 했었죠. 밤새 술만 잔뜩 드시던데 돈은 받으셨습니까?"

나는 건조한 어조로 대답했다.

"돈 때문에 죽인 것이 아니니 필요 없고. 다른 용건은?"

분명히 진목현 사람들은 자신들이 직접 나서서 홍귀를 처단하려고 했는데 저런 용모파기가 어디서 나왔는지 의문이다. 나는 엽야홍이 들고 있는 검의 검병劍柄과 검수劍首를 확인했다. 완성도가 높아서 쉽게 구할 수 있는 검이 아니었다. 엽야홍이 말했다.

"궁금한 게 있어서 떠나시는 길에 잠시 동행하면서 여쭤보려고 했었지요. 실례가 될까요?"

나는 고개를 끄덕였다.

"물어보시오."

"황 방주에겐 죄송한 말씀이나 흥귀를 죽일 실력이 없어 보이는데 어떻게 죽이셨는지…"

나는 바로 대답했다.

"날 상대하느라 지쳐있었기 때문에 황 방주가 죽일 수 있었소. 대답이 되었나?"

"아, 그렇군요."

엽야홍이 실실 웃더니 다시 포권을 취했다.

"궁금증이 풀렸습니다. 그럼. 살펴 가십시오."

나는 코를 만지다가 돌아서는 엽야홍을 불러 세웠다.

"엽 소협, 사문이 어디요?"

엽야홍이 웃는 표정으로 대답했다.

"죄송합니다. 사부님이 밝히시는 것을 꺼려하시는 분이라."

엽야홍이 돌아서서 몇 걸음을 걷는 동안에 나는 엽야홍의 등을 물끄러미 바라보다가 다시 물었다.

"사문이 어디신가."

같은 질문을 하자, 엽야홍이 걸음을 멈췄다. 나는 또 물었다.

"어디인가."

엽야홍이 돌아섰다. 표정은 여전히 웃고 있었다.

"하오문주, 말씀드리지 못함을 양해해 주시오."

나는 고개를 끄덕이면서 말했다.

"이 새벽에 나를 쫓아와서 홍귀를 누가 죽였는지 확인하고. 사문을 밝히지 않고 가겠다니… 마지막으로 물어보지. 사문이 어디야."

그제야 엽야홍의 표정이 굳었다.

"…"

나는 엽야홍을 바라보다가 그를 보내줄 생각으로 이렇게 말했다.

"엽 소협."

"말씀하시지요."

"홍귀가 무공을 제대로 익혔더군. 마적을 하면서 펼칠 수 있는 무공이 아니었지. 홍귀도 사부가 있는 것이겠지?"

"그걸 내가 어찌 알겠소."

나는 웃으면서 말했다.

"홍귀는 내가 죽인 것이니 살펴가도록 하시오."

나는 꺼지라는 것처럼 일부러 재수 없는 손짓으로 내저었다. 순간, 엽야홍의 안색이 싹 변하더니 홱 돌아서서 길을 떠났다. 엽야홍이 멀어지자, 모용백이 말했다.

"문주님, 잡아야 하지 않을까요."

나는 고개를 저었다.

"사부가 누구인지 모르겠으나 그가 와야 일이 끝나겠다. 처음부터 진목현에 마적들의 내통자가 있을 것이라 생각했는데 저놈들인 것 같군. 일단 걷자."

나는 황 방주, 모용백과 함께 길을 걸었다. 잠시 후에 황 방주가 물었다.

"용모파기는 뭐였을까요?"

"외부에 뿌려서 황야로 좀 유인한 게 아닐까. 아니면 예전에 썼다가 지금은 사용하지 않는 것이거나."

지금까지 진목현이 이런 식으로 놀아났다면… 엽야홍의 사부는 꽤 큰물에서 노는 악인이다. 그 악인이 백도인지, 흑도인지, 마도인지는 당장 알 수가 없었다. 실력이 어느 정도 수준에 오르면 익히고 있는 무공도 다양해서 제자들에게 각기 다른 무공을 전수할 수도 있기 때문이다. 나는 길을 걷다가 황 방주에게 물었다.

"황 방주, 인근에 알고 있는 고수들 명단 좀 읊어봐."

"백도, 흑도 상관없습니까?"

나는 고개를 끄덕였다. 대오방이라는 단체를 이끌었으니 이쪽에서 들은 내용도 내가 아는 것과는 조금 차이가 있을 터였다. 황 방주는 알고 있는 것을 어렵지 않게 읊기 시작했다. 고수들과 단체를 읊는 와중에 백도도 있고, 흑도도 껴있었다. 아는 놈들도 있었고 대오방처럼 허접해서 모르는 단체도 있었다. 그러다가 황 방주는 정사지간으로 추정되는 인물들을 거론하기 시작했다.

"인근에 우향곡주雨香谷主, 요선자妖仙子, 백면공자白面公子가 유명한데 셋이 친분이 있습니다. 정사지간입니다. 백도 세력은 아니지만 협객행으로 명성을 얻은 냉협冷俠이 있고…"

"잠시만."

"예."

나는 멈춰 서서 황 방주를 바라봤다.

"우향곡주, 요선자, 백면공자 셋이 친하다고?"

"예."

"그렇게 알고 있어? 셋에 대해 더 아는 것은?"

"없습니다."

"그렇구만."

나는 하품을 하면서 두 사람을 바라봤다. 셋 다 밤을 지새웠더니 슬슬 졸음이 밀려오는 순간이었다. 더군다나 황 방주는 체력이 바닥이 날 때까지 달리고 싸웠기 때문에 혼절해도 이상하지 않은 상태였다. 나는 엽야홍이 떠났던 길을 주시했다. 두 사람에겐 말을 하지 않았으나 어쩐지 엽야홍이 동료들을 이끌고 올 것 같은 느낌을 받았다. 나는 어쩔 수 없이 모용백과 황 방주에게 말했다.

"…추격조가 있을 것 같은데 말이야. 그냥 예감이 그래."

"예."

"두 사람은 먼저 흑묘방으로 떠나도록 해. 황 방주는 체력이 떨어져서 싸우지 못할 것이고. 모용 선생은 아직 실전 경험이 부족해서 크게 다칠 위험이 커."

나는 품에서 전표 한 장을 꺼낸 다음에 모용백에게 건넸다.

"도중에 말이나 마차를 구해서 흑묘방으로 달려."

모용백이 말했다.

"함께 기다리다가 추격조가 있으면 셋이 맞이하는 게 낫지 않을까요."

어쨌든 나는 두 사람을 먼저 보내는 게 우선이라고 생각해서 적당히 겁을 줬다.

"상황이 그렇지 않다. 엽야홍이나 홍귀의 사부가 있다면 실력이 나랑 엇비슷할 거야. 내가 그놈들의 사부와 겨루는 동안 두 사람이 수적인 열세에 밀려서 다칠 위험이 있으니 먼저 흑묘방으로 복귀하도록. 명령이다."

모용백과 황 방주가 서로를 바라봤다.

"…"

두 사람이 쉽게 움직일 것 같지 않아서 나는 명령을 추가했다.

"모용 선생, 흑묘방에 가서 사신장이나 지원을 올 수 있는 수하가 있다면 데려오도록 해. 내가 멀쩡히 복귀하면 상관없지만 싸움이 길어지면 도움을 받을 수 있겠지. 두 사람이 내 신호탄이야. 무슨 말인지 알겠지? 빨리 가라."

그제야 할 일을 깨달은 두 사람이 고개를 끄덕였다.

"저희도 그럼 빨리 움직이겠습니다."

황 방주가 미안하다는 것처럼 말했다.

"보중하십시오."

나는 손을 내저어서 두 사람을 보냈다. 나는 모용백과 황 방주가 떠난 길을 천천히 따라잡으면서 걸었다. 어차피 엽야홍은 내가 홍귀를 죽였다고 생각할 것이라서 목표는 내가 될 터였다. 원래 흑도가 됐든 마적이 됐든 간에 건드리면 복수의 칼날이 종종 되돌아오기 마련이다. 모용백과 황 방주가 서둘러서 떠나긴 했으나. 나까지 헐레벌떡 도망갈 이유는 없어서 한적한 길에 놓인 객잔에 앉아서 잠시 쉬었다. 안쪽에서 점소이가 나오지도 않은 채로 물었다.

··· 광마회귀 3

"뭐 드려요?"

"국수 있나?"

"없어요. 뭐 드려요?"

"만두."

"떨어졌어요. 뭐 드려요?"

나는 객잔 안쪽을 바라봤다. 어딜 가나 불친절한 가게가 있기 마련이라서 그렇게 놀랄 일은 아니었다. 내가 점소이 출신이라서 점소이들을 우대하는 것은 맞긴 하나, 이런 점소이는 예전에도 그렇고 지금도 마음에 들지 않는다. 밤새 술을 홀짝거려서 술 생각도 없었다. 밥맛도 떨어져서 나는 품 안에서 섬광비수를 꺼낸 다음에 탁자에 꽂고. 빈 의자에 두 다리를 올린 다음에 잠시 눈을 감았다. 잠시 후에 점소이가 귀찮다는 목소리를 내면서 바깥으로 나왔다.

"아니, 뭐 드리냐고요. 손님, 손…"

점소이가 그제야 탁자에 꽂힌 섬광비수를 봤는지 중얼거리면서 도로 들어갔다.

"편히 쉬십시오."

나는 잠시 눈을 붙였다. 현실과 꿈이 뒤섞여서 몽롱한 환상이 엿보였다. 거대한 신호탄을 어깨에 짊어진 모용백과 황 방주가 흑묘방을 향해 하나둘, 하나둘을 외치면서 달려가고 있었고. 그 반대편에서는 거대한 칼을 짊어진 사내들이 내 욕을 하면서 달려오고 있었다. 뜬금없이 무림공적에 속했던 사마四魔보다 다들 연배가 높았던 오악五惡의 모습이 하나둘 스쳐지나갔다.

오악은 다양한 병장기와 모습을 한 채로 춤을 추거나 무공을 수련하고 있었는데 그 위에 전부 검은색의 줄이 달려있었다. 나는 꿈속에서 그 줄을 천천히 올려보다가 오악을 인형처럼 부리고 있는 사람을 바라봤다. 당연히 삼재에 속하는 천악天惡일 터였다. 본 적이 없어서 천악의 얼굴은 드러나지 않았으나, 꿈은 본래 비현실적이다. 잠시 오악을 인형처럼 가지고 놀던 천악이 흥미를 잃었다는 것처럼 인형에 달린 줄을 집어던졌다.

나는 주화입마 상태와 비슷한 악몽을 꿀 것만 같아서 눈을 떴다. 잠깐 잔 줄 알았는데 어느새 해가 중천에 떠있었다. 그제야 목이 마르고, 배도 고팠다. 객잔 안에서 햇볕을 피하고 있는 점소이를 바라보자, 놈이 빠르게 달려왔다.

"…부르셨습니까?"

나는 이번에도 전표 한 장을 꺼내서 점소이에게 건넸다.

"미안한데."

"예."

"술하고 마른안주. 음식 아무거나 좀 가져오고. 객잔도 하루 빌리자. 집기 같은 게 부서질 수 있으니 그걸로 나중에 사도록 해. 죽기 싫으면 어디 좀 피해 있어."

"아, 예. 알겠습니다. 숙수하고 주인장 어르신한테도 말씀드리겠습니다. 그런데 굳이 저희 객잔에서 싸우셔야 하는지요. 저야 돈을 벌어서 좋긴 한데."

나는 그제야 점소이를 바라봤다. 더럽게 말 안 듣게 생긴 관상이었다. 오징어 다리 같은 놈이랄까.

"나는 객잔에서 싸우는 게 마음이 편하다."

"…뭐라 드릴 말씀이 없군요. 알겠습니다."

"여기 간판도 없는데 이름이 뭐냐."

"춘몽객잔春夢客棧입니다."

"어쩐지 꿈자리가 사납다 했더니 춘몽이네."

잠시 후 안으로 들어갔던 점소이가 술을 먼저 나르더니, 그다음에는 커다란 그릇에 탕초리척을 한가득 담아왔다. 만두와 국수만 없었다. 잠시 탕초리척을 뒤적거리고 있자 이번에는 연달아서 각종 나물과 밥, 국, 생선 요리들이 탁자에 가득 놓였다. 나는 어리둥절한 표정으로 물었다.

"이게 다 뭐야?"

"아, 저희 숙수님이 돈을 너무 많이 주셨다고 실력 발휘를 오랜만에 했습니다. 맛있게 드세요."

나는 양소매를 걷은 다음에 음식의 냄새를 맡았다. 그다음에는 빈 그릇에 술을 따르고, 음식들을 젓가락으로 집어서 하나씩 술에 떨어뜨렸다. 독을 확인하는 은침을 가지고 있지 않을 때 종종 내가 사용하는 방법이었다.

나는 술에 뜬 각종 음식을 가까이서 바라보다가 바닥에 버린 다음에 근처에 있는 개미들을 구경했다. 음식에 독이 끼어있으면 술에 퍼질 때 기포가 발생되거나 예상하지 못했던 색色이 등장하기 마련이다. 별 문제는 없었다. 나는 개미들이 별 이상이 없는 것을 보고 나서야 밥을 먹었다.

## 165.
## 新 춘몽객잔

밥을 먹는 동안에… 춘몽객잔의 주인장, 숙수, 점소이까지 내게 인사를 하고 떠났다. 미안하지만 어쩔 수 없는 일이다. 그래도 이런 일이 크게 당황스럽지는 않은지, 주인장은 숙수와 점소이를 데리고 내가 준 돈으로 며칠 여행을 다녀오겠다고 했다. 이래서 객잔의 이름도 인생의 덧없음을 표현하는 춘몽春夢인 것일까.

삶의 자세가 춘몽이라는 이름과 제법 잘 어울리는 주인장이었다. 어쨌든 나는 일하던 사람들을 강제로 휴가를 보내고, 춘몽객잔에 홀로 취직해서 숙수가 만들어 준 멀쩡한 음식을 배부르게 먹었다. 음식을 다 먹고 천천히 술을 홀짝거리자, 이곳이 춘몽객잔인지 자하객잔인지 구분이 되지 않을 정도.

추격하는 자들도 오지 않고. 손님도 없고. 마땅히 해야 할 일도 없는 터라, 나는 그릇을 주방으로 옮겨서 설거지를 시작했다. 내가 음식 솜씨는 없어도 설거지는 잘하는 편이어서 주방을 깔끔하게 정리한 다음에 수건을 들고 나가서 오랜만에 탁자도 닦았다. 깔끔하게 청소를 하고 나면 은근히 뿌듯해질 때가 있는데 지금이 그렇다. 문득 나는 탁자를 닦던 수건을 바라보다가 이런 생각이 들었다.

'직업병인가. 갑자기 지랄을 했네.'

나는 수건을 내려놓고 다시 분위기를 잡았다. 할 일 없는 춘몽객잔의 하루. 두강주와 마른안주의 여유. 나쁘지 않았다. 어차피 모용백과 황 방주가 별일 없이 복귀할 수 있는 시간을 벌었다면 약간의 설거지와 걸레질도 나름 의미가 있는 것이겠지. 나는 마른안주를 씹으면서 탁자의 위치와 바닥의 재질, 기둥, 빗자루, 주방과의 거리, 집기의 크기, 식칼의 위치, 흙의 촉감, 지붕의 높이 등을 눈에 담고 기억해 뒀다. 기억할 수 있는 것은 모조리 기억했다가 이내 다시 잊었다.

양쪽 길을 구경하기 좋은 점소이 전용 자리에 앉아서 빈 의자에 다리를 올려놓은 다음에 잠시 눈을 감았다. 해가 질 때까지 아무 일도 없으면 가게를 닫고 흑묘방으로 떠날 생각이었다. 졸음이 솔솔 밀려들어서 반 각을 잤는지, 반 시진을 잤는지 모를 때쯤에 아주 안정적인 발걸음 소리가 내 단잠을 깨웠다. 나는 발걸음 소리가 네 번 이어졌을 때 눈을 떠서 전방을 주시했다. 머리에 방립을 쓴 강호인이 고개를 살짝 들어서 나를 바라보더니 바깥 자리에 앉으면서 말했다.

"주문받겠나?"

나는 방립 아래에 겨우 보이는 눈빛과 턱선, 등을 바르게 펴서 앉아있는 자세와 탁자 위에 올려놓은 검을 구경한 다음에 대답했다.

"술밖에 없다."

"괜찮네."

"선불이야."

사내가 품에서 통용 은자를 꺼내더니 내가 앉아있는 옆쪽의 기둥으로 날렸다. 바람을 가르면서 날아온 은자가 기둥에 박혔다.

푹!

나는 기둥에 박힌 은자를 바라봤다가, 방립 사내에게 말했다.

"살살 던져라. 개새끼야."

"..."

"빼내기 귀찮게 뭐 하는 거야? 병신 같은 놈. 쯧."

나는 주방으로 들어가서 내가 마실 두강주와 방립 사내에게 줄 싸구려 술을 가지고 나와서 두강주는 내 탁자에 올려놓고, 싸구려 술은 방립 사내에게 가져갔다.

"술도 던져줘? 확?"

나는 술을 면상에 집어 던질까 하다가 혀를 찬 다음에 탁자 위에 내려놓았다. 자리로 돌아오는데 방립 쓴 놈이 노려보는 모양인지 등이 좀 뜨끔했다.

"재수 없게."

재수 없는 손님을 보고 있으려니 목이 타서 두강주를 한잔 따라 마셨다. 내가 술을 마시는 동안에 방립 사내는 은침을 꺼내서 술잔에 담그고 있었다. 코웃음이 절로 나왔다.

"지랄을 해라. 안 마시면 되는 것을, 병신 같은 놈."

방립 사내가 술을 한잔 마시더니 나를 물끄러미 쳐다봤다.

"..."

눈빛에 칼이 담겨있는 모양인지 아주 살벌했다. 나를 노려보는 것인지 눈빛으로 허공에 칼질을 해대는 것인지 구분이 안 될 정도. 나는 손날을 허공에 이리저리 그어서 사내의 재수 없는 눈빛을 막아내는 시늉을 해봤다. 방립 사내가 내게 물었다.

"마른안주 없나?"

나는 새끼손가락을 코에 넣으면서 대꾸했다.

"어떻게… 이거라도?"

재차 술을 입에 담았던 방립 사내가 술을 뱉었다.

"퉤!"

나는 탁자에 마련해 뒀던 마른안주를 씹으면서 방립 사내를 노려봤다. 잘게 자른 육포를 방립 사내를 향해 흔들었다가 내 입으로 삼켰다. 문득 나와 방립 사내가 동시에 길을 주시했다. 연분홍과 붉은색이 교차 된 의복을 궁장처럼 잘 차려입은 여인네가 백색의 불진佛塵을 손에 든 채로 다가오고 있었다.

먼저 와서 앉아있는 방립 사내의 정체는 알 수가 없었으나. 불진을 든 여인은 누군지 알았다. 요선자妖仙子였다. 요선자는 방립 사내에게 시선을 보내지 않은 채로 멀리 떨어져 앉더니 나를 바라봤다. 나도 육포를 질겅질겅 씹으면서 요선자에게 말했다.

"뭘 봐. 미친년아. 노려보지 말고 주문을 해."

불진은 본래 수행자가 번뇌를 털어내기 위해 사용하는 불구佛具다. 살인을 밥 먹듯이 하는 것처럼 보이는 여인네가 불진을 들고 있으니 내 눈에는 미친년처럼 보일 수밖에 없었다. 요선자가 짤막하게 한숨을 내쉬더니 불진을 이리저리 휘둘러서 파리를 쫓는 시늉을 하면서 중얼거렸다.

"웬 벌레 새끼들이…"

나는 마른안주를 씹으면서 요선자도 보고, 방립 사내도 봤다가 꺼억- 소리를 내면서 트림을 내뱉었다. 그 와중에 요선자와 방립 사내는 서로를 보지 않고 오로지 나만 주시하고 있었다. 나는 손가락으로 내 얼굴을 가리킨 다음에 두 사람에게 물었다.

"내가 그렇게 잘생겼나? 홀딱 반하겠어?"

요선자가 토하는 시늉으로 응수했다. 이때, 갑자기 요선자가 인상을 찌푸리더니 코를 붙잡았다. 요선자가 손을 코앞에 대고 연신 흔드는 동안에 웬 거지 한 명이 바닥을 질질 끄는 발걸음으로 다가왔다. 나는 이 거지 새끼를 보면서 이런 생각이 들었다. 개방에 있는 놈들이 모두 거지들이긴 하나, 천하의 모든 거지가 개방은 아니라고 말이다. 개방에 속하지 않은 거지가 역시 요선자와 멀리 떨어진 곳에 앉아서 나를 바라봤다. 나는 거지에게 말했다.

"이 거지새끼, 돈도 없으면서 누가 앉으래?"

거지 놈이 나를 보면서 웃자, 누런 이가 드러났다.

"점소이 놈아, 자신 있으면 쫓아내 보든가."

나는 거지 놈을 가리키면서 말했다.

"앉아있도록."

거지가 낄낄대면서 웃었다. 나는 살짝 한숨이 나왔다.

"오늘따라 손님이 좀 많네."

두강주를 한잔 마시는 동안에 경공을 펼쳐서 도착한 엽야홍이 웃음을 터뜨렸다.

"하하… 아, 안녕들 하십니까."

아무도 엽야홍을 아는 척하지 않아서 내가 대신해 줬다.

"엽 소협, 또 만났군."

엽야홍이 웃으면서 대답했다.

"어? 그렇네요."

"왜 왔어? 죽으러 왔어?"

엽야홍이 내 눈을 똑바로 바라보면서 대답했다.

"설마 그렇겠습니까? 죽기 싫어서 왔죠."

나는 내 앞자리를 가리키면서 말했다.

"이리 와서 한잔 마셔라. 구면인데."

엽야홍이 손을 내밀었다.

"사양하겠습니다."

그래도 아는 놈이 오자 반가운 마음에 질문을 던졌다.

"손님 더 있나?"

엽야홍이 긴장한 표정으로 품에서 망우초를 꺼내더니 입에 물면서 대답했다.

"글쎄요. 제가 뭘 알겠습니까. 기다려 보세요."

엽야홍이 망우초에 불을 붙여서 연기를 내뿜기 시작하자, 떨어져 있는 요선자가 또다시 불진을 이리저리 움직였다. 그 와중에 방립을 쓴 사내는 여태 나를 노려보고 있었다. 나는 화들짝 놀라서 입을 열었다.

"씨벌, 깜짝이야. 눈은 좀 껌벅이면서 노려봐라. 개새끼야. 와, 진짜 놀랐네. 방립 때문에 눈깔이 잘 보이지도 않아."

나는 혀를 찬 다음에 손님들을 둘러봤다. 방립 아래에서 계속 노려보는 미친놈, 불진을 휘두르는 미친년, 거지발싸개, 실실 웃어대는 엽야홍까지…객잔의 손님이 이렇게 늘 다양한 법이다. 나는 하늘을 가리키면서 되는대로 주절댔다.

"내게 죄가 있다면!"

"…"

"협행을 한 죄밖에 없겠지. 협객의 삶이 이렇게 힘들 줄이야. 엿 같네."

아무도 내 말에 호응해 주지 않았으나 나는 하고 싶은 말을 내뱉었다.

"이게 다 내가 책을 잘못 읽은 덕분이다."

엽야홍이 실실 웃으면서 내게 물었다.

"무슨 책을 읽으셨기에?"

"그래도 말 상대해 주는 사람이 엽 소협밖에 없구나."

엽야홍이 웃으면서 고개를 끄덕였다.

"한번 떠들어 보세요. 들어줄 테니까."

"내가 도박왕이라 불리던 놈을 죽이고, 그놈 거처에서 얻은 책이 있는데 거기에 말이야."

나는 마른안주를 씹으면서 말을 이어나갔다.

"천하에서 가장 강한 게 협객이라고 적혀있었다."

"오, 그래요?"

"어쨌든 협객이 가장 강하다는 말이 구구절절 적혀있었지. 엄청난 고수가 남긴 말이었어."

엽야홍이 피식대면서 대답했다.

"그런 헛소리가 왜 적혀있었을까."

"내 말이."

"그래서 그 병신 같은 말을 믿으십니까? 이거 보기보다 순진하시네."

나는 정색하는 어조로 대답했다.

"아니지. 병신새끼야. 그걸 어떻게 믿어."

욕을 처먹은 엽야홍이 불쾌한 낯빛으로 한숨을 내쉬더니 망우초를 입에 물었다. 나는 말을 이어나갔다.

"나도 그런 개소리는 처음이었지. 하지만 중요한 것은 아무도 그런 개소리를 한 적이 없다는 것이다. 중요한 것은 언제나 희소가치가 있는 법이지. 그래서 확인 작업이 필요한 것이고. 네깟 놈이 뭘 알겠느냐? 책에 적힌 말이 진짜인지 아닌지… 해봐야 아는 것이지. 네가 해봤어?"

엽야홍이 놀란 표정으로 대답했다.

"아, 그래서 협객행을 하셨구나. 마적도 때려잡으시고. 대단하신 분이네. 책을 상당히 잘못 읽으신 거 같은데. 책에 그렇게 적혀있다고 협객행을 하는 놈은 또 처음이네."

나는 고개를 끄덕이다가 웃었다.

"나는 책을 잘못 봤지만, 너희는 사람을 잘못 본 것 같은데."

엽야홍이 웃으면서 대답했다.

"지랄을 하세요."

내가 의자에서 우당탕 소리를 내면서 갑자기 벌떡 일어나자… 엽야홍, 요선자, 거지발싸개가 화들짝 놀라서 동시에 벌떡 일어섰다. 하지만 방립을 쓴 사내는 앉은 자리에서 검의 손잡이를 붙잡으려다가 멈췄다. 나는 도로 얌전히 앉으면서 말했다.

"병신 놈들, 놀라기는. 하하하하…"

내가 허벅지를 때리면서 웃음을 터트리자, 세 명이 똥 씹은 표정으로 다시 앉았다. 나는 방립 사내의 침착함을 칭찬했다.

"너의 그 냉철함, 좋았다."

나는 문득 하품을 했다가 입 안으로 암기가 들어올 것 같아서 손으로 가렸다. 이것이 바로 예의범절이다. 나는 빈 잔에 두강주를 반쯤 따른 다음에 손가락을 넣어서 빙공을 주입했다. 삽시간에 술이 안에서 얼어붙었다. 나를 구경하던 엽야홍이 물었다.

"뭐 하십니까?"

나는 얼어붙은 술 위에 다시 멀쩡한 술을 따른 다음에 술잔을 이리저리 흔들었다. 두강주가 아주 시원해진 상태. 나는 병신들에게 술잔을 들어 올린 다음에 말했다.

"이것이 빙주氷酒다."

나는 빙주를 들이켠 다음에 입을 닦았다.

"캬… 이 맛이지."

나는 얼어붙은 술잔을 누구에게 던질 것인지 고민하다가 내려놓았다. 서른 중반의 사내가 굉장히 바쁜 척을 하면서 춘몽객잔으로 걸어오고 있었기 때문이다. 표정이 단조롭고, 눈빛이 칙칙한 사내였다. 잠시 객잔 앞에 멈춰 서더니 나를 가리키면서 엽야홍을 바라봤다. 엽야홍이 말했다.

"예, 맞습니다."

바빠 보이는 사내가 고개를 끄덕이더니 곧장 걸어와서 내 맞은편에 앉았다. 사내가 양손을 비비다가 내게 다짜고짜 물었다.

"젊은이, 왜 남의 사업을 방해하고 그래? 우리 사업에 막대한 인명 피해와 재산 피해를 입혔는데 이걸 전부 어떻게 보상할 거야? 자네 목 하나로는 감당이 안 될 것 같은데. 이놈 누구냐?"

엽야홍이 대답했다.

"남화 일대에 자리 잡은 신흥 문파, 하오문의 문주입니다. 휘하 세력으로는 흑묘방, 흑선보, 남명회 정도가 있고 별도로 패검회주, 대나찰, 수선생, 이룡노군과 같은 흑도 고수를 주로 죽였습니다."

"특이점은?"

"수하들은 주로 수련만 시키고, 본인이 직접 움직이는 성향입니다."

설명을 들은 사내가 고개를 살짝 끄덕이더니 내게 물었다.

"영웅이야? 하는 짓이 왜 그래."

나는 이 새끼가 하도 분위기를 잡아서 존댓말로 대꾸해 봤다.

"근데 누구세요?"

"…"

"통성명은 하고 갈구시지. 오자마자, 지랄염병이네."

나는 문득 윗놈과 아랫놈의 분란을 조장해 봤다.

"그리고 저는 하오문주가 아닙니다. 새파랗게 젊은 놈이 어딜 봐서 한 문파의 문주 같습니까? 문주님은 먼저 피하셨고 제가 대신…"

나는 눈앞에 있는 놈과 엽야홍을 최대한 순진한 표정으로 바라봤다.

'…통하였느냐?'

눈앞에 있는 사내가 나를 노려보면서 엽야홍에게 물었다.

"어찌 된 일이냐? 아니라는데."

엽야홍이 잔잔한 어조로 대답했다.

"하오문주, 맞습니다. 미친놈이 장난을 치는 것이니 잘 헤아려 주십시오."

나는 왼손으로 머리를 쓸어 올리면서 한숨을 내쉬었다.

"바로 들켰군. 보통 놈들이 아니야."

사내놈이 미간을 좁히면서 나를 노려봤다. 어쩔 수 없이 나는 아는 사람을 팔았다.

"나 무림맹주랑도 아는 사이니까 적당히들 해라."

나는 점소이 때 버릇처럼 다리를 크게 떨면서 눈앞에 있는 놈을 노려봤다. 중간 간부쯤 되어 보이는 놈이 고개를 삐딱하게 기울인 채로 대답했다.

"우리도 임 맹주와 사이가 안 좋은데. 둘이 아는 사이였어?"

나는 팔짱을 낀 다음에 말을 번복했다.

"나 마교 교주랑도 아는 사이니까. 깝죽대지 말아라."

농담이 아니고. 눈앞에 있는 놈, 엽야홍, 요선자, 방립 사내, 거지 발싸개의 안색이 딱딱하게 굳었다.

'통했구나.'

나는 분위기를 잡은 다음에 위엄 있는 어조로 말했다.

"그것이 나다."

# 166.
## 나는 공중으로
## 솟구쳤다

중년 사내가 굳은 표정으로 입을 열었다.

"아는 사이?"

엽야홍이 어색한 표정으로 웃으면서 끼어들었다.

"설마 그렇겠습니까? 포위당해서 아무 말이나 지껄이는 것이겠지요."

중년 사내가 고개를 끄덕였다.

"이봐, 하오문주. 목숨이 두 개인가? 언급해도 되는 이름이 있고, 그래선 안 되는 이름이 있다."

"내 알 바 아니야."

중년 사내가 냉정함을 되찾은 것처럼 말했다.

"어차피 그쪽은 교도만 건드리지 않으면 돼. 너는 교도가 아니다."

나도 차마 교도라는 말은 하지 못했다. 내가 가장 싫어하는 것이기 때문이다. 중년 사내가 웃으면서 말했다.

"하오문주, 이번에 벌어진 일은 말이야. 자네가 죽는 것으로 끝나지 않아. 일단 하오문은 개미 한 마리 남기지 않고 몰살이야."

나는 정색하는 어조로 말을 끊었다.

"일단 하오문은 개미를 받지 않는다. 참고하도록."

"..."

나는 중년 사내에게 발언권을 줬다.

"계속 씨불어 보도록."

"남명회, 흑선보, 흑묘방도 전부 죽이겠다."

"무섭군. 잔인무도한 놈들."

"다행히 무림맹과는 연관이 없는 산하 조직이겠지. 끝이 아니다. 추가로 네 연고지를 조사해서 용모파기를 들고 간 다음에 지나가는 사람마다 물어볼 거야. 어떻게 될까? 널 알고 있는 사람들은…"

중년 사내가 목을 긋는 시늉을 했다.

"다 목이 잘려서 죽게 될 거다."

"죄 없는 사람들은 왜?"

"닥쳐라. 그러니 내 제안을 가볍게 들으면 안 돼. 너는 이제 함부로 목숨을 끊어도 안 돼. 이해했나? 너희 단체 말단 일꾼까지 전부 밑으로 들어오면 살려주겠다. 물론 입단 의식은 치러야겠지. 우리가 주는 약도 먹고. 무슨 말인지 알겠나?"

나는 고개를 끄덕였다.

"대체 대장이 누구인가. 내가 잘못 건드렸군. 어차피 내 목숨은 그대들에게 달렸으니 속 시원하게 말해."

중년 사내가 고개를 앞으로 내밀면서 속삭였다.

"그것은 너 같은 쓰레기에게 알려줄 이유가 없어."

나는 목덜미를 긁으면서 대답했다.

"내가 알아서 알아보마. 죽이다 보면 알게 되겠지. 그리고 난 쓰레기가 아니야. 마적들이 쓰레기였지."

엽야홍이 피식대면서 웃자, 요선자와 거지발싸개도 함께 웃었다.

"하하하하…"

그 와중에도 방립 아래에서 빛나는 눈동자는 여전히 나를 노려보고 있었다. 중년 사내도 웃으면서 나를 바라봤다.

"그것참 쉽게 거절하는군."

갑자기 분위기가 훈훈해져서, 눈치 없는 나도 함께 웃었다. 이놈들 뒤에 어떤 놈이 있는지 모르겠으나 어차피 실력이 대단한 놈일수록 내가 모를 가능성은 적다. 전생의 내 강호 활동 시기가 아직 오지 않았기 때문에 가끔 이렇게 모르는 일이 벌어질 때가 있다.

내 예상은 이렇다. 이들은 문파나 세가에 속한 자들이 아니라, 꽤 강한 정사지간의 고수 혹은 오악의 일원이 수장으로 있을 가능성이 크다. 그 정도 고수라면 아직 명성이 크지 않은 내게 이런 식으로 대할 수 있다. 심지어 오악이라면 전생 광마 시절에도 밀리지 않았던 악인들이기 때문이다.

나는 중년 사내가 일어나지 못하도록 계속 웃으면서 주시했다. 확실히 상대가 많았기 때문에 눈깔이 바쁘게 움직였다. 내 눈동자가 여태 신경을 긁고 있는 방립 사내에게 다시 향했을 때. 앉아있는 중년 사내가 기습으로 쌍장을 내밀었다. 나는 두 손에 목계장력을 휘감아서 정직하게 대응했다.

*콰아아아아아아앙!*

인상을 찌푸린 중년 사내가 고작 세 걸음을 밀려나서 멈췄을 때. 방립 사내가 검을 뽑고… 엽야홍도 검을 뽑았다. 요선자는 소매를 휘두르고. 거지발싸개 놈은 웃는 얼굴로 일어나서 나를 바라봤다. 나는 발검拔劍과 함께 날아온 벼락같은 검기 두 줄기를 급하게 피하다가 고개를 젖혀서 지나가는 강침을 확인했다. 순간, 공중에서 몸을 회전하면서 날아온 거지발싸개가 양손에서 장력을 쏟아냈다. 나는 오른손의 목계장력으로 대응했다가 등으로 춘몽객잔의 집기들을 부수면서 뒤로 물러났다. 공중에서 내 장력에 튕겨 나간 거지 놈이 회전을 하면서 물러났다.

'몸놀림이 가볍네.'

그 와중에 시야를 확보하려는 의도로 날아오는 검풍劍風이 춘몽객잔의 내부를 부수기 시작했다.

'아, 남의 객잔인데 망하게 생겼네.'

나는 주방까지 밀려나서 오른손으로 섬광비수를 뽑고, 왼손으로는 흡성대법을 펼쳐서 주방에 있는 식칼을 붙잡았다. 목검은 잠시 비장의 한 수처럼 쟁여두고. 일단 섬광비수와 식칼에 염계를 주입했다. 서늘한 소리와 함께 눈앞에 있는 모든 것이 일직선으로 쪼개지는 것을 보자마자, 즉시 공중으로 솟구쳐서 춘몽객잔의 지붕을 부순 다음에 올라섰다. 반듯하게 검기를 쏟아냈던 방립 사내가 나를 또 노려봤다.

"…"

거지발싸개가 부지런하게 움직여서 후방을 막아서고, 요선자와 엽야홍도 각기 동쪽과 서쪽으로 이동해서 사방을 틀어막았다. 나는 갑자기 보이지 않는 중년 사내의 위치를 찾으면서 말했다.

"…근데 다 온 거냐?"

엽야홍이 궁금하다는 것처럼 물었다.

"무슨 뜻입니까?"

"내가 일부러 다 죽이려고 기다려 준 거잖아. 더 죽으러 올 놈 없냐는 물음이지."

엽야홍이 웃으면서 대꾸했다.

"이 정도면 충분히 문주님을 죽이고도 힘이 남을 것 같은데요."

나는 곧 무너질 것 같은 지붕을 거닐면서 대답했다.

"그렇지 않아. 그것은 착각이야. 지금이라도 항복하는 놈은 하오문으로 거둬주마. 잘 생각해야 살 수 있다. 엽 소협, 생각 있어?"

"없어요."

나는 고개를 끄덕였다.

"안타깝네. 고생 좀 할 거다."

가까운 곳에서 갑자기 말 울음소리가 들리더니, 갈색 말에 올라탄 중년 사내가 등에서 화살을 뽑았다. 나는 황당한 마음에 중얼거렸다.

"…강호에서 활은 반칙 아니냐? 정신 나간 놈들이네."

반칙이 아닌 모양이다. 핑- 소리와 함께 화살 한 대가 날아왔다. 어렵지 않게 내가 피하자, 중년 사내가 다시 화살을 뽑으면서 말했다.

"나를 믿고 쳐라. 내가 계속 조준하겠다."

중년 사내의 말에 아무도 대꾸를 하지 않아서 내가 대답을 해줬다.

"…알겠습니다."

이번에도 고개만 움직여서 화살을 피했는데, 뺨에서 바람이 느껴질 정도로 강맹한 힘이 담겨있었다. 순간, 동서남북에서 동시에 솟구친 네 명의 고수가 지붕으로 날아왔다.

"아이고…"

나는 다시 지붕의 구멍 난 곳으로 빠졌다가, 눈앞에 등장한 화살을 식칼로 쳐내고 지붕을 향해 염계를 주입해서 섬광비수를 그었다. 파바바바박- 소리와 함께 지붕이 길쭉하게 갈라지자… 그에 대한 보답으로 검풍, 검기, 장력, 암기들이 동시에 쏟아졌다.

*퍼버버버버벅!*

나는 급하게 바닥을 굴렀다가 두 발에 힘을 줘서 객잔 바깥으로 몸을 날렸다. 이제는 활시위 당기는 소리가 제법 섬뜩하게 들렸다. 미간으로 날아오는 화살을 식칼의 넓은 면으로 막고, 섬광비수를 수직으로 그어서 검기를 내보내자… 중년 사내가 박차를 가해서 급히 검기를 피했다.

말의 반응 속도가 정상으로 보이지 않을 만큼 빨랐다. 순식간에 지붕에서 내려온 네 사람이 나를 다시 포위한 상태. 나는 문득 초라하게 보이는 식칼을 바라봤다. 상황 판단을 할 시간도 없고, 입을 놀릴 여유도 없이 중년 사내가 다시 활을 내게 겨눴다. 나는 딱히 할 말이 떠오르지 않아서 대충 읊었다.

"…혹시, 항복할 사람 있으십니까?"

"…"

"없으면 됐어."

엽야홍이 활짝 웃으면서 말했다.

"문주님, 실력이 보잘것없으시네요. 이 정도면 저희가 너무 과하게 몰려왔어요."

활을 겨누던 중년 사내가 인상을 쓰면서 엽야홍에게 말했다.

"닥치지 못해?"

엽야홍이 화들짝 놀라면서 대답했다.

"죄송합니다."

"입 다물고 공격해라. 저놈, 제대로 안 싸우고 있다."

요선자가 말없이 달려들더니 불진을 휘둘렀다. 이어서 방립 사내가 검을 휘두르고, 거지 놈이 주변에서 낄낄대면서 나를 바라봤다. 엽야홍도 기회를 엿보는지 고개를 이리저리 움직이면서 바라봤다. 나는 섬광비수로 불진을 쳐내고, 식칼로 검을 쳐냈다. 백색의 불진은 본래 백마白馬의 꼬리로 만드는 것이다. 당연하게도 섬광비수의 염계에 휩싸여서 탄 냄새가 나기 시작했다. 내가 가진 무공과 완벽하게 상성인 셈이랄까.

"병신 같은 무기를 쓰네."

나는 웃으면서 불진과 검을 쳐내다가, 등줄기가 서늘해서 공중으로 솟구쳤다. 화살이 지나가자마자, 엽야홍이 공중으로 솟구쳐서 검을 휘둘렀다. 나는 섬광비수로 엽야홍의 검을 쳐내고, 동시에 손목을 튕겨서 식칼을 엽야홍의 목을 향해 던졌다. 뻗어 나간 식칼을 본 엽야홍이 놀라면서 급하게 상체를 비틀었으나… 식칼은 엽야홍의 어깨에 박힌 상태.

푹!

순간, 공중에 뛰어오른 거지발싸개의 장력을 좌장으로 받아친 다음에 일부러 거리를 벌려서 땅에 내려섰다. 식칼 한 자루를 잃었으나, 엽야홍의 어깨를 찔렀으니 내 이득이다. 엽야홍이 인상을 찌푸린 채로 어깨를 붙잡았다. 나는 엽야홍을 향해 고개를 끄덕였다.

"아프니까 청춘이다."

"닥쳐라."

이런 와중에도 요선자, 방립 사내, 거지 놈은 내게 다가오고. 단조로울 정도로 똑같은 소리를 내는 화살이 나를 가리켰다. 나는 웃으면서 뒤로 천천히 물러났다.

"…도망치면 따라올 거야?"

거지 놈이 대답했다.

"자신 있으면 도망쳐 보든가."

나는 왼발로 땅을 밀어내면서 공중에 떴다가 신형을 회전한 다음에 경공을 펼쳤다. 뒤에서 이럇- 소리가 들리더니 잠시 후에 화살이 뒤통수로 날아왔다.

*쐐엥!*

나는 속도를 줄이지 않은 채로 상체를 숙였다가, 물속에 뛰어드는 자세로 뻗어나가서 속도를 더 높였다. 순간 성질이 뻗쳐서 기록을 경신하는 것처럼 맹렬한 속도로 달렸다. 이놈들에게 경공을 지면 내가 어떻게 전생에 쾌당에 들어갔겠는가. 당연히 전부 따돌려서 한참을 달리다가 동네 한 바퀴를 돌았다. 이 무서운 회귀回歸 본능. 나는 다시 춘몽객잔 앞에 도착해서 박살이 난 객잔의 잔해를 물끄러미 바라봤다.

"…또 망했네."

이쯤 되면, 내가 가는 객잔마다 망한다는 게 정설로 자리 잡아야할 것 같다. 딱히 누구를 원망할 필요가 없는 운명이랄까. 추격하던놈들이 차례대로 도착해서 멈춰 섰다. 내가 춘몽객잔을 구경하고 있자, 이놈들도 꽤 놀란 모양이었다. 나는 쫓아온 놈들을 무심한 눈초리로 바라보다가, 품속에 섬광비수를 도로 집어넣었다.

"…"

어깨를 다친 엽야홍이 꼴찌로 도착해서 거칠게 호흡을 내뱉었다.나는 엽야홍의 노고를 위로했다.

"고생이 많다. 너 다음 공격에 죽을 것 같은데. 불쌍한 새끼."

나는 다시 춘몽객잔으로 들어가서 멀쩡하게 살아있는 의자에 앉은 다음에 미친년, 노려보는 놈, 거지 놈, 다친 놈, 활 쓰는 놈을 바라봤다.

"…"

거지발싸개가 처음으로 인상을 굳히더니 중년 사내에게 말했다.

"이거 보통 미친놈이 아닌데요? 도망가는 줄 알았는데."

중년 사내가 말에서 내리더니 화살을 말 엉덩이 위에 올려놓았다.중년 사내가 호흡을 길게 내뱉은 다음에 말했다.

"실력을 계속 감추고 있는 것이니 방심하지 마. 엽야홍처럼 된다.식칼에 독이 묻어있었으면 엽가 놈은 벌써 죽었다."

"알겠습니다."

나는 진지한 어조로 살아있는 놈들에게 말했다.

"항복해라. 협객은 함부로 살생하지 않는다."

중년인이 대답했다.

"이제 놈의 말에도 함부로 대답하지 말도록."

나는 고개를 끄덕이면서 대답했다.

"하지만 나는 협객이 아니야. 사실은 함부로 살생하는 사내, 그것이 나다. 특히 너."

나는 요선자를 가리켰다.

"나는 미친년이라도 웬만하면 여인은 죽이지 않는다. 빨리 무릎 꿇어. 따귀 몇 대만 맞아주면 용서해 주겠다. 병신들이냐? 전력의 오분의 일이 줄었잖아. 활 쏘는 놈의 말대로 나는 아직 전력을 다하지 않았다. 왜, 어째서?"

자문자답自問自答.

"협객의 마음가짐. 너희도 한낱 허수아비가 아닐까? 하는 생각. 혹시 지금 짜증 나는 윗사람에게 협박이나 강요를 받고 있다. 손을 번쩍 들거나 나를 향해서 눈을 깜박이도록…"

"…"

"없어?"

중년 사내가 엽야홍에게 말했다.

"더 데려와라."

엽야홍이 순식간에 경공을 펼치면서 대답했다.

"알겠습니다."

중년 사내가 다시 조금 떨어진 바깥 자리의 탁자에 앉자, 나머지도 쓰러진 탁자와 의자를 일으켜 세우더니 대충 둘러앉았다. 그사이에 나는 월영무정공을 생각했다. 금구소요공에 몇 가지 절기들이 있는 것처럼. 당연하게도 월영무정공에도 절기가 있다. 다만, 내가 사용해 보지 못했을 뿐이다. 빙공으로 펼치는 절기에는 당연하게도, 냉기冷氣가 위력적으로 퍼져나가는 묘리가 담겨있다.

실패하면 죽을 수도 있었기 때문에 정신이 또렷해진 상황. 앉아있는 놈들의 위치와 간격을 가늠해서 파고들어야 할 지점을 찾았다. 순간, 월영무정공을 전신에 휘감은 채로 적들을 바라봤다. 나도 월영무정공의 냉기를 전신에 휘감은 것은 처음이다. 앉아있는 의자와 탁자에 허연 냉기가 차오르기 시작하자… 요선자, 거지, 방립 사내, 중년인의 표정이 다양하게 변했다. 나는 객잔에 앉아서 입을 동그랗게 만 다음에 적들을 향해 입으로 만두를 식힐 때처럼 바람을 불어봤다.

"하아…"

입에서 귀신이 호흡하는 것처럼 새하얀 찬바람이 흘러나왔다. 월영무정공에 적혀있는 표현 중에 끔찍한 부분이 있다. 배신한 정인情人과 정인의 상대가 껴안고 있는 것을 동시에 얼어붙게 한 다음에 달빛 아래에서 구경했다고… 문득 나는, 이런 생각을 하면서 분노를 끌어올렸다. 생각해 보니, 나는 정인에게 배신당한 적이 없다. 애초에 정인이 없었기 때문이다. 분노가 휘몰아칠 때쯤에 거지발싸개의 목소리가 들렸다.

"이 새끼, 눈깔이 미쳤는데요?"

나는 공중으로 솟구쳤다.

# 167.
## 일장춘몽이다

기파氣波는 말 그대로 기氣의 파동波動이다. 쉽지 않은 무공이다. 나는 금구소요공으로 기파를 터트리는 원리를 적용하고, 정작 사용하는 힘은 월영무정공의 냉기를 활용했다. 공중에서 전신에 휘감았던 냉기를 일순간에 터트리고 땅에 내려서자… 눈앞에 방립 사내의 검이 보이고. 왼쪽 머리 위에는 백색의 불진이 멈춰있었다. 눈치 빨랐던 중년 사내는 쌍장을 교차한 상태에서 얼어붙어 있고. 보기보다 영악한 거지 놈은 탁자를 들어 올린 자세로 굳어있었다.

각자의 판단에 따라서 공격과 방어로 나뉘어서 대처했으나, 어쨌든 전부 월영무정공의 현월냉기를 뒤집어쓴 상태. 내가 괜히 공중으로 솟구쳐서 냉기를 퍼뜨렸겠는가. 이놈들은 기파에 대처할 수 있는 수준의 무인들이 아니었다. 어쨌든 내공의 고하를 막론하더라도 애초에 내가 이놈들보다 무학의 수준이 높다. 나는 얼어붙어 있는 자들을 구경하다가 섬광비수를 뽑았다.

"다들 동작 그만."

"…"

"이 새끼들, 내가 그렇게 병신으로 보였어?"

나는 방립 사내를 노려보고, 요선자의 상태를 확인하고, 중년 사내의 뒤에서 속삭였다.

"…내 빙공이 완벽하지 않았지? 다들 열심히 내공을 끌어올려서 빙공을 풀어보겠다고 지랄하는 것도 알고 있다. 하지만 경고하는데, 먼저 꿈틀대는 놈부터 비수로 찌를 거야. 움직일 수 있어도 움직이지 마라."

나는 거지 놈이 들고 있는 탁자를 발로 차서 날린 다음에 말했다.

"거지야, 내 말 이해했어? 빙공을 빨리 풀어낸다고 좋은 게 아니다. 어차피 너희가 움직이면 나를 공격할 게 뻔하니 이제 눈치 싸움을 해보자. 먼저 움직이는 놈부터 찌른다."

나는 섬광비수를 양손으로 이리저리 옮기면서 얼어붙어 있는 놈들의 눈빛을 구경했다.

"아무래도 활 쏘던 놈이 가장 먼저 움직일 거 같은데? 네가 내공이 가장 깊을 거 아니냐?"

나는 중년 사내를 바라보다가 견정혈에 잔월빙공을 세 차례 더 박아 넣었다. 퍽, 퍽, 퍽! 소리와 함께 잔월지법에 적중당한 중년 사내의 얼굴이 백지장처럼 하얗게 돌변했다. 둘러보다가 거지, 요선자, 방립 사내의 몸에도 잔월지법을 한 대씩 더 쑤셔 넣었다.

"사람을 잘못 봤다고 친절하게 말을 해줬는데도 나를 무시하다니."

나는 본래 앉아있던 자리로 돌아와서 탁자에 섬광비수를 박아 넣고, 굴러다니는 젓가락 통을 탁자 위에 내려놓았다. 통에서 젓가락을 하나 뽑은 다음에 포로들을 갈궜다.

"꿈틀대는 놈은 젓가락, 도망가는 놈은 비수, 정신 못 차리고 또 덤비는 놈은 때려죽인다."

나는 박살이 난 춘몽객잔을 바라보고, 고요해진 분위기도 잠시 즐겼다. 확실히 빙공을 사용하면 이런 장점이 있다. 조용하고 차분해지는 느낌이다. 광마 시절에 주로 사용하던 염계는 그렇지 않았다. 끊임없이 비명을 들으면서 싸워야 했고, 종종 나를 상대하던 적들은 끔찍한 모습으로 죽곤 했다. 하지만 이 빙공의 위력을 보라. 고요하고, 적적하고, 고즈넉하기만 했다. 마치 내가 눈[雪]처럼 차갑고, 냉정하고, 엄격한 사내가 된 느낌. 나는 냉정한 마음으로 젓가락을 힘차게 던져서 중년 사내의 어깨에 박아 넣었다.

푹!

중년 사내의 목구멍 깊숙한 곳에서 "끅" 소리가 울렸다. 나는 중년 사내의 표정을 구경하면서 물었다.

"활 쏘던 놈, 너는 좀 구제 불능 같은데. 어떻게 생각해?"

"…"

대답이 없는 것을 보면 아직 주둥아리가 얼어붙어서 떨어지지 않는 모양이었다.

"나만 죽이면 되는 일을 가지고 남명회, 흑선보, 흑묘방까지 몰살하고 내 고향 사람들까지 죽이겠다니. 이 원수 새끼, 말만 들어도 넌 내 원수야. 너는 실제로 그랬을 것 같다. 너무 인정머리가 없고, 과격하고, 잔인해. 사형에 처한다."

나는 자리에서 일어났다가 목검으로 발검식을 펼친 다음에 앉았다. 얼어붙은 놈들의 눈동자가 전부 중년 사내를 향해 움직였다. 뒤늦게 비스듬하게 쪼개진 상체가 핏물을 뿜어대면서 바닥에 떨어졌다.

쿵!

나는 무덤덤한 표정으로 요선자, 거지, 방립 사내를 바라봤다.

"이제 좀 잘못 걸렸다는 생각이 들지 않아? 엽야홍이 낄낄대고, 합공할 때만 해도 아주 신이 났던데. 다음 판결을 이어나가겠다. 이 거지 새끼… 은근히 음흉한 놈이야."

나는 거지 놈을 주시했다.

"항상 마지막에 공격하고. 적당히 공격했다가 물러나고. 기회만 엿보더군. 마지막에도 눈치가 빨라서 탁자로 빙공을 막으려 했다. 생긴 것과 차림새만 거지발싸개였지 하는 짓은 살수에 가까워. 너도 사형에 처한다."

나는 섬광비수를 뽑자마자 염계를 휘감아서 거지 놈에게 맹렬한 속도로 던졌다. 화살처럼 날아간 섬광비수가 거지 놈의 미간에 꽂혔다.

푹!

문득 괴상한 소리가 들려서 바라보니 요선자의 입에서 거품이 흘러나오고 있었다. 나는 미간을 좁힌 채로 요선자에게 말했다.

"이봐, 정신 차려라. 그러다가 주화입마 밀려온다. 나는 여인은 웬만하면 죽이지 않아."

내가 말을 마치자마자, 요선자가 검붉은 피를 토해냈다. 안타까운 마음에 나는 혀를 찼다.

"허…"

주화입마가 온 모양이다. 내 알 바 아니어서 턱을 괸 다음에 방립 사내를 바라봤다. 내가 생각하기에 방립 사내의 내공은 중년 사내와 엇비슷했다. 하지만 흑도에 오래 몸을 담고 있었던 흔적이 전신에 배어있는 사내였다. 철저하게 명령을 수행하는 놈이어서 한마디로 그냥 재미없는 유형의 인간이었다.

나는 본래 오락가락하는 사내이기 때문에 일어나서 방립 사내에게 다가갔다. 방립 사내는 끊임없이 나를 노려보고 있었다. 나는 여태 궁금하게 여겼던 방립을 벗긴 다음에 놈의 얼굴을 천천히 살펴봤다. 손으로 놈의 턱을 붙잡아서 관상도 살피고 눈도 들여다봤다.

"겁대가리를 상실한 놈이네. 남의 밑에 있을 놈이 아닌데. 이상하단 말이야."

나는 손가락에 염계를 주입한 다음에 방립 사내의 상체를 가볍게 두드렸다. 이렇게 하면 빙공이 훨씬 빨리 풀릴 터였다. 거지 놈의 미간에 꽂혀있는 섬광비수를 뽑은 다음에 피를 털어내면서 자리로 돌아왔다. 요선자는 겁에 질린 모양인지 자꾸만 피를 토해내고 있었다. 나는 박살이 난 춘몽객잔을 가리키면서 한숨을 내쉬었다.

"…일장춘몽一場春夢이다. 강호에 고수가 많다는 것을 잊지 말도록. 애초에 내 말을 귀담아들었거나, 아니면 그 전에 악한 짓을 하지 않았다면 오늘 이렇게 허망하게 죽는 일도 없었겠지. 본래 너희들의 수장이 직접 오면 나도 상황을 판단한 다음에 도망을 칠 생각이었는데 엽야홍의 안목이 정말 형편없었다."

나는 방립을 머리에 쓴 다음에 모자 잃어버린 놈을 바라봤다. 이 놈이 부들대면서 몸을 움직이기 시작하더니 탁자에 주저앉아서 나를 바라봤다. 이내 쩍- 하는 소리와 함께 피가 터진 입술로 내게 말했다.

"방립 좀 돌려주시오."

"왜?"

"돌려주시오."

"그러니까 왜?"

"아끼는 물건이라서."

"병신이냐? 남의 목숨은 날벌레 보듯 하더니, 방립을 돌려달라고? 어처구니가 없는 놈이로군."

나는 방립을 벗어서 염계로 불태운 다음에 잔해를 허공에 뿌렸다. 흩날리는 재가 방립 사내에게 날아가자, 이놈이 처참한 표정으로 손을 뻗어서 재를 붙잡았다. 놈에게 물었다.

"방립이 그렇게 소중했어?"

이때, 예상하지도 못했던 대답이 흘러나왔다.

"…비도 피하고, 눈도 피하고, 사람들의 시선도 피하고. 아끼는 물건이었소."

나는 놈의 말을 듣는 동안에 팔뚝을 바라봤다. 소름이 끼치는 와중에 닭살이 돋고 있었다. 그제야 나는 이놈들의 수장이 누구인지 알 것 같았다.

'오악五惡의 일원이 수장이었구나.'

본래 정신이 크게 망가진 놈이었는지, 악인을 만나서 망가진 것인

지는 알 수가 없었다. 나는 쓸쓸한 마음이 들어서 요선자와 방립 사
내에게 약속했다.

"너희들의 못된 수장은 내 손으로 반드시 죽여주마."

방립 사내가 처음으로 내게 미소를 지었다.

"문주, 힘들 거요."

"알아."

"결국, 당신도 잡혀서 우리처럼 노예로 살게 될 거요."

나는 고개를 저었다.

"아니야."

"확신할 수 있겠소?"

"지금은 비록 내가 마교 교주나 그대들 수장보다 약하더라도 시간
이 흐르면 결국엔 내가 이길 것이니 과하게 걱정할 필요 없다."

방립 사내가 웃으면서 말했다.

"나는 당신 말을 믿지 못하겠소."

"말했잖아. 결국엔 협객이 가장 강하다고."

"농담 아니었소?"

"내 말을 믿을 필요는 없다. 천하를 봐라. 마교 교주나 그대들 수
장 같은 놈들이 세상에 득실거렸다면 이미 천하는 지옥이 됐을 것이
다. 하지만 천하는 그렇지 않아. 세상에는 항상 악인들보다 협객들
이 더 많기 때문이다. 결국엔 우리가 이긴다. 내가 설령 싸우다가 죽
음을 맞이하고, 임 맹주가 악인들에게 둘러싸여서 죽고, 문파와 세
가의 협객들이 무너지고, 끝내 무림맹과 하오문이 망해도… 결국엔
어디선가 일어난 협객이 다시 천하를 정상으로 돌려놓을 거다. 그것

이 세상의 이치야. 그것이 협객들이 가진 힘이다."

방립 사내가 나를 바라봤다.

"그럼 우리 같은 놈들은 뭐요?"

"나는 너희를 어느 정도 이해한다. 살다 보면 뜻대로 되지 않을 때도 있는 법이지. 다들 미숙하고 미련하게 살아가다가 어느 날 마음을 고쳐먹으면 악인이 협객이 되고. 협객이 악인이 되는 것이지. 위선자가 될 수도 있고. 배신자가 될 수도 있겠지."

방립 사내가 내게 물었다.

"당신 같은 사람이 협객이오?"

솔직하게 대답해 줬다.

"나는 협객이 아니다. 하지만 협객과 악인을 구분할 수 있는 사람이야. 악인을 가려내어 죽이고 협객을 보살필 수 있는 사람, 그것이 나다."

방립 사내는 내상을 입었는지 입 주변에 피를 흘리면서 물었다.

"세상에 협객이 그렇게 많소? 왜 나는 보질 못했지."

"그렇게 무서운 눈깔로 보는 것마다 찢어 죽일 것처럼 세상을 쳐다보고 있는데 협객이 잘도 보이겠다."

방립 사내가 피 묻은 이빨을 내보이면서 웃었다.

"내가 운이 없었나 보오."

나는 반쯤 죽어가는 방립 사내와 요선자에게 관심이 없어서 다리를 탁자에 올려놓은 채로 하늘을 바라봤다. 죽어가는 자들에게 내 뜻을 알려줬다.

"…내가 만 명을 돌봐서 그중에 협객이 한두 명이라도 나오면 나는 성공이야. 내가 돌봐준 자들이 다시 서너 명, 수십 명, 수백 명을 또 돌봐줄 거다. 거기서 또 협객이 나오면 천운天運인 것이지. 내 적들이 아무리 강해도 이건 못 당하지. 하오문은 언젠가 쫄딱 망해도 내 뜻은 망할 리가 없지. 망하기는 개뿔이."

고개를 돌려보니… 엽야홍이 십여 명의 검객을 이끌고 춘몽객잔으로 다가오고 있었다. 나는 엽야홍이 어떻게 나올지 궁금해서 팔짱을 낀 채로 심드렁하게 쳐다봤다.

"왔어?"

엽야홍이 멈춰서 죽은 자들과 죽어가는 자들을 확인했다. 엽야홍이 끌고 온 사내들도 마찬가지. 다들 입도 뻥긋하지 못하고 있었다. 나는 엽야홍에게 물었다.

"엽 소협, 죽을 때가 됐나? 도망도 안 가고 멍청하게 다시 돌아왔네."

방립 사내가 엽야홍을 바라봤다.

"이 병신 같은 놈, 너 때문에 다 죽었다."

순간, 선 채로 얼어붙어 있었던 요선자가 뻣뻣한 자세 그대로 쓰러졌다. 엽야홍이 주변을 둘러보면서 말했다.

"석 조장님?"

나는 쪼개진 시체를 바라보면서 대답했다.

"석 조장은 저세상에 바쁜 일 있어서 떠났다."

방립 사내가 지친 어조로 말했다.

"다들 도망 안 가고 뭐 하는 게야. 달려라."

방립 사내의 말은 마치 신호탄과도 같았다. 엽야홍이 먼저 도망을 치기 시작하자, 십여 명의 검객들이 엽야홍을 따라서 도망을 쳤다. 이들을 관리하던 석 조장이 반으로 쪼개졌으면 승산이 없다는 것을 나보다 더 잘 아는 모양이었다. 나는 병신 같은 놈들을 아득바득 쫓아가서 죽일 생각을 하다 보니, 쫓아가기도 전에 자괴감이 들었다. 죽이는 것도 중요하지만, 내 정신 건강과 광증 관리도 중요한 법이다. 도망가던 엽야홍이 이런 말을 외쳤다.

"벽검劈劍 형, 내 나중에 복수해 주겠소!"

빙공을 익혀서 그런 것일까. 마음이 평소보다 차분해진 상태였다. 전생을 돌이켜 보면, 극양의 무공을 익힌 데다가 정인도 없었기 때문에 음과 양의 조화는 내 인생에 아예 없었던 일이었다. 방립 사내, 벽검이 나를 물끄러미 바라보다가 검을 쥔 채로 일어섰다. 어쩐지 꼬락서니가 나를 상대해서 시간을 벌겠다는 눈치였다. 나는 젓가락을 뽑은 다음에 벽검에게 겨눴다.

"죽을래?"

벽검이 도로 탁자에 앉는 것을 본 다음에 물었다.

"이제 읊어라. 위치, 규모, 전력. 그리고 수장까지."

"그런 것을 불면 나는 곱게 죽지 못해."

나는 젓가락을 흔들었다.

"그런 것을 불지 않으면 너는 요선자 다음이야."

벽검이 자포자기한 어조로 말했다.

"어차피 해독제를 먹지 못하면 독 때문에 죽게 되니 검에 죽는 게 낫겠소."

"그래?"

"..."

나는 벽검의 표정을 바라보다가 덤덤한 어조로 말했다.

"내 쪽에는 신의神醫가 있어. 잘 생각해라."

## 168.
## 내 말을 똑바로
## 이해하려면

"신의? 그 사람이 정말 독을 없앨 수 있소?"

벽검의 물음에 솔직하게 대답해 줬다.

"몰라. 내가 어떻게 알아. 내가 의원이냐?"

벽검이 눈을 부릅떴다.

"..."

이야기하는 동안에 벽검의 표정이 절망에서 희망으로 바뀌었다가 다시 절망으로 물들었다.

"치료할 수 있을지 없을지는 의원이 직접 봐야 안다. 하지만 이 사람이 치료할 수 없으면 누구도 치료할 수 없을 것이라 장담하마."

그것이 내가 아는 모용백이다. 벽검이 눈을 크게 뜬 채로 물었다.

"그런데 궁금한 게 있소. 왜 나요? 정보를 얻어내려면 석 조장이 더 많이 알고 있을 것인데. 아니면 그저 운이 좋아서 내가 살았나."

"그럴 리가, 세상일이 전부 우연과 운으로 돌아가면 재미없지."

나는 일어나서 박살이 난 춘몽객잔의 잔해를 뒤적거리다가 기둥에 꽂혀있는 은자를 뽑아냈다. 벽검에게 싸구려 술로 후려쳐서 받은 돈이다. 나는 은자를 벽검에게 던졌다. 물론 저놈이 내게 돈을 던진 것과 내가 받아들였던 의미는 다를 것이다. 하지만 상관없다. 그나마 살려둘 놈은 계산이 확실해 보이는 놈밖에 없었기 때문이다. 거지는 음흉하고, 요선자는 본래 전생부터 살행을 일삼았으며, 석 조장은 처음부터 끝까지 살려둘 마음이 없었다. 벽검이 은자를 물끄러미 바라보고 있을 때 내가 말했다.

"그 은자는 이제 다른 은자와 의미가 다르다. 방립보다 가치가 있는 것이니 특별히 챙겨둬라."

벽검이 신기하다는 것처럼 은자를 만지작거리다가 품에 넣었다. 나는 팔짱을 낀 채로 벽검을 내려다보면서 말했다.

"이제 사업 이야기도 하고. 정산도 해보자."

"무슨 정산?"

"사업 이야기부터."

"말씀하시오."

나는 무너진 춘몽객잔을 바라봤다가 벽검에게 말했다.

"춘몽객잔 피해보상은 네 우두머리에게 할 테니 일단 넘어가고."

"…"

"너는 하오문의 생사명의에게 치료를 받은 다음에 운이 좋아서 독이 재발하지 않는다면 내가 너희들의 수장을 때려죽일 때까지 협조해."

벽검이 대답했다.

"무엇을 협조해야 하오?"

"모든 것. 내가 알아야 할 것. 내가 알면 좋은 것. 동향, 전략, 밀고, 작전 제의… 아무거나, 전부."

벽검이 조심스럽게 대답했다.

"그저 의미 없이 살아남는 게 아니고. 독을 풀어서 노예를 벗어날 수 있다면 어렵지 않은 일이오. 협조하겠소."

"좋다. 내가 그쪽 우두머리를 죽이면 너는 떠나고 싶은 대로, 하고 싶은 대로 살아라. 계약은 거기까지다."

자유를 준다는데 거절할 이유가 없을 것이다. 그리고 내가 보기에 이놈은 앞뒤가 다른 유형의 인간은 아니다. 오히려 답답할 정도로 내뱉은 말을 지키고 사는 고지식한 인간이었다. 벽검이 고개를 끄덕였다.

"좋소. 정산은 무슨 의미요?"

나는 품에서 돌돌 말려있는 전표 뭉치에서 한 장 뽑은 다음에 벽검의 탁자에 올려놓았다. 돌돌 말려있던 터라 오그라드는 전표를 손가락으로 눌러서 편 다음에 말했다.

"착수금이다."

"음."

"네가 속해있던 조직이 내 손에 개박살 날 때까지. 이것으로 먹고, 자고, 술을 마시고, 보고해야 할 일이 있으면 말을 타든, 마차를 타든 간에 성심성의껏 달려와서 내게 말해."

벽검이 어리둥절한 표정으로 전표를 붙잡고 구경했다. 나는 벽검의 표정을 구경하다가 말을 덧붙였다.

"네 눈빛이 너무 살벌하니 방립도 다른 모양으로 하나 사라."

벽검이 고개를 끄덕였다.

"알겠소."

"공식적으로, 적들에겐 너는 오늘 이 자리에서 죽은 것으로 하자. 넌 죽은 놈이야."

"죽은 놈처럼 행동하리다."

"엽야홍을 살려서 보냈으니, 이놈이 네 죽음을 공식적으로 알리게 될 것이다. 마지막에 도망치면서 하는 말 들었지? 실제로 네 복수를 해줄지는 의문이지만."

벽검이 냉소를 머금었다.

"입만 산 놈이라 기대도 안 했소."

"옷도 새것으로 갈아입는 것이 활동하기 편할 거다."

그제야 벽검은 자신이 할 일을 깨달은 모양인지 표정이 시시각각 변하고 있었다. 일단 중독 상태를 치료한 다음에 새로운 신분으로 본래의 조직을 감시하는 것이 벽검의 임무였다. 나는 탁자 하나만 남겨둔 다음에 거지, 요선자, 석 조장을 발로 차서 객잔의 잔해에 집어넣었다. 어차피 중독된 시체들이기 때문에 가만히 놔뒀다간 들짐승이나 이해하지 못한 현상으로 인해 역병이 퍼질 터였다.

잠시 후 박살이 난 춘몽객잔을 시체와 함께 불태웠다. 불길에 휩싸인 객잔을 보고 있으려니 슬그머니 성질이 다시 뻗쳤다. 객잔 주인장 일행을 대피시켜서 목숨을 살려준 것은 다행이지만, 굳이 내가 이곳에 자리를 잡아서 피해를 입힌 것은 미안한 일이기 때문이다. 그나마 객잔 사람들의 얼굴을 기억하고 있으니 나중에 어떻게든

...

보상을 해줘야 옳은 상황이었다. 나중에 이곳에 하오문의 지부를 겸하는 객잔을 하나 만들면 본래 주인장이 언젠가는 찾아올 것이라 생각했다. 나는 객잔이 불에 타는 동안에 섬광비수를 꺼내서 유일하게 남은 탁자 위에 말을 남겼다.

'나중에 보상해 주겠소.'

탁자를 푯말로 만들어서 땅에 박아 넣었다. 뒤처리를 끝낸 다음에 벽검에게 말했다.

"가자."

어차피 벽검은 부상을 입어서 빨리 갈 수 없는 상태였다. 모용백에게 향하면서 정체불명 조직에 관한 이야기를 천천히 들어볼 생각이었다.

* * *

"…그럼 가장 많이 알고 있는 간부가 백면공자白面公子인가?"

"그럴 거요. 백면공자가 일을 시킬 때는 고수들이 많이 동원되었소. 석 조장도 백면공자에겐 존댓말로 얘기했으니까."

"다른 조장은?"

"퍼져있어서 알 수 없소. 조직 전체를 소개받은 적도 없고. 사실 우향곡주의 실력이면 석 조장보다 약하지 않은데 해독약을 받아야 하는 입장이라서 함부로 대하지 못했을 거요."

만약 모용백이 벽검을 살릴 수 있다면 우향곡주까지 해독할 수 있다는 뜻이 된다. 그렇다면, 모용백이 있기 때문에 이런 일이 가능해진다. 독 때문에 억압되었던 자들을 해독시켜서 이놈들의 조직을 무너뜨리는 일. 어찌 보면 오악에 속한 자를 쓰러뜨리는 것은 내가 아니라 모용백에게 가장 큰 역할이 주어진 상황이었다. 나는 그제야 벽검에게 물었다.

"그래서… 대체 누구냐."

이때까지 벽검은 수장에 대해서 한마디도 하지 않고 있었다. 벽검이 잠시 걸음을 멈추더니 주변을 둘러봤다. 두려움을 이겨내려는 기색으로 겨우 입을 열었다.

"삼대공三大公이오."

나는 잠시 어리둥절한 마음으로 되물었다.

"무슨 소리냐? 삼대공이 누구야."

'오악이 아니야?'라는 물음이 목구멍까지 나왔다가 도로 들어갔다. 내가 아는 별호와 다르거나, 애초에 내 예상이 틀렸을 가능성도 있기 때문이다. 벽검의 설명이 이어졌다.

"대충 아시는 줄 알았는데. 삼공자三公子를 말하는 거요."

"…"

"교주의 삼남三男이란 말이외다."

나는 할 말이 떠오르지 않아서 벽검을 물끄러미 바라봤다.

"그러니까 아까 교주를 언급했을 때 다들 놀란 거요. 결국엔 우리가 그렇게 어려워하는 윗사람의 윗사람과 알고 지낸다는 말이었으니까. 하지만 나름의 사정이 있소. 이 인간도 살아남기 위해서 발악 중일 거요. 교주가 전대의 실수를 반복하지 않기 위해서 미리 부교주 자리를 공석으로 던져두고, 후계자 다툼을 방관하고 있으니까.

돈은 돈대로 긁어모으고, 고수들도 모아야 하고, 부교주 자리에 오르지 못하면 결국 삼공자의 외가外家 세력까지 몰살당할 수 있으니…"

"그럼 결국 너희 조직이라는 게 삼공자를 포함한 삼공자의 외가가 중심인가?"

"그렇소. 총력을 기울이고 있을 테니. 그쪽은 부교주가 되지 못하면 다른 부교주 후보들에게 몰살당하거나 아니면 나중에 교주에게 당할 수도 있소. 교주가 무슨 생각을 하는지는 아무도 모르기 때문에 대비할 수밖에 없겠지. 수단과 방법을 가리지 않는 이유도 그 때문이고."

"그렇다면 네가 예상하는 백면공자의 정체는?"

"삼공자 외가 쪽 인물일 가능성이 높소. 대공들은 종종 교주의 부름을 받기 때문에 대외적인 활동에만 집중하는 것이 어렵소. 외가 쪽 고수가 총책임자가 되어서 후계자 전쟁을 준비하고 있을 거요."

나는 혈야궁에서 갑자기 교주가 등장했던 것을 떠올렸다. 교의 정보조직이 혈야궁을 감시했었을 수도 있고. 후계자들의 가문이 흩어져서 정보조직도 겸하는 모양이다. 어쨌든 이놈들도 교주에게서 살아남으려면 유능하다는 것을 시도 때도 없이 입증해야만 할 테니 말이다. 교주는 부려먹을 만큼 부려먹다가 쓸모없으면 정리하는 사내다. 나는 흑묘방으로 향하면서 생각을 정리했다.

\* \* \*

나는 오랜만에 흑묘방의 수하들에게 둘러싸여서 복귀하는 와중에 모용백에게 말했다.

"선생."

"예."

나는 벽검을 가리켰다.

"이 기분 나쁜 눈깔 놈이 독약을 먹은 모양이야."

모용백은 흑묘방의 수하들과 함께 나를 지원하려고 오고 있었기 때문에 중간에서 재회할 수 있었다. 모용백이 벽검을 보면서 말했다.

"겉은 멀쩡해 보이는군요."

"그것은 무슨 의미인가?"

"해독하기 어렵다는 뜻이겠지요."

나는 웃으면서 모용백을 바라봤다.

"꽤 여러 가지 일이 엉켜있는 독약이야. 이것을 풀지 못하면 내가 곤란해지고 하오문이 곤란해진다고."

"조금 더 자세히 설명해 주시지요."

나는 길을 걸으면서 모용백에게 설명했다.

"교주의 삼공자. 그 삼공자 세력에 강제로 굴복한 강호 고수들이 전부 독약을 복용한 모양이다. 이들을 해독제로 풀 수 있다면 꽤 많은 전력이 삼공자에게서 돌아서겠지. 해독제만 만들어도 자중지란 自中之亂이 일어나는 꼴이랄까. 결국에 이놈들은 교주의 명령을 수행하고 있을 테니, 교의 전력도 약화시킬 수 있는 기회지. 많은 것이 해독제에 달렸어."

모용백이 고개를 끄덕였다. 나는 최대한 모용백을 자극하기 위해 혼신의 힘을 다했다.

"마도魔道의 독이 뛰어난가. 아니면 모용 선생의 의술과 해독제가 뛰어난가. 한번 확인해 보도록."

모용백은 황당한 모양인지 헛웃음을 내뱉었다.

"…문주님, 쉬운 일이 아닙니다."

나는 모용백의 등을 두드리면서 말했다.

"동감이야. 쉬운 일이 아니지. 나도 항상 목숨을 걸고 있으니까 선생도 편한 마음으로 연구에 임하도록. 재료비, 출장비, 연구개발 비용 같은 것은 절대 걱정하지 말도록. 내가 완벽하게 지원해 줄 테니까. 내가 이런 거 시원하려고 그동안에 흑도들 쥐패면서 돈을 뺏은 거 아니겠어? 자금은 넉넉하니까 걱정하지 말라고."

"…"

모용백이 매우 불편한 표정으로 내게 말했다.

"마음이 참 편해지는군요."

"그래야지."

"마음에 평화가 깃듭니다."

"옳은 마음가짐이로군."

나는 잠시 걸음을 멈춘 다음에 흑묘방의 수하들에게 말했다.

"다들 고생하고 있는 모용 선생에게 단체로 박수를 한 번 보내주자. 자."

내가 박수를 쳐대기 시작하자, 흑묘방에서 수련하는 원숭이 새끼들이 히죽대면서 박수를 쳐대기 시작했다. 나는 허리에 손을 얹은 채로 말했다.

"다들 잘 들어라."

"예."

"우리들의 목숨이 모용 선생에게 달렸다."

모용백의 콧구멍이 잠시 연달아서 벌렁거렸다. 나는 소군평에게 명령을 내렸다.

"소군평."

"예, 문주님."

"그간 특별히 성실하게, 혹독하게 수련에 임한 수하 두 명을 선출해서 월봉을 세 배로 올린 다음에 모용 선생의 전담 호위를 맡기도록. 승진이다."

소군평이 내게 포권을 취했다.

"명을 받듭니다."

나는 고개를 끄덕인 다음에 차성태를 불렀다.

"차 총관."

"예, 문주님."

"앞으로 모용 선생이 요청하는 자금은 나한테 묻지 말고 그대가 승인해서 전부 신속하게 지급할 수 있도록."

"알겠습니다."

나는 손으로 모용백을 가리켰다.

"우리 목숨이 모용 선생에 달렸다."

내 말이 끝나자마자 흑묘방의 수하들이 다시 박수를 보내면서 모용백을 응원했다.

"선생님, 잘 부탁드립니다."

"하오문에는 언제 들어오셨지? 환영합니다."

"환영식은 따로 안 합니까?"

수하들이 의식의 흐름대로 떠들고 있었기 때문에 내가 소란을 잠재웠다.

"좀 닥쳐라."

"예."

나는 수하들을 둘러보다가 물었다.

"우리 대오방주, 황 방주, 마적을 때려잡은 황 협객은 어디 있나?"

모용백이 대답했다.

"흑묘방에 도착하자마자 기절했습니다."

"기절 좋지. 가자."

"예."

나는 뒷짐을 진 채로 걷다가 한숨을 내쉬었다. 심심해서 되는대로 씨불여 봤다.

"강호에 도리가 떨어졌다 이 말이야."

뒤에서 따라오던 차성태가 대답했다.

"그러게 말입니다."

나는 그간 생각하고 있던 것을 정리해서 수하들에게 말했다.

"다들 잘 들어라."

"예."

"이제부터 하오문에 들어오는 자들은 일차로 소군평이 혹독하게 체력훈련을 시켜서 걸러낼 것이다. 거기서 통과하면 호연 선생이 검법을 가르칠 거다. 호연 선생이 가르친 가장 뛰어난 인재들은 다시 육합선생…"

나는 그제야 육합선생의 생사를 확인했다.

"그놈은 살아있나?"

차성태가 대답했다.

"예, 며칠은 계속 똥 씹은 표정을 짓더니 나중에 회복하자마자 심심한 모양인지 호연 선생과 자주 겨뤘습니다."

"누가 이기냐? 내공이 정상은 아닐 건데."

"내공이 정상이 아닌데도 대부분 육합선생이 이깁니다."

"그렇군."

나는 하오문의 향후 계획을 수하들에게 대충 설명했다.

"…곧 여러 지부를 설립하면 고아들도 거두고. 돈도 뿌리고. 정보 조직으로 활용하고. 뭐 다양한 일을 할 거다. 하지만 가장 중요한 일은 앞으로 우리 하오문에 속한 자들이 합심해서."

나는 걸음을 멈춘 다음에 수하들을 바라봤다.

"소군평이 가르치고, 성태가 갈구고, 호연 선생이 가르치고, 모용 선생이 치료하고, 육합 이놈은 모르겠고 하여간 총력을 기울여서 협객을 키워내는 것을 중장기 목표로 삼겠다."

나는 씨익 웃으면서 말했다.

"그중에서 가장 뛰어난 인재는 내가 나중에 제자로 삼을 거야. 어차피 잡다하게 익힌 내 무공과 오락가락하는 내 말을 똑바로 이해하려면 보통 천재로는 안 될 테니까. 다들 알겠어?"

수하들이 나를 바라보다가 전원이 포권을 취했다.

"알겠습니다. 문주님."

"가자."

# 169.
## 머리카락이
## 흩날렸다

"문주님, 저 왔습니다."

"선생, 어서 오게."

벽검을 살피느라 이틀 만에 등장한 모용백의 얼굴은 내 예상보다 초췌한 상태였다. 나는 모용백의 얼굴이 안쓰러워서 물었다.

"잠을 못 주무셨나?"

옆에 와서 앉은 모용백이 짤막하게 한숨을 내쉬었다.

"어려운 일에 집중하다 보니 잠이 전혀 오질 않습니다. 일단 문주님과 상의를 한 다음에 눈을 붙일까 합니다."

환자에 대한 상태 보고가 아니고 상의라니? 무언가 사연이 있었음을 알아차렸으나, 알아서 입을 닫친 다음에 모용백의 말을 기다렸다. 모용백이 먼저 양해를 구했다.

"잠이 부족해서 말이 좀 꼬일 수도 있습니다."

"괜찮아. 나는 항상 꼬이니까."

"예."

그제야 모용백이 내 얼굴을 이리저리 살피다가 물었다.

"문주님도 못 주무셨습니까?"

"나는 운기조식 좀 했어. 별일 없을 때 바짝 해둬야지. 언제 싸울지 모르니까 잠자는 것도 아까워."

모용백이 애처로운 표정으로 나를 바라봤다.

"동병상련이로군요."

"그러게 말이야."

"그래도 잘 주무셔야 합니다. 잠이 부족한 것은 약도 없어요."

"선생, 그런 말은 본인에게 하도록 해."

"그러게 말입니다."

우리 둘은 짤막한 한숨을 동시에 내쉬었다. 모용백이 느닷없이 이렇게 말했다.

"…갑자기 성질이 나는군요."

나는 속이 좀 뜨끔했다.

"잠을 못 자면 대부분 그렇지."

모용백이 심호흡을 한 다음에 내게 물었다.

"좋습니다. 제가 어디까지 설명했죠?"

나는 덤덤한 어조로 대답했다.

"음, 내 기억이 옳다면 자네는 아직 아무것도 설명하지 않았네."

"그랬군요. 자, 설명 들어갑니다."

내가 팔짱을 낀 채로 고개를 끄덕이자, 모용백의 보고가 이어졌다.

"벽검에게 첫날에는 제게 아무 말도 하지 말라고 했습니다. 아무런 정보를 가지지 않은 채로 진료를 시작했습니다. 중독되었다는 가정 한 가지만 둔 채로 말이죠."

"일리 있는 접근이군."

"하루를 꼬박, 다양한 실험으로 벽검의 상태를 확인했는데 중독 여부를 가려낼 수가 없었습니다."

"몸은 멀쩡하다는 뜻이지?"

"예, 제가 아는 모든 방법을 동원했음에도 말입니다. 일단 저는 첫 날에 이미 패배를 선언했습니다. 이것이 중독된 상태라면 저보다 훨 씬 뛰어난 사람이 있다는 뜻인 셈입니다."

"그렇군."

"둘째 날부터 정보를 취합했습니다. 독과 해독제, 두 가지를 먹었 을 때의 상태, 차이점, 느낌, 변화, 기분 등을 자세히 들었습니다. 독 은 최초에 한 번을 먹었고 삼십 일 간격으로 해독제를 복용했더군 요. 해독제는 한 번에 세 알을 받는다고 합니다. 그러니까 구십 일 이내에 새로운 해독제를 받지 못하면 끔찍하게 죽는 것이죠. 문주 님, 여기까지 이상한 점 있습니까?"

나는 모용백의 말을 듣고 있다가 질문했다.

"혹시…"

"예."

"그 끔찍하게 죽은 사내를 직접 봤다고 하던가?"

"예."

"좋아. 나도 거기까지만 확인할 테니. 계속 말해봐."

"그 해독제를 먹지 못해서 죽었다는 자의 상태는 놀랍게도 신체가 터져서 죽었답니다."

"그래?"

모용백이 고개를 끄덕였다.

"결론을 말씀드리겠습니다. 벽검의 이야기는 아귀가 맞지 않습니다. 일단 처음 먹었던 독은 독이 아닐 겁니다."

나는 덤덤한 어조로 물었다.

"그렇다면 해독제가 독이었나?"

"조금 더 복잡합니다. 설명하자면, 그것은 해독제가 아니라 중독성이 강한 약입니다. 그러니까 증상을 듣고 상황을 판단해 보면 최초의 독은 환각 증상을 일으키는 약이고. 삼십 일 간격으로 먹었던 해독제는 점점 중독 증상을 일으켜서 이것을 제때 먹지 못하면 두려움, 환상, 극심한 심리적인 고통을 겪습니다. 완벽하게 조직에 기댈 수밖에 없게 만드는 약이지요."

"우리 예상보다 더 사악한 놈들인데?"

"그렇습니다. 조직에 충성을 바치는 놈들에게는 세 알이 아니라 선심을 쓰는 척하면서 미리 대여섯 알도 지급하는 모양입니다. 그럼 마음 편히 먹을 수 있게 되는 셈이죠."

나는 모용백의 표정을 바라봤다.

"그렇다면 우리가 확인해야 할 것은 그 신체가 터져서 죽었다던 놈의 정확한 사인이로군."

"그렇습니다."

"그것을 확인하는 것은 어렵겠지?"

"예."

나는 그제야 사태를 얼추 깨달았다.

"그러니까 선생의 우려는 이것이 전부 선생의 추측으로 그칠 수 있는 위험성이 있다는 말이로군. 그렇게 되면 벽검은 죽은 목숨이고."

"맞습니다. 아마 해독제를 계속 먹지 못하면 금단 증상으로 벽검이 스스로 자해를 하거나, 저희를 배신하거나, 조직으로 달려가서 울며불며 매달릴 가능성이 크다는 뜻이지요."

나는 팔뚝을 비볐다.

"와, 소름 끼치는 놈들이네. 어쨌든 독이 맞는 것이로군. 문제는 벽검이 스스로 그 독을 원한다는 것이고."

"예."

나는 팔짱을 낀 채로 모용백의 초췌한 얼굴을 바라봤다. 이렇게까지 알아내는 동안에 마음고생이 엄청 심했을 터였다.

"벽검이 심리적으로 그렇게 내몰리면 우리를 엄청나게 원망하겠군."

"그렇습니다."

모용백이 진중한 표정으로 말했다.

"저는 독의 새로운 영역을 엿본 느낌입니다. 신체가 독을 원하도록 만들었으니까요. 이 얼마나 무서운 독입니까?"

"먹는 것을 거부해야 독이라는 이름을 붙일 터인데, 먹길 원하고 있으니 약이라는 명칭이 맞겠군. 대충 의사소통을 위해서 이름을 임시로 붙이면 마약이라고 불러도 되겠어."

"적절한 표현입니다. 문주님."

나는 무언가를 곰곰이 생각하다가 모용백에게 물었다.

"혹시 이렇게 추론하게 된 배경이 더 있나?"

모용백이 다소 놀란 표정으로 대답했다.

"예. 그러니까 이것은 생산 효율의 문제입니다. 복용하고 있는 강호 고수들이 제법 있는 모양입니다. 그런데 제가 해독하지 못할 수준의 뛰어난 독을 그렇게 많이 만들었다면 재력이 정말 엄청나다는 뜻입니다."

"그렇겠지."

"하지만 조직이 돈을 모으고 있다면서요? 앞뒤가 맞지 않은 전략입니다."

"돈을 모아서 결국 그 대단한 독을 만드는 것에 돈을 다 쓴다면… 수지타산이 맞지 않겠군."

"그렇습니다. 반면에, 해독제로 속이고 있는 마약은 계속 지급하고 있지요. 결국, 마약을 제작하는 값이 독보다 싸다는 뜻입니다. 이미 대량으로 생산해서 충분한 양을 보유했을 겁니다. 그래서 해독제 쪽이 문제가 더 크다는 것을 추론했습니다."

나는 고개를 끄덕였다.

"옳다."

내가 생각해도 같은 결론이 나왔다. 나는 짤막하게 한숨을 내쉰 다음에 모용백을 바라봤다. 이 천재가 없었다면 나는 대체 어떤 싸움을 하게 됐을까. 모용백이 말했다.

"상황 파악은 얼추 되었으나 벽검에게 해줄 말이 없었습니다. 그래서 문주님과 상의하려고 왔습니다."

"해독제를 먹어야 할 시간이 얼마나 남았다던가?"

"십여 일 정도 남았다고 합니다. 본래 이번에 문주님을 공격해서 처리하면 미리 해독제를 받을 수 있다는 약조를 받았던 모양입니다. 어떻게 하시겠습니까?"

"모용 선생."

"예."

"이번에는 나도 뾰족한 수가 없어."

"음."

"뾰족한 수가 없을 때는 솔직하게 다 말해주는 방법밖에 없을 것 같다. 벽검에게, 우리의 예상은 이러하다. 네가 먹은 것은 해독제가 아니라 계속 중독 증상을 일으키는 마약이다. 끊으면 무척 괴로울 것이다. 심지어 우리의 예상이 틀렸을 가능성도 있다. 전부 다 말해 줘야지."

모용백이 고개를 끄덕였다.

"물론 벽검이 제정신일 때는 우리의 말을 이해하겠지만, 막상 해독제를 먹지 못한 상태에서는 어떻게 나올지 예상하기 어렵습니다. 제 예상이지만 신체가 터져 죽은 놈은 아마 다른 독약을 먹고 죽었을 겁니다. 금단 증상이 일어날 때 엄청난 공포에 휩싸이게끔 말이지요."

"엄청난 악인들이야."

삼공자가 살아남아서 나중에 오악의 일원이 되는지는 확인할 길이 없다. 하지만 이 정도의 수완이라면 충분히 오악의 일원이 되고도 남을 악인이다. 교주의 자식인데 무얼 꺼리겠는가. 차라리 후계자 다툼을 하던 옛 교주에게 더 인간적인 면이 있었을 것이다. 그런 교주가 인간성을 버린 상태에서 가르친 자식들이라면 제 아비보다 더한 악인이 탄생했을 가능성이 충분했다. 지금 하는 짓만 봐도 그렇다. 강호의 도리, 무인의 명예 같은 것은 찾아볼 수 없는 악행이기 때문이다.

"이 새끼들도 진정한 마도로구나. 그놈의 외가까지 말이야."

"예."

"벽검은 어디 있나?"

모용백이 대청 쪽을 가리키면서 말했다.

"치료하는 게 의미가 없어서 호위들과 함께 데려왔습니다."

"들어오라고 하고. 자네는 가서 좀 자도록 해. 어떻게 결정이 나든 간에 소식은 공유해 줄 테니까."

"알겠습니다."

모용백이 일어났다가 한숨을 내쉬었다.

"문주님."

"응?"

"저도 화가 많이 났습니다. 이것이 분노라는 감정이겠지요?"

나는 최대한 잔잔한 어조로 모용백을 위로했다.

"선생, 그런 분노는 정상적인 반응이다. 돌아가는 꼴을 알게 되면 분노하는 것이 당연해. 크게 걱정할 필요 없다. 어떻게든 내가 개박살을 낼 테니까 자네는 자네 몸부터 챙겨."

"예."

"문주님은 그간 어떻게 버티셨습니까? 이런 감정 속에서."

"나? 나는 자네가 도와줬잖아."

모용백이 고개를 끄덕였다.

"그렇군요."

나는 기운이 빠진 채로 걸어가는 모용백의 등을 바라보다가 그를
불러 세웠다.

"선생…"

"예."

"그런 감정에 너무 깊이 빠지지 말도록 해. 그러다 나처럼 돼."

그제야 모용백이 슬쩍 웃으면서 대꾸했다.

"알겠습니다."

\* \* \*

벽검이 긴장한 표정으로 들어오고 있어서 나는 목덜미를 긁었다.
모용백이 앉았던 자리를 가리켰다.

"앉아라."

"예."

나는 벽검의 얼굴을 한참이나 구경하다가 물었다.

"모용 선생이 뭐라 하던가?"

벽검이 긴장한 표정으로 대답했다.

"자꾸 한숨만 내쉬고. 딱히 들은 바가 없습니다."

벽검의 말투가 전보다는 정중해진 상태였다.

"그랬군. 내가 정확하게 설명해 줄게. 삼공자인지 뭔지 하는 놈이
자네에게 지옥을 선물했다."

벽검이 나를 노려봤다.

"해독할 수 없다는 뜻입니까?"

나는 고개를 저었다.

"모용백의 의견과 내 예상을 섞어서 말해주마. 네가 최초에 먹은 것은 환각 증상을 일시적으로 일으키는 약이다. 해독제가 필요 없었다는 뜻이야."

벽검의 안색이 창백해졌다.

"그 뒤에 받아먹은 해독제가 오히려 중독성이 강한 약이다. 끊으면 굉장히 괴로워지는 약이야. 해독제가 필요 없다. 단지, 해독제를 계속해서 먹어야 하는 엿 같은 상황이지. 내 말 이해했어?"

"예."

나는 이번 사태의 해법을 벽검에게 물었다.

"그래서… 어떻게 하고 싶으냐?"

"예?"

"저놈들이 네게 지옥을 선물했다고. 어떻게 하고 싶으냐는 물음이야."

"만에 하나… 정말 독약일 가능성은 없습니까?"

"매우 낮다. 왜냐하면, 돈 때문에 그래. 해독제를 대량 생산해서 먹였을 거야. 너희를 부려서 한 일도 대부분이 돈을 버는 것이었다며."

"예."

"그렇다면 너희들의 가치는 돈보다 낮다. 너희를 사람으로 대한 게 아니라 돈을 벌어다 주는 도구로 본 것이지. 저놈들에겐 너희가 비싼 독약을 먹일 가치도 없는 놈들이었을 거다. 해독제에 취해서 폐인이 되어가는 놈들은 몰래 죽였을 게 분명해. 아니면 죄를 덮어 씌워서 처리했거나. 본보기로 그제야 진짜 독약을 먹여서 죽는 것을 너희에게 보여줬거나."

벽검의 눈빛에 광기가 깃들더니, 기묘한 표정으로 웃었다.

"정말 다 죽이고 싶습니다."

"그러냐? 나도 그렇다."

벽검이 나를 똑바로 바라봤다.

"문주님, 도와주십시오."

나는 고개를 끄덕인 다음에 벽검에게 말했다.

"나는 수하가 제법 많지만, 이번 작전은 네가 결정하는 것이 가장 정확할 거야. 가장 효율적인 방법을 생각해 봐. 내가 도와주마."

벽검이 말했다.

"백면공자가 해독제를 주기 위해서 올 겁니다. 그놈을 잡아서 고문하든 혹은 몰래 추적을 하든 간에 본거지를 찾아내야 합니다. 거기에서 해독제를 대량 생산하고 있을 겁니다. 전부 죽이고, 전부 불태우는 겁니다."

나는 고개를 끄덕인 다음에 말했다.

"그렇게 다 처리하더라도 그대에게 닥칠 고통은 별개의 문제야. 솔직히 어느 정도 괴로워할지 예상할 수가 없군. 모용백의 말에 의하면 하루만 늦게 먹어도 무척 괴로웠다면서. 그 주기도 점점 짧아졌다고 들었다."

벽검이 팔짱을 끼더니 힘없는 표정으로 탁자를 바라봤다.

"저는 버텨보겠습니다."

버텨보겠다는 말을 한 놈이 금세 무뚝뚝한 표정으로 눈물을 흘리기 시작했다. 표정의 변화가 전혀 없는데도 눈물이 계속 쏟아지고 있었다. 해독제를 제때 복용하지 못했을 때의 고통이 떠오른 모양이었다. 벽검이 나를 바라봤다.

"문주님, 저는 버텨보겠습니다. 이렇게 당하면 너무 억울합니다."

"너무 겁먹지 마라. 모용 선생에게 부탁해서… 독으로 독을 제압하는 수가 있더라도 고통을 줄여주마. 금단 증상까지 며칠 남았지?"

"아직 십 일 이상은 버틸 수 있습니다."

나는 머리를 쓸어 올리다가 나도 모르게 머리카락을 쥐어뜯었다.

"일단 백면공자부터 잡아야 하는구나."

문득 손바닥을 확인해 보니 머리카락이 제법 많이 빠져있었다.

"…야, 이러다가 대머리 되겠다."

전생에 확인해 봤듯이… 본래도 정상적인 미인들에게 인기가 없는 인생이었는데, 이러다가 대머리까지 되면 내게도 지옥이 펼쳐질 것 같은 느낌이 들었다. 마도를 상대하다가 머리카락이 빠지고 있는 사내, 그것이 나다.

"벽검."

"예."

"나만 화가 나는 게 아니야. 자네를 돌보다가 모용 선생도 매우 화가 났어. 이틀 동안 잠을 못 잤다더군."

"그렇습니까? 저는 수시로 잠을 자서 몰랐습니다."

"일이 어떻게 되든 간에 앞으로 하오문 사람들과는 원만하게 지내라. 명령이다."

"알겠습니다."

나는 팔짱을 낀 채로 읊조렸다.

"…강호인들에게 마약을 먹이고, 모용 선생의 숙면을 방해하고, 내 머리카락을 빠지게 한 죄. 놈들에게 내가 지옥을 선물해 주마."

머리카락이 흩날리던 날. 내게 강 같은 평화는 물 건너갔다.

# 170.
## 나도
## 자존심이 있어

나는 벽검을 내보낸 다음에 홀로 생각에 잠겼다. 경공으로 태산의 정상까지 쉬지 않고 오르는 것처럼 화가 치밀었다. 대체 뭐가 문제일까. 무공은 빠르게 강해지고 있고, 수하도 많고, 돈도 많다. 문제는 분노라는 감정이 여전하다는 점이다. 이러다가 만장애에서 뛰어내리던 광마 시절에 이르면 어느새 내 머리카락이 죄다 빠져있을 것 같은 기분이 들었다. 허망하면서도 허탈한 일이 될 터였다. 나는 혼자 생각하고, 혼자 분노를 삭이고, 혼자 웃다가 내 상태가 정상이 아니라는 것을 깨달았다.

'아, 위험하다. 성질을 부리자.'

다른 사람이 지금 나를 봤다면 가만히 성난 표정으로 앉아있다가 느닷없이 혼자 낄낄대는 상황인 셈이다. 미친놈이 따로 없다. 혼자 이런 식으로 미친놈이 되어가는 것보다는 다른 사람에게 화풀이하는 게 옳은 상황이라고 생각했다. 나는 내 뺨을 세차게 한 대 후려친

...

다음에 바깥에 대고 외쳤다.

"육갑선생, 들어오라고 해. 육갑 떨지 말고 빨리 오라고 해라."

"예, 문주님."

소군평과 차성태는 이제 나랑 꽤 오래 지냈기 때문에 새삼스럽게 이유 없이 갈굴 수가 없었다. 전생 귀마, 육합선생이 뒷짐을 진 채로 등장해서 내게 물었다.

"불렀나?"

나는 육합선생을 두들겨 패는 상상을 하다가 옆자리를 향해 고개를 까딱거렸다.

"앉아라. 육갑."

"…"

"그동안 흑묘방에서 밥을 축내면서 지내보니 어떤 생각이 들어."

육합선생이 자리에 앉아서 나를 노려봤다.

"…"

"이 할 일 없는 쓰레기 같은 새끼, 무슨 생각이 들었냐고. 대답해 봐라."

육합선생은 한숨을 내쉬다가 대답했다.

"별생각 없었네."

"아니지. 산공독에 조금씩 저항하고 있었겠지. 내공을 회복해서 도망을 친 다음에 무공을 완벽하게 회복하고, 다시 내게 복수할 생각으로 하루하루를 버티고 있었겠지. 아니야?"

육합선생이 나를 곁눈질로 노려보다가 가라앉은 어조로 대꾸했다.

"맞아. 잘 알고 있군. 내 마음을 아주 잘 들여다보는군. 그럴 생각이었네."

나는 웃으면서 육합선생을 바라봤다.

"지금 네 실력으로 내게 복수가 가능한가?"

육합선생도 점점 성질이 뻗치는지 웃으면서 대답했다.

"한 삼사 년은 복수심으로 아주 잘 살아갈 수 있을 것 같더군. 그 정도면 따라잡지 않을까?"

"그래?"

나는 대청 바깥을 향해 소리를 버럭 내질렀다.

"차성태!"

나는 문득 머리를 쓸어 넘기다가 살기가 머리 꼭대기까지 가득 찼으나, 애써 참았다. 우당탕 소리를 내면서 도착한 차성태가 물었다.

"부르셨습니까?"

"해독제 전부 가져와."

"알겠습니다."

나는 성질이 뻗치고 나서야 내가 왜 이렇게 열이 받는지를 어느 정도 깨달았다. 내가 육합선생에게 했던 짓이 마도 놈들이 하는 짓과 오십보백보였기 때문이다. 그래서일까. 나는 지금 마도에게도 화가 나고, 육합선생에게도 화가 나고, 나 자신에게도 열이 받은 상태였다. 차성태가 소군평에게 받은 해독제를 들고 달려와서 내 옆에 섰다.

"여기 있습니다."

나는 해독제를 빼앗듯이 움켜쥔 다음에 탁자에 내려놓았다.

"육갑."

"말하게."

"가져가서 다 처먹어라. 너는 잔머리를 굴려서 쓸모가 없는 놈이야. 그렇다고 강호에서 쓸모가 있느냐? 없어. 그렇다고 사내답게 큰 뜻을 품었느냐? 그것도 아니야. 너는 그냥 무공 좀 강한 쓰레기 같은 새끼다. 나는 이제 바깥으로 나가서 다시 마도의 염병할 새끼들과 죽고 죽이는 싸움을 벌여야 하는데 너 같은 놈이 흑묘방에 머무르고 있으면 내 마음만 불편해져."

육합선생이 미간을 좁힌 채로 내게 물었다.

"갑자기 왜 이러나?"

"왜 이러냐고? 죽여주랴? 아니지. 나도 자존심이 있지. 독약을 처먹이고 허약해진 놈을 쉽게 때려죽여선 안 되겠지. 암, 너도 다 낫고 덤벼라. 그게 옳다."

내가 여러 차례 소리를 버럭버럭 내질러서 그런지 바깥에 간부들이 모여서 대청을 바라보고 있었다. 나는 육합선생을 노려봤다.

"나는 원래 이런 놈이다. 오락가락하는 놈이지. 요즘에 특히, 너 같은 강호인들에게 진절머리가 난다. 환멸과 증오를 동시에 느낀다. 물론 나도 강호에 살고 있으니 나도 포함이야. 이 자리에서 대가리 박살 내기 전에 내 눈앞에서 사라지도록."

육합선생이 나를 바라보다가 해독제를 품에 넣었다. 내가 말했다.

"내공이 온전하게 회복되면 찾아와라. 그때는 확실하게 찢어서 죽여주마. 너도 자존심이 있을 테니 설마 쥐새끼처럼 숨어만 있진 않겠지. 기다리마."

육합선생이 조용히 일어나서 나를 바라봤다.

"그전까지 죽지 말게나."

"아, 물론이지. 그리고 나랑 마무리 지을 때 벌레 새끼들도 다 데려와. 하나하나 다 찢어 죽여서 네 시체 위에 사이좋게 눕혀줄 테니까."

육합선생이 고개를 끄덕였다.

"그러겠네."

나는 그제야 속이 좀 풀렸다. 본래 나는 이런 사람이다. 어울리지도 않게 독을 먹여서 살리겠답시고 지랄을 했더니 육합선생이 떠오를 때마다 기분이 계속 찜찜했다. 처음 싸웠을 때 찢어 죽였어야 했는데 전생 귀마의 무력이 아까워서 이렇게 되었다. 귀마는 애초에 내가 품을 수 있는 놈이 아니다.

내 그릇이 더 크거나, 아니면 무공이라도 훨씬 더 강해야만 했다. 그렇다고 내공을 회복하지 못한 놈을 때려죽이는 것도 내 성질머리가 용납하지 못하는 상황. 내가 성질을 내고 있었기 때문에 수하들은 아무 말도 하지 않은 채로 길을 열어서 육합선생을 보내줬다. 차성태가 대청을 닫은 다음에 다가오면서 말했다.

"문주님, 오늘따라 왜 그렇게 화가 나셨습니까."

"그러게 말이다."

차성태가 잠시 아무 말 없이 앉아있다가 반말로 내게 물었다.

"대체 무슨 일이야? 이렇게 화난 건 처음 보는데."

나는 차성태를 바라보다가 대답했다.

"…이번에 엮인 마도가 강호인들에게 독을 먹여서 부리더라고. 내가 육합선생에 한 짓과 똑같아. 그냥 죽여버릴 것을, 기분만 불쾌해졌어."

차성태가 팔짱을 낀 채로 천장을 바라봤다.

"음, 그런 일이 있었군. 강한 놈들이야? 그 마도 세력."

"마교주 아들의 외가 세력이니 강하겠지."

"아… 마교주 아들이면 죽여도 문제고. 안 죽여도 문제네."

대청에서 똑똑똑- 소리가 들리더니 소군평이 얼굴을 내밀었다.

"문주님, 들어가도 됩니까?"

"들어와."

대청 문이 열리더니 소군평이 조용히 들어왔다. 소군평이 자리에 앉으면서 지나가는 말투로 말했다.

"호연 선생이 배웅하겠다고 나갔습니다. 둘이 좀 친해진 것 같아서 나간 모양입니다."

무슨 말인지 대충 알았지만, 딱히 반응하진 않았다.

"알았다."

소군평이 차성태와 똑같은 질문을 내게 했다.

"문주님, 오늘따라 왜 이렇게 화가 나셨습니까?"

"그래 보여?"

"예."

나는 육합선생에게 그랬듯이 이놈들에게도 솔직하게 말했다.

"너희들이 너무 병신 같아서 화가 난다. 나도 병신 같아서 화가 나고. 너희를 어디 데려가서 같이 싸우려고 해도 아직은 전력감이 안 돼. 너희 모두 육합선생보다 약한 게 사실이다. 무공이 강하면 저따위 인격을 가지고 있고. 수하랍시고 있는 놈들은 데리고 나갔다가 전부 뒈질 것 같고. 이래저래 나 자신에게도 화가 나고… 내 상태가 지금 이렇다."

소군평이 열 받은 표정으로 대답했다.

"대체 어디와 싸우시려는데 그런 말씀을 하십니까? 저희도 싸우려고 수련을 하는 것이지 문주님에게 어린 애새끼처럼 보호만 받겠다고 이런 수련을 매일매일 하는 게 아닙니다."

소군평도 내게 성질을 부렸다. 나는 고개를 끄덕였다.

"마교의 삼공자를 포함한 그의 외가."

마교라는 이야기가 나오자마자 대청이 고요해졌다. 소군평이 한숨을 내쉬면서 말했다.

"문주님."

"왜."

"그쪽 세력은 뭐 말단부터 대장까지 전부 강하답니까? 안 그럴 겁니다. 대장은 대장끼리 싸우고. 중간은 중간이랑. 말단은 말단끼리 부딪쳐서 약하면 죽는 게 강호 아닙니까. 그사이에 대장끼리 승부가 끝나면 한쪽이 몰살되어도 이상한 게 아니고요."

"그 정도 낭만과 자부심이 있는 놈들이면 화도 안 나. 마도는 그렇지 않아."

나는 문득 인기척이 느껴지는 대청을 향해 물었다.

"뭐야? 둘은 왜 안 갔어?"

내 말이 끝나자마자, 문이 열리더니 호연청과 육합선생이 나를 바라봤다. 호연청이 육합선생을 바라봤다가 내게 말했다.

"모르겠습니다. 육합선생이 가다가 되돌아왔습니다."

육합선생이 품에서 내가 준 해독제를 꺼내더니 입으로 하나 던져 넣으면서 말했다.

"문주, 어디랑 싸우나?"

"왜?"

육합선생은 한숨을 길게 내쉬다가 말했다.

"자꾸 성질이 나는데 풀 곳이 없군."

"…"

"걱정 말게. 자네에겐 나중에 도전할 테니. 이번엔 나도 하오문에 껴서 싸움 좀 해보고 싶네. 내가 합류하는 게 기분 나쁘면 어쩔 수 없고. 호연 선생에게 들어보니 마도와 싸울 것 같던데."

나는 육합선생에게 내가 널 어떻게 믿느냐는 말을 하려다가 목구멍에서 도로 삼켰다. 어차피 내가 믿으면 전생 귀마의 무력을 사용할 수 있고. 전생 귀마가 배신하면 약간 더 곤란해질 뿐이다. 문제는, 이미 나는 머리카락이 저절로 빠질 정도로 곤란한 상태라는 점이다. 무림맹에 요청하는 것도 싫고. 검마나 색마를 부르는 것도 마음에 들지 않았다.

왜냐하면, 이것은 내가 하오문과 함께 짊어져야 할 일이고 임소백, 검마, 색마도 각자 자신이 감당해야 할 인생의 문제들이 있기 때문이다. 힘들 때마다 누구에게 신세 지는 것은 딱 질색이다. 사실 나는 여기서 한바탕 수하들에게 화를 내다가 혼자 성질이 뻗쳐서 일단 우향곡으로 달려갈 생각이었다. 가서 우향곡주를 줘패고, 기다렸다가 백면공자를 고문하든 간에 홀로 움직일 생각이었다. 전생 귀마가 합류하면 난도難度(어려운 정도)가 올라간 것일까, 내려간 것일까.

"이봐, 육합선생."

"말하게."

"오늘은 쉬어라. 내일 둘이 쳐들어가야겠다."

나는 솔직하게 내 상태를 이 자리에 있는 자들에게 밝혔다.

"지금 미치기 일보 직전이니까. 나는 내일까지 잔다. 깨우지 말도록. 아, 물론 쳐들어오는 놈들 있으면 내가 알아서 일어날 테니…"

나는 일어나서 수하들과 육합선생을 향해 손을 내저었다.

"해산."

소군평이 끼어들었다.

"겨우 두 명으로 가시겠다고요?"

"소군평, 나대지 말고 열 받으면 수련해. 너희들 실력은 내가 쳐다만 봐도 알겠어. 실력 없으면 깝죽대지 말라고. 알았어? 사지로 밀어넣겠다고 너희를 데리고 있는 게 아니다. 너희가 실력을 갈고닦아서 언젠가 내 옆에서 싸울 것이라고 믿고 있지만, 그게 오늘은 아니야. 물론 내일도 아니고."

"문주님, 그렇다고 육합선생을…"

소군평이 오늘따라 내게 화를 많이 내는 것 같아서 오히려 내가 차분하게 말했다.

"소군평, 소 각주, 군평아."

"예."

"육합선생이 너보다 열 배는 더 강해. 내가 어디 가서 죽으면 너희가 하오문을 잘 이끌도록 해라. 단, 내가 진짜 당하는 일이 생긴다면 그곳에 있는 적들도 다 죽었을 거다."

나는 손가락으로 육합선생을 가리켰다.

"물론 저 육갑 새끼가 배신하더라도 저놈까지 데리고 지옥에 가마. 나 잔다."

나는 방으로 향하면서 입고 있었던 겉옷을 벗어서 집어던졌다. 시간이 아까워서 빨리 잘 생각이었다. 방문을 열었을 때는 이미 옷을 전부 풀어헤친 상태. 침상의 오른쪽 기둥에 섬광비수를 박아 넣은 다음에 자빠져서 눈을 감았다.

순간, 모든 것을 잊었다. 상념도 떨쳐내고 걱정도 지웠다. 얼굴과 몸, 팔과 다리, 복부, 발가락, 손가락에 있었던 힘을 모조리 빼낸 다음에 무방비 상태로 기절했다. 시커먼 잠이 파도처럼 밀려들어서 내 의식을 뒤덮은 다음에 출렁거리는 망각의 바다로 출발했다.

* * *

나는 눈을 뜨자마자 섬광비수를 붙잡은 다음에 창문 바깥을 바라봤다. 해가 쨍쨍한 것을 보면 꽤 오래 잠들었던 모양이다. 문득 방 안을 둘러보자, 내 옷들이 널브러져 있었다. 나는 하나씩 주워 입으면서 정신을 차렸다. 대체 얼마나 잔 것일까. 문득 목이 말라서 방문을 열고 나가려는데 무언가에 걸려서 문이 움직이지 않았다. 인기척을 느끼면서 그대로 문을 밀어내고 나가 보니… 눈을 껌벅이는 흑묘방의 수하가 보였다.

"너 뭐 하냐?"

"아, 문주님. 일어나셨습니까."

바깥에서 좌우를 살펴보니 수하들이 복도의 벽에 기댄 채로 잠을 자고 있었다.

"뭐야? 이놈들은."

"경계를 서고 있었습니다."

"경계를 무슨 수십 명이 서고 있어."

"소 각주가 실력이 없으면 몸으로 때우라고 해서 이렇게 있었습니다."

나는 고개를 끄덕인 다음에 아직도 자는 놈을 발로 툭 차면서 말했다.

"좀 비켜봐라. 이 새끼들아, 경계를 서는 거야. 자빠져 자러 온 거야. 일어나 다들…"

그제야 벽에 기댄 채로 자던 놈들이 하나둘씩 일어나서 내게 인사했다.

"일어나셨습니까?"

"어, 그래. 네가 더 잘 잔 거 같은데. 침 좀 닦아라."

"예."

나는 복도를 뚫고 나가서 경계를 섰던 놈들을 바라봤다.

"근데 나 얼마나 잤냐?"

"정확하게 이틀하고 반나절 정도 더 주무셨습니다."

나는 손을 내저으면서 말했다.

"쉬어라."

더럽게 많이 잔 모양이다. 꿈을 꾸지 않아서 아무런 기억이 없다. 그저 잠들기 전에 수하들에게 엄청 화를 냈었던 기억만 남아있었다. 나는 대청을 빠져나갔다가 매화나무 아래에서 가부좌를 틀고 있는 육합선생을 바라봤다.

"육합."

육합선생이 눈을 뜬 다음에 내게 물었다.

"문주, 준비됐나?"

나는 고개를 끄덕인 다음에 흑묘방의 중앙길을 걸었다.

"가자."

전생 귀마가 말없이 일어나서 내 뒤로 따라붙었다. 나는 내원으로 향하다가 문득 생각나는 게 있어서 전생 귀마에게 물었다.

"산공독은?"

해독제를 전부 주고 이틀이 지났으면 성과가 있을 터였다. 전생 귀마가 대답했다.

"실은 그간 모용 선생이 제법 바빴던 모양인지 산공독을 제때제때 지급하지 않았네. 어느 정도 해결한 셈이지. 엊그제 해독제를 다 줘서 그것도 도움이 됐고."

문득 나는 여러 가지 생각이 스쳤다가 짚이는 바가 있어서 호연 선생을 바라봤다. 호연청이 나를 향해 고개를 살짝 숙였다.

"문주님, 잘 다녀오십시오."

생각해 보니, 나는 애초에 전생 귀마를 품을 수 있는 놈이 아니다. 나보다는 호연청이 전생 귀마의 마음을 어느 정도 바꿔놓은 모양이라 생각했다. 어떻게 했는지는 내 알 바 아니다. 나는 호연청을 지나치면서 말했다.

"다녀온다."

"예."

4권에서 계속됩니다.

# 광마회귀 3

초판 1쇄 발행  2024년  7월 23일
초판 2쇄 발행  2024년  8월  2일

지은이 | 유진성
발행인 | 강봉자, 김은경

펴낸곳 | (주)문학수첩
주소 | 경기도 파주시 회동길 503-1(문발동633-4) 출판문화단지
전화 | 031-955-9088(대표번호), 9530(편집부)
팩스 | 031-955-9066
등록 | 1991년 11월 27일 제16-482호

ISBN  979-11-93790-22-9  04810
(세트) 979-11-93790-24-3